天使&魔鬼
ANGELS & DEMONS
DAN BROWN
達文西密碼「前傳」
丹・布朗——著
尤傳莉——譯

親愛的讀者：

感謝各位讓《達文西密碼》成爲如此暢銷的一本書。現在你手上這本是《達文西密碼》的「前傳」，描述符號學家羅柏・蘭登去羅浮宮那趟重要造訪的一年之前，在梵蒂岡城的冒險故事。

在《天使與魔鬼》這本小說中，我首度創造出蘭登這個角色，讓他縱情於他所熱愛的符號學、密碼、祕密會社，以及善與惡之間的灰色地帶。相信你們會發現，《天使與魔鬼》中的種種謎題，就像達文西的畫作一般引人入迷。不管你偏愛哪類藝術，都必然能領略到本書中豐富的謎團、不可思議的歷史、扣人心弦的情節，以及意想不到的轉折。

這是羅柏・蘭登首度登場的小說，衷心期盼您享受閱讀之樂，就像我享受寫作本書的過程一般。

致上誠摯的問候與謝意。

丹・布朗

獻給布萊絲（Blythe）

事實：

全世界最大的科學研究機構——瑞士的「歐洲核子研究中心」（Conseil Européen pour la Recherche Nucléaire，簡稱 CERN）——近來成功製造出第一批反物質粒子。反物質（antimatter）和物理學上的物質（matter）完全一樣，只不過其組成粒子所帶的電荷，與一般物質中所發現的相反。

反物質是人類所知最具威力的能源，釋放出能量的效率是百分之百（核分裂的效率則是百分之一點五）。反物質不會製造出污染或輻射，而且只要一小滴，就能提供紐約市一整天的電力。

然而，卻有一個難題……

反物質非常不穩定。只要接觸到任何東西，都會起火燃燒……連接觸到空氣也不例外。一公克的反物質所蘊藏的能量，就等於二十噸核彈——跟投在日本廣島的那顆原子彈一樣大。

直到最近，反物質的製造仍僅局限於極少量（每次幾顆原子）。但「歐洲核子研究中心」如今已開始建造新的「反質子減速器」——一種更先進的反物質製造設施，可望製造出數量更多的反物質。

有個問題隱約浮現：這種高度不穩定的物質，將會拯救世界，抑或是用來製造出有史以來最致命的武器？

作者註

本書中所提及羅馬城的藝術作品、墳墓、隧道，以及建築物，均完全根據事實（包括其確實位置），且現在仍可看到。

光明會此一兄弟會亦以事實爲本。

現代羅馬城

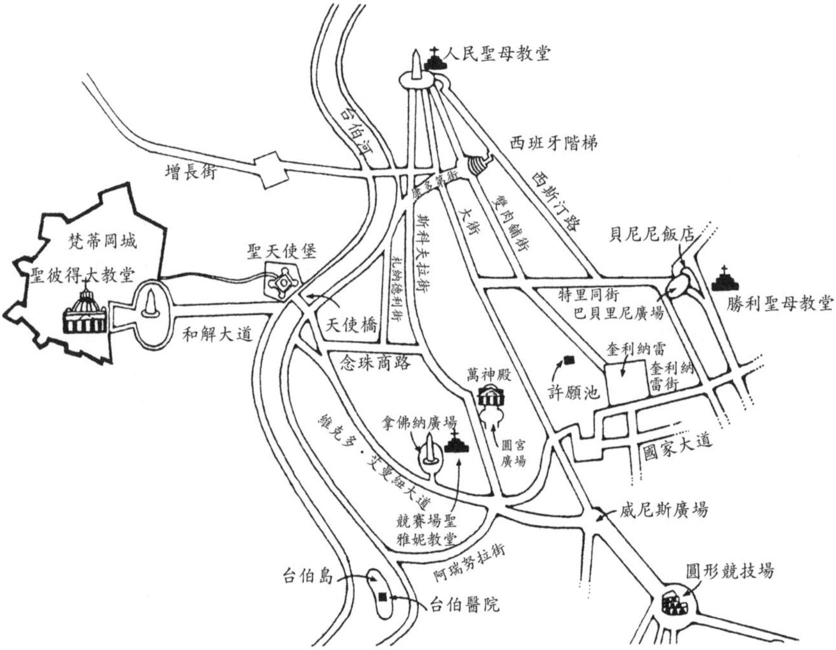

人民聖母教堂
台伯河
西班牙階梯
增長街
慶多第街
西斯汀路
斯科夫拉街
大街
雙肉舖街
梵蒂岡城
聖天使堡
貝尼尼飯店
聖彼得大教堂
札納德利街
特里同街
巴貝里尼廣場
勝利聖母教堂
天使橋
和解大道
念珠商路
奎利納雷
萬神殿
奎利納雷街
許願池
拿佛納廣場
圓宮廣場
國家大道
競賽場聖雅妮教堂
威尼斯廣場
阿瑞努拉街
台伯島
圓形競技場
台伯醫院

現代羅馬城

（以下從左至右）

梵蒂岡城（Vatican City）
聖彼得大教堂（St. Peter's Basilica）
和解大道（Via della Conciliazione）
加富爾廣場（Piazza Cavour）
增長街（Via Crescenzio）
聖天使堡（Castel Sant'Angelo）
天使橋（Bridge of Angels）
台伯河（Tiber River）
台伯島（Tiberina Island）
台伯醫院（Hospital Tiberina）
人民聖母教堂（Santa Maria del Popolo）
西班牙階梯（Spanish Steps）
康多第街（Via Condotti）
札納德利街（Via Zanardelli）
斯科夫拉街（Via della Scofra）
大街（Via del Corso）
雙肉鋪街（Via Due Macelli）
西斯汀路（Via Sistina）
念珠商路（Via Dei Coronari）
維克多・艾曼紐大道（Corso Vittorio Emanuelle）
拿佛納廣場（Piazza Navona）
競賽場聖雅妮教堂（St. Agnes in Agony）
萬神殿（Pantheon）
圓宮廣場（Piazza della Rotunda）
許願池（Trevi Fountain）
貝尼尼飯店（Hotel Bernini）
特里同街（Via del Tritone）
巴貝里尼廣場（Piazza Barberini）
勝利聖母教堂（Santa Maria della Vittoria）
奎利納雷（Quirinale）
奎利納雷街（Via del Quirinale）
國家大道（Via Nationale）
威尼斯廣場（Piazza Venezia）
阿瑞努拉街（Via Arenula）
圓形競技場（Coliseum）

梵蒂岡城

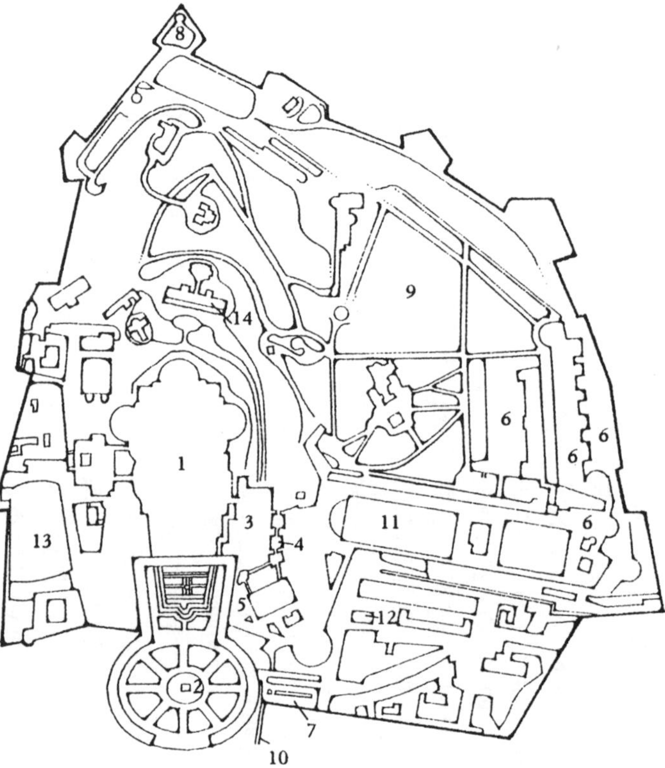

梵蒂岡城

1 聖彼得大教堂（St. Peter's Basilica）
2 聖彼得廣場（St. Peter's Square）
3 西斯汀禮拜堂（Sistine Chapel）
4 波吉亞中庭（Borgia Courtyard）
5 教宗辦公室（Office of the Pope）
6 梵蒂岡博物館（Vatican Museums）
7 瑞士衛兵團辦公室（Office of the Swiss Guard）
8 直升機坪（heliport）
9 花園（gardens）
10 小廊道（the Passetto）
11 觀景中庭（Courtyard of the Belvedere）
12 郵政總局（Central Post Office）
13 教宗覲見廳（Papal Audience Hall）
14 政府大樓（Govermment Palace）

序幕

物理學家李歐納度‧威特拉聞到肉燒焦的氣味，知道那是自己的肉。他抬頭驚駭地看著上方那個隱約浮現的黑影。「你要什麼！」

「鑰匙。」那個粗糙刺耳的聲音用義大利語回答。「我要密碼。」

「可是……我不——」

入侵者再度往下按，把那個白燙的物件朝威特拉胸口壓得更深。發出了燒炙肉類的嘶聲。

威特拉痛極大喊。「沒有密碼！」他感覺自己快要失去意識了。

那個人影瞪大眼睛，用義大利語和英語先後說：「我就怕會是這樣。」

威特拉掙扎著想保持清醒，但黑暗逐步吞沒他。他唯一感到安慰的，就是心知他的攻擊者絕對拿不到他想要的東西。然而，過了一會兒，那個人影拿出一把刀，在威特拉眼前亮了亮。那刀逼近他。小心翼翼，像要動手術般。

「天主垂憐！」威特拉嘶喊，但已經太遲了。

1

埃及吉薩大金字塔高聳的階梯頂端，一名年輕女子笑著朝下頭喊：「羅柏，快點！我就知道我該嫁個年輕點的老公！」她的笑容好神奇。

他掙扎著往上，卻覺得兩腿沈得像石頭似的。「等一下。」他哀求著。「拜託……」

他往上攀爬，視線開始模糊。耳邊響起雷霆般的聲音。*我一定得追上她*！但他再度朝上看時，那個女人不見了。她原來的位置站著一個缺了牙的老人。那老人往下凝視著他，彎起雙唇露出一個孤寂的鬼魅面容。然後他發出一聲極度痛苦的吶喊，響徹沙漠。

羅柏·蘭登從夢魘中驚跳起來。床邊的電話正在響。他茫然地拿起話筒。

「喂？」

「我要找羅柏·蘭登。」一個男人的聲音說。

蘭登在空蕩蕩的床上坐起身，想讓自己的腦袋清醒過來。「我……我是羅柏·蘭登。」他瞥了數字顯示鐘一眼，上頭是上午五點十八分。

「我得立刻見你。」

「你是哪一位？」

「我名叫麥斯米倫·寇勒，我是離散粒子物理學家。」

「什麼學家？」蘭登難以集中注意力。「你確定你沒找錯人嗎？」

「你是哈佛大學的宗教聖像學教授。你寫過三本有關符號學和——」

「你知道現在幾點嗎？」

「我道歉。我有東西必須讓你看，這件事不能在電話裡討論。」

蘭登明白了，不禁冒出一聲呻吟。這種事情以前也發生過。寫有關宗教符號學的書，風險之一就是會接到宗教狂熱者打來的電話，想請他幫忙確認他們最近遇到的上帝顯靈訊息。上個月一個奧克拉荷馬州陶薩市的脫衣舞孃就打過電話來，保證要給蘭登畢生最棒的性經驗，只要他肯飛過去證實她床單上所神奇出現的十字架確實是神蹟。陶薩聖殮布，蘭登如此稱之。（譯註：現存義大利杜林主教堂的「杜林聖殮布」，布上浮現著模糊的受釘者全身肖像，相傳當初曾包裹過耶穌的屍身。一譯「杜林裹屍布」。）

「你怎麼會有我的電話號碼？」儘管這個時間打電話來很離譜，但蘭登仍設法保持禮貌。

「在全球資訊網上查到的，你的書所屬的網站。」

蘭登皺起眉頭。他非常確定他著作的網站上不會有他家的電話。這個人分明是在撒謊。

「我得跟你見面。」打電話來的人堅持道。「我會付很優厚的酬勞。」

這下子蘭登火了。「對不起，但我實在——」

「如果你馬上出發，就可以在——」

「我哪兒都不去！現在是清晨五點！」蘭登掛上電話，倒回床上。他閉上眼睛想繼續睡覺。可是沒用。那個夢境深深印在他腦海中。他只好心不甘情不願地穿了睡袍下樓去。

羅柏・蘭登赤足在他位於麻州那棟維多利亞風格的家中徘徊，啜著他平常治療失眠症的偏方——一杯冒著熱氣的雀巢即溶巧克力。四月天的月光透入凸窗，在東方地毯上嬉戲。蘭登的同事常開玩笑說他住處看起來不太像個家，倒還比較像人類學博物館。他的架子上塞滿了來自世界各地的宗教手工藝品——迦納的艾庫巴像、西班牙的金十字架、愛琴海地區基克拉澤斯群島的偶像，甚至還有一件罕見的婆羅洲巴庫斯編織品，是年輕戰士青春常在的象徵。

蘭登坐在他黃銅的摩訶利希矮櫃上，品嚐著巧克力的暖意，凸窗上映著他的影像，裡頭的那張臉扭曲而蒼白……像個鬼。老去的鬼，他心想，殘忍地提醒自己，這個年輕的靈魂住在一具終將衰亡的軀殼中。

儘管四十歲的蘭登並不是特別俊美，卻擁有女同事們所謂的「書卷氣」外型——濃密的褐色頭髮夾著幾莖灰絲，銳利的藍色雙眼，迷人的低沈嗓音，還有大學運動健將那種健康而輕鬆愉快的笑容。蘭登曾經是預校和大學裡的跳水校隊，至今依然擁有泳者的矯健身手，身高六呎的他，小心翼翼地保持著健壯的體格，每天要在學校的泳池裡游五十趟來回。

蘭登的朋友總認爲他有點像個謎——是同時跨越兩個世紀的人。週末時會看到他套著藍色牛仔褲，在校舍間的方庭漫步，跟學生討論電腦繪圖或宗教史；其他時候則可以看到他身穿哈里斯毛料西裝和渦狀花紋背心，出現在高檔藝術雜誌中，應邀在博物館開幕會演講的照片。

儘管蘭登教學嚴格、一絲不苟，但他也是那「現已乏人問津的簡單消遣」的擁護者。他熱中這些，狂熱而具有感染力，使得學生有如兄弟般接納他。他在校園裡的綽號——「海豚」——便源於他友善可親的個性，還有他在水球比賽中潛入泳池、出奇制勝的傳奇本事。

正當蘭登獨自靜坐，心不在焉地凝視著一片黑暗，他家中的沈寂再度被打破，這回是傳眞機的鈴聲。蘭登累得根本不想理會了，勉強擠出了一聲疲倦的低笑。

上帝的子民，他心想。他們等待了兩千年，期盼救世主的到來，至今依然死命堅持著。

他懶懶地把喝空的馬克杯拿回廚房，慢慢踱回以橡木嵌板爲牆的書房。發過來的傳眞躺在收件匣內。他嘆了口氣，把那張紙拿起來看。

他立刻感到一陣反胃。

紙頁上的影像是一具人類屍體。全身赤裸，頭被整個朝後硬給扭翻過去。被害人的胸膛有個可怕的灼傷。這個男人被烙印了……只印了一個字。那是個蘭登熟悉的字，非常熟悉。他不敢置信地瞪著那個華麗的字。

「光明會（Illuminati）。」他結巴念道，心臟狂跳不止。該不會是……（譯註：Illuminati一字源自拉丁文，原意爲光明、照亮；後引申爲知識上受啓蒙、開明之意，今亦指宗教上自認受到特殊啓發之團體。一譯「光照派」。）

蘭登擔心著自己即將目睹的事物，緩緩地將那張傳眞紙旋轉了一百八十度，瞪著那個上下顚倒的字。他猛地吐了一口氣，就像被卡車撞上似的。他簡直無法相信自己眼前所見，又把傳眞紙旋轉回原位，把上頭的印記正著看，然後再顚倒過來看一次。

「光明會。」他低語。

蘭登震驚不已，跌坐在椅子上。好一會兒都茫然不知所措。然後緩緩地，他的雙眼被傳眞機上閃爍的小紅燈給吸引過去。不管把這份資料傳過來的是誰，那個人現在還在線上……等著要談話。蘭登對著那個閃爍小燈凝視良久。

然後他顫抖著手，拿起話筒。

2

「我引起你的注意了嗎？」當蘭登終於接起電話時，那個男子的聲音說。

「是的，先生，絕對沒錯。你能解釋一下你是哪位嗎？」

「我原先就想告訴你的。」那個聲音僵硬、呆板。「我是個物理學家，負責一個研究機構。我們這裡發生了一樁謀殺案。屍體你已經看過了。」

「你是怎麼找到我的？」蘭登簡直無法專心。他努力想把思緒從那張傳眞裡的影像給硬拉回來。

「我已經告訴過你了，是從全球資訊網上頭查到的。就是你那本書的網站，《光明會的藝術》。」

蘭登設法集中精神。他那本書在主流文人圈子裡沒什麼名氣，但在網路上卻引發了不少迴響。只不過，來電者的說法還是沒道理。「那個網頁上沒有我的連絡資訊。」蘭登質疑。「我很確定這一點。」

「我這邊的研究院裡，有人很擅長從網路上取得使用者資訊。」

蘭登還是很懷疑。「聽起來你的研究院好像非常懂網路。」

「那是當然，」那名男子反擊，「網路是我們發明的。」

那名男子聲音裡有種什麼，讓蘭登明白他不是開玩笑的。

「我必須見你。」來電者堅持。「這種事情我們沒有辦法在電話裡討論。我的研究院離波士頓只有一個小時的飛行航程。」

蘭登站在他書房的昏暗光線中，研究著手上那張傳眞。上頭的影像太令人震撼了，或許意味著本世紀最重要的銘文發現，一個符號就可能證實了他十年來的研究。

「這件事情很緊急。」那個聲音再度進逼。

蘭登雙眼定定看著那個烙印。光明會，他看了一遍又一遍。他的著作主題一向是等同於化石的符號

——古代文獻和歷史傳聞——但他面前的這個影像卻是今天。現在式。他感覺好像一名古生物學家面對面親眼看到一隻活生生的恐龍。

「我可以派一架專機去接你。」那個聲音說。「二十分鐘內就會到波士頓。」

蘭登覺得嘴裡發乾。一個小時的飛行航程……

「恕我冒昧，」那個聲音說：「我這裡需要你。」

蘭登又看了那張傳真一眼——白紙黑字，印證了一個古老的神話。其中的意義令人驚恐。他茫然望向凸窗外。透過他後院的樺樹，已經可以看到淡淡的晨曦，但不知怎地，今天早上的景象看起來跟平常不一樣。蘭登心中既是恐懼又是振奮，心知自己別無選擇。

「你贏了，」他說：「告訴我該去哪裡搭飛機吧。」

3

數千哩外，兩名男子碰了面。那個小房間一片黑暗，是中世紀風格的石造建築。

「歡迎。」那個主人用義大利語問好。他坐在陰影裡，看不見人。「你成功了嗎？」

「是的。」那個黑影子用義大利文回答。「圓滿達成任務。」他的話冷酷一如石牆。

「事情該由誰負責任，應該沒疑問了吧？」

「沒問題。」

「好極了。我要的東西能給我嗎？」

殺手的眼珠一閃，油黑晶亮。他拿出一個沈重的電子裝置，放在桌上。

坐在陰影裡的男人似乎很滿意。「你做得很好。」

「爲這個兄弟會效命是一種榮譽。」殺手說。

「第二階段很快就要開始了。去休息一下吧。今夜我們會改變全世界。」

4

羅柏・蘭登的SAAB 900S轎車匆匆駛出波士頓的卡拉罕隧道，來到靠近羅根機場入口的波士頓港東區。沿途辨認著方向，蘭登找到了航空路，然後左轉經過舊的東方航空大廈。沿著這條通路往前三百碼，黑暗中浮現出一座機棚，外頭漆著一個大大的號碼「4」。他把車開進停車場，下了車。

一個穿著藍色飛行裝的圓臉男子從建築後方冒出來。「羅柏・蘭登嗎？」他喊道。那男子的聲音很友善，帶著蘭登無法辨認的口音。

「我就是。」蘭登說，把自己的車鎖好。

「時間剛剛好，」那名男子說：「我也才降落。麻煩跟我來。」

他們繞過那棟建築時，蘭登覺得很緊張。他不習慣接到神祕兮兮的電話，也不習慣跟陌生人祕密會面。因為不曉得會碰到什麼狀況，於是他一身尋常去上課的打扮——卡其布長褲和高領衫，外罩哈里斯毛料的西裝外套。他邊走邊想到外套口袋裡那張傳眞，還是不敢相信上頭的那個影像。

那名飛行員似乎感覺到蘭登的焦慮。「你搭飛機不會有問題吧，先生？」

「完全沒問題。」蘭登回答。對我來說，有烙印的屍體才是問題。飛行我還能對付。

那名男子領著蘭登走到機棚後頭。繞過轉角，來到跑道上。

蘭登煞住腳步，目瞪口呆看著停在柏油跑道上的那架飛機。「我們要搭這個？」

那名男子咧嘴笑了。「喜歡嗎？」

蘭登又瞪著那飛機許久。「喜歡？這是哪門子鬼玩意兒？」

他們面前的那架飛機很龐大。有點讓人聯想到太空梭，只不過上方被削去了，變得一片平坦。飛機停在跑道上，看起來像個巨大的楔子。蘭登的第一印象是自己一定在作夢。那架飛機的外型看起來跟別克轎車一樣不適合飛行。機翼其實是不存在的——只有機身後側冒出兩根短短的鰭形物。機尾上方冒出一對背鰭狀的操縱板。飛機的其餘部份是機殼——從機頭到尾端長約兩百呎——沒有窗子，除了機殼什麼都沒有。

「載滿燃料是二十五萬公斤。」飛行員告訴他，那副口吻就像父親在炫耀自家新生兒似的。「使用的燃料是泥氫。機殼是鈦基與碳化矽纖維製成。推力／重量比是二十比一；大部分噴射機只有七比一。院長一定是急死了想趕快見到你。他通常不會派這個大傢伙出馬的。」

「這玩意兒能飛？」蘭登說。

飛行員笑了。「答對了。」他帶著蘭登穿過柏油路面，走向那架飛機。「看起來有點讓人吃驚，我知道，不過你最好趕緊習慣。五年之內，你到處都會看到這類寶貝——高速民航機（High Speed Civil Transports），簡稱HSCT。我們研究院是最早擁有的機構之一。」

這個研究院想必來頭不小，蘭登心想。

「這一架是波音X—三三型飛機的範本，」飛行員繼續說：「不過以這個爲範本的還有十來種——美國的國家航太飛機、俄羅斯有超音速衝壓引擎、英國人弄了水平式起降的太空飛行器HOTOL。這就是未來飛機的趨勢，只不過要普及到大眾領域得花一點時間罷了。你可以跟傳統噴射機吻別了。」

蘭登警戒地望著那架飛機。「我想我還是比較喜歡傳統噴射機。」

飛行員朝著登上飛機的梯板比了一下。「麻煩從這邊走，蘭登先生。小心腳步。」

幾分鐘之後，蘭登坐在空蕩的客艙裡。飛行員把他安頓在前排座位上，讓他繫好安全帶之後，就走向飛機前方消失了。

客艙本身看起來出奇地像個闊機身的商用客機。唯一的不同就是這個客艙沒有窗子，這點讓蘭登感到不安。他一輩子都困擾於輕微的幽閉恐懼症——那是他童年時一樁事件所留下的陰影，從未能完全克服。

蘭登對封閉空間的反感絕非出於軟弱，但總是讓他感到困擾。這種症狀顯示在一些瑣碎的小地方。他會避免壁球或回力球這類封閉式的室內運動，而且他樂意為自己那棟通風、挑高建築的維多利亞式家宅花上好一筆錢，儘管便宜的員工宿舍很容易申請到。蘭登老懷疑自己從小受藝術世界所吸引，就是源自於他喜愛博物館那種寬大開放的空間。

下方的引擎開始轟鳴轉動，整個客艙也為之劇烈顫抖起來。蘭登艱難地吞嚥著，靜心等待。他感覺飛機開始在跑道上滑行。艙頂的電訊設備開始輕聲播送著鄉村音樂。

他旁邊牆上的電話嗶嗶響了兩聲。蘭登拿起話筒。

「喂？」

「舒適嗎，蘭登先生？」

「一點也不舒適。」

「放輕鬆就好。我們一個小時就會到那裡了。」

「那裡到底是哪裡？」蘭登這才想到自己根本不曉得飛機要往哪兒飛，不禁問道。

「日內瓦。」飛行員回答，加速引擎。「研究院在日內瓦。」

「日內瓦。」蘭登重複道，覺得好過些了。「在紐約州北部。我剛好有家人住在塞尼加湖附近。我還不曉得日內瓦市有什麼物理研究院。」

飛行員笑了。「不是紐約州的日內瓦市，蘭登先生。是瑞士的日內瓦。」

蘭登花了好一會兒才搞懂。「瑞士？」他覺得自己的心跳猛然激增。「你剛剛不是說，那個研究院只要飛一個小時！」

「沒錯，蘭登先生。」飛行員低笑。「這架飛機的時速是十五馬赫。」（譯註：馬赫〔Mach〕爲音速單位，此處意即音速的十五倍，相當於時速一萬八千四百五十公里。）

5

歐洲的一條繁華街道上，殺手在擁擠的人群中迂迴前進。他是個孔武有力的男子。又黑又壯，還有外表看不出來的靈活身手。他的肌肉依然感覺僵硬，還沒從上一場會面的激動中恢復過來。

進行得很順利，他告訴自己。雖然他的雇主從不露出面容，但光是他的出現，殺手就覺得很榮幸了。自從雇主第一次跟他接觸，至今真的只有十五天嗎？殺手還記得那通電話的每個字……

「我名叫傑納斯。」打電話來的人說道。「我們算是某種親人。我們有共同的敵人。我聽說可以花錢買到你的技巧。」

「那要看你代表的是誰。」殺手回答。

來電者告訴了他。

「你是存心開玩笑嗎？」

「顯然你聽過我們的名字。」來電者回答。

「當然聽過。那個兄弟會很有名。」

「不過你還是懷疑我是不是真的代表他們。」

「那個兄弟會已經消失了，這是人盡皆知的事情。」

「那是個狡猾的計謀。沒有人曉得要怕的敵人，才是最危險的。」

殺手很懷疑。「那個兄弟會還存在嗎？」

「暗中活動，隱祕的程度前所未有。我們的根已經滲透到你所見到的每件事物……甚至是我們最大死敵的神聖堡壘中。」

「不可能，他們是刀槍不入的。」

「我們的勢力範圍很廣。」

「沒有人的勢力能伸到裡頭去。」

「很快地，你就會相信了。有件事情已經發生了，毫無疑問地證明了那個兄弟會的力量。那是一樁背叛與證明的行動。」

「你們做了什麼？」

來電者告訴了他。

殺手的眼睛睜得大大的。「那是不可能的任務。」

次日，全世界各地的報紙都刊登了同樣的標題。那個殺手開始相信了。

現在，十五天之後，殺手的信任更爲堅定，毫無一絲懷疑了。那個兄弟會還存在，他心想。今晚他們就要出現，展示他們的力量了。

他穿越那些街道，黑色的眼珠閃著不祥的預感。人類有史以來最隱祕、最令人害怕的兄弟會來召喚他服務。他們的選擇很明智，他心想。他保密方面的聲譽之佳，僅次於他的殺人能力。

到目前爲止，他把他們服事得很好。他遵照要求殺了人，把東西交給了傑納斯。現在，就要看傑納斯如何運用他的權力，以確保這件東西能就定位。

就定位……

殺手很好奇傑納斯怎麼可能駕馭得了這麼重大的任務。這個人顯然在內部有熟人。那個兄弟會的勢力範圍似乎是無遠弗屆。

傑納斯（Janus），殺手心想。是個代號，很明顯。他很好奇，典故是出自那個古羅馬的雙面神雅納斯（Janus）……或是土星的那顆衛星？（譯註：土星的衛星之一 Janus，一般中文名爲「土衛十」。）反正也沒差別。傑納斯已經證明了自己的權力深不可測，這點是毋庸置疑的。

殺手一邊走著，一邊想像自己的祖先正朝下望著他微笑。今天他打了一場他們的戰役，對抗祖先們已經奮戰許多年的同一個敵人，遠自十一世紀起……當時敵人的十字軍首度劫掠他的土地，洗劫、殺害他的族人們，宣佈他們是不潔之人，玷污他們的神廟和神靈。

他的祖先曾組織了一支小小的敢死隊來捍衛自己。這支防禦軍後來變得聲名大噪——他們在鄉間出沒，以熟練的技巧屠殺他們所能發現的任何敵人。他們的名聲不單是源自殘酷的謀殺，也因爲他們會吸食迷幻藥以慶祝他們的殺戮。他們選擇的藥物是一種強效的麻醉品，他們稱之爲哈希什（譯註：hashish，即大麻脂，提取自藥性最強的大麻雌株頂花。）。

當他們的名聲遠播，這群致命殺手爲人所知的稱呼便成了一個單字——哈撒辛（Hassassin）——字面上的意思是「哈希什的追隨者」。哈撒辛之名幾乎在世上每種語言裡，都成了死亡的同義詞。到今天，這個單字仍在使用，甚至現代英語裡也有……不過就像殺人的手藝一樣，這個字也有所演變。

這個字現在念作assassin（刺客）。

6

六十四分鐘後，滿腹狐疑又輕微暈機的羅柏‧蘭登步下飛機的梯板，走到陽光普照的跑道上。一陣涼爽的微風吹動了他哈里斯毛料外套的翻領。開放空間的感覺眞好。他瞇起眼睛，看著周圍環繞的蒼翠綠色谷地緩緩隆起，鄰接著白雪覆頂的山峰。

我在作夢，他告訴自己。我隨時都會醒來。

「歡迎來到瑞士。」飛行員說，旁邊X—三三型飛機上，逐漸減緩的霧化燃料高能量密度材質引擎仍發出巨響，他講話得用吼的才聽得到。

蘭登看了看錶，上頭顯示著上午七點零七分。

「你剛剛跨越了六個時區。」那個飛行員告訴他。「這裡是下午剛過一點。」

蘭登重新設定了手錶。

「你覺得怎麼樣？」

他揉揉肚子。「好像一直在吃保麗龍。」

飛行員點點頭。「高山症。剛剛高度是六萬呎，你在飛機上會輕百分之三十。幸好這只是短程旅行。如果我們要去東京，我就得讓飛機一路上升到——一百哩。那才會搞得你五臟六腑都翻過來哩。」

蘭登滿臉病容地點點頭，就算自己幸運吧。整體來說，這趟飛行極爲平常。除了起飛時的加速簡直要震碎骨頭之外，這架飛機的運行相當典型——偶爾會有些小亂流，爬升時會有幾次壓力改變，但沒有任何跡象顯示他們正以令人腦袋發麻的一萬一千哩時速猛衝向前。

幾名技師衝上跑道，朝那架X—三三趕過來。那個飛行員帶著蘭登走向塔台旁停車場一輛黑色的標緻轎車。過了一會兒，他們已奔馳在穿越谷地底部的一條柏油路上。遠方依稀看得見一群建築的影子。車窗外的綠色田野化爲一片模糊。

蘭登不敢置信地看著飛行員把里程錶催到近一百七十公里——時速超過一百哩了。這傢伙怎麼回事，開這麼快幹嘛？他納悶著。

「離研究院還有五公里。」飛行員說。「我兩分鐘內就會把你送到。」

蘭登想找安全帶卻徒勞無功。何妨花三分鐘，好讓我們兩個能活著到那裡？

那輛車疾駛向前。

「你喜歡芮芭嗎？」飛行員問道，把一捲卡帶塞進錄音座。（譯註：芮芭指美國鄉村音樂女歌手芮芭・麥肯泰〔Reba McEntire〕）

一個女人開始唱道：「只不過是害怕孤單……」

這我倒是不怕，蘭登心不在焉地想著。他的女性同事常常嘲笑他，說他博物館級的文物收藏顯然只是想填滿空虛的家，他們堅持這個家如果有個女人就會大有益處。蘭登總是一笑置之，提醒他們說他生活中已經有三個摯愛——符號學、水球，還有單身生活——後者的自由讓他能旅遊世界、愛多晚睡就多晚睡，而且可以一杯白蘭地加上一本書在家中靜享夜晚。

「我們就像個小城市。」那個飛行員說，把蘭登從白日夢中拉回現實。「不單是一堆研究院而已。我們有超級市場、一所醫院，甚至還有個電影院。」

蘭登茫然點點頭，看著廣大綿延的建築群在眼前升起。

「事實上，」那個飛行員補充，「我們還擁有一個全世界最大的機器。」

「眞的嗎？」蘭登掃視著外頭的鄉間景致。

「先生，你從這裡看不到的。」那個飛行員微笑道。「那個機器埋在地下六層的地方。」

蘭登沒時間問了。那個飛行員毫無預警就踩下了煞車。車子在一個戒備森嚴的崗哨前停了下來。

蘭登看著眼前的標示牌，上頭用法文寫著：**安全檢查**。停。他忽然一陣恐慌，明白自己身處何處。

「老天！我沒帶護照！」

「不需要護照。」飛行員向他保證。「我們跟瑞士政府有個長期協定。」

蘭登目瞪口呆地看著司機交給警衛一個身分證件。那個哨兵將證件放進一個電子鑑識裝置，機器亮起了綠燈。

「乘客姓名呢？」

「羅柏·蘭登。」司機回答。

「是誰的訪客？」

「院長的。」

哨兵倒豎起雙眉。他轉身檢查一份電腦列印表，拿來比對著電腦螢幕上的資料。然後他回到窗口來。

「祝您停留期間愉快，蘭登先生。」

車子又再度上路奔馳，加速跑了兩百碼，繞過一個廣闊的圓環交流道，通往這所機構的主入口。前方逼近的是一棟四方形、超現代玻璃與鋼鐵結構的建築。蘭登驚訝於這棟建築令人屏息的透明設計。他對於建築向來鍾愛不渝。

「玻璃主教堂。」那個司機說。

「是教堂嗎？」

「要命，不是啦。我們沒有的東西之一，就是教堂。物理學是這裡的信仰。你在這邊可以隨便以上帝之名胡說八道，」他笑了，「但千萬不要誹謗任何夸克或介子。」

蘭登困惑地坐在車上，同時司機轉了個彎，停在那棟玻璃建築前面。夸克和介子？沒有國境管制？十五馬赫的噴射機？這群人到底是何方神聖？建築前方那塊花崗石板上刻著答案。

（CERN）
歐洲核子研究中心

「核子研究？」蘭登問，他頗確定自己沒有譯錯。

司機沒回答，他身子正往前湊，忙著調整車子的錄音帶播放機。「你該下車了。院長會在這棟大樓入口等你。」

蘭登發現一名坐輪椅的男子從大樓裡出來。看起來六十出頭，體型瘦削，頭頂全禿，嘴巴緊緊閉著，他身上一件白色的實驗外套，穿著鞋子的雙腳堅定地撐在輪椅的擱腳架上。即使隔了一段距離，也看得出他的雙眼毫無生氣——像兩顆灰色的石頭。

「就是他嗎？」蘭登問。

司機抬頭看了一眼。「唔，可眞準啊。」他轉過頭來朝蘭登露出不祥的微笑。「說曹操，曹操就到。」

蘭登下了車，不確定自己該期待什麼。

輪椅男子加速朝向蘭登，伸出一隻溼冷的手。「蘭登先生嗎？我們在電話裡談過。我是麥斯米倫・寇勒。」

7

麥斯米倫・寇勒是「歐洲核子研究中心」的院長，大家私下給他取了個德文綽號König——意爲國王（King）。對於這位從輪椅王座上統治其領土的人物，如此的綽號是出於懼怕居多，崇敬成份偏少。雖然跟他有私交的人很少，但他如何跛足的可怕故事已經成爲研究中心裡的傳說，大半人都不會怪他如此憤世嫉俗……也不會怪他矢志獻身於純科學。

蘭登才初次見到寇勒沒多久，就已經覺得這位院長是個難以接近的人。寇勒的電動輪椅靜靜地朝主要入口加速行去時，蘭登發現自己得小跑步才能追得上。蘭登從沒見過這樣的輪椅——上頭裝設了一排電子設備，包括多線電話、無線電呼叫系統、電腦螢幕，甚至還有一個小型的可分離式攝影機。那是寇勒國王的行動指揮中心。

蘭登跟在輪椅後頭，穿過了一道機械門，進入歐洲核子研究中心廣闊的大廳。

玻璃主教堂，蘭登思索著，抬頭往上方看去。

在他頭頂上，泛藍的屋頂在午後陽光下閃爍著，幾何形的光線照射在空中，爲整個空間製造出一種莊嚴感。尖瘦的陰影落下來，像血管般鋪在白瓷磚牆壁和大理石地板上。空氣聞起來清潔無菌。幾個科學家輕快走過，腳步聲在大廳中迴盪著。

「這邊請，蘭登先生。」他的聲音聽起來簡直像電腦發出的。腔調僵硬而精確，就像那張表情嚴肅的臉一樣。寇勒咳了一聲，用白手帕擦擦嘴，死灰的眼珠緊盯著蘭登。「麻煩快點。」他的輪椅簡直像是飛奔過瓷磚地板似的。

蘭登跟在後頭經過中庭，這裡似乎有無數走廊往四面八方延伸出去。每個走廊都有活動進行。看到寇勒的科學家似乎都驚奇地瞪大眼睛，他們瞧著蘭登的眼光似乎很好奇他是什麼來頭，竟能有幸和寇勒同行。

「我真是不好意思承認，」蘭登大著膽子開口搭訕，「我以前從沒聽過歐洲核子研究中心。」

「不稀奇。」寇勒俐落地回答，聽起來刺耳又簡潔。「大部分美國人都不認爲歐洲是科學研究的全球領導者。他們只把我們當成一個古老又別緻的購物區——如果你想想愛因斯坦、伽利略、牛頓的國籍是哪裡，就會覺得這種觀念很奇怪了。」

蘭登不確定該怎麼回應。他從口袋掏出那張傳眞紙。「照片上這個人，你能不能——」

寇勒手一揮打斷了他的話。「拜託，請不要在這裡談。我現在就帶你去他那裡。」他伸出一隻手。

「也許那張紙應該交給我。」

蘭登把傳眞紙遞過去，默默地跟在後頭走。

寇勒往左一轉，來到一個陳列著獎座和獎牌的寬闊走道。一個特別大的獎牌佔據了入口。蘭登經過時慢下腳步，閱讀刻在青銅牌上的字。

電子藝術大獎

數位時代之文化創新類

表彰提姆·李暨歐洲核子研究中心發明

全球資訊網

我真是該死，蘭登心想，看著那段文字。*剛剛這傢伙沒跟我開玩笑*。蘭登一直以爲全球資訊網是美國人發明的。不過話說回來，他的網路知識也只限於偶爾用他的老麥金塔連上他自己著作的網站，外加偶爾上法國羅浮宮或西班牙普拉多美術館網站搜尋。

「全球資訊網，」寇勒說著又咳了聲，擦擦嘴，「在這裡一開始只是內部電腦網點的聯繫網路，讓不同部門的科學家可以把每天的新發現跟其他人分享。當然，全世界的印象都以爲全球資訊網是美國人發明的技術。」

蘭登跟著寇勒往走廊盡頭而去。「那爲什麼不澄清呢？」

寇勒聳聳肩，顯然沒什麼興趣。「只不過是對於一個小小技術的小小認知錯誤罷了。歐洲核子研究中心的眼界，比全球電腦連結要遠大太多了。我們的科學家幾乎每天都會製造出奇蹟。」

蘭登疑惑地看了寇勒一眼。「奇蹟？」在哈佛的費爾柴德科學大樓，肯定不會有「奇蹟」這個字彙。「奇蹟」是留給神學院使用的。

「你好像很懷疑。」寇勒說。「我還以爲你是宗教符號學家。你不相信奇蹟嗎？」

「我對於奇蹟還沒拿定主意。」蘭登說。*尤其是發生在科學實驗室裡的奇蹟。*

「或許奇蹟這個字眼用得不對。我只是想用你的語言說話。」

「我的語言？」蘭登忽然覺得很不自在。「我不想讓你失望，先生，不過我是研究宗教符號學的——我是個學者，不是神父。」

寇勒忽然緩下速度，轉過身子來，他的眼神稍稍柔和了些。「當然了。我的想法太簡單了。一個人要分析癌症的症狀，不必非得癌症不可。」

蘭登還沒聽過這樣的說法。

他們沿著走道往下，寇勒會意地點點頭。「我想你我應該會充分了解彼此立場的，蘭登先生。」

不知怎地，蘭登卻很懷疑。

正當兩人往前疾行時，蘭登開始感覺到前方有個低沈的隆隆聲。隨著他們逐步往前，聲音愈來愈大，在牆壁間迴盪著。聲音似乎是來自他們前方的走道盡頭。

「那是什麼？」蘭登終於問出口時，得用吼的才行。他覺得他們好像是走向一座活火山似的。

「自由落體管。」寇勒說，空洞的聲音毫不費力地切穿空氣，卻沒有進一步解釋。

蘭登沒再問。他累極了，而麥斯米倫·寇勒似乎無意贏得任何熱忱招待獎。蘭登提醒自己來到這兒的原因。光明會。他假設這棟龐大機構裡的某處有一具屍體……他剛剛飛了三千哩，就爲了來看屍體上烙印的那個符號。

他們快到走道盡頭時，那個隆隆聲幾乎震耳欲聾，蘭登的腳底板傳來一股震顫。他們轉了彎，右方出現一個觀景場。四片厚玻璃門嵌在一道弧形牆上，就像潛水艇上的窗戶一樣。蘭登停下腳步，透過其中一塊玻璃望進去。

羅柏·蘭登教授這輩子見過種種千奇百怪的事物，但眼前這個比什麼都要怪。他眨了幾下眼睛，想弄清自己是不是產生了幻覺。玻璃門內是個巨大的圓形房間。而在房間裡，彷彿沒有重量般漂浮著的，是人。總共有三個。其中一個揮揮手，然後在半空中翻了個觔斗。

老天，他心想。我來到綠野仙境了。

那個房間裡的地板是網狀的格子，就像是一片巨型的鐵絲網。格子底下可以看見一個巨大螺旋槳的金屬模糊影子。

「自由落體管。」寇勒說，停下來等他。「室內的跳傘運動。可以紓解壓力。這是個垂直的風洞。」

蘭登驚奇地看著。其中一個自由落體者是個胖胖的女人，她調整著朝窗邊過來。她被氣流猛吹著，卻朝蘭登咧開嘴笑了，還豎起大拇指。蘭登也虛弱地回了個笑，比了同樣的手勢，心中納悶她是否知道這個手勢是古代的陰莖符號，象徵男性的生殖力。

蘭登注意到，那個壯碩的女人身上裝著一個看似迷你降落傘的東西，其他人都沒有。她上方鼓起的布包像個玩具。「她身上那個小降落傘是要做什麼的？」蘭登問寇勒。「那直徑不會超過一碼。」

「摩擦力。」寇勒說。「減少她的空氣動力，好讓風扇可以把她吹起來。」他繼續沿著走廊往前。

「一平方碼的曳引力，可以使物體的下降速度減緩將近百分之二十。」

蘭登茫然地點點頭。

當時他沒想到，到了當天晚上，在幾百哩外的另一個國家，這個資訊將會救他一命。

8

寇勒和蘭登從歐洲核子研究中心的主建築群後方出來，進入瑞士的酷烈陽光下，一時之間，蘭登覺得自己好像被送回家了。眼前的景色看起來就像個長春藤名校的校園。

長滿青草的斜坡如瀑布般陡降，來到一片點綴著叢叢糖楓的廣闊四方形低地，低地四周環繞著磚造宿舍和小徑。學者模樣的人們抱著成疊厚厚的書，匆忙走進建築或出來。彷彿爲了強調整個大學校園的氣氛似的，方庭裡還有兩名長髮嬉痞在來回擲飛盤，同時一邊享受著宿舍一扇窗戶裡傳來的馬勒第四號交響曲。

「這是我們的員工宿舍。」寇勒在小徑上驅動輪椅朝那片建築群加速前進時，向蘭登解釋。「我們這裡有三千多名物理學家。光是歐洲核子研究中心，就雇用了全世界一半以上的粒子物理學家——世上最聰明的腦袋——德國人、日本人、義大利人、荷蘭人，你說得出的國家，我們全有。我們的物理學家代表了五百所大學和六十多個國家。」

蘭登很驚訝。「這麼多人要怎麼溝通？」

「當然，用英語。科學的共通語言。」

蘭登向來聽說數學是科學的共通語言，但他已經累得不想爭辯了。他認命地跟著寇勒沿那條小徑往前走。

走到通往方庭的半途中，一個年輕人慢跑經過。他的T恤上宣佈：「NO GUT, NO GLORY!」（譯註：一般常見勵志標語 No Guts, No Glory. 直譯爲「沒有膽識，就沒有榮耀」。guts 必須用複數形，意指膽識。）

蘭登在後頭看著他，滿腹狐疑。「Gut？」

「一般統合理論（General Unified Theory），」寇勒說：「就是一切事物的理論。」

「我懂了。」其實他什麼也不懂。

「你熟悉粒子物理學嗎，蘭登先生？」

蘭登聳聳肩。「我熟悉一般物理學——墜落的物體，那一類的。」多年高空跳水的經驗，使得他對重力加速度的力量充滿敬畏。「粒子物理學是研究原子的，不是嗎？」

寇勒搖搖頭。「比起我們所研究的主題，原子就像是行星。我們的興趣在於原子的核——大小只佔整個原子的千分之十。」他又咳嗽，聽起來好像病了。「自古以來，人們一直在問同樣的問題，歐洲核子研究中心的研究者們來到這裡，是想找出這些問題的答案。我們是從哪裡來的？我們是什麼構成的？」

「而這些問題的答案在物理學研究室裡？」

「你好像很驚訝。」

「我是很驚訝。這些好像是屬於心靈面的問題。」

「蘭登先生，所有的問題一度都是屬於心靈面的。自古以來，靈性和宗教就被用來填滿科學無法理解的空隙。太陽的升起與落下，一度被歸因於太陽神赫利奧斯和他所駕駛燃燒的雙輪馬車。地震和潮汐則是海神波賽頓的憤怒所引發。現在科學已經證明這些神都是假偶像。很快地，所有的神都將被證明是假偶像。人類所能問的一切問題，現在科學幾乎都已經提供了答案。現在只剩下幾個深奧難解的問題。我們是從哪裡來的？我們爲什麼在這裡？生命和宇宙的意義是什麼？」

蘭登很驚訝。「這些是歐洲核子研究中心試圖回答的問題嗎？」

「修正一下，這些是我們正在回答的問題。」

蘭登沈默著，兩人迂迴穿過宿舍前的方庭。他們走到一半，一個飛盤飛過頭上，就在他們面前掉下來。寇勒沒理會，繼續往前。

方庭對角傳來一個法語的叫聲。「拜託一下！」

蘭登望過去。一個年長的白髮男子，身穿「巴黎大學」字樣的長袖運動衫，正在朝他揮手。蘭登拾起飛盤，熟練地擲回去。那個年長男子用一根手指接住了，飛盤在他手上彈跳了幾下，然後又從肩頭甩出去給他的夥伴。「謝了！」他用法語對著蘭登喊。

「恭喜，」等到蘭登終於跟上，寇勒對他說：「你剛剛跟一位諾貝爾獎得主玩過飛盤了，他就是喬治・夏帕克，『多絲正比室』的發明人。」

蘭登點點頭。*今天是我的幸運日。*

蘭登和寇勒又走了三分鐘，才來到他們的目的地——一所維修良好的大型宿舍，坐落於歐洲山楊園林中。比起其他宿舍，這棟建築物似乎格外奢華。門前的石雕標示牌顯示著「C樓」。

*這個樓名可真有想像力，*蘭登心想。

雖然名字乏味，C樓倒是合乎蘭登的建築品味——保守牢靠。這棟大樓有著紅磚外觀，一排裝飾華麗的欄杆，四周圍繞著修剪成對稱形的樹籬。他們兩人步上岩石坡道，走向入口，經過的門道兩旁聳立著一對大理石柱。有人在一根柱子上貼了張便條。

這根柱子是愛奧尼亞式（THIS COLUMN IS IONIC）

*物理學家的塗鴉？*蘭登沈思著，看看那根柱子，暗自低笑起來。「看到連最聰明的物理學家都會犯錯，我覺得安慰多了。」

寇勒看看他。「你指的是什麼？」

「不管這張便條是誰寫的，反正都寫錯了。那根柱子不是愛奧尼亞式，愛奧尼亞式圓柱的柱身寬度是固定的，但那根柱子卻是上端逐漸變細。那是多利亞式——希臘式的柱式。這種錯誤很常見。」

寇勒沒笑。「寫那張便條的人是在開玩笑，蘭登先生。Ionic指的是含有離子（ion）——帶有電荷的粒子。大部分物體都含有離子。」

蘭登回頭看看那根柱子，咕噥了一聲。

踏出電梯來到C樓的頂樓時，蘭登還是覺得自己好蠢。他隨著寇勒走進一條陳設完善的走廊，室內裝潢出乎預料，是傳統法國殖民式風格，一張鮮紅色的長沙發椅，放在地板上的大瓷瓶，還有木製工藝品上的渦卷形裝飾。

「我們希望我們的終身職科學家能過得舒適。」寇勒解釋。

顯然如此，蘭登心想。「所以傳眞上的那個人住在這裡？是你們的高層員工？」

「很高層。」寇勒說。「他今天上午本來要跟我開會的，卻沒有出現，打呼叫器給他也沒有回應。我過來找他，結果發現他死在他的客廳裡。」

想到快要見到那具屍體，蘭登不禁湧上一股寒意。他的胃一向不是太好。這是他當學生上藝術課時發現的弱點，當時老師在課堂上說，李奧納多・達文西曾掘出屍體並切開其肌肉組織，以獲取有關人類形體的專業知識。

寇勒帶路走向走廊盡頭。那裡有一扇門。「閣樓，你們美國人大概會這麼稱呼。」寇勒宣佈，指掉前額的一滴汗珠。

蘭登看著眼前那扇橡木門。名牌上寫著：

李歐納度・威特拉

「李歐納度．威特拉，」寇勒說：「下星期滿五十八歲。是我們這個時代最聰明的科學家之一。他的死是科學界的一大損失。」

一時之間，蘭登覺得寇勒堅定的臉上透露出一絲情感。但那股情感來得快，去得也同樣快。寇勒手伸進口袋，掏出了一個大鑰匙圈。

蘭登忽然有個怪異的感覺。這座大樓似乎空無一人。「其他人都去哪兒了？」他問。他們就要進入一個謀殺現場了，沒想到四周竟然沒有人活動。

「住宿在中心裡的員工，現在都在各自的研究室裡。」寇勒邊找著鑰匙邊回答。

「我指的是警察。」蘭登解釋道。「他們已經離開了嗎？」

寇勒正要把鑰匙插入門鎖，停了一下。「警察？」

蘭登的視線與主任相遇。「警察。你把一樁凶殺案的照片傳眞給我。你一定是已經先報了警。」

「我很確定我沒報警。」

「什麼？」

寇勒的灰色眼珠變得凌厲起來。「這個情況很複雜，蘭登先生。」

蘭登心頭湧上一陣憂懼。「可是……一定有其他人曉得這件事吧！」

「沒錯。李歐納度的養女。她也是歐洲核子研究中心這裡的物理學家，和她父親共用一個研究室。他們是工作夥伴。威特拉女士這星期出門去做實地調查研究。我已經把她父親的死訊通知她了，她一聽到就馬上啓程趕回來。」

「可是有個人被謀——」

「會有正式的調查的。」寇勒說，語氣堅定。「不過，調查中一定會搜索威特拉的研究室，這裡一向是他和他女兒列入極為隱私的地方。因此，得等到威特拉女士回來，才能讓警方搜索。我覺得我起碼該給她這麼一點處理權。」

寇勒轉動鑰匙。

門往後盪開時，一陣寒風嘶嘶透入門廊，直撲蘭登臉上，逼得他狼狽後退。他凝視著門檻裡那個陌生的世界。眼前這戶住所籠罩在一片厚厚的白霧中。白霧環繞著家具打著旋，爲整個房間罩上一層昏暗的霧氣。

「這是怎麼……？」蘭登不禁語塞。

「氟里昂冷卻系統。」寇勒回答。「我把這一戶的溫度調低，好保存屍體。」

蘭登把他粗毛料外套的鈕子給扣上，以抵擋寒意。我在綠野仙境裡，他心想。而且我忘了穿我的魔鞋。

9

蘭登面前地板上的那具屍體十分醜惡。已過世的李歐納度·威特拉朝天躺著，衣服被剝光，皮膚呈藍灰色。頭骨從折斷處戳出來，頭被整個向後扭轉，前後顛倒。蘭登看不見他的臉，因爲被壓在地板上了。這個人躺在一片自己的尿液所形成的冰凍水灘中，圍繞著乾縮生殖器的陰毛有如蛛網般，結了點點白霜。

蘭登強抑著想吐的衝動，眼光轉到被害者的胸部。雖然蘭登曾經看過傳真上那個對稱的傷口十幾次了，但面對面看著實際的傷口，卻無疑更令人震撼。被炙燒過而突起的肉輪廓分明……形成一個完整無瑕的符號。

蘭登很疑惑，此刻傳透他全身那股強烈的寒意，是因爲冷氣，還是因爲對眼前這個符號的重大意義太過驚訝。

他心臟突突猛跳，繞到屍體另一頭，上下顛倒閱讀屍體上的那個字，再度確定了對稱性的特徵。此刻面對面凝視著那個符號，他似乎更難以相信了。

「蘭登先生？」

蘭登沒聽到。他已經置身另一個世界……他的世界，他的元素，一個歷史、神話、知識相互衝擊的世界，感官淹沒其中。他的腦筋開始運轉。

「蘭登先生？」寇勒的雙眼期待地探查著他。

蘭登沒抬眼。他此時更加全神貫注，焦點完全集中。「你已經知道多少了？」

「只有在你網站上匆匆讀過的那些。Illuminati這個字的意思是『受啓蒙者』。是某個古代兄弟會的名字。」

蘭登點點頭。「你之前聽過這個名字嗎？」

「直到威特拉先生身上被烙印這個字，我才第一次知道。」

「所以你上網搜尋過這個字了？」

「是的。」

「可想而知，搜尋結果有好幾百筆相關資料。」

「幾千筆。」寇勒說。「不過，你的網站所涵蓋的參考資料，包括了哈佛、牛津、一家聲譽良好的出版社，還列舉了相關出版著作。身爲一個科學家，我已經學會了一點，那就是資訊的價值取決於它的來源。你的專業素養似乎相當可信。」

蘭登的雙眼仍定定看著那具屍體。

寇勒沒再說什麼。他只是瞪著眼睛，顯然等著蘭登針對他們眼前的景象給點提示。

蘭登抬頭，看了這個冰凍的住處一圈。「也許我們該找個比較溫暖的地方討論這件事？」

「這個房間很好。」寇勒似乎對寒冷不以爲意。「我們就在這裡談吧。」

蘭登皺起眉頭。光明會的歷史一點也不單純。我講解到一半就會凍死了。他再度凝視著那個烙印，一股畏怯之感再度湧上心頭。

儘管有關光明會標誌的種種描述，已經是現代符號學中著名的傳說，但卻沒有任何學者曾實際看見過。古代文獻描述這個標誌是個雙向圖（ambigram）——ambi意指「兩者」（both）——表示從兩個方向都可以辨識。雖然雙向圖在符號學中很常見——納粹黨徽、陰陽、猶太人的六角星、單純的十字——但要把一個字製作成雙向圖，似乎是完全不可能的。現代符號學曾嘗試多年，想把"Illuminati"這個字製作成一個完全對稱的形式，但都不幸失敗了。大部分學者現在判定，這個標誌其實是虛構的，並沒有存在過。

「所以誰是光明會？」寇勒問。

是啊，蘭登心想，到底是誰？他開始述說。

「人類有史以來，」蘭登解釋，「科學和宗教之間就有一道深深的裂痕。像哥白尼這種直言不諱的科學家——」

「就被謀殺。」寇勒突然插嘴。「因為揭露科學眞相而被教會謀殺。宗教向來迫害科學。」

「是的。但在十六世紀，有一群人在羅馬反抗教會。某些義大利最博學而開明的人士——物理學家、數學家、天文學家——開始祕密聚會，討論他們對教會所傳達那些不正確知識的擔憂。他們害怕教會對於『眞理』的獨佔性，會威脅到全世界學術的啓蒙。他們創立了世上第一個科學智庫，自稱為『受啓蒙者』。」

「就是光明會。」

「沒錯。」蘭登說。「全歐洲最有學識的心靈……獻身於追求科學眞理。」

寇勒沈默無言。

「當然，光明會被天主教會殘酷地追捕。只有以極度祕密的儀式，才能保障這些科學家的安全。透過學術界的祕密管道，消息逐漸傳開來，光明會這個兄弟會逐漸成長，遍及全歐洲各地的學術圈。這些科學家們定期聚會，地點在羅馬一個極度機密的隱匿基地，他們稱之為光明教堂。」

寇勒咳了一下，在他的輪椅上挪了挪身子。

「許多光明會員，」蘭登接著說：「想以暴力行動對抗教會的暴政，但他們最受尊敬的會員說服他們放棄。他是個和平主義者，也是那個時代最著名的科學家。」

蘭登確定寇勒聽過這個名字。即使不是科學家，也熟悉這位命運多舛的天文學者，他曾因為宣稱太陽系的中心不是地球，而是太陽，因而遭到教會逮捕，還差點被處決。儘管他的數據明白無誤，卻還是被教會嚴厲地懲罰，只因為他暗示上帝並沒有把人類置於其宇宙的中心。

「他的名字是伽利略・伽利萊。」蘭登說。

寇勒抬頭。「伽利略？」

「沒錯。伽利略是光明會的成員，也是個虔誠的天主教徒。他試圖軟化教會在科學方面的立場，宣稱科學並不會使上帝存在的可信度有所減損，而是會更為強化。他曾一度寫過，當他透過望遠鏡看著諸多旋轉的行星時，可以在星球的音樂間聽到上帝的聲音。他認為科學和宗教不是敵人，而是同盟——以兩種不同的語言述說同樣的故事，一個對稱而平衡的故事……天堂與地獄、黑夜與白晝、熱與冷、上帝與撒旦。科學和宗教一同享有上帝的對稱之美……光亮與黑暗間永不休止的競爭。」蘭登暫停下來，跺跺腳好保持溫暖。

寇勒只是坐在他的輪椅上盯著蘭登。

「不幸的是，」蘭登繼續說：「教會並不希望看到科學和宗教的統合。」

「當然了。」寇勒插嘴。「教會宣稱它們是人們了解上帝的唯一管道，一旦科學和宗教統合，教會的說法就一筆勾消了。於是伽利略遭到教會以異端的罪名審判，判他有罪，並終身軟禁。我對科學史很熟，蘭登先生。但這些都是好幾個世紀前的事情了，跟李歐納度・威特拉有什麼關係呢？」

好難回答的問題。蘭登直接切入重點。「伽利略被捕使得光明會一陣大亂，犯了許多錯，教會因此發現了四名會員的身分。這四個人遭到逮捕和審問，但四位科學家什麼都不肯說……即使是遭到刑求。」

「刑求？」

蘭登點點頭。「他們遭到烙刑，就在胸膛上，烙上了十字架的符號。」

寇勒瞪大眼睛，不安地看了威特拉的屍體一眼。

「然後這四個科學家被殘酷地殺害，屍首被扔在羅馬城的街道上，好警告那些想加入光明會的人。隨著教會的步步進逼，剩下的光明會員就逃離了義大利。」

蘭登暫停了一下，好強調他的重點。他直直看著寇勒冰冷無情的雙眼。「光明會深入地下，開始混雜了其他躲避教會整肅的流亡團體——神祕主義者、煉金術士、神祕學者、穆斯林、猶太人。多年以來，光明會開始吸收新的成員。於是一個新的光明會出現了，更加陰暗邪惡，而且強烈反基督信仰。他們變得非常有權力，利用極度機密的神祕儀式，他們誓言有一天要再度興起，報復天主教教會。他們的權力擴張到頂點，教會一度將他們視為世上最危險的反基督勢力。梵蒂岡教廷譴責這個兄弟會是夏旦（Shaitan）。」

「夏旦？」

「這是伊斯蘭教的語言。意思是『敵人』……上帝的敵人。教會選擇用伊斯蘭教的語言命名，是因為他們認為那是一種污穢的語言。」蘭登遲疑著。「夏旦是一個英語字的字根……撒旦（Satan）。」

寇勒的表情掠過一絲不安。

蘭登的聲音轉為冷酷。「寇勒先生，我不知道這個印記怎麼會出現在這個人的胸膛上……也不知道為什麼……但你眼前這個，正是全世界最古老、最有權力的魔鬼教派遺失已久的符號。」

10

窄巷裡空無一人。現在哈撒辛邁開大步，黑色雙眼滿懷期待。接近目的地時，傑納斯臨別說的話在他心中迴盪。第二階段很快就要開始了。去休息一下吧。

哈撒辛冷笑。他整夜都沒睡，但是此刻他心中最不想做的就是睡覺。弱者才要睡覺。他像之前的古代先人一樣是個戰士，而一旦戰役開始，他的族人是絕不睡覺的。這場戰役肯定是開始了，他獲得了灑下第一滴血的榮譽。現在他回去工作之前，還有兩個小時可以慶祝這份榮耀。

睡覺？要放鬆還有更好得多的方式……

他喜愛享樂主義者的愉悅樂事，那是祖先遺傳給他的。他的先人曾沉迷於大麻脂，但他更喜歡以另一種形式滿足自己。他以自己的身體自豪——那是一具勻稱優美的致命機器，因此他不顧先人的傳統，拒絕以麻醉品污染自己的身體。他開發出一種比藥物更滋補的癮……那是一種比藥物健康得多、也更令人滿足的獎賞。

哈撒辛感覺到體內一種熟悉的預期感高漲，沿著小巷走得更快了。他來到一扇平凡無奇的門前，按了門鈴。門上出現了一條窺視縫，一雙柔和的棕色眼珠打量他一番。然後門開了。

「歡迎。」那個穿著考究的女子說。她帶著他來到一處客廳，裡頭的裝潢陳設完美無瑕，燈光調得很暗。空氣中透出一絲昂貴香水和麝香味兒。「慢慢來沒關係。」她遞給他一本相簿。「決定好了就按鈴通知我。」然後她消失了。

哈撒辛微笑。

他坐在那張厚絨布沙發中，把相簿放在膝上，感覺到一股肉欲的飢渴在體內翻騰。儘管他的族人不過聖誕節，但他想像基督徒小孩的感覺必然就是如此，坐在一堆聖誕禮物前，正要發掘其中的奇蹟。他打開相簿，審視著那些照片。他一生的種種性幻想也凝視著他。

瑪麗莎。義大利女神。熱情如火。年輕版的蘇菲亞・羅蘭。

幸子。日本藝伎。輕盈柔美。顯然富於技巧。

卡娜拉。絕色的黑美人。肌肉發達，富有異國情調。

他細看過整本相簿兩次，挑出他心目中的人選。他按了身邊桌子上的一個鈕。過了一會兒，剛剛那名接待過他的女子再度出現。他指出了自己的選擇。她微笑了。「跟我來。」

處理過財務事宜後，那名女子輕聲講了一通電話。她等了幾分鐘，然後走上一道曲折的大理石階梯，來到一條奢華的走廊。「盡頭的那扇金色門。」她說。「你的品味很昂貴。」

應該的，他心想。我是個鑑賞家。

哈撒辛放輕腳步走過那條走廊，像一頭黑豹期待著遲來已久的大餐。他到了門口，兀自微笑。門已經微開……正歡迎他進入。他推門，門無聲盪開。

一看到那個人選，他就知道自己挑對了。她正是他所要的……赤裸，仰面躺著，雙臂以天鵝絨粗繩綁在床柱上。

他走進房間，一根深色手指撫過她象牙般的腹部。我昨晚殺了人，他心想。你就是我的獎賞。

11

「魔鬼教派？」寇勒擦擦嘴，不安地挪動了一下。「這是魔鬼教派的符號？」

蘭登在結冰的房間裡踱步取暖。「光明會以前是魔鬼教派。但以現代的定義來說，其實並不是。」

蘭登迅速解釋，一般人總把魔鬼教派想成一群崇拜魔鬼的入迷者，然而從歷史根源來說，魔鬼崇拜者是一群非常有學識的人，被教會視爲敵手，也就是夏旦。種種謠傳如魔鬼黑魔法以動物獻祭以及五角星儀式，都只不過是教會爲了汙衊敵人而大肆散播的謊言。久而久之，許多反對教會的人想超越光明會，就開始相信這些謊言，予以模仿。於是，現代的魔鬼崇拜就此誕生。

寇勒忽然咕噥了一句。「這些都是古代的歷史。我想知道這個符號怎麼會跑到這裡來。」

蘭登深吸一口氣。「這個符號本身是由十六世紀一個不知名的光明會藝術家所設計的，以紀念伽利略對於對稱性的喜愛——這是個神聖的光明會標誌。光明會一直對這個設計保密，宣稱一定要等到他們累積了足夠的力量，再度出現，實踐最後的目標時，才會將這個標記公諸於世。」

寇勒一臉懷疑。「所以這個符號表示，光明會又出現了？」

蘭登皺起眉頭。「那是不可能的。我還沒跟你解釋光明會歷史上的一個重要時期。」

寇勒的聲音提高了。「那就請你告訴我。」

蘭登搓搓手，心中過濾著幾百篇他讀過或寫過有關光明會的文獻。「光明會成了一批倖存者。」他解釋。「他們逃離羅馬之後，走遍歐洲各地，想尋找一個安全的地方好重整旗鼓。他們被另一個祕密會社接納……那是一個兄弟會，由富有的巴伐利亞石匠所組成，叫做共濟會（譯註：Freemasons字面意爲「自由石匠」，華人地區分會的正式中文名稱爲「美生會」）。」

寇勒一臉震驚。「就是那個共濟會？」

蘭登點點頭，對於寇勒聽說過這個團體，他一點也不感到意外。目前共濟會分布全球的會員超過五百萬人，其中一半在美國，歐洲有一百多萬人。

「共濟會肯定不是魔鬼教派。」寇勒說，口氣忽然充滿懷疑。

「那當然了。共濟會成了自己善行的受害者。在十八世紀，共濟會提供流亡科學家庇護，不知不覺就成了光明會的掩護者。光明會在共濟會內部壯大，逐漸接掌各地分會的重要職位。他們在共濟會內部暗自重建自己的科學兄弟會——成了一種祕密會社內部的祕密會社。然後光明會利用共濟會遍及世界的會廬，散播他們的影響力。」

蘭登吸了口冰冷的空氣，然後繼續往下說：「摧毀天主教是光明會的中心盟約。這個兄弟會認爲，天主教教會所傳播的迷信教義，是人類最大的敵人。他們擔心，如果宗教繼續把這些虔誠的神話當成眞正的眞理宣傳，科學進展將會停滯不前，人類將註定走向一個無知的未來，毀滅於一連串愚蠢的聖戰。」

「跟今天的狀況很像。」

蘭登皺皺眉。寇勒說得沒錯。至今聖戰依然是新聞標題常出現的字眼。我的神比你的神更好。眞誠信徒似乎總會連帶引發高死亡人數。

「說下去。」寇勒說。

蘭登收攏思緒，繼續說：「光明會在歐洲的勢力愈來愈大，於是把目標轉向美國，這個剛起步的政府有許多領導者都是共濟會員——喬治．華盛頓、班傑明．富蘭克林——這些誠實、敬畏上帝的人並未察覺共濟會成了光明會的大本營。光明會掌握了這個滲透內部的優勢，協助共濟會設立銀行、大學、工廠，好爲他們的最終目標籌措資金。」蘭登停了一下。「他們的最終目標，就是創造一個統合的國家——某種世俗的『新世界秩序』。」

寇勒沒有反應。

「新世界秩序，」蘭登重複說了一次，「是以科學的啓蒙爲基礎。他們稱之爲他們的『路濟弗爾教義』。教會宣稱路濟弗爾（Lucifer）指的就是魔鬼撒旦，可是光明會堅稱路濟弗爾就是字面上的拉丁文意義——帶來亮光者，也就是『光明者』。」

寇勒嘆了口氣，他的聲音忽然變得很嚴肅。「蘭登先生，請坐。」

蘭登躊躇地坐在一張結了霜的椅子上。

寇勒把他的輪椅挪得近些。「你剛剛說的那些，我不確定自己全都聽懂了，不過有一點我很清楚。李歐納度・威特拉是歐洲核子研究中心最寶貴的資產之一。他也是我的朋友。我需要你幫我查出光明會的行蹤。」

蘭登不知道該如何回答。查出光明會的行蹤？他是在開玩笑吧？「先生，恐怕這是完全不可能的。」

寇勒揚起一道眉。「什麼意思？你不願意——」

「寇勒先生，」蘭登湊近他的主人，不確定該怎麼讓寇勒明白他接下來的話，「我的故事還沒講完。撇開表面跡象不論，這裡的這個烙印極不可能是光明會留下的。半個多世紀以來，都沒有他們存在的任何證據，而且大部分學者都同意，光明會已經絕跡很多年了。」

接下來是一片沈默。寇勒望著迷霧的眼神既驚愕又憤怒。「他們的會名就烙印在這個人身上，你怎麼能告訴我這個團體已經絕跡了！」

蘭登一整個早上也在問自己同樣的問題。光明會雙向圖的出現的確令人震驚。全世界符號學家都會茫然無措。然而，以蘭登的學術專業判斷來看，這個標誌的再度出現，其實跟光明會完全無關。

「符號的出現，」蘭登說：「並不顯示設計這些符號的人也跟著出現。」

「這是什麼意思？」

「意思是光明會這類哲學體系消失之後，他們的符號卻留下來……可能被其他團體採用。這種狀況稱之爲『轉移』，在符號學中很常見。納粹黨取用了印度教的曲臂十字符號，基督教借用了埃及人的十字架符號，還有——」

「今天早上，」寇勒說：「我在電腦裡面輸入『光明會』這個字，結果查到了幾千筆參考資料。顯然許多人認爲，這個團體目前還存在。」

「陰謀論瘋子。」蘭登回答。流傳在現代大眾文化圈子裡的種種陰謀論實在太多，他向來不耐煩。傳播媒體渴望啓示錄式的新聞標題，而且自稱「教派專家」的人也仍在利用千禧年的話題熱潮，杜撰一堆故事，說光明會仍然在活動，還正在建立他們的「新世界秩序」。最近《紐約時報》還曾報導，無數名人跟令人起雞皮疙瘩的共濟會有牽扯——作家亞瑟・柯南・道爾爵士、肯特公爵、喜劇演員彼得・謝勒、作曲家爾文・柏林、英國菲力浦親王、爵士大師路易斯・阿姆斯壯，外加一大票知名的當代企業家和銀行業鉅子。

寇勒憤怒地指著威特拉的屍體。「看看這個證據，我想那些陰謀論狂熱者或許沒說錯。」

「我知道表面看起來好像是這麼回事，」蘭登盡可能婉轉地說：「但更合理的解釋是，另有一個組織取得了光明會的標誌，用來達到自己的目的。」

「什麼目的？這個謀殺案顯示了什麼？」

好問題，蘭登心想。他也難以想像，時隔四百年之後，光明會的標誌會是從哪裡找出來的。「我只能告訴你，儘管我很確定光明會已經不存在了，但即使這個兄弟會現在依然活躍，他們也絕對不會涉入李歐納度・威特拉的命案。」

「是嗎？」

「沒錯。光明會可能想除掉基督教信仰，但他們會透過政治和金融的手段發揮力量，而不會訴諸於恐怖份子的行動。再說，光明會對於敵人的定義，向來有嚴格的戒規。他們最尊重的就是從事科學的人，所以絕對不可能謀殺像李歐納度・威特拉這樣的科學家。」

寇勒的眼神轉爲冰冷。「或許我忘了提，李歐納度・威特拉絕對不是一般的科學家。」

蘭登很有耐心地吐了口氣。「寇勒先生，我確定李歐納度・威特拉在許多方面都很出色，但其實還是

──」

寇勒忽然把輪椅轉向，加速離開了客廳，轉入一條走廊，後頭拖著一陣旋轉的霧氣。

天可憐見，蘭登哀嘆一聲，跟了上去。寇勒正停在走廊盡頭的一個小凹室前等著他。

「這是李歐納度的書房。」寇勒說，指著那道拉門。「或許等你看過這個書房，就會有不同的想法了。」寇勒伸手拉門，吃力地咕噥了一聲，門被拉開了。

蘭登望向書房內，立刻覺得全身起了雞皮疙瘩。聖母馬利亞啊，他喃喃自語。

12

另一個國家，一名年輕衛兵耐心坐在一排昂貴的監視錄影器螢幕前方。他望著眼前掠過的影像——監視這個有圍牆環繞的廣大綜合建築區內數百部無線攝影機的同步畫面。一連串的畫面閃過去。

一條裝飾華麗的走道。

一間個人辦公室。

一個大型廚房。

隨著畫面流動，衛兵撇開胡思亂想。他快下班了，但還是保持警覺。服務是一種榮譽。有一天他終將獲得最高的獎賞。

正當他的思緒漫遊時，眼前一個畫面引發他的警覺。突然間，他出於反射地猛然一伸手，連自己都沒想到，他按了控制台上的一個鈕。眼前的畫面停住了。

他的神經繃緊了，湊近螢幕好看得更仔細。監視器上的標示號碼告訴他，這個畫面是從八十六號攝影機傳回來的——那架攝影機原應是俯瞰著一條走道。

但他眼前的畫面，絕對不是一條走道。

13

蘭登困惑地瞪著眼前的書房。「這什麼地方?」儘管一陣令人感激的暖空氣拂過臉上,他卻是顫抖著踏進門。

寇勒一言不發,跟在蘭登後面進入。

蘭登瀏覽這個房間,完全不知所措。房裡的種種手工藝品所形成的組合,是他平生僅見最怪異的。全室最顯眼的,就是遠處那面牆上一座巨大的木製十字架,蘭登判斷是十四世紀的西班牙文物。十字架上方,一個眾衛星環繞軌道運行的金屬活動雕塑從天花板懸吊下來,往左是一幅童貞女馬利亞的油畫,再旁邊是一個元素週期表薄板。側邊的牆上,兩個黃銅十字架分立在一張愛因斯坦的海報左右,海報上印著愛因斯坦的名言:**上帝不玩擲骰子**。

蘭登往裡走,滿腹驚愕地四處看著。威特拉的書桌上放著一本皮面聖經,旁邊是一個塑膠製的玻爾原子模型,還有一個縮小的雕塑複製品,是米開朗基羅的摩西。

真是兼容並蓄呀,蘭登心想。房裡的溫暖讓人感到舒適,但整個陳設卻傳送出一股新的寒意,透遍他全身。他感覺好像目睹了兩個哲學巨人相撞……兩股相反力量撞出了一陣騷動的迷霧。他瀏覽書架上的書名:

《上帝的粒子》

《哲學之道》

《上帝存在的證據》

有個書擋蝕刻著一句名言：

真正的科學會發現上帝等在每一扇門後。

——教宗碧岳七世

「李歐納度是天主教神父。」寇勒說。

蘭登轉身。「神父？我還以爲你剛剛說他是物理學家。」

「他是兩者兼具。信仰虔誠的科學家，在歷史上不是沒有先例的，李歐納度就是其中之一。他認爲物理學是『上帝的自然法則』。他宣稱上帝的手筆在我們周遭的自然秩序中觸目皆是。他希望透過科學，能向心存懷疑的大眾證明上帝的存在。他認爲自己是個神學物理學家。」

神學物理學家？蘭登覺得聽起來不眞實又矛盾。

「粒子物理學的領域，」寇勒說：「近來有一些令人震驚的發現，涉及了頗爲心靈的層面，許多都是李歐納度的功勞。」

蘭登審視著歐洲核子研究中心的院長，依然想不透這個怪異的房間是怎麼回事。「靈性和物理學？」蘭登的終身職業是研究宗教史，假如其中有個一再循環的主題，那就是科學和宗教從一開始就像油和水……頭號大敵……互不相容。

「威特拉是粒子物理學的先鋒人物。」寇勒說。「他著手融合科學和宗教……證明兩者以最意想不到的方式彼此互補。他把這個領域稱之爲新物理學。」寇勒從書架上抽出一本書，遞給蘭登。

蘭登看著封面。《神、奇蹟，以及新物理學》，李歐納度．威特拉著。

「這個領域很小，」寇勒說：「不過卻爲一些古老的問題找到了新答案——有關宇宙起源，以及這股力量如何將全人類聯繫起來的問題。李歐納度相信，他的研究有可能改變數百萬人，讓他們轉向一種更具靈性的生活。去年他就明確地證明了宇宙間有一股能量，將我們全人類統合在一起。他還以實例驗證了我們在物理學上是相連的……你體內的分子跟我體內的分子彼此纏繞……有一股力量在我們所有人體內活動。」

蘭登覺得困惑不安。所以上帝的力量會統合我們所有人。「威特拉先生眞的找到了方法，驗證所有的粒子都是彼此相連的？」

「證據確鑿。最近一期的《科學人》雜誌就讚揚新物理學是通往上帝更可靠的路徑，比宗教信仰本身還要可靠。」

這段評論命中了要害。蘭登不覺間想到反宗教的光明會。他勉強逼自己試探性地思考一下這個不可能的想法。如果光明會的確還存在，他們會殺害李歐納度，免得他向世人宣告他的宗教訊息嗎？蘭登甩掉了這個念頭。荒唐！光明會已經是古代歷史了！所有學者都知道的！

「威特拉在科學界有很多敵人，」寇勒繼續道：「許多科學純粹主義者討厭他，連在歐洲核子研究中心這裡都不例外。他們覺得利用分析物理學去證實宗教信仰的主題，是對科學的一種背叛。」

「但是現在的科學家，對教會方面的敵意不是比較減少了嗎？」

寇勒厭惡地喃喃抱怨道：「憑什麼我們該減少敵意？教會也許不再把科學家綁在火刑柱上燒死，但如果你以爲他們放棄對科學的統治，那麼問問你自己，爲什麼貴國有半數的學校不准教演化論。問問你自己，爲什麼『美國基督教聯合會』是全世界反對科學進步最具影響力的遊說團體。蘭登先生，科學和宗教之間的戰爭還在激烈進行中。雖然地點從戰場移轉到會議室，卻依然持續不斷。」

蘭登知道寇勒說得沒錯。才不過上個星期，哈佛神學院到生物大樓遊行示威，抗議遺傳工程學列入研究所課程。生物系系主任是著名的鳥類學家理查．阿若尼恩，他在個人辦公室的窗戶外掛了一條巨幅標語，爲自己的課程辯護。標語上畫著基督教的『魚』長出了四條腿——阿若尼恩宣稱，這證明了非洲肺魚演化登上陸地的演化過程。在那條魚的下方，不是寫著「耶穌」，而是用驚歎號寫著：「達爾文！」

一個尖銳的嗶嗶聲劃破空氣，蘭登望過去。寇勒伸手到他輪椅上那排電子裝置上，把呼叫器從托槽上取下來，閱讀上頭的訊息。

「很好。是李歐納度的女兒傳來的。威特拉女士已經快到直升機坪了。我們過去跟她會合。我想最好別讓她上來這裡，免得她看到她父親這個樣子。」

蘭登贊成。爲人子女的不該受到這種打擊。

「我會要求威特拉女士解釋她和她父親正在進行的研究計畫……或許從中可以釐清他爲什麼會被謀殺。」

「你認爲他被殺害的原因，是他的工作？」

「很可能。李歐納度告訴過我，他正在進行某種開創性的工作。他就只說了這些。他對這個研究計畫非常保密。他有個人研究室，要求完全隔離。我很樂意配合，因爲他實在太優秀了。他的工作最近消耗了大量電力，不過我都忍著沒過問。」寇勒轉向書房的門。「不過，我們離開這戶公寓之前，還得讓你知道一件事。」

蘭登不確定自己想聽。

「凶手偷走了一件威特拉的東西。」

「一件東西？」

「跟我來。」

院長驅動輪椅，回到充滿霧氣的客廳。蘭登跟在後頭，不知道該有什麼期待。寇勒操縱著輪椅，移到離威特拉的屍體只有幾吋處，停了下來。他示意蘭登過去。蘭登不情願地湊近，受害者凍結尿液的氣味引得他喉頭湧上一股膽汁。

「看看他的臉。」寇勒說。

看看他的臉？蘭登皺起眉來。我還以為你剛剛說他有東西被偷走了。

蘭登猶豫著跪下來。他想看威特拉的臉，但威特拉的頭部被往後扭了一百八十度，臉壓在地毯上了。有肢體障礙的寇勒掙扎著伸出手來往下搆，小心翼翼的扭轉威特拉冰凍的頭部。隨著一個清脆的響聲，屍體的臉旋轉過來，露出極度痛苦而扭曲的表情。寇勒扶著那個頭一會兒。

「耶穌啊！」蘭登喊道，驚恐得踉蹌後退。威特拉的臉流滿了血，一顆淡褐色的眼珠死氣沈沈地回瞪著他。另一個眼窩被扯開了，而且是空的。「他們偷走了他的眼睛？」

14

蘭登步出C樓，來到戶外，很高興自己離開了威特拉的公寓。陽光有助於融解那個烙印在他心頭的空眼窩影像。

「這邊請。」寇勒說，轉向一條陡斜的小徑。電動輪椅似乎毫不費力地加快速度。「威特拉女士馬上就到了。」

蘭登加快腳步趕上。

「現在，」寇勒問：「你還是不相信光明會涉入這件事嗎？」

蘭登不知道該作何想法了。威特拉的宗教牽扯固然很令人不安，但蘭登沒法就這麼拋開他曾研究過的種種學術證據。此外，還有那顆眼睛……

「我還是堅持，」蘭登說，沒想到自己的口氣會這麼強烈，「這宗謀殺案不是光明會主使的。那顆不見的眼珠就是證據。」

「什麼？」

「任意使人四肢或器官殘缺，」蘭登解釋，「是非常……不像光明會的作風。教派專家公認，只有缺乏經驗的偏激教派，才會胡亂傷害別人──那些狂熱者會隨便亂來，任意行使恐怖手段──但光明會的行事向來比較深思熟慮。」

「深思熟慮？精確地動刀取走一個人的眼珠，這還不夠慎重嗎？」

「這個行爲沒有表現出明確的意圖，也並不是爲了另一個更重要的目的。」

寇勒的輪椅在坡頂稍稍停了一下。他轉過頭來。「蘭登先生，相信我，那顆不見的眼珠的確是有更重要的用途……更加重要得多。」

兩人穿越隆起的草地時，已經可以聽見西方傳來直升機螺旋槳的震動聲。一架直升機出現，成弧形橫越谷地上方，朝他們飛來。飛機邊轉彎邊下降，然後減速在草地上漆出的一個停機坪上方盤旋。

蘭登心不在焉地看著，滿腦子思緒就像螺旋槳葉片般兜轉翻騰，還想著若睡上一整夜好覺，或許能改善他此刻的茫無頭緒，只不過這一點他很懷疑。

直升機的起落橇觸地後，一個飛行員跳出來，開始卸下裝備。東西很多——露營用品、髒衣袋、潛水用的氣瓶，還有一些條板箱，裡面裝的看來是一些高科技潛水設施。

蘭登被搞糊塗了。「那是威特拉女士的裝備嗎？」他在轟隆的引擎聲中朝寇勒喊。

寇勒點點頭，喊回來，「她之前正在巴利阿里海做生物調查研究。」

「我以爲你說過她是個物理學家！」

「她是啊。她是生物纏結物理學家，研究生物之間的彼此關聯。她的工作在粒子物理學方面和她父親的工作緊密相關。最近她利用原子影音同步攝影機，觀察一群鮪魚，證明了愛因斯坦的基本理論之一不正確。」

蘭登看著寇勒，搜尋他臉上可有任何幽默的影子。愛因斯坦和鮪魚？他開始覺得納悶，剛剛載他來的X—三三型太空飛機是不是出了錯，把他送錯星球了。

過了一會兒，薇多利雅·威特拉從機艙裡冒出來。羅柏·蘭登明白今天將會有無窮的意外出現。薇多利雅·威特拉穿著卡其短褲和白色無袖上衣，下了直升機，看起來一點也不像他預期中的學究物理學家。她的個子高高的，動作靈活而優雅，一身栗色皮膚，黑色長髮在螺旋槳的逆風中打轉。她的臉一望即知是義大利人——並不豔麗，但純樸的五官輪廓分明，即使遠在二十碼之外，似乎仍散發出一種原始的性感。當氣流猛撲向她的身體，使得衣服緊貼在身上，更凸顯她修長的軀幹和小小的乳房。

「威特拉女士擁有許多特長。」寇勒說，似乎感覺到蘭登被迷住了。「她會一口氣花上好幾個月在危險的生態系統中工作。她是個嚴謹的素食者，而且是歐洲核子研究中心裡哈達瑜伽的常駐導師。」

哈達瑜伽？蘭登思索著。一個天主教神父的物理學家女兒，竟然會精通這種古代佛教徒的冥思伸展藝術，這似乎很奇怪。

蘭登望著薇多利雅走近。她顯然哭過了，深黃褐色的眼睛充滿了蘭登難以捉摸的種種感情。然而，她還是堅定地朝他們迅速走過來。她的四肢強壯而悅目，長期沐浴在地中海陽光下的肌膚散發著健康的光芒。

「薇多利雅，」她走近時寇勒說：「致上我最深的哀悼。這是科學界的一大損失……對我們所有歐洲核子研究中心的人來說，也是一大損失。」

薇多利雅感激地點點頭。她開口說話，聲音流暢——一種帶著喉音的、有口音的英語。「你們知道主使者是誰了嗎？」

「我們還在查。」

她轉向蘭登，伸出修長的手。「我是薇多利雅・威特拉。你應該是國際刑警組織的人吧？」

蘭登握住她的手，一時間在她水盈盈的注視下出了神。「羅柏・蘭登。」他不確定其他該說些什麼。

「蘭登先生不是警方的人。」寇勒解釋。「他是從美國來的專家，到這裡協助我們追查這個狀況的主使者。」

薇多利雅的表情似乎有疑問。「那警察呢？」

寇勒吐了一口氣，但什麼都沒說。

「他的屍體在哪裡？」她問道。

「我已經處理好了。」

這個無惡意的謊言讓蘭登感到意外。

「我想見他。」薇多利雅說。

「薇多利雅，」寇勒努力勸阻，「令尊被以殘酷手段謀殺了。你只記得他生前的樣子會比較好。」

薇多利雅正要開口，卻被打斷了。

「嘿，薇多利雅！」遠處有人喊道。「歡迎回家！」

她轉過頭去。一群科學家經過停機坪附近，開心地揮揮手。

「又推翻了愛因斯坦的哪個理論了嗎？」有個人喊。

另一個人說：「你爸爸一定覺得很驕傲。」

他們經過時，薇多利雅朝那群人笨拙地揮揮手。然後她轉向寇勒，那張臉現在罩上一層困惑。「還沒有人知道嗎？」

「我決定一切以謹慎爲重。」

「你還沒告訴大家，我父親被謀殺了？」她困惑不解的口氣中現在夾雜了憤怒。

寇勒的口氣立刻變得嚴峻起來。「威特拉小姐，或許你忘了，一旦我把令尊被謀殺的事情向警方報案，他們馬上會對歐洲核子中心展開調查。包括徹底搜查他的研究室。我一向努力顧全令尊的隱私。關於你們目前的研究計畫，令尊只告訴我兩點。第一，這個研究的種種專利合約，有可能在接下來十年爲歐洲核子研究中心帶來數百萬法郎的收入。第二，這個技術至今仍有危險性，還不到公開發表的時候。基於這兩點，我想最好別讓陌生人在他的研究室裡到處亂翻，免得偷走他的工作成果，或是在搜查的過程中不幸喪生，害得歐洲核子研究中心也要負起連帶責任。我說得夠清楚了嗎？」

薇多利雅瞪著眼睛，一言不發。蘭登感覺到她雖不情願，但仍尊重並接受了寇勒的想法。

「在我們報警之前，」寇勒說：「我得知道你們在研究什麼。你得帶我們去你們的研究室。」

「研究室根本不相干，」薇多利雅說：「沒有人知道家父和我在研究什麼。這個實驗不可能跟我父親被殺害有任何關聯。」

寇勒吐了口氣，聽起來沙啞而虛弱。「但證據顯示卻並不是這樣。」

「證據？什麼證據？」

蘭登心裡也在想同一個問題。

寇勒再度用手帕輕按嘴巴。「你也只能相信我了。」

很明顯，從薇多利雅怒火難抑的眼神中，顯示出她並不信任寇勒。

15

蘭登跨著大步，默默跟在薇多利雅和寇勒後頭往主中庭走去，剛剛蘭登的怪異之旅就是從那裡開始的。薇多利雅的雙腿往前邁，流暢而有效率——像奧運跳水選手——蘭登猜想，那無疑是瑜珈的靈活度和控制訓練所帶來的功效。他可以聽見她的呼吸緩慢而謹慎，彷彿正在以某種方法減輕自己的悲痛。

蘭登想跟她說說話，表達同情之意。他也曾經突然失去父親，感受過那種驟然的失落感。他還大概記得葬禮的狀況，灰灰的雨天，是他十二歲生日的兩天後。屋子裡擠滿了從辦公室過來的灰色西裝男人，他們握他的手，握得太用力了。他們都喃喃說著些比方「心臟」和「壓力」之類的字眼。他母親含著淚開玩笑，說她每次只要握著丈夫的手，就可以知道股市的狀況……他的脈搏就是她專屬的股市行情跑馬燈。

父親在世的時候，有回蘭登聽到媽媽求他父親「停下來聞聞玫瑰花香」。那一年，蘭登買了一朵小小的吹製玻璃玫瑰，給父親當聖誕禮物。那是蘭登畢生所見最美的東西……陽光照在上頭，映出一道彩虹投射到牆上。「真漂亮。」他父親拆開禮物時說，吻了吻蘭登的前額。「我們找個安全的地方放好。」然後他父親小心翼翼地把那朵玫瑰拿到客廳最黑暗的角落，放在一個灰塵滿佈的高架子上。幾天後，蘭登搬了張凳子取出那朵玫瑰，退回店裡去。他父親從沒發現那朵玫瑰不見了。

電梯叮的一聲，把蘭登拉回現實。走在他前頭的薇多利雅和寇勒進入電梯。蘭登站在打開的電梯門外面猶豫著。

「有什麼不對嗎？」寇勒問，口氣中不耐煩的成份大過關切。

「沒事兒。」蘭登說，逼著自己走向那個狹窄的電梯室。只有在絕對必要的時候，他才會搭電梯。他比較喜歡空間更開闊的樓梯間。

「威特拉博士的研究室在地下層。」寇勒說。

好極了，蘭登跨過電梯門間的裂縫，感覺到電梯井深處竄上來一股冰冷的風。門關了，電梯開始往下降。

「六層樓。」寇勒面無表情地說，像一台分析機似的。

蘭登腦袋裡浮現出下方那個空蕩電梯井中的一片黑暗。他瞪著數字顯示器上的樓層改變。奇怪，這個電梯顯示出只有兩站。地面樓層和ＬＨＣ。

「ＬＨＣ是什麼意思?」蘭登問，希望不會被人發現他很緊張。

「大型強子對撞器（Large Hadron Collider）。」寇勒說。「一種粒子加速器。」

粒子加速器?蘭登對這個名詞有點模糊的印象。他第一次聽到，是有回和幾個同事在劍橋鎮登斯特堂吃晚餐時。那天晚上，他們一個物理學家朋友鮑伯・布朗諾爾來赴晚餐之約時怒氣沖沖。

「那些混蛋取消了!」布朗諾爾詛咒道。

「取消什麼?」他們一起問。

「ＳＳＣ!」

「什麼?」

「超導超級對撞器（Superconducting Super Collider）!」

有個人聳聳肩。「我不曉得哈佛在建造這個機器。」

「不是哈佛!」他嚷著。「是美國!這會是全世界最有威力的粒子加速器!本世紀最重要的科學研究計畫!花了二十億美元，然後參議院把這個計畫給封殺掉!該死的聖經帶遊說團!」（譯註：聖經帶〔Bible-belt〕指美國篤信基督的地帶，尤其是南方和中西部新教基本教義派信徒眾多的地區。）

等到布朗諾爾終於冷靜下來後，他解釋說，粒子加速器是一種大型環狀管子，次原子粒子在裡面加速。管子裡面的磁場會迅速連續打開又關掉，以此「推動」粒子不斷兜著圈子轉，最後達到極快的速度。在管內繞圈的粒子，其極速是每秒十八萬哩以上。

「那就接近光速了。」有個教授喊道。

「一點也沒錯。」布朗諾爾說。他繼續解釋，把兩個繞著管子而方向相反的粒子加速，然後使之相撞，科學家就可以把這兩個粒子撞碎，成爲各個不同的組成要素，因而得以一窺大自然最基本的成份。「粒子加速器，」布朗諾爾宣佈，「對於科學界的未來是不可或缺的。要了解宇宙的種種基本組成單元，關鍵就在於對撞的粒子。」

有個安靜的男子是哈佛的駐校詩人，名叫查爾斯・普萊特，他一臉不以爲意的表情開了口。「聽起來，」他說：「好像是很原始的科學研究方法……就像把兩個鐘拿起來互撞，好了解它們的內部運作。」

布朗諾爾把叉子一扔，衝出那個房間。

這麼說來，歐洲核子研究中心有個粒子加速器了？蘭登心想，此時電梯往下降。一個讓粒子撞碎的環狀管子。他不懂爲什麼要把這個加速器埋在地下。

電梯砰的一聲停下來，蘭登感覺到腳下結實的土地，鬆了口氣。不過門滑開時，他的輕鬆感又消失無蹤了。羅柏・蘭登發現自己再度來到一個完全陌生的世界。

走廊往左右兩方無止境延伸下去，那是一個光滑的水泥隧道，寬度足以容納一輛十八輪卡車通過。他們站的地方燈光明亮，但沿著走廊往下則轉爲一片漆黑。那片黑暗中窸窣吹過來一陣潮溼的風，令人不安，提醒他們此刻置身於地下深處。蘭登幾乎可以感覺到頭頂上泥土和岩石的重量。一時之間，他又回到了九歲……那片黑暗硬拉著他回到從前……回到那五個小時，一片難耐的黑暗死纏著他不放。他握緊拳頭，努力擺脫那個陰影。

薇多利雅始終保持沈默，走出電梯後就兀自邁步走向那片黑暗，毫不猶豫。頭上的日光燈一一閃著亮了起來，爲她照亮前方的路。那種效果令人不安，蘭登心想，好像這條隧道是活的……預料到她的一舉一動。蘭登和寇勒跟在後面，落後一小段距離。那些燈又在他們身後自動熄滅。

「這個粒子加速器，」蘭登悄聲說：「就在這條隧道裡的某個地方嗎？」

「就在這裡。」寇勒指著左方那條沿著隧道內牆延伸的光滑鉻管。

蘭登困惑地看著那條管子。「那個就是加速器？」那個裝置看起來完全不像他所想像的。管子是筆直的，直徑約三呎，在隧道裡他能看得見的地方，都延伸著這條水平管子，然後往兩頭消失在黑暗中。看起來還比較像個高科技排水管，蘭登心想。「我還以為粒子加速器是環狀的。」

「這個加速器是環狀的。」寇勒說。「看起來是直的，但那只是視覺的錯覺。這條隧道的周長太大了，所以感覺不到弧度——就像我們感覺不到地球的弧度一樣。」

蘭登目瞪口呆。這是環狀的？「可是……那它一定很大！」

「大型強子對撞器是全世界最大的機器。」

蘭登再度細看。他還記得那個歐洲核子研究中心的司機提到過有個大機器埋在地下。可是——」

「直徑超過八公里……周長是二十七公里。」

蘭登的頭迅速轉過來又轉過去。「二十七公里？」他瞪著院長，然後轉頭看著前方逐漸變暗的隧道。「這條隧道有二十七公里長？那就是……就是十六哩多！」

寇勒點點頭。「挖鑿成一個正圓形。這條隧道往前一路延伸到法國，再繞回原點。全速前進的粒子在相撞之前，每秒鐘會繞行這條管子超過一萬圈。」

蘭登瞪著前方空洞的隧道，覺得兩條腿發麻。「你的意思是，歐洲核子研究中心挖出了幾百萬噸的泥土，只爲了要讓小小的粒子撞碎？」

寇勒聳聳肩。「爲了要發現眞理，有時候就得移山倒海。」

16

距離歐洲核子研究中心幾百哩外，一具對講機裡傳來嘁喳的聲音。「好，我現在人在這條走廊裡了。」

技師監視著視訊螢幕，按了他話筒上的一個鈕。「你要找的是八十六號攝影機，應該就在走廊的盡頭。」

對講機裡一陣漫長的沈默。等待的技師不禁開始冒汗。最後他的對講機響起聲音。

「攝影機不在這兒，」那個聲音說：「不過我看得出原先裝在哪裡。一定是有人移走了。」

技師重重吐了口氣。「謝了。麻煩你在那邊等一下，好嗎？」

他嘆著氣把注意力重新轉向面前那排視訊螢幕。這個綜合建築區有很大一部份是對大眾開放的，無線攝影機以前也搞丟過，通常是被來訪的頑皮遊客偷回去當紀念品。但只要攝影機一被拔走，超出某個範圍，視訊就會消失，螢幕就會變爲空白。技師大惑不解地瞪著眼前的監視器螢幕。八十六號攝影機仍不斷傳來清晰的影像。

如果那架攝影機被偷了，他心中暗忖，為什麼我們還收得到畫面？當然，他知道，可能的原因只有一個，就是那個攝影機仍在圍牆內，有人移到另一個位置。但會是誰？又為什麼？

他審視著那個螢幕良久。最後終於拿起對講機。「那個樓梯井裡有什麼櫃子嗎？壁櫥或是黑暗的凹室？」

回答的聲音充滿困惑。「沒有，怎麼了？」

技師蹙著眉頭。「算了。謝謝你的幫忙。」他關掉對講機，皺起嘴唇。

由於那個攝影機的體積很小，而且是無線的，因此技師知道八十六號攝影機可能位於這個戒備森嚴的綜合建築區內幾乎任何地方——三十二棟不同的建築，擠在這個半徑只有半哩的圍牆區域內。唯一的線索就是那架攝影機似乎被放在某個黑暗的地方。當然，這一點幫助不大。這個複合建築區內有無數的黑暗場所。維修櫃、暖氣管、放園藝工具的小庫房、臥室內的衣櫃，甚至還有個迷宮似的地下隧道系統。要找到八十六號攝影機，可能得花上好幾個星期。

不過眼前還有其他一大堆更重要的問題，他心想。

除了這個攝影機被換了地方的麻煩之外，他手上還有另一個遠遠更棘手的問題。技師抬頭看著那個遺失的攝影機傳回來的畫面。裡頭的物件靜止不動，是個看起來很先進的儀器，技師從沒看過類似的東西。他審視著那個物件基座上一個閃爍的電子顯示器。

雖然這名衛兵受過嚴格的訓練，可以面對各種緊張狀況，但他還是覺得脈搏升高了。他告訴自己不要驚慌，這事情一定有個解釋。畫面中看起來，那個物件實在太小了，不可能構成重大的危險。可是想想，這麼個東西出現在綜合建築區內部，畢竟還是個麻煩。其實是非常麻煩。

偏偏是今天，他心想。

對他的雇主來說，安全向來是第一要務，但今天，比起過去十二年來的任何一天，都還要更重視保全。技師瞪著那個物件良久，感覺到遠處有個風暴逐漸形成。

然後他冒著冷汗，打電話給上司。

17

很少小孩會記得跟父親初次相見的情景，而薇多利雅・威特拉卻記得。那時她八歲，住在從小長大的「西耶納孤兒院」，那是佛羅倫斯附近的一個天主教孤兒院。她從小就被從未見過的雙親遺棄了。那天修女叫她去吃晚餐已經叫過兩次，但她還是一如往常假裝沒聽到。她躺在戶外的庭院裡，望著天上落下來的雨滴……感覺到雨點打在她身上……猜著下一滴會落在哪裡。修女們又喊她了，威脅說肺炎可以讓一個頑固不堪的小孩對大自然的好奇心大減。

我聽不見，薇多利雅心想。

那個年輕神父出來找她時，她已經全身透溼了。她不認識他。他是新來的。薇多利雅以爲他會把她抓起來拖進室內。但結果沒有。反之，讓她驚奇的是，他在她旁邊躺下來，神父袍泡在一片泥濘中。

「他們說你很愛問問題。」那個年輕男子說。

薇多利雅皺眉。「問問題不好嗎？」

他笑了起來。「看來他們沒說錯。」

「你在這邊做什麼？」

「跟你一樣……很好奇雨滴爲什麼會落下來。」

「我不好奇雨滴爲什麼會落下來！我已經知道爲什麼了！」

神父驚異地看了她一眼。「眞的？」

「法蘭契絲卡修女說，雨滴是天使的眼淚，落下來洗去我們的罪。」

「哇！」他說，一副驚奇的口吻。「原來是這個原因啊。」

「才不是呢！」小女孩激動地說。「雨滴會落下，是因爲每樣東西都會落下！每樣東西都會落下！不光是雨！」

神父搔搔腦袋，一臉困惑。「你知道，小朋友，你說得沒錯。每樣東西的確都會往下落。這一定是萬有引力。」

「一定是什麼？」

他驚訝地看了她一眼。「你沒聽過萬有引力？」

薇多利雅坐起身來。「什麼是萬有引力？」她問。「告訴我！」

神父朝她擠擠眼睛。「晚餐時告訴你，你說好不好？」

「沒聽過。」

神父惋惜地聳聳肩。「好可惜。萬有引力解釋了很多問題。」

那名年輕的神父就是李歐納度・威特拉。雖然在大學裡已經是個得過獎的物理學生，但他聽從了另一個召喚，進入了神學院。在這個充滿修女和戒律的孤寂世界裡，李歐納度和薇多利雅這兩個看似不搭軋的人，卻成了最要好的朋友，他把薇多利雅納入他的羽翼下，教導她諸如彩虹和河流這類美好事物的種種成因。他以神和科學的觀點，告訴她有關光、行星、恆星，還有一切自然界的事物。薇多利雅與生俱來的聰慧和好奇心，使得她成為一個深受喜愛的學生。李歐納度把她當自己女兒似的保護她。

薇多利雅也很高興。她從不知道有個父親是這麼快樂的事情。其他大人對她的問題總是報以溫和的懲戒，但李歐納度卻會花好幾個小時拿書給她看，甚至還會問她的想法。薇多利雅祈禱李歐納度能永遠跟她在一起。然後有一天，她最可怕的噩夢成真。李歐納度神父告訴她，他要離開孤兒院了。

「我要搬到瑞士去。」李歐納度說。「我拿到了日內瓦大學一筆獎學金，要去研究物理學。」

「物理學？」薇多利雅喊道。「我還以為你愛的是天主！」

「沒錯，我很愛天主。也所以，我想研究他的神聖法則。物理學的定律是天主所鋪下的畫布，他在上面畫下了傑作。」

薇多利雅太震驚了。可是李歐納度還有其他的消息要說。他告訴薇多利雅，他已經跟幾個上司談過了，他們說李歐納度神父可以收她當養女。

「你願意讓我收養你嗎？」李歐納度問。

「收養是什麼意思？」

李歐納度神父告訴了她。

薇多利雅抱著他足足五分鐘，開心得掉淚。「喔願意，我願意！」

李歐納度告訴她，他得離開一陣子，去瑞士把他們的新家安頓好，不過他保證半年內會派人來接她。

那是薇多利雅畢生最漫長的等待，可是李歐納度實踐了承諾。離她九歲生日還有五天時，薇多利雅搬到了日內瓦。她白天在日內瓦國際學校上課，晚上則跟著父親學習。

三年後，李歐納度．威特拉被歐洲核子研究中心聘用。薇多利雅和李歐納度住進了人間仙境，那是年輕的薇多利雅之前從來想像不到的。

薇多利雅．威特拉愣愣地走在大型強子對撞器的隧道內。她看到大型強子對撞器上頭自己隱約的倒影，感覺到父親不在了。通常她總是處於極度冷靜的狀態，和周遭的世界維持一片和諧。但現在，突然間，一切都亂了。過去的三個小時一片模糊。

寇勒打電話來的時候是上午十點，當時她人在巴利阿里群島。*你父親被謀殺了，馬上趕回來。*儘管潛水船甲板上的熱氣悶得人發昏，那些話卻令她寒意徹骨，寇勒毫無感情的聲音傷人，他捎來的消息也同樣傷人。

現在她回到家了。*但這是什麼樣的家呢？*從十二歲開始，歐洲核子研究中心就是她的家，但現在忽然間變成了陌生地。讓這裡變得神奇的父親不在了。

深呼吸，她告訴自己，卻無法讓自己的心冷靜下來。她腦袋裡的問題轉得愈來愈快。誰殺了她父親？爲什麼？這個美國「專家」是誰？爲什麼寇勒堅持要看他們的研究室？

寇勒說過，證據顯示她父親的遇害跟目前進行的研究計畫有關。什麼證據？沒有人知道我們正在進行的事情！即使有人發現了，又為什麼要殺他？

薇多利雅沿著大型強子對撞器的隧道走向父親的研究室，此時她明白自己將要獨自一個人揭露父親最偉大的成就。她想像過她父親把歐洲核子研究中心裡最頂尖的科學家邀請過來，向他們展示他的發現，看著他們驚奇不已的表情。然後他會露出爲人父親的驕傲笑容向大家解釋，都是因爲薇多利雅的一個想法，才讓這個研究計畫得以成眞……他女兒對於這項突破是不可或缺的。薇多利雅覺得喉頭哽咽。這一刻應該由父親和我共同分享的。但此刻她卻孤單一人，沒有同事，沒有笑臉。只有一個陌生的美國人和麥斯米倫·寇勒。

麥斯米倫·寇勒。國王。

薇多利雅小時候就不喜歡這個人。雖然她終究尊敬他不凡的才智，但他冷冰冰的模樣總看似不近人情，跟他父親的溫暖恰成對比。寇勒從事科學研究，是爲了其中完美的邏輯……她父親則是因爲科學展現的精神奇觀。但奇怪的是，這兩個人對彼此總是有種無言的敬意。有人曾跟她解釋，天才絕對是彼此惺惺相惜的。

天才，她想著。我的父親……爸爸。死了。

通往李歐納度·威特拉研究室入口的，是一條乾淨而空蕩的長走廊，地上全鋪上了白色瓷磚。蘭登覺得自己好像走進了什麼地下精神病院。走廊上貼了十來張裱框的黑白圖像。雖然蘭登的職業是研究圖像，但這些圖片在他眼中卻是完全陌生的。看起來像是一堆亂七八糟的條紋和螺旋的負片。現代藝術嗎？他思索著。傑克森·帕洛克（Jackson Pollock）嗑了安非他命？

「散佈圖。」薇多利雅說，顯然注意到蘭登對這些感興趣。「粒子相撞的電腦圖像。這是Z粒子，」

她說，指著那團混亂中一條幾乎看不見的模糊軌跡，「我父親五年前發現的。純能量——完全沒有質量。很可能是自然界最小的組成元素。物質只不過是被陷阱困住的能量罷了。」

物質就是能量？蘭登抬起頭。聽起來好有禪意。他盯著照片裡那條細小的條紋，想著他若告訴哈佛大學物理系他那群哥兒們，說他這個週末都在大型強子對撞器旁邊欣賞Z粒子，不曉得他們會作何感想。

「薇多利雅，」寇勒說，此時他們走近研究室那扇壯觀的鋼門，「我應該先告訴你，我今天早上為了找你父親，下來過這裡。」

薇多利雅的臉有點紅了。「是嗎？」

「沒錯。所以你就可以想像，當我發現他把歐洲核子研究中心制式的數字鍵盤鎖換成了別的鎖，會有多麼驚訝了。」寇勒指著門旁邊所裝設的一個精密的電子儀器。

「我道歉。」她說。「你知道他對隱私的重視。除了我和他兩個人之外，他不希望任何人進去。」

寇勒說：「好，開門吧。」

薇多利雅站在那裡好一會兒。然後，她深深吸了口氣，往牆上的那個機械裝置走去。

蘭登完全不知道接下來會發生什麼事。

薇多利雅走到那個儀器前，小心翼翼地把右眼對準一個往外突出、看似單筒望遠鏡的鏡頭。然後她按下了一個鈕。那台機器內部喀喀作響，一道光前後擺動，像影印機般掃描她的眼球。

「這是視網膜掃描。」她說。「萬無一失的保全措施。只有兩個視網膜模式可以通過。我的和家父的。」

羅柏．蘭登驚愕地醒悟過來，愣站在那裡。他回想起李歐納度．威特拉屍體的種種可怕細節，還有那個挖空的眼窩。他想排除那個明顯的事實，但接著他看到了……就在掃描儀下方的白瓷磚地板上……有幾滴模糊的暗紅色小滴。乾掉的血。

幸好，薇多利雅沒注意到。

那扇鋼門打開來，她走進去。

寇勒堅定的眼神死盯著蘭登，傳達的意思很清楚：就像我剛剛跟你說過的……那顆不見的眼珠是有更重要的用途。

18

那個女人雙手被綁住了，此時手腕因爲摩擦而發紫、腫脹。一身赤褐皮膚的哈撒辛疲倦地躺在她旁邊，欣賞他的裸體獎賞。他心想，不知她此刻的淺眠狀態是不是裝出來的，用來避免再度服侍他的可憐招數。

他不在乎。他已經得到充分的獎賞。他心滿意足地在床上坐起身。

在他的國家，女人是財產。軟弱無能，只不過是用來取悅的工具。就像牲口一樣，是可以買賣的財物。而且女人也曉得自己的地位。但這裡，在歐洲，女人裝得堅強又獨立，讓他覺得有趣又興奮。強迫女人在身體上順服，這種喜悅的滿足感總令他樂在其中。

眼前，除了腹股之間的充實感之外，哈撒辛感覺到另一股渴望在體內滋長。他昨天晚上殺人了，殺人且切除其器官，而對他來說，殺人就像海洛因……每次動手都只能帶來短暫的滿足，隨之更加深他的欲望。他的愉快心情逐漸消失，那股渴望又回來了。

他審視著身旁那個睡著的女人。手掌撫過她的頸部，想到自己可以在一瞬間結束她的性命，讓他興奮起來。殺了她又怎麼樣？她只不過是次等人類，一個只能服侍人、提供玩樂的工具罷了。他強壯的手指環繞她的咽喉，體會她纖弱的脈搏。然後他抵抗自己的欲望，把手拿開。他還有活兒要幹。他要去爲一個比他自身欲望更崇高的目標服務。

他下床時，陶醉在眼前這份任務的榮耀中。他還是無法摸清這個名叫傑納斯的男子以及他所指揮的古老兄弟會有多大的權勢。奇妙的是，那個兄弟會選上了他。不知怎地，他們了解他的憎惡……還有他的技巧。怎麼知道的，他永遠不會曉得。他們的根延伸得很廣。

現在他們賜給他最高的榮譽。他將會成爲他們的雙手和聲音，他們的刺客和信使。這個身分，他的族人稱之爲 Malak alhaq——眞理的天使。

19

威特拉的研究室是極端的未來派風格。

一片全白，靠牆排滿了電腦和電子設備，看起來像某種手術室。蘭登很好奇這裡到底會隱藏什麼樣的祕密，竟有人不惜要割下某個人的眼珠以進入。

寇勒進門時一臉擔憂，眼光好像四處探索著，想尋找有人入侵的痕跡。但研究室裡空無一人。薇多利雅也走得很慢……好像覺得缺了她父親，這個研究室感覺上變得很陌生。

蘭登的視線立刻落到房間的中央，那裡有一連串小墩柱立在地板上，就像英格蘭威爾夏那個環狀史前巨柱群的縮小版，十來根光滑的鋼柱在房間中央圍成一個圓形。那些墩柱大約三呎高，讓蘭登想起博物館裡展示的貴重珠寶。然而這些墩柱顯然不是用來展示珍貴的寶石。每根柱子上頭都放著一個厚厚的透明玻璃罐，大小大概跟網球筒差不多。裡面看來是空的。

寇勒看著那些罐子，一臉迷惑。他顯然決定暫時不管這些罐子，轉向薇多利雅。「有東西被偷嗎？」

「被偷？怎麼偷？」她問。「要進來得通過視網膜掃描的。」

「你看一圈就是了。」

薇多利雅嘆了口氣，四下巡視了好一會兒，然後聳聳肩。「看起來一切就像我父親平常保持的樣子。亂中有序。」

蘭登感覺到寇勒在斟酌他的下一步，像是不確定能逼薇多利雅逼到什麼地步……該告訴她多少。顯然他決定暫時按兵不動。他把輪椅移向房間中央，審視著那堆看起來似乎是空的神祕罐子。

「祕密，」寇勒說：「是我們再也負擔不起的奢侈品了。」

薇多利雅點頭默認，表情霎時充滿感情，好像來到這裡，勾起了許多回憶。

給她一點時間吧，蘭登心想。

薇多利雅似乎打算要說出一些事情，她閉上眼睛，深呼吸。然後又深呼吸一次。再一次。又一次……

蘭登看著她，忽然很擔心。她沒事吧？他瞥了寇勒一眼，他的表情並不擔憂，顯然之前已經看過這種儀式。過了十來秒，薇多利雅才張開眼睛。

蘭登不敢相信這個轉變過程。薇多利雅．威特拉變了一個人。她豐滿的嘴唇放鬆了，雙肩下垂，眼神柔和而順從。就好像她把身體的每塊肌肉重組過，好適應新的狀況。原來的那股怨忿和個人的痛楚，不知怎地都被一股深深柔柔的冷靜所撫平了。

「該從何說起……」她說，口氣不再尖銳。

「從一開始吧。」寇勒說。「告訴我們關於你父親的實驗。」

「我父親畢生的夢想，就是以宗教修正科學。」薇多利雅說。「他期望能證明，科學和宗教是兩個完全可以相容的領域──以兩條不同的進路，去追求同一個眞理。」她暫停一下，就像是無法相信自己接下來要說的。「而最近……他構想出一個方式，可以達成他的夢想。」

寇勒一言不發。

「他設計出一個實驗，希望能因此解決一個科學史和宗教史上最劇烈的衝突。」

蘭登想不出她指的衝突是什麼。有太多的可能了。

「神造論，」薇多利雅宣佈，「有關於宇宙是如何創造出來的爭議。」

啊，蘭登心想。原來是這個大辯論。

「聖經上的說法，當然，是說上帝創造了宇宙。」她解釋。「神說：『要有光。』於是我們所見的一切，就從一片廣大的空無中出現。不幸的是，根據物理學最基本的法則，物質是不能從空無中創造出來的。」

蘭登曾看過一些文章討論這個矛盾。科學家指出，聖經說上帝創造「從無到有」的這個想法，是完全違背現代物理學的公認法則，因此，科學家宣稱，〈創世記〉是不符合科學的謬論。

「蘭登先生，」薇多利雅轉身說：「我想你應該熟悉『大霹靂理論』吧？」

蘭登聳聳肩。「多多少少吧。」他知道，「大霹靂」是在科學上唯一被接受的宇宙創造模式。他其實不是很懂，但根據這個理論，某一個緊密聚集能量的點發生了一次猛烈的大爆炸，噴發的物質向外擴張，形成了宇宙。或者是諸如此類的。

薇多利雅繼續。「天主教會在一九二七年首度提出大霹靂理論時——」

「對不起，」蘭登忍不住插嘴，「你剛剛是說，大霹靂是天主教會的想法嗎？」

薇多利雅聽了他的問題似乎很驚訝。「當然了。是由天主教隱修士喬治・勒梅特在一九二七年提出的。」

「可是，我還以爲……」他猶豫著，「大霹靂不是由哈佛大學的天文學家艾德溫・哈伯提出的嗎？」

寇勒氣呼呼看著他。「又來了，美國人在科學上的自大。哈伯是在一九二九年發表這個說法的，比勒梅特要晚兩年。」

蘭登皺起眉頭。那個天文望遠鏡是叫哈伯望遠鏡——我可沒聽過什麼勒梅特望遠鏡！

「寇勒先生說得沒錯，」薇多利雅說：「想法是勒梅特提出的。哈伯只不過是收集可靠的證據，確認了大霹靂在科學上是很有可能的。」

「喔。」蘭登說，他很好奇哈佛大學天文系那些很迷哈伯的教授們，上課時會不會提到勒梅特。

「勒梅特首次提出大霹靂理論時，」薇多利雅繼續說：「科學家宣稱這完全是謬論。在科學上，物質不可能從無到有。所以，當哈伯以科學方法證明大霹靂很準確，因而震驚全世界時，教會便主張自己獲得勝利，宣稱這就證明了聖經在科學上確實無誤，是神聖的眞理。」

蘭登點點頭，現在他全神貫注了。

「科學家們當然不希望他們的發現被教會用來宣傳宗教，所以立刻將大霹靂理論數學化，把所有宗教信仰的含義去掉，宣稱這是科學的理論。但對科學界來說，不幸的是，即使在今天，他們的方程式還是有一個教會樂於指出的嚴重缺陷。」

寇勒咕噥道：「奇異點。」他講這個名詞時，好像那是他的罩門。

「沒錯，就是奇異點，」薇多利雅說：「宇宙創造的那個時刻。零時。」她看著蘭登。「即使到了今天，科學界還是無法掌握宇宙創造的最初時刻。我們的方程式用來解釋早期的宇宙相當有用，但時間一旦往回推，接近零時，我們的數學就忽然崩潰了，一切都變得毫無意義。」

「的確。」寇勒語氣急躁。「教會指出，這個缺陷證明了上帝神奇的參與。講你的重點吧。」

薇多利雅的表情轉為冷淡。「我的重點是，我父親始終相信上帝參與了大霹靂。即使科學無法理解創世的神聖時刻，但他還是相信有一天科學會找到答案的。」她傷心地指著一張釘在她父親工作區的雷射列印備忘錄。「每次只要我有所懷疑，我爸就會拿這張紙在我眼前揮一揮。」

蘭登看著上面的字句。

科學和宗教並不相悖。

科學只是太年輕，還無法明白。

「我爸希望能把科學帶到更高的層次，」薇多利雅說：「讓科學能夠支持上帝的概念。」她一隻手梳過長髮，滿臉愁思。「他開始去做一些從沒有科學家想過要做的事。一些從來沒有人有技術辦到的事。」她停了一下，好像不確定接下來該怎麼措詞。「他設計出一個實驗，好證明〈創世記〉是可能的。」

證明〈創世記〉？蘭登很好奇。要有光？從無到有？

寇勒死沈沈的雙眼梭巡著室內。「對不起，你說什麼？」

「我父親要創造一個宇宙……從一無所有開始。」

寇勒的頭猛地轉過來。「什麼！」

「應該說，他要重現大霹靂。」

寇勒看起來準備要跳起來了。

蘭登努力想弄懂。創造一個宇宙？重現大霹靂？

「當然，這個重現的規模要小得多。」薇多利雅說，現在她加快速度。「這個過程簡單極了。他把兩個繞行加速器管子而方向相反的超薄粒子束流加速。這兩道束流以極快的速度迎面相撞，彼此緊壓，把所有能量擠壓在一個小點上，達到極限能量密度。」她開始急促背誦一串單位，寇勒院長的眼睛睜得更大了。

蘭登想搞懂她的話。所以李歐納度．威特拉模擬了能量的壓縮點，宇宙應該就是由此誕生的。

「這個實驗的結果，」薇多利雅說：「當然會令人非常驚奇。等到發表時，將會動搖現代物理學的種種基礎。」她現在減慢速度，好像在體會著這個消息的重大性。「毫無預警地，在加速器的管子內，就在這個高密度能量的小點上，物質的粒子從一片空無中出現了。」

寇勒毫無反應，只是瞪著雙眼。

「物質，」薇多利雅說：「是從一片空無之中生出的，展現出一陣不可思議的次原子煙火。一個縮小的宇宙誕生了。他不止證明了物質可以從空無之中創造出來，也證明只要我們找出這個巨大的能量來源，就可以輕易解釋大霹靂和〈創世記〉。」

「你指的是上帝嗎？」寇勒問。

「上帝、佛陀、原力、耶和華，奇異點、解密關鍵數——隨你高興怎麼稱呼——結果都是一樣的。科學和宗教都證實了同樣的眞理——純能量就是創造之父。」

寇勒終於開口時，語氣很嚴肅。「薇多利雅，你把我搞糊塗了。聽起來你的意思是，令尊創造了物質……從零開始？」

「沒錯。」薇多利雅指指那些罐子。「而且有證據。那些罐子裡裝的，就是他所創造物質的樣品。」

寇勒咳了一下，朝那些罐子挪近，像個警覺的動物繞行著一件他直覺上不對勁的事物。「顯然我漏掉什麼了。」他說。「你怎麼能期望有人會相信，這些罐子裡裝的就是你父親實際創造出來的物質粒子？這些粒子可能是來自別的地方。」

「事實上，」薇多利雅說，一副自信的口吻，「不可能來自別的地方。這些粒子是獨一無二的。它們的物質形態，在地球上是不存在的……所以它們必然是被創造出來的。」

寇勒的表情陰沈。「薇多利雅，你說某種物質的形態，指的是什麼？物質只有一種形態，那就是——」

寇勒忽然停了下來。

薇多利雅一臉得意的表情。「院長，你也針對這一點發表過演講。宇宙裡的物質有兩種形態，這是科學事實。」薇多利雅轉向蘭登。「蘭登先生，聖經裡是怎麼提到創造的？神創造了什麼？」

蘭登覺得很尷尬，不確定這個問題有什麼用意。「呃，神創造了……光與暗，天堂與地獄——」

「一點也沒錯，」薇多利雅說：「它創造了完全相反的一切事物。對稱，完全平衡。」她又轉回去面對著寇勒。「院長，科學所主張的事物，跟宗教是一樣的，大霹靂創造了宇宙間各式各樣相反的事物。」

「包括物質本身。」寇勒低語，彷彿是跟自己說。

薇多利雅點點頭。「而我父親實驗之後，很確定，出現了兩種物質。」

蘭登不懂這是什麼意思。李歐納度‧威特拉創造出物質的相反物？

寇勒一臉憤怒。「你所談的物質只存在於宇宙的其他地方，地球上是絕對沒有的，說不定連我們整個銀河系都沒有！」

「正是如此，」薇多利雅說：「於是也就證明了，這些罐子裡的粒子一定是創造出來的。」

寇勒的臉色變得凝重。「薇多利雅，你剛剛說這些罐子裡面裝的是樣本，不可能是真正的樣本吧？」

「我指的就是眞正的樣本。」她得意地盯著那些罐子。「院長，你現在所看到的，就是全世界第一批反物質的樣本。」

20

第二階段，哈撒辛心想，大步走進了那個黑暗的隧道。

他手上的火把太誇張了，這點他知道。但這是爲了效果。效果就是一切。他已經明白，恐懼就是他的同盟。恐懼能迅速癱瘓敵人，速度賽過任何戰爭工具。

這條走道裡沒有鏡子讓他欣賞自己的僞裝，但他可以從長袍翻騰的影子感覺到自己完美極了。融入環境是計畫裡的一部份……是這項陰謀中的必要之惡。他作夢也想不到自己能夠扮演這個角色。

兩個星期前，他會以爲在隧道盡頭等著他去做的那個任務是不可能的。那是自殺任務。像是赤身走進獅子穴。但傑納斯改變了不可能的定義。

過去兩星期，傑納斯告訴了哈撒辛許多祕密……這個隧道就是其中之一。古老，但仍然可以通行無阻。

哈撒辛逐步走近敵人，好奇著裡頭等著他的狀況，是否會如同傑納斯所保證過的那麼容易。內部有人。真是不可思議。他愈想就愈明白，這眞是輕而易舉。

Wahad……tintain……thalatha……arbaa，他以阿拉伯語兀自念著，即將來到走道盡頭。一……二……三……四……

21

「蘭登先生，看樣子你聽說過反物質？」薇多利雅打量著他，暗色皮膚正好跟白色研究室形成強烈的對比。

蘭登抬頭看著她，一時語塞。「是啊。呃……算是吧。」

她的嘴唇掠過一抹笑意。「你看《星艦迷航記》？」

蘭登臉紅了。「唔，我的學生很喜歡……」他皺起眉頭。「反物質不就是『企業號航空母艦』的燃料嗎？」

薇多利雅點點頭。「好的科幻作品都是源自於好的科學知識。」

「所以反物質是真的嘍？」

「是自然界的事實。每樣東西都有相反物。質子的相反物是中子。上夸克的相反物是下夸克。在次原子的這個階層，有一種宇宙對稱性。物質是陽，反物質就是陰。讓物理方程式兩邊達成平衡。」

蘭登想到伽利略很相信對偶性。

「從一九一八年開始，科學家就相信，」薇多利雅說：「大霹靂創造出兩種不同的物質。一種就是我們在地球上所見到的，構成岩石、樹、人類的物質。另外一種則是相反物——在各個方面都跟物質完全一樣，只不過這種粒子所帶的電荷是相反的。」

寇勒彷彿走出迷霧似地開了口。他的聲音忽然變得很不穩。「可是要實際儲存反物質，有很大的技術障礙。中和作用要怎麼解決？」

「我父親做出了一個反極性眞空，可以把反物質的正電子在開始衰變之前就拉出加速器。」

寇勒沈下臉。「可是眞空也會同時拉出物質，沒有辦法把這些粒子分開。」

「他運用了一種磁場。物質彎向右，反物質彎向左。這兩者是磁極相反的。」

那一刻，寇勒心中那堵懷疑之牆似乎瞬間瓦解了。他抬頭看著薇多利雅，一臉毫不掩飾的震驚。然後毫無預警地被一陣突發的猛咳給蓋過。「眞是……不敢……相信……」他說，擦了擦嘴。「不過……」他的邏輯似乎一時還難以接受，「不過如果那個眞空發揮效用，這些罐子都是以物質製造的。反物質不能儲存在以物質製造的罐子裡。反物質會立刻產生反應——」

「那些樣本並沒有碰觸到罐子。」薇多利雅說，顯然預料到會有這個問題。「反物質是懸浮在裡面的。那些罐子叫做『反物質陷阱』，因爲它們的確是跟陷阱一樣，把反物質困在罐子的中間，讓反物質懸浮在中央，離周圍和底部都有一段安全的距離。」

「懸浮？可是……怎麼懸浮？」

「介於兩個交叉的磁場之間。來，看一下。」

薇多利雅走到房間那頭，拿出一個大型電子設備。那個新奇的儀器讓蘭登想到某種卡通雷射槍——一個像火炮筒似的粗管子，頂端有個瞄準鏡，下頭垂著一團電線。薇多利雅把那個顯微鏡對準一個罐子，雙眼湊到接目鏡上看，調整了一些旋鈕。然後她站開，示意寇勒看。

寇勒似乎不知該如何是好。「你們收集的量，多到可以看得見？」

「五千奈克。」薇多利雅說。「一滴漿態物中，含有幾百萬個正電子。」（譯註：一奈克〔nanogram〕爲十億分之一公克。）

「幾百萬？但現在的技術只能做出幾個粒子……」

「氙。」薇多利雅淡淡地說。「他朝加速的粒子束噴出一道氙氣，好去掉電子。精確的過程他堅持保密，不過其中有個步驟，是要把原始電子群同步注入加速器。」

蘭登覺得昏頭了，不確定他們的對話是不是還在講英語。

寇勒停了一下，額頭的溝紋更深了。忽然間猛吸了口氣，整個人垮下來，好像被一顆子彈射中似的。

「技術上來說，這樣就會形成……」

薇多利雅點點頭。「沒錯，會形成很多反物質。」

寇勒的目光又調回來盯著面前的那個罐子。他一臉不確定的表情，在輪椅上硬撐起身子，雙眼湊到觀測鏡上，往裡頭看。他一言不發看了好久，最後終於坐下，額頭上全是汗。他臉上的皺紋消失了，聲音變成了耳語。「老天……你們眞的辦到了。」

薇多利雅點點頭。「是我父親辦到的。」

薇多利雅轉向蘭登。「你要不要看一下？」她指著那個觀測的儀器。

蘭登往前，不曉得自己會看到什麼。從兩呎之外看過去，那個罐子是空的。不管裡面有什麼，都一定是極微小的量。蘭登眼睛湊到觀測鏡上，過了一會兒，眼前的影像才清晰起來。

然後他看到了。

那個東西不像他預期般落在罐底，而是飄浮在中央——懸浮在半空中——一顆像液態水銀般閃著微光的小球。那顆液體好像變魔術似的懸著，在空中翻滾，小球的表面泛著金屬的微波。那顆懸浮的液體讓蘭登想起他看過的一段影片，描寫一滴水處於無重力狀態。不過他知道眼前這個小球是透過顯微鏡看到的，當那顆漿態懸浮的小球緩緩翻滾時，他可以看到上頭的每個波浪起伏。

「它在……飄浮。」他說。

「最好是這樣。」薇多利雅回答。「反物質非常不穩定。以能量的觀點來說，反物質就是物質的鏡像，所以兩者只要一接觸，就會立刻彼此抵消。讓反物質跟物質隔絕開來，當然是一大挑戰，因爲地球上的每樣東西都是物質構成的。這些樣本必須儲存在完全不接觸任何東西的地方——連空氣都不行。」

蘭登大感驚奇。還真是名副其實的真空。

「這些反物質陷阱？」寇勒插話，一根蒼白的手指劃過陷阱的底座，「是你父親設計的嗎？」

「事實上，」她說：「是我設計的。」

寇勒抬頭瞪著她。

薇多利雅的口氣謙和。「我父親製造出第一批反物質粒子，可是卻因爲儲存的問題而陷入困境。於是我建議了這個設計。密閉的奈米複合材質外殼，兩端是磁極相反的電磁體。」

「比較之下，你父親的天才好像遜色了。」

「不見得。我是從大自然借來的想法。僧帽水母的刺絲胞會分泌毒素，把魚困在觸手間，這裡的原理也是一樣。每個罐子都有兩個電磁體，兩端各一個。相反的磁場在罐子的中央交叉，讓反物質停留在那裡，懸浮在眞空中。」

蘭登再看看那個罐子。反物質漂浮在眞空中，完全沒碰觸到任何東西。寇勒說得沒錯，這眞是天才之作。

「那磁極的電力來源呢？」寇勒問。

薇多利雅一指，「就在陷阱下頭的墩柱上。罐子以螺旋方式鎖在一個連接埠底座上頭，可以持續供應電力，磁性就永遠不會消失。」

「如果磁場消失了呢？」

「很明顯，反物質就不再懸浮，會往下掉在陷阱的底部，我們就會看到一場湮滅。」

蘭登豎起耳朵。「湮滅？」他不喜歡這個字眼的發音。

薇多利雅一副無動於衷的表情。「沒錯。如果反物質和物質接觸，兩者就會馬上消滅。物理學家把這個過程稱爲『湮滅』。」

蘭登點點頭。「喔。」

「這是自然界最單純的反應。一個物質粒子和一個反物質粒子結合，釋放出兩個新的粒子——叫做光子。一個光子實際上就是一陣微小的光。」

蘭登曾讀到過文章討論光子，那是光的粒子，也是能量最純粹的形式。他決定憋著不要問起有關《星艦迷航記》裡的寇克艦長用光子魚雷對抗克林貢人的問題。「所以如果反物質掉下來，我們就會看到一陣微小的光？」

薇多利雅聳聳肩。「那要看你所謂的微小是什麼定義。來吧，我來示範。」她朝罐子伸手，開始轉鬆，想把它從充電墩柱上拆下來。

寇勒忽然毫無預警地驚駭大叫，往前一撲，把她的手拍開。「薇多利雅！你瘋了！」

22

令人難以置信地，有一刻寇勒站起來了，兩隻萎縮的腿搖晃著，臉色因恐懼而發白。「薇多利雅！不能移動那個陷阱！」

蘭登旁觀，也被院長突發的恐慌搞得傻眼了。

「那是五百奈克！」寇勒說。「如果你破壞掉磁場——」

「院長，」薇多利雅向他保證，「絕對安全的。每個陷阱都有不受故障影響的安全設計——一個備用電池，以防萬一要從充電座上取出。就算我取出罐子，樣本也還是會保持懸浮狀態的。」

寇勒一臉不太放心的表情。然後他猶豫著，坐回了輪椅上。

「陷阱一離開充電座，」薇多利雅說：「電池就會自動啓動，可以維持二十四小時的電力，就像一箱備用汽油。」她轉向蘭登，似乎感覺到他的不安。「反物質有一些驚人的特質。理論上，十毫克的反物質樣品——就像一粒沙子那麼大——所含的能量，就相當於約兩百噸傳統的火箭燃料。」

蘭登的頭又開始猛地左轉右轉。

「反物質是明日的能源，比核能要更有威力一千倍以上，而且能源效率是百分之百。沒有副產品，沒有輻射，沒有污染。只要幾公克的反物質，就足以供應一座大城市一整個星期的電力。」

公克？蘭登不安地後退，離那些墩座遠一點。

「別擔心。」薇多利雅說。「這些樣本只佔一公克的極小一部份——百萬分之幾而已。比較沒有傷害性。」她再度去拿那個罐子，從連接埠台座上轉下來。

寇勒抽搐了一下，但是沒再阻攔她。陷阱被拆下來後，發出了一個響亮的嗶聲，靠近陷阱底部有個小小的發光二極體（ＬＥＤ）顯示器啓動了。紅色數字閃爍著，從二十四小時開始倒數。

24:00:00……

23:59:59……

23:59:58……

蘭登審視著那個逐漸下降的計時器，認定它看起來很不穩定，就像個定時炸彈。

薇多利雅解釋，「電池會運轉整整二十四個小時才耗盡電力。只要把陷阱放回墩座上就可以再充電。當初設計是爲了安全的考量，不過也同時讓它運送方便。」

「運送？」寇勒一臉驚呆。「你們把這個玩意兒帶出研究室？」

「當然沒有，」薇多利雅說：「不過這種機動性，讓我們可以好好研究它。」

薇多利雅帶著蘭登和寇勒到房間的另一端。她拉開一道窗簾，露出簾後那扇窗，窗的那頭是一個大房間，牆壁、地板、天花板全都覆蓋著鋼板。這個房間讓蘭登想起有回去巴布亞新幾內亞研究漢塔人體彩繪，所搭那艘油輪的儲存槽。

「這是個湮滅槽。」薇多利雅宣佈。

寇勒看著。「你實際看到了湮滅？」

「我父親對於大霹靂的物理學很著迷——這麼大的能量從物質的小小核心裡面釋放出來。」薇多利雅打開窗下的一個鋼製抽屜，把那個反物質陷阱放在抽屜裡關上。然後她拉了抽屜旁的一個控制桿。過了一會兒，那個陷阱出現在玻璃的另一頭，流暢地畫個大弧滾過金屬地板，最後在房間中央停下來。

薇多利雅緊張地笑了笑。「你們即將要目睹生平第一個反物質與物質的湮滅。百萬分之幾公克，這個樣本相對來說非常微小。」

蘭登望著那個反物質陷阱單獨立在龐大的槽裡，寇勒也轉向那扇窗，臉不確定的表情。

「正常情況下，」薇多利雅解釋：「我們得等上整整二十四個小時，直到電池耗盡，但這個小房間的地板下方有磁鐵，可以破壞那個陷阱，讓反物質不再懸浮。等到物質與反物質接觸……」

「湮滅。」寇勒低語。

「還有一件事，」薇多利雅說：「反物質會釋放出純能量。百分之百的質量轉變，成爲光子。所以不要直接看著樣本，要把眼睛遮起來。」

蘭登一直小心翼翼，但這會兒他覺得薇多利雅是太過誇張了。不要直接看著罐子？那個罐子離他們超過三十碼，中間還隔著一道厚厚的有色樹脂玻璃牆。更何況，罐子裡面那點東西根本連肉眼都看不見，還得用顯微鏡。把眼睛遮起來？蘭登心想。那一丁點玩意兒能釋放出多大的能量——

薇多利雅按下按鈕。

頃刻間蘭登目盲了。罐子裡出現一個明亮的光點，然後朝外爆出一陣光的震波，射向四面八方，雷霆般的力量噴向他眼前的玻璃窗。這場爆炸搖撼了整個地下室，他也踉蹌後退。那陣亮光猛烈燃燒了一會兒，片刻之後，光又往內收縮，跌落下來成爲一個小點，最後消失無蹤。蘭登發痛的眼睛眨了眨，慢慢恢復了視力。他瞇眼看著那個悶燒中的小房間，地板上的罐子已經完全消失了，蒸發了，一點痕跡都不留。

他驚奇地瞪著眼睛。「上……上帝啊。」

薇多利雅傷心地點點頭。「我父親就是這麼說的。」

23

寇勒望著湮滅室，對於剛剛所目睹的奇觀一臉驚奇不已。羅柏・蘭登站在他旁邊，表情更是呆掉了。

「我想見我父親。」薇多利雅要求。「我已經讓你們看過研究室了。現在我想看我父親。」

寇勒緩緩轉身，顯然沒聽到她的話。「薇多利雅，你們爲什麼等這麼久？你和令尊有這個新發現，應該立刻就告訴我的。」

薇多利雅盯著他。你想聽多少理由？「院長，這個問題我們可以稍後再談。現在，我想看看我父親。」

「你知道這個技術意味著什麼嗎？」

「當然知道，」薇多利雅反擊，「意味著替歐洲核子研究中心帶來利潤，很大的利潤。現在我想——」

「這就是你們保密的原因嗎？」寇勒問，顯然在誘導她。「因爲你們擔心委員會跟我會投票決定把這個技術授權出去？」

「的確是該授權。」薇多利雅毫不示弱，感覺到自己被硬扯入這場辯論。「反物質是重要的技術，但也很危險。我父親和我希望能多花點時間改善流程，讓它更安全。」

「換句話說，你不相信委員會把科學的審慎考量放在財務的貪婪之前。」

薇多利雅很意外寇勒的聲調竟然毫無改變。「還有其他的問題，」她說：「我父親希望多爭取一些時間，好用適當的方式介紹反物質。」

「什麼意思？」

你以為我會是什麼意思？「從物質製造出能源？無中生有？這是個實際的證據，可以證明〈創世記〉在科學上有可能性。」

「所以他不希望他這項科學發現的宗教含義，在商業主義的浪潮下被淹沒掉？」

「可以這麼說吧。」

「那你怎麼想？」

諷刺的是，薇多利雅所關心的卻有幾分相反。任何新能源能否成功，商業的考慮都是首要關鍵。雖然反物質的技術有極大潛力成爲一種有效率又無污染的能源，但如果尚未成熟就公諸於世，就有被政治詆毀和公關慘敗的風險，像核能和太陽能那樣被扼殺掉。核能尚未安全就數量激增，造成了意外事故。太陽能則是在有效率之前就普及，使得人們損失不貲。這兩種技術都名聲不佳，使得它們的發展受限。

「我的興趣，」薇多利雅說：「比起統合科學和宗教來說，就沒那麼崇高了。」

「環境。」寇勒很有把握地提出了。

「無限制的能量。沒有露天開採，沒有污染，沒有輻射。反物質可以拯救地球。」

「也可以摧毀地球。」寇勒嘲諷道。「主要得看誰來用、怎麼用。」薇多利雅感覺到寇勒跛足的形體散發出一股令人膽寒的氣息。「還有誰知道這件事？」他問。

「沒有了。」薇多利雅說。「我告訴過你的。」

「那你想，你父親爲什麼會被謀殺？」

薇多利雅的肌肉繃緊了。「我不知道。他在歐洲核子研究中心這裡有一些敵人，這點你也清楚，但絕對不可能跟反物質有任何關係。我們曾彼此發誓要再忍幾個月，不跟第三者提起，直到我們覺得時機成熟再說。」

「所以你認爲令尊沒打破封口的誓約？」

這下子薇多利雅不高興了。「我父親守過比這個更困難的誓約。」

「那你也沒告訴過任何人了？」

「當然！」

寇勒吐了口氣。他暫停一下，好像在謹慎選擇接下來的措詞。「假設眞有人發現了。再假設有人找到方法進入這個研究室。你想他們的目的會是什麼？你父親有把什麼筆記放在這裡嗎？比方製造過程的文件？」

「院長，我一直很有耐性，但現在我需要一些答案。你一直在說有人闖入，可是你看過那個視網膜掃描儀。我父親對於保密和安全是非常警覺的。」

「那就敷衍我一下。」寇勒厲聲說，把她嚇了一跳。「會有什麼東西不見了嗎？」

「我不知道。」薇多利雅忿忿掃視了研究室一圈。反物質樣本的總數量淸楚無誤。她父親的工作區域看起來沒被翻亂。「沒有人進來過，」她宣佈，「上頭這裡的一切，看起來都沒問題。」

寇勒露出驚訝的表情。「上頭這裡？」

薇多利雅出自本能地說：「沒錯，上層研究室這裡。」

「你們也使用了下層的研究室？」

「用來儲藏。」

寇勒把輪椅推向她，又開始咳嗽。「你們把危險材料室用來儲藏？儲藏什麼？」

當然是危險材料，不然還會是什麼！薇多利雅失去耐性了。「反物質。」

寇勒撐著輪椅的扶手，挺起身子。「還有其他的樣本？你之前爲什麼沒告訴我！」

「我剛剛就在告訴你，」薇多利雅頂回去，「何況你根本沒給我太多說話的機會！」

「我們得去檢查那些樣本，」寇勒說：「馬上就去。」

「那個樣本，」薇多利雅說：「只有一個，而且不會有事的。沒有人可以——」

「只有一個？」寇勒結巴起來。「那爲什麼不放在上頭這裡？」

「我父親爲了謹愼起見，希望能把它放在岩層下方。那個樣本比其他的要大。」

寇勒和蘭登交換了一個警覺的表情，薇多利雅看在眼裡。寇勒再度推著輪椅朝薇多利雅逼近。「你們製造了一個大於五百奈克的樣本？」

「這是有必要的，」薇多利雅辯護道：「我們必須證明可以安全跨過投入／產出比的門檻。」她知道，新能源的老問題就是投入和產出的比例——爲了要得到新能源，得花掉多少金錢。建造一個鑽井架若只能生產出一桶石油，那就是個失敗的嘗試。但如果同樣一個鑽井架，只要極少的附加費用，就可以帶來幾百萬桶石油，這樣才是做生意的常規。反物質也是同樣的道理。發動十六哩長的電磁體，只能製造出一丁點反物質樣本，那麼製造時所耗費的能量，還要多過這些反物質所含有的能量。爲了證明反物質有效率而且有可行性，就得製造出一份更大的樣本。

薇多利雅的父親曾猶豫是否該製造一個大的樣本，但薇多利雅一直逼他。她主張，爲了要讓大家認眞把反物質當一回事，她和父親就得證明兩點。第一，要證明反物質的製造可以達到低成本、高效益。第二，要證明這些樣本可以安全地儲存。最後她贏了，儘管她父親明知道不宜，但還是默默照辦了。然而，他們擬定了一些嚴格的規範，以確保隱祕和安全。她父親堅持，這份反物質必須儲存在危險材料庫——那是個小小的花崗岩石穴，還要再深入地下七十五呎。這份樣本是他們的祕密。只有他們兩個人才進得去。

「薇多利雅？」寇勒堅持，口氣很緊張。「你和你父親製造出來的那份樣本有多大？」

薇多利雅暗自幸災樂禍，心知連偉大的麥斯米倫‧寇勒都會被那個數量嚇壞。她想像著下頭的反物質，那眞是難以置信的畫面。懸浮在陷阱中，肉眼清晰可見，一顆反物質小球飄舞著。這可不是需要用顯微鏡才能看得見的微粒，而是有ＢＢ彈大小的顆粒。

薇多利雅深吸了口氣。「整整四分之一公克。」

寇勒那張臉霎時血色全無。「什麼！」他忽然一陣猛咳。「四分之一公克？那可以轉變爲……幾乎五千噸能量！」

千噸（kiloton）。薇多利雅討厭這個字眼。那是她和她父親從沒使用過的字眼。一個「千噸」等於一千公噸ＴＮＴ化學炸藥的威力。千噸是用於武器、彈頭這類毀滅性力量的衡量單位。她和父親平常談的都是電子的伏特和焦耳——建設性的能源產品。

「那麼多的反物質，可以把半徑二分之一哩以內的所有一切完全毀滅掉！」寇勒喊道。

「沒錯，如果忽然一口氣湮滅掉，就會是這樣，」薇多利雅回嘴道：「但根本不會有人讓它們湮滅！」

「但如果有人不明白，或者你們的電源故障，那就會出事。」寇勒已經朝電梯移動。

「這就是爲什麼我父親要把這份樣品放在危險材料庫，而且有不受故障影響的安全電力裝置，外加一個額外的保全系統。」

寇勒轉身，一臉滿懷希望的表情。「你們在危險材料庫裡增加了額外的保全系統？」

「是的，第二個視網膜掃描儀。」

寇勒只說了兩個詞。「下樓。馬上。」

運貨電梯像一顆石頭般迅速墜落。

再往地底深入七十五呎。

當電梯逐步下降，薇多利雅很確定自己感覺到兩個男人身上的恐懼。寇勒往昔不露感情的臉繃得很緊。我知道，薇多利雅心想，那份樣本很大，但我們所採取的事先預防措施很——

他們來到最底層。

電梯門打開，薇多利雅搶先走進燈光黯淡的走道。前方走道的盡頭是一扇巨大的鋼門。危險材料室。門邊的視網膜掃描儀跟樓上那個一模一樣。她走上前，小心翼翼，讓眼睛對準鏡頭。

她後退，有個什麼不對勁。通常乾淨無瑕的鏡頭被弄髒了……上頭濺的東西看來好像是……血？她困惑地回頭看看兩個男人，卻看到了兩張沒有血色的臉。寇勒和蘭登都臉色蒼白，眼睛盯著她腳邊的地板。

薇多利雅隨著他們的視線……往下。

「不！」蘭登大喊，朝她伸手。可是太遲了。

薇多利雅的視線停留在地板上的那個物件。對她而言，那件東西感覺上完全陌生，卻又親密熟悉。

她立刻就認了出來。

然後，隨著一股天旋地轉的駭然，她明白了。從地板往上凝視著她的，像一小塊垃圾被丟棄的，是個眼球。不管在哪裡，她都認得出眼球裡的那抹淡褐色。

24

指揮官俯身過來，那個保全技師大氣都不敢喘，讓上司隔著他肩膀檢查面前那排保全監視器。一分鐘過去了。

指揮官的沈默是可以料想得到的，那個技師告訴自己。指揮官是個一板一眼、照章行事的人。他所受的訓練，就是要在指揮全世界最菁英的保全部隊時，能夠先審慎思考過再行動。

可是這會兒他在想什麼？

螢幕上讓他們反覆推敲的東西，是某種罐子——罐身是透明的。這部分很簡單，難的是其他部分。在罐子裡，好像經過什麼特殊效果處理，有一小滴金屬狀的液體似乎飄浮在半空中。那滴液體隨著一道自動閃爍的紅光而一明一滅，紅光來自一個數字發光二極體，上頭的數字堅定地一路下降，看得那個技師起雞皮疙瘩。

「有沒有辦法降低反差？」指揮官問，把技師嚇了一跳。

技師盯著那個裝置，影像稍微變淡了。指揮官靠上前，湊得更近，瞇起眼睛注視那個罐子基座處某個剛剛顯現的東西。

那名技師隨著指揮官的目光看去。即使很模糊，還是看得到發光二極體旁邊印的字首縮寫。四個大寫字母在一明一滅的亮光中閃爍。

「你待在這裡。」指揮官說。「不准聲張。我來處理這件事。」

25

危險材料。埋在地底五十公尺處。

薇多利雅・威特拉身子往前一軟，差點撞上了那個視網膜掃描儀。她感覺到那個美國人衝過來幫忙，抓住她，穩住她的身子。她腳邊的地板上，父親的眼球朝上瞪著。她覺得自己快喘不過氣來。他們挖出了他的眼珠！她的世界扭曲了，後頭的寇勒湊近過來，說著什麼。蘭登領著她。然後好像在夢中一般，她發現自己望向視網膜掃描儀，然後那個儀器發出一個嗶聲。

門滑開了。

儘管父親的眼球所造成的恐怖正折磨著她的心，薇多利雅卻感覺門內還有其他恐怖的事情等著她。當她模糊的視線望向室內，證實了下一個夢魘。在她眼前，那個唯一的充電墩座是空的。

那個罐子不見了。他們挖出了她父親的眼球，把罐子偷走了。這件事所引發的一連串含義湧入她腦中，快得她來不及搞懂。每件事都跟她預期的相反。那份樣本原該用來證明反物質是一種安全而可行的能源，現在被偷走了。可是根本沒有人知道這份樣本的存在！然而，眼前的事實不容否認。有人發現了。薇多利雅無法想像是誰。甚至寇勒這個號稱知道歐洲核子研究中心裡每件事的人，顯然也完全不曉得這個研究計畫。

她父親死了。因爲他的天才而被謀殺了。

儘管悲痛不斷鞭笞她的心，但薇多利雅心頭又湧上了另外一種新的情緒。這個還要更糟得多，壓倒性地刺向她。那是罪惡感。無法控制的、持續不斷的罪惡感。薇多利雅知道，是她說服父親製造這個樣本，讓他放棄了他認爲較爲妥當的決定。結果他因此遭到殺害。

四分之一公克……

就像任何技術——火、火藥、內燃機——如果落入不肖之徒手中，反物質就會變得致命，非常致命。反物質是致命武器，強大而無法阻擋。一旦離開了歐洲核子研究中心的充電座，那個罐子就開始毫不留情地倒數計時，成了一列失控的火車。

等到倒數完畢……

一陣眩目的光，轟隆響聲如雷霆。自動焚毀。只有那陣閃光……還有一個空蕩蕩的隕石坑。很大的隕石坑。

想到她父親默默保密的天才之作被當成了毀滅工具，就像毒藥注入她的血液。反物質是最可怕的恐怖行動武器。其中沒有金屬成份以觸動金屬探測器，也沒有化學特徵可以讓警犬追蹤。如果警方找到了那個罐子，也不能拆掉保險絲以停止爆炸。倒數計時已經開始……

蘭登不曉得還能做什麼。他掏出手帕，蓋住地板上那顆李歐納度・威特拉的眼球。薇多利雅此時站在門口，望著空蕩蕩的危險材料室，表情哀痛又驚慌。蘭登又不由自主地想靠近她，但被寇勒攔住了。

「蘭登先生？」寇勒的臉毫無表情。他示意蘭登到旁邊私下談。蘭登不情願地照辦了，撇下了薇多利雅一個人面對眼前狀況。「你是專家，」寇勒用氣音小聲說，聽起來很緊張，「我想知道這些光明會混蛋拿了反物質會打算做什麼。」

蘭登努力讓自己專心。儘管四周一片混亂，但他的第一個反應是合理的。學者的排斥。寇勒還在繼續假設，但那些根本是不可能的。「寇勒先生，我還是堅持，光明會現在已經不存在了。這樁犯罪事件有各種可能——甚至可能是另一個歐洲核子研究中心的員工發現了威特拉先生的大突破，認爲這個研究計畫太過危險，不應該繼續下去。」

寇勒一臉驚愕。「蘭登先生，你認爲這是一樁出於良心的犯罪事件嗎？太荒謬了。不管殺了李歐納度的是誰，他們要的東西很清楚，那就是這個反物質的樣本。而且毫無疑問，他們是有計畫的。」

「你認爲這是恐怖份子的手段？」

「很明顯是這樣。」

「可是光明會並不是恐怖份子啊。」

「你這些話拿去跟李歐納度・威特拉說吧。」

蘭登從這句話中體會到一個痛苦的事實。李歐納度的確被烙印上光明會的符號。符號是哪兒來的？那個神聖的標記太難設計了，似乎不太可能是某個人爲了想隱藏身分而嫁禍他人的騙局。一定有別的解釋。

再一次，蘭登逼自己想想這件不可能的事。如果光明會還在活動，而且他們偷走了反物質，那麼他們的動機會是什麼？他們的目標又是什麼？一個答案瞬間浮現在他腦海，但又隨即被丟開。沒錯，光明會的確有個明顯的敵人，但很難想像他們會對這個敵人展開大規模的恐怖攻擊。那完全不是光明會的作風。的確，光明會殺過人，但都是針對個人，目標都經過精挑細選。大規模的毀滅行動是有些下手太重了。蘭登停了一下，然後又想，光明會對反物質一定會有個比較冠冕堂皇的說法——反物質這項最高的科學成就，用來毀滅——

他拒絕接受這個荒謬可笑的想法。「除了恐怖行動之外，」蘭登忽然說：「還有個合理的解釋。」

寇勒瞪大眼睛，顯然等著他講下去。

蘭登努力整理思緒。光明會在金融方面向來擁有巨大的影響力。他們控制銀行，擁有很多金塊。甚至有謠言說，他們擁有全世界最珍貴的寶石——「光明會鑽石」，那是一顆很大的、完美無瑕的鑽石。

「錢。」蘭登說。「反物質被偷，有可能是因爲財務的利益。」

寇勒一臉不相信的表情。「財務的利益？這一小滴反物質能賣給誰？」

「我指的不是樣本，」蘭登反駁道：「而是製造的技術。反物質技術一定值一大筆錢。或許有人偷這個樣本，是爲了分析和研發。」

「工業間諜活動？可是那個罐子的電池只能撐二十四小時。想研究的人還沒學到什麼，自己就會先被炸死。」

「他們可以在爆炸之前再充電。他們可以建造一個相容的充電墩座，就像歐洲核子研究中心這裡的充電器一樣。」

「在二十四小時之內建好？」寇勒質疑。「就算他們偷走了設計圖，一個像這樣的充電器也得花上好幾個月才能做好，二十四個小時是不可能的！」

「他說得沒錯。」薇多利雅的聲音很虛弱。

寇勒和蘭登轉身。薇多利雅朝他們走過來，步伐就像她的聲音不斷打顫。

「他說得沒錯。沒有人能在二十四小時之內建造出一個充電器。光是界面就要花上好幾個星期。通量過濾器、伺服機制線圈、電力調節裝置，所有的細節都得在現場校準，調整到特定的電力級數。」

蘭登皺起眉頭。他明白薇多利雅和寇勒的意思了。反物質陷阱不是可以隨便找個牆上的插座插上就算了的。一旦從歐洲核子研究中心取走，那個罐子就一去不回，踏上了爲時二十四小時的毀滅之旅。

於是只剩一個極度令人不安的結論了。

「我們得打電話給國際刑警組織。」薇多利雅說，即使是她自己聽來，感覺上都好遙遠。「我們得打電話給適合的執法當局，立刻就打。」

寇勒搖搖頭。「絕對不行。」

她聽了愣住了。「不行？我不懂你的意思。」

「這件事你和令尊弄得我的處境很爲難。」

「院長，我們要找人幫忙才行。我們得找到那個陷阱，而且要趕緊取回，免得有人受到傷害。我們有責任啊！」

「我們有責任好好想。」寇勒說，他的口氣越發嚴峻。「這個狀況對歐洲核子研究中心會造成非常、非常嚴重的影響。」

「你是擔心歐洲核子研究中心的名譽？你知道那個罐子會對城市地區造成什麼樣的後果嗎？半徑半哩之內都會燒光！整整九個街區！」

「也許你和令尊在製造這份樣本之前，就該想到這一點。」

薇多利雅覺得自己好像被捅了一刀。「可是……可是我們做了一切可能的防範措施了。」

「顯然，你們做得還不夠。」

「可是沒有人曉得這些反物質的事情。」此時她明白，這個辯解實在很可笑。當然是有人知道了，當然是有人發現了。

薇多利雅沒有告訴過任何人。於是只剩下兩種可能。第一個就是她父親沒告訴她，就把這個機密告訴他人，這實在沒道理，因爲是她父親要兩個人發誓保密的；第二個可能就是她和她父親都被監視了。或許是手機？薇多利雅知道，她出門研究時，曾跟父親通過幾次電話。他們是不是說得太多了？有可能。另外還有他們的電子郵件。不過他們一直很小心，不是嗎？或者是歐洲核子研究中心的保全系統？他們用了什麼方法暗地裡在監視他們嗎？她知道這一切都不重要了。事實已經造成。我父親死了。

這個想法促使她行動。她從短褲口袋裡掏出行動電話。

寇勒加速衝向她，一邊猛咳著，眼睛閃著憤怒。「你……你要打給誰？」

「歐洲核子研究中心的總機。請他們幫我接國際刑警組織。」

「你用用腦子！」寇勒咳著，輪椅在她面前尖聲煞住了。「你真的那麼天真嗎？那個罐子現在可能被運到任何地方去了。全世界沒有任何情報組織有辦法動員起來及時找到的。」

「那我們就什麼都不做嗎？」薇多利雅對於質疑這麼一個虛弱的老人感到內疚，但院長到目前爲止表現得實在太反常了，反常得令她覺得陌生。

「我們要做得聰明才行。」寇勒說。「我們不能拿歐洲核子研究中心的名譽冒險，把根本無能爲力的警方給扯進來。至少不是現在，我們得先好好想一想才行。」

薇多利雅知道寇勒的論點符合邏輯，的確有幾分道理，但她也明白，邏輯的定義就在於隔絕道德責任。她父親一生爲了道德責任而活——小心發展科學、負責任、相信人性本善。薇多利雅也相信這些，但她把這些視爲印度哲學中的「業」。她轉身背對著寇勒，把手機打開。

「你不能這麼做。」他說。

「你阻止我試試看。」

寇勒沒動。

過了一會兒，薇多利雅才明白爲什麼。在地下這麼深的地方，她的手機根本收不到訊號。

她怒氣沖沖地走向電梯。

26

哈撒辛站在岩石隧道的盡頭。他的火炬依然熊熊燃燒著，冒出的煙霧混合著青苔和沉滯空氣的味道。他四周一片寂靜。那扇擋在前面的鐵門看起來就像這條隧道一樣古老，生銹卻仍牢牢關著。他滿懷信任地在黑暗中等待著。

時間快到了。

傑納斯答應過他，裡頭會有人幫他開門。哈撒辛不相信會遭到背叛。必要時他會整夜守在門邊，等著完成任務，但他感覺不必等上一整夜。他所服務的對象，是一群早已下定決心的人。

過了幾分鐘，就恰恰好在約定的時間，門那端有一串沉重的鑰匙碰撞，發出響亮的聲音。那三道鎖被轉開時，發出金屬搔刮著金屬的聲音。一個接一個，三個巨大的門閂發出粗嘎的摩擦聲音，陸續打開來，鎖的吱呀聲聽起來好像好幾個世紀沒被使用過了。最後，三個鎖終於都開了。

然後是一片寂靜。

哈撒辛耐心等待著，五分鐘，完全照當初傑納斯吩咐過他的。然後，他帶著一股流遍全身的振奮感，把門往前推。那扇巨大的門晃開了。

27

「薇多利雅，我不准你報警！」當危險材料室的電梯往上升時，寇勒喘得很厲害，而且呼吸愈來愈困難。

薇多利雅不理他。她渴望一個庇護所，以往她所熟悉的這個地方，現在再也不能給她家的感覺了。她知道這裡不會是她的家了。眼前，她得強忍悲痛，開始行動。要找個電話。

羅柏・蘭登站在她旁邊，沈默如常。薇多利雅已經放棄去猜這個人是幹嘛的了。專家？寇勒講得太不精確了。蘭登先生可以幫我們找出謀殺你父親的凶手。蘭登一點忙都沒幫上。他的溫暖和好心似乎發自眞誠，但他顯然瞞著一些事情。他們兩個人都有事情瞞著。

寇勒又對著她說話了。「身爲歐洲核子研究中心的院長，我對科學的未來有責任。如果你把這件事情擴大成國際事件，歐洲核子研究中心將會遭受——」

「科學的未來？」薇多利雅轉過來面對著寇勒。「你眞打算不承認這份反物質樣本出自歐洲核子研究中心，好逃避責任嗎？你眞打算不理會我們危及的那些人命嗎？」

「不是我們，」寇勒反駁，「是你們，你和你父親。」

薇多利雅眼光望向別處。

「至於我們所危及的那些人命，」寇勒說：「我考慮的恰恰就是這點。你知道反物質技術對這個星球的生命有重大的影響。如果歐洲核子研究中心破產，被醜聞摧毀，所有人都是輸家。人類的未來就寄託在歐洲核子研究中心這類機構，像你和你父親這類科學家就在這裡共同努力，要解決明天的問題。」

薇多利雅以前聽過寇勒的演講，知道他那套「科學就是神」的說法，可是從來不信。科學本身就造成了一半它想解決的問題。「進步」是母親大地最大的惡瘤。

「科學的前進難免帶來風險。」寇勒說。「向來如此。太空計畫、遺傳研究、醫藥——全都會犯錯。科學必須能在錯誤後繼續向前，無論付出什麼代價。這是爲所有人著想。」

薇多利雅很驚訝寇勒竟能以如此超然的科學態度衡量道德問題。他的才智似乎是無情地從內在靈魂隔離出來的產物。「你認爲歐洲核子研究中心對於地球的未來這麼重要，重要到我們應該免除任何道德責任嗎？」

「不要跟我談道德。你們製造那份樣本時，就已經跨過界限了，而且也危及了整個中心。我不單是爲了要保住中心裡三千多個科學家的工作，也是要保護令尊的聲譽。你爲他想一想。像令尊這樣一個人，世人對他的記憶，不應該是一個製造出大規模毀滅武器的人。」

薇多利雅覺得被他命中要害。說服我父親製造那個樣本的人是我。這是我的錯！

電梯門打開時，寇勒還在說。薇多利雅跨出電梯，掏出手機又試了一遍。

還是收不到訊號。該死！她走向研究室的門。

「薇多利雅，不要走。」院長追在她後頭，聽起來好像氣喘發作了。「你等一等，我們得談一下。」

「我們已經談夠了。」

「想想你父親。」寇勒催促道。「他會怎麼做？」

她繼續往前走。

「薇多利雅，之前我沒跟你完全坦白。」

薇多利雅不知不覺間慢下了腳步。

「我不曉得我在想什麼。」寇勒說。「我只是想保護你。告訴我你想要什麼。這件事我們得一起合作。」

薇多利雅在研究室裡走到一半，停下了腳步，卻沒有轉身。「我想找到那份反物質。另外我想知道誰殺了我父親。」她等著。

寇勒嘆了口氣。「薇多利雅，我們已經知道是誰殺了你父親。對不起。」

這會兒薇多利雅轉過來了。「什麼？」

「之前我不知道該怎麼告訴你，這是個困難的——」

「你知道誰殺了我父親？」

「沒錯，我們有個很清楚的想法。凶手留下了類似名片的線索。這就是我找蘭登先生來的原因。那個宣稱應對這件事負責的團體，是他的專長。」

「團體？恐怖份子團體嗎？」

「薇多利雅，他們偷了四分之一公克的反物質。」

薇多利雅盯著站在房間另一頭的蘭登，覺得一切都慢慢搞懂了。這解釋了某些保密態度。自己稍早時竟然沒想到。寇勒畢竟是通知了相關單位。那個單位。羅柏・蘭登是美國人，整潔、保守，顯然非常精明。他的身分還能是什麼？薇多利雅從一開始就該猜到的。她覺得內心生出一股新的希望，轉向蘭登。

「蘭登先生，我想知道誰殺了我父親。另外我想知道你們局裡是不是能找到那份反物質。」

蘭登似乎很緊張不安。「我們局裡？」

「我想，你是美國情報局的吧。」

「其實……不是。」

寇勒插話：「蘭登是哈佛大學的藝術史教授。」

薇多利雅覺得好像一盆冰水當頭澆下。「他是藝術老師？」

「他是教派符號學的專家。」寇勒嘆了口氣。「薇多利雅，我們相信你父親是被一個魔鬼教派所殺害的。」

薇多利雅聽到了那些話，卻無法明白。魔鬼教派。

「那個宣稱應對此事負責的團體，自稱是光明會。」

薇多利雅看看寇勒，然後又看看蘭登，懷疑這是不是什麼變態笑話。「光明會？」她問。「就是那個巴伐利亞的光明會？」

寇勒一臉震驚。「你聽過這個團體？」

薇多利雅覺得挫折得簡直要掉淚了。「『巴伐利亞光明會：新世界秩序』。史蒂夫·傑克森公司出產的電腦遊戲。這裡有一半的電腦玩家都在網際網路上玩這個線上遊戲。」她的嗓音啞了。「可是我不明白……」

寇勒困惑地看了蘭登一眼。

蘭登點點頭。「很受歡迎的遊戲。古代兄弟會接管全世界。半歷史的神話。我不曉得歐洲也流行。」

薇多利雅被搞糊塗了。「你在說什麼？光明會？那是個電腦遊戲！」

「薇多利雅，」寇勒說：「光明會就是那個宣稱殺了你父親的團體。」

薇多利雅鼓起殘餘的所有勇氣，拚命忍著不讓眼淚掉下來。她強逼自己打起精神，理性地評估眼前狀況。但她愈想專心，就愈搞不懂。她父親被謀殺了，歐洲核子研究中心的保全遭受到嚴重的破壞。某處正有個炸彈在倒數計時中，而她應該爲此負責。可是院長卻指定一個藝術老師來協助他們找出一個崇拜魔鬼的神話兄弟會。

忽然間，薇多利雅覺得全然孤單。她轉身想走，但寇勒攔住了她。他手伸進口袋裡面掏東西。拿出了一張皺巴巴的傳真紙，遞給了她。

薇多利雅一看到上面的那張圖，驚駭得全身一軟。

「他們給他烙印了。」寇勒說。「就在他的胸膛上。」

28

絲爾薇‧鮑德洛克祕書正處於驚慌失措中。她在院長空蕩蕩的辦公室外頭踱著步。見鬼他去了哪裡？我該怎麼辦？

這是怪異的一天。當然，替麥斯米倫‧寇勒工作的每一天，都可能會非常奇怪，但寇勒今天的表現很反常。

「幫我找到李歐納度‧威特拉！」絲爾薇今天早上來上班時，院長如此命令道。

絲爾薇非常盡責，她呼叫、打電話給李歐納度‧威特拉，甚至還寫了電子郵件。

沒有回應。

於是寇勒氣沖沖地離開了，顯然是要親自去找威特拉。幾小時後寇勒回來了，表情非常不妙……倒不是他的表情什麼時候好過，而是看起來比平常更糟。他進了辦公室，把自己鎖在裡頭，她可以聽到他用數據機、打電話、傳眞、講話。然後寇勒又離開了，到現在一直沒回來過。

絲爾薇本來已經決定，要把截至目前爲止那些古怪的舉動視爲另一個寇勒式通俗劇，但到了每天固定的打針時間，還沒看到寇勒回來，她就開始擔心了；院長的身體狀況需要接受規律的治療，每次他決定要碰運氣時，結果總是很慘——呼吸休克、猛咳不止，接下來就是醫務所人員猛衝進來。有時絲爾薇覺得麥斯米倫‧寇勒暗地裡根本就是不想活了。

她想過要打呼叫器提醒他，但她已經學會，這種慈善之舉是驕傲的寇勒所無法忍受的。上個星期，有個來訪的科學家因爲對寇勒表現出過度的同情，氣得寇勒奮力撐起身子朝那個人的頭扔了個寫字夾。寇勒國王火大起來，是可以靈活得讓人嚇一跳的。

然而，這會兒絲爾薇對院長健康的擔憂卻被擺在一邊了……被另一個更迫切的兩難困境取而代之。五分鐘前，歐洲核子研究中心的總機打電話來，很激動地說他們有個緊急電話要找院長。

「他現在沒法接電話。」絲爾薇當時說。

然後歐洲核子研究中心的接線生告訴她打電話來的是誰。

絲爾薇大笑起來。「你是開玩笑的，對吧？」她聽著對方的話，然後一臉不敢置信。「打電話來的身分已經確定是——」絲爾薇皺起眉頭，「我明白了。好，你能不能要求那位——」她嘆了口氣，「不，算了。告訴他別掛斷。我馬上就去找院長。好，我知道了。我會盡快。」

可是絲爾薇無法找到院長。她打了他的手機三次，每次都是相同的回應：「您所撥的用戶現在收不到訊號。」收不到訊號？他會跑到哪裡去？於是絲爾薇改撥寇勒的呼叫器，兩次，沒有回應。這太不像他了。她甚至還寫電子郵件傳到他的行動電腦上。依然毫無消息。就好像這個人從地球表面消失了。

接下來怎麼辦？現在她也不曉得了。

除了親自去搜索歐洲核子研究中心整個園區之外，絲爾薇知道，只剩下一個辦法可以通知院長。他一定會不高興，但打電話來的可不是院長應該怠慢的人。而且聽起來那個來電者也不可能樂意聽到院長沒法接電話。

絲爾薇下了決定，很驚訝自己哪來的膽子。她進入寇勒的辦公室，走向他書桌後方的那個金屬箱子。她打開箱蓋，盯著控制盤，找到正確的按鈕。

然後她做了個深呼吸，抓起了麥克風。

29

薇多利雅不記得他們是怎麼來到主電梯的，可是他們人在裡面了。電梯上升，寇勒在她後面，正吃力地呼吸著。蘭登關心的眼神像個鬼似的看穿她。他把她手上的傳眞拿走，放進自己外套的口袋，免得她看到，但上頭的影像已經烙在她的腦海裡了。

電梯往上爬的時候，薇多利雅的世界天旋地轉成爲一片黑暗。爸爸！她在心中伸手要抓他。有那麼一刻，在她記憶的綠洲中，薇多利雅和父親在一起。那時她九歲，從開滿高山薄雪草小白花的山丘上滾下來，瑞士的天空在頭頂上旋轉。

爸爸！爸爸！

李歐納度・威特拉在她身旁大笑，容光煥發。「怎麼樣，小天使？」

「爸爸！」她咯咯笑著，湊到他身上磨鼻子。「問我怎麼回事！」

「可是你看起來好高興，親愛的。我爲什麼要問你怎麼回事？」

「問我就是了。」

他聳聳肩。「怎麼回事？」（譯註：What's the matter，此爲雙關語，字面亦可直譯爲「什麼是物質」。）

她立刻又笑了起來。「物質是什麼？每樣東西都是物質！石頭！樹！原子！甚至是食蟻獸！每樣東西都是物質！」

他笑了。「你自己想出來的嗎？」

「很聰明，對不對？」

「我的小愛因斯坦。」

她皺起眉。「他的頭髮好蠢。我看過他的照片。」

「可是他有個聰明的頭腦。我告訴過你他證明了什麼，對不對？」

她害怕地瞪大了眼睛。「爸！不行！你答應過我的！」

「$E=MC^2$！」他逗著她。「$E=MC^2$！」

「不要講數學！我跟你說過！我討厭數學！」

「我很高興你討厭數學。因爲女生根本就不准算數學。」

薇多利雅忽然停了下來。「眞的嗎？」

「當然囉。每個人都曉得。女生只能玩娃娃，男生才能算數學。女生不能碰數學的。我根本就不能跟小女孩談數學的。」

「什麼？可是這不公平！」

「規定就是規定。小女生絕對不准碰數學。」

薇多利雅一臉恐懼。「可是玩娃娃好無聊！」

「對不起，」她父親說：「我可以教你數學，可是如果被抓到……」他緊張地四下張望空蕩蕩的山丘。

薇多利雅也跟著他四下張望。「好吧，」她低聲說：「那你就小聲告訴我。」

電梯的震動嚇了她一跳。薇多利雅張開雙眼，父親不見了。

冰冷的現實回到她眼前，緊緊籠罩著她。她望著蘭登，他眼中的眞誠的關切，感覺上就像個守護天使般溫暖，尤其對照著寇勒的冷淡。

一個念頭開始毫不留情地猛力撞擊著薇多利雅。

那份反物質在哪裡？

這個可怕的答案，她馬上就會知道了。

30

「麥斯米倫・寇勒先生，請立刻與您的辦公室連絡。」

位於主中庭的電梯門打開時，眩目的陽光映入蘭登的雙眼。頭上傳來的廣播仍餘音未斷，寇勒輪椅上的每個電子儀器就全都開始響起了嗶嗶聲或嗡嗡聲。他的呼叫器，他的電話，他的電子郵件。寇勒往下看著那些閃爍的燈，顯然慌了手腳。院長又回到地面上了，也回到收訊範圍了。

「寇勒院長，請立刻打電話回辦公室。」

聽到擴音機裡傳來自己的名字，似乎讓寇勒嚇了一跳。

他抬頭望，一臉憤怒，然後隨即轉爲憂慮。寇勒望向蘭登，蘭登正在看他，薇多利雅也是。他們三個人愣著不動一會兒，好像彼此之間的緊張全都消失了，被一個共同的不祥預感所取代。

寇勒從扶手上拿起手機，撥了分機號碼，然後掙扎著想壓抑另一波咳嗽。薇多利雅和蘭登等待著。

「我是……寇勒院長，」他喘著氣說：「是的，我剛剛在地下室，收不到訊號。」他聽著電話，灰色的雙眼瞪大了。「誰？好，把電話接過來。」他暫停了一下。「喂？我是麥斯米倫・寇勒。我是歐洲核子研究中心的院長。請問尊姓大名？」

寇勒聽對方講話時，薇多利雅和蘭登沈默地望著他。

「這事情在電話上討論，」最後寇勒終於說：「就太不明智了。我馬上就趕過去。」他又咳了起來。「我們在……李奧納多・達文西機場碰面。四十分鐘。」這回寇勒的氣喘似乎終於擊垮他了。他爆出一串猛咳，幾乎無法吐出字句，「立刻找到那個罐子的位置……我馬上趕來。」然後他掛掉了電話。

薇多利雅奔到寇勒身旁，可是寇勒再也說不出話了。蘭登看著薇多利雅掏出手機，打電話給歐洲核子研究中心的醫務所。蘭登覺得自己好像暴風雨中的一艘船……孤單地在風暴中翻來盪去。

我們在……李奧納多・達文西機場碰面。寇勒剛剛說的話迴盪著。

忽然間，籠罩著蘭登一整個上午的迷霧開始凝結成清晰的圖像。當他站在困惑的漩渦中，感覺到心中一扇門打開了……好像剛剛衝破了某個神祕的門檻。雙向圖。被謀殺的神父科學家。反物質。接下來是……目標。李奧納多・達文西機場只意味著一件事。在靈光乍現的那一刻，蘭登知道他剛剛跨到了另一邊。他相信寇勒的說法了。

五千噸。神說：要有光。

兩個穿著白色罩袍的醫護人員出現了，急匆匆衝過中庭。他們跪在寇勒旁邊，給他戴上氧氣面罩。大廳裡的科學家們紛紛停下腳步，站在旁邊。

寇勒吸了兩大口氣，然後推開面罩，但依然喘不過氣來，他往上看著薇多利雅和蘭登。「羅馬。」

「羅馬？」薇多利雅問。「那份反物質在羅馬？電話是誰打來的？」

寇勒的臉部扭曲，灰色的雙眼漲滿淚水。「瑞士……」他講到一半哽住了，醫務人員又把氧氣面罩給他戴上。他們正準備把他帶走時，寇勒伸出手來抓住蘭登的手臂。

蘭登點點頭。他明白了。

「去……」寇勒在氧氣面罩下喘著。「去……打電話給我……」然後醫務人員把他推走了。

薇多利雅定定站在那兒，望著他離去。然後她轉向蘭登。「羅馬？可是……他講瑞士又是指什麼？」

蘭登一隻手放在她肩膀上，低聲耳語：「瑞士衛兵團，」他說：「宣誓過要效忠教宗的梵蒂岡城衛兵隊。」

31

那架X—三三型太空飛機轟鳴著衝向天空，然後彎向南方，朝羅馬飛去。飛機上，蘭登沈默地坐著。過去的十五分鐘一片模糊。現在，他已經向薇多利雅簡短介紹過光明會及其反對梵蒂岡的盟約，她也逐漸開始了解眼前的情況了。

我這是在做什麼？蘭登眞搞不懂。我一逮到機會就該回家的！但在內心深處，他明白自己毫無機會。

儘管蘭登的理智鬼叫著要他回波士頓；然而，學術上的好奇卻不知怎地把他應有的審慎拋到九霄雲外。曾經讓他相信光明會已經滅亡的種種，忽然間看起來都像是高明的騙局。他有些渴求著證據和確認，也還有良心的問題。面對著病弱的寇勒和孤單的薇多利雅，蘭登知道如果他對光明會的知識能夠幫上任何忙，他就有道義要留下來。

不過還有其他的原因。雖然蘭登不好意思承認，那是他一聽到反物質的地點所出現的本能恐懼——不僅會危及梵蒂岡城的人命，還會連累到其他事物。

那就是藝術。

全世界最大的一批藝術收藏，如今被安了一顆定時炸彈。梵蒂岡博物館的一千四百零七個房間中，收藏了超過六萬件無價作品——米開朗基羅、達文西、貝尼尼、波提且利。蘭登想過，必要時是不是可能將所有藝術作品撤離。但他明知這是不可能的。許多作品是重達好幾噸的雕塑，更不必說最大的藝術寶藏就是建築物——西斯汀禮拜堂、聖彼得大教堂、米開朗基羅那道通往梵蒂岡博物館的著名螺旋階梯——都是證明人類創造力的無價之寶。蘭登好奇著那個罐子上還剩下多少時間。

「謝謝你趕來。」薇多利雅說，她的聲音很平靜。

蘭登從空想中醒來，抬頭一望，薇多利雅坐在走道對面。即使在機艙裡死白的日光燈下，她還是散發出沈靜的靈氣，一種近乎圓滿而吸引人的光輝。此時她的呼吸似乎深沈些，好像體內的自衛本能被啓動了……一種對於正義與報復的渴望，源自於一個女兒的愛。

薇多利雅沒時間換掉短褲和無袖上衣，她古銅色的雙腿在寒冷的飛機上冒出了雞皮疙瘩。蘭登想都沒想就脫下外套給她。

「美國人的騎士精神？」她接了外套，眼神默默表達謝意。

飛機碰上了幾道亂流，蘭登忽然感覺到一股危險，又開始覺得沒有窗子的機艙好狹窄。他努力想像自己身在一個空曠的田野，然後意識到這個想法很諷刺。當年意外發生時，他就身在一片空曠的原野中。一片漆黑。他努力把那些回憶從心頭驅走。那是古早以前的歷史了。

薇多利雅正看著他。「蘭登先生，你相信神嗎？」

這個問題讓他一愣。薇多利雅誠懇的口氣比這問題要更令人難以招架。我相信神嗎？他本來希望能談輕鬆點的話題，打發掉這段航程的。

心靈的謎題，蘭登暗自想，我的朋友都這樣叫我。雖然研究宗教多年，蘭登卻不是一個對宗教虔誠的人。他尊敬信仰的力量、教會的善舉，以及宗教鼓舞了那麼多人……然而，對他而言，如果一個人眞要「相信」，那麼理智上所必須採取的遲疑態度，到頭來總是證明對他的學術思維是個太大的障礙。「我想要相信。」不覺間他脫口而出。

薇多利雅的回答沒有批判或挑釁的意思。「那爲什麼不呢？」

他噗嗤一笑。「這個嘛，沒那麼簡單。要信仰就得大膽無忌地相信，理性上相信種種奇蹟——純潔受孕和神的介入。還有種種行爲準則，聖經、古蘭經、佛經……全都有類似的要求——以及類似的懲罰。這些聖書宣稱，如果我不以某種特定的規範生活，我就會下地獄。我無法想像會有一個如此行事的神。」

「希望你不會教你的學生這麼無恥地迴避問題。」

這個評論讓他大感意外。「什麼？」

「蘭登先生，我沒問你是否相信別人所談論的神。我問的是你相不相信神。兩者之間是不一樣的。聖書是故事……是人類想要了解自己對意義的需求，其中的種種傳說和歷史。我並沒有要求你轉述對文獻的看法。我問的是你相不相信神。當你躺在星空下，是否感受到神性？你是否從內心深處感覺到你正在仰望神的巧手作品？」

蘭登想了好一會兒。

「我太多管閒事了。」薇多利雅道歉地說。

「不，我只是……」

「你一定會在課堂上跟學生辯論信仰的問題。」

「從沒斷過。」

「那我可以想像，你是扮演魔鬼辯護人的角色。總是挑起辯論。」

蘭登微笑。「你一定也是老師。」

「不是，但我跟著大師學習過。我父親可以爲摩比烏斯帶的兩面辯解。」

蘭登大笑，想著精巧的摩比烏斯帶——一條扭轉的紙環，嚴格來說只有一面。蘭登是在荷蘭藝術家M・C・埃舍爾的作品裡第一次看到這個單面的紙帶。「我可以問你一個問題嗎，威特拉女士？」

「叫我薇多利雅吧。威特拉女士讓我覺得自己好老。」

他心中暗自嘆息，忽然意識到自己的年齡。「薇多利雅，我是羅柏。」

「你有個問題要問我。」

「沒錯。你身爲一個科學家，令尊又是天主教神父，你對宗教有什麼看法？」

薇多利雅沈默了一會兒，把眼睛前方一綹頭髮往後撥。「宗教就像語言或穿著。我們很自然會傾向於那些從小耳濡目染的常規。不過最終，我們都證明了同樣一件事，那就是生命是有意義的，我們都對於創造我們的力量心存感激。」

蘭登很好奇。「所以你的意思是，你會成爲基督徒或穆斯林，就看你是出生在哪裡？」

「這不是很明顯嗎？看看全世界的宗教是怎麼傳播的。」

「所以宗教是隨機的？」

「不。宗教是具有普世性的。我們以某些特定方法來理解宗教，那是太武斷了。有的人會向基督祈禱，某些人會去麥加朝聖，還有些人會研究次原子粒子。但最終，我們都只不過是在追求眞理，比我們自身更重要、更偉大的眞理。」

蘭登眞希望他的學生能把想法表達得那麼清楚。要命，他眞希望他自己能把想法表達得那麼清楚。

「那神呢？」他問。「你相信神嗎？」

薇多利雅沈默許久。「科學告訴我，神必定存在。我的理智告訴我，我永遠不會了解神。我的心卻告訴我，我不想了解。」

說得可簡單，他心想。「所以你相信神的確存在，但我們永遠也不會了解他。」

「她。」她微笑著說。「你們美國原住民的說法沒有錯。」

蘭登低笑。「母親大地。」

「蓋婭。地球是一個生命體，我們每個人都只不過是不同功能的細胞所組成的。然而我們互相纏繞在一起。爲彼此服務，爲整體服務。」

蘭登看著她，覺得內心深處有個什麼騷動起來，那是他許久沒有感覺到的了。她迷人的清澈雙眼……她純淨的聲音。他不禁被迷住了。

「蘭登先生，換我問你另一個問題了。」

「叫我羅柏吧。」他說。蘭登先生讓我覺得自己好老。我的確是老了！

「希望你別介意我問這個問題，羅柏，你是怎麼會去研究光明會的？」

蘭登回想了一下。「其實，是因爲錢。」

薇多利雅一臉失望。「錢？你指的是當顧問？」

蘭登笑了，明白自己的話會給人家這種誤解。「不，我指的是流通的貨幣。」他伸手到褲口袋裡掏出一些錢，挑出一張一元的鈔票。「自從我曉得美國的一元鈔票上面有光明會的符號，就開始對這個教派產生強烈的興趣。」

薇多利雅的眼睛瞇細起來，顯然不知是否該把他的話當眞。

蘭登把那張鈔票遞給她。「看看背面。你看到左邊的國璽了嗎？」

薇多利雅把那張一元鈔票翻面。「你指的是那個金字塔？」

「沒錯。你知道金字塔跟美國歷史有什麼關係嗎？」

薇多利雅聳聳肩。

「沒錯。」蘭登說。「一點關係也沒有。」

薇多利雅皺起眉頭。「那爲什麼金字塔成爲貴國國璽的中心符號呢？」

「其中有一小段神祕的歷史。」蘭登說。「金字塔是一種神祕的符號，代表向上聚合，朝向光明會的最高源頭。你看到金字塔上頭的東西了嗎？」

薇多利雅研究著那張紙鈔。「三角形裡面有個眼睛。」

「那是所謂的trinacria，希臘文意指三角形。你在別的地方見過三角形裡面有個眼睛的圖案嗎？」

薇多利雅沈默了一會兒。「事實上，我見過，但我不確定……」

「全世界的共濟會分會，都有這樣的紋章裝飾。」

「這是共濟會的符號？」

「事實上，不是。這是光明會的符號。光明會把這個符號稱爲他們的『光明三角』，是一種啓蒙改變的呼籲。眼睛表示光明會滲透且綜觀全局的能力。光明三角代表啓蒙。同時三角形也是希臘字母delta（Δ），數學上這個符號是代表——」

「改變，轉化。」

蘭登露出微笑。「我都忘記我講話的對象是個科學家了。」

「所以你的意思是，美國國璽是提倡一種啓蒙的、全方位的改變？」

「有些人稱之爲『新世界秩序』。」

薇多利雅似乎愣住了。她又低頭看了那張鈔票一眼。「金字塔下方寫著Novus……Ordo……」

「Novus Ordo Seclorum，」蘭登：「意思就是『新的世俗秩序』。」

「世俗，指的就是非宗教？」

「沒錯，就是非宗教。這句話不只清楚指出光明會的目標，而且也公然牴觸了旁邊那句話。『我們信靠神』。」

薇多利雅似乎搞不懂。「但這些符號怎麼會出現在全世界最強勢的流通貨幣上？」

「大部分學者相信，這是因爲當年的副總統亨利・華萊士的關係。他是共濟會的高階會員，也必定跟光明會有關係。不管他眞是光明會會員，或只是無意間受到光明會影響，反正沒人知道。但說服總統採用這個國璽設計圖的人，就是華萊士。」

「怎麼說服？爲什麼總統會同意——」

「當時的總統是小羅斯福。華萊士只是告訴他，Novus Ordo Seclorum的意思是『新政』。」

薇多利雅似乎很懷疑。「小羅斯福總統叫財政部印鈔票時，沒找其他人看過這個符號嗎？」

「沒必要。他和華萊士就像兄弟一樣。」

「兄弟？」

「去查一下你的歷史書。」蘭登微笑著說。「小羅斯福總統是眾所皆知的共濟會會員。」

32

X—三三型飛機盤旋著要降落在羅馬市的達文西機場時，蘭登憋住了呼吸。坐在他對面的薇多利雅閉上眼睛，好像想用意志力控制整個狀況。飛機著地，然後滑行進入了一個私人機棚。

「抱歉飛得這麼慢，」飛行員從駕駛艙出來向他們道歉，「我得減低速度。人口密集區有噪音管制。」

蘭登看看錶，他們飛行了三十七分鐘。

飛行員啪的一聲打開通往外頭的門。「有人要告訴我是怎麼回事嗎？」

薇多利雅和蘭登都沒吭聲。

「好吧。」他說著，伸了個懶腰。「我就在駕駛艙裡吹冷氣聽音樂了。只有我和葛斯（Garth Brooks）。」

傍晚的太陽在機棚外閃耀。蘭登把粗呢毛料外套搭在肩上，薇多利雅仰頭朝天，深深吸了口氣，好像陽光可以爲她補充一些神祕的能量。

地中海地區，蘭登想著，已經開始冒汗了。

「現在還迷卡通，有點嫌太老了吧？」薇多利雅問，眼睛沒張開。

「什麼？」

「你的手錶。我在飛機上就看到了。」

蘭登有點臉紅了。他已經習慣得爲自己的手錶辯護，這支收藏版的米老鼠手錶是小時候父母送他的禮物。米老鼠兩隻往外伸的手臂成了指針，雖然看來很蠢，但這是蘭登這輩子唯一戴過的手錶。防水而且有夜光功能，無論游泳或是夜裡在沒有燈光的大學小徑上走動，都很適合。每次碰到有學生質疑他的流行品味，他就會說，他戴著米老鼠手錶是為了提醒自己保持一顆年輕的心。

「六點了。」他說。

薇多利雅點點頭，眼睛還是沒睜開。「我想載我們的交通工具已經到了。」

蘭登聽到遙遠的轟鳴聲，抬頭望去，心往下一沈。一架直升機從北方逐漸飛近，低飛掠過跑道。蘭登曾搭直升機到安地列斯山脈中的帕爾帕谷地看納斯卡沙畫，那趟旅程他一點也不覺得愉快。會飛的鞋盒。蘭登搭了一早上的太空飛機，還巴望著梵蒂岡能派輛車來接他們的。

顯然事與願違。

直升機在他們頭頂減速，盤旋了一會兒，然後往他們前方的跑道降下。飛機是白色的，側邊漆著一個盾形紋章——兩支萬能鑰匙交叉成盾，上方是教宗頭冠。他很熟悉這個符號。這是梵蒂岡的傳統徽記——表示教廷或管理其政府的「聖座」(holy seat)，這個「座」名副其實，就是指聖彼得古代的寶座。

教宗的飛機，蘭登望著飛機著陸，不禁低聲哀嘆。他都忘了梵蒂岡有直升機，用來送教宗到機場、參加會議，或到岡道夫堡的夏宮。蘭登自己絕對是寧可搭車。

飛行員跳出駕駛艙，穿過柏油跑道大步朝他們走來。

現在輪到薇多利雅一副不安的神情了。「那個就是我們的飛行員嗎?」

蘭登跟她同樣擔心。「搭飛機，抑或不搭飛機，這是個關鍵問題。」

那名飛行員看起來像是要去演莎士比亞通俗劇似的。袖子蓬鬆的束腰外衣，上有藍金兩色的豎條紋，馬褲和襪套也是同樣花色。腳上穿著看似拖鞋的黑色平底鞋，頭上則戴了一頂黑色的氈毛扁帽。

「瑞士衛兵團的傳統制服，」蘭登解釋，「由米開朗基羅親自設計的。」飛行員走近他們時，蘭登朝薇多利雅眨眨眼睛一眨。「我承認，這不是米開朗基羅的傑作。」

儘管穿著過分花稍，但蘭登看得出來那個飛行員可沒有開玩笑的意思。他走向他們的姿態莊嚴而一絲不苟，像個美國海軍陸戰隊員。蘭登看過很多文章提到，這個優秀的瑞士衛兵團所需條件很嚴格。他們是從瑞士四個信奉天主教的州召募而來，申請者必須是十九歲至三十歲的瑞士未婚男子，身高五呎六吋以上，由瑞士陸軍訓練。這個全世界政府都羨慕的皇家部隊，是全世界最忠誠也最可靠的保安部隊。

「兩位是從歐洲核子研究中心來的嗎？」那個衛兵來到他們面前問道，聲音冷硬如鋼。

「是的，先生。」蘭登回答。

「速度很快。」他說，迷惑地凝視了一下那架X—三三型飛機。他轉向薇多利雅。「小姐，請問您有其他服裝嗎？」

「你說什麼？」

他指指她的雙腿。「梵蒂岡城內是不准穿短褲的。」

蘭登望向薇多利雅的腿，皺起眉頭。他都忘了。梵蒂岡嚴格禁止露出膝蓋以上的腿——男女皆然。這個規則是爲了表達對神聖上帝之城的敬意。

「我只有這身衣服。」她說。「我們來得很匆忙。」

那個衛兵點點頭，顯然不太高興。接著他轉向蘭登。「請問你有攜帶任何武器嗎？」

武器？蘭登心想。我連換洗的內褲都沒帶！他搖搖頭。

那個衛兵在蘭登腳邊蹲下，從襪子開始給他搜身。真是多疑，蘭登心想。衛兵強壯的雙手往上拍著蘭登的大腿，然後接近他的鼠蹊，搞得他很不自在，最後往上移到他的胸膛和肩膀。那個衛兵顯然很滿意蘭登沒問題，然後轉向薇多利雅，眼睛盯著她的雙腿和軀幹。

薇多利雅凶巴巴瞪著眼睛。「想都不要想。」

那名衛兵一副恐嚇的眼神死盯著薇多利雅。薇多利雅毫不畏縮。

「那是什麼？」衛兵說，指著她短褲前袋裡一個模糊的方形突起。

薇多利雅拿出一個超薄的手機。那個衛兵接過去，按了打開，等待撥號音，然後顯然很滿意這的確只是個手機，又還給了她。薇多利雅放回口袋。

「麻煩轉一圈。」那個衛兵說。

薇多利雅只好照辦，她雙手外伸，整個人轉了三百六十度。

那個衛兵仔細打量她，蘭登已經判定薇多利雅合身的短褲和上衣絕對不會有任何不該突起的部份，顯然那個衛兵也有相同的結論。

「謝謝，麻煩這邊請。」

蘭登和薇多利雅走向那架瑞士衛兵團的直升機時，飛機仍空轉著。薇多利雅走前頭，像個經驗豐富的專家，經過螺旋槳下方時幾乎沒彎腰。蘭登遲疑了一下。

「不能搭車嗎？」他半開玩笑對著那名瑞士衛兵喊，衛兵爬上了駕駛座。

他沒給蘭登回話。

蘭登明白，比起羅馬的瘋狂司機，飛行或許還比較安全點。他深吸了口氣，開始準備登機，經過旋轉的螺旋槳下方時警戒地彎著腰。

引擎加速時，薇多利雅朝著那名衛兵喊：「你們找到那個罐子了嗎？」

衛兵回頭望了他們一眼，表情困惑。「那個什麼？」

「罐子。你們打電話給歐洲核子研究中心，不是因爲一個罐子的事情嗎？」

那名衛兵聳聳肩。「我不曉得你在講什麼。我們今天很忙。我只知道指揮官吩咐我來接你們。」

薇多利雅不安地朝蘭登使了個眼色。

「請繫好安全帶。」那個衛兵說，引擎急速運轉。

蘭登伸手抓了安全帶，把自己綁好。小小的機身彷彿縮小了，緊緊包著他，然後隨著一陣轟鳴，飛機猛然上升，朝北轉了個大彎，飛向羅馬。

羅馬……世界之都，凱撒統治過的城市，聖彼得曾在這裡被釘上十字架，現代文明的搖籃。而在這個城市的核心……有個定時炸彈。

33

從空中看，羅馬是個迷宮——一條條複雜難解的古代道路圍繞著建築物、噴泉，以及傾頹的遺跡蜿蜒而行。

梵蒂岡直升機維持低空飛行，朝西北邊飛過長年不散的煙霧層，那是底下擁擠的城市所製造出來的。蘭登望著下頭，四面八方的圓環簇擁著機器腳踏車、觀光巴士，還有大批縮得小小的飛雅特轎車。他想到美國荷皮族原住民所說的「生活失衡」。

薇多利雅沈默而堅定地坐在他旁邊的座位。

直升機轉了個大彎。

蘭登覺得胃往下沈，急忙望向遠方，看到了羅馬圓形競技場的傾頹遺跡。蘭登老覺得圓形競技場是歷史上的莫大諷刺。現在這個體育場成了人類文化與文明興起的尊貴符號，但其實當初是建來舉行數世紀的野蠻活動——飢餓的獅子把囚犯撕碎，一批批奴隸在場中作殊死鬥、從遠方擄來的異國女子被集體強暴，還有公開的斬首和去勢。哈佛大學「士兵球場」的建築藍圖就是圓形競技場，蘭登心想，這眞是諷刺，也或許是合適，士兵球場是哈佛大學的美式足球體育館，野蠻的古老傳統每年秋天都會上演一次……瘋狂的球迷爲場中哈佛對耶魯的傳統血戰大聲吶喊。

直升機往北，蘭登發現了羅馬公共集會廣場——西元前羅馬城的心臟地帶。毀壞的圓柱看起來就像墓地裡倒塌的墓碑，不知怎地卻能免於被周遭環繞的大都會所吞噬。

往西可以看到台伯河寬闊的盆地，這條河流轉了幾個大彎，蜿蜒流過羅馬城。即使從空中，蘭登也看得出河水很深。湍急的水流是褐色的，充滿大雨後的細砂和泡沫。

「正前方。」飛行員說，飛得更高了。

蘭登和薇多利雅望出去，看見了它。就像一座大山隔開晨霧，他們眼前的朦朧中浮現出一棟高聳的巨大圓頂建築：聖彼得大教堂。

「這個，」蘭登告訴薇多利雅，「才是米開朗基羅的好作品。」

蘭登沒從空中看過聖彼得大教堂。大理石的建築正面在傍晚的陽光下燦爛如火。這座巨大無比的建築物有兩個美式足球場寬，長度更是等於六個美式足球場，裝飾著一百四十座聖徒、殉教者、天使的雕像。幽深的聖殿內部可以容納六萬名以上的朝拜者……是梵蒂岡這個全世界最小國家總人口的一百多倍。

但令人難以置信的是，如此龐大的一個堡壘，卻並不會使其前方的廣場相形遜色。聖彼得廣場這片佔地廣大的花崗岩廣場就像古典版的紐約中央公園，是擁擠的羅馬城中一片大得驚人的開放空間。教堂正前方，環繞著這個巨大橢圓形公共空間的兩百八十四根石柱，沿著四個尺寸遞減的同心弧往外延伸……這種建築上的錯視法，為廣場更添宏偉之感。

蘭登看著眼前這個壯麗的勝地，想著若聖彼得身在此時此地，不知會有何感想。這位聖徒死得慘烈，就在這個地點被倒釘十字架。現在他長眠在最神聖的墓地中，就埋在聖彼得大教堂中央圓頂正下方的五層樓底下。

「梵蒂岡城。」飛行員說，口氣一點也沒有歡迎的意思。

蘭登望著前方映入眼簾的高聳石牆——環繞著整個建築區，堅不可摧的防禦城牆……對於一個充滿祕密、權力，以及神祕事物的靈性世界而言，這道防禦可眞是世俗得可以。

「你看！」薇多利雅突然說，抓住了蘭登的手臂。她激動地指著正下方的聖彼得廣場。蘭登臉湊著窗子往下看。

「就在那裡。」她往下指。

蘭登望過去。廣場後方就像停車場似的擠滿了十來輛大型拖車。每輛拖車頂上都有個大型碟狀衛星天線朝天上指。那些碟形天線上有熟悉的名稱：

歐洲電視台
義大利電台
英國廣播公司（BBC）
合衆國際社

蘭登一時之間覺得很困惑，心想反物質的消息是不是已經洩漏出去了。薇多利雅似乎變得很緊張。「爲什麼有媒體跑來這裡？發生了什麼事？」飛行員回頭詫異地看了他們一眼。「發生了什麼事？難道你們不曉得嗎？」

「不曉得。」她頂回去，聲音強硬而刺耳。

「閉門會議。」他說。「大概再過一小時就要關起門來了。全世界都正在看哩。」

閉門會議。

這個詞在蘭登耳際迴盪良久，然後像是猛往他的肚子揍了一拳。閉門會議，梵蒂岡的祕密會議。他怎麼會給忘了呢？最近新聞裡都有報導啊。

十五天前，教宗在度過十二年極受愛戴的任期之後過世了。全世界每家報紙都報導，教宗因爲中風而在睡夢中溘然長逝——他的死非常突然，事前毫無徵兆，因而引起許多揣測的流言。但現在，爲了持續神聖的傳統，在教宗過世十五天後，梵蒂岡召開了閉門會議——全世界一百六十五位樞機主教，也就是基督教世界最有權力的人所參與的神聖儀式——聚集在梵蒂岡城，以選出新教宗。

今天全世界每個樞機主教都在這裡了，當直升機掠過聖彼得大教堂上空時，蘭登想著。梵蒂岡城廣闊的內部世界就在他下方開展。羅馬天主教的整個權力結構，就坐在一顆定時炸彈上。

34

莫塔提樞機主教注視著西斯汀禮拜堂奢華的天花板，試圖從中獲取片刻的寧靜思緒。來自世界各國樞機主教的聲音在繪滿溼壁畫的牆壁間迴盪著。人們擁擠在燭光照耀的大禮拜堂內，以各種語言彼此興奮低語或交換意見，共通語言是英語、義大利語，和西班牙語。

禮拜堂內的光線通常十分莊嚴——一道道染著色彩的陽光彷彿來自天堂的光，層層切穿黑暗——但今天例外。按照慣例，爲了保密起見，禮拜堂內所有的窗子都罩上了黑色的天鵝絨。以確保內部的人不會朝外頭打暗號，或者以任何方式和外界通訊。於是一片深邃的黑暗中，只點著蠟燭……那閃爍的光芒似乎淨化了燭光所及的每個人，使得他們有如幽靈……有如聖人。

這是何等恩典，莫塔提心想，*我竟能監督這場神聖的大事*。八十歲以上的樞機主教不符合選舉資格，不能參加閉門會議，而七十九歲的莫塔提是在場最資深的樞機主教，已被指定要監督會議的進行。

按照傳統，樞機主教們要在閉門會議前兩個小時聚集在此，與朋友敘舊，並進行最後一刻的討論。到了傍晚七點，前教宗的總司庫會到達現場，帶領開場禱告後離開。然後瑞士衛兵團會關上門，把所有樞機主教鎖在裡面。此時舉世最古老也最祕密的政治儀式就此展開。樞機主教們必須關在裡面，直到他們從出席人選中選出新的教宗爲止。

閉門會議（conclave），即使這個名稱也有守密的意義。拉丁文“con clav”字面上的意義是「以鑰匙鎖上」。會中樞機主教們絕對不許與外界連絡。不准打電話，不准傳訊息，不能在門口講悄悄話。閉門會議處於隔絕狀態，不受外界任何事物的影響。如此才能確保與會的樞機主教 Solum Dum prae oculis，意即「眼中只有神」。

當然，禮拜堂的牆外有媒體在觀察等待，預測哪位樞機主教將會成爲全世界十億天主教徒的領袖。閉門會議營造出一種緊張、政治掛帥的氣氛，而且過去幾個世紀來，閉門會議也曾變得非常致命；在這個神聖的禮拜堂內，曾經發生過下毒、打架、甚至謀殺等事件。那是古老的歷史了，莫塔提心想。今晚的閉門會議將會一致、和諧，而且最重要的，將會很短暫。

至少這是他的期望。

然而，現在出現了一個意想不到的發展。四名樞機主教竟然沒出現在禮拜堂，令人大惑不解。莫塔提知道所有通往梵蒂岡城的出口都有衛兵，失蹤的四名主教不可能走太遠，不過，開場禱告還不到一個小時就要開始了，他不禁有些慌張。畢竟，失蹤的四人不是一般的樞機主教，而是最重要的樞機主教。四位候選人。

身爲閉門會議的監督者，莫塔提已經透過適當管道傳話給瑞士衛兵團，提醒他們四位樞機主教的缺席，但目前還沒有接到回報。其他樞機主教現在已經注意到這個令人困惑的缺席狀況，大家開始焦慮地低聲交頭接耳。在所有的樞機主教中，這四位是最應該準時的！莫塔提開始擔心這一夜將會十分漫長。

他完全不知道。

35

由於安全和噪音管制的原因，梵蒂岡的直升機坪位於城內的西北端，盡可能遠離聖彼得大教堂。

「安全降落。」他們著陸時，飛行員宣佈。他跳出機艙，替蘭登和薇多利雅拉開滑門。

蘭登從機艙下來，轉身想去幫薇多利雅。但她已經輕快地跳下來。她身上的每條肌肉似乎都只有一個共同目標——在釀成大禍之前，趕緊找到反物質。

飛行員用一塊可以反射陽光的油布遮住駕駛艙窗戶，然後帶著他們登上一輛停在機坪旁邊的超大型電動高爾夫球車。車子載著他們安靜地沿著梵蒂岡西界——一堵五十呎高的水泥壁壘，厚得連坦克車的攻擊都能抵擋——迅速往前。牆內每隔五十公尺，就有一名瑞士衛兵站著，專心勘查著周圍的動靜。車子往右拐了個大彎，來到觀測站街。出現了指向四方的標示牌。

首長廣場
衣索匹亞學院
聖彼得教堂
西斯汀禮拜堂

他們加速沿著整修過的平整道路而行，經過了一個標示著「梵蒂岡電台」的矮闊建築物，蘭登驚訝地發現，原來這就是全世界最多人收聽的廣播節目製播中心——梵蒂岡電台——把天主聖言傳送給全球數百萬聽眾。

「小心了。」飛行員說，猛然轉入一個圓環。

車子繞行著圓環，蘭登簡直不敢相信此刻映入眼簾的景象。梵蒂岡庭園，他心想。梵蒂岡城的心臟。正前方巍然聳立著聖彼得教堂的背面，蘭登知道，這一面大部分人都沒見過。右邊遠處可以望見法庭大廈，這棟豪華的教廷宅邸以華麗的巴洛克裝飾著稱，唯一堪與匹敵的只有巴黎的凡爾賽宮。外觀簡樸的政府大廈是梵蒂岡城的行政中心，現在位於他們後方。左前方則是梵蒂岡博物館龐大的長方形正面。蘭登知道這趟旅程不會有時間去參觀博物館了。

「大家都去了哪裡？」薇多利雅問，打量著空無一人的草坪和走道。

那名衛兵看了一眼他的黑色軍用精密計時表——戴在燈籠袖底下，有種怪異的時代錯亂之感。「樞機主教都聚集在西斯汀禮拜堂。再過將近一個小時，閉門會議就要開始了。」

蘭登點點頭，他依稀記得閉門會議之前，樞機主教們會花兩個小時在西斯汀禮拜堂內靜思，並和其他來自世界各地的樞機主教略略交換意見。這段時間是要讓樞機主教們敘舊，以便減緩熾熱的選舉過程。

「那其他居民和員工呢？」

「因爲保密和安全問題不准進城，直到閉門會議有結果才能回來。」

「那什麼時候會有結果？」

衛兵聳聳肩。「只有上帝才曉得。」這句話聽起來倒是出奇地貼切。

把高爾夫球車停在聖彼得大教堂正後方的寬闊草地上後，那名衛兵帶著蘭登和薇多利雅登上一道石頭陡坡，來到大教堂後方外的一個大理石廣場。過了廣場後，他們走向大教堂的後牆，沿牆穿過一個長方形的中庭，經過觀景街，進入一連串緊密相接的建築群。蘭登的藝術史知識讓他學會夠多的義大利文，認得出梵蒂岡印刷廠辦公室、掛毯修復室、郵政總局，以及聖安娜教堂的標示牌。他們又穿過一個小方場，來到了目的地。

瑞士衛兵團辦公室位於聖彼得大教堂的東北邊，旁邊緊臨著警戒部隊營區。辦公室是個低矮的石造建築。入口的兩邊站著一對石像般的瑞士衛兵。

蘭登必須承認，這些衛兵看起來其實沒那麼滑稽。雖然同樣穿著藍金色條紋的制服，但他們手上揮舞著傳統的「梵蒂岡長戟」——一根八呎長矛，上方有個鋒利的鐮刀——謠傳他們在十五世紀為了保衛基督教的十字軍，曾以鐮刀將不計其數的穆斯林斬首。

一見蘭登和薇多利雅走近，那兩個衛兵就走向前，長戟交叉擋住了門口。其中一個衛兵困惑地望著那個飛行員。「褲子。」他用義大利語說，示意著薇多利雅的短褲。

那個飛行員揮揮手打發他們。「指揮官希望馬上見到他們。」

守門的衛兵皺皺眉頭，不情願地退到旁邊。

辦公室內的空氣涼爽，一點也不像蘭登想像中的保全指揮中心。室內的陳設裝潢華麗而無可挑剔，蘭登很肯定走道上陳列的那些畫作，一定會是別家博物館樂於陳列在主展覽廳的招牌藝術品。

飛行員往下指著一道階梯。「請往下走。」

蘭登和薇多利雅沿著那道白色大理石階梯往下，夾道陳列著兩排裸體男子雕像。每個雕像都遮著一片無花果葉，顏色比身體其他部份要淡。

大去勢，蘭登心想。

那是文藝復興藝術最慘烈的悲劇之一。一八五七年，教宗碧岳九世決定，這些對男性形體的精確描繪有可能會激起梵蒂岡內的性慾，於是他拿起鑿子和大頭鎚，砍掉了梵蒂岡城內每個男性雕像的生殖器。他破壞了米開朗基羅、布拉曼帖、貝尼尼的作品。灰泥的無花果葉是用來遮掩損壞處。幾百座雕像都被去勢了。蘭登老是很好奇哪裡會不會有個大條板箱，裡頭裝滿了石頭陰莖。

「就這裡。」那名衛兵宣佈。

他們來到階梯的底部，面對著一扇厚重的鋼門。衛兵輸入了通關密碼，門開了。蘭登和薇多利雅走進去。

門檻內是一片極度混亂的狀態。

36

瑞士衛兵團辦公室。

蘭登站在門口，審視著眼前古今數世紀風格不一的大雜燴。複合媒材。這個房間原是個裝飾豐富的文藝復興圖書室，有著鑲嵌在牆上的書架、東方地毯，以及色彩鮮豔的掛毯，但現在房裡卻塞滿了高科技設備——成排的電腦、傳眞機、梵蒂岡城的電子地圖，還有一台電視，轉到了ＣＮＮ新聞頻道。身著鮮豔馬褲的男子對著電腦猛打字，或是戴著未來派風格的頭戴式耳機專心傾聽。

「在這裡稍等一下。」那名衛兵說。

蘭登和薇多利雅等著，那名衛兵則穿過房間，走向一名個子極高、身穿深藍色軍裝的精壯男子。他正在對著手機講話，站得挺直，直得簡直都要後仰了。衛兵跟他講了幾句話，於是他凌厲的目光射過來，望了蘭登和薇多利雅一眼。他點點頭，轉過身去背對著他們，繼續講電話。

那名衛兵回來。「歐里維提指揮官馬上就過來。」

「謝謝。」

那個衛兵離開，上樓走了。

蘭登打量著房間那頭的歐里維提指揮官，意識到他其實是一整個國家武裝部隊的總指揮官。薇多利雅和蘭登等待著，觀察眼前的動靜。衣著鮮明的衛兵們忙著用義大利語下命令。

「繼續搜索！」一個人朝電話裡喊著義大利語。

「檢查過博物館了嗎？」另一個人用義大利語問道。

蘭登的義大利語程度不必太好，就足以看出這個保全中心正處於緊張的搜索模式中。這是個好消息。但壞消息則是，他們顯然還沒找到那個反物質樣本。

「你還好吧？」蘭登問薇多利雅。

她聳聳肩，給了他一個疲倦的微笑。

指揮官終於按掉手機，他從房間那頭走過來時，好像每前進一步就變高了一些。蘭登自己也是高個子，很不習慣要抬頭看人，但歐里維提卻迫使他必須如此。蘭登立刻覺得這個指揮官是見過大風大浪的人，那張鋼鐵般的臉精神奕奕。深色的頭髮理成軍人式的平頭，灼亮的雙眼透著一種歷經多年嚴格訓練才能有的堅定與果斷。他走動時帶著一種嚴格的精確性，耳機謹慎地藏在一隻耳朵後方，讓他看起來更像美國祕密勤務局的人，而非瑞士衛兵團。

指揮官用帶著口音的英語招呼他們，對於這麼高大的一個人來說，他的聲音出奇地小，近乎耳語，帶著一種軍人作風的緊湊與效率。「午安，」他說。「我是歐里維提指揮官——瑞士衛兵團的總指揮。就是我打電話給你們院長的。」

薇多利雅抬頭望著他。「謝謝你見我們。」

指揮官沒有回答。他示意兩人跟著他穿過一堆電線，到這個房間側牆的一扇門前。「進去吧。」他說，替他們扶著門。

蘭登和薇多利雅走進去，發現這是個黑暗的控制室，一整牆的錄影監視器螢幕慢吞吞地輪流播放著一系列梵蒂岡城內的黑白畫面。一個年輕衛兵坐在那邊，專心盯著那些影像。

「出去。」歐里維提說。

那名衛兵停下工作出去了。

歐里維提走到一個螢幕前，指著上頭。然後轉過頭來面對他的客人。「這個畫面是從一個藏在梵蒂岡城內某處的無線攝影機傳來的，我希望你們解釋一下。」

蘭登和薇多利雅看著螢幕，同時倒抽了口氣。螢幕上，發光二極體數字鐘有節奏的閃光，照出一個微亮的液狀金屬小滴不祥地懸在空中。怪異的是，罐子周圍似乎是一片黑暗，感覺上這罐反物質是放在衣櫃內或黑暗的房間裡。監視器上方疊印著字：現場傳送——第八十六號攝影機。

薇多利雅看著罐子上閃爍的數字鐘所顯示的剩餘時間。「不到六小時了。」她對著蘭登耳語，一臉緊張。

蘭登看看手錶。「所以截止時間就是在……」他講一半停了下來，胃開始打結。

「半夜十二點。」薇多利雅一臉憤慨的表情。

半夜十二點，蘭登心想。挑了個很有戲劇效果的時間。不管前一晚偷走這個罐子的是誰，顯然是精心計算過時間。他想到自己此時正位於爆炸中心地區，心中不禁浮起一種強烈的不祥預感。

歐里維提的低語此時聽起來更像一陣嘶嘶氣音。「這個東西屬於貴機構嗎？」

薇多利雅點點頭。「是的，先生。是從我們那裡偷走的。裡面裝著一種極度易燃的物質，叫做反物質。」

歐里維提的表情不爲所動。「威特拉女士，我對縱火的易燃物相當熟悉。我沒聽說過什麼反物質。」

「這是一種新科技。我們必須趕快找到這個罐子，或是趕緊把所有人撤離梵蒂岡城。」

歐里維提緩緩閉上眼睛，又睜開，好像以爲重新看一次薇多利雅，就有可能改變他剛剛所聽到的話。「全部撤離？你知道今天晚上這裡有什麼大事嗎？」

「我知道，先生。你們諸位樞機主教的性命都處於危險中。我們還有大約六小時，你們找那個罐子找得怎麼樣了？」

歐里維提搖搖頭。「我們還沒開始找。」

薇多利雅簡直說不出話來。「什麼？但我們確實聽到你們的衛兵在談論有關搜索——」

「是在搜索沒錯，」歐里維提說：「但不是搜索你們的罐子。我的手下是在找其他跟你們無關的目標。」

薇多利雅的嗓音發啞。「你們根本還沒開始找這個罐子？」

歐里維提的瞳孔彷彿往頭部深處縮回去。他的眼神就像昆蟲般毫無熱情。「你是威特拉女士，我沒記錯吧？我跟你解釋一下。貴機構的院長拒絕在電話裡告訴我有關這個物件的任何細節，只說我得立刻找到罐子才行。我們現在非常忙，所以除非我掌握一些事實，否則不可能把寶貴的人力浪費在這種不明狀況的事情上頭。」

「眼前只有一個重要的事實，先生。」薇多利雅說：「那就是，不到六個小時後，這個裝置就會把梵蒂岡城牆內的一切全部摧毀。」

歐里維提站在那兒一動也不動。「威特拉女士，有一些事情你必須明白。」他一副高高在上的口吻。「雖然梵蒂岡城看起來很古老，但每個入口不論是公共或私人的，都裝有人類所知最先進的感應設備。如果有人想帶著任何縱火設備進城，馬上就會被偵測出來。我們有放射性同位素掃描儀，有美國緝毒署設計的嗅覺過濾器，可以偵測出可燃物和毒素最細微的化學成份。我們還使用了最先進的金屬探測器和X光掃描儀。」

「非常了不起。」薇多利雅也以同樣冷靜的口吻回敬歐里維提。「不幸的是，反物質不具有放射性，它的化學成份跟純氫一樣，而且罐子是塑膠的。你的那些儀器沒有一樣偵測得出來。」

「但這個裝置有電源。」歐里維提說，指著那個閃爍的發光二極體。「就算是最小的鎳鎘電池也會有——」

「那個電池也是塑膠的。」

歐里維提顯然已經開始不耐煩了。「塑膠電池？」

「高分子凝膠電解質加上鐵氟龍。」

歐里維提湊近她，好像要強調自己的身高優勢。「小姐，梵蒂岡每個月都會收到幾十個炸彈恐嚇，瑞士衛兵團的現代爆炸技術訓練課程是我親自教的。我很清楚世界上沒有任何爆炸物能有你剛剛描述的威力，唯一的例外，就是燃料芯體像棒球那麼大的核子彈頭。」

薇多利雅目光灼灼地盯著他。「大自然還有很多尚未揭開的謎。」

歐里維提湊得更近。「可以請問你到底是誰嗎？你在歐洲核子研究中心的職位是什麼？」

「我是資深研究員，被派來跟梵蒂岡聯繫，好解決這個危機。」

「請原諒我不禮貌，但如果這確實是個危機，爲什麼跟我交涉的是你，而不是你們院長？而且你竟然穿短褲跑來梵蒂岡城，這是存心不敬嗎？」

蘭登呻吟了起來。他不敢相信在這種危急情況下，這個人竟然還在爲服裝規定這種小事斤斤計較。然而他再一次明白了，如果石頭陰莖都可以引發梵蒂岡居民的性慾，那麼穿著短褲的薇多利雅．威特拉就鐵定會是對國家安全的一種威脅。

「歐里維提指揮官，」蘭登插話，想化解這顆形同第二顆即將爆發的炸彈，「我是羅柏．蘭登。是美國的宗教學教授，跟歐洲核子研究中心無關。我見過反物質的實地示範，我可以擔保，威特拉小姐宣稱異常危險的情況，的確是事實。我們有理由相信，這份反物質是被一個想破壞你們閉門會議的反宗教教派拿走，放在梵蒂岡城內。」

歐里維提轉過來，朝下瞧著蘭登。「眼前情況是，有個穿短褲的女人告訴我，一小滴液體即將炸掉整個梵蒂岡；還有個美國來的教授告訴我，我們是某個反宗教教派的目標。你們到底希望我怎麼做？」

「找到那個罐子。」薇多利雅說。「馬上。」

「不可能。那個裝置可能在任何地方，梵蒂岡城大得很。」

「你們的攝影機上頭沒有衛星定位系統嗎？」

「我們的攝影機通常不會被偷。這個失蹤的攝影機得花好幾天才能找到。」

「我們沒有好幾天，」薇多利雅堅定地說：「現在只有六小時。」

「離什麼還有六小時，威特拉女士？」歐里維提猛然大起嗓門來。他指著螢幕上的畫面，「離這些數字倒數完畢嗎？到時候梵蒂岡城就會消失？相信我，我對那些破壞我們保全系統的人絕不寬貸，也不喜歡什麼新奇的機械神祕地出現在我們城牆內。我的確很關切。我的工作就是要關切這類事情。但你們剛剛告訴我的那些，實在是太離譜了。」

蘭登想都沒想就衝口而出。「你聽過光明會嗎？」

指揮官冷冰冰的外表被這句話給打破了。他雙眼發白，就像一隻正要發動攻擊的鯊魚。「我警告你，我沒時間跟你們玩這個。」

「所以你的確聽過光明會了？」

歐里維提的雙眼像刺刀似的射過來。「我宣誓過要捍衛天主教教會。我當然聽說過光明會。他們幾十年前就滅亡了。」

蘭登把手伸進口袋，掏出那張印著李歐納度．威特拉被烙印屍身的傳眞，遞給歐里維提。

「我是研究光明會的學者。」歐里維提看著那張圖片時，蘭登說：「我自己也很難相信光明會依然在活動，可是這個烙印的樣子，再加上光明會誓死對抗梵蒂岡的著名誓約，讓我改變了看法。」

「這不過是電腦製作的惡作劇。」歐里維提把那張傳眞還給蘭登。

蘭登瞪著眼睛，簡直不敢相信。「惡作劇？你看看那個對稱性！你比誰都更應該明白其中的眞實性——」

「你們缺的剛好就是眞實性。或許威特拉女士沒告訴過你，但幾十年來，歐洲核子研究中心的科學家老在批評梵蒂岡的政策，還經常請願要求取消神造論，要求教會向伽利略和哥白尼道歉，要求我們收回對危險或不道德科學研究的批評。你想想底下兩種情節哪個比較可信——是一個四百年前的魔鬼教派帶著先進的大規模毀滅武器重新出現，還是哪個歐洲核子研究中心的活寶想用張逼眞的假照片來破壞梵蒂岡的神聖大事？」

「那張照片，」薇多利雅說，聲音有如滾燙的熔岩，「是我父親。被謀殺了。你以爲這是我想出來的玩笑嗎？」

「這我就不知道了，威特拉女士。但我知道，除非我能得到一些合理的答案，否則我不可能發出任何警報。我的責任是警戒和謹慎……我得保持頭腦清晰，才能確保種種宗教事務的順利進行，尤其今天更是如此。」

蘭登說：「至少把會議延期吧。」

「延期？」歐里維提的下巴都快掉下來了。「你太放肆了！閉門會議可不是什麼美國的棒球賽，可以碰到雨天就延期。這是件神聖的大事，有嚴格的規定和流程。先不管全世界十億天主教徒都在等待領導人，也不管全球媒體都在外頭等著。這件大事的禮儀是極其神聖的——不會因爲任何原因而改變。從一一七九年以來，閉門會議歷經過地震、飢荒，甚至還有鼠疫，都依然照常舉行。相信我，這件大事不會因爲一個科學家被謀殺，和一滴上帝曉得是什麼的鬼玩意兒而取消。」

「帶我去見負責人。」薇多利雅要求。

歐里維提狠狠瞪著她。「我就是負責人。」

「不，」她說：「我指的是神職人員。」

歐里維提額頭上青筋暴露。「神職人員都不在。除了瑞士衛兵團之外，現在唯一留在梵蒂岡城的，只有樞機團。而這些樞機主教們現在人都在西斯汀禮拜堂。」

「那總司庫呢？」蘭登淡淡問道。

「誰？」

「已故教宗的總司庫。」蘭登很有自信地重複這個辭彙，一面暗自祈禱自己的記憶力還管用。他還記得曾讀到一份資料，是有關教宗過世後，梵蒂岡實際負責人究竟應該如何安排。如果蘭登沒記錯，在兩任教宗的過渡期間，梵蒂岡的所有自治權力將暫時轉移給已故教宗的私人助理——他的總司庫——一個祕書性質的下屬，他將會監督閉門會議，直到樞機主教們選出新的聖父。「我相信現在負責的人是總司庫。」

「總司庫？」歐里維提沈下臉。「總司庫只是個神父。他是已故教宗的助手。」

「可是他在這裡。而且你得聽命於他。」

歐里維提交叉起雙臂。「蘭登先生，梵蒂岡的確規定，在閉門會議期間，總司庫應該是行政首長，但這只是因爲他沒有被選舉爲教宗的資格，可以確保選舉公正無私。這就像是如果貴國的總統過世了，讓他的一位助理暫接掌白宮的橢圓辦公室一樣。總司庫很年輕，他對保全工作的了解，或是對任何事情的了解，都極爲有限。所以無論就任何方面來看，我才是保全工作的實際負責人。」

「帶我們去見他。」薇多利雅說。

「不可能。閉門會議再過四十分鐘就要開始了。總司庫正在教宗辦公室裡準備，我不打算拿保全方面的事情去打擾他。」

薇多利雅張開嘴正要回應，卻被敲門聲打斷了。歐里維提開了門。

一個身穿全套制服的衛兵站在外頭，指著他的手錶用義大利語說：「時間到了，指揮官。」

歐里維提看了自己的手錶一眼，點點頭。他回過頭來望著蘭登和薇多利雅，像個法官在考慮如何決定他們的命運。「跟我來。」他帶著他們走出那間監控室，進入保全中心，來到靠後牆一個明亮的小隔間。

「我的辦公室。」歐里維提帶著他們進去。那個房間平凡無奇——一張凌亂的辦公桌，幾個檔案櫃，幾把折疊椅，一個飲水機。「我過十分鐘就回來。建議你們利用這段時間想想，好決定接下來要怎麼辦。」

薇多利雅轉身。「你不能就這樣走掉！那個罐子——」

「我沒時間跟你談這個了。」歐里維提不耐起來。「或許我該把你們先拘留起來，等閉門會議之後我有空再說。」

「長官，」那名衛兵用義大利語催促著，再度指指自己的手錶，「該去掃禮拜堂了。」

歐里維提點點頭，轉身要走。

「掃禮拜堂？」薇多利雅重複一遍那句義大利語。「你們要去掃禮拜堂？」

歐里維提轉身，眼光惡狠狠射向她。「我們是要去清掃電子竊聽器，威特拉小姐——爲了愼重起見。」

他指指她的雙腿。「這種事情，我不敢奢望你會了解。」

說罷他摔上門，震得厚玻璃嘩嘩響。他動作流暢掏出一把鑰匙插好，轉了一下。一個沈重的門閂滑動鎖上。

「白癡！」薇多利雅喊道。「你不能把我們關在這裡！」

隔著玻璃，蘭登可以看到歐里維提跟衛兵說了些什麼。那名衛兵點點頭。等到歐里維提大步走出去後，那名衛兵便轉身在玻璃的另一端看著他們，雙臂交叉，看得出臀部有一把很大的手槍。

好極了，蘭登心想。真他媽好極了。

37

薇多利雅氣沖沖瞪著歐里維提上了鎖那道門外的瑞士衛兵。那個衛兵瞪回來，鮮豔的制服遮掩了他身上那種明確的凶兆氣息。

太丟臉了，薇多利雅心想。*竟然成了一個睡衣男子的槍下人質。*

蘭登保持沈默，薇多利雅希望他正在利用他那顆哈佛腦袋，思考該如何脫困。不過從他臉上的表情看來，薇多利雅感覺他比較像是震驚，而不是在思索。她很後悔連累他陷得這麼深。

薇多利雅的第一直覺是掏出手機打給寇勒，但她知道這樣太笨了。第一，那個衛兵大概會走進來沒收她的手機。第二，如果寇勒這回發病的狀況跟以前一樣，那他現在大概還沒辦法幫上任何忙。反正也無所謂了……眼前歐里維提好像不太可能聽得進誰的話。

*回憶！*她告訴自己。*回憶眼前這個考驗的解答！*

*憶念不忘*是一種佛學的訣竅。面對一個極爲不可能的挑戰，薇多利雅不要求自己花腦筋去尋找解答，而是要求自己只要回憶。若是假設自己*曾經*知道解答，就可以建立一種心態，覺得一定有答案……於是就可以化解掉不利的絕望想法。薇多利雅經常利用這個技巧，解決科學上的困惑……那是大部分人認爲無解的。

儘管如此，眼前她的憶念不忘訣竅卻讓她什麼也回想不起。於是她衡量自己還有什麼選擇……還有她必須做的事情。她必須警告某個人，必須讓梵蒂岡裡某個人把她的話當回事。可是誰？總司庫嗎？要怎麼做？她困在一個玻璃箱子裡，只有一個出口。

工具，她告訴自己。*看看你所處的環境，一定找得到工具的。*

她出自本能地讓雙肩下垂，放鬆眼部肌肉，深吸一口氣到肺裡。她感覺到自己的心跳減緩，肌肉也鬆弛下來。好了，她心想。讓心思無拘無束，想想眼前的狀況有什麼可取之處？我的資產是什麼？

薇多利雅的解析式頭腦一旦冷靜下來，就變得威力無窮。才幾秒鐘她就明白，這個拘禁的狀態，其實正是他們脫身的鑰匙。

「我要打個電話。」她忽然說。

蘭登看著她。「我正想建議你打電話給寇勒，可是——」

「不是寇勒。而是打給別人。」

「誰？」

「總司庫。」

蘭登一副完全不明白的表情。「你要打電話給總司庫？怎麼打？」

「歐里維提說過，總司庫在教宗的辦公室。」

「好。你知道教宗的電話號碼嗎？」

「不知道。但不是用我的手機打。」她朝歐里維提桌上一套高科技的電話系統點點頭。上頭佈滿了謎樣的速撥鍵。「保全主管一定有專線，可以直撥教宗的辦公室。」

「他也派了個大力士拿著把槍，就站在六呎之外。」

「可是我們被鎖在裡頭了。」

「這點我很清楚。」

「我的意思是，衛兵被鎖在外頭了。這是歐里維提的個人辦公室。我不相信其他人有鑰匙。」

蘭登望著門外的衛兵。「這面玻璃很薄，那把槍又很大。」

「他能怎麼樣？只因爲我打電話就射殺我？」

「鬼曉得！這個地方好詭異，事情的發展也——」

「如果不做點事，」薇多利雅說：「那接下來的五小時又四十八分鐘，我們就得待在梵蒂岡監獄裡乾等。那至少反物質爆炸時，我們是坐在前排的貴賓席。」

蘭登臉色發白。「可是你一拿起電話，那個衛兵就會連絡歐里維提。何況，那個電話有二十幾個按鈕，上頭沒有任何標示。你打算一個個全都試試看碰運氣嗎？」

「不，」她說，走到電話前，「只試一個。」薇多利雅拿起電話，按了最頂端那個鍵。「一號，我跟你賭你口袋裡那張光明會的美金鈔票，這個鍵是教宗辦公室。對瑞士衛兵團的指揮官來說，還會有哪個地方會是第一優先的？」

蘭登還沒來得及回答。門外的衛兵開始用槍托猛敲玻璃。他比畫著要薇多利雅放下電話。薇多利雅假裝沒看見。那個衛兵好像氣炸了。

蘭登離開門邊，回頭望著薇多利雅。「你最好猜對了，因爲這個傢伙看起來不太高興！」

「該死！」她說，聽著話筒。「是電話錄音。」

「電話錄音？」蘭登問。「教宗有電話答錄機？」

「結果不是接到教宗的辦公室，」薇多利雅說著把電話掛上，「電話錄音是給梵蒂岡各委員會的每週菜單。」

蘭登對著外頭的衛兵勉強笑了笑，那衛兵現在正隔著玻璃怒目而視，同時用對講機呼叫歐里維提。

38

梵蒂岡的總機位於通訊室，就在梵蒂岡郵局的背後。這是一個比較小的房間，裡面有個八線的科雷可一四一型電話交換台。這個辦公室每天要接超過兩千通電話，大部分都自動轉接到錄音資訊系統。

今天晚上，唯一值班的通訊接線生坐在那裡，安靜啜著一杯有咖啡因的茶。能成爲今夜留守梵蒂岡城內屈指可數的職員之一，他覺得很光榮。當然，這份榮幸多少被他門外徘徊來去的瑞士衛兵給破壞了。上廁所都有人護送，接線生心想。啊，為了神聖的閉門會議所必須忍受的無禮。

幸運的是，今天晚上的電話不多。或許這不能算幸運，他心想。過去幾年來，世人對梵蒂岡所發生的事情似乎愈來愈沒興趣了。媒體來電減少了，就連打電話來的瘋子也沒那麼多了。新聞處本來希望今晚的大事能更有節慶的熱鬧氣氛。但是很可惜，儘管聖彼得廣場擠滿了媒體轉播車，但那些廂型車看起來大部分都是一般的義大利媒體和歐洲媒體。只有五六個全球性綜合電視網在場……無疑是派了他們的二流記者過來。

接線生捧著他的馬克杯，想著今夜不曉得會拖到什麼時候。半夜十二點吧，他猜想。現在這個時代，大部分消息靈通人士都不必等到閉門會議，就老早知道誰會當選教宗，所以這個會議過程就不太像是實際的選舉，而比較像是個三、四個小時的儀式。當然了，如果樞機團在最後一刻意見分歧，就有可能把這個儀式拖到天亮……或更久。一八三一年的閉門會議持續了五十四天。今晚不會，他告訴自己；謠傳這回的閉門會議將只會看到冒一次煙。（譯註：依照梵蒂岡法令，教宗當選人須在閉門會議中贏得至少三分之二的票數。會中每次點票後，會將所有選票投入火爐中焚燒，並加入必須的化學物質以控制煙的顏色。如果已經選出教宗，則西斯汀禮拜堂屋頂的煙囪會冒出白煙，聖彼得教堂的鐘也會同時敲響；如果沒有選出，則放黑煙。）

電話交換台上一通內線的嗡嗡聲響起，接線生漫遊的思緒隨之消失。他看著那個閃爍的紅燈，搔搔腦袋。怪了，他心想。是零號線。今天晚上梵蒂岡內部誰會打總機的服務資訊專線？何況這時候內部還有人嗎？

「梵蒂岡城，能爲您效勞嗎？」他接起電話用義大利語說。

線上的聲音迅速講著義大利語。接線生略略認得這種口音，在瑞士衛兵團裡很普遍——義大利語非常流利，但有點法國加瑞士腔。不過打電話來的這個人絕對不會是瑞士衛兵團的成員。

接線生聽著那個女人的聲音，忽然站起身，嘴裡的茶差點噴了出來。他又猛地看了一眼電話交換台的線路訊號。的確沒錯。內線分機打來的。這通電話是來自梵蒂岡內部。一定出了什麼錯！他想著。今晚這種時候，梵蒂岡內部怎麼會有女人？

那個女人講得又快又急。接線生做這份工作已經很多年了，可以分辨打電話來的人是不是精神有毛病。這個女人聽起來沒瘋，口氣急迫卻很理性，冷靜而有效率。他聽著她的要求，覺得很爲難。

「總司庫？」接線生說，一面想著這通電話到底是哪裡打來的。「我沒辦法幫你接過去……是的，我知道他在教宗辦公室，但是……什麼？你說你是誰？……你說你想警告他有關……」他聽著，愈來愈心煩意亂。每個人都有危險？怎麼會？你是從哪裡打來的？「也許我該連絡瑞士……」接線生說到一半停下來。「你說你在哪裡？在哪裡？」

他震驚地聽著，然後做了個決定。「請稍候，先別掛斷。」他說，不等那個女人回話就先轉到保留狀態，然後他撥了歐里維提的專線電話。那個女人不可能真的在——

電話立刻有人接了。

「看在天主的份上！」一個熟悉的女人聲音對著他吼。「給我把電話轉接過去！」

瑞士衛兵團保全中心的門嘶一聲打開。歐里維提指揮官像顆飛彈似的衝進門，裡頭所有工作中的衛兵都自動讓開路。歐里維提走過轉角，來到他的個人辦公室，確認了他的衛兵剛剛在對講機裡面告訴他的事；薇多利雅・威特拉正站在他的辦公桌旁邊，用指揮官桌上的電話在跟誰講話。

這個蠢女人！他心想。她可真有種！

他怒氣沖天，大步走到門邊，鑰匙用力塞進鎖孔裡，開了鎖把門一拉問道：「你在搞什麼！」

薇多利雅沒理他。「是的，」她朝著話筒繼續說：「我必須警告——」

歐里維提從她手上搶過話筒湊到自己耳邊。「你他媽是誰！」

就在那麼一瞬間，歐里維提直挺挺的姿勢垮了下來。「是的，總司庫……」他說。「沒錯，先生……但是保全的問題必須……當然不是……我把他們留在這裡是因為……那當然了，可是……」他聽著。「是，先生。」最後他說：「我馬上帶他們過去。」

39

宗座大廈是位於梵蒂岡城東北角的一組建築群，靠近西斯汀禮拜堂。大廈俯瞰著聖彼得教堂，視野一覽無遺，教宗駐邸和教宗辦公室都在這裡。

薇多利雅和蘭登默默跟著歐里維提指揮官走入一條洛可可風的長廊，歐里維提氣得脖子上的肌肉都微微搏動著。爬了三層樓梯之後，他們來到了一道燈光昏暗的寬闊走廊。

蘭登不敢相信牆上掛的那些藝術品——保存完好如新的胸像、掛毯、橫飾帶——都是價值數十萬美元的作品。進入走廊三分之二處，經過了一個雪花石膏噴泉。然後歐里維提往左轉入一個凹室，大步走向一道蘭登畢生見過最大的門之一。

「教宗辦公室。」指揮官用義大利語宣佈，一臉嚴厲地看著薇多利雅。薇多利雅毫無懼意，在歐里維提面前伸出手用力敲門。

教宗辦公室，蘭登心中默念著，眼前是舉世宗教上最神聖的幾個房間之一，他真難以想像自己正站在門外。

「請進！」有人在裡面用義大利語喊。

門打開了，眩目的陽光逼得蘭登必須遮著眼睛。緩緩地，他眼前的影像逐漸清晰起來。

教宗辦公室看起來不太像個辦公室，而比較像個大跳舞廳。紅色大理石地板向四方延展，牆上是色彩鮮明的溼壁畫。頭上垂吊著一個巨大的樹枝狀吊燈，再往前是一排拱形的窗戶，展現出一幅聖彼得教堂沐浴在陽光下的絕美全景。

老天，蘭登心想。*這個房間的視野真好。*

廳裡的另一端，一張雕花的書桌後頭，坐著一個正奮筆疾書的男人。「請進。」他又喊了一聲，放下手上的筆，揮手請他們過去。

歐里維提一馬當先，邁著軍人的步伐。「先生，」他用義大利語道歉地說：「我不能——」

書桌後那個男人打斷了他。他站起身，打量著兩位訪客。

總司庫的模樣一點也不像蘭登以前想像中漫步在梵蒂岡那些虛弱、滿懷幸福的老人。他沒戴玫瑰經念珠或任何垂飾，也沒穿厚重的長袍。反之，他只穿了一件簡單的黑色日常長袍，讓他一身大骨架感覺上更爲結實。他看起來應該是三十來歲後段，以梵蒂岡的標準來說，的確還是個孩子。他有張異常俊美的臉，粗捲的棕色頭髮，綠色的眼珠亮得簡直要發出光來，好似是被宇宙間的祕密所點燃。不過當他走近時，蘭登發現他雙眼中有一股深深的倦意——好像這個靈魂已經歷經過畢生最艱險的十五天。

「我是卡羅．凡特雷思卡，」他說，英語講得無懈可擊，「已故教宗的總司庫。」他的聲音樸實內斂又帶著親切，只有一點點輕微的義大利腔。

「我是薇多利雅．威特拉，」她說著走向前伸出手，「謝謝你接見我們。」

總司庫和薇多利雅握手時，歐里維提的臉皺了一下。

「這位是羅柏．蘭登，」薇多利雅說：「哈佛大學的宗教史學者。」

「神父。」蘭登盡力把這個義大利文字彙念得標準。他伸出手，腰往前彎。

「不，不，」總司庫堅持，他扶著讓蘭登直起身，「宗座辦公室不會讓我變得聖潔。我只是個神父——在必要時待命服務的總司庫。」

蘭登站直了。

總司庫說：「各位請坐吧。」他在辦公桌周圍安排了幾張椅子，蘭登和薇多利雅坐下了。歐里維提則顯然比較喜歡站著。

總司庫自己也在辦公桌後頭坐下，雙手十指交叉，嘆了口氣，然後看著兩位訪客。

「先生，」歐里維提說：「這位女士穿著不當是我的錯。我——」

「我擔心的不是她的穿著。」總司庫回答，一副累得不想多管的口吻。「在我去爲閉門會議開場的半小時前，梵蒂岡的接線生打電話來，告訴我有個女人從你的個人辦公室打電話出來，要警告我某件重大的安全威脅，但這件事我卻沒有被告知，這個才讓我擔心。」

歐里維提站得筆直，背挺得就像一名正接受嚴密視察的士兵。

蘭登被總司庫的風采迷住了。儘管這麼年輕又這麼疲倦，這位神父卻有某種神話英雄的氣質——散發出領袖魅力和權威感。

「先生，」歐里維提說，他一副歉意的口吻，但還是不讓步，「您不該爲保全方面的事物憂心。您還有其他責任。」

「我很清楚我的其他責任。我也清楚自己身爲一個過渡時期的領導人，對於參加這次閉門會議每一份子的安全和福祉都負有責任。到底是怎麼回事？」

「我已經控制住情況了。」

「看起來顯然不是這麼回事。」

「神父，」蘭登插嘴，掏出那張皺皺的傳眞紙，遞給總司庫，「請看這個。」

歐里維提指揮官往前跨步想阻止。「神父，請不要爲這種事情煩心——」

總司庫接過那張傳眞，毫不理會歐里維提。他注視著那張李歐納度·威特拉屍體的照片，驚駭地吸了口氣。「這是什麼？」

「那是家父。」薇多利雅說，聲音顫抖著。「他是個神父，也是科學家。他昨天夜裡被謀殺了。」

總司庫凝重的臉霎時柔和下來。他抬頭望著薇多利雅。「親愛的孩子，我很遺憾。」他畫了個十字，再度看著那張傳眞，掩不住雙眼中的嫌惡。「誰會……而烙在他身上這個……」總司庫停了下來，瞇起眼睛朝傳眞上的圖片湊得更近。

「上頭烙的字是光明會。」蘭登說。「這個名字你一定曉得。」

總司庫臉上略過一抹怪異的表情。「我聽過這個名字，沒錯，但是……」

「光明會謀殺了李歐納度．威特拉，好偷走他的一項新科技——」

「先生，」歐里維提打斷他們，「這太荒唐了。光明會？這顯然就是個精心策畫的惡作劇。」

總司庫似乎仔細想了一下歐里維提的話。然後他轉而上下打量蘭登，盯得蘭登簡直不敢喘氣了。「蘭登先生，我一輩子都在天主教會裡，我很熟悉光明會的種種……還有那些烙印的傳說。不過我必須警告你，我是個活在現代的人。基督信仰已經有夠多眞實的敵人了，用不著還招來鬼魂。」

「那個符號是眞實可信的。」蘭登說，有點太過為自己的想法辯護。他伸手幫總司庫把那張紙旋轉了一下。

總司庫看到其中的對稱性，不禁沈默下來。

「即使是現代的電腦，」蘭登補充，「也沒辦法憑空揑造出這個字的對稱雙向圖。」

總司庫十指交扣，久久不發一語。「光明會已經滅亡了，」最後他終於說：「很久以前就滅亡了。這是個歷史的事實。」

蘭登點點頭。「換成昨天的話，我也會同意你的說法。」

「昨天？」

「就是在今天這一連串事件發生之前。現在，我相信光明會已經重新出現，要實現他們古老的誓約。」

「對不起，我的歷史生疏了。這個古老的誓約是什麼？」

蘭登深深吸了口氣。「消滅梵蒂岡城。」

「摧毀梵蒂岡城？」總司庫的表情看起來比較像是困惑，而非害怕。「但這是不可能的。」

薇多利雅搖搖頭。「接下來，我們恐怕有更多壞消息要告訴你。」

40

「是真的嗎？」總司庫一臉驚訝地問道，把眼光從薇多利雅轉向歐里維提。

「先生，」歐里維提向他保證，「我承認梵蒂岡城裡是出現了某種裝置。我們的保全攝影機上頭看得到，但至於威特拉小姐宣稱這種物質的威力，我實在不可能——」

「慢著，」總司庫說：「你們看得到這個東西？」

「是的，先生。在八十六號無線攝影機。」

「那爲什麼不去把東西拿來？」總司庫的聲音這會兒透著怒氣了。

「很難，先生。」歐里維提直挺挺站著，向總司庫解釋情況。

總司庫聽著，薇多利雅感覺到他愈來愈擔心。「你確定這件東西在梵蒂岡城裡嗎？」總司庫問道。

「或許有人把攝影機帶出城，從別的地方把畫面傳回來。」

「不可能，」歐里維提說：「我們的外城牆有電子防護裝置，以確保城內的通訊不受干擾。這個訊號只可能是從城裡傳來的，否則我們根本就收不到。」

「那麼，」他說：「我想你現在正動用所有可能的資源，在尋找這個失蹤的攝影機了？」

歐里維提搖搖頭。「不，先生。要找到這個攝影機的位置，得動用上百個人找好幾個小時。眼前我們有很多其他保全的顧慮。此外，我絕對無意對威特拉女士不敬，但她講的這一小滴東西很小。不可能有她所宣稱的那種爆炸威力。」

薇多利雅的耐心霎時消失無蹤。「那一小滴就足以夷平梵蒂岡城！我講的話你半點都沒聽進去嗎？」

「小姐，」歐里維提說，聲音冷酷如鋼，「我處理爆炸物的經驗很豐富。」

「你的經驗早就過時了。」她反擊道，凶悍程度不亞於對方。「我知道你覺得我的穿著很不恰當，這個先別管，我是全世界最先進次原子研究機構裡的資深級物理學家。這個反物質陷阱，也就是讓樣本不會現在就發生湮滅作用的罐子，就是我本人設計的。我警告你，除非你在六個小時內找到這個罐子，否則下個世紀你的衛兵就沒有東西可以保護了，梵蒂岡城會只剩下一個大洞。」

歐里維提轉向總司庫，他的昆蟲眼閃著怒火。「先生，我實在沒辦法再眼睜睜看著這件事繼續討論下去了。你是浪費時間被惡作劇的人給整了。光明會？一小滴東西就能摧毀我們一切？」

「夠了。」總司庫宣佈。他說的聲音很輕，但似乎整個房裡都餘音不斷。然後沈默了片刻，他又開口了，仍是輕聲的低語。「不管危不危險，也不管是不是光明會，反正不論這個東西到底是什麼，總之絕對不能讓它留在梵蒂岡城裡——尤其不能在閉門會議的前夕。我要你找到它，把它移走。立刻組織搜索隊開始行動。」

歐里維提繼續堅持。「先生，即使派我們所有衛兵去搜遍全城，也要花上好幾天才能找到這個攝影機。此外，剛剛跟威特拉女士談過之後，我已經派一個衛兵去查我們最先進的彈道學簡介，看有沒有提到這個叫反物質的東西。哪裡都查不到，根本沒有這個東西。」

傲慢的混蛋，薇多利雅心裡暗罵。彈道學簡介？你有沒有查過百科全書？反物質（antimatter）就在A字首那一區！

歐里維提還在繼續說：「先生，如果你是要我們憑肉眼搜索整個梵蒂岡城，那我就非反對不可了。」

「指揮官，」總司庫聲音裡的憤怒瀕臨爆發邊緣。「請容我提醒你，你跟我說話的時候，就等於是在對這個辦公室說話。我知道你不把我的職位當回事——儘管如此，按照法律規定，我還是負責人。如果我沒搞錯的話，樞機主教們現在都安全待在西斯汀禮拜堂內，所以直到閉門會議結束前，你的保全事宜非常輕鬆。我不明白爲什麼你拖著不肯去找這個裝置。依我目前看來，顯然你是蓄意要讓這次的閉門會議陷入險境。」

歐里維提一臉輕蔑。「你竟敢指控我！我服事過你的教宗十二年！還有更前一任教宗十四年！從一四三八年開始，瑞士衛兵團就——」

歐里維提皮帶上的對講機發出刺耳的鳴響，把他的話打斷了。「指揮官？」

歐里維提抓起對講機，按下通話鍵，用義大利語厲聲說：「我在忙！有什麼事!!」

「對不起，」對講機那頭的瑞士衛兵說：「有人打電話來。我想你應該會想知道，我們接到了炸彈恐嚇。」

歐里維提看來一點興趣也沒用。「那你就去處理呀！照平常的流程追蹤電話，然後記錄下來。」

「我們都做了，長官，不過打電話來的人……」那個衛兵暫停了一下，「我不想打擾你，指揮官，但是他提到了你剛剛叫我去查的那個東西。反物質。」

房裡的每個人都驚訝得面面相覷。

「他提到了什麼？」歐里維提張口結舌問道。

「反物質，長官。在追蹤他的電話時，我又針對他講的這個東西再做了些搜尋。有關反物質的資訊很……呃，老實說，這個東西非常棘手。」

「你剛剛不是說，彈道學簡介裡沒有提到過嗎？」

「我是在網路上查到的。」

哈利路亞！薇多利雅心想。

「那個東西的爆炸力似乎很強，」衛兵說：「很難想像這個資訊是確實的，但這上頭說，就各方面來評估，反物質的威力大約是核子彈頭的一百倍。」

歐里維提整個人垮下來，給人的感覺就好像看著一座山轟然崩塌。薇多利雅滿心勝利感，卻在看到總司庫臉上駭然的表情時，頓時化爲烏有。

「你們追蹤到那通電話的來源了嗎？」歐里維提結結巴巴地說。

「運氣不好。他用的是重度加密過的手機，混合了好幾個衛星通訊線路，所以沒辦法用三角測量法算出他的地點。從中頻信號看起來，他人是在羅馬，不過實在是沒法追蹤出他的確切位置。」

「他開出條件了嗎？」歐里維提輕聲說。

「沒有，長官。只是警告我們有個反物質藏在城裡。他好像很驚訝我竟然不知道，還問我看到了沒。因爲你問過我有關反物質的事情，所以我決定通知你。」

「你做得很對，」歐里維提說：「我過一會兒就下來。如果他再打來，就立刻通知我。」

對講機裡沈默了片刻。「那個打電話來的人還在線上，長官。」

歐里維提看起來好像觸了電似的。「他還沒掛掉電話嗎？」

「是的，長官。我們想追蹤他，試了十分鐘了，結果什麼都沒查到，白忙一場。他一定曉得我們逮不到他，因爲他不肯掛掉電話，堅持要跟總司庫談。」

「把電話轉過來，」總司庫命令道：「馬上！」

歐里維提猛地轉身。「神父，不行。讓瑞士衛兵團裡面受過訓練的談判專家來處理這件事，會更適合得多。」

「馬上！」

歐里維提照辦了。

過了一會兒，凡特雷思卡總司庫辦公桌上的電話響起鈴聲。總司庫按下了免持聽筒的擴音鍵。「天主在上，你以爲你是誰？」

41

總司庫電話上的擴音器所發出的聲音像金屬般冷酷刺耳，還帶著一絲傲慢。房間裡人人都豎起了耳朵。

蘭登努力想辨認來電者的口音。或許是中東人？

「我是一個古老兄弟會的使者，」那個聲音以一種陌生的腔調說著：「一個你們冤枉了好幾個世紀的兄弟會。我是光明會的使者。」

蘭登覺得自己的肌肉緊繃，心底的最後一絲懷疑也消失了。一剎那間，悚然、榮幸、極度恐懼，種種彼此衝突的感覺又一起湧上心頭，那是他今天清晨首度看到那個雙向圖所經歷過的熟悉感受。

「你想要什麼？」總司庫問道。

「我代表科學家，他們就像你一樣，在尋找答案——要尋找人的命運、人的目的、人的創造者等種種答案。」

「不管你是誰，」總司庫說：「我——」

「安靜。你最好閉上嘴巴老實聽著。兩千年來，你的教會壟斷了眞理的追求。你們用謊言和末日審判的預言鎮壓反對意見。你們操弄眞相，好遂行自己的需要；要是某些人的新發現不符合你們的立場，就會被你們殺害。你們成了全世界開明之士的攻擊目標，這有什麼好意外的？」

「開明之士不會以勒索的手段，去推動他們的目標。」

「勒索？」來電者大笑。「這不是勒索，我們不會開出任何條件。消滅梵蒂岡這件事是沒得商量的，我們等這天已經等了四百年了。到了半夜十二點，你們的城市就會被摧毀。你一點辦法也沒有。」

歐里維提對著電話的擴音機喝斥道：「你不可能進得了這個城！你根本不可能把那個炸彈放在這

裡！」

「你講起話來就像典型的瑞士衛兵，無知又虔誠，說不定你還是個軍官？你當然很明白，幾百年來光明會已經滲透到全世界各地的菁英組織中。你眞以爲梵蒂岡可以例外？」

耶穌啊，蘭登心想，他們在梵蒂岡裡有內線。光明會權力的特徵就是滲透活動，這早已不是祕密。他們曾經滲透進共濟會、主要銀行組織、政府機關。事實上，邱吉爾有回就跟記者說過，如果英國間諜滲透到納粹內部的程度，就像光明會滲透英國國會一樣，戰爭就能在一個月之內結束了。

「這顯然是虛張聲勢，」歐里維提厲聲說：「你們的影響力不可能大到這種地步。」

「爲什麼？因爲你的瑞士衛兵團很警覺？因爲他們監視著你們這個私密世界的每個角落？他們不也是凡人嗎？你眞的相信他們會爲了一個什麼能行走在水上的人這種寓言，就押上自己的性命？你捫心自問，這個罐子要進入你們城裡，還有其他辦法嗎？或者你再想想，你們四個最寶貴的資產今天下午怎麼會消失？」

「我們的資產？」歐里維提沈下臉。「你指的是什麼？」

「一、二、三、四。你們現在還不曉得失蹤了嗎？」

「你到底在說什麼——」歐里維提忽然停下來，眼睛猛然大睜，好像肚子剛挨了一拳似的。

「終於想起來了吧？」來電者說。「要我把名字念出來嗎？」

「這怎麼回事？」總司庫說，一臉茫然。

來電者笑了起來。「你的軍官還沒跟你報告嗎？眞是不可原諒。不過也難怪，這麼丟臉的事情。我可以想像告訴你這件事有多麼不光彩……說他曾發誓要保護的四位樞機主教好像失蹤了……」

歐里維提氣炸了。「你從哪裡聽說這件事的？」

「總司庫，」來電者幸災樂禍地說：「問問你的指揮官，所有的樞機主教都到西斯汀禮拜堂了嗎？」

總司庫轉向歐里維提，從他綠色雙眼中的神情，顯然要求對方解釋。

「先生，」歐里維提在總司庫耳邊低聲說：「我們的確還有四位樞機主教還沒到西斯汀禮拜堂報到，不過沒有必要緊張。今天上午他們每一位都已經登記住進了住宿大樓，幾個小時前您本人也才跟他們茶敘過。他們只是遲到了，沒趕去參加閉門會議前的聯誼。我們正在搜索，不過我確定他們只是忘了時間，還在戶外享受美景。」

「享受美景？」總司庫的聲音失去了平靜。「他們一個多小時前就該到禮拜堂了！」

蘭登驚訝地對薇多利雅使了個眼色。四名樞機主教失蹤了？原來他們在樓下找的就是這個嗎？

「你會發現，」來電者說：「我們的名單非常有可信度。有巴黎的拉馬謝樞機主教，巴塞隆納的基德拉樞機主教，法蘭克福的艾伯納樞機主教……」

隨著每個名字念出，歐里維提整個人似乎縮得愈來愈小。

來電者暫停了一下，好像最後一個名字格外令他感到樂趣無窮。「還有義大利的……巴吉亞樞機主教。」

總司庫就像一艘大船剛收起帆腳索，就駛入死寂無風的海面，整個人垮下來。他的神父袍翻騰了一下，然後跌坐在椅子上。「四位候選人。」他低語道。「他們是呼聲最高的人選……包括巴吉亞……最可能成為下一任最高司祭的……這怎麼可能呢？」（譯註：最高司祭〔Supreme Pontiff〕即指教宗。）

蘭登看過許多現代教宗選舉的資料，因此明白為什麼總司庫會一臉絕望。儘管按照教廷的法律規定，任何八十歲以下的樞機主教都有資格擔任教宗，但是在派系分明的投票過程中，只有極少數人夠受尊重，有辦法贏得三分之二的多數選票。這些人就是所謂的「候選人」，結果現在這四個人都不見了。

總司庫的額頭滲出汗珠。「你挾持這四個人，有什麼目的？」

「你覺得我會有什麼目的？我是哈撒辛的後裔。」

蘭登不禁打了個寒顫。他很熟悉「哈撒辛」這個名字。基督教會多年來曾有不少死敵——哈撒辛、聖殿騎士團，還有曾被梵蒂岡獵殺、或遭梵蒂岡背叛的軍團。

「放了那些樞機主教吧。」總司庫說。「摧毀上帝之城，不就已經是夠大的威脅了嗎？」

「我奉勸你忘了那四位樞機主教，你已經失去他們了。不過我保證，大家都不會忘記他們的死……千千萬萬的人都會記得。那是每個殉道者夢寐以求的。我會讓他們一個接一個在媒體上大出風頭，到了半夜十二點，光明會將會得到每個人的注意。如果這個世界不在意，那改變世界又有什麼意思？在大庭廣眾之下被殺，有種令人陶醉的恐怖感，不是嗎？你們很久以前就證明了這一點……宗教裁判所、對聖殿騎士團的凌虐、還有十字軍東征。」他暫停了一下。「當然，還有『煉罪事件』。」

總司庫沈默不語。

「你不記得『煉罪事件』了？」來電者問。「當然不記得，你還年輕。反正當神父的人歷史知識都很差，或許是因爲教會的歷史讓他們覺得羞愧？」

「『煉罪事件』，」蘭登不覺間脫口而出，「一六六八年。教會在四個光明會科學家身上烙印了十字架的符號。好煉淨他們的罪。」

「你是哪位？」那個聲音問道，口氣不像是擔心，而比較像是好奇。「你們那裡還有誰？」

蘭登緊張不安起來。「我的名字不重要。」他說，努力讓自己的聲音不要發抖。跟一個活生生的光明會會員講話，讓他覺得不知所措……就像跟喬治・華盛頓講話似的。「我是個學者，研究過你們兄弟會的歷史。」

「好極了。」那個聲音回應。「我很高興現在還有人記得那些迫害我們的罪行。」

「我們大部分人都以爲你們已經滅亡了。」

「這個錯誤的想法，是我們兄弟會多年來很努力宣傳的。對於『煉罪事件』，你還知道些什麼？」

蘭登猶豫了。*我還知道些什麼？眼前這整個狀況根本就瘋掉了，我只知道這個！*「烙印之後，那些科學家被殺害，他們的屍體被丟棄在羅馬城各地公然示眾，好警告其他科學家不要加入光明會。」

「沒錯，所以我們應該以眼還眼，以牙還牙。我們要採取有符號象徵的報復，才能對那些被殺害的兄弟有所交代。你們的四位樞機主教會死，八點開始，一小時死一個。在半夜十二點之前，會引起全世界的矚目。」

蘭登湊近電話。「你眞打算給這四個人烙印，還要殺害他們？」

「歷史本身不斷重複，不是嗎？當然，比起教會過去的手法，我們會更細緻也更大膽。教會以前是在非公開場合殺人，然後趁沒人注意的時候棄屍。這未免也太膽小了。」

「你什麼意思？」蘭登問。「你們打算公開烙印、殺害這四個人嗎？」

「猜得眞好。不過要看你們認爲什麼叫公開。我知道現在上教堂的人不多了。」

蘭登恍然大悟。「你打算在教堂裡殺害他們？」

「這是仁慈之舉。好讓上帝能更快把他們的靈魂帶進天堂。這個做法好像很適合，當然我可以想像，媒體也會很歡迎。」

「你是在說大話。」歐里維提說，又恢復了冷酷的聲調。「你在教堂裡殺了人，就別想逃得掉。」

「說大話？我們在你的瑞士衛兵團面前神出鬼沒，把你們四位樞機主教從銅牆鐵壁間弄出來，又偷偷把一個極度致命的爆裂物藏在你們最神聖的聖所，結果你還以爲我是在吹牛？等到人被殺了，死者屍體一一被發現，媒體就會蜂擁而來。到了半夜十二點，全世界都會曉得光明會的目標了。」

「如果我們派衛兵監視每個教堂呢？」歐里維提說。

來電者笑了。「恐怕貴教會的資產豐富程度，會讓你心有餘而力不足。你最近沒數過嗎？全羅馬有四百多個天主教教堂。主教堂、小聖堂、大會堂、隱修院、修道院、修女院、堂區學校……」

歐里維提仍保持一臉嚴肅。

「再過九十分鐘就要開始了。」來電者的口氣彷彿一切已成定局。「一小時一個，死亡的等差級數。現在我得掛電話了。」

「等一下！」蘭登喊道。「告訴我，你準備在這四個人身上烙印什麼。」

那個殺手似乎被逗笑了。「我想你已經知道會是什麼烙印了。或者你是懷疑我說的話？你很快就會看到了。證明那些古老的傳說確實是眞的。」

蘭登覺得一陣眩暈。他完全明白那個人話中的意思。蘭登腦中浮現出李歐納度・威特拉胸膛的那個烙印。據說光明會總共有五個用來打烙印的烙鐵模子。還剩四個烙印，蘭登心想，而且有四個樞機主教失蹤了。

「我發過誓，」總司庫說：「今天晚上要選出新教宗。向上帝發誓的。」

「總司庫，」來電者說：「世人不需要新教宗。過了午夜十二點，新教宗就只剩一堆破瓦殘磚能統治了。天主教會完了，你們的時代結束了。」

一片沈默。

總司庫一臉由衷的哀傷。「你想錯了。教會不只是灰泥與石頭而已。你不可能輕易就把兩千年的信仰抹煞……任何信仰都一樣。光是去除世俗的實體形式，並不能摧毀信仰。不管有沒有梵蒂岡城，天主教會都會繼續走下去的。」

「眞是高貴的謊言。不過所有的謊言都一樣，你我都很清楚眞相是什麼。告訴我，爲什麼梵蒂岡城要築起圍牆，成爲一個堡壘？」

「上帝的子民處於一個危險的世界。」總司庫說。

「你可眞是年輕無知。梵蒂岡城會成爲堡壘，是因爲天主教會半數的資產都在城牆內——稀有的畫作、雕塑，無價的珠寶，珍貴的古書……還有梵蒂岡銀行金庫裡的金條和房地契。內行人估計，梵蒂岡城的大略總值是四百八十五億美元，這筆老本可眞是不少。但明天這一切就會化作塵土，一切資產回歸到零。你們會破產，連神職人員都會失業。」

從歐里維提和總司庫震驚得目瞪口呆的表情，似乎反映了這番話的準確度。蘭登不確定哪個比較讓人驚訝，是沒想到天主教會有這麼多錢，還是沒想到光明會竟然會知道得這麼清楚。

總司庫沈重地嘆了口氣。「這個教會的支柱是信仰，不是金錢。」

「又是謊話。」來電者說。「去年你們花了一億八千三百萬美元，資助世界各地陷入困境的主教轄區。教會出席率創下史上新低——過去十年來下降了百分之四十六。教友獻金只有七年前的一半，進入修道院的人也愈來愈少。雖然你們不承認，但你們的教會已經快完蛋了。眼前正是你們風光退場的機會。」

歐里維提向前跨步。他現在看起來沒有那麼鬥志高昂了，似乎已經意識到眼前的現實。他的表情彷彿走投無路，狗急跳牆了。「如果分一些金條資助你們呢？」

「不要侮辱我們雙方。」

「我們有錢。」

「我們也有。多得你無法想像。」

蘭登猛然想到那些光明會財力雄厚的說法，古代富有的巴伐利亞石匠、羅斯柴爾德家族、比德柏格家族，還有傳說中的「光明會鑽石」。

「那四位候選人，」總司庫改變話題，一副懇求的語氣，「饒了他們吧。他們都老了。他們——」

「他們都是貞潔的獻祭品。」來電者大笑。「告訴我，你想他們真的都是貞潔的嗎？這些羔羊死前會尖叫嗎？科學祭壇的處子獻祭品。」

總司庫沈默許久。「他們是信仰堅定的人，」最後他終於說：「他們不畏懼死亡。」

來電者冷笑。「李歐納度・威特拉也是個信仰堅定的人，可是昨夜我看到他眼中的畏懼，我把那股畏懼除掉了。」

一直保持沈默的薇多利雅忽然冒出來，憤恨得全身肌肉緊繃。「混帳！他是我父親！」

喇叭擴音器傳來一陣咯咯笑聲。「你父親？這怎麼回事？威特拉有個女兒？我應該告訴你，令尊臨終前哭得像個小孩，好可憐。真是太慘了。」

薇多利雅往後晃了一下，好像被那些話擊得後退似的。蘭登伸手想扶她，但她重新站穩了，深色眼珠死盯著電話。「我以性命發誓，這一夜結束之前，我一定要找到你。」她的聲音鋒利得像雷射光。「等我找到你……」

電話中傳來刺耳的笑聲。「好帶勁兒的女人，把我弄得好興奮。或許這一夜結束之前，我會找到你。到時候——」

那些話就像一把揮之不去的刀。然後他掛斷電話。

42

穿著黑色袍子的莫塔提樞機主教現在流汗了。不光是因爲西斯汀禮拜堂開始讓人感覺像三溫暖，也是因爲閉門會議再過二十分鐘就要開始，但那四名失蹤的樞機主教卻毫無音訊。對於他們的缺席，其他樞機主教原先只是困惑地交頭接耳，現在已經轉變爲坦率直言的焦慮。

莫塔提無法想像這四個人會跑到哪裡去。或許是跟總司庫在一起？他知道今天下午稍早，總司庫曾依照傳統邀四位候選人私下茶敘，但那已經是好幾個小時前了。他們會是生病了嗎？因為吃了什麼東西？莫塔提不太相信。就算是病得快死了，四位候選人也一定會到場的。一個樞機主教能被選爲最高司祭，是一生只有一次的機會，通常還連這一次都沒有，而且按照梵蒂岡的法律，投票時樞機主教必須在西斯汀禮拜堂內，否則就失去被選舉資格。

雖然有四個候選人，但大部分人對於下一任教宗會是誰都已毫無疑問。過去十五天有大量的傳眞和電話討論適當人選。根據傳統，會有四個人被選爲候選人，每個人都符合在默契上成爲教宗的必要條件：

通曉義大利語、西班牙語、英語。

沒有見不得人的醜事。

六十五至八十歲之間。

一如往常，樞機團將要投票前，會有一位候選人的呼聲比其他人來得高。今晚這個人就是米蘭的樞機主教阿爾多·巴吉亞。巴吉亞服事教會的紀錄無懈可擊，加上無人能比的語言技巧，以及傳播靈修本質的能力，都讓他成爲絕佳的候選人。

那他到底跑到哪裡去了？莫塔提納悶著。

莫塔提尤其對這四位樞機主教的失蹤感到心慌，因爲他身負監督這次閉門會議的責任。一個星期前，樞機團一致同意選擇莫塔提成爲所謂的「大選舉官」——閉門會議這個儀式的主席。儘管總司庫是教會的首要官員，但他只是個神父，不熟悉複雜的選舉流程，所以就從樞機團內部選出一個樞機主教，以監督儀式的進行。

樞機主教們常常開玩笑說，被指定爲大選舉官是基督宗教界最殘酷的榮譽。這個職位會讓一個樞機主教喪失了成爲候選人的資格，而且在閉門會議之前得花很多天熟讀《天主全體羊群》宗座憲章，複習閉門會議中種種神祕儀式的細節，以確保選舉能夠照章進行。

但莫塔提並沒有不情願，他知道自己是合理人選。不光因爲他是資深的樞機主教，同時他也是已故教宗的至交，因而使他備受敬重。雖然莫塔提的年齡依法仍有被選舉資格，但畢竟是有點太老，不會被認眞考慮。現年七十九歲的他，已經超過了一條不成文的界限，樞機團無法再信賴這麼一個老人的健康能禁得起教宗職位的嚴酷作息安排。身爲教宗，通常每天要工作十四個小時，全年無休，而且在任平均六點三年就會因過於勞累而去世。有個內部笑話就說，接受教宗職位是一個樞機主教「通往天堂最快的路」。

很多人相信，要不是心胸過於寬大，早些年莫塔提是有可能成爲教宗的。想要成爲教宗有個「三位一體」定律——保守，保守，保守。

莫塔提總覺得，已故教宗——願他的靈魂安息——上任後便展現出令人意外的自由派作風，雖然諷刺，但令人開心。或許是感覺到現代社會已經和教會漸行漸遠，這位教宗主動表示要放鬆教會在科學方面的立場，甚至捐款贊助某些科學研究。可悲的是，這成了政治自殺之舉。保守的天主教徒宣稱教宗已經「老糊塗」；而科學純粹論者則指控他是想撈過界，擴展教會勢力。

「他們人呢？」

莫塔提轉身。

有位樞機主教緊張兮兮地拍他肩膀。「你知道他們在哪裡，對吧？」

莫塔提盡量不要表現得太過擔心。「或許還跟總司庫在一起吧。」

「這個時間？那也未免太荒唐了！」那名樞機主教疑惑地皺起眉頭。「或許總司庫忘了時間？」

莫塔提實在不認爲會是如此，但他什麼也沒說。他很清楚大部分樞機主教根本不把總司庫當回事，覺得他太年輕，沒資格當教宗的貼身助理。莫塔提懷疑很多樞機主教不喜歡總司庫是出於嫉妒，而莫塔提自己倒是很欣賞這位年輕人，對已故教宗所挑的總司庫人選暗自叫好。從總司庫的雙眼裡，莫塔提只看到一股堅定的信念；而且不同於許多樞機主教，總司庫重視教會和信仰勝於瑣碎的政治手腕。他確實是屬於天主的人。

在任期內，總司庫堅定不搖的虔誠奉獻已經廣爲人知。許多人歸因於他童年時代的那樁奇蹟事件……任何人碰上那樣的事情，都會在心中留下永難磨滅的印象。不可思議的奇蹟，莫塔提心想，眞希望小時候也碰到過讓自己產生如此堅定信仰的事情。

但莫塔提知道，對教會來說，不幸的是，總司庫未來也不可能成爲教宗。要接掌教宗職位，就必須具備某種程度的政治野心，但這顯然是年輕的總司庫所缺乏的；他屢次拒絕教宗給予他更高的職位，說他比較喜歡以單純的身分服事教會。

「那接下來呢？」那個樞機主教又拍拍莫塔提，等著他回答。

莫塔提抬頭。「什麼？」

「他們遲到了！那我們該怎麼辦！」

「還能怎麼辦？」莫塔提回答。「只能等，我們要有信心。」

那個樞機主教縮回了陰影裡，臉上的表情擺明了對莫塔提的回答一點都不滿意。

莫塔提站在那裡一會兒，擦了擦太陽穴的汗，努力想理清思緒。的確，我們該怎麼辦？他的眼光掠過祭壇，往上看著米開朗基羅著名的溼壁畫〈最後的審判〉。那幅畫作絲毫不能撫平他的焦慮。那是一幅五十呎高的作品，令人驚駭地描繪出耶穌基督將人類分爲義人與罪人，並將罪人擲入地獄。有人被剝皮，有人被焚燒，甚至還有個米開朗基羅的死對頭被畫上驢耳坐在地獄裡。法國小說家莫泊桑曾寫道，這幅畫看起來就像是一個無知運煤工替流動遊藝團的摔角場所畫的布幕。

莫塔提樞機主教不得不同意這個說法。

43

蘭登站在教宗辦公室的防彈玻璃窗前，一動也不動，凝視著下頭聖彼得廣場上熙攘的媒體拖車。那通怪異的電話講完之後，讓他覺得發脹……有些水腫。但不是他自己。

光明會像一條蛇，從被遺忘的歷史深處探出頭來，纏繞著一個古老的仇敵。沒有要求，不肯談判，只有懲罰。簡單又邪惡，纏得愈來愈緊，展開一場醞釀了四百年的復仇。好像是在遭受了幾個世紀的迫害之後，科學反撲了。

總司庫站在辦公桌旁，茫然瞪著電話。首先打破沈默的是歐里維提。「卡羅，」他說，喊了總司庫的名字，口氣比較像是個疲倦的朋友，而不是個指揮官，「二十六年來，我誓死保護這個辦公室。但看起來，今天晚上我有辱使命了。」

總司庫搖搖頭。「你和我以不同的才能服事天主，服事就是一種榮耀了。」

「這些事……我無法想像怎麼……這個狀況……」歐里維提看起來被擊垮了。

「你知道我們眼前只有一個可行的方案。我有責任保護樞機團的安全。」

「恐怕這個責任是我的，先生。」

「那麼就讓你的手下立刻著手展開撤離行動。」

「先生？」

「其他的行動可以稍後進行——尋找這個裝置，搜索失蹤的樞機主教和擄走他們的人。但首先要保障其他樞機主教的安全，神聖的人命比什麼都重要。這些人是我們教會的基石。」

「您是建議我們立刻取消閉門會議？」

「我還有其他選擇嗎？」

「但您不是要負責選出新教宗嗎？」

年輕的總司庫嘆了口氣，轉向窗戶，雙眼眺望遠處廣大的羅馬城。「宗座曾告訴我，教宗夾在兩個世界之間左右爲難……現實世界和神聖世界。他警告過，任何教會若忽視現實，就無法倖存下來享有神聖。」他的聲音聽起來忽然有超齡的智慧。「今晚現實世界就扛在我們肩上。我們若是忽視，就太過不敬了。驕傲和前例都不能蒙蔽我們的判斷力。」

歐里維提點點頭，一臉深深被打動的表情。「我之前低估您了，先生。」

總司庫好像沒聽到，他的視線仍茫然望著窗外。

「請恕我直言，現實世界就是我的世界。我每天都看遍其中的醜惡，好讓其他人能沒有牽掛，去追求更純潔的事物。眼前的情況，請容我提出忠告，我所受的訓練就是要應付這類情況。您的直覺雖然很可貴……卻可能造成大災難。」

總司庫轉身。

歐里維提嘆了口氣。「把樞機團撤出西斯汀禮拜堂，是眼前最壞的選擇。」

總司庫臉上沒有憤怒，只有茫然。「那你的建議是什麼？」

「對樞機團什麼都別說，閉門會議照常進行。這可以爲我們爭取時間，好嘗試其他選擇。」

總司庫似乎很爲難。「你是建議我把整個樞機團鎖在一個定時炸彈上頭？」

「是的，先生。現在暫時這樣，稍後如果有必要，我們可以安排撤離。」

總司庫搖搖頭。「要避免質疑的唯一辦法，就是在這個儀式開始之前先宣佈延期，否則門一旦關上，就不能打斷了。閉門會議的流程必須——」

「別忘了，您今晚就面對著現實世界。請聽我解釋。」歐里維提現在以現場指揮官的高效率迅速說：「帶著一百六十五位沒有準備也沒有保護的樞機主教走到羅馬城，這個舉動太鹵莽了。這會讓幾位非常老的主教慌亂又緊張，而且坦白說，這個月有過一次致命的中風，就已經太多了。」

一次致命的中風。指揮官的話讓蘭登想起，前陣子他跟幾個學生在哈佛公共餐廳吃晚飯時，所看到的新聞標題：教宗中風。睡夢中過世」。

「何況，」歐里維提說：「西斯汀禮拜堂是個堡壘。雖然我們沒有宣傳這個事實，但這棟建築的結構特別加強過，可以抵擋任何飛彈以下的攻擊。為了保護閉門會議，我們今天下午還搜過禮拜堂裡的每一吋地方，掃描檢查竊聽器或其他監視設備。禮拜堂沒有任何問題，是個安全的避風港，我也確信反物質不在裡面。對樞機團來說，眼前沒有更安全的地方了。稍後如果必要時，我們隨時都可以討論緊急撤退的事宜。」

蘭登對歐里維提刮目相看，他的冷酷和清楚的邏輯，都讓蘭登想到寇勒。

「指揮官，」薇多利雅緊張地說：「還有其他要考慮的。沒有人製造出這麼多反物質過，所以爆炸的半徑，我只能用估計的。梵蒂岡周圍的羅馬城可能也會有危險。如果罐子位於城中央的建築物或地下室，對梵蒂岡城牆外的影響就很小，但如果那個罐子放在城牆附近……比方就在這棟建築……」她警戒地望向窗外聖彼得廣場上的人潮。

「我很清楚我對外頭世界的責任，」歐里維提回答：「眼前的狀況是再嚴重不過了。我二十多年來唯一的任務，就是保護這個聖地。我可不打算讓那個武器爆炸。」

凡特雷思卡總司庫抬頭。「你覺得你有辦法找到那個罐子？」

「我得先跟我的幾個監視專家討論有什麼辦法。有一個可能，如果我們把梵蒂岡城的電力關掉，就可以消除掉背景的中頻，讓環境乾淨到可以測到那個罐子上的磁場。」

薇多利雅一臉深感意外的表情。「你打算讓梵蒂岡城停電？」

「有可能。我還不確定能不能辦到，但我想研究這個方案是否可行。」

「樞機團一定會很納悶發生了什麼事。」薇多利雅說。

歐里維提搖搖頭。「閉門會議只能點蠟燭，樞機主教們根本不會曉得停電了。一旦關上門開始進行會議，除了城牆周圍的少數衛兵之外，我可以全部把人手撤回來，展開搜索。一百個人在五個小時內可以搜很多地方。」

「四小時。」薇多利雅糾正他。「我得帶著那個罐子飛回歐洲核子研究中心。如果不拿回去充電，爆炸就無法避免。」

「沒有辦法在這裡充電嗎？」

薇多利雅搖搖頭。「連接的界面埠太複雜了。如果能在這邊充電，我早就把設備帶來了。」

「那就四小時吧。」歐里維提皺著眉說。「還是有足夠的時間。先生，您還有十分鐘。去禮拜堂，關起門舉行閉門會議吧。給我的手下一點時間去進行他們的任務。等到接近危急時刻，我們再做關鍵的決定。」

蘭登很納悶要等到什麼時候才算是接近「危急時刻」。

總司庫一臉擔憂。「可是樞機團會問起那四位候選人……尤其是巴吉亞……會問他們怎麼沒出現。」

「那你就得想出其他說詞了。告訴樞機團您請四位樞機主教茶敘時，那些飲食讓他們身體不適。」

總司庫顯然被激怒了。「你要我站在西斯汀禮拜堂的祭壇上，對著樞機團撒謊？」

「這是爲了他們的安全著想，是個善意的謊言。你的責任就是讓大家保持鎮定。」歐里維提走向門。「現在請容我失陪，我得開始忙了。」

「指揮官，」總司庫堅持道：「我們不能丟下那四位失蹤的樞機主教不管啊。」

歐里維提在門邊停下腳步。「巴吉亞和其他三位主教，現在我們沒有能力顧到，只能放棄他們了……這是爲了大家好。軍事上稱之爲檢傷分類。」

「你的意思是要拋棄他們？」

他的聲音變得冷酷起來。「如果有任何辦法，先生……任何辦法可以找到這四位樞機主教，我願意付出自己的生命去救他們。可是……」他指向房間另一頭的窗子，此時夕陽照著羅馬城一片無盡綿延的屋頂，閃閃發亮。「去搜索一個五百萬人口的城市，不是我權力範圍能辦到的事。我不會爲了讓自己良心能安，就浪費寶貴的時間在沒有意義的行動上。很抱歉。」

薇多利雅突然開口：「可是如果我們抓到那個凶手，不就可以逼他說了嗎？」

歐里維提朝她皺起眉頭。「我們只是軍人，沒辦法當聖人，威特拉女士。相信我，我非常了解你想抓到這個凶手的個人動機。」

「不光是個人而已。」她說。「這個凶手知道反物質在哪裡——也知道失蹤的樞機主教在哪裡。如果我們能設法找到他……」

「讓他們正中下懷嗎？」歐里維提說。「相信我，光明會正是希望我們會撤出梵蒂岡的所有警力，去監視幾百個教堂……在我們應該搜索時，卻浪費寶貴的時間和人力……或更糟糕，讓梵蒂岡銀行完全失去護衛。更別說其他正在開會的樞機主教了。」

他的觀點命中要害。

「那羅馬警方呢？」總司庫問道。「我們可以警告羅馬市，請他們共同處理這個危機。要求他們協助我們找出擄走四位主教的人。」

「這就犯了另一個錯誤。」歐里維提說。「你很清楚羅馬市警方對我們的態度。我們會找來幾個不認眞的人，代價就是讓他們向全球媒體大肆宣傳我們的危機。正巧就是我們敵人所希望的，我們很快就得去應付媒體了。」

我會讓這四位樞機主教在媒體上大出風頭，蘭登回想起那個殺手的話。第一位樞機主教的屍體會在八點出現。然後每小時一個。媒體會愛死了。

總司庫又開口了，聲音透出一絲憤怒。「指揮官，如果對失蹤的主教袖手不管，我們會良心難安的！」

歐里維提死死盯著總司庫的眼睛。「先生，您還記得聖方濟的禱詞嗎？」

年輕的神父痛苦地念出那句話：「主啊，請賜我力量，去接受我不能改變的事情。」

「相信我，」歐里維提說：「眼前這件事，就是其中之一。」然後他走了。

44

英國廣播公司（ＢＢＣ）的總部位於倫敦，就在皮卡迪里圓環的西邊。總機的電話響起，一名助理內容編輯接了起來。

「ＢＢＣ。」她說，把手上的登喜路香菸掐熄。

電話上的聲音很刺耳，帶著中東口音。「有個大新聞，你們電視網可能會有興趣。」

那個編輯拿出筆和制式的新聞線索表格。「什麼新聞？」

「教宗選舉。」

她不耐煩地皺起眉頭。ＢＢＣ昨天已經播過一個初步報導，反應平平。看來一般觀眾對梵蒂岡沒什麼興趣。「關於哪方面的？」

「你們派了電視記者到羅馬現場報導這個選舉嗎？」

「應該是有。」

「我得跟他直接談。」

「對不起，但我沒辦法給你電話號碼，除非我曉得一些狀況——」

「我只能告訴你，有個針對閉門會議的恐嚇。」

那個編輯記了一下。「請問貴姓大名？」

「我的名字不重要。」

編輯並不意外。「你的說法有證據嗎？」

「有。」

「我很樂意處理這個消息，但照規定我不能把記者的電話告訴你，除非——」

「我明白了。那我打給別的電視網好了，謝謝你的協助。再——」

「慢著，」她說：「你稍等一下別掛斷好嗎？」

那個編輯將電話轉到保留，然後伸了伸脖子。過濾怪電話的技巧完全不是一門精確的科學，但這位來電者剛剛通過了ＢＢＣ默契上檢驗電話眞實性的兩個測試。他拒絕說出他的姓名，而且急著要掛電話。通常瞎掰文人和信口開河之輩，才會又求又鬧囉唆個沒完。

很幸運的是，對她來說，記者們長期都處於漏掉大新聞的恐懼中，所以她偶爾把搞怪的精神病患轉給記者，也很少受到責備。浪費一個記者五分鐘的時間是可以原諒的，但錯失一條大新聞就不可原諒了。

她打著呵欠注視自己的電腦，打了關鍵字「梵蒂岡」。一看到負責在現場報導教宗選舉消息的記者名字，她暗自低笑起來。這記者是新來的，剛從某個倫敦垃圾小報找來，負責ＢＢＣ一些比較不重要的報導工作。編輯台顯然是要他從基層做起。

他說不定也覺得無聊，爲了錄十秒鐘的現場畫面而等上一整夜。他很可能會樂於有點事情來解解悶。

那個ＢＢＣ的內容編輯把梵蒂岡現場記者的衛星分機抄了下來。然後她又點了根菸，把記者的電話號碼告訴了匿名來電者。

45

「行不通的。」薇多利雅在教宗的辦公室裡踱來踱去。她抬頭看著總司庫。「就算瑞士衛兵團能過濾電子干擾，也一定要在那個罐子的正上方，才有辦法偵測到訊號。這還得要他們能靠近那個罐子……也就是罐子四周沒有其他障礙物。如果罐子是放在你們地下室的哪個金屬盒子裡怎麼辦？或者藏在地上的哪個金屬通風管裡。他們根本不可能追蹤到。而且要是瑞士衛兵團裡面有內奸怎麼辦？誰敢說這個搜索沒有問題？」

總司庫臉色發白。「那你的建議是什麼，威特拉女士？」

薇多利雅很緊張不安。這不是很明顯嗎！「我的建議是，你要立刻採取另一個預防措施。我們可以抱著一絲希望，期待指揮官的搜索能成功。但同時，看看窗外，你看到那些人了嗎？還有廣場外的那些建築物？那些媒體轉播車？那些遊客？他們很可能就在爆炸的範圍內。你必須馬上採取行動。」

總司庫心不在爲地點點頭。

薇多利雅覺得很挫折。歐里維提已經說服每個人相信還有很多時間。但薇多利雅知道，只要梵蒂岡陷入危機的消息洩漏出去，整個地方幾十分鐘內就會擠滿看熱鬧的人。她曾在瑞士國會大廈外頭見過這種情況發生。有回發生了炸彈挾持人質事件，招來了幾千人聚集在大樓外等著看結果。儘管警方不斷警告說會有危險，但圍觀群眾還是愈來愈多。再沒有什麼能比人類悲劇更能引起人類興趣的了。

「先生，」薇多利雅催促道：「殺害我父親的人就在這裡的某個地方。我全身每個細胞都急著想跑出去抓他。但我卻站在您的辦公室裡……因爲我對您有責任，對您和其他人有責任。很多人的性命都有危險，先生。您聽到我說的話了嗎？」

總司庫沒有回答。

薇多利雅聽得到自己的心臟狂跳。為什麼瑞士衛兵團追蹤不到那個該死的來電者？那個光明會刺客是關鍵！他知道那個罐子在哪裡……該死，他知道那四位樞機主教在哪裡！抓到那個殺手，一切就都解決了。

薇多利雅覺得自己的意志開始動搖了，那種陌生的感覺她記得只有小時候在孤兒院那幾年有過，因爲沒有工具可以用而感到挫折。你有工具，她告訴自己，你向來有工具的。可是沒有用。她的思緒亂糟糟，什麼都想不出來。她原來是研究人員，是解決問題的人。但眼前這個問題卻沒有解答。你需要什麼資料？你想要什麼？她告訴自己深呼吸，但生平第一次，她做不到。她無法呼吸了。

蘭登頭很痛，他覺得自己快要失去理智了。他望著薇多利雅和總司庫，但眼前卻冒出一連串可怕的畫面：爆炸，媒體蜂擁而來，攝影機運轉，四個被烙印的人。

夏旦……路濟弗爾……帶來亮光者……撒旦……

他搖搖頭，甩掉心頭那些殘酷的畫面。精心策畫的恐怖主義，他提醒自己，要掌握現實。有計畫地引起混亂。他回想起自己以前研究古羅馬帝國禁衛軍的符號體系時，曾去雷克里夫學院聽過的一個研討會，從此他對恐怖份子的看法徹底改觀。

「恐怖主義，」那個演講的教授說：「只有一個目標。那是什麼？」

「殺害無辜的人？」一個學生大膽提出。

「不對。死亡只不過是恐怖主義的副產品。」

「展現力量？」

「不對。他們根本不認爲自己力量不夠強。」

「要引起恐懼？」

「扼要地說，非常簡單，恐怖主義的目標就是製造恐懼與害怕。恐懼會破壞掉人們對既有秩序和制度的信心。會從內部削弱敵人的力量……引發民眾的騷動不安。寫下來。恐怖主義不是憤怒的表現。恐怖主義是一種政治武器。一旦把政府可靠穩當的表象去除掉，就連帶奪走了人民的信心。」

失去信仰……

眼前這一切就是如此嗎？蘭登不曉得舉世基督徒若看到樞機主教像斷腿的狗被公然展示，會有什麼樣的反應。如果一個神父的信仰不能保護他免遭撒旦惡行之手，那我們其他人還有什麼希望？蘭登的頭現在脹痛得更厲害了……一堆小聲音在搶著說話。

信仰不能保護你。醫藥和安全氣囊……保護你的是這些。上帝不能保護你。保護你的是智慧。啓蒙。把你的信心寄託在某些有實質結果的事物上頭。有人行走在水上是多久以前的事情了？現代的奇蹟屬於科學……電腦、牛痘、太空站……甚至是神聖的創世奇蹟。從無生出有……在實驗室裡實現了。誰還需要上帝？不！科學就是上帝。

那個殺手的話在蘭登腦中迴盪。半夜十二點……死亡的等差級數……科學祭壇的處子獻祭品。

然後突然間，就像一聲槍響驅散群眾，那些聲音不見了。

羅柏・蘭登猛地站起身。他的椅子往後倒，摔在大理石地板上。

薇多利雅和總司庫驚跳起來。

「我竟然漏掉了，」蘭登出神低語道：「明明就在我面前……」

「漏掉什麼？」薇多利雅問道。

蘭登轉向總司庫。「神父，三年來我一直向這個辦公室申請進入梵蒂岡檔案室，但七次都被駁回了。」

「蘭登先生，我很遺憾，但眼前實在不是申訴這種事情的時候。」

「我得馬上得到進入許可。四個失蹤的樞機主教，我可能有辦法查出他們會在哪裡被殺害。」

薇多利雅瞪大眼睛，一副很確定自己聽錯了的表情。

總司庫一臉困擾，顯然難以接受這個殘酷的笑話。「你要我相信，這個資訊就在我們的檔案室裡嗎？」

「我不能保證自己能及時查出來那些地點，但如果你讓我進去……」

「蘭登先生，我四分鐘之內就得趕到西斯汀禮拜堂了，可是檔案室在梵蒂岡另一頭。」

「你是認眞的，對不對？」薇多利雅忽然插嘴，緊緊盯著蘭登的雙眼，好像要搞清楚他有多當眞。

「現在不是開玩笑的時候。」蘭登說。

「神父，」薇多利雅轉向總司庫說：「如果有機會……任何機會，能找出凶手要在哪裡殺人，我們就可以監視那些地方，然後——」

「可是檔案室？」總司庫堅持道：「裡頭怎麼可能有線索呢？」

「如果要解釋的話，」蘭登說：「就不止四分鐘了。但如果我沒猜錯，我們可以利用這個資訊，去逮到那個哈撒辛。」

總司庫的表情顯示他很想相信卻辦不到。「基督信仰中最神聖的手抄本都放在那個檔案室裡，那些寶藏連我本人都沒有資格看到。」

「這點我知道。」

「要進去的話，必須有檔案室館長和梵蒂岡圖書委員會的手諭。」

「或者，」蘭登宣佈：「要有教宗的命令。貴國館長寄給我的每封駁回信裡面都寫著這些規定。」

總司庫點點頭。

「我無意不敬，」蘭登說：「但如果我沒弄錯的話，教宗命令是這個辦公室發出的。以我的理解，今天晚上教宗辦公室由您代管。鑑於目前的狀況……」

總司庫從長袍裡掏出一個懷錶看了看。「蘭登先生，我已經打算今天晚上要付出我的生命，以拯救教會，我是說眞的。」

蘭登從總司庫的雙眼感覺到他的一片眞誠。

「這份文獻，」總司庫說：「你眞相信在這裡的檔案室裡？而且這文獻眞能幫我們找到那四位樞機主教在哪裡嗎？」

「如果我不是眞心相信的話，也不會一再申請要進去了。以一個老師的薪水來說，如果只是一般旅遊的話，來義大利有點嫌太遠了。你們所收藏的那份古老文獻——」

「對不起，」總司庫打斷他，「請原諒我。眼前我腦子裡沒辦法再思考任何細節。你知道祕密檔案室在哪裡嗎？」

蘭登覺得一陣興奮。「就在聖安娜大門後面。」

「很了不起。大部分學者都以爲是要從聖彼得寶座下方那扇隱祕的門進入。」

「不對。那條路是通往聖彼得大教堂建築檔案室的，一般人常常搞錯。」

「進去的人會有個圖書館導覽員全程陪同。不過今天晚上導覽員都不在，所以你要求的是全權委任狀的進入許可。平常連樞機主教都不准單獨進入的。」

「我會懷著最高的敬意和謹愼，小心對待你們的珍貴收藏品。你們的圖書館員將不會發現我去過的痕跡。」

上方開始傳來聖彼得教堂的鐘聲。總司庫看了看他的懷錶。「我得走了。」他頓了一下，抬頭望著蘭登。「我會派一個瑞士衛兵到檔案室跟你會合。我信任你，蘭登先生。現在去吧。」

蘭登沒說話。

此刻那位年輕神父似乎掌握了一種奇異的自信。他伸手過來，用力握握蘭登的肩膀，力氣出奇地大。

「去找你要找的東西，而且要快。」

46

梵蒂岡祕密檔案室位於波吉亞中庭的另一頭，從聖安娜大門直走上小丘。檔案室裡有超過兩萬冊藏書，謠傳還收藏了許多寶物，如達文西失蹤的日記，以及沒有收入聖經的福音書。

蘭登大步走在空無一人的基礎街，朝檔案室走去，他簡直無法相信自己就要進入那兒了。薇多利雅走在他旁邊，腳步輕快。她一頭杏仁香的頭髮在微風中輕輕搖晃，蘭登聞著那股香味，覺得自己的思緒漫遊，不斷把他往回扯。

薇多利雅說：「你要不要告訴我，我們要去找什麼？」

「一本小書，由一個叫伽利略的傢伙寫的。」

她似乎很驚訝。「你不是瞎扯吧。裡頭有什麼？」

「裡頭應該會“il segno”的東西。」

「意思是指示牌？」

「指示牌、線索、信號……看你怎麼翻譯。」

「是要指示什麼？」

蘭登加快腳步。「一個祕密地點。伽利略的光明會必須躲避梵蒂岡的追查，所以他們在羅馬這裡建立了一個超祕密的光明會聚會處。他們稱之爲『光明教堂』。」

「眞大膽，居然把一個魔鬼的祕密基地稱爲教堂。」

蘭登搖搖頭。「伽利略的光明會一點也不崇拜魔鬼。他們是崇敬知識啓蒙的科學家。這個聚會處只不過是讓他們有個安全的地方，可以碰面討論梵蒂岡禁絕的主題。儘管我們知道有這個祕密基地的存在，但直到今天，卻沒有人曉得確實的地點。」

「聽起來光明會好像很會保密。」

「一點也沒錯。事實上，他們從沒將這個隱匿處的地點告訴過外人。這個祕密狀態能保護他們，但同時也製造了一個問題，讓他們很難召募到新成員。」

「如果他們不能宣傳，那就無法壯大了。」薇多利雅說，她的雙腳走得很快，腦袋也轉得很快。

「完全正確。一六三〇年代，伽利略的兄弟會開始有了名氣，全世界各地的科學家都偷偷到羅馬來朝聖，希望能加入光明會……想爭取機會用伽利略的天文望遠鏡觀察，聽聽那位大師的想法。但不幸的是，由於光明會的保密狀態，使得來到羅馬的科學家不曉得要去哪裡參加聚會，也不曉得找誰講話才安全。光明會需要新血加入，卻不能冒險破壞原有的保密狀態，暴露自己的行蹤。」

薇多利雅皺起眉頭。「聽起來好像是個無解的狀況。」

「沒錯。我們美國人會稱之為『第二十二條軍規』。」（譯註：典出美國作家 Joseph Heller 一九六三年所出版的黑色幽默小說《第二十二條軍規》（*Catch-22*），書中以二次大戰期間駐紮在歐洲某小島上的一名美國空軍上尉為主角。他在戰爭中努力想求得一命倖存，所謂「軍規」規定，若一個人願意執行危險的飛行作戰任務，則是精神失常；但若他提出正式申請解除此任務，則證明他精神正常而不能免除任務。此書名日後用來泛指一連串彼此牴觸的既定條件，形成無法解決的困境。）

「那他們怎麼辦？」

「他們是科學家。仔細檢查過這個困局之後，他們找到了一個解決方法。事實上是非常聰明的辦法。光明會創造出一種獨有的地圖，指引科學家到他們的聖所去。」

薇多利雅忽然一臉懷疑地慢下腳步。「地圖？這也未免太大意了。萬一有副本落入……」

「不會的，」蘭登說：「根本沒有圖稿。那不是畫在紙上的地圖。而是奇大無比，類似點火燒路穿越整個羅馬城。」

薇多利雅走得更慢了。「你是指一堆漆在人行道上的箭頭記號？」

「就某種意義來說，沒錯，但要更精巧得多。這個地圖是由放在全城各地一連串小心隱藏的符號指標所組成。一個指標引導到下一個……再下一個……形成一條路徑……最後導向光明會的祕密基地。」

薇多利雅斜著眼睛看他。「聽起來好像尋寶遊戲。」

蘭登低聲笑了。「就某種意義來說，沒錯，光明會稱呼這一連串指標是『光明路徑』，任何想加入光明會的人，都得一路隨著這條路徑到終點。這是某種考驗。」

「但如果梵蒂岡想找到光明會，」薇多利雅反駁道：「難道他們不會跟著那些指標找嗎？」

「不，那條路徑是隱藏起來的。那是個謎，以某種方式編製而成，只有某些人，才有本事去追蹤那些指標，摸索出光明教堂藏在哪裡。光明會把這條路當成某種入會儀式，不單是爲了安全，也同時是一種過濾措施，以確保只有最聰明的科學家，才能來到他們的門前。」

「我不相信。在十七世紀，全世界最有學識的人，就包括了一些神職人員。如果這些指標是放在公共地點，一定會有梵蒂岡的人可以猜得出來。」

「那當然，」蘭登說：「那也得他們曉得這些指標的事情。可是他們不曉得。他們從沒注意到這些指標，因爲光明會設計得讓神職人員根本不會察覺。他們用了一個方法，符號學上稱爲偽裝。」

「掩飾的手段。」

蘭登很意外。「你知道這個專有辭彙。」

「僞裝，」她說：「大自然最佳的防衛。比方管口魚垂直飄在海草叢中，根本看不出來。」

「好，」蘭登說：「光明會利用同樣的概念，創造出來的指標可以融入古代羅馬城的背景裡。他們不能利用雙向圖或科學符號，因爲那太明顯了，所以他們找了一個光明會的藝術家——曾爲光明會（Illuminati）這個字創造出一個雙向圖符號的匿名奇才——委託他製作了四件雕塑作品。」

「光明會的雕塑？」

「沒錯，這些雕塑有兩個嚴格的準則。第一，雕塑看起來必須跟羅馬城的其他藝術品一樣……絕對不會讓梵蒂岡懷疑這些作品跟光明會有關。」

「那就是宗教藝術。」

蘭登點點頭。感覺到一絲興奮，講得更快了。「第二個原則就是，這四件雕塑必須有很明確的主題。每件作品都必須很微妙地向科學的四個元素之一致敬。」

「四個元素？」薇多利雅說：「化學元素有一百多個。」

「在十七世紀不是如此，」蘭登提醒她：「早期的煉金術士相信，全宇宙是由四種物質組成的：土、氣、火，還有水。」

蘭登知道，早期的十字架就是這四個元素最普遍的象徵符號——十字架的四臂就代表著土、氣、火、水。不過除此之外，歷史上還出現過幾十種土、氣、火、水的符號——畢達哥拉斯學派的生命週期、中國的〈洪範〉、精神分析家容格的男性與女性原型、黃道十二宮的四個象限、甚至穆斯林也崇敬四種古代元素……雖然伊斯蘭教中這四種元素是「方形、雲、閃電、波浪」。不過對蘭登來說，令他不寒而慄的是一個比較現代的用法——共濟會「絕對啓蒙」的四個神祕階段：土、氣、火，與水。

薇多利雅似乎大惑不解。「所以這個光明會藝術家創造出四件藝術作品，看起來是宗教藝術，但其實是向土、氣、火、水致敬？」

「正是如此。」蘭登說，快步轉上通往檔案室的哨兵街。「這些雕塑融入了遍佈全羅馬的眾多宗教藝術作品中。光明會匿名將這些藝術作品獻給特定的教堂，然後再利用他們的政治影響力，協助將這四件作品安置在他們仔細挑選過的羅馬城教堂中。當然，每件作品都是一個指標……巧妙地指出下一座教堂……那裡又有下一個指標，將一條線索構成的路徑僞裝成宗教藝術。如果一個想加入光明會的人有辦法找到第一個教堂和象徵『土』的指標，就可以循著線索找到『氣』……然後到『火』……再到『水』……最後來到光明教堂。」

薇多利雅的表情愈來愈迷惑。「你講這些，跟如何抓到那個光明會的刺客有關嗎？」

蘭登微笑著打出他的王牌。「喔，沒錯。光明會對於這四座教堂有個特定的稱呼。科學祭壇。」

薇多利雅皺起眉頭。「對不起，這沒什麼意——」她忽然停了下來。「科學祭壇？」她喊道。「那個光明會刺客。他剛剛警告過，說那些樞機主教將會成爲科學祭壇的處子獻祭品！」

蘭登對她露出微笑。「四位樞機主教，四座教堂，四個科學祭壇。」

她目瞪口呆。「你是說，那四位樞機主教將被獻祭的教堂，就是標示著古代光明路徑的那四座？」

「沒錯，我相信是這樣的。」

「可是，那個殺手爲什麼要給我們這個線索？」

「爲什麼不給？」蘭登回答。「沒幾個歷史學者知道這些雕塑的事情，相信這些雕塑確實存在的更少。而且這些雕塑作品所在的地點，幾百年來始終都是祕密，光明會當然也覺得這個祕密可以再保住五個小時沒問題。此外，光明會再也不需要他們的『光明路徑』了。反正他們的祕密基地說不定早就不存在了。他們活在現代世界，他們會在銀行的會議室、用餐俱樂部、私人高爾夫球場碰面。今天晚上他們想讓這些長年的祕密公開。這是他們當主角的時刻。他們的大揭密。」

蘭登擔心光明會的大揭密還會有個獨特的對稱性，是他尙未提到的。四個烙印模子。那個殺手曾誓言每個樞機主教都會被烙印上不同的符號。證明那些古老的傳說確實是真的，那個殺手曾這麼說。四個雙向對稱烙印模的傳說，就跟光明會本身一樣古老：土、氣、火、水（earth, air, fire, water）——這四個字雕鑄得完全對稱，就像光明會（Illuminati）這個字一樣。每個樞機主教都會被烙印上一個科學的古代元素。謠傳這四個烙印模是英文而非義大利文，這點至今仍是歷史學者爭論的焦點之一。英文似乎是隨便選中的，以避開光明會天生熟悉的語言……但光明會行事可從來不隨便。

蘭登轉入檔案室大樓前方的那條石磚道，心中掠過一連串陰森可怕的畫面。光明會等待多年的全套戲碼即將隆重展現。那個兄弟會曾誓言要保持沈默，直到累積足夠的權勢，可以讓他們毫無畏懼地重新現身，正大光明地站出來，爲他們的理想而戰。現在光明會再也不躲藏了。他們要炫耀他們的權力，證實那些陰謀神話都是事實。今夜就是一個全球性的宣傳表演。

薇多利雅說：「我們的侍衛來了。」蘭登抬頭看到一個瑞士衛兵匆匆穿越旁邊的草坪，走向前門。那個衛兵看到他們時停下了腳步。他瞪著他們，好像以爲自己產生了幻覺，接著一言不發轉過身去，掏出對講機。那個衛兵顯然不相信他原先接到的命令，朝對講機另一頭的人急切說著話。蘭登聽不清對講機裡傳來的憤怒吼聲，但表達的意思非常清楚。那個衛兵沒了勁兒，把對講機收起，轉向他們，一臉不滿。

衛兵領著他們進入那棟大樓，半個字都沒說。他們經過了四道鋼門，開了兩道門鎖，走下一道漫長的階梯，進入一個門廳，裡頭有兩組數字輸入鍵盤。經過了一連串高科技的電子門，他們來到了一條長廊的盡頭，面對著一道寬闊的橡木雙扇門。那個衛兵停下腳步，又仔細看了他們一眼，然後喃喃嘀咕著走向一個牆上的金屬盒。他打開盒鎖，伸手進去，按了一串密碼。他們面前的門發出嗡嗡聲，門閂打開了。

那個衛兵轉過來，這才頭一回對著他們講話。「這扇門裡面就是檔案室。我奉命護送你們到這裡爲止，然後馬上回去參加另一件事的任務指示簡報。」

「你要走了？」薇多利雅問。

「通常瑞士衛兵團是不准進入祕密檔案室的。你們會在這裡，是因爲我們指揮官接到總司庫的一項直接命令。」

「可是待會兒我們要怎麼出來？」

「單向保全。你們出去不會有問題的。」對話到此爲止，那名衛兵腳跟一旋往後轉，然後大步沿著長廊走出去。

薇多利雅說了些什麼，但蘭登沒聽到。他全神貫注在眼前那道雙扇門上，很想知道門後藏著什麼祕密。

47

儘管心知時間緊迫，但卡羅・凡特雷思卡總司庫仍緩步走著。在開場禱告之前，他需要時間獨處，好好整理思緒。發生太多事情了。他朦朧而孤單的身影走向北翼樓，過去十五天的種種挑戰沈重地壓在他的身軀上。

他遵循著自己的神聖使命，每一步都切實做到了。

按照梵蒂岡的傳統，教宗過世之後，總司庫親自把手指放在教宗的頸動脈，再傾聽是否還有氣息，然後喊教宗的名字三次，以證實教宗已經死亡。按照法律，不會進行解剖。接下來他會封起教宗的臥室，毀掉教宗的漁人圖章戒指，銷毀以前用來製造鉛封的印模，然後安排葬禮。

閉門會議，他心想。最後一關了。這是基督教世界最古老的傳統。時至今日，由於閉門會議的結果通常在開會前就已經曉得，所以整個會議過程也被批評爲早已老朽過時——比較像個滑稽雜劇，而非一場選舉。然而總司庫知道，這只是因爲缺乏了解。閉門會議不是一場選舉，而是一場古老、神祕的權力轉移。這個傳統是永恆不過時的……保密狀態、摺起來的紙條、焚燒選票、摻入古老的化學物質、冒出的煙霧訊號。

總司庫經過國瑞十三世涼廊時，好奇著莫塔提樞機主教是不是開始緊張了。莫塔提當然會注意到四位候選人不見了。沒有這四個人，投票持續一整夜也不會有結果。總司庫提醒自己，莫塔提當上「大選舉官」是個好人選。他的思想開明，而且向來直言不諱。今晚的閉門會議比往常更需要一個領袖。

總司庫來到皇家階梯的頂端時，覺得彷彿站在自己生命中的斷崖邊緣。即使遠在這裡，他也聽得見下方西斯汀禮拜堂的嘈雜動靜——一百六十五位樞機主教不安地交談著。

應該是一百六十一位樞機主教，他默默糾正自己。

那一瞬間，總司庫往下落，筆直墜入地獄，人們尖叫著，火焰吞噬了他，天上降下了石頭和血雨。

然後是一片寂靜。

小孩醒來時，發現自己置身於天堂。他四周一切都是白的，光線眩目又純淨。儘管有人說十歲的小孩不可能知道什麼是天堂，但年幼的卡羅·凡特雷思卡非常了解天堂。他現在就在天堂裡，否則這還能是哪裡？雖然在人間只有短短十年，但卡羅已經感受到天主的偉大——雷鳴般的管風琴、高聳的圓頂、悠揚響起的歌聲、彩繪玻璃、閃閃發光的青銅和黃金。卡羅的母親瑪麗亞每天都帶他去參加彌撒，教堂就是卡羅的家。

「爲什麼我們每天都要參加彌撒？」卡羅問，但他滿心願意天天去參加。

「因爲我承諾過天主。」她回答。「一切承諾中，對天主的承諾是最重要的。絕對不能打破對天主的承諾。」

卡羅承諾母親，他永遠不會打破對天主的承諾。他愛母親勝於世上一切。母親是他的神聖天使。有時他會喊她『眞福瑪麗亞』——即聖母馬利亞——不過她一點也不喜歡他這樣喊。她禱告時，卡羅跪在她旁邊，嗅著她肌膚的汗水味兒，聆聽她細數玫瑰念珠的溫柔低語聲。*真福馬利亞，天主之母……為我們罪人禱告……此時與我們死亡之時。*

「我父親在哪裡呢？」卡羅問，他知道父親在他出生前就過世了。

「現在，天主就是你的父親。」她總是這麼回答。「你是教會的孩子。」

卡羅喜歡這個回答。

「每當你感到害怕的時候，」她說：「記住天主現在就是你的父親。祂會永遠照看你、保護你。天主對你有遠大的計畫，卡羅。」男孩知道母親說得沒錯。他已經可以感覺到天主就在他的血液中。

血……

血雨從天而降！

一片靜默，然後是天堂。

當眩目的光熄滅，卡羅才知道，他的天堂其實是西西里島帕勒摩城外「聖佳蘭醫院」的加護病房。一場恐怖份子的炸彈攻擊，炸垮了他和母親度假時去望彌撒的那個禮拜堂，卡羅是唯一的倖存者。共有三十七人死亡，包括卡羅的母親。報上說卡羅的倖存是聖方濟的奇蹟。因爲在爆炸前沒多久，卡羅恰好從母親的身邊溜開，偷偷進入一個受保護的凹室，去看一張描繪聖方濟故事的掛毯。

天主召喚我到那兒，他判定。他想救我。

卡羅痛得神智不清發囈語。他還看得見母親，跪在教堂裡有跪台的靠背長椅上，向他拋了個飛吻，然後隨著一聲天搖地動的轟響，她發出甜香的身體被扯碎了。他仍嚐得到人類的邪惡。血雨從天而降。他母親的血！眞福瑪麗亞！

天主會永遠照看你、保護你。他母親告訴過他。

但現在天主在哪裡！

然後，彷彿他母親的話有了世俗的應驗形式，一個神職人員來到醫院。他不是隨便的尋常神職人員，而是一名主教。他爲卡羅祈禱。聖方濟的奇蹟。卡羅復元後，那位主教安排他住進自己所主持那所主教堂轄下附屬的小修道院。卡羅和修道院裡的隱修士一起生活、學習。他甚至成爲他的新保護人的輔祭男童。主教建議卡羅進入公立學校，但卡羅拒絕了。他待在這個新家眞是再快樂不過了，現在他眞的住在天主的寓所了。

卡羅每天晚上都爲母親禱告。

天主救我是有理由的，他心想。是什麼理由呢？

卡羅滿十六歲時，按照義大利的法律規定，必須接受兩年的預備役軍事訓練。主教告訴卡羅，如果他進入神學院，就可以不必服兵役。卡羅告訴神父，他是打算進入神學院沒錯，但首先他得對邪惡有所了解。

主教不明白他的意思。

卡羅告訴他，如果他打算一生待在教會裡與邪惡作戰，他就得先了解邪惡是什麼。而若要了解邪惡，他想不出任何比軍隊更好的地方。軍隊裡使用槍和砲彈。*殺死我的神聖母親的，就是炸彈！*

主教想勸阻他，但卡羅心意已決。

「保重，孩子。」主教告訴他。「你退伍時，別忘了教會等著你。」

卡羅服役的那兩年過得非常糟糕。青春期的卡羅性好沈默省思。但在軍隊裡面卻沒有讓他省思的安靜環境。無盡的噪音，到處都是巨大的機器，沒有片刻的安寧。雖然營區裡的士兵每星期會去參加一次彌撒，但卡羅卻無法在任何同袍身上感受到天主的存在。他們的心裡充滿了太多混亂，無法看見天主。

卡羅痛恨他的新生活，很想回家。但他決心要熬下去，因爲他還沒了解邪惡。他拒絕開槍，所以軍隊訓練他開醫護用直升機。卡羅痛恨直升機的噪音和氣味，但至少他可以飛到天上，更接近他母親所在的天堂。當卡羅得知飛行員訓練也包括要學會跳傘，他嚇壞了。然而，他別無選擇。

天主會保護我，他告訴自己。

卡羅的第一次跳傘是他畢生最振奮的身體經驗，那就像是跟天主一起飛翔。卡羅真恨不得多跳幾次……

……那種寧靜……那種飄浮……飛向地面時看著母親的臉在滾滾的白雲間。*天主對你有計畫，卡羅。*退伍後，卡羅進了神學院。

那是二十三年前了。

此刻，卡羅·凡特雷思卡走下皇家階梯，一邊想理清引領他來到這個非凡轉折點的一連串事件。

拋開一切畏懼，他告訴自己，*將這一夜交付給天主。*

現在他看得到西斯汀禮拜堂那扇巨大的青銅門了，門前有四名瑞士衛兵守護著。衛兵打開門閂，拉開了門。裡頭的每個人都轉過頭來。總司庫看著那一片黑色長袍和紅色腰繫帶，明白了天主對他的計畫是什麼。教會的未來命運就在他的手上。

總司庫畫了個十字，跨進門去。

48

BBC電視網的轉播車停在聖彼得廣場東端，BBC記者甘瑟．葛立克滿頭大汗坐在車上，詛咒他的採訪調派編輯。雖然葛立克已經收到了他第一個月工作表現的評語，上頭充滿了最高級的形容詞——機智、敏銳、可靠——但他卻被派來梵蒂岡「等教宗」。他提醒自己，比起在《英國八卦通》瞎掰材料，現在替BBC跑新聞要更有專業信譽得多，但眼前這個卻不是他想做的報導。

葛立克的任務很簡單，簡單得簡直是侮辱人。他就坐在這裡，等著一群臭老頭選出他們下一任臭老頭領袖，然後他就走到轉播車外，錄一段以梵蒂岡為背景的十五秒鐘「現場」畫面。

好極了。

葛立克簡直不敢相信BBC還在派記者到現場來報導這種無聊新聞。今晚就看不到美國電視網派人來這裡，媽的就是沒有！這是因為人家曉得事情該怎麼做。他們會看CNN，剪輯重要片段，然後在藍幕前頭拍他們的「現場」報導，再配上資料帶當背景。MSNBC有線頻道甚至還在攝影棚內用機器做出風雨，好製造出記者在現場的逼眞感覺。觀眾再也不要求眞相了；他們只想要娛樂。

葛立克望向擋風玻璃外，隨著時間過去，他感覺愈來愈沮喪。梵蒂岡的代表性建築物就在他面前聳立，彷彿陰沉地提醒他，只要認眞去做，人類可以達到什麼樣的成就。

「我的人生有什麼成就？」他大聲質疑著。「什麼都沒有。」

「那就放棄嘛。」他身後傳來一個女人的聲音。

葛立克驚跳起來，他差點忘了車裡還有別人。他轉向後座，攝影師雪妮塔．梅可瑞正沈默地坐在那兒擦著她的眼鏡。她老在擦眼鏡。雪妮塔是個黑人，雖然她比較喜歡「非洲裔美國人」這個稱呼。她塊頭有點大，而且聰明得要命——這點她不會讓你忘記的。她是個怪人，但葛立克喜歡她。何況葛立克很確定自己很需要個伴。

「有什麼煩惱嗎，甘瑟？」雪妮塔問。

「我們在這裡是要幹嘛？」

她繼續擦眼鏡。「見證一個刺激的事件。」

「一群老頭子關在烏漆抹黑的房間裡，這叫刺激？」

「你曉得自己以後會下地獄，對吧？」

「我已經在地獄裡了。」

「跟我談談嘛。」她那副口吻簡直像他老媽。

「我只是希望能做出有影響力的事情。」

「你幫《英國八卦通》寫過報導啊。」

「是唷，可是卻沒有引起任何迴響。」

「喔，拜託，我聽說你寫過一篇很有獨創性的報導，有關女王和外星人的祕密性生活。」

「謝了。」

「嘿，情況在好轉了。今天晚上你要錄你個人電視史上的第一個十五秒畫面耶。」

葛立克悶哼了一聲。他已經可以預料電視主播說什麼了。「謝謝甘瑟，好報導。」然後主播會轉轉眼珠，接下去播氣象。「我該找個主播工作的。」

梅可瑞笑了起來。「你有經驗嗎？還有你那一臉大鬍子？得了吧。」

葛立克摸摸下巴大片的紅褐色鬍子。「我覺得這些鬍子讓我看起來很聰明哩。」

幸虧轉播車上的手機響了起來，打斷了葛立克另一次註定失敗的舌戰。「或許是編輯台打來的，」他說，忽然充滿希望，「你看他們會想要一段最新的現場畫面嗎？」

「針對這個新聞？」梅可瑞大笑。「繼續做你的大頭夢吧。」

葛立克用他的最佳主播嗓音接了電話。「甘瑟・葛立克，ＢＢＣ，在梵蒂岡城現場。」

電話那頭的男子帶著很重的阿拉伯口音。「仔細聽著，」他說：「我很快就要改變你的一生了。」

49

蘭登和薇多利雅孤零零站在那道通往祕密檔案室內室的雙扇門前。這條柱廊的裝潢是不協調的混合，大理石地板上鋪滿了地毯，天花板上雕刻的普智天使旁安裝了一個無線保全攝影機往下照。蘭登暗想這可以稱之爲「乏味的文藝復興風格」。拱頂入口旁掛著一個小小的青銅牌。

梵蒂岡檔案室
館長，賈奇・托馬索神父

*賈奇・托馬索神父。*蘭登是從他家裡書桌上那些駁回申請的信件裡，得知這位館長的名字。*親愛的蘭登先生，很遺憾寫信拒絕……*

遺憾。*遺憾個屁！*自從賈奇・托馬索上任以來，蘭登就從沒碰到過一個非天主教徒的美國學者能獲准進入梵蒂岡祕密檔案室。歷史學者們都稱他爲「王牌守衛」。賈奇・托馬索是全世界最難纏的圖書館員。

蘭登推開門，穿過那個拱頂入口，進入內室，他還半期待著會見到賈奇神父全副軍裝鋼盔，帶著火箭砲站在那裡守衛。然而裡頭空無一人。

一片寂靜，燈光柔和。

*梵蒂岡檔案室。*他畢生的夢想之一。

蘭登望著這個神聖的房間，第一個反應是有點不好意思。他明白自己原來有多麼幼稚又浪漫。多年來他腦中對這個房間所懷有的想像畫面，眞是離譜得無以復加。他曾想像灰塵遍佈的書架上堆疊得高高的破爛書冊，神父伴著燭光和彩繪玻璃在編目，隱修士埋頭鑽研書卷……

差得可遠了。

乍看之下，這個房間像個沒開燈的黑暗飛機棚，裡頭建了十來個獨立式的壁球場。蘭登當然知道那些玻璃牆小隔間是什麼。他看到時一點也不覺得驚訝；溼氣和熱氣會侵蝕古代的羊皮紙和精緻犢皮紙，若想適當的保存，就得採用這類密封書庫——密閉式的小隔間，阻絕溼氣和空氣中天然的酸性物質。蘭登曾多次進入密封的書庫，但那始終是個令人不安的經驗……差不多就像是進入一個密閉式容器，裡頭的氧氣由資料圖書館員控制。

書庫裡很暗，甚至是鬼影幢幢，只有每個書架盡頭那盞小小的半圓形燈照出模糊的輪廓。在每個昏暗的小房間中，蘭登感覺到巨大的幽靈，一排接一排聳立的書庫滿載著歷史，這批藏書可的確是驚人。

薇多利雅也覺得眼花了。她站在蘭登旁邊，靜靜看著那些巨大的透明方室。

時間很短，蘭登毫不浪費時間，馬上就掃視這個昏暗的房間一圈，想找一本書目——一本裝訂起來的索引，列出這個圖書館的藏書目錄。他只看到幾台散佈在房裡各處的電腦終端機發著微光。「看來他們也買了編目軟體，索引已經電腦化了。」

薇多利雅的表情充滿希望。「這樣應該可以加快速度。」

蘭登眞希望能像她那麼樂觀，但他感覺到眼前情況不妙。他走到一台終端機前，開始打字。他的恐懼立刻獲得證實。「還是老派方法比較好。」

「爲什麼？」

他離開那個電腦螢幕。「因爲真書不會有密碼保護。我想物理學家不會是天生的駭客吧？」

薇多利雅搖搖頭。「我能破解的，大概就只有帶殼的生蠔了。」

蘭登深深吸了口氣，轉身面對著那些透明房間裡的怪異藏書。他走到最接近的一個，瞇著眼睛望向裡頭的一片昏暗。玻璃牆裡頭是一堆模糊的影子，蘭登看得出來是書架、裝羊皮紙的盒子，還有閱覽桌。他抬頭望著每個書庫盡頭被燈照亮的指示標籤。就像所有的圖書館一樣，那些標籤指示出那排書的內容。他沿著透明牆往下走，一面閱讀著那些標題。

伯多祿隱修士……十字軍東征……伍朋二世……黎凡特……

「他們有標籤，」他邊走邊說：「但不是照作者的字母排序。」他不意外。古代檔案室幾乎都不會按照字母順序編目，因爲有太多不知名的作者。書名也行不通，因爲很多歷史文獻沒有標題，或者是羊皮紙殘片。大部分的編目法都是按照時間順序排列。然而棘手的是，眼前這個檔案室顯然也不是按照時間順序編目的。

蘭登感覺到寶貴的時間正在分秒流逝。「看起來梵蒂岡好像有自己的一套系統。」

「還眞是想不到哩。」

他再度檢視標籤。那些文獻的年代跨越數世紀，但他明白，所有的關鍵字彼此間都有相互關係。「我想這個檔案室是採用主題式分類法。」

「主題式？」薇多利雅說，口氣就像個意見不合的科學家。「好像很沒效率。」

事實上……蘭登心想，更深入思考這個問題。這大概是我見過最精明的編目法。他老是逼學生要了解一段藝術時期的全盤大局和主題，不要迷失在日期和特定作品的瑣碎細節中。而眼前的梵蒂岡檔案室，似乎是按照類似的原理進行編目。提綱挈領……

「這個書庫裡的一切，」蘭登說，現在他覺得比較有信心了，「幾世紀以來的資料，都是跟十字軍東征有關的。這就是這個書庫的主題。」他明白了，一切都在裡頭。歷史紀錄、信件、藝術作品、社會政治的資料、現代的分析。全都放在一起……鼓勵人們深入了解一個主題。太明智了。

薇多利雅皺起眉頭。「但一份資料可以同時牽涉到好幾個不同的主題。」

「這就是爲什麼他們用取代標誌做交互參照。」蘭登指向玻璃牆內插在文獻裡頭的彩色塑膠標籤。「這些標籤指出次要文獻放在其他地方，歸屬在其他的首要主題之下。」

「好吧。」她說，顯然沒聽進去。她雙手扶在臀上，審視著這個巨大的空間。然後她望著蘭登。「所以，教授，你在找的這個伽利略作品，叫什麼名字？」

蘭登忍不住微笑起來。他還是無法相信自己竟然站在這個房間裡。那份資料就在這兒了，他心想。就在這片黑暗中的某處，正在等待著。

「跟我來。」蘭登說。他輕快沿著第一條走道往前，檢查每個書庫的指示標籤。「記得我告訴過你有關『光明路徑』的事情嗎？光明會是怎麼採用一個精心設計的考驗去徵募新會員的？」

「尋寶遊戲。」薇多利雅說，緊緊跟在他後面。

「對光明會來說，困難之處就在於他們把那些考驗的指標安頓就位後，還必須設法告訴科學家圈子有這個路徑的存在。」

「那當然。」薇多利雅說。「否則就沒有人曉得要去找這條路徑了。」

「沒錯，而且就算科學家們曉得這條路徑的存在，也不會曉得該從哪裡開始。羅馬城很大。」

「是啊。」

蘭登繼續沿著下一條走道往前，邊說邊檢查標籤。「大約十五年前，巴黎索邦大學的幾個歷史學家和我發現了一連串光明會的信件，充滿了有關segno的指涉。」

「就是『指示牌』。宣佈那條路徑存在、以及該從何處開始的通告。」

「沒錯。自從我們發現了那批信件後，包括我在內的許多光明會研究者又陸續發現了其他有關『指示牌』的資料。現在一般已經確定，這個線索的確存在，而且伽利略大量把這個指示牌散播到科學家圈子裡，梵蒂岡一直都不知情。」

「怎麼可能？」

「我們不確定，但很可能是透過印刷發表的方式。他歷年來發表了許多書和通訊。」

「梵蒂岡一定會看到的，這樣很危險。」

「的確。但是『指示牌』還是散發出去了。」

「可是從來沒有被發現嗎?」

「對。不過奇怪的是，所有暗示『指示牌』的資料，不管出現在哪裡——共濟會日誌、古代科學期刊、光明會信件——全都提到了一個數字。」

「六六六?」

蘭登笑了。「其實是五〇三。」

「表示什麼?」

「我們沒有人想得透。我開始對五〇三這個數字著迷，試過各種辦法去找出這個數字的意義——命理學、地圖格參照指標、緯度。」蘭登走到那條走道的盡頭，繞過轉角，邊講邊迅速檢查下一排標籤。「有很多年，唯一的線索似乎只是五〇三這個數字的起頭是五……神聖的光明會數字之一。」他停下來。

「我有個感覺，你最近琢磨出這個數字的意義了，所以我們才會在這裡。」

「答對了。」蘭登說，讓自己享受一下爲成就得意的難得時刻。「你知道伽利略寫過一本名叫《對話》(*Diálogo*)的書嗎?」

「當然知道。在科學家之間很有名，認爲那本書是對科學最大的背叛。」

背叛不會是蘭登的想法，但他明白薇多利雅的意思。在一六三〇年代早期，伽利略想出版一本書，贊同哥白尼所主張以太陽爲中心的日心體系，但梵蒂岡不會允許這樣的一本書出現，除非伽利略在書中也以同樣有說服力的證據談教會的地球中心說——伽利略明知道這個說法絕對是錯的。別無選擇之下，伽利略只能默默順從教會的要求，然後出版了一本書，針對正確和不正確的體系都有同樣的篇幅。

「你或許知道，」蘭登說：「儘管伽利略妥協了，但《對話》仍然被視爲異端，梵蒂岡於是將他軟禁起來。」

「好人沒好報。」

蘭登微笑。「的確沒錯。不過伽利略還是堅持下去。在被軟禁期間，他偷偷寫了一本比較沒名氣的書稿，學者通常都把它跟《對話》搞混。這本書叫做《論述》（*Discorsi*）。」

薇多利雅點點頭。「我聽過。就是《潮汐論述》。」

蘭登頓了一下，很驚訝她聽過這份有關行星運行及其對潮汐之影響的冷僻著作。

「嘿，」她說：「別忘了我可是義大利裔的海洋物理學家，而且還有個崇拜伽利略的父親。」

蘭登笑了。但無論如何，《論述》不是他們要找的書。蘭登向薇多利雅解釋，《論述》不是伽利略被軟禁期間的唯一著作。歷史學家相信，他另外也寫了一本冷僻的小冊子《圖解》（*Diagramma*）。

「書名是《眞相圖解》。」蘭登說。

「沒聽過。」

「也難怪。《圖解》是伽利略最隱祕的著作——據稱是一些有關科學事實的論文，他認爲那些是眞相，教會卻禁止他發表。就像伽利略之前的某些書稿一樣，《圖解》由他的一個朋友私下運出羅馬，偷偷在荷蘭出版。那本小冊子在歐洲科學的祕密圈子廣爲流傳。然後梵蒂岡得到風聲，就開始了查禁的焚書行動。」

現在薇多利雅一臉好奇的表情。「你認爲《圖解》裡面有線索？那份『指示牌』，有關『光明路徑』的資訊。」

「我確定的是，伽利略是透過《圖解》散出消息的。」蘭登走到第三排書庫，繼續檢查指示標籤。「很多檔案管理員想尋找《圖解》已經找很多年了。但由於梵蒂岡焚書，加上那本小冊子的低等持久度，那本小冊子已經從地球上消失了。」

「低等持久度？」

「耐久性。檔案管理員會針對各種文獻的結構完善程度，給予從一到十的評分。《圖解》是印在莎草紙上，紙質就像衛生紙。通常撐不到一百年。」

「爲什麼不用比較堅韌的紙？」

「這是伽利略要求的，爲了要保護他的追隨者。這麼一來，任何手上有書的科學家若碰到追查，就可以把書扔到水裡，這本小冊子就會溶解。這對銷毀證據很有用，但對檔案管理員來說就慘了。一般相信，十八世紀之後，全世界就只剩下一本《圖解》了。」

「一本？」薇多利雅一時之間似乎完全被迷住了，她環視房裡一圈。「在這裡嗎？」

「從荷蘭沒收來的，就在伽利略死後不久。自從我知道那本書在這裡，就不斷申請想來看那本書，到現在有好幾年了。」

薇多利雅好似看透了蘭登的心，開始到走道另一邊檢查另一邊的書庫，把兩人的速度加倍。

「謝了。」蘭登說。「檢查參照標籤上有沒有關於伽利略、科學、科學家的標題。你看到就會曉得了。」

「沒問題，但你還沒告訴我，你是怎麼琢磨出線索就在《圖解》裡頭的。跟你老在光明會信件裡看到的那個數字有關嗎？五〇三？」

蘭登微笑。「沒錯。我花了些時間，但終於搞懂了五〇三是一種簡單的密碼，清楚地指向《圖解》。」霎時間，蘭登又回到那個意外獲得天啓的時刻：八月十六日，兩年前。當時他正站在湖邊，參加一個同事兒子的婚禮。水面傳來風笛的樂聲，婚禮派對中，新人以獨特的方式進場……搭著平底船過湖而來。那艘船上裝飾著繽紛的花朵和花環。船身漆著大大的羅馬數字——DCII。

蘭登對這數字感到好奇，問了新娘的父親。「六〇二是什麼？」

「六〇二？」

蘭登指指那艘船。「DCII在羅馬數字裡，不就是六百零二嗎？」

那個人大笑。「那不是羅馬數字，而是那艘船的名字。」

「就叫DCII？」

那名男子點點頭。「意思是迪克（Dick）與康妮（Connie）二號。」

蘭登覺得很糗大，迪克和康妮是那對新人的名字。船名顯然是要向他們致意的。「那迪克與康妮一號怎麼了？」

那名男子哀嘆了一聲。「昨天婚禮彩排午餐會的時候沈船了。」

蘭登笑了。「眞遺憾。」他又望向那艘平底船。DCII，他心想。像個袖珍版的QEII。（譯註：知名的超豪華遊輪「伊麗莎白二世女王號」（Queen Elizabeth II）的縮寫，船身便漆著QEII字樣。）過了一秒鐘，他忽然想到了。

此刻蘭登轉向薇多利雅。「五〇三，」他說：「就像我剛剛提過的，是個密碼。那是光明會的設計，好用來隱藏實際上所指的羅馬數字。五百零三在羅馬數字裡就是——」

「DIII。」

蘭登抬頭望了一眼。「眞快。拜託可別跟我說你也是光明會會員。」

薇多利雅笑了。「我都用羅馬數字給海洋生物層編碼。」

當然了。蘭登心想。我們不都是這樣嗎。

薇多利雅望過來。「所以DIII的意思是什麼？」

「DI和DII和DIII都是非常古老的縮寫。古代科學家用來區別伽利略那三本最容易被搞混的文獻。」

薇多利雅倒抽了口氣。「《對話》（*Diálogo*）……《論述》（*Discorsi*）……《圖解》（*Diagramma*）。」

「D—一。D—二。D—三。全都是科學著作，全都是引起爭議的。五〇三就是DIII。《圖解》，他的第三本書。」

薇多利雅一臉困惑。「但有件事還是說不通。如果這個指示牌，這個線索，這個有關『光明路徑』的宣傳廣告，果眞就在伽利略的《圖解》中，那爲什麼梵蒂岡沒收那些書的時候，卻沒有看到呢？」

「他們可能看到了，卻沒察覺。記得光明會的指標嗎？把東西藏在尋常可見的地方？偽裝？『指示牌』顯然就是以相同的方式隱藏——尋常可見。不是有心找的話，就根本看不見。對於那些不了解的人來說，也同樣看不見。」
「這表示什麼？」
「表示伽利略藏得很好。根據歷史紀錄，『指示牌』是以一種光明會稱之爲『純潔的語言』的形式展現的。」
「純潔的語言？」
「沒錯。」
「數學嗎？」
「我也是這麼猜，好像很明顯。伽利略畢竟是個科學家，他寫的東西也是給科學家看的。數學應該是用來表達這個線索的合理語言。那本小冊子叫《圖解》，所以數學圖解或許也是密碼的一部份。」
薇多利雅的口氣好像只更樂觀一點點。「我想伽利略是有本事設計出某些數學密碼，讓神職人員不會注意到。」
「你好像不太相信。」蘭登邊說邊沿著那排書架往下走。
「是啊，但主要是因爲你自己也不相信。如果你對DIII這麼有把握，那爲什麼不發表？這樣某個有辦法進入梵蒂岡檔案室的人老早就可以進來這裡，查閱那本《圖解》了。」
「我不想發表。」蘭登說。「我很努力找到了這些資訊，而且——」他停了下來，覺得難爲情。
「你想要那份發現的榮譽。」
蘭登覺得臉一熱。「這是一種說法沒錯。只不過是……」
「不必這麼不好意思，你是在跟一個科學家說話，一般總說『不發表，就完蛋』。在歐洲核子研究中心，我們說是『不證實，就悶死。』」
「不光是因爲我想當第一個發現的人。我也擔心如果錯誤的人發現了那份資訊在《圖解》裡，可能線索就會消失。」

「你指的錯誤的人，就是梵蒂岡的人嗎？」

「倒不是他們有什麼不對，但教會向來低估光明會的威脅。在二十世紀時，梵蒂岡甚至低估到宣稱光明會只是虛構的，是想像力太過豐富的產物。神職人員的顧慮或許是對的，他們認爲基督徒最不需要知道的，就是過去曾經有個非常強大的反基督教運動滲透到他們的銀行、政治、和大學裡。」應該用現在式，羅柏，他提醒自己。現在有個非常強大的反基督教運動滲透到他們的銀行、政治、和大學裡。

「所以你認爲，梵蒂岡會毀掉任何能證實光明會威脅的證據？」

「很可能。任何威脅不論是眞實或虛構的，都會削弱人們對教會權力的信心。」

「還有一個問題。」薇多利雅暫時停下看著蘭登，好像他是個外星人。「你是認真的嗎？」

蘭登也停下腳步。「你指的是什麼？」

「我指的是，這真的是你拯救一切的計畫嗎？」

蘭登不確定她眼中的神色是覺得他可憐又可笑，還是驚駭至極。「你指的是找到《圖解》那本書？」

「不，我指的是找到《圖解》、找出一個四百年前的『指示牌』在哪裡、解開某些數學密碼，然後循著一條只有史上最聰明的科學家才有辦法找到的古老藝術路徑……全部要在接下來四小時內完成。」

蘭登聳聳肩。「你有其他建議的話，我也很願意聽聽看哪。」

50

羅柏·蘭登站在檔案室的九號書庫外頭，閱讀著書架上的標籤。

第谷……克拉維烏斯……哥白尼……克卜勒……牛頓……

他又看了那些名字一遍，忽然覺得很不安。這些都是科學家……可是伽利略在哪裡？

他轉向正在檢查另一個書庫的薇多利雅。「我發現了我們要找的主題，但是伽利略的名字漏掉了。」

「沒有漏掉。」她說，皺著眉移向下一個書庫。「他就在這裡。但我希望你帶了你閱讀的眼鏡來，因爲這整個書庫都是有關他的。」

蘭登跑過去。薇多利雅說得沒錯，十號書庫的每個指示標籤上，都有同樣的關鍵字。

伽利略訴訟案

蘭登吁了口氣，現在明白爲什麼伽利略有個專門的書庫了。「伽利略事件，」他驚異地透過玻璃望向昏暗的書架輪廓，「梵蒂岡歷史上最昂貴的法律訴訟案。耗時十四年，花了六億里拉。全都在這裡了。」

「法律文獻可真不少。」

「我想幾世紀來，律師的演化並不大。」

「鯊魚也一樣。」

蘭登大步走向書庫側邊的一個黃色大按鈕，他按下去，書庫裡一排頂頭燈發出嗡嗡聲亮了起來。燈是暗紅色的，把透明的四方形書庫轉成暗紅色的小格子……裡面充滿高聳的書架。

「老天，」薇多利雅說，一臉毛骨悚然的表情，「怎麼像是曬日光浴的紅外線烤箱啊？」

「羊皮紙和精製犢皮紙會褪色，所以書庫照明通常都用暗色燈光。」

「這種地方會把人逼瘋。」

說不定還更糟，蘭登一面想著，一面走向書庫唯一的入口。「簡單警告你一聲。氧氣是一種氧化劑，所以密封的書庫裡只有很少量的氧氣。裡頭是局部眞空，你會覺得呼吸比較費力。」

「嘿，那些老樞機主教都能撐過去了。」

的確，蘭登心想。希望我們也同樣幸運。

書庫入口是一道電子旋轉門。蘭登注意到，這個門如同一般常見的設計，旋轉門中軸有四個鈕，每個隔間都有一個。按一個鈕，自動門就會開始轉半圈才停下——這是個標準的程序，以保持內部空氣流通。

「我進去之後，」蘭登說，「你就按下那個鈕，跟在我後面進去。裡頭的溼度只有百分之八，所以你要有心理準備，可能會覺得口乾舌燥。」

蘭登走進旋轉門小隔間，按下那個鈕。門大聲嗡響起來，開始旋轉。蘭登隨著門往前，準備迎接每次進入密閉書庫之後，身體在前幾秒所歷經的震撼感。走進密封的檔案室就像從海平面立刻升到兩萬呎高度，常會有惡心感和輕微的頭暈。視線一模糊，就彎下腰，他默念檔案管理員流行的箴言提醒自己。他覺得耳膜發出爆響。然後是一陣空氣的嘶嘶聲，旋轉門停下。

他進去了。

蘭登第一個感受是裡面的空氣比他預期的還要稀薄。梵蒂岡對待檔案室好像比其他地方更謹愼。蘭登努力抵抗著那股作嘔的本能，放鬆自己的胸部，減少肺部微血管膨脹的不適。那種緊張感很快就過去了。海豚上場了，他想著，很高興自己每天游泳五十趟來回畢竟是有好處的。現在呼吸正常些了，他轉頭看看這個庫房。儘管有透明的玻璃外牆，他卻感覺到一股熟悉的焦慮。我在一個箱子裡，他心想。一個血紅的箱子裡。

身後的門發出嗡聲，蘭登回頭看著薇多利雅進來。她一進入室內，眼睛立刻變得溼溼的，而且開始喘了起來。

「稍微等一會兒。」蘭登說。「如果你覺得頭暈，就彎下腰。」

「我……覺得……」薇多利雅哽著說不出話來，「好像我在……用水肺潛水……可是帶錯了……氧氣筒。」

蘭登等著她適應。他知道她沒問題的。薇多利雅顯然身體狀況非常好，不像有回蘭登護送進入哈佛大學懷德納圖書館內密閉式書庫那名腳步蹣跚的雷克里夫學院老校友。那趟旅程的最後收場是，那位老女人氣喘得差點吞下了自己的假牙，然後蘭登爲她做口對口人工呼吸。

「覺得好些了嗎？」他問。

薇多利雅點點頭。

「我搭過你們那架該死的太空飛機，所以我想我欠你一次。」

「說得好。」

蘭登伸手到門邊的盒子，拿出幾隻白色的棉手套。

「這場合有這麼愼重嗎？」薇多利雅問。

「手指頭上會有酸性物質。我們要戴著手套才能翻閱文獻。你也要戴。」

薇多利雅戴上了手套。「我們有多久時間？」

蘭登看看他的米老鼠手錶。「現在剛過七點。」

「我們得在一個小時內找到這玩意兒。」

「事實上，」蘭登說：「我們沒有那麼多時間。」他指著頭上的一根過濾式氣管。「通常只要有人進入書庫，館長就會打開一個復氧系統，但今天館長不在。只要二十分鐘，我們就會把氧氣用光了。」

薇多利雅蒼白的臉在紅色燈光下格外明顯。

蘭登笑了笑，撫平手套。「威特拉女士，不證實，就悶死。米老鼠在滴答往前走嘍。」

51

BBC記者甘瑟·葛立克瞪著手上的手機十秒鐘，才終於掛斷。

雪妮塔·梅可瑞從廂型車後頭打量著他。「怎麼了？誰打來的？」

葛立克頭轉過來，覺得自己像個剛收到聖誕禮物的小孩，害怕那個禮物其實不是要給他的。「我剛剛接到有人爆料。梵蒂岡裡頭發生大事了。」

「那件事叫做閉門會議。」雪妮塔說。「好犀利的爆料。」

「不，還有別的事。」很大條的事。葛立克納悶著，那個來電者剛剛說的故事有可能是真的嗎？然後猛然醒覺自己正在祈禱那是真的，不禁覺得羞愧。「如果我告訴你，有四個樞機主教剛被綁架，而且今天晚上會在四個不同的教堂被謀殺，你覺得怎麼樣？」

「我會說，你被電視台裡哪個幽默感很病態的傢伙給耍了。」

「那如果我告訴你，有人會告訴我們第一樁謀殺案的確實地點呢？」

「那我會問你剛剛到底是誰打來的？」

「他沒說。」

「或許因爲他根本是在唬爛？」

葛立克早預料到梅可瑞的挖苦，但她忘了葛立克過去近十年在《英國八卦通》是成天跟騙子和瘋子打交道。這個來電者既不是騙子也不是瘋子。那男子冷靜又理智，邏輯清晰。快八點的時候，我會打電話給你，那名男子剛剛說，到時候我會告訴你第一樁殺人事件會發生在哪裡。你拍到的畫面會讓你一舉成名。

葛立克問來電者爲什麼要給他這個情報，對方的回答冷冰冰，一如他的中東腔調。新聞媒體是無政府狀態的最大幫手。

「他還告訴我別的事情。」葛立克說。

「什麼事？貓王剛當選教宗嗎？」

「幫我連上ＢＢＣ資料庫好嗎？」現在葛立克大量分泌著腎上腺素。「我想看看這些傢伙以前有什麼相關報導。」

「什麼傢伙？」

「你就遷就我一下嘛。」

梅可瑞嘆了口氣，動手連上ＢＢＣ資料庫。「連線得花一分鐘。」

葛立克的腦袋還暈暈的。「打電話來的人很想知道我有沒有帶拍攝師傅。」

「請說攝影師。」

「還問我們能不能傳送現場畫面。」

「一點五三七兆赫，問這做什麼？」資料庫的嗶嗶聲響起。「好吧，我們連上線了。你要查的是誰？」

葛立克告訴她關鍵字。

梅可瑞轉過頭來瞪大眼睛。「我非常非常希望你是在開玩笑。」

52

十號檔案庫的內部結構不像蘭登所期望的那麼一目了然，《圖解》的書稿顯然也沒跟伽利略其他的類似著作放在一起。既然之前沒法登入電腦的藏書管理系統，不知道那本書的所在位置，蘭登和薇多利雅頓時不知該從何找起。

「你確定《圖解》在這裡嗎？」薇多利雅問。

「確定。有一份確認資料列在兩個地方，信仰宣傳部——」

「很好。只要你確定就行了。」看蘭登走向右邊，她立刻走向左邊。

蘭登開始他的手工搜尋。他得使盡全身每一分自制力，阻止自己停下來閱讀掠過視線的每件寶藏。《試金者》……《星際使者》……《太陽黑子書簡》……《致克麗絲汀娜大公夫人的信》……《伽利略辯護詞》……等等。

最後是薇多利雅終於在靠近書庫後方發現金礦。她嗓音沙啞地喊道：「《眞相圖解》！」

蘭登衝過那一片暗紅色迷霧，來到她身邊。「哪裡？」

薇多利雅指著，蘭登立刻明白他們稍早爲什麼沒發現。那本書稿沒放在架上，而是裝在一個散頁書盒裡。散頁書盒常用來存放未裝訂的散頁。盒子左前方的標籤無疑就是標示裡面裝的稿子。

《眞相圖解》

伽利略．伽利萊，一六三九

蘭登跪下來，心臟怦怦跳。「《圖解》。」他朝薇多利雅咧嘴笑了。「幹得好。幫我把這個盒子拉出來。」

薇多利雅在他旁邊跪下，他們一起拉出盒子。放置盒子的金屬盤底部的腳輪朝他們滾動，露出盒子的頂面。

「沒上鎖嗎？」薇多利雅說，很驚訝盒子上那個簡單的栓扣。

「不鎖的。文獻偶爾必須緊急疏散，比方碰到水災或火災。」

「那就打開吧。」

不用她催，蘭登整個學術生涯的夢想就在眼前，而且書庫裡的空氣愈來愈稀薄，他根本沒心情瞎蘑菇。他把栓扣解開，掀起蓋子。書盒裡平躺著一個黑色的帆布袋。布料能否透氣對於保存非常重要。蘭登兩手伸過去，把那個袋子以保持平躺的角度拿出來。

「我還指望會是個寶藏箱，」薇多利雅說：「沒想到看起來還比較像個枕頭套。」

「跟我來。」他說。蘭登把那個袋子捧在面前，像個神聖的祭物，走向書庫中央，那兒循例有張玻璃面的檔案閱覽桌。雖然位於書庫中央是希望能縮短文獻在書庫內的來回移動時間，但研究者也感激周圍環繞書架所提供的隱祕性。學術生涯上突破性的發現就攤在全世界頂尖的書庫裡，大部份學者可不希望自己在查閱之際，還有對手透過玻璃偷看。

蘭登把那個帆布袋放在桌上，解開袋口。薇多利雅站在旁邊。蘭登在一個檔案管理員的工具盤裡翻了翻，找出一把有氈毛襯墊的鑷子，檔案管理員稱之爲「手指小鈸」，是一種大尺寸的鑷子，兩臂尾端是扁平的圓盤。蘭登興奮得情緒高漲，擔心自己隨時都可能從夢中醒來，發現自己原來身在劍橋鎮的家裡，旁邊還有一疊考卷要改。他深吸了口氣，打開那個袋子。戴著棉布手套的手指顫抖著，他拿起鑷子伸進去。

「放輕鬆點，」薇多利雅說：「那是紙，不是放射性元素鈽。」

蘭登用鑷子夾住袋裡那疊文獻，然後不是把文獻拉出來，而是夾住固定，接著把袋子慢慢往後抽開——這是檔案管理員的標準程序，目的是盡量減少書稿的拉扯。直到抽開袋子，扭亮桌子下方的檢視暗燈，蘭登憋著的那口氣才吐出來。

薇多利雅此刻臉上映著玻璃下方的燈光，看起來像個幽靈。「好小的開本。」她說，一副恭敬的口吻。

蘭登點點頭。他面前那疊書頁看起來像一本小開本平裝小說的散頁。蘭登看得出最上面那張是華麗的鋼筆蝕刻畫封面頁，有書名、日期，還印著伽利略親筆寫下的名字手跡。

那一瞬間，蘭登忘了這個狹窄的空間，忘了自己疲倦不堪，忘了把他帶到這裡的那個可怕局面。他只是驚奇地瞪著。和歷史近距離面對面，總是令蘭登虔敬得當場呆掉……比方看到《蒙娜麗莎》的筆觸。

淡黃色的莎草紙讓蘭登毫不懷疑這份書稿的古老和眞實性，但除了無可避免的褪色之外，這份文獻的保存狀況極佳。顏色有點褪淡。莎草紙有點小小的碎裂和黏合。但總體說來……品相非常不錯。他審視著封面華麗的手工蝕刻畫，視線因缺乏溼氣而變得朦朧起來。薇多利雅沈默不語。

「麻煩給我一把抹刀。」蘭登示意著薇多利雅旁邊一個裝滿不鏽鋼檔案工具的文件盒。她遞給他。蘭登手裡拿著那把精緻的工具，手指拂過刀面以去除靜電，然後極其小心地把刀滑進封面之下，然後舉起來，翻開了封面頁。

第一頁是手寫的普通字體，小而風格化的筆跡，簡直看不清楚寫什麼。蘭登立刻注意到這頁沒有圖解或數字。這是一篇文章。

「太陽中心說。」薇多利雅說，翻譯著第一頁的標題。她瀏覽內文。「看起來伽利略是聲明要永遠放棄地球中心說了。不過這是古義大利文，我可不敢保證翻譯得多準確。」

「別管了。」蘭登說。「我們是要找數學，純潔的語言。」他用那把抹刀翻到下一頁。又是另一篇文章，沒有數學或圖解。蘭登的雙手開始在手套裡冒汗了。

「行星的運行。」薇多利雅說，將標題翻譯出來。

蘭登皺起眉頭。如果是其他的日子，他會著魔似地閱讀這些文章；太不可思議了，美國航太總署現在透過高倍率望遠鏡所觀察到的眾行星軌道模型，據說就跟伽利略最初的預言幾乎一模一樣。

「沒有數學。」薇多利雅說。「這篇是在談衛星的逆行和橢圓軌道之類的。」

橢圓軌道。蘭登記得伽利略的法律訴訟大半就始自於他描述衛星運行是成橢圓形的。梵蒂岡頌讚正圓形的完美性，堅持天空的運行必然就是圓形。然而伽利略的光明會也從橢圓形看到了完美，尊敬其具有兩個焦點的數學對偶性。甚至在現代共濟會的描繪板和鑲嵌花邊中，光明會的橢圓仍明顯可見。

「下一頁。」薇多利雅說。

蘭登翻過去。「月相與潮汐運動。」她說。「沒有數字，沒有圖解。」

蘭登又翻了一頁，沒有。他又繼續翻了十來頁，沒有，沒有，沒有。

「我還以為伽利略是數學家呢。」薇多利雅說。「這本書裡全都是文字。」

蘭登覺得自己肺裡的空氣愈來愈少，心中的希望也縮得愈來愈小。這疊紙已經沒剩多少了。

「這頁也沒有。」薇多利雅說。「沒有數學。有幾個日期，幾個標準圖表，但看起來都不可能有線索。」

蘭登翻到最後一頁，嘆了口氣。也是一篇文章。

「好薄的書。」薇多利雅蹙著眉頭說。

蘭登點點頭。

「狗屎。」

的確是狗屎，蘭登心想。他映照在玻璃上的影像似乎在嘲弄自己，就像今天早上他家凸窗上頭回瞪他的那張臉。老去的鬼。「一定有個什麼，」他說，嘶啞嗓音中的拚搏意味連他自己聽了都驚訝，「那個『指示牌』就在書裡某個地方。我知道的！」

「也許你猜錯DIII的意思了？」

蘭登轉過頭來瞪著她。

「好吧，」她同意，「DIII的猜測非常合理。但或許線索跟數學無關？」

「純潔的語言，這還能指什麼？」

「會不會是藝術？」

「但這本書裡沒有圖解，也沒有畫。」

「我只知道純潔的語言指的應該是義大利文之外的語言。猜數學似乎很合理。」

「我同意。」

蘭登拒絕這麼快就接受失敗。「那麼，這些數字一定是普通文字的寫法。數學的部分一定是用文字敘述，而非用方程式表達。」

「要讀完整本書得花點時間。」

「偏偏我們就是沒有時間。我們得分工。」蘭登把書頁翻回到一開頭。「我懂的義大利文還夠認認數字。」他用自己那把抹刀像切牌似的分開書頁，然後把前六頁放在薇多利雅面前。「一定就在這本書裡面，我很確定。」

薇多利雅用手翻開了第一頁。

「抹刀！」蘭登說，從工具盒裡抓另一把給她。「用這把抹刀。」

「我已經戴了手套，」她咕噥埋怨著，「還能造成多大的損壞？」

「你用就是了。」

薇多利雅拿起那把抹刀。「你也有感覺到嗎？」

「緊張？」

「不。呼吸困難。」

蘭登當然也開始感覺到了。空氣稀薄的速度比他原來想像的要快，他知道他們得加緊速度。破解檔案中的謎題對他來說不是新鮮事，但通常他有更多時間去摸索出答案。蘭登沒再多說什麼，低下頭開始翻譯他面前那疊書稿的第一頁。

趕緊出現吧，該死！趕緊出現吧！

53

羅馬城下方某處，那個黑暗的人影在一條通往地下隧道的岩石斜坡上潛行。這條古老的通道只有火炬照亮，使得空氣又熱又沈重。上方傳來成年男子徒勞呼喊的驚恐叫聲，迴盪在狹小的空間中。

他繞過轉角，看到他們了，就跟他當初離開時一模一樣——四名嚇壞的老人，關在一間小石室中，面前隔著生銹的鐵柵條。

「你是誰？」其中一個人用法語問。「你抓我們要做什麼？」

「救命！」另一個人講德語。「放了我們吧！」

「你知道我們是誰嗎？」其中一個人用英語問，話裡帶著西班牙語口音。

「安靜點。」那個刺耳的聲音命令道，斷然的口氣讓每個人都安靜下來。

第四個囚犯是個義大利人，他沈默而滿腹思索，望著抓他們來的那個人雙眼中漆黑的空無，他敢發誓他看到了地獄。天主幫幫我們！他心想。

那名殺手看看手錶，然後望向他的囚犯。「現在，」他說：「誰要當第一個？」

54

在十號檔案庫裡，蘭登一面瀏覽眼前的手寫字跡，一面背誦著義大利文數字。一千……一百……一，二，三……五十。我需要一個數字的相關線索！任何線索，該死！

他看完眼前那一頁，就舉起抹刀去翻。他把刀片對準下一頁，手顫抖著，沒辦法把手上的工具拿穩。過了一陣子，他往下看，才發現自己已經放棄抹刀不用，改用手直接翻頁了。糟糕，他心想，覺得有點罪惡。缺氧影響了他的抑制作用。看來我落入檔案員的地獄之火了。

「也該是時候了。」薇多利雅哽著嗓子說，看到了蘭登改用手翻頁。她放下她的抹刀，也改用手翻。

「有沒有什麼發現？」

薇多利雅搖搖頭。「沒有看起來是純數學的。我只是大概瀏覽一下……不過這裡頭看不到像是線索的東西。」

蘭登繼續翻譯他手上的書頁，感覺愈來愈艱難。他的義大利文頂多也只能算是很破，而書上這些小小的字跡和古代的語言讓他的速度更慢。薇多利雅搶在蘭登前面看完她那疊，然後一臉沮喪地又把那些書頁翻回去，低著頭重新再仔細檢查一遍。

蘭登看完他手上的最後一頁，低聲詛咒著望向薇多利雅。她繃著臉，正瞇起眼睛看著她面前那頁上的什麼。「你在看什麼？」蘭登問。

薇多利雅沒抬頭。「你那幾頁有沒有腳註？」

「我沒看到。怎麼了？」

「這一頁有個腳註，可是上頭有條皺痕，看不清楚。」

蘭登想看她說的那個腳註，卻只能看到那一頁右上角的頁碼。第五頁。他花了好一會兒才想到其中的巧合，但即使想到了，好像也不太相干。第五頁。五，畢達哥拉斯，五芒星形，光明會。蘭登納悶著光明會是不是選擇第五頁隱藏他們的線索。透過環繞著他們的泛紅迷霧，蘭登感覺到一小道希望之光。「那個腳註是數學的嗎？」

薇多利雅搖搖頭。「是文字，只有一行。印得很小，簡直看不出寫的是什麼。」

他的希望褪去了。「線索應該是數學。純潔的語言。」

「是，我知道。」她猶豫著。「不過，我想你會想聽聽看。」蘭登感覺到她語氣中的興奮。

「念吧。」

薇多利雅瞇著眼睛凝視紙頁，念出那行字。「光之徑綿延，神聖的考驗。（The path of light is laid, the sacred test.）」

那些話一點也不像蘭登所想像過的。「什麼？」

薇多利雅又念了一次。「光之徑綿延，神聖的考驗。」

「光之徑？」蘭登感覺到自己的姿勢僵硬起來。

「上頭就是這些字。光之徑。」

蘭登聽懂那幾個字，剎那間昏亂的頭腦忽然清楚起來。光之徑綿延，神聖的考驗。他不曉得這句話能幫他們什麼，但其中卻再直接不過地提到了「光明路徑」（Path of Illumination）。光之徑，神聖考驗。他覺得自己的頭像個燒著劣質煤的引擎。「你確定沒譯錯嗎？」

薇多利雅猶豫了。「事實上……」她用一種奇怪的眼光瞥了他一眼。「我剛剛念的不是翻譯內容。這行字是用英文寫的。」

一時之間，蘭登還以爲這個小房間裡面的音響效果影響了自己的聽覺。「英文？」

薇多利雅把那頁文獻推給他，蘭登閱讀著印在頁底的那行小字。「光之徑綿延，神聖的考驗。英文？一本義大利文的書裡怎麼會有英文？」

薇多利雅聳聳肩。她看起來也一副站不穩的模樣。「也許他們所指的純潔的語言，就是英文？英語被認為是科學的國際共通語。我們在歐洲核子研究中心，就都是講英語。」

「但當時是十七世紀，」蘭登反駁道：「義大利沒有人說英語，連——」他忽然停下，意識到自己打算說什麼。「連……神職人員都不例外。」蘭登的學術思維開始高速運作。「十七世紀時，」他說，現在講得快些了，「英文還沒被梵蒂岡接受。神職人員平常使用義大利文、拉丁文、德文，甚至是西班牙文和法文，但英文在梵蒂岡內完全是陌生語言。他們認為英文是一種被污染的、自由思考者的語言，是不敬神的人所使用的，例如喬叟和莎士比亞。」蘭登忽然想到光明會的土、氣、火、水的烙印。傳說這些烙印模是鑄著英文，現在好像有點奇怪的道理了。

「所以你的意思是，或許伽利略認為英文是純潔的語言，因為那是梵蒂岡無法掌控的語言？」

「沒錯。或者也許伽利略故意用英文寫這個線索，巧妙地限制了梵蒂岡閱讀的權利。」

「但這根本不算是線索啊。」薇多利雅說。「光之徑綿延，神聖的考驗？這到底是什麼意思？」

她說得沒錯，蘭登心想。這句話總之沒有用。但他心裡又把那些字句再默念一次，猛然想到一個奇怪的事實。這下子可怪了，他心想。這樣的機率會有多少？

「我們得離開這裡。」薇多利雅聲音沙啞地說。

蘭登沒聽進去。光之徑綿延，神聖的考驗。「這是抑揚五音步格（iambic pentameter）。」他忽然說，又算了一次音節。「五對音節，重音和輕音交替出現。」

薇多利雅一臉茫然。「抑揚什麼？」

一時之間，蘭登彷彿又回到年輕時代，身在菲利普·埃克塞特學院星期六上午的英文課堂上。人間地獄。棒球校隊的明星球員彼得·葛瑞爾老是記不住莎士比亞的抑揚五音步格詩每行需要幾對音節。他們的比索教授是個活潑的男老師，他跳到桌上大吼，「五—音步（penta-meter），葛瑞爾！想想本壘！是五—邊形（penta-gon）！有五個邊！Penta! Penta! Penta! 老天！」

五對音節，蘭登心想。每一對在定義上都有兩個音節。他難以相信從事學術研究這麼多年，竟然從沒想到其中關聯。抑揚五音步格是一種對稱的音步，以光明會的神聖數字五和二爲根據！

你扯太遠了！蘭登告訴自己，試圖把這些想法拋開。只是個無意義的巧合罷了！但他就是甩不掉那些想法。五……指畢達哥拉斯和五芒星形。二……指所有事物的對偶性。

過了一會兒，他領悟到另一點，讓他全身激動得發麻。抑揚五音步格，由於其簡樸的性質，常常被稱爲「純韻文」或「純音步」。純潔的語言？這會是光明會所指的「純潔的語言」嗎？光之徑綿延，神聖的考驗……

「哎呀！」薇多利雅說。

蘭登轉過去看到她旋轉那張書頁，成爲上下顛倒。他覺得自己的胃好像打結了。別又來了。「那行字不可能是雙向圖！」

「不，不是雙向圖……而是……」她繼續轉著那張文獻，每次轉九十度。

「是什麼？」

薇多利雅抬頭。「不只一行。」

「還有另一行？」

「每一端的邊緣都有一行。上，下，左，右。我想這是一首詩。」

「四行？」蘭登激動得毛髮直豎。伽利略是詩人？「讓我看！」

薇多利雅沒把那頁交給他。她繼續轉九十度角。「我之前沒看到這幾行字，因爲都放在邊緣。」她伸長脖子看著最後一行。「哈，猜猜怎麼著？這根本不是伽利略寫的。」

「什麼？」

「這首詩的作者是約翰・彌爾頓。」

「約翰・彌爾頓？」這位重要的英語詩人寫過《失樂園》，也是個學者，跟伽利略是同時代的人，而且被一堆陰謀論者列爲光明會會員的頭號嫌疑犯。蘭登自己也懷疑，彌爾頓加入了伽利略的光明會這個傳說應該屬實。不光是因爲有大量文獻記載一六三八年彌爾頓曾到羅馬城朝聖，據載他當時「與博學開明之士交流」，而且也因爲伽利略被軟禁期間，彌爾頓曾去他家拜訪，許多文藝復興時期的繪畫都描繪過兩人相遇的畫面，包括阿尼巴雷．蓋提那幅著名的《伽利略與彌爾頓》，現在還掛在佛羅倫斯的科學史博物館裡面。

「彌爾頓認識伽利略，對吧？」薇多利雅說，終於把那張書稿頁推到蘭登面前。「或許他寫了這首詩送給他？」

蘭登緊咬著牙接過那張文獻，平放在桌上，閱讀頂端那行字。然後旋轉九十度，閱讀右邊的那行。再轉一次，閱讀底部那行。接著再轉，左邊那行。全部旋轉過一圈，總共有四行詩。薇多利雅一開始發現的那行，其實是整首詩的第三行。他完全目瞪口呆，又把那四行閱讀了一遍，順時針依序是：上、右、下、左。他看完一圈後，吐出一口氣，此時心中已經毫無疑問。「威特拉女士，你找出線索了。」

她緊張地微笑。「很好，現在我們可以出去了嗎？」

「我得把這四行抄錄下來。我需要筆和紙。」

薇多利雅搖搖頭。「算了吧，大教授。沒時間抄了。米老鼠在滴答往前走嘍。」她把那頁紙抽去，朝門口走。

蘭登站了起來。「你不能拿出去，那是——」

可是薇多利雅已經離開了。

55

蘭登和薇多利雅衝進祕密檔案室外頭的院子。蘭登覺得湧入肺裡的新鮮空氣就像一帖良藥，視線裡的紫色小點迅即消失不見，但罪惡感卻沒有消失。他剛剛成了從全世界最隱祕書庫中偷走一件無價遺寶的共犯。總司庫跟他說過，我信任你。

「快點。」薇多利雅說，手裡還拿著那張書頁，半小跑大步穿過波吉亞街，朝歐里維提的辦公室的方向走。

「如果那張莎草紙碰到水——」

「冷靜點。等我們破解了這個玩意兒，就可以把神聖的第五頁還給他們了。」

蘭登加快腳步跟上。撇開自己像個罪犯的感覺，他仍沈浸在那份文獻引人入迷的種種暗示中。約翰・彌爾頓是光明會員。他為伽利略寫了那首登在第五頁的詩……讓梵蒂岡看不到。

離開那個院子後，薇多利雅把那頁書稿遞給蘭登。「你覺得自己可以破解這個玩意兒嗎？不然我們弄半天死掉那麼多腦細胞，難不成只是爲了好玩？」

蘭登雙手小心翼翼接過那張文獻，毫不猶豫地放進粗呢毛料外套的胸袋，免得曬到太陽或遭受溼氣侵襲。「我已經破解了。」

薇多利雅停了一下。「你什麼？」

蘭登繼續往前走。

薇多利雅趕忙又追上去。「你才看過一遍！我還以爲應該會很難破解的。」

蘭登知道她說得沒錯，然而他只看了一遍，就破解了「指示牌」。那是一首完美的抑揚五音步格詩，其中清楚揭示了第一個科學祭壇。無可否認，如此輕易就完成這個任務，讓他覺得很不安。他從小在篤信清教徒工作倫理的環境中長大。他還可以聽見父親述說新英格蘭的古老格言：如果事情沒有太困難就完成，那就是你做得不對。蘭登希望這個格言是錯的。「我破解了。」他說，現在走得更快了。「我知道第一樁殺人事件會在哪裡發生了。我們得去警告歐里維提。」

薇多利雅湊近他。「你怎麼有辦法知道？那玩意兒再讓我看一次。」她以拳擊手的靈巧步伐，敏捷地伸手探入他口袋，把那張紙又拉出來。

「小心！」蘭登說。「你不能——」

薇多利雅沒理他。那頁紙一拿到手，她就退離蘭登身邊，把那頁文獻舉向夜晚的街燈，檢查著紙頁邊緣。她開始念出聲來，蘭登靠過去想把書頁搶回，卻不覺間陶醉在薇多利雅的朗讀聲中，她帶著口音的女中音抑揚頓挫地念出每個音節，跟她的步伐配合得恰到好處。

一時之間，聽著那首詩，蘭登覺得自己回到了古老年代……好像他是伽利略同時代的人，第一次聽到那首詩……知道那是個考驗，是一張地圖，是揭示四個科學祭壇的線索……四個指標，標示出穿越羅馬城的一道神聖路徑。那首詩從薇多利雅的雙唇間流洩而出，有如一首歌。

桑提土墓起，惡魔洞相伴，（From Santi's earthly tomb with demon's hole,）
穿越羅馬城，神祕元素展。（'Cross Rome the mystic elements unfold.）
光之徑綿延，神聖的考驗，（The path of light is laid, the sacred test,）
崇高追尋路，天使引向前。（Let angels guide you on your lofty quest.）

薇多利雅念了兩次，然後沈默下來，好像是要任那些古老字句自行產生共鳴。

桑提土墓起，蘭登心中複誦著。這點詩中明白點出了「光明路徑」是從桑提的塵世之墓開始。從那兒，穿過羅馬城，一路會有指標顯示出路徑。

桑提土墓起，惡魔洞相伴；
穿越羅馬城，神祕元素展。

神祕元素，這也很清楚。指的是土、氣、火、水這四個科學元素，表示四個光明會的指標僞裝成宗教雕塑。

「第一個標記，」薇多利雅說：「聽起來好像是在桑提的墓。」

蘭登微笑。「早跟你說了，其實沒那麼難。」

「那誰是桑提？」她問，口氣突然很興奮。「他的墓又在哪裡？」

蘭登兀自低笑。他很驚訝知道桑提的人這麼少，那是文藝復興時期最著名藝術家之一的姓，他的名則是舉世皆知……這位早慧的神童才二十五歲時，就已經在製作教宗猶利二世的委託案；當他三十八歲過世時，留下了當時舉世僅見最大的一批溼壁畫作品。桑提是藝術世界的巨人，單獨以名爲世人所知，這是只有極少數菁英才能達到的名聲……就像拿破崙、伽利略，還有耶穌……當然，還有蘭登現在常聽到哈佛學生宿舍傳來響亮樂聲的那些傳奇人物……史汀、瑪丹娜、珠兒，還有那個以前叫王子的藝術家，他把名字改爲符號，蘭登因而暗自稱他爲「T形十字架加上埃及雌雄同體十字架」。

「桑提，」蘭登說：「是一位偉大的文藝復興大師的姓，就是拉斐爾。」

薇多利雅一臉驚奇。「拉斐爾？最有名的那個拉斐爾？」

「獨一無二的那個拉斐爾。」蘭登加緊腳步走向瑞士衛兵團辦公室。

「所以那條路徑是從拉斐爾的墓開始了？」

「其實完全合理。」蘭登說，兩人努力往前趕路。「光明會向來把偉大的藝術家和雕塑家視爲開明博學的榮譽兄弟。光明會有可能挑選拉斐爾的墓，用來表示敬意。」蘭登也知道，就像很多其他的宗教藝術家一樣，拉斐爾也被懷疑私底下其實是無神論者。

薇多利雅謹愼地把那張書頁放回蘭登的口袋。「那他葬在哪裡？」

蘭登深深吸了口氣。「信不信由你，拉斐爾就葬在萬神殿。」

「羅馬的萬神殿？」

「最有名的拉斐爾葬在最有名的萬神殿。」蘭登必須承認，他沒想到第一個標記的所在地點會是萬神殿。他原來猜想，第一個科學祭壇會是某個安靜的、偏僻的教堂，看似不起眼的那種。而萬神殿，即使早在十七世紀，就已經以其上方有著小圓洞的巨大圓頂，成爲羅馬城最知名的場所。

「萬神殿算是教堂嗎？」薇多利雅問。

「羅馬城最古老的天主教教堂。」

薇多利雅搖搖頭。「但你眞認爲第一個樞機主教會在萬神殿被殺害嗎？那裡大概是全羅馬遊客最多的地方了。」

蘭登聳聳肩。「光明會說他們希望全世界都在看。在萬神殿殺害一個樞機主教，肯定會讓不少人睜大眼睛。」

「但他怎麼會以爲在萬神殿殺了人之後，還能悄悄溜掉？那是不可能的。」

「就像從梵蒂岡城綁架四名樞機主教一樣不可能嗎？這首詩講得很明確。」

「那你確定拉斐爾是葬在萬神殿嗎？」

「他的墓我看過好多次了。」

薇多利雅點點頭，還是滿臉憂慮。「現在幾點了？」

蘭登看看手錶。「七點半。」

「萬神殿遠嗎？」

「或許一哩吧。我們時間還夠。」

「那首詩裡說桑提土墓。這對你有任何意義嗎？」

蘭登加緊腳步，成對角線穿過哨兵中庭。「土？事實上，全羅馬城大概沒有比萬神殿更具有土地、世俗意味的地方了。『萬神殿』（Pantheon）這個名字源自那裡最初崇拜的原始宗教——泛神論（Pantheism）——崇拜所有的神祇，尤其是母親大地的異教神祇。」

蘭登年輕時修過建築藝術方面的課程，他曾經很驚訝地得知萬神殿主廳的尺寸是爲了向大地女神蓋婭致敬。其比例精確到內部剛剛好可以放進一個巨大的圓球，誤差不會超過一公釐。

「好吧。」薇多利雅說，口氣似乎比較相信了。「那惡魔洞呢？桑提土墓起，惡魔洞相伴？」

這個蘭登就不那麼有把握了。「惡魔洞指的一定就是眼窗洞。」他說，做個合理的猜測。「就是萬神殿圓形屋頂上著名的圓形開口。」

「但那是教堂。」薇多利雅說，步伐輕鬆地走在他旁邊。「爲什麼要把那個開口稱爲惡魔洞？」

這一點蘭登自己也一直覺得納悶。他沒學過「惡魔洞」這個專用術語，但他還記得第六世紀一篇有關萬神殿的著名評論，裡面的一些話現在似乎奇異地貼切。英格蘭本篤會修士歷史學家「可敬的彼得」曾寫道，萬神殿屋頂的洞是因爲教宗聖博義四世在舉行祝聖啓用儀式時，被一群想逃出建築的惡魔鑽出來的。

「那爲什麼，」薇多利雅邊說邊隨著蘭登走入一個小方庭，「如果光明會明知道拉斐爾是以名著稱，詩裡又要用桑提這個姓？」

「你的問題眞多。」

「我爸以前也常這麼說。」

「有兩個可能的原因。第一，『拉斐爾』這個名有太多音節了，會破壞掉整首抑揚五音步格詩的格律。」

「這理由好像有點勉強。」

蘭登同意。「好吧，那或許用『桑提』是要讓線索更隱諱，這樣只有很博學的人，才知道指的是拉斐爾。」

薇多利雅的表情顯然也不相信這個理由。「我相信拉斐爾在世的時候，他的姓一定很有名。」

「讓人驚訝的是，並沒有。能單獨以名著稱於世，是一種地位的象徵。拉斐爾迴避用姓，大概就像今天的流行文化明星一樣。就拿瑪丹娜來說好了，她就從來不用她的姓契科內。」

薇多利雅一臉好笑的表情。「你還知道瑪丹娜的姓？」

蘭登很後悔舉這個例子。跟一萬個還沒完全長大的年輕人生活在一起，無意間會學到的垃圾知識還眞是多得驚人。

他和薇多利雅經過最後一道門，走向瑞士衛兵團的辦公室，忽然毫無預警就被攔了下來。

「站住！」一個聲音在他們身後吼道。

蘭登和薇多利雅轉身，發現一根來福槍管正對著他們。

「小心！」薇多利雅喊，往後驚跳。「你小心──」

「不准動！」那個衛兵打斷她，舉起武器。

「二等兵！」一個命令的聲音從方庭那頭傳過來，歐里維提正從警衛中心走出來。「放他們走！」

那個衛兵似乎很爲難。「可是，長官，女人──」

「進來！」他對著那個衛兵吼。

「長官，不是說──」

「馬上進來！這是我的新命令。羅榭上尉再過兩分鐘要跟各小隊分派任務。我們要組織一次搜索。」

那個衛兵一臉爲難地匆匆進入保全中心。歐里維提走向蘭登，嚴厲又滿腹怒氣。「你們跑去我們最機密的檔案室？我要你解釋這是怎麼回事。」

「我們有好消息。」蘭登說。

歐里維提眯起眼睛。「最好是非常非常好的消息。」

56

四輛車身無標示的愛快羅密歐 155 T-Sparks 就像跑道上即將升空的戰鬥機似的，轟鳴著沿念珠商路往前衝。四輛車上載著十二名便衣瑞士衛兵，配備有凱其—帕迪尼半自動武器、小範圍神經毒氣罐、長程震撼槍。還有三名狙擊手帶著附雷射瞄準器的步槍。

歐里維提坐在領頭那輛車的乘客座上，回頭朝向後座的蘭登和薇多利雅，雙眼充滿怒氣。「你跟我保證過會有一個合理的解釋，結果呢？」

蘭登覺得那輛小車好擠。「我了解你的——」

「不，你不了解！」歐里維提沒提高嗓門，口氣卻嚴厲了三倍。「我在閉門會議的夜裡從梵蒂岡調出一打我手下最能幹的好手。為了一個陌生美國人給我的證詞去監視萬神殿，只因為他剛解譯出一首四百年前的詩。而且我還剛把搜索這個反物質武器的任務，交給了我的副指揮官。」

蘭登真想把第五頁書稿從口袋裡抽出來，在歐里維提面前揮一揮，但他努力壓下了那股衝動。「我只知道，我們找到的這份資訊提到了拉斐爾的墓，而拉斐爾的墓是在萬神殿裡面。」

開車的那名衛兵軍官點點頭。「指揮官，他說得沒錯。我太太跟我——」

「專心開車。」歐里維提打斷他。他又轉向蘭登。「一個殺手在萬神殿要怎麼進行暗殺任務？那裡那麼多人，不可能不被發現的。」

「我不知道。」蘭登說。「但光明會顯然很有辦法，他們闖入過歐洲核子研究中心和梵蒂岡城。我們能查出第一樁殺人事件會在哪裡進行，只是幸運罷了。萬神殿是你逮到這個傢伙的一個機會。」

「這就更矛盾了。」歐里維提說。「一個機會？我以為你說過有條什麼路徑，有一連串指標。如果萬神殿是正確的地點，我們就可以循著這條路徑到其他指標去。我們會有四個機會逮到這個傢伙。」

「我也這麼期望過，」蘭登說：「原來是有四個機會的……如果是一個世紀以前。」

猜出萬神殿是第一個科學祭壇時，蘭登覺得高興又難過。歷史自有方法殘酷地玩弄那些追逐歷史的人。過了這麼多年，不能奢望「光明路徑」還能完整無缺，且所有的雕像都還在原處；但蘭登心裡不免暗自夢想過要循著那條路徑，一路到終點，親眼面對神聖的光明會祕密基地。可惜啊，蘭登明白，現在不可能了。「在十九世紀後期，梵蒂岡就已經把萬神殿裡所有的雕像拆毀了。」

薇多利雅一臉震驚。「爲什麼？」

「因爲那些雕像是異教的奧林帕斯山諸神。不幸地，這表示第一個指標不見了……因此——」

「那我們有沒有可能，」薇多利雅說：「找到那條光明路徑和其他的指標？」

蘭登搖搖頭。「我們只有一次機會，就是萬神殿。除此之外，就沒有別的辦法找到那條路徑了。」

歐里維提盯著他們兩個好半天，然後轉回去面向前面。「停車。」他朝開車的軍官厲聲說。

軍官把車子猛然轉向路邊，踩下煞車。其他三輛愛快羅密歐在後頭也猛地停住，整支瑞士衛兵團的車隊發出尖銳的煞車聲停了下來。

「你這是做什麼！」薇多利雅問道。

「盡我的責任。」歐里維提在座位上轉過身來，聲音冷硬得像石頭。「蘭登先生，之前你跟我說你會在路上跟我解釋狀況，我就假設我帶著大隊人馬到萬神殿去，是會有個清楚的理由。但結果不是這麼回事。因爲我拋下了重大的任務來到這裡，而且因爲我發現你這個有關處子獻祭品和古詩的理論實在不合理，所以我沒法安心繼續往下走。我要立刻取消這個任務。」他掏出對講機，按了鍵打開。

薇多利雅從座位上伸手過去，抓住他的手臂。「不行！」

歐里維提摔下對講機，惡狠狠盯著她。「威特拉女士，你去過萬神殿嗎？」

「沒有，可是我——」

「那我來跟你解釋一下。萬神殿只有一個廳，是由岩石和水泥建造的空間。那裡只有一個入口，沒有窗戶，只有一個窄到不行的入口。唯一入口的兩側，二十四小時都有至少四名武裝的羅馬市警察站崗，保護這個聖殿，不讓任何藝術破壞者、反基督教恐怖份子，還有騙觀光客的吉普賽人進入。」

「所以你的重點是什麼？」她冷靜地說。

「我的重點？」歐里維提緊緊抓著座位。「我的重點是，你們剛剛跟我說會發生的那些事，是完全不可能的！你們能不能給我一個說得過去的情節，告訴我要怎麼在萬神殿裡面殺掉一個樞機主教？甚至在此之前，他怎麼有辦法帶著人質闖過門口警衛那關，進入萬神殿？更別說要殺人之後還能逃掉了。」歐里維提朝座位上湊過來，現在蘭登聞得到他呼出的氣息帶著咖啡味兒。「蘭登先生，怎麼可能？給我一個說得過去的情節吧。」

蘭登覺得那輛小車緊緊包著他縮小了。我不知道！我又不是刺客！我不知道他會怎麼做！我只知道——

「一個情節嗎？」薇多利雅譏嘲地說，她的聲音冷靜如常。「你聽聽看這個怎麼樣？殺手開直升機，把一個正在尖叫、身上被烙印的樞機主教丟下來，穿過屋頂上的洞。結果那個樞機主教掉在大理石地板上，當場摔死了。」

車裡的每個人都轉過來盯著薇多利雅。蘭登不曉得該作何感想。小姐，你的想像力好病態，不過腦子動得真快。

歐里維提皺起眉頭。「我承認，是有可能……但實在——」

「或者殺手下藥迷昏了樞機主教，」薇多利雅說：「用輪椅推著他到萬神殿去，看起來就像那種年老的觀光客。他推他進去，靜悄悄割斷他的喉嚨，然後走出去。」

這好像有點打動歐里維提了。

不錯嘛！蘭登心想。

「或者，」她說：「那個殺手可以——」

「我聽懂了，」歐里維提說：「夠了。」他深深吸了口氣，又吐出來。忽然有人猛敲車窗，車裡每個人都驚跳起來。是別的車上的一名衛兵，歐里維提搖下車窗。

「一切都沒問題吧，指揮官？」那名衛兵穿著便衣，他把牛仔布襯衫的袖子往上撥，看了看手腕上黑色的軍用精密計時錶。「七點四十分了，指揮官。到了那裡還需要花點時間部署就位。」

歐里維提微微點了頭，但好一會兒都沒說話。他一根指頭在儀表板上前後移動，把上頭的灰塵抹出一條線。然後他打量著側視鏡裡的蘭登，蘭登覺得他在掂自己的份量。最後，歐里維提終於轉向那名衛兵，聽得出來口氣不太情願。「四輛車分開走，分別到圓宮廣場、孤兒路、聖依納爵廣場，還有聖艾烏斯塔丘教堂。離萬神殿至少兩個街區，車子一停好，你們就作好準備，等我的命令。三分鐘。」

「沒問題，長官。」那個衛兵回他車上。

蘭登感激地朝薇多利雅點點頭。她回了一個笑，一時之間，蘭登感覺到一種意想不到的聯繫……兩人之間某種磁性的連結。

指揮官在座位上轉過頭來，雙眼定定看著蘭登。「蘭登先生，這個計畫最好不要當眾搞砸。」

蘭登不安地微笑。怎麼可能呢？

57

歐洲核子研究中心的院長麥斯米倫·寇勒睜開眼睛，感覺到大量冷冷的色甘酸鈉和白三烯素湧入身體，擴大了他的支氣管和肺部微血管。他又恢復正常呼吸了，發現自己躺在歐洲核子研究中心醫務所的私人病房，輪椅放在床邊。

他評估眼前的狀況，檢查他們給他穿上的紙製病人袍。他的衣服疊好了放在床邊的椅子上，外頭傳來了一名護士巡房的聲音，他躺在那兒聽了好一會兒。然後，他盡可能不發出聲音，把自己挪到床邊，拿了衣服。他使勁兒搬弄自己那雙無力的腿，穿上衣服。然後拖著身軀坐上輪椅。

他摀住嘴巴掩蓋掉一聲咳嗽，坐在輪椅上朝著房門前進。他用手轉著輪椅，小心著沒用上電動馬達來到門邊，他盯著外頭看，走廊是空的。

悄然無聲地，麥斯米倫·寇勒溜出了醫務所。

58

「七點四十六分三十秒……*各就各位*。」即使是朝對講機發號施令，歐里維提仍始終保持耳語的聲量。

裹在哈里斯粗呢毛料外套裡的蘭登現在覺得自己也流汗了，他們那輛愛快羅密歐停在離萬神殿三個街區外，蘭登坐在後座，薇多利雅在他旁邊，正專心看著歐里維提發出最後一批指令。

「部署在八個方位，成八角形。」歐里維提指揮官說。「整個隊形斜著朝入口處突出。目標可能認得你們，所以要躲在看不到的地方。只能用非致命武器。找個人盯著屋頂。目標第一優先，人質其次。」

耶穌啊，蘭登不禁打了個寒顫，歐里維提眞是效率至上，他剛剛才告訴手下，必要時可以犧牲樞機主教。*人質其次*。

「我再說一次，非致命取得，要活捉目標。開始行動。」歐里維提按掉了他的對講機。

薇多利雅一臉驚愕，近乎憤慨。「指揮官，不是應該有人去*裡面*嗎？」

歐里維提轉身。「裡面？」

「萬神殿裡面啊！不然還會是哪裡？」

「你搞清楚，」歐里維提說，雙眼冰冷得像石頭似的，「如果我們裡頭出了內奸，那麼殺手說不定認得我們的人。你的同事剛剛才警告過我，*這*可能是我們逮住目標的唯一機會。我可不打算派手下大搖大擺走進去，把那個殺手給嚇跑。」

「可是如果那個殺手*已經*在裡頭了呢？」

歐里維提看看手錶。「目標之前講得很清楚，八點。所以我們還有十五分鐘。」

「他說過他會在八點鐘*殺掉*那個樞機主教。但他可能出於某種原因，已經先帶著被害者進去了。如果你的手下看到目標出來，卻沒認出來怎麼辦？一定要有人進去，確定裡頭沒事才行。」

「這個時候太冒險了。」

「如果是不會被認出來的人，那就沒有風險了。」

「要僞裝得花時間，而且——」

「我指的是我。」薇多利雅說。

蘭登轉過頭去盯著她。

歐里維提搖搖頭。「絕對不可以。」

「他殺了我父親。」

「正是，所以他可能認得你。」

「你在電話上也聽他說過，他原先根本不曉得李歐納度．威特拉還有個女兒。我可以假裝觀光客走進去，如果看到什麼可疑的事物，我就走到外頭的廣場上，跟你的手下打暗號，讓他們進去。」

「很抱歉，我不能答應。」

「指揮官？」歐里維提的對講機發出爆擦音。「正北方出了點狀況。噴泉擋住了我們的視線。我們看不到入口，除非移到廣場上會被看到的地方。你看怎麼辦？我們要躲起來，還是要被人看到？」

薇多利雅顯然已經忍不下去了。「就這樣決定了。我要進去。」她打開她那邊的門下了車。

歐里維提扔下對講機，跳出車子，繞到薇多利雅面前。

蘭登也下了車。她在搞什麼！

歐里維提擋住了薇多利雅的去路。「威特拉小姐，你的用意很好，但我不能讓平民干涉這個行動。」

「干涉？你現在根本沒法摸清狀況。讓我幫忙吧。」

「我也希望派人進去裡頭偵察，可是……」

「可是什麼？」薇多利雅問。「可是我是女人，對不對？」

歐里維提沒答腔。

「你最好不要有這種想法，指揮官，因爲你明知道我的建議很棒，如果你讓那些老套過時的大男人狗屎——」

「讓我們自己來。」

「讓我幫忙。」

「太危險了。我們沒有辦法跟你聯繫。我不能讓你帶著對講機，否則你的身分就洩漏了。」

薇多利雅伸手到上衣口袋，拿出她的手機。「帶手機的觀光客多得是。」

歐里維提皺起眉頭。

薇多利雅啪的打開手機，假裝在打電話。「嗨，甜心，我現在就站在萬神殿裡頭。你眞該來看看這個地方！」她啪的又把手機關上，雙眼炯炯瞪著歐里維提。「這樣誰會曉得？根本一點風險都沒有。讓我進去替你偵察！」她指著歐里維提皮帶上的手機。「你的電話幾號？」

歐里維提沒回答。

一直坐在駕駛座旁觀的那名衛兵似乎想到了什麼。他下了車，把指揮官拉到一旁。嘁嘁嚓嚓講了十秒鐘。最後歐里維提點點頭轉過身來。「把這個號碼輸進去。」他開始念出一串數字。

薇多利雅輸入了她的手機。

「現在你打這個號碼。」

薇多利雅按了自動撥號鍵。歐里維提皮帶上的手機開始響起，他拿起來對著電話說：「進入那棟建築物，威特拉女士，到處看一圈，然後出來，打電話告訴我你看見了什麼。」

薇多利雅關上手機。「謝謝你，先生。」

蘭登不自覺地湧出一股保護的本能。「慢著，」他對歐里維提說：「你要派她一個人進去？」

薇多利雅對著他沉下臉。「羅柏，我不會有事的。」

那個瑞士衛兵團的駕駛又跟歐里維提說了些話。

「太危險了。」蘭登對薇多利雅說。

「他說得沒錯。」歐里維提說。「就算是我最能幹的手下，也不會一個人出任務。我的中尉剛剛指出，你們兩個一起裝成觀光客的話，會更有說服力。」

我們兩個一起？蘭登猶豫了。其實，我的意思是——

「你們兩個一起進去，」歐里維提說：「看起來會更像一對度假的夫婦。你們可以互相支援，這樣我也比較放心。」

薇多利雅聳聳肩。「好，不過我們得趕快動身了。」

蘭登呻吟了一聲。這招真高明啊，牛仔。

歐里維提指著前面的路。「前面你們碰到的第一條街是孤兒路，左轉，走到底就是萬神殿。走路頂多兩分鐘。我會留在這裡，指揮我們的人，同時等你們的電話。我希望你們有防身的東西。」他掏出手槍。「你們有人會用槍嗎？」

蘭登的心臟猛然跳了一下。我們不需要用槍！

薇多利雅伸出手。「我可以在顛簸的船上，用十字弓把標籤射中四十公尺外躍身擊浪的鼠海豚。」

「很好。」歐里維提把槍交給她。「你要藏好。」

薇多利雅朝下看看自己的短褲。然後看著蘭登。

喔千萬不行！蘭登心想，但薇多利雅動作太快了。她翻開他的外套，將那把武器塞進他的胸袋裡。感覺上就像他外套裡兜了一顆石頭，他唯一覺得安慰的，就是那張《圖解》是在另一個口袋。

「我們看起來沒問題。」薇多利雅說。「走吧。」她挽著蘭登的手臂往前走。

那個駕駛的衛兵喊道：「挽著手很好。別忘了，你們是觀光客。甚至是新婚夫婦。或許你們該手牽手？」

他們轉過街口時，蘭登可以發誓他看見了薇多利雅臉上那一絲隱隱的笑意。

59

瑞士衛兵團的「部署室」緊臨著警戒部隊營區，主要是用來規畫教宗公開露面和梵蒂岡公共大事的保全事宜。但今天，這裡卻是用來規畫別的事情。

負責對在場專責小組發號施令的，是瑞士衛兵團的副指揮官伊萊亞斯・羅樹上尉。羅樹是個胸圍寬大的男子，柔和的五官感覺上像油灰。他穿著傳統的藍色上尉制服，加上一件個人的特別裝束——一頂紅色貝雷帽斜戴在頭上。對於這麼一個大塊頭來說，他的聲音出奇地清晰，講話時聲音有種樂器的清澈感。但儘管音調變化清楚明確，羅樹的雙眼卻像夜行哺乳動物般陰鬱朦朧。手下都喊他「大灰熊」，有時開玩笑說羅樹是「在蝰蛇陰影下行走的熊」。歐里維提指揮官就是那隻蝰蛇，羅樹也跟蝰蛇一樣致命，但至少你可以看到他接近。

羅樹的手下全都立正站直了，一動也不動，儘管剛剛聽到的消息讓他們的血壓升高了好幾倍。

菜鳥中尉夏特朗站在房間後方，心想真希望當初申請加入瑞士衛兵團時，自己是被刷掉的那百分之九十九。二十歲的夏特朗是團裡最年輕的衛兵，剛到梵蒂岡才三個月。就像團裡的每一個人一樣，夏特朗先在瑞士陸軍受訓過，又在伯恩忍受了兩年額外的訓練，才有資格參加梵蒂岡在羅馬城外祕密營區所舉行的嚴苛測試。然而，他所受過的訓練中，從來沒有教過他如何面對眼前這種危機。

一開始，夏特朗以爲這個分派任務簡報是某種怪異的訓練演習。未來性武器？古代的教派？被綁架的樞機主教？然後羅樹給他們看那個可疑武器的實況錄影畫面。顯然這不是演習。

「我們會把幾個特定區域的電力關掉，」羅樹說：「好去除外來的磁性干擾。我們分成四組人行動，戴上紅外線夜視鏡觀察。這個偵查行動會用傳統的竊聽器清掃設備，重新校準到次三歐姆通量場。有任何問題嗎？」

沒有。

夏特朗實在受不了了。「如果我們不能及時找到怎麼辦？」他一開口就後悔了，眞希望自己沒問。

大灰熊的雙眼從紅色貝雷帽底下凝視著他。然後他以一個陰沈的敬禮姿勢，宣佈解散。「祝各位成功。」

60

離萬神殿兩個街區處，蘭登和薇多利雅經過了一排計程車，車上的司機都在前座睡覺。在羅馬這個永恆之城，小睡時段也是永恆不變的——這個習慣源自於古代西班牙的午睡時間，一般人都會在午後小睡片刻。

蘭登努力想集中思緒，但整個狀況太詭異了，實在很難讓人理性接受。六個小時前，他還在劍橋鎮的家中沈睡。現在他人在歐洲，陷入一場古代巨人的超現實戰役中，他的哈里斯粗呢毛料外套中有一把半自動手槍，還跟一個他才剛認識的女人手牽手。

他看看薇多利雅。她正專注看著前方。她的手有一種力量——出自於一個獨立而堅定的女人。她的手指包住他的，有種全心接納的撫慰感。毫無遲疑地，蘭登感覺到一股吸引力在心中滋長。*別作白日夢了吧，*他告訴自己。

薇多利雅似乎感覺到他的侷促不安。「放輕鬆。」她說，頭仍直朝著前方。「我們要裝成新婚夫婦的樣子。」

「我很輕鬆啊。」

「我的手快被你捏碎了。」

蘭登臉紅了，把手放鬆。

「用眼睛呼吸。」她說。

「什麼？」

「這樣可以讓你的肌肉放鬆。這叫做調息呼吸法（pranayama）。」

「食人魚（Piranha）？」

「不是魚，是調息呼吸法。算了。」

他們走過轉角，來到圓宮廣場，萬神殿在他們眼前高高聳立。一如以往，蘭登敬畏地欣賞著這棟建築物。萬神殿，諸神的殿堂，異教神祇，自然與土地之神。從外頭看，整個結構似乎比他記憶中更像個箱子。垂直的柱子和三角形的門廊遮住了其後的圓頂。不過，入口上方那行自負的粗體碑文，讓他確定這裡的確是萬神殿。M AGRIPPA L F COS TERTIUM FECIT。一如往常，蘭登邊翻譯這行拉丁文，邊覺得好笑。三任執政官馬可斯・阿格利帕所建。

可真是謙虛哩，他心想，眼光轉向了周圍的區域。三三兩兩帶著攝錄影機的觀光客閒逛著，還有幾個坐在金杯咖啡店的戶外座位上，享受全羅馬城最棒的冰咖啡。通往萬神殿的入口外側，就像歐里維提剛剛說過的一樣，有四名武裝的羅馬市警察立正站著。

「看起來很平靜。」薇多利雅說。

蘭登點點頭，但心裡很擔心。現在他自己站在這裡了，整個情節似乎很不眞實。儘管薇多利雅顯然相信他是對的，蘭登卻明白是他把大家拉到這裡來的。光明會的那首詩繚繞耳邊。桑提土墓起，惡魔洞相伴，沒錯，他告訴自己。就是這裡，桑提的墓。他來過這裡好多次，置身於萬神殿的眼窗洞下方，站在偉大的拉斐爾的墳墓前。

「現在幾點了？」薇多利雅問。

蘭登看看手錶。「七點五十。離表演開始還有十分鐘。」

「希望這些傢伙很厲害。」薇多利雅說，看著三三兩兩走進萬神殿的遊客。「如果在裡頭發生了什麼事，我們就會陷入雙方槍戰之中。」

蘭登重重吐出一口氣，走向入口。口袋裡的槍感覺好重，他心想如果門口的警察給他搜身，發現了那把武器，那該怎麼辦。但那些警察根本懶得多看他們一眼，顯然他們的僞裝很成功。

蘭登跟薇多利雅咬耳朵，「除了麻醉槍枝外，你還開過什麼槍嗎？」

「你不相信我嗎?」

「相信你?我根本不太認識你。」

薇多利雅皺起眉頭。「我還以為我們是新婚夫婦哩。」

61

萬神殿裡的空氣涼而溼，因爲歷史久遠而顯得氣氛沈重。大片延伸開來的天花板罩在上方彷彿沒有重量——一百四十一呎沒有支撐的跨距，比聖彼得教堂的圓頂還要大。每當蘭登走進這個洞穴般的龐大空間，就感覺到一陣凜然。這棟建築眞是工程與藝術的非凡融合。在他們上方，屋頂那個著名的圓洞透進了一束明亮的夕陽光芒。眼窗洞，蘭登心想。惡魔洞。

他們到了。

蘭登的雙眼隨著拱形天花板往下延伸，經過柱牆，最後落到腳下光滑的大理石地板。模糊的腳步聲回音和觀光客的低聲細語在圓頂下迴盪。蘭登掃視著十來個觀光客漫無目的地在陰影間徘徊。你在這裡嗎？

「看起來很平靜。」薇多利雅說，依然牽著他的手。

蘭登點點頭。

「拉斐爾的墓在哪兒？」

蘭登想了一會兒，試圖辨清方向。他審視著整個空間的周圍。墓，祭壇，柱子，壁龕。他指著對面左前方一個格外華麗的墓。「我想拉斐爾的墓就在那裡。」

薇多利雅掃視了空間裡的其他地方。「看起來沒有誰像是要殺掉一名樞機主教的刺客。我們要整個檢查一圈嗎？」

蘭登點點頭。「這裡只有一個地方可以躲。我們最好檢查一下那些凹室。」

「凹室？」

「沒錯。」蘭登指著。「就是牆上的壁龕。」

環繞著周圍牆面，穿插在眾多墳墓裡的，是一連串嵌在牆裡的半圓形壁龕。那些壁龕雖然不很大，但要讓某個人躲在陰影裡倒是綽綽有餘。悲哀的是，蘭登知道那些壁龕裡本來有奧林帕斯山諸神的雕像，但梵蒂岡將萬神殿改爲基督信仰的教堂後，就把異教雕像摧毀了。想到自己正站在第一個科學祭壇，而且當初的指標已經不見了，他就感到一陣挫敗的痛苦。他納悶當初到底是哪座雕像，又是指向何方。蘭登想像不出比發現光明會指標更令人激動的事情了——一座雕像暗暗指向通往光明路徑的方向。再一次，他納悶著那個匿名的光明會雕塑家會是誰。

「我往左邊繞。」薇多利雅說，指著環形牆的左半部。「你往右邊。我們在一百八十度之後碰面。」

蘭登凝重地笑了笑。

薇多利雅離開後，蘭登感覺到整件事那種詭異的恐怖感又逐漸回到他心中。他轉身開始往右走，那個殺手的聲音似乎在他周圍的寂靜空間中低語。八點開始，科學祭壇的處了獻祭品。死亡的等差級數。八點，九點，十點，十一點……然後是半夜十二點。蘭登看了手錶：七點五十二分。還剩八分鐘。

蘭登朝離他最近的第一個壁龕走，經過了一個義大利天主教國王的墳墓。那具石棺就像許多羅馬城的石棺一樣，是斜對著牆的，位置擺得很奇怪。一群觀光客似乎對此感到困惑。蘭登沒停下來解釋。正式的基督教墳墓通常不會和建築對齊，而是正對著東方。這是一種古老的迷信，蘭登上個月在大二下學期的符號學課堂上才討論過。

「這太矛盾了吧！」正當蘭登解釋墳墓朝東的原因時，一個坐在前排的女學生忽然衝口而出。「爲什麼基督徒希望墳墓朝向太陽升起的方向？我們是在討論基督信仰……不是太陽崇拜啊！」

蘭登微笑了，他走到黑板前，邊講課邊啃著一顆蘋果。「希茨洛先生！」他喊道。

一個坐在後頭打瞌睡的年輕人驚跳著站起來。「什麼！我？」

蘭登指著牆上一張文藝復興藝術的海報。「跪在上帝面前的那個人是誰？」

「呃……是某個聖人？」

「很好。那你怎麼知道他是聖人？」

「因爲他有光環？」

「好極了，那麼，那個金色光環讓你想起了什麼嗎？」

希茨洛微笑起來。「沒錯！我們上學期學過的那些埃及的東西。那些……呃……日盤！」

「謝謝你，希茨洛。回去睡覺吧。」蘭登轉向全班學生。「光環，就像許多基督教象徵符號一樣，是從太陽崇拜的古埃及宗教信仰裡借用的。基督信仰充滿了太陽崇拜的例子。」

「對不起？」那個前排的女孩說。「我常上教堂，我可沒看到教堂裡有什麼太陽崇拜的事情！」

「是嗎？你們十二月二十五日慶祝的是什麼呢？」

「聖誕節。耶穌基督的誕生。」

「可是根據聖經記載，基督是生在三月，所以我們幹嘛在十二月底慶祝呢？」

一片沈默。

蘭登微笑了。「各位同學，十二月二十五日，就是古代異教的『無敵太陽』假日，大概就是冬至的時候。那是一年中的神奇時光，太陽重返大地，白晝開始變長了。」

蘭登又咬了口蘋果。

「戰勝的宗教，」他繼續說：「常常會採納既有的假日，對於改變宗教信仰的人來說，可以減低衝擊，這叫作變形，有助於人們適應新的宗教。信徒繼續過同樣的神聖節日，在同樣的神聖地點祈禱，使用同樣的象徵符號……只不過換了個不同的神。」

此時前排的那個女孩一臉憤怒。「你是在暗示基督信仰只不過是某種……重新包裝過的太陽崇拜！」

「完全不是這個意思。基督宗教不單是從太陽崇拜的信仰借用而已。基督徒列入聖人的儀式是取自古希臘神話學者歐伊邁羅斯所寫的古代『造神』儀式。『吃神』的慣例——也就是領聖體——是借用自阿茲特克文化。甚至基督爲了人類的罪而死，也有人認爲不是基督徒特有的；一個年輕人自我犧牲以免除族人的罪，也出現在中美洲古文明所崇拜的羽蛇神奎查寇托的最早期傳說中。」

那個女孩目光炯炯。「那麼，基督信仰裡有任何原創的事物嗎？」

「任何有系統的信仰都少有眞正的原創性。宗教並非誕生於偶然，而是各個宗教間藉助彼此而成長。現代宗教是個拼貼……記載人類爲了要了解神性，而吸收、同化的歷史紀錄。」

「唔……慢著，」希茨洛大膽提問，現在看起來已經醒了。「我知道基督教裡有些原創的東西。比方上帝的形象呢？基督教藝術從不會把上帝畫成像鷹的太陽神，或者像個阿茲特克人，或是像其他怪物。基督教藝術中所描繪的上帝，通常都是個留著白色大鬍子的老人。所以我們的上帝形象是原創的，對不對？」

蘭登微笑了。「當早期改信基督教的信徒放棄他們原來的神——異教神祇、羅馬神、希臘神、太陽、密特拉神，不管什麼神——他們曾詢問教會，他們新的基督教上帝是什麼長相。教會當局很聰明地選擇了最令人敬畏、最有力量的……也是所有歷史紀錄中最熟悉的臉。」

希茨洛一臉懷疑。「長著一大把白鬍子的老人？」

蘭登指著牆上一張古代神祇階級圖。最上方坐著一個老人，白色鬍子飄垂著。「宙斯看起來眼熟嗎？」

此時下課鈴正好響起。

「晚安。」一個男人的聲音說。

蘭登驚跳起來，回到了現實的萬神殿中。他轉身看到一位老先生穿著藍色斗篷，胸前有個紅色十字。那人朝他笑，露出滿嘴灰牙。

「你是英格蘭人，對吧？」那個人的托斯卡尼口音很重。

蘭登眨眨眼睛，覺得很困惑。「事實上，不是。我是美國人。」

那個人一臉尷尬。「喔老天，請原諒我。你穿得這麼體面，我就以爲……對不起。」

「有什麼需要我效勞的嗎？」蘭登問，心跳得好快。

「事實上，我以爲說不定我可以替你效勞哩。我是這裡的導覽員。」那個人驕傲地指著他身上市政府發的徽章。「我的職責就是要讓你們的羅馬之旅更有趣。」

更有趣？蘭登很確定，他這回的羅馬之旅已經太有趣了。

「你看起來像個有身分的人，」那個導覽員巴結地說：「你最感興趣的一定是文化方面。或許我可以告訴你有關這座迷人建築的一些歷史。」

蘭登禮貌地微笑。「您眞好心，但我自己就是個藝術史學者，而且——」

「好極了！」那個人眼睛一亮，好像中了獎似的。「那麼你一定會很樂於聽我解說！」

「我想我寧可——」

「萬神殿，」那個人宣佈道，開始熟極而流地背起他那套台詞，「是在西元前二十七年由馬可斯・阿格利帕所建。」

「沒錯，」蘭登打斷他，「後來在西元一一九年由哈德連皇帝重建。」

「萬神殿原來是全世界最大的獨立式無支撐圓頂建築，直到一九六〇年才被紐奧良的超級圓頂體育館追上！」

蘭登呻吟起來，這個人眞是怎麼樣都堵不了他的嘴。

「有個第五世紀的神學家曾把萬神殿稱爲惡魔之屋，警告說屋頂的那個洞是惡魔的入口！」

蘭登在他前面站住了，雙眼往上看著眼窗洞，薇多利雅編出來的那個情節閃過他心裡，令他骨頭發麻……一個被烙印的樞機主教穿過那個洞掉下來，摔在大理石地板上。這麼一來就會是個轟動媒體的大事了。蘭登不自覺掃視了萬神殿一圈，看看有沒有什麼記者。沒有。他深深吸了口氣。這個念頭太荒謬了，要施展這麼一個絕技，那也未免太離譜了。

蘭登抽身往前走，繼續他的勘查，那個喋喋不休的導覽員像個極度缺乏關愛的小狗黏在他後頭。這倒提醒了我，蘭登兀自想著，世上最可怕的，莫過於熱心的歷史學家。

大廳對面，薇多利雅正專注於她的搜索。自從聽到她父親的死訊以來，這是她頭一回獨處，她覺得過去八小時的殘酷現實緊緊圍繞著她。幾乎同樣痛苦的是，她父親的發明竟被濫用了——現在成了恐怖份子的武器。一想到是她的發明，才會讓反物質可以運輸，薇多利雅就滿心覺得罪惡……她的罐子現在正在梵蒂岡裡倒數計時。她本來只是爲了要幫父親追求簡單的眞相……現在卻成了種種混亂的共犯。

奇怪的是，在她生命中的此刻，唯一讓她覺得對勁的事情，竟是一個完全陌生的人，羅柏・蘭登。從他的雙眼中，她感覺到一種難以解釋的慰藉……就像她今天早上剛離開的那片和諧海洋。她很高興有他在身旁，不單因爲他是一股力量和希望的來源，蘭登靈活的腦筋也提供了這個抓住殺死她父親兇手的機會。

薇多利雅做了個深呼吸，繼續繞著牆面搜索。她滿腦子都是各式各樣報仇的影像，一整天想個不停。即使她曾誓言愛惜所有生命……但她希望這個劊子手死掉。這回再多的善報也不能讓她忍著不還手了。她震驚地警覺到，某種東西正在自己義大利的血液中奔流，那是她之前從未意識到的……西西里島的祖先低語，要以殘酷的正義捍衛家族榮譽。血債血還，薇多利雅想著，畢生頭一次了解那是什麼感覺。

復仇的意念激勵她往前。她走向了拉斐爾・桑提之墓。即使隔著一段距離，她也看得出這座墓很特別。那具棺槨就像其他的一樣，外面罩著一層樹脂玻璃，嵌在牆壁上。透過那層玻璃，她可以看到石棺的正面。

拉斐爾・桑提，一四八三—一五二〇

薇多利雅審視著那個墳墓，然後閱讀拉斐爾墳墓旁那塊牌子，上頭只有一行說明。

然後她又讀了一次。

然後……她又讀了一次。

過了一會兒，她滿心驚駭穿越大廳往對面衝。「羅柏！羅柏！」

62

蘭登負責勘查那半邊萬神殿的進度，多少受到了那個死跟在他後頭不放的導覽員所影響，正當蘭登要檢查最後一個凹室之時，導覽員還在繼續猛講個不停。

「看起來你是很喜歡這些壁龕了！」那個導覽員說，一臉欣喜。「你注意到那些內凹的厚牆板就是讓圓頂看起來沒有重量的原因嗎？」

蘭登點點頭，一個字也沒聽進去，兀自準備檢查下一個壁龕。忽然間有人從後頭抓住他，是薇多利雅。她氣喘吁吁拉著他的手臂。從她臉上駭然的表情，蘭登只能想到一件事。她發現了一具屍體。一股畏懼湧上他心頭。

「啊，是你太太！」那個導覽員喊道，顯然很興奮又多了個聽眾。他指著她的短褲和健走靴。「你的話，我就看得出來是美國人了！」

薇多利雅瞇起眼睛。「我是義大利人。」

那個導覽員的笑容漸漸消失。「哎呀，糟糕。」

「羅柏，」薇多利雅低聲說，設法背對著那個導覽員，「伽利略的《圖解》，我得看看。」

「《圖解》？」那個導覽員說，又回頭來對著他們甜言蜜語。「老天！你們二位可真懂歷史！不幸的是，那份文獻沒辦法看到，現在很隱祕地收藏在梵蒂岡檔案——」

「失陪一下好嗎？」蘭登說，他被薇多利雅的緊張給弄糊塗了。他把她拉到一旁，伸手從口袋裡拿出那張《圖解》的書頁。「怎麼回事？」

「這本書的出版日期是什麼時候？」薇多利雅審視著那張紙問道。

那個導覽員又湊近他們，盯著那張書頁，嘴巴大張。「那不會……真的是……」

「給遊客的複製品。」蘭登推託道。「謝謝你的幫忙。拜託，我太太和我想私下講點話。」
那個導覽員後退，眼睛仍盯著那張紙。
「日期。」薇多利雅對蘭登重複問道。「伽利略是什麼時候發表……」
蘭登指著下方那行羅馬數字。「這是出版日期。怎麼回事？」
薇多利雅檢查那個數字。「一六三九年？」
「沒錯，有什麼不對勁嗎？」
薇多利雅的眼神充滿不祥的預感。「我們慘了，羅柏。出了大麻煩了。日期不符合。」
「跟什麼日期不符合？」
「拉斐爾的墳墓。他是一七五九年才埋葬在這裡的。在《圖解》出版一個世紀之後。」
蘭登盯著她，想搞懂她的話。「不。」他回答。「拉斐爾死於一五二〇年，早在《圖解》出版之前。」
「沒錯，可是他是很後來才埋葬在這裡的。」
蘭登迷糊了。「你的意思是什麼？」
「我剛剛才看到說明的。拉斐爾的遺骨一七五八年才遷葬到萬神殿，那是對義大利歷史上傑出人物的一種致敬。」
蘭登慢慢聽懂了那些話，感覺好像腳下踩的地毯被猛地一抽。
「那首詩寫下來的時候，」薇多利雅說：「拉斐爾的墓是在別的地方。當時，萬神殿根本和拉斐爾半點關係都沒有。」
蘭登喘不過氣來了。「可是那就……表示……」
「沒錯！這表示我們找錯地方了！」
蘭登覺得天旋地轉。不可能啊……我確定……

薇多利雅跑過去抓住那個導覽員，把他拉回來。「對不起，先生。十七世紀時，拉斐爾的遺體葬在哪裡？」

「烏爾……烏爾比諾，」他結巴地說，此時一臉不知所措，「他的出生地。」

「不可能！」蘭登低聲詛咒自己。「光明會的科學祭壇在羅馬城裡。我很確定這點！」

「光明會？」那個導覽員嘴巴大張，又看看蘭登手上的那張文獻。「你們到底是誰？」

薇多利雅搶著回答：「我們在尋找一個叫桑提土墓的地方。在羅馬城。你能告訴我們可能會是什麼地方嗎？」

那個導覽員一臉不安。「這裡就是羅馬城裡拉斐爾唯一的墓。」

蘭登試圖思考，偏偏腦袋一片空白。如果一六五五年拉斐爾的墓不在羅馬城，那麼那首詩裡指的會是什麼？桑提土墓起，惡魔洞相伴？這會是指什麼？快想！

「有別的藝術家也姓桑提嗎？」薇多利雅問。

那個導覽員聳聳肩。「我不知道有其他人。」

「那會不會有其他名人呢？比方科學家或詩人或天文學家，也姓桑提的？」

那個導覽員現在一副想離開的樣子。「不曉得，夫人。我唯一聽過姓桑提的，只有建築師拉斐爾。」

「建築師？」薇多利雅說。「我還以爲他是畫家！」

「是建築師也是畫家。米開朗基羅、達文西、拉斐爾，都是兩種身分兼具。」

蘭登不知道是那個導覽員的話還是環繞著他們的華麗墳墓讓他靈光乍現，但反正也不重要了。他想到了。桑提是建築師。從這裡開始，他的思緒如同骨牌被推倒般一路前進。文藝復興時期的建築師只有兩種發揮長才的途徑——以大教堂頌讚天主的榮耀，或是以奢華的墳墓爲顯貴人士增光。桑提的墳墓，有可能是這個意思嗎？現在一連串畫面轉得更快了。……

達文西的《蒙娜麗莎》。

莫內的《睡蓮》。

米開朗基羅的《大衛像》。

桑提的《土墓》。

「桑提設計了那座墳墓。」蘭登說。

薇多利雅轉身。「什麼？」

「詩裡指的不是拉斐爾埋葬的地方，而是指他所設計的墳墓。」

「你在說什麼啊？」

「我誤會了線索。我們該找的不是拉斐爾埋葬的地點，而是拉斐爾為其他人所設計的墳墓。眞不敢相信我會搞錯。羅馬城的文藝復興和巴洛克時期雕塑，有半數都是為了喪葬而製作。」蘭登恍然大悟地微笑。「拉斐爾一定設計過幾百座墳墓！」

薇多利雅半點開心的表情都沒有。「幾百座？」

蘭登的笑容也逐漸褪去。「喔。」

「大教授，其中有哪座是土墓嗎？」

蘭登忽然覺得力不從心。他對拉斐爾作品的所知，實在少得可憐。米開朗基羅他還可以幫得上忙，但拉斐爾的作品從未令他著迷。蘭登只能列出兩三個拉斐爾所設計的著名陵墓，但不確定那些陵墓的外觀是什麼樣子。

薇多利雅顯然感覺到蘭登想不出來，她轉向那個正漸漸走遠的導覽員，抓住了他的手，把他拉回來。「我需要一個墳墓。拉斐爾設計的。可以視為有世俗意味的土墓。」

那個導覽員露出一臉苦惱。「拉斐爾的墳墓？我不曉得。他設計過太多了。你們指的或許是拉斐爾設計的小聖堂，不是墳墓。當時的建築師常常設計連有墳墓的小聖堂。」

蘭登明白他說得沒錯。

「那麼有哪個拉斐爾設計的墳墓或小聖堂，是被視為世俗、塵土的嗎？」

那個人聳聳肩。「很抱歉，我不懂你的意思。我所知道的那些，沒有被形容為世俗或塵土的。我該走了。」

薇多利雅抓住他的手臂，唸出那張書頁上的頂端那行。「桑提土墓起，惡魔洞相伴。這對你有任何意義嗎？」

「完全沒有。」

蘭登忽然抬頭。他剛剛一時忘記了那行詩的下半行。惡魔洞？「對了！」他對那個導覽員說。「我明白了！拉斐爾所設計的小聖堂中，哪個是有眼窗洞的？」

那個導覽員搖搖頭。「據我所知，萬神殿是唯一的。」他停了一下。「可是……」

「可是什麼！」薇多利雅和蘭登異口同聲說。

那個導覽員抬起頭，又朝他們接近。「惡魔洞？」他低聲咕噥著，咂著牙齒。「惡魔洞（demon's hole）……那就是……義大利文的buco diàvolo嗎？」

薇多利雅點點頭。「字面上是這樣沒錯。」

那個導覽員微微一笑。「這個詞我好久沒聽到了。如果我沒弄錯的話，buco diàvolo指的是地下墓窟。」

「地下墓窟？」蘭登問。「就是地下墓室嗎？」

「對，不過是某種特定的地下墓室。我相信惡魔洞是一個古代的詞，用來指一種很大的墓窟，位於小聖堂之下……就在另一座墳墓底下。」

「是附屬納骨塔嗎？」蘭登問，立刻曉得那個人所描述的是什麼。

那個導覽員似乎很驚奇。「沒錯！我在想的就是這個詞兒！」

蘭登思索著。附屬納骨塔是一種便宜的教會措施，以解決一個尷尬的困境。當教會以教堂聖所內華麗的墳墓表彰其最傑出的成員時，死者的在世家屬往往會要求家人能葬在一起……以確保他們在教堂內也能有個夢寐以求的埋葬處。總之，如果教會沒有空間或資金替整個家族建墳墓，有時候就會挖個附屬納骨塔——在墳墓旁的地板上挖個洞，以埋葬比較不重要的家族成員。然後這個洞就以文藝復興時代等同於下水道出入孔蓋的一種蓋子給蓋住。雖然很方便，但附屬納骨塔的做法很快就被淘汰了，因爲其惡臭常常飄進大教堂裡。惡魔洞，蘭登心想。他從沒聽過這個名詞，但感覺上卻奇異地貼切。

此時蘭登的心臟跳得好厲害。桑提土墓起，惡魔洞相伴，現在好像只剩一個問題了。「拉斐爾設計過任何有這類惡魔洞的墳墓嗎？」

導覽員抓抓腦袋。「事實上，很抱歉……我只想得到一個。」

只有一個？這眞是蘭登作夢都想不到的最佳回答了。

「在哪裡？」薇多利雅簡直是用吼的。

那個導覽員用怪異的眼光看著他們。「那裡叫做基吉小聖堂。是阿戈斯提諾・基吉和他兄弟的墳墓，他們是富有的藝術和科學贊助人。」

「科學？」蘭登說，和薇多利雅彼此看了一眼。

「在哪裡？」薇多利雅又問了一次。

那個導覽員沒理會她的問題，似乎又熱心想爲他們服務了。「至於這座墳墓是否世俗或塵土，我不曉得，但它肯定……應該說是與眾不同。」

「與眾不同？」蘭登說。「怎麼個不同法？」

「建築不協調。拉斐爾只是設計師，還有另一個雕塑家負責室內裝飾。我不記得是誰了。」

蘭登現在豎起耳朵。或許是那個匿名的光明會大師？

「不管裡頭那些紀念作品是誰做的，反正都缺乏品味。」那個導覽員說。「我的老天！恐怖極了！誰會想埋葬在金字塔底下？」

蘭登簡直不敢相信自己所聽到的。「金字塔？那個小聖堂裡有金字塔？」

「我知道。」導覽員嘲弄道。「好可怕，對不對？」

薇多利雅抓住導覽員的手臂。「先生，那個基吉小聖堂在哪裡？」

「往北大概一哩。就在人民聖母教堂裡。」

薇多利雅呼出一口氣。「謝謝。那我們——」

「嘿，」導覽員說：「我眞笨，剛剛才想到一件事。」

薇多利雅暫停下來，「拜託別跟我說你搞錯了。」

導覽員搖搖頭。「沒搞錯，不過我早該想到的。基吉小聖堂以前不是這個名字，過去是被稱爲Capella della Terra。」

「意思是地之聖堂？」蘭登問。

「不，」薇多利雅說，走向門口，「土之聖堂。」

薇多利雅．威特拉衝進圓宮廣場，一面掏出她的手機。「歐里維提指揮官，」她說：「這個地方不對。」

歐里維提似乎很困惑。「不對？什麼意思？」

「第一個科學祭壇是在基吉小聖堂！」

「哪裡？」現在歐里維提的聲音很憤怒。「可是蘭登先生說過——」

「人民聖母教堂！往北一哩。馬上派你的手下趕到那裡！我們還剩四分鐘！」

「可是我的人都部署在這裡了！我不可能——」

「快！」薇多利雅關上手機。

蘭登跟在她身後走出萬神殿，一時覺得頭昏眼花。

薇多利雅抓住他的手，拉著他往路邊那列好像沒有司機的排班計程車走去。她敲敲第一輛車的車頂，正在睡覺的司機驚喊一聲直起身子。薇多利雅拉開後門，推蘭登進去，她跟在後面跳上車。

「人民聖母教堂，」她命令道：「快點。」

那個司機表情昏花、半受驚嚇地踩下油門，上路往前衝。

63

甘瑟．葛立克佔據了雪妮塔．梅可瑞在電腦前的位置，梅可瑞現在正彎腰站在狹窄的ＢＢＣ轉播車後頭，困惑地隔著葛立克的肩膀往前看。

「跟你說過了，」葛立克說著敲了幾個鍵，「《英國八卦通》不是唯一報導過這些傢伙的報紙。」

梅可瑞湊得更近些。葛立克說得沒錯。ＢＢＣ資料庫搜尋到過去十年的六則報導，是有關一個叫光明會的兄弟會。好吧，算我勢利眼吧。梅可瑞心想。「這些報導是什麼爛傢伙做的？」她問。

「ＢＢＣ不會雇爛傢伙的。」

「他們就雇了你啊。」

葛立克沈下臉。「我不懂你幹嘛這麼多疑，有大量歷史文獻記載過光明會。」

「女巫也是，還有幽浮，還有尼斯湖水怪。」

葛立克看著那些列出來的報導。「你聽過一個叫做邱吉爾的傢伙嗎？」

「當然聽過。」

「ＢＢＣ前陣子製作了一個歷史紀錄片，回顧邱吉爾的一生。裡頭說他是頑固的天主教徒。你知道一九二〇年邱吉爾曾發表一份聲明，譴責光明會，並警告英國人有個全球性的反道德陰謀嗎？」

梅可瑞半信半疑。「這登在哪裡？《英國八卦通》嗎？」

葛立克微笑。「《倫敦前鋒報》，一九二〇年二月八日。」

「不可能。」

「你自己看看。」

梅可瑞更仔細看那份報導。《倫敦前鋒報》，一九二〇年二月八日。真搞不懂。「唔，邱吉爾是個偏執狂。」

「他不是唯一這麼想的人。」葛立克說，繼續往下閱讀。「看起來美國的威爾遜總統在一九二一年發表過三次廣播演說，警告說壯大中的光明會接管了美國的銀行系統。你想聽聽那份廣播演說稿嗎？」

「不怎麼想。」

葛立克還是念了一段。「他說：『有一個力量太有組織，太狡猾，太全面，又太有滲透力，所以即使有人有意譴責他們，也從不敢出聲。』」

「這件事我從來沒聽說過。」

「或許是因爲一九二一年你年紀還小。」

「嘴巴好甜。」梅可瑞對他的譏嘲從容接招。她知道自己的外表已經顯露出年紀。四十三歲的她，一頭茂盛的黑色鬈髮已經雜著灰絲。她太驕傲了，不可能染髮。她母親是南方浸信會的信徒，她教導雪妮塔要知足自重。你是個黑人女性，她母親曾說，不要隱藏自己的模樣。你一試著隱藏，那就完了。站著要抬頭挺胸，笑起來開朗歡喜，讓大家想不透是什麼祕密讓你笑。

「你聽過塞西爾．羅德茲嗎？」

梅可瑞抬頭。「那個英國金融家？」

「沒錯。創立了羅德茲獎學金。」

「可別告訴我——」

「光明會員。」

「BS。」（譯註：bullshit〈臭蓋，胡說〉較委婉的代語。）

「其實，是BBC。一九八四年十一月十六日。」

「我們報導說塞西爾．羅德茲是光明會的會員？」

「一點也沒錯。而且根據我們的廣播電視網，羅德茲獎學金在兩世紀前設立時，是爲了號召全世界最聰明的年輕人加入光明會。」

「這太荒謬了！我叔叔就拿過羅德茲獎學金！」

葛立克朝她擠擠眼睛。「柯林頓總統也拿過。」

這下子梅可瑞火了。她對造假、危言聳聽的報導向來無法忍受。然而，她太了解ＢＢＣ，知道每則播出的報導都是小心調查、求證過的。

「這裡還有一個，你應該記得。」葛立克說。「ＢＢＣ，一九九八年三月五日。國會委員會主席克里斯・慕林要求，凡是加入共濟會的英國國會議員，都必須交代他們的身分。」

梅可瑞記得這件事。這個命令後來還延伸到包括警察和法官都必須交代。「當時是爲什麼？」

葛立克念道：「……擔心共濟會內部的祕密派系，在政治和金融系統行使龐大的操縱力。」

「沒錯。」

「引起了好一陣騷動。國會裡的共濟會成員都很生氣，他們也的確有權利生氣。大部分加入共濟會的都是清白人士，只是爲了建立人際關係和慈善事業而入會。他們根本不曉得這個兄弟會過去的淵源。」

「純屬臆測的淵源。」

「隨便是什麼吧。」葛立克瀏覽著那些文章。「看看這個。這則報導追溯光明會的歷史遠自伽利略開始，還有法國和西班牙的古代分會。甚至還有卡爾・馬克思和俄國革命。」

「歷史本來就是可以改寫的。」

「好吧，你想聽現在發生的事情？看看這個。這一則提到光明會的報導，是最近登在《華爾街日報》的。」

這讓梅可瑞豎起了耳朵。「《華爾街日報》？」

「猜猜現在美國最受歡迎的線上遊戲是什麼？」

「在潘蜜拉・安德森（Pamela Anderson）身上貼尾巴。」

「很接近了。這個線上遊戲叫做：『光明會：新世界秩序』。」

梅可瑞隔著他肩膀看那段宣傳文字：「史蒂夫・傑克森遊戲公司推出的熱門產品……半史實半虛構的冒險遊戲，一個來自巴伐利亞的古代邪惡兄弟會要控制全世界。你可以在以下網站找到……」梅可瑞抬頭，覺得一陣反胃。「這些光明會的人到底反對基督信仰哪一點？」

「不光是基督信仰而已，」葛立克說：「而是反對一般的宗教。」葛立克抬起頭咧嘴笑了。「不過從我們剛剛接到的電話，顯然在他們心目中，梵蒂岡的地位確實很特殊。」

「拜託喔。你不會眞以爲打電話來的那個人講的都是眞的吧。」

「光明會派來的使者？準備殺掉四個樞機主教？」葛立克微笑。「我當然希望是眞的。」

64

蘭登和薇多利雅的計程車沿著寬闊的斯科夫拉街，往北疾駛過那一哩路，剛好花掉一分鐘。就在八點前，他們的車在人民廣場南端煞車停住。他們身上都沒有義大利里拉，於是蘭登以美金多付了車資，然後和薇多利雅一起跳下車。廣場一片平靜，只有幾個坐在羅撒提咖啡店外頭的當地人所傳來的笑聲——那裡是義大利文人學者的熱門聚集處。微風中傳來義大利濃縮咖啡和酥皮點心的香味。

蘭登還處於錯判萬神殿的震驚中。但他匆匆看了這個廣場一眼，就已經有強烈的第六感。這個廣場巧妙地充滿了光明會的種種含義。不光是因爲整個廣場是橢圓形的，而且廣場正中央還矗立著一根高聳的古埃及方尖碑——方石柱頂端是特殊的金字塔狀。由於羅馬帝國時代的劫掠，方尖碑遍佈羅馬城，被符號學家稱爲「高貴的金字塔群」——眾多神聖的金字塔形指向天空。

蘭登的眼睛順著那根巨大的石柱往上，視線卻忽然被背景中另一個更引人注目的東西吸引過去。

「這個地方沒有錯。」他低聲說，忽然覺得自己毫無遮蔽而警戒起來。「你看看那個。」蘭登指著壯觀的人民城門——在廣場另一頭聳立的石拱門。這座拱型建築已俯瞰廣場數百年，拱門正上方最高點是個符號雕刻作品。「看起來眼熟嗎？」

薇多利雅抬頭看著那個巨大的雕刻。「一個三角形的石堆上有顆發亮的星星？」

蘭登搖搖頭。「一個光源俯照著一座金字塔。」

薇多利雅轉過頭來，雙眼大睜。「就像……美國的國璽？」

「正是。一元鈔票上的共濟會符號。」

薇多利雅做了個深呼吸，看了廣場一圈。「這個教堂到底在哪裡？」

人民聖母教堂就像一艘放錯地方的戰艦般，歪斜矗立在廣場東南角的丘陵底部。建築正面搭著高高的鷹架，使得這座始建於十一世紀的石造高樓更形笨拙。

快步走向教堂時，蘭登的思緒一片模糊。他抬頭驚奇地凝視著那座教堂。裡頭眞有可能即將發生一樁謀殺案嗎？他眞希望歐里維提動作快點，他口袋裡面的槍感覺很不舒服。

教堂前方的階梯是扇形的——歡迎來客的弧狀——但現在看來很諷刺，因爲他們面前擋著鷹架、整修的設備，還有一個警告牌：整修中，禁止進入。

蘭登明白了，因整修而關閉的教堂，對凶手來說就表示完全隱祕而不受干擾。不像萬神殿。在這裡不必玩什麼巧妙的把戲，只要設法進去就行了。

薇多利雅毫不猶豫就從鋸木架之間溜過去，走向階梯。

「薇多利雅，」蘭登警告：「如果他還在裡面……」

薇多利雅好像沒聽到。她登上了主門廊，來到教堂的單扇木頭大門前。蘭登跟在後頭匆匆爬上階梯，還沒來得及說話，薇多利雅就已經抓住門把想拉開。蘭登屏住呼吸，那扇門一動也不動。

「一定有別的入口。」薇多利雅說。

「或許吧，」蘭登說，吐出了一口氣，「可是歐里維提馬上就會到了。我們自己進去太危險了。我們應該在外頭這裡守著，等到——」

薇多利雅轉身，目光炯炯。「如果有別的門進去，也就表示有別的門出來。要是這個人從別的門溜掉，我們就逮不到他了。」

蘭登知道她說得沒錯。

教堂右側的那條小巷子又窄又暗，兩側有高高的牆。裡頭有股尿騷味——在一個酒吧和公廁比例是二十比一的城市裡，這種氣味一點也不稀奇。

蘭登和薇多利雅匆匆鑽進那條臭烘烘的暗巷。往前走了約十五碼，薇多利雅抓住蘭登的手臂往前指。

蘭登也看到了。前方是一扇不起眼的木門，裝著沈重的鉸鏈。蘭登認出那是典型的「聖門」——神職人員專用的出入口。但近年許多教堂由於周圍的建築物愈來愈擁擠，加上土地有限，就把這類側門擠到狹窄不便的小巷中，因而大半早已廢棄不用了。

薇多利雅趕緊走向那扇門。她來到門前，往下盯著門把，顯然不知道該怎麼辦。蘭登跟在她後頭，看著原來該是門把的地方，掛著一個奇怪的甜甜圈狀鐵環。

「環形鎖。」蘭登低聲說，伸手默默提起那個鐵圈，拉近自己，那個裝置叮叮作響。薇多利雅挪動了一下，忽然露出不安的表情。蘭登不發一語，順時針轉動那個環，鬆鬆地轉了三百六十度，鎖沒開。蘭登皺皺眉，逆時針再轉，結果一樣。

薇多利雅看著巷底。「你想還會有別的入口嗎？」

蘭登不太相信。大部分文藝復興時期的主教堂都設計成類似堡壘的樣式，以備城市遭受攻擊，因此教堂的入口通常會盡可能地少。「如果還有別的路進去，」他說：「可能就是在後方的護牆上——比較像是逃生出口，而不是入口。」

薇多利雅已經往前走去。

蘭登跟著往巷底走，兩側的牆高高聳立。遠處開始響起了八點的鐘聲……

薇多利雅第一次喊他時，羅柏．蘭登沒聽到。他正放慢腳步看著一面裝了鐵窗的彩繪玻璃，想設法看看教堂裡面。

「羅柏！」她壓著嗓子用氣音喊。

蘭登望過去，薇多利雅正站在巷底。她指著教堂的背面，然後朝他揮揮手。蘭登不情願地小跑過去。後牆基部有一道岩石護牆突出來，底下隱藏著一個窄洞——某種狹窄的通道，直接通到教堂的底部。

「會是個入口嗎？」薇多利雅問。

蘭登點點頭。其實是出口，不過別計較細節了。

薇多利雅跪下，凝視著裡頭那條隧道。「我們去檢查那道門，看看能不能打開。」

蘭登正要開口反對，薇多利雅已經牽著他的手，拖著他往洞口走。

「等一下。」蘭登說。

她轉身不耐地看著他。

蘭登嘆了口氣。「我走前面。」

「又要發揮騎士風度了？」

「長者優先，美女排後面。」

「這算恭維嗎？」

蘭登笑了笑，搶在她前面走進那片黑暗。「小心台階。」

他在那片黑暗中慢慢往前走，一手始終扶著牆。那面牆在指尖底下的感覺很粗糙。一時間蘭登想起古希臘神話中的第達羅斯，那個少年如何在牛頭怪邁諾陶的迷宮裡始終一手扶著牆壁，知道自己若持續摸著牆壁不放，就一定能找到盡頭。蘭登移步向前，卻不怎麼確定自己希望找到盡頭。

隧道逐漸變窄，蘭登放慢腳步。他感覺到薇多利雅緊跟在後頭。牆往左轉，隧道盡頭是個半圓形凹室。怪了，裡頭竟然有微弱的光線。在朦朧中，蘭登看到了一扇沈重木門的輪廓。

「哎呀。」他說。

「鎖上了？」

「原先是。」

「原先？」薇多利雅來到他身邊。

蘭登往前指，門內照進來一道光，那扇門微啓著……被拔釘器給硬撬斷的鉸鏈還拴在木門上。

套。

他們靜靜站在那兒一會兒。然後，在黑暗中，蘭登感覺到薇多利雅的雙手在他胸膛摸索，探進他的外套。

「別緊張，大教授。」她說。「我只是要拿槍。」

正當此時，在梵蒂岡博物館內，一個瑞士衛兵團的任務小組朝各方向散開。博物館裡一片黑暗，衛兵們戴著美國海軍陸戰隊用的紅外線夜視鏡。這種夜視鏡讓每種東西都變成一種怪異的綠色調。每個衛兵還罩著頭戴式耳機，連接著手裡一根看似天線的偵測器，在身前有節奏地揮動——這個裝置他們每星期會用上兩次，好掃除梵蒂岡內的電子竊聽器。此時他們有系統地前進，檢查雕像後方、壁龕內部、櫥櫃、傢具下方。只要天線偵測到任何磁場，就算再微弱，也會發出警報聲。

然而今夜，他們卻沒有偵測到任何動靜。

65

在黯淡的光線下，人民聖母教堂內部成了一個黑暗的洞穴。感覺上不像是主教堂，倒還較像個尚未完工的地鐵站。祭壇周圍的主聖壇像個障礙賽訓練場，拆了一半的地板、堆磚的棧板、土堆、手推車，甚至還有一輛生銹的挖土機。巨大的石柱從地板上昂然升起，支撐著上方的拱形屋頂。在空中，細砂緩緩飄浮在彩繪玻璃篩進來的柔和光芒中。蘭登和薇多利雅站在賓杜利基歐於十六世紀初所繪的溼壁畫之下，環視著一片狼藉的主聖壇。

什麼動靜都沒有，一片死寂。

薇多利雅雙手握槍舉在胸前。蘭登看看錶：八點零四分。我們跑進來這裡真是瘋了，他心想。太危險了。不過他知道，如果那個殺手在裡面，就可以隨意從任何門離開；而眼前他們只有一把槍，在外頭也只能守著一扇門，不會有任何結果。唯一的方法就是進來抓他……不過也要他還留在裡面才行。蘭登滿心的罪惡感，都是他犯的錯，害大家跑到萬神殿去錯失良機。現在他沒有立場堅持一切要謹慎爲上；是他逼得他們不得不孤注一擲的。

薇多利雅環視著教堂，一臉憂慮。「接下來，」她輕聲道：「這個基吉小聖堂在哪裡？」

蘭登的視線穿過黑黝黝的一片朦朧暗影，望向這座主教堂的後方，審視著外側的牆面。跟一般觀念中相反，文藝復興時期的主教堂通常包含好幾個小聖堂，大型主教堂如聖母院則更是有二三十個小聖堂。這些聖堂不太像是房間，而比較像是洞穴——一個個有墳墓的半圓形凹室，環列在教堂各邊的牆面上。

壞消息，蘭登心想，看到了兩側牆面上各有四個凹室，總共有八個小聖堂。雖然這個數字不大，但八個凹室的開口都因爲整修而罩著巨幅的素面塑膠布，那些半透明布簾顯然是要防止灰塵飛進凹室內的墳墓。

「可能是在任何一個罩著布幕的凹室裡。」蘭登說。「不一個個檢查的話，不曉得哪個會是基吉小聖堂。我們最好等歐里維——」

「左邊第二個半圓形室是哪個？」她問。

蘭登看著她，很驚訝她竟然曉得這些建築術語。「左邊第二個半圓形室？」

薇多利雅指著他後面的牆壁。石牆上嵌著一塊有裝飾圖樣的瓷磚。上頭刻的符號跟他們在外頭看到過的一樣——一顆發亮的星星底下有個金字塔。旁邊一面灰撲撲的牌子上有說明字樣：

亞歷山大・基吉之紋章
其墳墓位於本主教堂
左邊第二個半圓室

蘭登點點頭。基吉的紋章是個金字塔和星星？他忽然納悶起這位富有的贊助人基吉是否也是光明會員。他朝薇多利雅點點頭。「幹得好，南西・茱。」（譯註：南西・茱〔Nancy Drew〕爲美國著名的少年偵探小說系列中的主角，是個聰慧勇敢的業餘少女神探。）

「什麼？」

「算了。我——」

有塊金屬嘩啦一聲砸在地板上，離他們只有幾碼，鏗鏘的回音響徹整個教堂。蘭登拉著薇多利雅躲到一根柱子後，同時薇多利雅把槍揮向聲音的來源，指著不放。一片靜默。他們等待著。接著又有了聲音，這回是窸窣聲。蘭登憋著氣不敢呼吸。我們當初就不該進來的！那個聲音離他們更近了，是種斷續地、輕拖著腳步的聲音，像是有人跛足行走。忽然間，杜子底部有個東西進入了他們的視線。

「狗娘養的！」薇多利雅往後驚跳，低聲用義大利語詛咒著。蘭登隨著她一起往後退。

在那根柱子旁，拖著一塊包著紙的、吃了一半的三明治的，是一隻大老鼠。那隻老鼠看到他們時停了一下，瞪著薇多利雅的槍管許久，然後又無動於衷地繼續拖著牠的獎品，走向教堂的凹室。

「狗娘……」蘭登喘了口氣，心臟狂跳。

薇多利雅垂下槍，很快就恢復原有的鎮定。蘭登從柱子後探頭，看到一個工人的午餐盒攤在地上，顯然是被那隻很有辦法的老鼠從鋸木架上撞落地了。

蘭登環視著那個長方形大教堂的動靜，低聲說：「如果這傢伙在這裡，他一定也聽到了那個聲音。你確定不要等歐里維提嗎？」

「左邊第二個半圓室，」薇多利雅重複說了一次，「在哪裡？」

蘭登不情願地轉身尋找方向。主教堂的專用術語就像舞台方位——完全是違反直覺的。他面對著主祭壇。舞台中心。然後他用大拇指朝肩後一指。

他們同時轉身，看指向哪裡。

基吉小聖堂似乎位於他們右邊四個凹室中數過去第三個。好消息是蘭登和薇多利雅位於教堂裡正確的一側，壞消息是他們位於錯誤的一端。這下子他們得穿越整個主教堂的長軸，經過三個其他小聖堂，而每個都像基吉小聖堂一樣，外頭蒙著半透明的塑膠遮布。

「等一下，」蘭登說：「我走前面。」

「算了吧。」

「在萬神殿搞砸的人是我。」

她轉身。「可是手裡有槍的人是我。」

從她的雙眼，蘭登看得出她真正的想法……失去父親的人是我。協助他建造一個大型毀滅武器的人是我。我非轟爛這傢伙的膝蓋骨不可……

蘭登感覺到自己堅持下去沒有用，就由她去了。他跟在薇多利雅後頭，小心翼翼，從長方形大教堂的東端往前走。他們經過第一個罩著遮簾的凹室，蘭登覺得很緊張，好像在參加什麼荒誕的遊戲節目，*我選三號簾幕*，他心想。

教堂很安靜，厚厚的石牆隔絕了外頭世界的一切喧囂。他們快步經過一個接一個小聖堂，窸窣的塑膠簾後現出類似人形的蒼白影子，搖晃有如鬼魅。*雕刻的大理石像*，蘭登告訴自己，希望自己想得沒錯。現在是八點零六分，那個殺手嚴格遵守時間、在蘭登和薇多利雅進來之前就溜掉了嗎？或者他還在這裡？蘭登不確定自己比較喜歡哪個情節。

他們經過了第二個半圓形室，逐漸暗下的主教堂內一片不祥。現在夜色似乎迅速降臨了，彩繪玻璃窗的沈重色調使得天色更加昏暗。他們繼續前進，身旁那塊塑膠簾忽然鼓脹起來，好像是被一股氣流吹過。蘭登好奇著是不是哪裡有人開了門所造成的。

等他們看得到前頭的第三個凹室時，薇多利雅放慢腳步。她把槍握在胸前，望著半圓形室旁邊的石碑。那塊花崗岩石板上刻著義大利文：

基吉小聖堂

蘭登點點頭。他們靜悄悄移到開口的一角，躲在一根大柱子的後面。薇多利雅從柱後伸出槍來指著塑膠布，然後她示意蘭登拉開簾幕。

最好開始祈禱了，他心想，不情願地從她肩後伸手，盡可能小心地開始把塑膠簾拉開。拉開一吋之後，發出了響亮的沙沙聲。兩人定住，沈默著。過了一會兒，又繼續慢慢拉。薇多利雅探出身子，透過那條窄縫凝視裡頭，蘭登在她肩後也看著。

好一會兒，兩人都不敢呼吸。

「空的，」薇多利雅終於說，放低了手槍，「我們來得太晚了。」

蘭登沒聽到，他滿心敬畏，一時之間已經置身於另一個世界了。他一輩子也想像不到，竟然會有像這樣的小聖堂。完全以栗色大理石裝飾的基吉小聖堂簡直令人屏息。蘭登訓練有素的雙眼貪婪地注視著這一切。這是蘭登所知最具有世俗意味的小聖堂了，簡直就像是伽利略和光明會設計出來的。

頭上的小圓頂閃耀著一片發亮的群星和七大行星。往下是黃道十二宮——源自天文學的異教、世俗符號。黃道十二宮也直接聯繫著土、風、火、水……四個象限各自代表權力、智慧、狂熱、感情。土代表權力，蘭登記得。

再往下的牆面上，蘭登看到了對人世四季的致敬物——春、夏、秋、冬。但遠比這一切都要更難以置信的，是兩個高聳在室內的結構物。蘭登沈默而驚訝地望著它們。不可能，他心想。就是不可能！但明明就是。小聖堂的兩側立著兩座十呎高的大理石金字塔，完全對稱。

「沒看到什麼樞機主教，」薇多利雅低聲說：「或是刺客。」她拉開塑膠簾走進去。

蘭登兩眼牢牢盯著金字塔。一座基督教的小聖堂裡，放金字塔要做什麼？驚人的是，還不止如此而已。每個金字塔的正中央，都嵌著一個金色紋章……就是蘭登之前看到過兩三次的那個紋章……完美的橢圓形。那個磨光的橢圓盤在小圓頂透進來的夕照下發著微光。伽利略的橢圓形？金字塔？畫著星星的小圓頂？就算蘭登在心中憑空想像，也想不出有這麼多光明會象徵的房間了。

「羅柏，」薇多利雅突然開口，聲音沙啞，「你看！」

蘭登望向她指的地方。「要命了！」他喊道，往後驚跳。

從地板上朝著他們冷笑的是一個骷髏圖——以大理石精細鑲嵌的馬賽克「潰敗的死神」。那具骷髏拿著一塊板子，上頭描繪著他們在外頭看過的金字塔和星星。然而，讓蘭登全身血液發冷的不是上頭的圖像，而是那個鑲嵌在圓形石板上的圖案被從地板上挪起來，就像個下水道的出入孔蓋似的，現在放在地板上一個黑暗的洞穴旁。

「惡魔洞。」蘭登倒抽了一口冷氣。之前他的注意力全被天花板吸引了，才會根本沒看到這個洞。他試探性地走向那個洞，裡頭冒出來的惡臭薰得人受不了。

薇多利雅一手掩著嘴。「好臭。」

「這股臭氣，」蘭登說：「是腐爛屍骨所發出的。」他用袖子蒙鼻，湊近那個洞往下瞧。一片黑暗。「什麼都看不見。」

「你覺得下頭會有人嗎？」

「沒辦法看出來。」

薇多利雅指著洞口另一端，那裡有一把破爛的木梯降入洞內深處。

蘭登搖搖頭。「免談。」

「也許外頭那些工具裡頭會有手電筒。」她的口氣好像是急著編個藉口逃離那股臭氣。「我去看看。」

「小心！」蘭登警告她。「我們不確定那個哈撒辛──」

可是薇多利雅已經離開了。

好頑固的女人，蘭登心想。

他回頭來面對著那個洞，臭氣薰得他腦袋發昏。他憋著氣，頭伸進洞裡，凝視著裡頭的那片黑暗。緩緩地，等到他的眼睛逐漸適應，他開始看得到下頭有模糊的形體。洞裡顯然是個小室。*惡魔洞*，他納悶有多少代的基吉族人被隨意扔進裡面。蘭登閉上眼睛等待，迫使自己的瞳孔放大，好能在黑暗中看更清楚。他再度睜開眼睛時，底下的黑暗中有個蒼白的模糊人形。蘭登顫抖著，第一個本能是離開，但他還是努力撐下去。*我看到什麼了嗎？那是一具屍體嗎？*那個人形又逐漸變淡。蘭登再度閉上眼睛等待，這回等了更久，好讓眼睛能適應最暗的環境。

他開始覺得暈眩，思緒漫遊在黑暗中。*再等幾秒就行了*。蘭登不確定是因爲吸了那股臭氣還是因爲低頭伸進洞裡太久，但他確定自己開始想吐了。最後他終於又睜開眼睛，眼前的景象讓他完全無法理解。

眼前這個地下墓室籠罩在一種詭異的泛藍光線中。耳邊傳來一個模糊的嘶嘶聲，陡直的洞壁有光線閃爍著。忽然間，一個長長的影子罩在他頭上。蘭登慌忙爬起身來。

「小心！」有人在他身後喊著。

蘭登還沒轉身，就覺得頭後一陣劇痛。他回頭看到薇多利雅正把一個水管工用的噴燈往旁邊挪，那道嘶嘶燃燒的火焰照得小聖堂中一片發藍。

蘭登抓著脖子。「你在搞什麼？」

「我正想幫你照亮一點，」她說：「你就往後撞過來了。」

蘭登瞪著她手裡那個手持式噴燈。

「頂多只能找到這個，」她說：「沒有手電筒。」

蘭登揉著脖子。「我沒聽到你進來。」

薇多利雅把噴燈遞給他，又被地下墓室的惡臭薰得皺起臉。「你想這些臭氣會是易燃氣體嗎？」

「希望不是。」

他接過噴燈，緩緩走向洞口。他小心翼翼探入洞中，把火焰朝向洞底，照亮了洞壁。他調整著噴燈的方向，雙眼循著牆面往下。這個地下墓室是圓的，直徑約二十呎。往下約三十呎之處，火焰發出的光照亮了地板。黑暗的地面一片斑駁，是泥土地。然後蘭登看到了那具人體。

他的第一直覺是往回縮。「他在這裡。」蘭登說，硬忍著沒掉頭。泥土地板上的那個人形是個蒼白的輪廓。「我想他被脫光衣服了。」蘭登腦中閃過李歐納度．威特拉的赤裸屍體。

「是那四個主教之一嗎？」

蘭登不曉得，不過他想不出還可能是誰。他盯著底下那團蒼白形體，沒動，沒生氣。但是……蘭登猶豫了。那個人影的姿勢有什麼地方非常奇怪。他好像是……

蘭登朝下喊。「哈囉？」

「你覺得他還活著？」

下頭毫無反應。

「他沒動，」蘭登說：「可是看起來……」不，不可能。

「看起來怎樣？」現在薇多利雅也在洞邊探頭望了。

蘭登瞇著眼睛望向黑暗。「看起來他好像是站著。」

薇多利雅憋著氣，臉探進洞口好看得更清楚。過了一會兒，她縮回頭。「你說得沒錯。他是站著的！

或許他還活著，需要幫忙！」她朝洞裡喊：「哈囉?!你聽得見嗎？」

生滿青苔的內部沒有回音傳來，只有一片靜默。

薇多利雅走向那把搖搖晃晃的梯子。「我要下去。」

蘭登抓住她的手臂。「不。太危險了，我去。」

這回薇多利雅沒跟他爭。

66

雪妮塔・梅可瑞很生氣。她坐在ＢＢＣ廂型車的乘客座位上，而車子正停在托馬切利路的一個路口。甘瑟・葛立克正在查他的羅馬市地圖，顯然迷路了。正如她所害怕的，他那位神祕來電者又打來了，這回又爆了些料。

「人民廣場，」葛立克堅持道：「那是我們要找的地方。那裡有個教堂，裡頭有證據。」

「證據。」雪妮塔停下手上正在擦的鏡頭，轉向葛立克。「有個樞機主教被謀殺的證據嗎？」

「他是這麼說的。」

「你聽到什麼都信嗎？」雪妮塔真希望自己像平常那樣，是負責發號施令的人。然而攝影師只能跟著一時心血來潮的神經記者，拍他們要的畫面。如果甘瑟・葛立克要去追一個站不住腳的電話爆料，梅可瑞也只能像條拴在皮帶上的狗，乖乖讓他牽著走。

她看著葛立克坐在駕駛座，專注得閉緊嘴巴。她判定，這傢伙的父母親一定是憤世嫉俗的喜劇演員，才會給他取甘瑟・葛立克這種可笑的名字。難怪感覺上這傢伙好像老要證明什麼似的。不過，儘管他不幸有那種名字，一副想成名的猴急相也很煩，但葛立克很體貼……那副蒼白瘦弱型的英國人模樣還頗具魅力，就像吃了抗躁鬱鋰劑的英國男星休・葛蘭。

「我們不是該回聖彼得嗎？」梅可瑞盡可能耐著性子說。「我們可以稍後再來探探這個神祕教堂。閉門會議一個小時前開始了，要是那些樞機主教趁我們不在時選出教宗來怎麼辦？」

葛立克好像沒聽到。「我想我們要右轉，這裡。」他把地圖歪一邊繼續研究。「沒錯，如果我們右轉……然後馬上左轉。」他開始駛離路邊，開上前頭那條狹窄的街道。

「小心！」梅可瑞大喊。她是攝影師，眼睛尖得很。還好，葛立克反應也很快。他在十字路口前猛踩下煞車，差點撞上了連續四輛愛快羅密歐，那些車不曉得打哪裡冒出來的，從他們眼前飛馳而過，一過了十字路口就猛地煞車減速，然後在下一個街口急急左轉，剛好就是葛立克打算要走的那條路線。

「瘋子！」梅可瑞吼道。

葛立克一臉驚愕。「你看到了沒？」

「是啊，我看到了！差點被他們撞死！」

「不是，我指的是那些車。」葛立克說，聲音忽然變得很興奮。「四輛的外型都一樣。」

「所以他們是缺乏想像力的瘋子。」

「而且車上都坐滿了人。」

「那又怎樣？」

「四輛一模一樣的車子，全都坐著四個人？」

「你有沒有聽說過共乘制？」

「在義大利？」葛立克看著眼前的十字路口。「他們連無鉛汽油都沒聽說過。」他狠狠採下油門，跟著那些車子往前開。

梅可瑞重重靠回椅背上。「你在幹嘛？」

葛立克加速往前，隨著那四輛愛快羅密歐猛地左轉。「我有個感覺，這個時候你我不是唯一要上教堂的人。」

67

下去的路很慢。

蘭登一級接一級踩著那把咯吱作響的木梯往下……愈來愈深入基吉小聖堂的地板下方。進入惡魔洞，他心想。他面對著牆壁，背對著地洞裡的小房間，搞不懂這一天還能碰上多少個黑暗、狹窄的空間。隨著他的每一步，梯子都發出呻吟，腐爛屍骨的強烈臭味和溼氣簡直令人窒息。蘭登想不透歐里維提死到哪裡去了。

他還可以看到上頭薇多利雅的身影，她抓著噴燈伸進洞內，幫蘭登照路。他愈深入洞內的黑暗，來自上方的那片藍光就愈微弱。唯一愈來愈強的，只有那股惡臭。

結果下到第十二個梯級，出事了。蘭登的腳碰巧踩到一個因木頭腐朽而滑溜的地方，腳跟踏了一下。他往前一撲，兩手前臂忙抓住那把木梯，免得摔下去。手臂淤血的地方抽痛著，他邊詛咒邊在梯子上重新站穩，然後再繼續往下。

又下了三級，他差點又摔下去了，但這回不是梯級造成的，而是突如其來的恐懼。他下降時經過了牆上一個空壁龕，赫然發現眼前面對著一堆骸骨。他喘著氣看看四周，才發現這個高度的牆面上都是蜂窩狀有如書架的孔穴——埋葬用的壁龕——全都塞滿了骸骨。在微微磷光中，形成一片由空眼眶和腐朽胸廓肋骨組成的詭異拼貼，在他四周閃爍搖曳。

火光照耀的骷髏，他厭惡地皺了皺臉，想到碰巧就在上個月，他也經歷了一個類似的夜晚。骨骸與火焰之夜。紐約考古博物館的燭光募款晚餐會——在雷龍骨骸化石的陰影下吃鮭魚澆白蘭地火燒。是瑞貝卡・史卓斯邀請他一起去參加的，她當過時裝模特兒，現在是《紐約時報》的藝評人，一襲光芒四射的黑色天鵝絨晚禮服，抽菸抽個不停，還有整得不甚含蓄的胸部。她後來打過兩次電話給他，蘭登沒回電。太沒紳士風度了，他責怪自己，很好奇瑞貝卡・史卓斯在眼前這種臭烘烘的黑坑裡能待得了多久。

感覺到最後一個梯級之下是底部軟綿綿的泥土，蘭登不禁鬆了口氣。鞋底下的土地感覺很潮溼。他告訴自己，周圍的牆面不會湊近把他包得更緊，然後轉身面對著這個地下墓室。墓室是圓形的，直徑約二十呎。蘭登又用袖子遮住鼻子呼吸，眼光望向那具屍體。在一片黑暗中，影像很模糊，只有白色皮膚的輪廓，面朝著另一頭，不動也不出聲。

蘭登在黑暗的墓室中往前走，試著弄清楚眼前的景象。那名男子背對著蘭登，蘭登看不見他的臉，但他的確似乎是站著。

「哈囉？」蘭登從袖子後頭悶聲說。沒有反應。他又挪近些，發現那個男人非常矮。*太矮了……*

「怎麼了？」薇多利雅在上頭喊，移動著燈光。

蘭登沒回答。他現在離得夠近了，可以完全看清楚。隨著一陣反感的戰慄，他明白了。那個環繞著他的墓室似乎縮小了。像個惡魔似的從土裡冒出來的是個老人……或至少是半個老人。他胸部以下被埋在土裡，剝光了衣服。雙手用樞機主教的紅色腰繫帶綁在背後。他被撐在那裡，軟綿綿地朝上，脊椎骨後彎，像某種可怕的沙袋。男人的頭也朝後仰，眼睛望著天上，好像在懇求上帝的幫助。

「他死了嗎？」薇多利雅喊道。

蘭登走近那具屍體。*希望如此，免得他受苦。*走到離屍體只剩兩三呎時，他朝下望著那對仰天的眼睛，發現藍色雙眼往外突出，充滿血絲。蘭登彎身聽聽看他有沒有呼吸，但立刻又縮回身子。「老天在上！」

「什麼事！」

蘭登簡直說不出話來了。「他已經死了。我剛剛才看到了死因。」那幅景象令人毛骨悚然，老人的嘴巴張開，裡面塞滿了泥土。「有人朝他嘴裡硬塞了一把泥巴，堵住他的喉嚨。他是悶死的。」

「泥巴？」薇多利雅說。「你是指……土？」

蘭登再次細看。他幾乎都忘了。那套烙印模，土、氣、火、水。殺手曾威脅要在每個受害人身上烙下一個古老的科學元素。第一個元素是土。桑提土墓起。被臭氣薰得頭發暈的蘭登繞過屍體想走到前面。一邊走著，他心底種種身爲符號學家的訓練都在不斷大聲跟他強調，要創造出這個字的神祕雙向圖是個多麼困難的藝術挑戰。土（Earth）？怎麼可能？然而，過了一會兒，那個圖就在他眼前。數百年來的光明會傳奇在他心頭縈繞，樞機主教胸膛的標記燒焦了，還滲著水。肉被烙成黑色。純潔的語言……

蘭登瞪著那個烙印，感覺整個房間開始旋轉。

「土（Earth），」他低聲說著，歪著頭上下顛倒看著那個符號，「土。」然後，一股恐怖至極的大浪淹沒他，他只剩最後一個念頭。還有其他三個。

68

儘管西斯汀禮拜堂內的燈光柔和，莫塔提樞機主教卻焦慮不堪。閉門會議已經正式開始了，而且是以非常不吉利的方式開始的。

半個小時前，就在約定的時間，卡羅・凡特雷思卡總司庫進入了禮拜堂。他走到前方的祭壇，做了開場禱告。然後，他張開雙手，用一種極其坦白的口吻說話，那是莫塔提畢生聽過在西斯汀祭壇上最直率的語氣。

「你們都很清楚，」總司庫說：「我們的四位候選人現在還沒有出現在閉門會議上。我以過世的宗座之名，要求各位務必繼續進行會議……懷著信仰和決心。願你們眼中只有天主。」然後他轉身要走。

「可是，」一位樞機主教衝口而出，「他們在哪裡？」

總司庫停下腳步。「我真的沒辦法告訴你。」

「他們什麼時候會回來？」

「我真的沒辦法告訴你。」

「他們沒事吧？」

「我真的沒辦法告訴你。」

「他們會回來嗎？」

總司庫沈默許久。

「要有信心。」總司庫說，然後他走出禮拜堂。

西斯汀禮拜堂的門關起來了，一如慣例，用兩條沈重的鐵鍊從外頭封起。四名瑞士衛兵站在門前的走道上看守。莫塔提知道現在那些門在選出新教宗之前不會再打開，除非禮拜堂裡面有人病危，或者是候選人來到。莫塔提祈禱會是後面的那個情況發生，雖然他沈重的胃表明了他對這點沒有把握。

務必繼續進行會議，莫塔提決定了，他已經從總司庫的聲音中悟得了解答。於是他宣佈進行投票，不然還能怎麼辦？

花了三十分鐘，才完成了準備的儀式，好進行第一次投票。莫塔提在主祭壇耐心等待著，看著每個樞機主教按照長幼順序，走上前來執行特定的投票過程。

現在，終於，最後一個樞機主教來到祭壇，跪在他面前。

「我祈求主基督爲我作證。」那位樞機主教說，跟他前面那位一模一樣。「我的選票是按照天主意願，投給我認爲應該當選的人。」

那位樞機主教站起身，把自己的選票高舉過頭讓每個人都能看見。然後他把選票放低，祭壇上有個大聖爵，上方放了個盤子。他把選票放在盤子裡，接著拿起盤子，將選票倒入聖爵內。使用盤子是爲了確保沒有人會暗自投入不止一張的選票。

他投下選票後，把盤子放回聖爵上，對著十字架欠了個身，回到座位上。

最後一張選票已經投完了。

現在輪到莫塔提盡他的責任了。

莫塔提讓盤子仍留在聖爵上，然後搖搖選票使之混合。然後他拿開盤子，任意抽出一張選票。他打開那張剛好兩吋寬的選票，大聲念出，好讓每個人都能聽到。

「我選擇最高司祭爲……」（Eligo in summum pontificem）他以拉丁文大聲唸出每張選票上方印的字，然後宣佈寫在下頭的那個名字。念完名字後，他舉起一根穿了線的針，從選擇（Eligo）一字之處刺穿選票，然後小心把選票拉到線上，又在一本紀錄簿上登錄。莫塔提幾乎立刻就發現第一次選舉不會有結果。

選票太分歧了。才七張選票，就已經出現了七個樞機主教的名字。一如往常，寫在每張選票上的筆跡都以印刷體或誇張的草體掩飾。這個隱藏的手段在眼前變得很諷刺，因爲每個樞機主教顯然都是投票給自己。莫塔提知道，他們投票給自己，完全無關乎自我中心的野心。而是一種保留模式，一種防衛手段。這個拖延戰術可以確保任何樞機主教都不會得到足夠的當選票數……於是就得進行下一次投票。

在場的樞機主教都在等候他們的中意人選……

最後一張選票記錄完之後，莫塔提宣佈這次投票「失敗」。

他拿起串著所有選票的線，兩端打結成爲一個環。然後他將選票環放在一個銀托盤上，加入適當的化學物質，再把托盤拿到他身後的一個小煙囪下，在此用火點燃選票。選票燃燒時，裡面所加的化學物質會製造出黑煙。上湧的煙經過一個管子，通往禮拜堂屋頂上方的一個煙囪口，好讓大家都看得見。莫塔提樞機主教剛剛向外界送出了第一個訊息。

第一次投票。沒有選出教宗。

69

在幾乎令人窒息的臭氣中，蘭登攀著梯子，朝洞口的燈光掙扎往上。他聽到上方傳來的種種聲音，但一切都沒道理。樞機主教被烙印的畫面在他腦子裡不停旋轉。

土……土……

他奮力向上時，視野變窄了，讓他擔心自己會失去知覺。離頂部還剩兩個梯級，他腳下開始動搖了。他往上猛撲，想抓住洞口邊緣，可是太遠了。他沒抓牢梯子，差點往後翻跌進黑暗中。蘭登感覺到雙臂一陣劇痛，整個人忽然在半空中，雙腳在洞口猛揮。

兩個瑞士衛兵的強壯手臂抓住他的腋下，把他往上提。片刻後蘭登的頭冒出了魔鬼洞，又咳又喘地猛吸氣。兩個衛兵把他拖出洞口邊緣，橫過地板，讓他背抵著冰冷的大理石地板躺下。

一時之間，蘭登不確定自己身在何處。他看到頭頂上的星星……環繞軌道運行的行星。朦朧的人影在他身邊迅速掠過。一堆人在喊。他想坐起來。他躺在一個岩石金字塔的底部。一種熟悉的憤怒語調在聖堂內迴盪，然後蘭登明白了。

歐里維提正對著薇多利雅吼。「你們爲什麼一開始沒想出來！」

薇多利雅想跟他解釋情況。

歐里維提沒等她講完就打斷，然後轉身對手下吼著命令。「把屍體搬出來！搜索整座教堂！」

蘭登想坐起身。基吉小聖堂裡擠滿了瑞士衛兵，罩著聖堂開口的那塊塑膠布簾已經扯掉了，新鮮的空氣充滿蘭登的肺。他的意識漸漸回復，看到薇多利雅走向他。她跪下身子，那張臉像個天使。

「你還好吧？」薇多利雅抓起他的手探著脈搏，她的手感覺好溫柔。

「謝了。」蘭登完全坐起身來。「歐里維提氣瘋了。」

薇多利雅點點頭。「他有權力生氣。我們搞砸了。」

「應該是我搞砸了。」

「那你就趕快振作起來，下一回要逮到他。」

下一回？蘭登覺得這個評語眞是殘忍。沒有下次了！我們已經錯失機會了！

薇多利雅看看蘭登的手錶。「米老鼠說，我們還有四十分鐘。你趕快恢復過來，幫我找下一個指標吧。」

「我告訴過你，薇多利雅，那些雕塑都已經不存在了。光明路徑是——」蘭登頓住了。

薇多利雅柔柔笑著。

蘭登突然掙扎著站起來。他頭昏昏地轉著圈子，瞪著四周的藝術作品。金字塔、星星、行星、橢圓形。忽然間他完全回復清醒了。這是第一個科學祭壇！不是萬神殿！他現在才確切明白，這個小聖堂有多麼接近光明會的精神，遠比舉世知名的萬神殿要更隱諱、更精心挑選過。基吉小聖堂是個偏僻的凹室，實際上只是牆上的一個壁龕，是對一個偉大科學贊助人的致敬物，以世俗的象徵符號裝飾。太完美了。

蘭登靠牆穩住自己，抬頭望著那兩根巨大的金字塔雕柱。薇多利雅說得一點也沒錯。如果這個小聖堂是第一個科學祭壇，那麼裡頭可能還會有當作第一個指標的光明會雕像。蘭登覺得一股充滿希望的興奮感湧上來，明白自己還有機會。如果第一個指標確實在這裡，他們可以循著指標到下一個科學祭壇，或許還有另一個機會抓到那個殺手。

薇多利雅湊近他。「我已經發現誰是那個不知名的光明會雕塑家了。」

蘭登頭猛轉過來。「什麼？」

「現在我們只要搞清這裡哪一座雕像是——」

「慢著！你知道那個光明會的雕塑家是誰？」好多年來，他一直在找這方面的資訊。

薇多利雅微笑。「是貝尼尼。」她停了一下。「最有名的那個貝尼尼。」

蘭登的第一直覺是她搞錯了，絕對不可能是貝尼尼。吉昂洛倫佐·貝尼尼是史上第二有名的雕塑家，名聲僅次於米開朗基羅。十七世紀貝尼尼所創造的雕塑作品比任何藝術家都要多。不幸的是，他們要找的藝術家應該是一個沒什麼名氣的無名小卒。

薇多利雅皺起眉頭。「你好像不怎麼興奮。」

「不可能是貝尼尼。」

「爲什麼?貝尼尼是伽利略同時代的人，又是個出色的雕塑家。」

「他很有名，而且是天主教徒。」

「沒錯，」薇多利雅說：「就跟伽利略一樣。」

「不，」蘭登說：「跟伽利略完全不一樣。伽利略是教會背上的一根刺，貝尼尼則是梵蒂岡的寵兒。教會愛貝尼尼，他是梵蒂岡各方面的藝術權威，而且幾乎一輩子就住在梵蒂岡城裡！」

「完美的掩護，光明會的內奸。」

蘭登覺得激動又不安。「薇多利雅，光明會成員提到過他們的祕密藝術家是『不知名的大師』。」

「沒錯，因爲他們不知道他的名字。想想共濟會的保密制度——只有上層會員才曉得全部的眞相。伽利略可能一直在保密，不讓大部分會員知道貝尼尼的眞實身分……爲了貝尼尼的安全。這麼一來，梵蒂岡就永遠不會發現了。」

蘭登還是不太相信，卻承認薇多利雅的邏輯有那麼點奇怪的道理。光明會的分層保密是出了名的，只有高階會員才能得知某些眞相。這是讓他們維持隱祕狀態的基礎……只有極少數人曉得全盤內情。

「而貝尼尼加入光明會，」薇多利雅微微一笑，「也就可以解釋他爲什麼會設計這兩座金字塔。」

蘭登轉向那兩座巨大的金字塔雕塑，搖著頭。「貝尼尼是個虔誠的雕塑家。這兩個金字塔不可能是他雕刻的。」

薇多利雅聳聳肩。「看看你後頭那個說明牌。」

基吉小聖堂的藝術作品

雖然本聖堂的建築師是拉斐爾，

但所有室內裝飾均為吉昂洛倫佐・貝尼尼之作品

蘭登看了那個牌子兩次，還是不相信。吉昂洛倫佐・貝尼尼向來以精巧複雜的聖母馬利亞、天使、先知、教宗等聖像聞名。他爲什麼要雕金字塔？

蘭登抬頭望著那兩座高聳的紀念碑，覺得完全茫然了。兩座金字塔，上頭各頂著一個有星星的橢圓形紋章。這兩座雕塑眞是反基督教到極點。金字塔、屋頂的星星、黃道十二宮的符號。所有室內裝飾均為吉昂洛倫佐・貝尼尼之作品。蘭登明白，如果這些眞是貝尼尼的作品，那就表示薇多利雅的推論一定沒錯。因爲會員身分保密，貝尼尼就成了光明會的匿名大師；這個小聖堂沒有其他人的藝術作品！背後的種種含意紛至沓來，快得蘭登來不及消化。

貝尼尼是光明會的會員。

貝尼尼設計了光明會的那些雙向圖。

貝尼尼規畫出光明路徑。

蘭登簡直說不出話來。就在這個小小的基吉小聖堂中，舉世聞名的貝尼尼曾安排了一座雕塑，指向羅馬城內的下一個科學祭壇，這有可能嗎？

「貝尼尼，」他說：「我怎麼都猜不到會是他。」

「把自己的雕塑作品放在全羅馬城各地特定的天主教聖堂，好創造出一條光明路徑，能有這種本事的，一定是個知名的梵蒂岡藝術家，絕對不是什麼無名小卒。」

蘭登思索著。他看著那兩座金字塔，納悶其中之一會不會就是那個指標。或許兩座金字塔都是？「兩座金字塔剛好面對著相反方向，」蘭登說，不曉得該如何是好，「可是兩座都一模一樣，所以我不曉得哪個……」

「我想我們在找的指標，不會是那兩座金字塔。」

「可是它們是這裡僅有的雕塑。」

他講到一半，薇多利雅就指向歐里維提和幾個衛兵，他們正聚集在靠近惡魔洞的地方。

蘭登順著她的手所指的方向，朝對面的牆望去。一開始他什麼都沒看到。然後有人挪動了位置，他瞥見了一眼。白色大理石，一隻手臂，一個身軀，然後是雕塑的臉，半藏在壁龕裡，兩個眞人大小的人形在一起。蘭登的脈搏加速，之前他的注意力被金字塔和惡魔洞佔據了，連這座雕像都沒看到。他穿過房間，經過擁擠的人群。靠近時，蘭登認出了那件作品完全是貝尼尼的風格——緊湊的藝術佈局，複雜的面部表情，以及流動的衣褶，全都以梵蒂岡所能買到最純白的大理石所構成。蘭登幾乎是到了那座雕塑面前，才認出是什麼作品。他張大嘴巴盯著那兩張臉。

「這兩個人是誰？」薇多利雅來到他身後問。

蘭登震驚得目瞪口呆。「《哈巴谷與天使》。」他說，聲音小得幾乎聽不見。這是頗爲知名的貝尼尼作品，某些藝術史教科書都會提到。蘭登都忘記這件作品原來是在這裡了。

「哈巴谷？」

「沒錯。預言人間土地將遭毀滅的那位先知。」

薇多利雅一臉不安。「你看這會是指標嗎？」

蘭登驚奇地點點頭，他這輩子從沒對任何事這麼確定過。這是第一個光明會指標，毫無疑問。雖然蘭登原來滿心期待這件雕塑會以某種方式「指向」下一個科學祭壇，但他實在沒想到會是眞的指。天使和先知哈巴谷都伸出手臂，指著遠方。

蘭登不自覺微笑起來。「不是太隱諱，對吧？」

薇多利雅一臉興奮卻難掩困惑。「我看到他們在指路，但兩個人彼此矛盾啊。天使指著一頭，先知卻指著另一頭。」

蘭登低聲笑了。的確沒錯，雖然兩個人都指著遠方，卻指著完全不同的方向。然而蘭登已經解決了這個問題。他一時精神大振，走向大門。

「你要去哪裡？」薇多利雅喊道。

「到教堂外頭！」蘭登跑向門，再度覺得雙腿輕盈。「我得看看那座雕塑指向哪個方向！」

「等一下！你怎麼知道要遵照哪隻手指的方向？」

「那首詩，」他回頭喊道：「最後一行！」

「『崇高追尋路，天使引向前』嗎？」她抬頭凝視著天使伸出的手指，眼睛忽然迷濛起來。「眞是，我怎麼會沒想到！」

甘瑟・葛立克和雪妮塔・梅可瑞把ＢＢＣ的廂型車停在人民廣場遠端的陰影下，兩人坐在車上。那四輛愛快羅密歐到達後不久，他們也到了，剛好趕上目睹一連串難以置信的事件發生。雪妮塔還是不曉得這些事情代表什麼意義，但她很確定手上的攝影機都拍下來了。

雪妮塔和葛立克才剛到，就看見一群由年輕男子組成的、名副其實的軍隊，從四輛愛快羅密歐裡湧出來，包圍了教堂，有的還掏出了武器。其中一個較爲年長的高挺男子率領一組人爬上教堂前的階梯，士兵掏出槍來轟掉了前門的鎖。梅可瑞沒聽到什麼聲音，猜想他們一定裝了滅音器。然後那些士兵進入教堂。

雪妮塔建議他們就坐在車內，躲在暗處拍攝。畢竟人家手裡拿的可是槍，而他們從廂型車上又可以把所有動靜看得一清二楚。葛立克沒反對。此時，在廣場那頭，那些人進出教堂，彼此喊著話。雪妮塔調整攝影機，拍攝一組人搜索周圍區域的畫面。那些人雖然全穿著便衣，但舉動似乎都有著軍人的一板一眼。

「你想他們會是什麼人？」她問。

「我要知道才有鬼呢。」葛立克全神貫注盯著。「你全拍到了嗎？」

「一點都沒漏。」

葛立克一副沾沾自喜的口吻。「你還認爲我們該回去盯教宗嗎？」

雪妮塔不確定該說什麼。這裡顯然出了什麼事，但她待在新聞界夠久，曉得很多有趣的事件背後的解釋其實非常無趣。「這說不定沒什麼。」她說。「這些人可能接到跟你一樣的爆料，只是來這邊檢查一下。搞不好是假情報。」

葛立克抓住她的手臂。「就那邊！快拍。」他指著教堂。

雪妮塔把攝影機轉回教堂階梯的頂端。「嗨，帥哥。」她說，把焦距對準剛從教堂出來的一名男子。

「這位小生是誰？」

雪妮塔拍著他的特寫鏡頭。「以前沒見過。」她緊緊跟拍著那個男人的臉和微笑。「不過以後我很樂意再看到。」

羅柏·蘭登衝下教堂外的階梯，來到廣場上。現在天色漸黑，南羅馬的春天日落得比較晚。太陽已經落到周圍的建築物之下，爲廣場投下一道道長條狀的陰影。

「好吧，貝尼尼，」他大聲自言自語，「你的天使到底指向何方？」

他轉身，檢查著剛出來那棟教堂的方位，想像著裡面的基吉小聖堂，還有那座天使雕像。然後毫不猶豫轉向正西方，面對著日落時分的夕陽光芒。時間正在一點一滴逝去。

「西南方。」他說，對著擋住視線的商店和公寓沈下臉。「下一個指標就在那個方向。」

蘭登絞盡腦汁，努力回想一頁頁的義大利藝術史。雖然很熟悉貝尼尼的作品，但蘭登知道這位雕塑家實在太多產了，只有專門研究的專家才會曉得他全部的作品。然而，鑑於第一個指標是頗具知名度的《哈巴谷與天使》，蘭登還期望下一個指標可能是他憑記憶就想得起來的。

土、氣、火、水，他心想。他們已經找到了土——就在「土之聖堂」——而哈巴谷則是預言人間土地將遭到毀滅的先知。

下一個是氣。蘭登催自己快想。跟空氣有關的貝尼尼的雕塑！他什麼也想不出來。可是仍覺得振奮極了。我就站在光明路徑上！這條路徑依然完整無缺！

蘭登望向西南方，竭力想從眼前的重重障礙中看到一座尖塔或教堂塔樓，但是什麼也沒看到。他需要一張地圖，如果知道西南方有哪些教堂，或許其中之一能勾起蘭登的記憶。氣，他逼著自己。空氣。貝尼尼。雕塑。空氣。快想！

蘭登轉身又爬上主教堂前的階梯，在鷹架下頭碰到了薇多利雅和歐里維提。「西南方，」蘭登氣喘吁吁地說：「下一個教堂就在這裡的西南方。」

歐里維提的低語很冷漠。「這回你確定嗎？」

蘭登沒理會他的譏刺。「我們需要地圖。標示著羅馬城所有教堂的地圖。」

指揮官打量了他片刻，表情始終沒變。

蘭登看看手錶。「我們只剩半小時了。」

歐里維提走過蘭登身邊，下了階梯，朝向他停在主教堂門口的車子。蘭登希望他是去拿地圖。

薇多利雅一臉激動。「所以那個天使指著西南邊？你不知道西南邊有哪些教堂嗎？」

「那些建築物擋著，我看不見。」蘭登轉身再度面對著廣場。「而且我對羅馬的教堂不夠——」他停了下來。

薇多利雅有點愣住了。「怎麼了？」

蘭登的眼光又越過廣場，此時站在教堂階梯頂端，地勢比較高，視野也更遠了。他還是什麼都看不見，但明白自己思緒的方向沒錯。他的眼睛望著頭頂上搖搖晃晃的鷹架，總共搭了六層樓高，快到教堂玫瑰窗的頂端了，比廣場上的其他建築物都要高得多。他立刻知道自己接下來該去哪兒。

廣場對面，坐在ＢＢＣ廂型車裡的雪妮塔·梅可瑞和甘瑟·葛立克都緊盯著擋風玻璃外。

「這個拍到了嗎？」甘瑟問。

梅可瑞的鏡頭緊跟著那個爬上鷹架的男子。「你要問我的話，他穿得太講究了，扮蜘蛛人不像。」

「那個蜘蛛女又是誰？」

雪妮塔看了鷹架下那位迷人女子一眼。「我敢說你很想知道。」

「你看要打電話給編輯台嗎？」

「還不到時候，我們再觀察一下。要承認我們丟下了閉門會議不管之前，最好先有點料。」

「你看眞有人在裡頭殺了其中一個臭老頭嗎？」

雪妮塔咯咯直笑。「你肯定會下地獄了。」

「我會帶著普立茲獎一起下去。」

71

蘭登爬得愈高，鷹架似乎就愈不牢靠。但的確，隨著他每往上一步，看到的羅馬城視野就愈來愈寬廣。他繼續往上。

來到較高層時，他喘得比原先料想中厲害。他奮力爬上了最後一級平台，拍掉身上的灰泥站起來。這個高度一點也不令他害怕，事實上，他反而覺得精神一振。

眼前的景象震懾人心。一大片羅馬城的紅瓦屋頂在他面前展開，就像著火的海洋，在深紅色的夕照下發著光。從這個位置望去，除了羅馬城的空氣污染和擁擠交通之外，蘭登畢生頭一回看到了這個城市的古老根源——上帝之城。

蘭登瞇起眼睛望向落日，審視眼前那一大片屋頂，尋找教堂尖塔或鐘樓的蹤跡。但他的眼光朝地平線移得愈來愈遠，卻什麼都沒找到。羅馬有好幾百座教堂，他心想。這裡的西南方一定會有一座！只要能看得到。他提醒自己。該死，那座教堂說不定根本不在了！

他逼自己循著西南方那條線慢慢往前，想再搜尋一次。當然，他知道，並不是所有教堂都有看得到的尖塔，尤其是比較小、位置比較偏僻的。更不必說，十七世紀時教堂是法律規定下所允許最高的建築物，但幾百年來羅馬已經有大幅的變動。現在，當蘭登放眼望去，看到的是眾多的公寓大廈、高聳的大樓、電視轉播塔。

第二回，蘭登的雙眼一路探到地平線盡頭，照樣什麼都沒找到。半個尖塔都沒有。遠方的羅馬城最角落，米開朗基羅所設計的巨大圓頂半掩著下沈的夕陽。聖彼得大教堂。梵蒂岡城。蘭登不由得想著那些樞機主教現在進行得怎麼樣了，也不曉得瑞士衛兵團有沒有搜索到那罐反物質。有個感覺告訴他沒有找到……也不會找到了。

那首詩又在他腦海響起。他仔細思索著，一行接一行，反覆推敲。桑提土墓起，惡魔洞相伴。他們已經找到桑提的墓了。穿越羅馬城，神祕元素展。神祕元素是土、氣、火、水。光之徑綿延，神聖的考驗，光明路徑是由貝尼尼的雕塑所組成的。崇高追尋路，天使引向前。

天使指向了西南方……

「前門階梯！」葛立克喊，動作誇張地指著BBC廂型車的擋風玻璃外。「出事情了！」

梅可瑞把鏡頭往下猛然一降，對準了大門。肯定是出了什麼事情了，在階梯底下，那個軍人模樣的男子把一輛愛快羅密歐開到階梯旁，打開行李廂。現在他正掃視著廣場，好像要看看有沒有旁觀者。一時之間，梅可瑞以為那個人看到他們了，但那人的目光沒有停下來。然後他顯然滿意了，掏出了一支對講機開始講話。

一組人幾乎立刻就從教堂裡冒出來。像一群美式足球隊員剛聚商完畢般，那些士兵在階梯頂端排成一直線，然後像一道人牆似的開始往下移動。他們身後另有四個人似乎搬著什麼東西，幾乎完全被人牆擋住了。某種沈重、不好搬的東西。

葛立克在儀表板上往前湊。「他們是從教堂裡偷了東西嗎？」

雪妮塔把鏡頭移得更近，用望遠鏡頭仔細搜索著那排人牆，尋找縫隙。只要幾分之一秒，她渴望著。一格畫面就好，我只需要一格。但那排男子動作一致移動著。拜託給個機會吧！梅可瑞的鏡頭死盯著他們，終於苦心沒有白費。那些士兵要把物件抬進行李廂時，梅可瑞找到了空隙。諷刺的是，露出破綻的是那名比較年長的男子。只是片刻，但已經足夠。梅可瑞拍到了她要的一格畫面。事實上，是拍了十幾格。

「打給編輯台，」雪妮塔說：「我們拍到了一具屍體。」

在遠方的歐洲核子研究中心，麥斯米倫・寇勒操縱著輪椅進入李歐納度・威特拉的書房。他以機械般的效率開始過濾威特拉的檔案。結果沒找到要找的東西，寇勒又轉向威特拉的臥室。床頭桌的最上層抽屜鎖上了，寇勒去廚房拿了把刀硬給撬開。

抽屜裡頭，恰恰就是寇勒要找的東西。

72

蘭登兩手吊在鷹架上，身體懸空，往下一跳落了地，然後拍掉衣服上的灰泥粉塵。薇多利雅正站在那裡等他。

「有什麼眉目嗎？」她說。

他搖搖頭。

「他們把樞機主教搬進行李廂了。」

蘭登望向那輛停在教堂前的車，歐里維提和一群衛兵正把一張地圖攤在引擎蓋上。「他們在查西南方嗎？」

她點點頭。「沒有教堂。從這裡往西南方，碰到的第一個教堂就是聖彼得。」

蘭登咕噥了一聲，那至少大家意見一致。他走向歐里維提，那群衛兵讓出了一條路給他。

歐里維提抬頭。「什麼都沒有。不過這張地圖上沒有標示出所有教堂，只有大型教堂而已，大概有五十座。」

「我們現在在哪裡？」蘭登問。

歐里維提指出人民廣場，然後朝西南方畫了條直線。那條線沒經過任何黑方塊所標示的羅馬主要教堂，而且還都差得蠻遠的。不幸的是，羅馬的主要教堂也是羅馬比較古老的教堂……也就是十七世紀時就已經存在的教堂。

「我有幾件事要決定。」歐里維提說。「你確定是這個方向嗎？」

蘭登腦中浮現天使伸出的手指，那股緊迫感又回到他心中。「是的，指揮官。我很確定。」

歐里維提聳聳肩，又循著那條直線再檢查一次。那條線經過瑪格麗塔橋、李恩佐路、復興廣場，一路都沒有碰到教堂，直到最末端才正好通到聖彼得廣場中央。

「聖彼得有什麼不對嗎？」有個衛兵說，他的左眼下頭有道很深的疤。「那裡不是教堂嗎？」

蘭登搖搖頭。「必須是個公共場所。但現在聖彼得教堂關了起來，實在算不上是公共場所。」

「可是那條線經過聖彼得廣場啊。」薇多利雅幫腔，她站在蘭登後頭也望著那張地圖。「廣場就是公共場所了。」

這點蘭登已經想過了。「可是那裡沒有雕像。」

「廣場中央不是有根石柱嗎？」

她說得沒錯，聖彼得廣場上確實是有根埃及巨型石柱。蘭登望著眼前地圖上所標示廣場上的石柱。高貴的金字塔。一個奇特的巧合，他心想，搖搖頭否決掉。「梵蒂岡的那根石柱不是貝尼尼的作品，是羅馬皇帝卡利古拉運來的，而且跟氣一點都沾不上邊。」還有另外一個問題。「此外，那首詩說四個元素是分布在羅馬城各處，但聖彼得廣場在梵蒂岡，不是羅馬城。」

「那要看你問的人是誰。」一個衛兵插嘴。

蘭登抬頭。「什麼？」

「這是個爭論不斷的老問題了。大部分地圖都顯示聖彼得廣場是梵蒂岡城的一部份，但因爲廣場是在城牆之外，所以幾百年來，羅馬官方都宣稱聖彼得廣場是羅馬的一部份。」

「你是開玩笑的吧。」蘭登說，他從來不曉得這件事。

「我只是提一下罷了，」那個衛兵繼續說：「因爲歐里維提指揮官和威特拉女士剛剛問起跟空氣有關的雕塑。」

蘭登瞪大眼睛。「你知道聖彼得廣場上有這麼一個雕塑？」

「不完全是。其實那不算是個雕塑。說不定根本無關。」

「說來聽聽吧。」歐里維提催促道。

那個衛兵聳聳肩。「我會知道這個，純粹是因爲我平常都在廣場上值勤，對聖彼得廣場的每個角落都很熟悉。」

「那個雕塑，」蘭登催他，「是什麼樣子？」蘭登開始好奇，光明會是不是眞大膽到把他們的第二個指標就放在聖彼得大教堂外頭。

「我每天都經過，」那個衛兵說：「就在廣場中央，剛好那條線就指向那裡，所以我才會想到。剛剛我說過，那其實不算是個雕塑，而是比較像個……板子。」

歐里維提一副火大的樣子。「板子？」

「是的，長官。一塊嵌在廣場上的大理石板。就在石柱的底部。不過這塊板子不是長方形，而是橢圓形的。石板上刻著一個吹風的圖像。」他頓了一下。「我想，如果要講得精確一點，應該說吹氣吧。」

蘭登驚訝地盯著那個年輕士兵。「是浮雕！」他突然喊道。

每個人都看著他。

「浮雕，」蘭登說：「也屬於雕塑！」雕塑是一種以立體或浮雕方式表現造型的藝術。這句話他多年來不曉得在黑板上寫過多少次了。浮雕基本上是二度空間的雕塑，就像林肯總統在一分錢硬幣上的側面像。貝尼尼的基吉小聖堂紋章也是另一個完美的例子。

「義大利文是Bassorelievo嗎？」那個衛兵問。

「沒錯！淺浮雕（bas-relief）！」蘭登指節敲著引擎蓋。「我一直沒用浮雕去想！你剛剛提到那塊聖彼得廣場上的石板，叫做《西風》，又名“Respiro di Dio”。」

「上帝吹氣？」

「沒錯！氣！而且這個浮雕是由原始建築師刻好並安置在那邊的！」

薇多利雅一臉困惑。「我以爲聖彼得教堂是米開朗基羅設計的。」

「沒錯，他設計了聖彼得大教堂！」蘭登喊道，聲音裡有掩不住的得意。「但聖彼得廣場是貝尼尼設計的。」

那列愛快羅密歐車隊駛離人民廣場時，每個人都太急著趕路，沒注意到ＢＢＣ的廂型車就跟在他們後面。

73

甘瑟．葛立克開著ＢＢＣ的廂型車，猛踩油門在車陣中穿梭，尾隨那四輛愛快羅密歐駛過台伯河上的瑪格麗塔橋。換了平常，葛立克會刻意跟前車保持一段距離，免得被發現他在跟蹤，但今天他簡直追不上。這些傢伙開得超快，像在飛似的。

梅可瑞坐在廂型車後方她的工作區，剛跟倫敦那邊通完話。她掛了電話，在嘈雜車聲中朝葛立克喊：「你要聽好消息還是壞消息？」

葛立克皺起眉頭。跟總部交涉從來就不可能單純輕鬆。「壞消息。」

「編輯台聽到我們擅離崗位很生氣。」

「不意外。」

「他們還認爲跟你爆料的人是個冒牌貨。」

「那當然。」

「而且上司剛剛警告我，你的工夫還差幾招才能成氣候。」

葛立克沈下了臉。「好極了。那好消息是什麼？」

「他們答應看看我們剛拍到的帶子。」

葛立克覺得自己繃緊的臉放鬆了，咧開嘴一笑。這樣就可以看看誰還差幾招工夫了。「那就把畫面傳回去呀。」

「得等到我們停車，才能透過固定式衛星蜂巢傳輸畫面。」

葛立克開著廂型車衝上李恩佐路。「現在不能停車。」他追著那列愛快羅密歐往左急轉過復興廣場。

車裡的所有東西也猛地一滑，梅可瑞抓緊了電腦設備。「要是摔壞了我的傳輸器，」她警告，「我們就得走路把這個帶子送到倫敦去了。」

「坐穩了，親愛的。我有個感覺，應該快到了。」

梅可瑞抬頭。「到哪裡？」

葛立克盯著正前方浮現的熟悉圓頂，不禁微笑。「剛好回到我們的起點。」

那四輛愛快羅密歐靈巧溜進聖彼得廣場周圍的擁擠車陣中，分頭沿著廣場邊緣散開，在各個定點停下，不動聲色地放下人來。那些下了車的衛兵走入廣場邊擠滿觀光客和媒體轉播車的人群中，迅即消失不見。其中幾個衛兵進入環繞著柱廊的石柱群，也很快融入了環境。蘭登望著擋風玻璃外，感覺到一個環繞著聖彼得廣場的包圍圈逐漸縮小。

歐里維提除了調度剛剛下車的人之外，也事先用無線電通知梵蒂岡加派便衣警衛，到廣場中央貝尼尼的《西風》浮雕所在的地點。蘭登望著外頭聖彼得廣場上完全開放的空間，一個熟悉的老問題又開始糾纏他不放。那個光明會的刺客怎麼有辦法逃掉？他要怎麼帶著一名樞機主教經過這些人，還要在大庭廣眾之下殺了他？蘭登看了看他的米老鼠手錶，現在是下午八點五十四分，還剩六分鐘。

前座的歐里維提轉過頭來，看著蘭登和薇多利雅。「我要你們兩位到這個貝尼尼的瓷磚或石板或隨便那什麼鬼玩意兒上頭。還是原來那套，你們裝成觀光客，看到什麼就打電話給我。」

蘭登還沒來得及反應，薇多利雅就抓住他的手，把他拖下車。

春日的太陽正落到聖彼得大教堂的後方，拉得長長的巨大陰影籠罩著廣場。蘭登伴著薇多利雅步入那片涼爽而黑暗的陰影中，感覺到一股不祥的寒意。他們迂迴穿過人群，蘭登不禁搜尋著經過的每一張臉孔，好奇凶手會不會就是其中之一。薇多利雅的手感覺好溫暖。

他們走在聖彼得廣場的廣大開放空間中，蘭登感覺到貝尼尼所設計這個巨大的廣場，確實達到了梵蒂罔委託這位藝術家設計時所要求的效果——那就是「令進入者謙卑」。此時蘭登的確覺得自己好卑微。卑微又飢餓，他想著，一面驚奇這種時候腦袋會冒出如此凡俗的念頭。

「去方尖碑嗎？」薇多利雅問。

蘭登點點頭，在廣場上往左成弧形前進。

「幾點了？」薇多利雅問，腳步很快，但輕鬆隨意。

「剩五分鐘。」

薇多利雅沒說話，但蘭登覺得她的手握得更緊了。他身上還帶著那把槍，眞希望當初薇多利雅沒決定他們需要這件武器。他無法想像她在聖彼得廣場揮著一把槍，當著全球媒體的面轟掉哪個凶手的膝蓋骨。不過話說回來，若比起在這裡把一名樞機主教給烙印又謀殺，那薇多利雅開槍撂倒凶手就根本是小事一樁。

氣，蘭登想著，第二個科學元素。他設法想像那個圖形，還有謀殺的方法。他再度掃視著腳下那片延伸廣大的花崗岩——聖彼得廣場——被瑞士衛兵包圍的開放沙漠。如果那個哈撒辛眞敢嘗試在此公然殺人，蘭登無法想像他要怎麼逃掉。

廣場中央聳立著卡利古拉皇帝運來的那座三百五十噸重的埃及方尖碑。高度有八十一呎，金字塔型的頂端還加了個空心的鐵十字架。高得還能捕捉到夕陽的最後一絲餘暉，發亮的十字架像在變魔術……據說裡面包含了基督被釘上十字架的遺物。

方尖碑兩側的噴泉彼此完全對稱。藝術史學者都知道，那兩個噴泉正位於貝尼尼這個橢圓形廣場幾何學上的焦點，但這個建築上的奇特之處，蘭登到今天才眞正意識到。感覺上羅馬城好像突然間充滿了橢圓形、金字塔，還有驚人的幾何學。

接近方尖碑時，薇多利雅放慢了腳步。她深深吐了口氣，好像是想哄蘭登跟著她放鬆。蘭登也設法盡力，肩膀垂低，放鬆緊咬的下頷。

在方尖碑旁邊某處，大膽放置在全世界最大教堂外的，是第二個科學祭壇——貝尼尼的《西風》——位於聖彼得廣場上的一塊橢圓形石板。

甘瑟・葛立克站在環繞著聖彼得廣場的石柱陰影下觀察。換了任何一天，那個穿著粗毛呢外套的男子和卡其短褲的女子絕對不會勾起他一絲興趣。他們看起來只不過是在廣場上自得其樂的觀光客。但今天不是其他任何一天。今天有電話爆料、有屍體、有四輛未標示的車在羅馬飛馳，還有穿著粗毛呢外套的男子爬上鷹架去尋找天曉得什麼鬼東西。所以葛立克要盯緊他們。

他望著廣場遠處，看到了梅可瑞。她正站在他交代過的地方，在那對男女的另一頭，徘徊在他們側面。梅可瑞扛著攝影機若無其事，但儘管她裝得像是個無聊的媒體工作者，卻還是比葛立克期望中引人注目。廣場這一頭沒有其他記者，而且她攝影機上頭印的縮寫「ＢＢＣ」也引起了一些觀光客的注意。

梅可瑞稍早拍攝到赤裸屍體被放進後車廂的帶子，此時正在轉播車後頭的卡式錄影帶傳輸器裡。葛立克知道知道那段畫面正經過他頭上發送到倫敦，很想知道編輯台會說什麼。

他眞希望他和梅可瑞早些看到那具屍體，趕在那群便衣軍人出現之前。他知道，同樣那群軍人此時正分散開來包圍了這個廣場。馬上就有大事要發生了。

新聞媒體是無政府狀態的最大幫手，那個殺手剛剛說。葛立克不曉得自己是否錯過了搶到一個大獨家的機會。他望著遠處其他的媒體轉播車，又看看梅可瑞跟著那對神祕男女走過廣場。有個什麼告訴葛立克，他還沒被淘汰出局。

74

還在十幾碼外，蘭登就看到他正在尋找的東西。隔著三三兩兩的遊客，貝尼尼的《西風》那面白色橢圓大理石就在那裡，襯著廣場的一片灰色花崗岩砌石，格外醒目。薇多利雅顯然也看到了，她的手握緊了。

「輕鬆點，」蘭登低語，「做你的那個食人魚。」

薇多利雅放鬆了緊握的手。

他們走近時，一切似乎再尋常不過了。觀光客漫步閒逛，修女們在廣場周圍聊天，還有個小女孩在方尖碑底下餵鴿子。

蘭登忍著沒看手錶，他知道時間快到了。

走到那塊橢圓石板上方，蘭登和薇多利雅慢慢停下來——沒有太急切——只不過是兩個遊客碰到一個還算有趣的觀光點，暫時停下來看看。

「《西風》。」薇多利雅說，念著石板上刻的字。

蘭登注視著那塊大理石浮雕，忽然覺得自己好天眞無知。他在藝術書裡看過，到羅馬的多次旅行也見過，但卻從未意識到《西風》的含義。

直到此刻。

這個浮雕是橢圓形的，大約三呎長，上頭刻著一張線條簡單的臉——西風被描繪成一張像天使的臉。天使的嘴裡吹出強烈的氣流，貝尼尼把氣畫成往梵蒂岡之外吹……上帝吹氣。這是貝尼尼對第二個元素的致敬物……氣……一股超凡的微風從天使的雙唇間吹出。蘭登凝視著，明白了這個浮雕還有更深的含義。貝尼尼描繪的風有五道氣流——五！更甚者，那個橢圓紋章兩端還有兩個發亮的星星。蘭登想到伽利略。

*兩顆星，五道氣流，橢圓形，對稱性……*他覺得全身虛弱，頭好痛。

才停了一下，薇多利雅就又往前走，拉著蘭登離開那個浮雕。「我覺得有人在跟蹤我們。」她說。

蘭登抬頭。「哪裡？」

薇多利雅走到三十幾碼開外才開口。她指著梵蒂岡，像是要蘭登看圓頂上的什麼東西。「有個人一路跟著我們走進廣場。」薇多利雅狀似不經意地回頭看了一眼。「還在跟。我們繼續往前走。」

「你認爲是那個哈撒辛嗎？」

薇多利雅搖頭。「不可能，除非光明會雇了個扛著ＢＢＣ攝影機的女人。」

聖彼得的鐘開始發出震耳欲聾的聲響時，蘭登和薇多利雅都驚跳起來。時間到了。之前他們刻意繞開《西風》想甩掉那個記者，但現在他們又朝著那塊浮雕走回去。

除了洪亮的鐘聲外，浮雕附近似乎完全安靜無事。幾個漫步的遊客，一個酒醉的遊民狼狽地坐在方尖碑下頭打盹，還有個小女孩在餵鴿子。蘭登心想那個記者是不是嚇跑了殺手。*不太可能*，他判定，想起那個凶手的保證。*我會讓這四位樞機主教在媒體上大出風頭。*

鐘聲第九響的回音逐漸淡去，廣場上一片祥和平靜。

然後……那個小女孩開始尖叫起來。

75

蘭登是第一個趕到那個尖叫女孩旁的人。

小女孩呆立著，指向方尖碑底部，有個衣衫破爛的酒醉老人萎坐在階梯上。那個人看起來好慘……顯然是羅馬城的眾多遊民之一。他油膩的灰髮一綹綹垂掛在臉上，全身裹著某種髒兮兮的布。小女孩不斷尖叫，逃進人群裡。

蘭登心頭湧起一股驚惶，衝向那個遊民。老人的破衣服上有一片暗色的污漬漸漸擴大，鮮血不斷流淌。

然後，所有狀況像是一口氣同時發生。

那個老人似乎彎下腰，搖搖晃晃往前傾。蘭登衝過去，可是太遲了。老人往前跌，翻下階梯，最後臉朝下摔在廣場地面上。一動也不動。

蘭登跪下去，薇多利雅來到他旁邊。開始有人圍觀。

薇多利雅伸出手指觸摸那個人的喉嚨。「還有脈搏。」她宣佈。「把他翻過來。」

蘭登已經動手了，他緊握住老人的肩膀，翻轉他的身體。轉動時，那些鬆垮垮的破爛衣服就像死皮似的褪下來。老人翻倒過來，背朝下毫無生氣地躺著，赤裸的胸膛正中央有 大塊焦黑的肉。

薇多利雅倒抽了口氣，往後一縮。

蘭登覺得全身無法動彈，惡心又驚駭。那個符號單純得嚇人。

「氣（Air）。」薇多利雅哽著。「那是……是他。」

幾名瑞士衛兵不曉得打哪兒冒出來，大喊著命令，忙著去追不知所蹤的刺客。

附近有個遊客解釋說，才幾分鐘前，一名暗色皮膚的男子很好心幫著這位猛喘著氣的可憐遊民走進廣場……甚至還陪老人在階梯上坐了一會兒，然後才走回人群中消失。

薇多利雅扯掉老人腹部殘餘的破布。他有兩個很深的穿透傷，烙印兩旁各一個，就在胸廓下方。她扶著那人的頭後仰，開始幫他做口對口人工呼吸。接下來的事蘭登完全沒料到，薇多利雅吹氣時，老人腹部兩側的傷口竟嘶嘶噴出血來，就像鯨的噴氣孔。鹹鹹的液體噴到蘭登臉上。

薇多利雅暫停下來，一臉駭然。「他的肺部……」她結巴著說：「射穿了。」

蘭登擦擦眼睛，往下看著那兩個穿透傷，小洞汩汩冒出血來。這位樞機主教的胸部毀掉了。他死了。

瑞士衛兵們接近時，薇多利雅蓋住了屍體。

蘭登站起身，茫然無措。然後他看到了她，之前跟蹤他們的那個女人正蹲在附近。她的ＢＢＣ攝影機扛在肩上，對準這邊正在拍攝中。她和蘭登四目相遇，他知道她全拍到了。然後，像隻貓似的，她逃開了。

76

雪妮塔．梅可瑞奔逃著，她拍到了畢生最重要的報導。

她努力穿過聖彼得廣場上擁擠的人群，肩上的攝影機感覺上就像個大錨似的好重。每個人好像都跟她的行進方向相反……朝向騷亂發生的方向。梅可瑞想盡快離得愈遠愈好，那個穿著粗毛呢外套的男人剛剛看到她了。現在她感覺到其他人追在後頭，她看不見，但那些人正從四面八方逼近她。

梅可瑞還沒從她剛剛拍到的驚人畫面中回過神來。很想知道那名死者果眞是她所擔心的那個身分嗎？突然間，葛立克的神祕電話線民好像不那麼瘋狂了。

正當她匆忙奔向ＢＢＣ轉播車的方向時，一個明顯軍人模樣的年輕男子從她前頭的人群中冒出來。兩人目光相遇，都停下了腳步。他閃電般舉起對講機朝裡面講話，然後又走向她。梅可瑞猛地轉身走回人群中，心臟狂跳。

她跌跌撞撞擠過一堆手腳時，把拍過的錄影帶從攝影機裡取出。黃金錄影帶，她心想，把帶子塞到背後的腰帶內側，外套垂下來蓋住。她難得一回慶幸自己過胖的身材。葛立克，你死到哪裡去了！

另一個士兵出現在她左方，漸漸逼近她。梅可瑞知道她沒剩多少時間了。她又往人群裡擠，從隨身攝影包裡抽出一個黑色卡匣，放進攝影機。然後她開始祈禱。

離ＢＢＣ轉播車剩三十碼時，那兩名男子擋在她面前，雙臂交抱。她哪裡也去不了。

「帶子，」其中一個人厲聲說：「快點交出來。」

梅可瑞瑟縮了一下，雙臂護住她的攝影機。「休想。」

另一個人撥開外套，露出一把槍。

「那你就開槍射我嘛。」梅可瑞說，很驚訝自己講得這麼勇敢。

「帶子。」第一個人又說了一遍。

葛立克跑哪兒去了？梅可瑞一跺腳，盡力扯開嗓門。「我是ＢＢＣ的專業攝影師！根據《自由新聞法案》第十二條，這捲錄影帶是英國廣播公司的財產！」

那兩個人毫不退讓。帶槍的那人朝她逼近一步。「我是瑞士衛兵團的中尉，根據你腳下這塊土地的教廷法令，我們要對你進行搜索和扣押。」

此時四周開始出現圍觀的人群。

梅可瑞大聲嚷著：「除非讓我跟倫敦的編輯先談過，否則在任何情況下，我都不會把攝影機裡的帶子交給你們。我建議你——」

兩名衛兵沒等她講完。一個使勁硬奪走她手上的攝影機，另一個抓住她的手臂，把她往梵蒂岡的方向拖。「謝謝。」他用義大利語說，帶著她穿過擁擠的人群。

梅可瑞祈禱他們不會給她搜身而發現那捲帶子。只要她能設法保護那捲錄影帶，直到——

突然間，意想不到的事情發生了。人群中有個人在她外套底下探，梅可瑞感覺到那捲錄影帶被抽走了。她猛然扭頭，湧到嘴邊的話又吞回去。她身後氣喘吁吁的甘瑟·葛立克朝她擠擠眼睛，然後鑽回人群中消失了。

77

羅柏・蘭登腳步踉蹌地走進教宗辦公室隔壁的私人洗手間。他擦掉臉上和唇上的血跡，那不是他自己的血，而是剛剛慘死在梵蒂岡外擁擠廣場上的拉馬謝樞機主教的。*科學祭壇上的處子獻祭品*。到目前爲止，哈撒辛的威脅的確都一一應驗了。

蘭登望向鏡子，覺得渾身虛弱無力。他的雙眼下垂，新冒出的鬍碴讓兩頰顯得更暗。他置身的這個房間華麗而一塵不染——黑色大理石搭配金色衛浴設備、棉質毛巾，還有洗手皂的香味。

蘭登想把剛剛看到的那個血腥烙印驅出腦海。氣。那個畫面縈繞不去。從今天清晨醒來後，他已經親眼看過三個雙向圖了……而且他知道接下來還有兩個。

門外傳來聲音，好像是歐里維提、總司庫和羅榭上尉正在爭論接下來該怎麼做。顯然搜索反物質的行動還沒有結果。要不是衛兵漏掉了，就是那個侵入者曾潛入梵蒂岡內部，深入得讓歐里維提指揮官難以接受。

蘭登擦乾手臉，然後轉身尋找便斗。可是沒有便斗，只有坐式馬桶，他掀起馬桶蓋。

他站在那兒，體內的緊張逐漸褪去，同時一股令人眩暈的筋疲力盡傳透全身。胸中糾結的情緒太多、太不和諧了。他覺得滿心疲憊，忙得沒吃東西也沒睡覺，奔走尋找光明路徑，又飽受兩件殘酷謀殺所帶來的心理創傷。而這場戲所可能面臨的最後結局，更令蘭登感覺到一種強烈的恐懼。

快想，他告訴自己。但腦中一片空白。

他沖水時，才猛然醒覺。*這是教宗的馬桶座*，他心想。*我才剛在教宗的馬桶裡上了小號*。他不禁低聲笑出來。好個聖座。

78

在倫敦，一名ＢＢＣ技術人員把錄影帶從衛星接收器裡抽出來，跑到控制中心樓層的另一頭。她衝進總編輯辦公室，將錄影帶塞進卡式錄放影機裡，按了播放鍵。

影帶播放時，她一邊把剛剛跟梵蒂岡特派記者甘瑟．葛立克的對話內容轉告總編輯。此外，ＢＢＣ圖片檔案庫也剛跟她確認了聖彼得廣場上那名死者的身分。

總編輯走出個人辦公室，叫大家注意，全編輯部的人都停下了動作。

「五分鐘後播出！」總編輯朗聲宣佈。「現場人員準備好！媒體協調組，趕緊電話聯繫各媒體！我們有個報導待價而沽！我們有畫面！」

行銷協調專員紛紛抓起他們的轉盤式通訊錄。

「影片長度！」其中一個人喊道。

「三十秒剪輯內容。」總編輯回答。

「內容呢？」

「凶殺案現場畫面。」

協調組員振奮地抬頭。「使用範圍和授權價格呢？」

「每家一百萬美元。」

一堆人抬頭。「什麼！」

「沒錯！我要食物鏈的最上層。ＣＮＮ、ＭＳＮＢＣ這兩個有線頻道，然後是美國三大無線電視網！提供撥入連線預覽片段。在ＢＢＣ播出這段畫面之前，給他們五分鐘搭順風車。」

「到底發生了什麼事？」有個人問。「首相被活活剝皮了嗎？」

總編輯搖搖頭。「更精彩。」

正當此時，在羅馬城的某處，哈撒辛靠坐在一張舒服的椅子上享受片刻。他欣賞著眼前這個傳說中的小房間。*我就坐在光明教堂裡*，他心想。*光明會的祕密基地*。他真不敢相信，經過了幾百年後，這個教堂竟然還在這裡。

他善盡職責，撥了他稍早談過那個ＢＢＣ記者的電話。時間到了。世人還沒聽到那個最具震撼性的新聞呢。

79

薇多利雅・威特拉啜著一杯水，剛剛有個瑞士衛兵端來一些英式司康鬆餅，她也拿了一個心不在焉地小口咬著。她知道自己該吃點東西，卻沒有胃口。這會兒教宗辦公室裡一片忙亂，充斥著緊張的交談聲。羅榭上尉、歐里維提指揮官，還有五、六個衛兵正在評估損失，爭論下一步該怎麼做。

羅柏・蘭登站在一旁，瞪著外頭的聖彼得廣場，一臉沮喪。薇多利雅走過去。「想到什麼辦法了嗎？」

他搖搖頭。

「來個司康鬆餅？」

他的心情似乎因爲看到食物而變得開朗些。「太好了，謝謝。」他狼吞虎嚥著。

他們背後的對話忽然靜止下來，因爲兩個瑞士衛兵護送著凡特雷思卡總司庫進門了。薇多利雅心想，如果之前總司庫的臉色是憔悴，那麼現在就是掏空了。

「怎麼了？」總司庫朝歐里維提說。從總司庫的表情看來，他顯然已經聽到了最壞的消息。

歐里維提的最新情況簡報聽起來像個戰場傷亡數字報告，平鋪直敘交代實際狀況。「剛過八點時，我們發現了艾伯納樞機主教在人民聖母教堂內的屍體。他是被悶死的，身上被烙印了雙向圖的字『土』。拉馬謝樞機主教十分鐘前在聖彼得廣場被謀殺，死於胸部穿孔傷。他被烙印了『氣』字，也是雙向圖。兩回都被凶手逃走了。」

總司庫走到房間另一頭，重重地坐在教宗辦公桌後面，低垂著頭。

「但無論如何，基德拉和巴吉亞樞機主教還活著。」

總司庫的頭猛然抬起，一臉痛苦的表情。「我們該覺得安慰嗎？指揮官，有兩位樞機主教被謀殺了。

另外兩位顯然也不會活太久了，除非我們能趕快找到他們。」

「我們會找到的，」歐里維提保證，「我現在很有信心。」

「信心？我們根本一路都失敗了。」

「不對。我們輸了兩場戰役沒錯，但我們會贏得整場戰爭。光明會想把今天晚上搞成一場媒體鬧劇。到目前爲止，我們已經阻撓了他們的計畫。兩位樞機主教的屍體都順利發現，沒有引起額外的騷動。更何況，」歐里維提繼續說：「羅樹上尉告訴我，他的反物質搜索進度非常順利。」

戴著紅色貝雷帽的羅榭上尉上前一步，薇多利雅覺得不知怎地，他看起來就是比其他衛兵有人味——嚴峻，但沒那麼死板。羅榭的聲音清晰而帶著感情，像小提琴。「我希望一個小時內能找到那個罐子給您，先生。」

「上尉，」總司庫說：「請原諒我恐怕沒那麼樂觀，但我有個印象，搜索梵蒂岡城要耗費的時間，遠遠超過我們所能有的。」

「沒錯，那是指全面搜索。不過在評估狀況之後，我相信那個反物質罐子位於我們的白區——也就是城內開放給一般大眾遊覽的區域——比方博物館和聖彼得大教堂。我們已經關掉這些區域的電源，正在進行掃描檢查。」

「你只打算搜索梵蒂岡城的一小部份？」

「沒錯，先生。外來的入侵者不太可能有辦法進入梵蒂岡城的內部區域。而且失蹤的監視攝影機是位於公共區域——博物館裡的樓梯井——這個事實顯然表示，入侵者能進入的地方有限。所以，他只能把那個攝影機和反物質改放到另一個公共區域，也就是我們現在鎖定搜索的地帶。」

「但是那個入侵者綁架了四位樞機主教。這表示滲透的深度一定比我們所想的要深。」

「那也未必。我們要記住，那些樞機主教今天花了很多時間在梵蒂岡博物館和聖彼得大教堂裡，享受沒有擁擠人群的難得機會。或許失蹤的四位樞機主教就是在其中一個區域被綁架的。」

「但要怎麼把他們帶出城呢?」

「這點我們還在研究。」

「我明白了。」總司庫吐出一口氣站起來，走向歐里維提。「指揮官，我想聽聽你有什麼疏散計畫。」

「我們還在研究細節，先生。同時，我相信羅樹上尉會找到那個罐子的。」羅樹靴子喀地一碰，彷彿是在感謝指揮官的信任投票。「我的人已經搜索了三分之二的白區。我們有高度的信心。」

但總司庫的表情卻看不出有同樣的信心。

此時，那個眼睛下方有道疤的警衛走進門來，帶著寫字板和一張地圖。他大步走向蘭登。「蘭登先生，我找到了你要的那些關於《西風》的資料。」

蘭登吞下司康鬆餅。「很好，我們來看看。」

趁其他人還在繼續談話，蘭登和那名士兵把地圖攤在教宗的書桌上，薇多利雅加入他們。那個衛兵指著地圖上的聖彼得廣場。「我們現在在這裡。西風吹出來的氣，中線是指向正東，剛好就是往梵蒂岡城外。」那名衛兵手指從聖彼得廣場畫出一道線，跨過台伯河，深入古羅馬的心臟。「你看得出來，這條線幾乎經過全羅馬城。沿線附近大概有二十座天主教教堂。」

蘭登整個人一垮。「二十座?」

「說不定更多。」

「有沒有剛好就在這條線上的?」

「有的看起來比較接近，」那名衛兵說：「但要把《西風》的確實方位轉到這張地圖上，總是會有些誤差。」

蘭登望著外頭的聖彼得廣場一會兒。然後他皺起眉，摩挲著下巴。「那火呢?其中有哪座教堂裡頭有貝尼尼的藝術作品，而且是跟火有關的?」

衛兵沒吭聲。

「那方尖碑呢？」他問道。「有哪座教堂附近有方尖碑嗎？」

那名衛兵開始檢查地圖。

薇多利雅看到蘭登的雙眼中有一絲希望之光，明白了他此刻的想法。他說得沒錯！前兩個指標都是位於、或是靠近有方尖碑的廣場上！也許方尖碑是個主題？高高的金字塔指出了光明路徑？薇多利雅愈想就愈覺得有道理……四座金字塔在羅馬城昂然聳立，標示著各個科學祭壇。

「機會很小，」蘭登說：「但我知道很多羅馬城的方尖碑都是在貝尼尼的時代安置或遷移到現址的。他當然也參與了位置的規畫。」

「或者呢，」薇多利雅補充，「貝尼尼可能把他的指標放在既有的方尖碑附近。」

蘭登點點頭。「沒錯。」

「壞消息，」那個衛兵說：「這條線上沒有方尖碑。」他的手指畫過地圖。「連勉強算接近的都沒有，一個都沒。」

蘭登嘆了口氣。

薇多利雅肩膀垮下來，她還以為原先的主意大有希望。但顯然，這件事不像他們想得那麼簡單。她努力保持樂觀。「羅柏，再想一想。你一定曉得貝尼尼有哪座關於火的雕像，一定有的。」

「相信我，我一直在想。貝尼尼的作品多得不得了，有幾百件。我本來還希望《西風》會直接指向某一座教堂，會有些蛛絲馬跡讓我們聯想到的。」

「火，」她又催促道：「義大利文是fuòco。沒讓你聯想到貝尼尼的哪件作品名稱嗎？」

蘭登聳聳肩。「他有一組著名的素描《煙火》，但不是雕塑，而且是收藏在德國的萊比錫。」

薇多利雅蹙起眉頭。「你確定那個風是指向這個方向嗎？」

「你也看過那塊浮雕，薇多利雅。設計是左右完全對稱。上頭唯一有的指標，就是吹出來的風。」

薇多利雅知道他說得沒錯。

「更不用說，」他補充，「因爲《西風》代表氣，所以循著吹出來的風，似乎很符合象徵意義。」

薇多利雅點點頭。所以我們就循著吹出來的風，可是該走向哪裡？

歐里維提走過來。「你們查到了什麼？」

「太多教堂了，」那個衛兵說：「二三十座。我想我們可以每座教堂派四個人——」

「算了吧。」歐里維提說。「我們前兩次都知道這傢伙會在哪裡，都還沒能逮到他。大規模出去監視的話，就沒有人手保護梵蒂岡城，而且還得取消搜索。」

「我們需要一本參考書，」薇多利雅說：「一本貝尼尼作品的索引。如果能瀏覽作品名稱，或許就會發現什麼。」

「不曉得，」蘭登說：「如果是貝尼尼特別爲光明會所創作的作品，那就有可能沒什麼名氣。大概不會列在這類參考書上。」

薇多利雅不肯相信。「其他兩件雕塑都相當有名，你都聽說過的。」

蘭登聳聳肩。「是啊。」

「如果我們能瀏覽作品名稱，用跟『火』這個字的相關線索去找，或許就可以找出一座方向正確的雕像。」

蘭登似乎被說服了，相信值得一試。他轉向歐里維提。「我需要一份所有貝尼尼作品的清單。你們這裡大概不會有貝尼尼的茶几書吧？」

「茶几書？」歐里維提好像沒聽過這個字眼。（譯註：茶几書〔coffee-table book〕在美國泛指以圖片爲主、印刷精美的書。常放在客廳的茶几上，可供主人或來客隨意翻閱打發時間。）

「算了。任何清單都行。梵蒂岡博物館怎麼樣？他們一定有貝尼尼作品的相關資料。」

那個疤面衛兵皺起眉頭。「博物館現在沒電，而且資料室很大。沒有工作人員幫忙的話——」

「我們要找的貝尼尼作品，」歐里維提插嘴，「會是貝尼尼受雇於梵蒂岡期間創作的嗎？」

「幾乎可以確定是。」蘭登說。「他的創作生涯幾乎都待在梵蒂岡，其中也當然包括伽利略事件那段期間。」

歐里維提點點頭。「那麼還有另一份參考資料。」

薇多利雅感覺到一絲樂觀希望。「在哪裡？」

指揮官沒回答。他把衛兵拉到一旁，輕聲跟他交代了幾句。那個衛兵似乎有疑慮，但還是服從地點了頭。等歐里維提說完話，那個衛兵轉過來面對蘭登。

「這邊請，蘭登先生。現在九點十五分，我們得趕快。」

蘭登和那名衛兵朝房門走去。

薇多利雅想追上去。「我可以幫忙。」

歐里維提抓住她的手臂。「不，威特拉女士。我有話要跟你談。」他的動作帶著權威。

蘭登和那個衛兵離開了。歐里維提一臉木然把薇多利雅拉到一旁。但不管歐里維提想跟她說什麼，反正都沒有機會了。他的對講機聒噪地響起來。「指揮官嗎？」

房間裡的每個人都轉向他們。

對講機裡傳來冷冷的聲音。「我想你最好打開電視。」

80

蘭登兩小時前離開梵蒂岡祕密檔案室的時候，絕對沒想到自己會再重訪。但現在，他跟護送他的瑞士衛兵一路小跑過來，才氣喘吁吁地發現又回到了這個檔案室。

陪同的那個疤面衛兵領著蘭登，穿過一排排透明的小隔間。這回檔案室裡的寂靜不知怎地更令人生畏了，於是那個衛兵打破沈默時，蘭登眞覺得謝天謝地。

「我想，就在這裡。」他說，帶蘭登走到檔案室最裡側，那裡靠牆有一排小書庫。衛兵掃視著書庫上的標示，指著其中一個，「沒錯，在這裡。就在指揮官說的地方。」

蘭登看著那個義大利文標示。ATTIVI VATICANI。梵蒂岡資產？他看看目錄清單。不動產……現金……梵蒂岡銀行……古文物……後面還有一堆。

「所有梵蒂岡資產的書面資料。」那個衛兵說。

蘭登看著那個小書庫。*耶穌啊*。即使在黑暗中，他也看得出來那個房間是密封的。

「指揮官說，貝尼尼在梵蒂岡贊助下所創作過的任何作品，都會列入這裡的資產紀錄。」

蘭登點點頭，明白指揮官的直覺有可能證明是對的。在貝尼尼的時代，藝術家受教宗委託所製作的所有作品，依法都會成爲梵蒂岡的財產。與其說是贊助，其實倒還比較像封建制度，只不過頂尖藝術家的日子過得很好，也少有抱怨。「也包括放在梵蒂岡城外那些教堂的作品嗎？」

那名衛兵表情怪異地看了他一眼。「當然包括。所有羅馬城的天主教堂，都是梵蒂岡的財產。」

蘭登看著手上的一張單子，上頭列出位於《西風》吹出氣的那條線上二十來座教堂的名字。第三個科學祭壇就在其中一座教堂，蘭登希望自己能及時查出到底是哪座。換了其他時候，他會很樂意親自去探索每座教堂。但今天，他卻必須在短短約二十分鐘內找出一座有貝尼尼向火致敬之作品的教堂。

蘭登走向小書庫的電動旋轉門，衛兵沒跟上去。蘭登感覺到他的猶豫不決，於是微笑道：「空氣沒問題。很稀薄，不過還是透得過氣來。」

「我接到的命令是護送你到這裡，然後就立刻回保全中心。」

「你要走了？」

「是啊，瑞士衛兵團是不准進入檔案室的。我送你到這裡已經是違反規定，這點指揮官已經提醒過我了。」

「違反規定？」你難道不曉得今天梵蒂岡有什麼狀況嗎？「拜託，你們那位大指揮官到底是站在哪一邊的！」

那個衛兵臉上的友善頓時消失無蹤，眼睛下方的疤痕抽搐著。他瞪著眼睛，表情忽然間很像歐里維提本人。

「我道歉，」蘭登說，很後悔剛剛講的話，「只不過……有人幫我會更好。」

那個衛兵眼睛眨都不眨。「我所受的訓練是要服從命令，而不是去跟長官爭論。你一發現你要找的東西，請馬上和指揮官連絡。」

蘭登很慌張。「可是他在哪裡？」

那個衛兵拿出他的對講機，放在附近的桌子上。「一號頻道。」然後消失在黑暗中。

81

教宗辦公室裡的超大型日立電視機位於教宗的書桌對面，放在一個嵌入牆壁的櫥子裡。櫥門這會兒開著，每個人都圍在前面。薇多利雅湊近了些，螢幕逐漸亮起來，一個年輕女記者出現在畫面上，是個有雙靈活大眼的褐髮女子。

「MSNBC記者凱莉．荷朗—瓊斯，」她宣佈，「在梵蒂岡城現場為您報導。」她身後的夜景是燈光燦爛的聖彼得大教堂。

「你才沒在現場。」羅榭厲聲說。「那是資料畫面！現在聖彼得教堂的燈根本不會亮。」

歐里維提噓了一聲讓他安靜。

那個記者繼續說，聲音顯得很緊張。「今晚梵蒂岡的選舉有驚人的發展。我們有兩位樞機團成員在羅馬被殘酷謀殺的報導。」

歐里維提喃喃詛咒。

那個記者還在講的時候，一名衛兵出現在門口，上氣不接下氣。「指揮官，總機說電話全滿了，大家都在問我們的官方立場——」

「切斷就是了。」歐里維提說，眼睛緊盯著螢幕。

那個衛兵一臉不確定。「可是，指揮官——」

「快去！」

那個衛兵急忙走了。

薇多利雅感覺到總司庫本來想說什麼，但忍住了。反之，他嚴厲瞪著歐里維提良久，才把視線轉回電視螢幕。

ＭＳＮＢＣ現在正播放著新聞畫面。幾名瑞士衛兵搬著艾伯納樞機主教的屍體走下人民聖母教堂外的階梯，抬起來放進愛快羅密歐。就在衛兵將他放進行李廂時，露出了樞機主教的裸身屍體，畫面靜止並局部放大。

「這段影片到底是誰拍的？」歐里維提問道。

ＭＳＮＢＣ的記者繼續說：「據了解，這具屍體是德國法蘭克福的艾伯納樞機主教，而把屍體從教堂裡抬出來的這些人，則是梵蒂岡的瑞士衛兵團。」那個記者看起來像是竭盡所能要讓一切舉止合宜。他們給了她一個臉部特寫，此時她看起來更嚴肅了。「這則新聞，ＭＳＮＢＣ要警告各位觀眾，請您自行斟酌是否觀賞。以下即將播放的畫面太過眞實，有些觀眾可能不適合收看。」

薇多利雅咕噥著，很不滿電視台假裝爲觀眾的感受著想，她看得出這個警告的眞面目——媒體最王牌的「誘餌釣線」。聽了這段保證後，不會有人願意轉台的。

那個記者壞事做絕。「我們要再強調一次，這段畫面可能會嚇到某些觀眾。」

「什麼畫面？」歐里維提問道。「你們才剛剛播出——」

螢幕上是聖彼得廣場上的一對男女在人群中移動。薇多利雅立刻認出那兩個人是蘭登和自己。螢幕一角疊印了一段文字：感謝BBC提供。鐘聲開始緩緩敲響。

「喔，不。」薇多利雅叫了起來。「喔……不。」

總司庫一臉困惑，轉向歐里維提。「你還說你們已經沒收這捲錄影帶了！」

突然間，電視裡有個小孩尖叫起來。鏡頭轉向那個小女孩，她指著一個流血的遊民模樣老人。羅柏·蘭登突然出現在畫面上，想幫那個小女孩，鏡頭湊得更近了。

教宗辦公室裡的每個人都震懾無語，瞪著這場戲在他們面前播出。樞機主教的屍體臉朝下摔在廣場地面上，薇多利雅出面喊著指令。有血，有烙印，然後是施行心肺復甦術卻徒勞無功的恐怖過程。

「這段令人震驚的影片，」那個記者說：「是幾分鐘前在梵蒂岡外拍到的。根據我們的資料來源，這是法國拉馬謝樞機主教的屍體。他怎麼會打扮成這樣，以及他爲什麼沒有參加閉門會議，現在還不得而知。到目前爲止，梵蒂岡拒絕表示意見。」影片又重複播放了一次。

「拒絕表示意見？」羅榭說。「拜託也給我們點時間吧！」

那個記者還在講話，她的雙眉間緊蹙著幾道溝紋。「雖然MSNBC還沒確定這起攻擊的動機，但消息來源指出，一個自稱光明會的團體聲稱他們是這件謀殺的主使者。」

歐里維提勃然大怒。「什麼！」

「……要知道更多光明會的訊息，請拜訪我們的網站——」

「不可能！」歐里維提大聲說。他轉到別台。

這一台是個講西班牙語的男記者。「——一個叫做光明會的魔鬼教派，某些歷史學者相信——」

歐里維提開始猛按遙控器。每個頻道都在播放現場最新消息，大部份是英文台。

「——今晚稍早，瑞士衛兵團從一座教堂搬出了一具屍體。一般相信，死者是法蘭克福的樞機主教——」

「——大教堂和幾座博物館的燈光都熄滅了，各界紛紛猜測——」

「——稍後我們會訪問陰謀論研究者泰勒·亨利，談談有關這次光明會驚人的復活——」

「——謠傳今天晚上稍後，還會有兩個人被殺害——」

「——正在懷疑，教宗熱門人選巴吉亞樞機主教是不是也失蹤了——」

薇多利雅轉身。一切都發生得太快了。窗外漸濃的夜幕中，人類悲劇的原始吸引力似乎把人群吸到梵蒂岡來。廣場上的人潮幾乎在轉眼間增加了，眾多行人走向這個方向，一批批媒體人員下了廂型車，開始在聖彼得廣場上佔位子。

歐里維提放下遙控器，轉向總司庫。「先生，我無法想像怎麼會發生這種事。我們已經沒收攝影機裡的帶子了！」

總司庫似乎震驚得一時說不出話來。

沒有人開口，幾個瑞士衛兵立正站著，一動也不動。

「看起來，」總司庫最後終於說，似乎已經心力交瘁得沒力氣發怒了，「我們對這個危機的處理，並不像你當初跟我保證的那麼好。」他看著窗外愈來愈多的人。「我必須公開發表談話。」

歐里維提搖搖頭。「不，先生。這正是光明會希望您做的——證實他們的說法，讓他們更有力量。我們必須保持沈默。」

「那這些人怎麼辦？」總司庫指著窗外。「很快就會有幾萬人，接著是幾十萬人。繼續讓外界胡亂猜測，只會讓他們陷入危險。我得警告他們。然後我們得撤出樞機團。」

「我們還有時間。先讓羅榭找出反物質吧。」

總司庫轉過身來。「你是打算指揮我嗎？」

「不，我是給您建議。如果您是擔心外頭廣場上的人，我們可以宣佈有瓦斯外洩，把廣場清空；但承認我們被脅持就太危險了。」

「指揮官，這個話我只說一次。我不會把這個辦公室當成對全世界撒謊的講台。如果我要宣佈什麼，那就一定會是實話。」

「實話？說魔鬼教派的恐怖份子威脅要毀掉梵蒂岡？那只會更讓我們的處境顯得更軟弱無力。」

總司庫怒目圓睜。「我們的處境還能更軟弱了嗎？」

羅榭忽然喊出聲，抓著遙控器把電視的聲音開大。每個人都轉過去。

電視上的那個MSNBC女記者現在看來是眞的心慌了。她旁邊疊印著已故教宗的照片。「……最新消息。剛剛BBC報導……」她瞥了鏡頭外一眼，似乎是要確定自己眞的應該宣佈這個消息。她顯然得到了確認，一臉凝重轉向鏡頭。「光明會剛剛聲稱他們是……」她猶豫了一下。「他們聲稱他們是十五天前教宗死亡的主謀。」

總司庫張開了嘴巴。

羅榭的遙控器垂下來。

薇多利雅簡直腦袋一片空白。

「根據梵蒂岡法令，」那個女人繼續說：「從來沒有對教宗進行正式解剖的前例，所以光明會宣稱的謀殺無法證實。但是，光明會堅持前教宗的死因並非如梵蒂岡所說的中風，而是中毒。」

整個房間再度陷入一片沈默。

歐里維提忽然衝口而出：「瘋了！真是無恥的謊言！」

羅榭又開始不斷轉台。這則新聞快報像鼠疫似的，迅速散播到其他電視台。每一台的報導都一樣。標題則各自極盡聳動之能事。

梵蒂岡謀殺案

教宗遭下毒

魔鬼染指天主的寓所

總司庫轉開臉。「天主幫幫我們。」

羅榭不斷轉台，中間經過ＢＢＣ。「——爆料告訴我有關人民聖母教堂的殺人事件——」

「等一下！」總司庫說。「轉回去。」

羅榭轉回去。螢幕上有個一臉正經的男子坐在ＢＢＣ主播台。疊印在他肩膀上方的則是一張臉部特寫照片，裡頭是個留著紅色大鬍子、模樣怪異的男子。照片下方打著字：甘瑟．葛立克——梵蒂岡現場連線。葛立克記者顯然是用電話連線報導，雜音很多。「……我的攝影師拍攝到樞機主教從基吉小聖堂被搬出來。」

「我再向觀眾重複一遍，」在倫敦總部的主播說：「ＢＢＣ記者甘瑟．葛立克是第一個報導這件事的記者。到目前爲止，他已經和那位自稱光明會刺客的人在電話中談過兩次。甘瑟，你說那個刺客幾分鐘前才打電話給你，告訴你一個來自光明會的消息嗎？」

「是的。」

「這個消息是，光明會是教宗死亡的主謀？」那個主播的口氣似乎不太相信。

「沒錯。打電話來的人告訴我，教宗的死因不是梵蒂岡所說的中風，而是遭到光明會下毒。」

教宗辦公室裡的每個人都呆住了。

「下毒？」那個主播問。「可是……可是……怎麼可能！」

「他們沒說具體細節，」葛立克回答：「只說他們是用一種藥，叫做……」電話彼端傳來一個紙張的沙沙聲——「叫做肝素。」

總司庫、歐里維提，和羅樹三人困惑地面面相覷。

「肝素？」羅樹一臉惶然問道：「那不是……？」

總司庫臉色發白。「教宗的長期用藥。」

薇多利雅愣住了。「教宗長期服用肝素？」

「他有血栓性靜脈炎，」總司庫說：「每天要打一針肝素。」

羅樹目瞪口呆。「可是肝素不是毒藥啊。爲什麼光明會宣稱——」

「肝素如果劑量不對，就會變成致命毒藥。」薇多利雅解釋。「肝素是一種效用很強的抗凝血劑。如果用藥過量，會導致大量內出血和腦出血。」

歐里維提疑心地看著她。「你怎麼會知道這些事？」

「海洋生物學家會把肝素用於圈養的海洋哺乳動物，以防牠們因活動量減少形成血凝塊。以前有過動物因用藥不當而死亡。」她停頓了一下。「人類如果使用肝素過量，引發的症狀很容易被誤認爲中風……

尤其是如果沒有適當解剖驗屍的話。」

總司庫現在看起來憂慮不已。

「先生，」歐里維提說：「這顯然是光明會想打知名度的詭計。要找人下手讓教宗用藥過量是不可能的，根本找不到管道。就算我們中計，想駁斥這個說法，我們又能怎麼證明？教廷法令禁止解剖。就算解剖，也檢查不出什麼來的。我們只會發現他體內的肝素就是每天的正常劑量。」

「沒錯。」總司庫的口氣變得更嚴厲了。「不過還有其他事情困擾我。外界沒有人知道聖座在服用這種藥物的。」

大家都沈默了下來。

「如果是服用肝素過量，」薇多利雅說：「屍體會看得出跡象。」

歐里維提轉向她。「威特拉女士，或許你剛剛沒聽清楚我的話，梵蒂岡法令禁止對教宗進行解剖驗屍。我們不會只因爲一個敵人造謠誣衊，就把聖座的身體切開來，讓他遭受這種羞辱。」

薇多利雅覺得很羞愧。「我並不是暗示……」她並非心存不敬。「我當然不是建議你們把教宗的遺體從墳裡挖出來……」不過她猶豫起來。羅柏在基吉小聖堂告訴她的一件事像幽靈般掠過她心頭。他提到過教宗的石棺是位於地面上，而且絕對不會用水泥封起來，這是沿襲古埃及法老王時代的做法，當時的人相信，把棺材封起並掩埋，就會把死者的靈魂困在裡面。於是萬有引力就取代了灰泥，因爲石棺的蓋子通常重達幾百磅。技術上，她想通了，其實是有可能——

「什麼樣的跡象？」總司庫突然說。

薇多利雅覺得心臟因恐懼而猛跳。「用藥過量會導致口腔黏膜出血。」

「口腔什麼？」

「死者的牙齦會流血。驗屍時會發現血液凝塊，而且口腔裡面會變成黑色。」薇多利雅曾看過一張照片，是在倫敦一個水族館拍攝的，照片裡是一對虎鯨，因訓練員用藥過量而喪命。死去的虎鯨漂浮在水槽裡，嘴巴張著，舌頭黑得像煤灰。

總司庫沒說什麼，他轉身望著窗外。

羅榭的聲音失去了原有的樂觀。「先生，如果這個有關中毒的說法是事實……」

「不是事實。」歐里維提斷言。「外人要接近教宗，根本就完全不可能。」

「如果這個說法是事實，」羅榭重複，「我們的聖父的確是被毒死的，那對我們的反物質搜索就會有很大的影響。這樁光明會所宣稱的暗殺，表示梵蒂岡城被滲透的程度遠超過我們原來的想像，搜索白區恐怕就不夠了。但如果我們折衷去搜索這麼大的範圍，可能就來不及找到那個罐子。」

歐里維提冷冷看了他的上尉一眼。「上尉，我會告訴你接下來該怎麼做。」

「不，」總司庫忽然轉身說：「由我告訴你接下來該怎麼做。」他正眼直直盯著歐里維提。「弄到這個地步實在太過分了。二十分鐘後，我會決定要不要取消閉門會議，撤離梵蒂岡城。我的決定說了算。你們聽懂了嗎？」

歐里維提眼睛眨都不眨，也沒有回答。

現在總司庫講起話來強而有力，好像從一個隱藏的能量庫中得到了精力。「羅榭上尉，你繼續搜索白區，完成時直接向我報告。」

羅榭點點頭，不安地瞥了歐里維提一眼。

接著總司庫挑了兩名衛兵。「我要那位BBC的記者葛立克先生馬上到我辦公室來。如果光明會一直在跟他聯繫，那他或許可以幫我們。快去。」

那兩個士兵走了。

然後總司庫轉過身來朝其他的衛兵說話。「各位，今天晚上不許再損失人命了。十點之前，你們要找到另外兩位樞機主教，抓住主使這些謀殺的惡魔。我這樣說得夠清楚了嗎？」

「可是，先生，」歐里維提說：「我們不知道哪裡——」

「蘭登先生正在查。他的能力似乎足以解決，我有信心。」

總司庫邊說著，邊大步走向房門，腳步中有一種新出現的堅定感。在出去的路上，他指著三名衛兵。

「你們三個，跟我來。馬上。」

三個衛兵跟著他走。

到了門口，總司庫停下腳步。他轉向薇多利雅。「威特拉女士，你也是，請跟我來。」

薇多利雅猶豫著。「我們要去哪裡？」

他走出門口。「去看一個老朋友。」

82

在歐洲核子研究中心，絲爾薇・鮑德洛克祕書餓了，眞希望能回家。讓她氣餒的是，寇勒顯然度過了他在醫務中心那關；他打電話要求——不是詢問，而是要求——絲爾薇今天留晚一點。沒有任何解釋。

多年來，絲爾薇已經把自己訓練得不去理會寇勒的怪異心情起伏和種種古怪行徑——他的沈默對待、他偷偷用輪椅上的手提攝影機錄下會議那種令人不安的習性。寇勒每週會去一次歐洲核子研究中心裡附設供娛樂休閒的手槍射擊場，她暗自期望有一天他會在那裡開槍射中自己，但顯然他的槍法很高明。

這會兒，獨坐在辦公桌前，絲爾薇聽到自己的肚子咕咕叫。寇勒還沒回來，也沒有給她額外的加班工作。幹嘛坐在這裡餓肚子發呆，她決定了。她留了張字條給寇勒，走向職員餐廳去找點東西吃。

結果沒能如願。

她經過歐洲核子研究中心的娛樂設施「休閒套房區」——一整條長走道上都是一間間有電視的休息室——發現那些房間裡擠滿了員工，顯然是放棄晚餐去看新聞。出了大事情了。絲爾薇走進第一個套房，裡面滿滿都是位元腦袋——瘋狂的年輕電腦程式設計師。她一看到電視上的新聞標題，不禁倒抽了口冷氣。

梵蒂岡恐怖事件

絲爾薇聽著報導，不敢相信自己的耳朵。有個古代兄弟會殺害了兩名樞機主教？這證明了什麼？他們的憎恨？他們的操縱能力？還是他們的無知？

然而，難以置信的是，這個套房裡的氣氛一點也不嚴肅。

兩個年輕技師揮舞著印了比爾・蓋茲圖像的T恤跑過去，T恤上印著：這個怪胎會接掌世界！

「光明會！」其中一個人喊著。「早就跟你說過眞有這個兄弟會！」
「眞不敢相信！我還以爲那不過是線上遊戲！」
「他們殺了教宗，老兄！教宗耶！」
「哎呀！不知道你這樣可以得多少分咧？」
他們大笑著跑走了。
絲爾薇震驚地呆站在那裡。身爲一個天主教徒，平日與眾多科學家共事，她偶爾必須忍受一些反宗教的流言蜚語，但眼前這些小鬼似乎在開派對，對於教會的損失擺明了樂不可支。他們怎麼能如此麻木無情？爲什麼會有這種敵意？
對絲爾薇來說，教會向來就是個無害的存在……是個供人聯繫友誼、內省的所在……有時只是個讓她能大聲唱歌而不會引人側目的地方。教會記錄了她一生的基準點——葬禮、婚禮、洗禮、節日——完全不要求回報，連財物奉獻也是自願性質。每星期她的小孩參加過主日學回來，總是興致勃勃，滿腦子幫助他人和努力向善的想法。這樣的教會，會有什麼不對呢？
她總是一再驚訝於有那麼多歐洲核子研究中心裡的所謂「聰明心靈」不能理解教會的重要性。他們眞相信夸克和介子能啓發一般大眾嗎？或是相信方程式可以取代某些人信仰神的需要？
絲爾薇茫然沿著走廊往下，經過其他休息室。所有的電視間都擠滿了人。她現在開始對稍早那通梵蒂岡打來給寇勒的電話感到好奇了。是巧合嗎？或許吧。梵蒂岡不時會出於「禮貌」打電話給歐洲核子研究中心，表示他們稍後會發表嚴厲的聲明，譴責歐洲核子研究中心的某些研究——最近一次是針對歐洲核子研究中心在奈米技術上的突破，教會譴責這方面的研究是因爲其中涉及遺傳工程學。但歐洲核子研究中心從不在乎。毫無例外的是，每回梵蒂岡發表過強烈攻擊言論之後，寇勒的電話就會響個不停，一堆高科技投資公司搶著要取得新發現的授權許可。「只要有報導，就是好事。」寇勒老是這麼說。
絲爾薇考慮著是不是該打寇勒的呼叫器，管他人在哪裡，總之叫他打開電視看看新聞。他在乎嗎？他聽說這個大新聞了嗎？當然，他一定知道了。搞不好還用他那個怪異的手提式錄影機把整段報導都錄了下來，露出一年難得一見的笑容。

絲爾薇繼續往下走，終於發現一個休息室的氣氛比較節制……近乎鬱悶。裡頭正看著電視新聞的是幾個歐洲核子研究中心最老也最受尊重的科學家。絲爾薇溜進去找位子坐下，那些人連看都沒看她一眼。

歐洲核子研究中心的另一頭，在李歐納度・威特拉寒冷的公寓裡，麥斯米倫・寇勒已經把他從威特拉床頭櫃拿來的那本皮面日記本閱讀完畢，現在正看著電視上的報導。過了幾分鐘，他把威特拉的日記放回原處，關掉電視，離開公寓。

在遠方，梵蒂岡城內，莫塔提樞機主教又拿著另一盤選票到西斯汀禮拜堂的煙囪下。他燒掉選票，煙是黑的。

兩次投票，沒選出教宗。

在聖彼得教堂那片龐大的黑暗中，幾把手電筒的光顯得好渺小。頭頂上的廣闊空間像個無星之夜當頭罩下，薇多利雅感覺到那片空蕩有如荒涼無人的海洋環繞著她。她緊跟著那三個瑞士衛兵和總司庫前進。在遠遠的上方，一隻鴿子發出咕咕叫聲，然後振翅飛走了。

彷彿感覺到她的不安，總司庫緩下腳步，一手放在她肩膀上。那隻手傳達出明確有形的力量，好像神奇地爲她注入她正需要的冷靜，好去做他們即將要做的事。

我們即將要做的事是什麼？她心想。這真是瘋狂！

然而，薇多利雅知道，眼前這個任務是無可逃避的，儘管對神不敬又確實令人毛骨悚然。總司庫需要一些資訊，不得不做出這個重大決定……資訊就埋葬在「梵蒂岡地下墓室」的一具石棺中。她很好奇他們會發現什麼。光明會謀殺了教宗嗎？他們的勢力果真如此神通廣大嗎？我真的要進行史上的第一次教宗驗屍嗎？

薇多利雅發現，諷刺的是，在這個沒有燈光的教堂裡，感覺比在黑夜裡和一群金梭魚共游要來得令她恐懼。大自然是她的庇護所，她了解大自然，讓她困惑不解的反而是人類和靈性。黑暗中群聚的食人魚令人聯想到外頭蜂擁而來的媒體。被烙印的電視新聞片段讓她想起父親的屍體……還有那個凶手刺耳的笑聲。凶手就在那裡逍遙，薇多利雅感到怒氣壓過了恐懼。

他們繞經一根柱子——比她所能想像的紅木杉樹幹都要來得粗——薇多利雅看到前方一片橙色光芒，好像是從大教堂中央的地板底下散發出來的。等到他們更接近時，她明白那片光是什麼了。那是主祭壇下方低於地面的著名聖壇——這個豪華的地下小室收藏著梵蒂岡最神聖的聖人遺骨。等到他們來到中空聖壇邊上的入口，薇多利雅往下望著那個黃金櫃，四周環繞著大量燃燒的油燈。

「是聖彼得的遺骨嗎？」她問，其實心中很清楚這是多此一問。每個來到聖彼得大教堂的人都曉得那個黃金櫃裡裝的是什麼。

「事實上，不是。」總司庫說。「這是個很普遍的誤解。那不是聖髑盒，裡面裝的其實是肩披帶——教宗授與新任樞機主教的織帶。」

「可是我還以為——」

「大家也都這麼以為。旅遊導覽書都說那是聖彼得的墓，但他真正的墓是在我們下方兩層樓的地方，埋在土裡。那是梵蒂岡在四〇年代挖掘出來的。任何人都不准下去那裡。」

薇多利雅很震驚。他們離開那個發著光的凹室，再度走入黑暗時，她想著自己聽過的那些朝聖客的故事，他們跋涉千里來看那個黃金櫃，以為自己見到了聖彼得的遺骨。「梵蒂岡不是應該告訴大家眞相嗎？」

「我們都從一種接觸到神性的感覺而獲益……即使那只是出自想像。」

身為一個科學家，薇多利雅無法反駁這個邏輯。她看過無數有關安慰劑效果的研究——阿斯匹靈治癒了某些人的癌症，因為這些人相信他們所服用的是一種靈藥。畢竟，這就是信仰，不是嗎？

「在梵蒂岡城內，」總司庫說：「我們並不擅長於改變。承認過去的錯誤、現代化，都是歷史上我們向來避免的事情。宗座一直想改變這點。」他停了一下。「適應現代世界，尋求通往天主的新途徑。」

薇多利雅在黑暗中點點頭。「比如科學嗎？」

「老實說，科學好像不相干。」

「不相干？」薇多利雅可以想出一大堆話來描述科學，但「不相干」好像不是用於現代世界的。

「科學可以療傷，也可以殺人。就看人類的靈魂如何運用科學。讓我感興趣的是靈魂。」

「您是什麼時候得到天主感召的？」

「我出生之前。」

薇多利雅看著他。

「對不起，我老覺得這個問題好像很奇怪。我的意思是，從我開始會思考，就一直知道我會服事天主。不過直到我年輕時在軍隊服役，才眞正明白自己的目標。」

薇多利雅很驚訝。「你當過兵？」

「兩年。我拒絕發射武器，所以他們改讓我飛行，負責運送傷兵的直升機。事實上，我現在還不時會駕駛直升機。」

薇多利雅試著想像這名年輕神父駕駛直升機。奇怪的是，她完全可以想像他坐在駕駛座的模樣。凡特雷思卡總司庫有一種韌性，但似乎不會掩蓋他的信仰，反而是更凸顯。「你載過教宗飛行嗎？」

「老天，沒有。這種重要任務得由專家擔任。有時候我們到岡道夫堡退省避靜時，宗座會讓我開那架直升機去。」他頓了一下，看著她。「威特拉女士，謝謝你今天的幫忙。令尊的事情我覺得很遺憾，眞的。」

「謝謝。」

「我從沒見過我父親。我出生前他就死了。十歲時，我又失去了母親。」

薇多利雅抬頭。「你是孤兒？」她突然有種親近的感覺。

「我在一次意外事件後倖存。那件意外帶走了我母親。」

「那誰照顧你呢？」

「天主。」總司庫說：「祂的確送給我另一個父親。一個帕勒摩的主教出現在我醫院的病床邊，收留了我。當時我並不驚奇，那個主教的出現只不過證實了我的猜疑，那就是，天主已經以某種方式選擇我服事祂。」

「你相信天主選擇了你？」

「當時相信，現在也依然相信。」總司庫的聲音中沒有一絲自滿，只有感激。「我在那位主教的保護下工作了許多年。他後來成爲樞機主教。但他沒有忘記我。他是我記憶中的父親。」一道手電筒的光照著總司庫的臉，薇多利雅感覺到他眼底有一股寂寞。

他們一行人來到一根高聳的柱子下，手電筒同時照向地板上的一個開口。薇多利雅往下看著那道階梯降入一片空無，忽然很想轉身逃走。三個衛兵已經開始幫總司庫走下樓梯，接著就來幫她。

「他後來怎麼樣了？」她往下走，設法保持聲音平穩。「那位收留你的樞機主教？」

「他退出樞機團，去接另外一個職位。」

薇多利雅很驚訝。

「然後，說來遺憾，他過世了。」

「致上我的哀悼之意。」薇多利雅說。「是最近的事情嗎？」

總司庫回頭，臉上的陰影讓他看起來顯得更痛苦。「就在十五天前。我們現在正要去看他。」

檔案室書庫裡的陰暗燈光散發出熱力。這個書庫比蘭登之前進去過的那個要小得多。空氣更少，時間更短。他眞希望自己之前想到要歐里維提打開循環風扇。

蘭登迅速找到了記錄美術類資產的分類帳。這部份絕對不可能看漏，因爲總共佔據了將近八個大書架。天主教會在全世界各地所擁有的作品有幾百萬件。

蘭登瀏覽著那些書架，尋找吉昂洛倫佐·貝尼尼。他從第一個書架中段開始，就在他認爲應該是B字頭開始的地方。有那麼一會兒他很恐慌，擔心自己要找的分類帳遺失了，然後才更沮喪地明白，這些分類帳不是按照字母順序排列的。*奇怪我怎麼不驚訝？*

直到蘭登回到第一個書架，爬上一道有腳輪的滾動梯子，到了頂端那格，找到整套帳本的起點，才明白這個書庫的結構。他不太穩地站在梯子上，面對著上面幾格，才發現最厚的幾本帳冊是屬於文藝復興大師——米開朗基羅、拉斐爾、達文西、波提且利。現在蘭登明白，這些分類帳的排列是按每個藝術家收藏品的金錢價值總額，果然符合這個書庫的名稱「梵蒂岡資產」。蘭登找到了標示著貝尼尼的分類帳本，夾在拉斐爾和米開朗基羅之間，厚度超過五吋。

蘭登已經覺得呼吸困難了，還外加拿著那本累贅的帳冊，他掙扎著下了梯子。然後像個看漫畫書的小孩似的，他趴在地板上，打開了封面。

那本帳冊是布面裝幀，非常結實。裡面的分類帳以義大利文手寫記錄。每一頁記錄一件作品，包括簡短的描寫、日期、地點、材料成本、有時還有作品的簡略草圖。蘭登一頁頁翻著——總共有八百件作品，貝尼尼當時一定是個大忙人。

蘭登年輕時代學習藝術史的時候，曾好奇一個藝術家一生怎麼可能創造出那麼多作品。後來他才明白，令他大失所望的是，知名藝術家自己實際動手的只佔一小部份。他們有工作室，會訓練年輕藝術家執行他們的設計。像貝尼尼這樣的雕塑家會用黏土做出模型，然後雇用其他人製作成大型的大理石作品。現在蘭登知道，如果貝尼尼要自己一個個動手完成所有的委託案，那他忙到今天都還做不完。

「索引。」他大聲說，想把紛亂的思緒拋開。他翻到帳冊後面，想找字母F項下包括了fuòco（火）這個字的作品，但含F的作品並沒有歸在一起。蘭登低聲詛咒著。見鬼這些人幹嘛不肯用字母排序？

那些條目顯然是按照時間先後順序記錄的，一個接一個，貝尼尼每創作一件新作品，就記上一筆。一切都以日期排列，一點都幫不上忙。

蘭登盯著那份清單，又想到另一件令人沮喪的事情。他在找的那件雕塑的名稱，可能根本就沒有「火」這個字。前面兩件作品——《哈巴谷與天使》和《西風》——就都沒有特別包含了土和氣。

他花了一兩分鐘隨意翻著那本分類帳，指望某個草圖可能會突然讓他豁然開朗。結果沒有。他看到了幾十件從沒聽說過的冷僻作品，但也看到很多他認得的……《但以理與獅子》、《阿波羅與黛芙妮》，還有六座噴泉。他看到那些噴泉時，思緒一時往前躍進。水。他納悶著第四個科學祭壇會不會是噴泉。蘭登希望他們能在非得去想水之前抓到那個殺手——貝尼尼在羅馬雕刻了幾十座噴泉，大部分都位於教堂前。

蘭登回到眼前的工作。火。他翻著那本帳冊，薇多利雅的話鼓勵著他。前兩座雕塑都是你熟悉的……這座你說不定也曉得。他又轉向索引，尋找他曉得的作品名稱。有些熟悉，但都沒讓他聯想到什麼。現在蘭登明白，他還沒找到就鐵定會昏過去了，於是他決定違背自己的原則，把這本書帶出書庫。這不過是本分類帳，他告訴自己。不像把伽利略著作散頁的原件帶出去。蘭登想到那張書頁還在他的胸袋裡，提醒自己走前要歸回原位。

他急著想抓起那本書，卻看到什麼讓他暫停了動作。雖然索引中有很多註，但剛剛吸引他目光的那則，卻好像特別怪。

那則註指出，貝尼尼著名的雕塑《聖女大德蘭的狂喜》在公開展示後不久，就從原來梵蒂岡內的陳列地點移走了。吸引蘭登目光的不是這則註本身，他已經知道這件作品多變的過往歷史。雖然某些人認爲這是一件傑作，但教宗伍朋八世卻排斥《聖女大德蘭的狂喜》，認爲這件作品太明確表現性慾，不適合放在梵蒂岡，於是把這件作品放逐到羅馬城中某個不起眼的小教堂。而吸引蘭登目光的是，這件作品顯然位於他所列出的五個教堂之一。更甚者，那條註指出雕塑是在「藝術家的建議之下」，移到那裡的。

*在藝術家的建議之下？*蘭登搞不懂了。貝尼尼沒理由建議把自己的傑作藏到不起眼的地點。所有的藝術家都希望他們的作品展示在顯眼的地方，而不是某個偏僻的——

蘭登猶豫著。*除非……*

他簡直是害怕接受這個想法。有可能嗎？貝尼尼故意創作這麼一件明顯的作品，迫使梵蒂岡必須把它藏到某個偏僻之處？一個或許貝尼尼本人可以建議的地點？或許是個偏僻的教堂，就在《西風》吹出氣的那條直線上？

蘭登興奮起來，但他對那座雕像的模糊熟悉感又冒出來攪局，堅持那件作品跟火扯不上關係。任何見過的人都可以證實，那座雕塑什麼都是，就是一點也不科學——或許稱得上色情，但絕對不是科學雕像。一個英格蘭評論家曾極力譴責《聖女大德蘭的狂喜》是「基督信仰教堂中有史以來最不恰當的裝飾品」。蘭登當然了解這件作品所引發的爭議。儘管作品外觀華麗，但這座雕像描繪聖女大德蘭仰天倒地，沈浸在性高潮的撼動中，連腳趾都扭曲了。實在不適合梵蒂岡。

蘭登匆忙翻去看這件作品的分類帳敘述。一看到草圖，他身上突然生出一股意想不到的希望電流。在那張草圖裡，聖女大德蘭看起來確實在享受歡娛，但雕像裡還有另外一個形體，蘭登都忘了。

一名天使。

他突然回想起那個頗爲不堪的傳說……

聖女大德蘭是個修女，她自稱一名天使在她睡夢中拜訪而帶來極樂，之後被封爲聖女。後世的批評家判定她的這場奇遇大概情慾成份大過靈性。蘭登看到那筆分類帳底下，抄錄著一段熟悉的引文。聖女大德蘭自己的話將當時的狀況表露無遺：

……他的金色大矛……燃著烈火……刺入我好幾次……插入我的體內……那種極度的甜蜜感，令人不禁期望這感覺永不停止。

蘭登微笑起來。如果這不是在隱喻某種激烈的性交，那我真不曉得什麼才是了。他微笑也是因爲分類帳上對這件作品的描述。雖然那段話是義大利文，但fuòco（火）這個字出現了六次：

……天使的矛尖端燃著火……

……天使的頭部散發出火的光芒……

……熱情之火撩起女人的激情……

直到再仔細看那張草圖，蘭登才完全相信。天使舉起燃著火焰的尖矛，有如燈塔指引著方向。崇高追尋路，天使引向前。就連貝尼尼所選擇的天使類型也有重大含義。蘭登發現，那是一名熾愛天使（seraphim）。seraphim字面上的意思就是「火般熾熱者」。

羅柏・蘭登從來不是那種祈求天意指示的人，但當他看到那個雕像目前所在教堂的名字，就判定自己可能會相信眞有天意了。

勝利聖母（Santa Maria della Vittoria）。

薇多利雅（譯註：Vittoria，義大利文，意爲勝利），他心想，咧開嘴笑了。太完美了。

蘭登掙扎著爬起身，忽然覺得一陣天旋地轉。他看看那把梯子，考慮是否該把帳冊歸還原位。管他去死，他心想。賈奇神父可以處理的。他闔上帳冊，端端正正放在書架的底層。

他走向書庫旋轉門出口那顆發亮的按鈕時，呼吸變得淺而急促。儘管如此，他卻覺得好運上身而回復精力了。

然而，還沒走到出口，他的好運就用光了。

毫無預警地，書庫發出一聲痛苦的嘆息。燈光暗下來，入口按鈕熄滅。然後，就像一頭終於斷氣的巨獸，整個檔案室完全陷入黑暗。有人剛剛關掉總電源了。

85

梵蒂岡地下墓室位於聖彼得大教堂主廳的下方，是歷任教宗的安葬處。

薇多利雅從迴旋樓梯下來，進入墓室。那條黑暗的隧道讓她想起歐洲核子研究中心的大型強子對撞器——黑暗又冰冷。現在只靠瑞士衛兵的手電筒照路，隧道裡格外有種陰森的感覺。兩旁牆上排列著中空的凹洞。手電筒的光可及之處，隱約可見到前方凹室中石棺笨重的陰影。

她身上掠過一股寒意。*因為太冷了*，她告訴自己，但心知不止如此。她覺得被監視了，盯著他們的不是任何有肉身形體的活物，而是黑暗中的幽靈。每個墓棺上，都躺著跟每個教宗眞人一樣大小的仿製雕像，穿著全套祭衣，死亡的模樣，雙臂在胸前交叉。那些仰臥的形體似乎從墳墓中冒出，想要推開大理石棺蓋，逃避凡人必有一死的大限。手電筒的光束繼續前行，那些教宗的剪影在牆上升起又落下，在陰森的骷髏影舞裡浮現又消失。

一行人陷入沈默，薇多利雅無法判斷是出於敬意還是憂慮，她感覺兩者都有。總司庫閉著眼睛往前走，好像對於每一步都了然於心。薇多利雅懷疑自從教宗死後，總司庫走過這趟怪異的路程許多次……或許是爲了在教宗墓前祈求指引。

*我在那位樞機主教的保護下工作了許多年。我覺得他就像我的父親。*薇多利雅記得總司庫提到那位把他從軍隊裡拯救出來的樞機主教時，說過這些話。但總之，薇多利雅現在知道接下來的故事了。那位將總司庫納入羽翼下的樞機主教，後來顯然當選了教宗，而且讓這位年輕弟子成爲服事他的總管。

這解釋了很多事，薇多利雅心想。她一向善於洞察其他人內心的感情，但總司庫身上有個什麼困擾了她一天。打從第一次見面，她就感覺到總司庫除了眼前壓倒性的危機之外，還有一種更爲靈魂深處、更爲私人性質的苦惱。在他虔誠的冷靜自持背後，她看到了一個飽受個人惡魔所折磨的凡人。現在她明白自己

的直覺沒錯。他不單面對著梵蒂岡有史以來最具毀滅性的威脅，而且得在失去良師益友的狀況下處理危機……獨自單飛。

現在衛兵們慢下腳步了，好像在一片黑暗中，不太確定最近一位安葬的教宗的確實位置。總司庫篤定地繼續往前，停在一座似乎比其他墓都要亮的大理石墓前。安放在最頂端的是剛過世教宗的雕像。薇多利雅認出那張在電視上見過的臉，一股恐懼猛地攫住了她。我們這是在幹什麼啊？

「我知道我們的時間不多。」總司庫說。「但我還是希望我們花點時間禱告。」

那些瑞士衛兵都站在原地低下頭，薇多利雅也跟著照做，心臟暗自猛跳。總司庫跪在墓前，用義大利文禱告。薇多利雅傾聽著他的話，一股突如其來的悲痛化為淚水……為她自己痛失良師而流淚……她自己的聖父。總司庫對教宗所說的話，似乎也完全適用於她父親。

「至聖聖父，良師，益友。」總司庫的聲音悶悶的迴盪在四周。「我年輕時，您曾告訴過我，我心中的聲音就是天主的聲音，無論指引我走向何等痛苦之處，我都一定要遵從。現在我聽到那個聲音了，要求我去做不可能的工作。請賜予我力量，賜予我寬恕。我所做的……都是奉您所相信的一切之名。阿門。」

「阿門。」那些衛兵低聲道。

阿門，父親。薇多利雅擦擦眼睛。

總司庫緩緩起身，往後站開幾步。「把蓋子推開。」

那些瑞士衛兵猶豫著。「先生，」其中一個說：「我們依法該聽從您的指揮。」他停了一下。「您說什麼我們都會照辦……」

總司庫似乎看透了那個年輕人的想法。「有朝一日我會請你寬恕我這麼為難你，但今天我要請你服從。梵蒂岡訂定法律是為了要保護這個教會。就是基於這個精神，我命令你們現在把石棺打開。」

眾人沈默了一會兒，然後領頭的衛兵開始下令。三個衛兵把手電筒放在地板上，把他們的影子照向天花板。靠著下方所射出的燈光，三個人走向墳墓，雙手抓住靠近頭部的大理石棺蓋，站穩腳準備好。一聲令下，他們一起往前用力推，使勁想推開那塊巨大的石板，結果一動也不動，此時薇多利雅發現自己簡直希望那塊棺蓋重得打不開。她忽然很害怕他們即將會在棺內發現的眞相。

三個人更用力推，那塊石板依然文風不動。

「再來一次。」總司庫說，捲起他長袍的袖子，準備要幫他們忙。「推！」每個人都同時用力。

薇多利雅正打算要加入，但就在此時，棺蓋開始滑動了。四個男人繼續用力，隨著一串幾乎是原始的岩石摩擦隆隆聲，棺蓋旋出墓頂，轉開一角——蓋子上教宗的雕像頭部現在被推進凹洞裡，雙腳則對著走道。

每個人都往後退。

一個衛兵試探性地彎腰拿起他的手電筒。然後照向石棺中。那道光束似乎顫抖了一會兒，然後那名衛兵的手穩住了。其他衛兵也陸續拾起手電筒。即使在黑暗中，薇多利雅也感覺到他們的畏縮，他們紛紛在胸前畫十字。

總司庫顫抖著望向墓中，肩膀彷彿不堪重負而低垂著。他站在那兒好一會兒才轉開頭。

薇多利雅本來擔心屍體的嘴巴可能會因爲屍僵而緊閉，迫使她必須建議撬開下頷才能看到舌頭。但現在她看到沒這個必要了。屍體的兩頰凹陷，教宗的嘴巴大張著。

他的舌頭一片死黑。

86

沒有燈光，沒有聲音。

祕密檔案室裡一片黑暗。

蘭登現在明白，恐懼是一種強烈的驅動力。他呼吸困難地在黑暗中朝旋轉門摸索著，找到了牆上的按鈕，手掌猛壓上去。什麼反應都沒有。他又試了一次，門還是死死不動。

他盲目轉身，張嘴大喊，但發出的聲音卻被悶住了。他忽然感覺到危險的困境緊緊籠罩著他。他的肺急需氧氣，腎上腺素使他的心跳加倍。他覺得好像肚子剛被人打了一拳。

他倒在地板上，一時間還以爲門開始旋轉了。他又掙扎著起身，眼前冒金星，這才明白是整個房間在轉，不是門。蘭登踉蹌後退，跌倒在一把有腳輪的梯子底下，而且跌得很重，膝蓋被一個書架的邊緣刮破了。他冒著汗爬起身來，茫然摸索著找梯子。

他找到了。但他本來希望梯子會是沈重的木頭或鐵製的，結果是鋁梯。他抓住梯子橫過來，當成破城錘似的，然後跑過黑暗衝向玻璃牆。牆比他以爲的要近，梯子迎面撞上，彈回來。從碰撞時所發出的微弱聲響，蘭登明白他需要遠比鋁梯更有份量的東西，才能打破這面玻璃。

他想到那把半自動手槍，滿腹希望瞬間湧起，迅即又落下。槍不在他身上。歐里維提在教宗辦公室裡收回去了，說他不希望總司庫在場時，有人帶著武器走來走去。當時他覺得很有道理。

蘭登又喊，但發出的聲音比上一回還要小。

接下來他想起那個衛兵留在外頭桌上的對講機。*我幹嘛不帶進來呢！*當眼前開始冒出紫色星星，蘭登硬逼自己趕快想辦法。*你以前也被困住過*，他告訴自己。*你從更壞的情況撐過來。當時你只是個小孩，卻還是想出了辦法。*無邊的漆黑緊緊籠罩著他。*快想！*

蘭登在地板上放低身子，背朝下躺著，雙手放在身體兩側。第一步就是把身體調整好。

放鬆身體，保留體力。

現在心臟不必抵抗地心引力把血液往上輸送，蘭登的心跳減緩了。這是游泳選手在緊密賽程間用來讓血液加強氧氣輸送的訣竅。

這裡還有很多空氣，他告訴自己。*還有很多。現在趕快想。*他等待著，一半也期望著燈光隨時會再度亮起。結果沒有。他躺在那裡，現在呼吸比較順暢了，心中很奇怪地掠過了放棄的念頭。他感覺好平靜，然後奮力抵抗那個念頭。

你會站起來走的，該死！但要走去哪裡……

蘭登的手腕上，米老鼠開心地發著光，好像是在享受這片黑暗：九點三十三分。離火還有半小時。他腦子裡沒想到脫身計畫，卻忽然渴望一個解釋。*誰關掉了電源？羅樹擴大搜索範圍了嗎？歐里維提沒警告羅樹我在這裡！*想到這裡，蘭登明白其實沒差了。

蘭登頭後仰，張大嘴巴，使盡全力深呼吸。每個呼吸所造成的灼痛感都比上一個要減輕一點。現在腦袋清醒了，他收拾思緒，強迫自己開始好好思考。

牆是玻璃的，他告訴自己。*可是那面玻璃厚得要命。*

他很好奇，這裡會不會有哪本書收藏在厚厚的、鋼製的、防火的檔案櫃裡。蘭登在別的檔案室不時見到過這種櫃子，在這裡卻沒看到。何況在一片黑暗中尋找，實在太花時間了。就算找到他也搬不動，尤其是以他現在的虛弱狀況。

*那閱覽桌呢？*蘭登知道這個書庫就跟其他的一樣，房間中央會有個閱覽桌。*那又怎樣！*他知道他沒法搬起閱覽桌。更不必說，就算他拖得動桌子，也拖不了太遠。周圍的書架緊緊包圍著那張桌子，書架間的走道又太狹窄。

走道太狹窄……

忽然間，蘭登知道該怎麼做了。

他生出一股信心，趕緊跳起身，速度太猛了。結果一時間暈眩得站不穩，在黑暗中伸手找個東西扶。他摸到了一個書架，等了一會兒，逼自己要省點力氣。接下來的行動得用上他所有的體力。

他頭抵著書架，兩手張開扶著，擺出像美式足球員抵著訓練用滑橇的姿勢，然後站穩了腳用力推。如果我能設法推倒這個書架，但書架幾乎沒動。他重來一次，再推。他的雙腳在地板上往後滑。書架發出了吱嘎聲，但是沒移動。

他得利用槓桿作用。

他又回頭找到了玻璃牆，一手扶著好辨別方向，然後在黑暗中急步走向書庫深處。書庫的後牆忽然出現，他肩膀猛地撞上了。蘭登詛咒著，繞到最裡側那排書架後方，在大約眼睛的高度抓住書架。然後，他一腳撐在身後的玻璃牆上，另一腳跨在低處的書架格子上，開始往上爬。架上的書紛紛往下掉，散落在黑暗中。他沒理會。求生的本能早已蓋過了檔案管理員的禮儀。他感覺自己在一片黑暗中失去了平衡感，於是閉上眼睛，告訴自己的腦子不要理會眼睛所看到的。現在他移動得更快了。爬得愈高，感覺上空氣就愈稀薄。他往最高層書架攀爬，踩著一堆書，想把自己墊得高些，身體往上舉起。然後，就像攀岩者克服了一塊岩石，蘭登抓住了最頂層書架。他伸長兩條腿，抵在玻璃牆上，直到整個身子幾乎成水平。

羅柏，生死就看這一關了。一個聲音催促著。就像哈佛健身房裡的腿部推舉。

他用力得頭都發暈了，把雙腳抵在身後的牆上，手臂和胸部緊抱著書架，然後猛力一推。一點動靜都沒有。

他掙扎著喘氣，重新擺好姿勢，又試了一次，努力伸展腿部。書架動了，雖然只是微微動一點。他又推，書架往前晃了一吋左右，然後又晃回來。蘭登利用這個動能，猛力吸了口好像不含氧的空氣，再度用力推。書架晃得更厲害了。

就像盪鞦韆，他告訴自己。保持這個節奏，愈盪愈高。

蘭登搖晃著書架，隨著每次推動，雙腿愈來愈能伸展。膝蓋處的四頭肌好痛，他抵抗著那股痛。鐘擺作用正在進行中。再推三次，他催促自己。

結果只有兩次。

一剎那間，有種失重的不確定感。然後，隨著眾多書籍滑下書架的一道轟然巨響，蘭登和書架都往前倒。

倒到一半，書架撞上了隔壁那個。蘭登抓在上頭，把自己身體的重量往前壓，逼第二個書架翻倒。有那麼一刻靜止的緊張，然後，在重壓之下，第二個書架發出吱嘎聲，開始翻倒。蘭登又跟著往前落。

彷彿巨大的骨牌般，那些書架紛紛倒了下去，一個接一個。金屬書架壓著金屬書架，書翻落一地。蘭登像千斤頂上的防逆轉棘輪般，緊抓著他那個往下傾倒的書架。他納悶著這裡總共有多少書架，總重量會有多少？外頭那面玻璃很厚……

蘭登的書架幾乎倒成水平時，他聽到了自己一直在等待的聲音——一種不一樣的碰撞聲，從書庫的另一頭遠遠傳來，那是金屬撞上玻璃的尖銳脆響。整個書庫震動起來，蘭登知道最後一個書架帶著其他書架的重量，狠狠撞上了那面玻璃。接下來的聲音是蘭登畢生最不想聽到的。

靜悄悄。

沒有玻璃的爆裂聲，只有玻璃牆承受那些書架重量壓靠上去的響亮碰撞聲。他睜大眼睛躺在那堆書上。遠處傳來一個吱嘎聲，蘭登想憋住氣聽清楚，卻已經沒氣可憋了。

一秒、兩秒……

然後，正當蘭登掙扎著就快要失去意識時，聽到了遠遠有一聲……漣漪般成蛛網狀往外擴散至整面玻璃的每個角落。忽然間，那面玻璃像一顆加農炮似的炸開來。蘭登下方的書架垮到了地板上。

就像沙漠裡降下的甘霖，玻璃碎片在黑暗中叮叮落下。隨著一聲巨大的吸氣聲，空氣湧入了。

三十秒之後，在梵蒂岡地下墓室中，薇多利雅正站在教宗屍體前之時，一具無線對講機發出電子粗嗄聲，打破寂靜。裡頭發出的刺耳聲音好像喘不過氣來。「我是羅柏・蘭登！有人聽得見嗎？」

薇多利雅抬頭。羅柏！她不敢相信自己竟突然這麼希望他在身邊。

衛兵們困惑地面面相覷。其中一個人從皮帶上取下無線電對講機。「蘭登先生嗎？你在第三頻道。指揮官是在第一頻道等你的消息。」

「我知道他在第一頻道，該死！我不想跟他講話。我要找總司庫。馬上！你們誰去幫我找他來。」

祕密檔案室裡一片朦朧，蘭登站在滿地碎玻璃間猛喘著氣。他覺得左手有股溫暖的熱流，知道自己流血了。總司庫的聲音立刻傳來，把蘭登嚇了一跳。

「我是凡特雷思卡總司庫。發生了什麼事？」

蘭登按下對講機上的鈕，還是心跳得好厲害。「我覺得剛剛有人想殺我。」

對講機那頭一片沈默。

蘭登設法讓自己冷靜下來。「我也曉得下一樁殺人事件會發生在那裡了。」

回話的聲音不是總司庫，而是歐里維提指揮官：「蘭登先生，一個字都不准再說了。」

蘭登的手錶現在沾上了血，上頭顯示著九點四十一分，此時他正衝過觀景中庭，快到瑞士衛兵團保全中心外頭的噴泉了。他手上的傷口現在沒流血，卻痛得不得了。他到了噴泉旁，發現好像每個人都聚集在這裡——歐里維提、羅樹、總司庫、薇多利雅，還有四五個衛兵。

薇多利雅立刻朝他衝過來。「羅柏，你受傷了。」

蘭登還沒來得及答話，歐里維提已經走到他面前。「蘭登先生，還好你沒事。我對檔案室裡的訊號干擾很抱歉。」

「訊號干擾？」蘭登質問道。「你明明知道——」

「是我的錯。」羅樹走上前說，一副懺悔的口吻。「我不知道你在檔案室。我們的白區裡有些地方的電力纜線跟檔案室的纜線交叉。當時我們擴大了搜索區，是我關掉電源的。如果我知道……」

「羅柏。」薇多利雅說，抓起他受傷的那隻手審視著。「教宗被下毒了。光明會殺了他。」

蘭登聽到那些話，卻無法理解。他心思被佔滿了。此刻他唯一能感覺到的，就是薇多利雅溫暖的手。

總司庫從長袍裡抽出一條絲質手帕遞給蘭登，好讓他清理自己。總司庫什麼都沒說，他的綠色眼珠似乎充滿了一種新的火焰。

「羅柏，」薇多利雅又問道：「你剛剛說，你已經查出下一位樞機主教會在哪裡被殺害？」

蘭登激動起來。「沒錯，是在——」

「不，」歐里維提打斷他們，「蘭登先生，剛剛我要求你別在對講機裡面再說一個字，是有原因的。」

他轉向那四五個在場的瑞士衛兵。「各位，請你們離開。」

於是那些衛兵走進了保全中心，沒有憤怒，只有服從。

歐里維提轉過身來面對其他人。「我必須很痛心地說，我們的教宗被謀殺，一定是有內部的人協助，才能辦得到。爲了整體的利益，我們誰都不能相信，包括我們的衛兵。」他說這些話時，好像飽受煎熬。

羅榭一臉焦慮。「內部勾結，那就表示——」

「沒錯，」歐里維提說：「你們的搜索是有瑕疵的。不過現在也只能賭賭看了，還是繼續搜吧。」

看起來羅榭似乎想說些什麼，但想想最好不要，然後離開了。

總司庫深吸了口氣。他還沒有說任何話，蘭登感覺他身上新出現一種嚴厲，好像他到達了一個轉折點。

「指揮官？」總司庫的口氣很堅決。「我要中止閉門會議。」

歐里維提癟緊雙唇，一臉陰沉。「我建議不要。我們還有兩小時二十分鐘。」

「很緊迫了。」

歐里維提的口氣現在轉爲質疑。「您打算怎麼做？憑您一個人去疏散那些樞機主教嗎？」

「我打算以天主賜予我的一切權力，挽救教會。我要怎麼進行，就請你別再費心了。」

歐里維提挺直身子。「不管您打算怎麼做……」他停頓了一下。「我都沒有權力阻止。尤其基於我身爲保全主管，卻顯然失職了。我只要求再等一下，等二十分鐘……過了十點。如果蘭登先生的訊息正確，我可能還有機會抓到這個刺客。我們還有機會維持儀式和禮節。」

「禮節？」總司庫忍不住嗤地笑出來。「我們早就不合禮節了，指揮官。你或許沒發現，我們現在面對的是一場戰爭。」

一名衛兵從保全中心走出來，對著總司庫喊，「先生，我剛剛接到報告，我們已經請來了那個ＢＢＣ的記者葛立克先生。」

總司庫點點頭。「帶他和他的女攝影師在西斯汀禮拜堂外等我。」

歐里維提睜大眼睛。「您要做什麼？」

「二十分鐘，指揮官。我只給你二十分鐘。」然後他走了。

歐里維提的愛快羅密歐衝出梵蒂岡城，這回沒有一排無標示的車子跟在後頭。在後座，薇多利雅用置物匣裡找到的急救箱替蘭登包紮手傷。

歐里維提雙眼盯著前方。「好了，蘭登先生。現在我們該去哪兒？」

88

雖然現在車頂放了警笛，一路高聲呼嘯，但歐里維提的愛快羅密歐衝過橋進入古羅馬的心臟地帶時，卻似乎沒有引起注意。所有的車流都朝反方向的梵蒂岡移動，好像忽然間教廷成了羅馬最熱門的娛樂地點。

蘭登坐在後座，一堆問題掠過心底。他想著那個殺手，他們這回能不能抓到他，他會不會把他們想知道的事情告訴他們，一切會不會太遲了。在總司庫告訴聖彼得廣場上的人群他們身處危險之前，還有多久的時間？書庫裡的事情仍困擾著他。*那只是失誤嗎？*

歐里維提開著愛快羅密歐轟然蛇行在車陣間，駛向勝利聖母教堂，一路沒踩過煞車。蘭登知道如果是平常時候，他一定會緊張得雙手緊握、指節發白。但眼前，他卻感覺痲痹了。只有手上的抽痛提醒他身處何處。

他們頭上的警笛呼嘯著。*這不正是在警告凶手我們來了嗎？*蘭登心想。但他們時間很緊。他猜想等到更接近目的地時，歐里維提就會關掉警笛。

現在終於有點時間坐下來思考，蘭登才終於意識到教宗被謀殺的新聞，不禁感到一絲驚奇。這件事的確難以想像，但不知怎地卻似乎完全合理。滲透一向是光明會權勢的基礎——從內部重新分配權力。何況教宗被謀害也不乏前例，種種背信不忠的傳言太多了，但是因爲不能解剖教宗的屍體，所以全都無法證實。不久前有學者取得同意，用X光檢驗聖雷定五世教宗的墳墓，曾有謠傳指出他是死於他那位著急過頭的繼任者博義八世之手。研究者本來希望X光可能會照出某些犯規的小痕跡——或許是骨骼斷裂之類的。但難以置信的是，X光片卻顯示一根十吋長的釘子被釘進這位教宗的頭骨裡。

蘭登現在想起，幾年前一些對光明會有興趣的同好曾寄給他一些剪報。一開始他以爲那些剪報是惡作劇，於是就去查哈佛圖書館裡面的報紙微縮膠片，好確定那些文章的眞僞。沒想到的是，那些剪報是眞的。現在他把那些剪報釘在他的公佈欄上當成例子，好證明連備受尊敬的新聞媒體有時也會被光明會偏執狂牽著鼻子走。但忽然間，他發現那些媒體的猜疑似乎不那麼偏執狂了。剪報上的文章依然歷歷在目。

英國廣播公司

一九九八年六月十四日

一九七八年過世的教宗若望保祿一世成為「二號宣傳團」共濟會分會陰謀計畫下的受害者……「二號宣傳團」這個祕密會社眼見若望保祿一世要解除美國總主教保羅・瑪辛克斯所擔任梵蒂岡銀行的總裁職位，便決定謀害他。梵蒂岡銀行與這個共濟會分會有一些可疑的財務往來……

紐約時報

一九九八年八月二十四日

為什麼故世的若望保祿一世穿著家常衫躺在床上？為什麼這件家常衫破了？問題不止於此。梵蒂岡沒有進行醫學調查。維優樞機主教以從無教宗被解剖的前例為由，禁止進行驗屍。若望保祿所服用的藥物從床邊神祕消失，他的眼鏡、拖鞋，還有遺囑和最後遺言，也全都不見了。

倫敦每日郵報

一九九八年八月二十七日

……是個陰謀計畫，一個有權勢、殘忍無情、不合法的共濟會分會將觸角伸進梵蒂岡。

幸好薇多利雅口袋的手機響了起來，清除掉蘭登腦中的回憶。

薇多利雅接了電話，一臉想不出誰會打給她的表情。即使隔著兩三呎，蘭登也認得出電話裡那個雷射般的聲音。

「薇多利雅嗎？我是麥斯米倫．寇勒。你們找到反物質了嗎？」

「麥斯？你還好吧？」

「我看到新聞了，裡頭沒提到歐洲核子研究中心或反物質。這是好事。現在情況怎麼樣了？」

「我們還沒找出那個罐子的位置。情況很複雜。羅柏．蘭登幫了大忙。我們有個線索，要去抓那個暗殺樞機主教的凶手。現在我們正要去——」

「威特拉小姐，」歐里維提打斷她：「你已經說得夠多了。」

她掩住聽筒，顯然很不高興。「指揮官，這是歐洲核子研究中心的院長打來的。他當然有權利——」

「他有權利的是，」歐里維提厲聲說：「來這裡處理這個狀況。你們現在是在開放線路上，你已經說得夠多了。」

薇多利雅深深吸了口氣。「麥斯？」

「我可能有些資訊要告訴你，」麥斯說：「有關你父親……我可能知道他把反物質的事情告訴了誰。」

薇多利雅臉色一沈。「麥斯，我父親說他沒告訴任何人。」

「薇多利雅，只怕你父親確實告訴了某個人。我得去檢查一些保全紀錄，稍後再跟你連絡。」電話掛掉了。

薇多利雅一臉蒼白，把電話放回口袋。

「你沒事吧？」蘭登問。

薇多利雅點點頭，但她顫抖的手指卻表明那是謊言。

「那個教堂在巴貝里尼廣場。」歐里維提說著關掉了警笛，看了看錶。「我們還有九分鐘。」

蘭登剛發現第三個指標位於哪裡時，覺得對這個教堂的地點好像有點模糊的印象。巴貝里尼廣場。這個名字有個什麼很熟悉……當時卻想不起來是什麼。現在蘭登想到了，這個廣場曾是一個備受爭議的地鐵站名。二十年前，這個地鐵站的建造曾引起藝術史學者間的一陣騷動，他們擔心在巴貝里尼廣場下方挖掘，可能會造成廣場中央數噸重的方尖碑倒塌。後來都市規畫人員把方尖碑遷走，原處改設置了一個小噴泉，名爲「特里同」（譯註：Triton，希臘神話中的人頭魚身海神，爲海神波賽頓之子。）。

在貝尼尼的時代，蘭登現在明白了，巴貝里尼廣場有個方尖碑！不管蘭登心中對於這個地點是否爲第三個指標有過什麼懷疑，此刻都煙消雲散了。

離廣場一個街區時，歐里維提轉入一條小巷，開進去一半，踩下煞車。他脫掉西裝外套，捲起袖子，把槍裝上子彈。

「不能冒險讓你們被認出來。」他說。「你們兩個已經上電視了，我要你們穿過廣場，別讓人看見，監視前門。我從後頭進去。」他拿出一把熟悉的手槍，遞給蘭登。「只是以防萬一。」

蘭登皺起眉頭。這是今天第二次有人遞槍給他。他把槍放進胸部口袋，然後才發現自己身上還帶著那張《圖解》的書頁，簡直不敢相信自己忘了歸還。他腦中浮現出一個畫面，梵蒂岡祕密檔案室的館長發現這張珍貴的文物被當成什麼旅遊地圖似的，被人帶著在羅馬城裡到處亂跑，一定會氣得當場暈倒。然後蘭登又想到他離開檔案室時，裡頭滿地的碎玻璃和散落的文獻。館長還有別的問題要操心。只要檔案室能安然度過這一夜……

歐里維提下了車，示意他們回頭走出巷子。「廣場在那個方向。你們睜大眼睛留意，別讓人看見。」他拍拍皮帶上的手機。「威特拉女士，我們再試試自動撥號。」

薇多利雅掏出電話，按了自動撥號的號碼，那是她和歐里維提在萬神殿時輸入的。歐里維提皮帶上的電話在靜音模式下震動起來。

指揮官點點頭。「很好。如果你們看到了什麼，馬上通知我。」他舉起槍。「我會在裡面等，這個異教徒交給我了。」

正當此時，在很接近的地方，另一隻手機響了起來。

哈撒辛接了電話。「說吧。」

「是我，」那個聲音說：「傑納斯。」

哈撒辛微笑了。「你好，主人。」

「你的位置可能被發現了。有人正要去阻止你。」

「太遲了。我在這裡已經安排好了。」

「很好。確定你可以活著逃走。你還有工作還沒完成。」

「擋我路的人是找死。」

「擋你路的人很博學。」

「你指的是一個美國學者嗎？」

「你曉得他？」

哈撒辛低笑起來。「性格冷靜，可是太天眞了。他稍早在電話裡跟我說過話。他跟一個女的在一起，個性好像正好相反。」殺手想到李歐納度・威特拉那個脾氣火爆的女兒，感覺到體內升起一股騷動。

電話另一端沈默了片刻，哈撒辛頭一回感覺到他的光明會雇主猶豫了。終於，傑納斯又開口了。「必要時除掉他們。」

殺手微笑。「包在我身上。」他感覺到一股溫暖的期盼傳遍全身。不過我可能會留著那個女人，當作獎品。

89

聖彼得廣場上，戰爭已經爆發了。

廣場爆出了一波狂熱的侵略行動。媒體拖車紛紛煞車停下，就像剛佔領灘頭堡的攻擊車輛。記者們像準備作戰的士兵般，展示他們的高科技電子設備。整個廣場中，處處可見電視網紛紛卡位，搶著安裝媒體戰爭中的最新武器——平面螢幕顯示器。

平面螢幕顯示器是巨大的視訊螢幕，可以安裝在拖車的車頂或活動式支架上。這些螢幕成了某種電視網的廣告牌，像汽車電影院般播放該電視網的報導和公司標誌。如果螢幕的位置良好——比方說，就位於某個活動的前方——其他的電視網拍攝時，就非得把對手的廣告牌給連帶拍進去不可。

很快地，這個廣場的狀況就不單是多媒體的誇張演出，更變成了一場瘋狂的公開守夜祈禱。看熱鬧的人從四面八方湧入。平常寬闊無邊廣場上那些開放的空間，很快就成了一種寶貴的資產。人群圍繞著高聳的平面螢幕顯示器，愕然又激動地聽著現場報導。

僅僅一百碼外，聖彼得大教堂厚牆內的世界一片平靜。夏特朗中尉和其他三名衛兵在黑暗中移動。他們戴著紅外線夜視鏡，成扇形穿過中殿，在身前揮動偵測器。這一波針對梵蒂岡城公共區域的搜索，到目前爲止沒有任何結果。

「在這裡最好取下夜視鏡。」一個資深衛兵說。

夏特朗已經取下了。他們正靠近「肩披帶凹室」——大教堂中央那個下陷的區域。凹室裡點著九十九盞油燈，紅外線夜視鏡的增強效果會讓他們的眼睛灼傷。

夏特朗很高興可以暫時擺脫沈重的夜視鏡，他伸展脖子走下凹室，掃描那個區域。這個房間好美……一片輝煌的金光，他還沒下來過這裡。

來到梵蒂岡城後，夏特朗好像每天都會得知一些新的梵蒂岡祕密，這些油燈就是其中之一。恰恰九十九盞油燈，二十四小時點著。這是個傳統，神職人員會隨時警覺加添聖油，免得有油燈燒盡。據說這些燈會一直燃燒到末日。

或至少燃燒到半夜十二點，夏特朗心想，又覺得嘴巴發乾了。

夏特朗將偵測器揮向那些油燈。裡面沒藏著東西，他不覺得意外；根據無線電傳來的指示，那個罐子是藏在一個黑暗的區域。

他走過那個凹室，來到地板上一個隔著柵欄的洞穴前。那個洞穴通往一個又陡又窄的樓梯，直直通到下方。還好他們不必下去。羅榭的命令很清楚。只搜索一般大眾可以進入的區域；不必理會白色管制區。

「那是什麼味道？」他問，從柵欄前轉過身來。凹室裡面的氣味聞起來有股醉人的甜味。

「油燈的香味。」其中一個衛兵回答。

夏特朗很驚訝。「聞起來不像煤油，倒還比較像香水。」

「那不是煤油。這些燈靠近教宗祭壇，所以是用一種特殊的、不會造成污染的混合物——酒精、糖、丁烷，還有香精。」

「丁烷？」夏特朗不安地看著那些油燈。

那個衛兵點點頭。「小心別讓燈油濺出來。聞起來像天堂，燒起來就像地獄了。」

幾個衛兵搜完了肩披帶凹室，又回到大教堂，此時他們的無線電對講機響起。

傳來的是最新消息，衛兵們震驚地聽著。

顯然有了棘手的新發展，沒辦法在對講機上說，但總司庫已經決定要打破傳統，進入閉門會議，對樞機主教團公開談話。這是史無前例的。但再一次，夏特朗明白，梵蒂岡過去歷史中也不曾出現過威力等於某種新式核子彈頭的爆炸物。

知道總司庫要出面接掌大局，讓夏特朗鬆了口氣。梵蒂岡城內，夏特朗最尊敬的人就是總司庫。其他有些衛兵把總司庫當成聖徒——一個宗教狂熱者，對天主的愛近乎癡迷——但即使他們也相信……若是要對抗天主的敵人，總司庫會是那個挺身而出、採取強硬態度的人。

瑞士衛兵團這星期常見到總司庫在準備閉門會議的事情，每個衛兵都說總司庫好像有點生澀，他翠綠色的雙眼比平常緊張些。但大家都說，這也不奇怪；不單是因爲總司庫要負責籌畫神聖的閉門會議，而且也因爲就在這一切之前，他才剛失去他的良師，也就是教宗。

夏特朗才剛到梵蒂岡沒幾個月，就已經聽說過總司庫的母親小時候在他眼前被炸彈炸死的故事。放在教堂裡的炸彈……現在一切又重演了。可惜，警方從沒逮到那個偷放炸彈的混蛋……據說可能是某個反基督教的仇恨團體，然後大家就淡忘了這個案子。難怪總司庫向來討厭漠不關心的態度。

兩個月前，梵蒂岡城裡一個寧靜的午後，夏特朗剛好碰到總司庫在戶外走動。總司庫顯然認出夏特朗是新來的衛兵，邀他陪著走一段路。他們沒聊什麼特定的話題，但總司庫立刻讓夏特朗覺得像在家裡一般。

「神父，」夏特朗說：「我可以問你一個奇怪的問題嗎？」

總司庫微笑。「那你也得允許我給你奇怪的回答。」

夏特朗笑了。「我問過我認識的每個神父，到現在我還不明白。」

「你的問題是什麼？」總司庫稍稍走在前面，步伐很快，教士袍隨著他的腳步往前揚起。他的黑色皺紗底鞋很適合他，夏特朗想著，恰恰反映了這個人的本質……有現代感卻謙卑，而且已經有些破舊的跡象。

夏特朗深深吸了口氣。「我不明白全能又仁慈這件事。」

總司庫微笑。「你一直在讀聖經。」

「你覺得困惑，因爲聖經描寫天主是全能而仁慈的神。」

「我盡量。」

「沒錯。」

「全能又仁慈的意思很簡單，表示天主無所不能，而且善心。」

「我明白這個概念。只不過……這好像很矛盾。」

「是的。這個矛盾很痛苦。人們挨餓、經歷戰爭、病痛……」

「一點也沒錯！」夏特朗就知道總司庫會明白他的意思。「可怕的事情降臨人間。人類悲劇似乎證明天主不可能既無所不能又善心。如果他愛我們，又有力量改變我們的處境，他就會防止我們受苦，不是嗎？」

總司庫皺起眉頭。「是嗎？」

夏特朗覺得很不安。他逾越了士兵應守的分寸了嗎？這是個不該問的信仰問題嗎？「呃……如果天主愛我們，而且他又有辦法，那他就會保護我們不受苦難。感覺上，他好像是全能卻不關心，或者是仁慈卻無能幫助我們。」

「你有小孩嗎，中尉？」

夏特朗臉紅了。「沒有，先生。」

「想像一下，你有個八歲的兒子……你會愛他嗎？」

「那當然。」

「你會盡一切力量保護他不受痛苦嗎？」

「當然。」

「你會讓他玩滑板嗎？」

夏特朗這才恍然大悟。身為一個神職人員，總司庫似乎總是「識得人間事」得出奇。「是啊，我想會的。」夏特朗說。「我會讓他玩滑板，但我會告訴他要小心。」

「所以身為這個小孩的父親，你會告訴他一些基本的正確原則，然後讓他自己出去犯錯嗎？」

「我不會跟在他後頭不放，把他給寵壞，不曉得你指的是不是這個意思。」

「可是如果他跌倒，擦破了膝蓋的皮呢？」

「那他就會學得更小心。」

總司庫露出微笑。「所以儘管你有力量干涉，保護你的小孩不受痛苦，但你愛他的方式，就是選擇讓他自己學會教訓？」

「當然。痛苦是成長的一部份，我們就是這麼學習的。」

總司庫點點頭。「正是如此。」

蘭登和薇多利雅躲在西邊角落一個小巷子的陰影裡，觀察著巴貝里尼廣場。教堂就在他們正對面，隔著廣場，模糊的建築群中浮現出一個朦朧的圓頂。夜晚帶來了舒爽的涼氣，蘭登驚訝地發現廣場上空無一人。在他們上方，巷裡人家開著的窗子傳來刺耳的電視聲，提醒蘭登不見的人都跑到哪裡去了。

「……梵蒂岡至今仍無評論……光明會謀殺了兩名樞機主教……魔鬼現身羅馬城……據推測進一步滲透……」

這則新聞流傳得就像羅馬暴君尼祿焚城時的大火一樣快。全羅馬都緊盯著螢幕，全世界其他地方亦然。蘭登不知道他們能否阻止這列失控的火車。蘭登掃視廣場，等待著，此時他發現，儘管周圍的現代建築一路進逼，但廣場看起來還是明顯的橢圓形。上方的高處，如同向過往英雄致敬的現代神龕般，有個巨大的霓虹燈看板在一棟奢華的飯店屋頂閃爍著。薇多利雅已經指給蘭登看過了，那個標誌似乎陰森又貼切。

貝尼尼飯店

「差五分十點。」薇多利雅說，機靈的雙眼梭巡著廣場。話才剛說完，她就立刻抓住蘭登的手臂，把他拖回陰影中。她指向廣場中央。

蘭登隨著她的目光望過去。看到時，他整個人僵住了。

他們前方的一盞街燈下，出現了兩個暗影。兩個人都穿著斗篷，頭部包著傳統天主教寡婦的黑罩帽。蘭登猜想那是兩個女人，但黑暗中無法確定。一個看起來很老，似乎走得很痛苦，背彎駝著。另一個正在旁邊扶著幫忙的個子比較高大，也比較強壯。

「槍給我。」薇多利雅說。

「你不能就——」

薇多利雅靈巧如貓般，再度探手進出他口袋。槍在她手上閃著微光。然後，她一點聲音都沒發出，好像沒踩著腳下的鵝卵石般，在陰影中往左繞，成弧形進入廣場，往那兩個人的後方走去。蘭登呆若木雞看著薇多利雅消失，然後暗自詛咒著，也趕緊跟了過去。

那兩個人走得很慢，才半分鐘，蘭登和薇多利雅就來到他們後方，逐步接近他們。薇多利雅若無其事地雙臂在胸前環抱，槍就藏在手臂下，雖然看不見，但轉眼間就可以掏出來。她輕柔無聲地似乎愈走愈快，跟前方的差距逐漸縮小，蘭登努力跟上。他腳下擠過一顆石頭，石子飛掠了出去，薇多利雅斜著眼狠狠瞪了他一眼。但那兩個女人似乎渾然未覺，正談得起勁。

相距三十呎時，蘭登開始聽得到那兩個女人的聲音了。聽不見內容，只是模糊的喃喃話語。他身旁的薇多利雅隨著每一步愈走愈快，雙臂在胸前鬆鬆交叉著，準備掏出槍來。二十呎。前方的說話聲更清晰了——其中一個講得比另一個大聲得多。是生氣的叫嚷。蘭登覺得那是老女人的聲音。粗啞，性別難辨的。他竭力想聽清楚他們在談什麼，但另一個聲音冒了出來。

「請問一下！」薇多利雅友善的語調像一把火炬照亮了廣場。

蘭登緊張地望著那兩個穿斗篷的女人停下腳步，轉過身來。薇多利雅繼續大步往前，現在還走得更快了，朝前面猛衝過去。他們會措手不及，蘭登不自覺停下腳步。從後頭，他看到薇多利雅鬆開手臂，手伸出來，把槍往前揮。然後，隔著她的肩膀，蘭登看見一張臉，此刻被街燈照亮了。他一陣恐慌，雙腿往前衝。「薇多利雅，不要！」

然而薇多利雅好像快了他幾分之一秒，她輕鬆又迅速地做了個動作，手臂再度揚起時，槍已經不見了，她像寒夜中的尋常女人，用手抓緊自己的衣服。蘭登跌跌撞撞走到她身旁，幾乎撞上了前頭那兩個穿著斗篷的女人。

「晚安。」薇多利雅突然吐出義大利語，驚嚇的聲音帶著畏縮。

蘭登鬆了口氣。兩個老女人站在他們面前，黑罩帽下的臉朝他們皺著眉頭。其中一個老得簡直站不穩，另一個正扶著她。兩個人手裡都抓著玫瑰經念珠，對於突來的打擾似乎都感到很困惑。

一臉震驚的薇多利雅擠出微笑。「請問勝利聖母教堂在哪裡？」

兩個女人一齊指向一棟建築的巨大剪影，就在他們剛剛走過來那個方向的傾斜街道上。「就在那兒。」

「謝謝。」蘭登用義大利語說，手放在薇多利雅的肩膀上，輕輕把她往回拉。他不敢相信剛剛他們差點攻擊了一對老婦人。

「不能進去。」一個女人用義大利語警告著。「提早關門了。」

「提早關門？」薇多利雅一臉驚訝。「爲什麼？」

兩個女人立刻解釋，聽起來很憤慨。那些抱怨的義大利語蘭登只聽得懂一點。但顯然，這兩位老婦十五分鐘前進入教堂，在需要的時刻爲梵蒂岡祈禱，結果有個人出現，告訴他們教堂要提早關門了。

「你們認得那個人嗎？」薇多利雅用義大利語問，一副緊張的口吻。

兩位婦人搖搖頭。她們解釋，那是個不客氣的外國人，他硬逼著教堂裡每個人都離開，連年輕的神父和看門人都不例外。神父和看門人說要叫警察來，但入侵的那個外國人只是大笑，說最好請警察帶攝影機來。

攝影機？蘭登納悶著。

兩位婦人仍憤怒的吱吱喳喳，說那個人是個bar-àrabo。然後他們抱怨著繼續往前走。

「bar-àrabo？」蘭登問薇多利雅。「意思是野蠻人（barbarian）嗎？」

薇多利雅的表情忽然變得很凝重。「不完全是。bar-àrabo是個損人的雙關語。指的是Àrabo……阿拉伯人（Arab）。」（譯註：野蠻人的義大利文應為barbarico，而上述bar-árabo發音近似野蠻人，且有相同字首，故一語雙關，意在罵阿拉伯人野蠻。）

蘭登打了個冷顫，轉身朝教堂望去。此時他眼睛瞥見教堂的彩繪玻璃窗有個什麼。那個影像讓他全身不寒而慄。

薇多利雅不動聲色地取出手機，按了自動撥號鍵。「我要警告歐里維提。」

蘭登說不出話來，伸手碰碰她的手臂。然後顫抖的手指向教堂。

薇多利雅倒抽了一口冷氣。

教堂裡，有如魔鬼的雙眼在彩繪玻璃窗內閃閃發光……透出了一片愈來愈大的火焰。

91

蘭登和薇多利雅衝到勝利聖母教堂的大門前，發現那扇木門鎖著。薇多利雅用歐里維提的半自動手槍朝那個老舊的門閂開了三槍，把鎖給轟碎了。

這個教堂沒有前廳，所以蘭登和薇多利雅打開大門時，整個廣大的聖所一覽無遺。眼前的景象太意想不到、太怪異了，蘭登得閉上雙眼再睜開，才有辦法接受這一切。

整個教堂是華麗的巴洛克風格……貼著金箔的牆面和祭壇。聖所的正中央，就在主圓頂下方，教堂的木頭靠背長椅堆得高高的，現在正著了火，成了某種大型的火葬柴堆。一堆直衝向圓頂的營火。蘭登的雙眼隨著這幅地獄景象往上看，徹骨的悚然像隻猛禽飛撲下來攫住了他。

頭頂上的高處，從天花板的左右兩端，懸吊下兩條薰香罐纜線——用來把盛裝乳香的容器懸吊在會眾上方擺動。不過，這些纜線現在不是懸吊著薰香罐，也沒有擺動。而是用來作其他的用途……

從纜線上懸掛下來的，是一個人。一個裸身男人。雙手手腕各自繫在反方向的兩條纜線上，被緊緊吊起到幾乎要被撕開的程度。他的雙臂往外張開，成大鷹展翅的姿勢，好像是被釘在這個天主寓所內上方的某個無形十字架上。

蘭登往上看著，覺得整個人癱掉了。過了一會兒，他又親眼目睹了最駭人的景象。那個老人還活著，抬起了頭。他恐怖的雙眼往下凝視，無言地懇求幫助。老人的胸膛有個燒焦的符號。他被烙印了。蘭登看不清楚，但他毫不懷疑上面烙印的是什麼符號。火焰升得愈來愈高，燒上了老人的雙腳，他痛苦地大喊，全身顫抖。

好像被某種無形的力量所驅動般，蘭登不自覺地開始行動，朝大火所在的主祭壇衝去。隨著愈來愈靠近，他的肺充滿了煙。蘭登全力衝刺，離那片地獄景象十呎之時，他忽然撞上了一道熱氣形成的厚牆。他臉上的細毛被燒焦了，不禁後退，遮著眼睛重重摔倒在大理石地板上。他掙扎著起身，又硬往前走，雙手舉起來保護自己。

他立刻就知道，那堆火燒得太燙了。

他往後退，掃視著教堂的牆面。一面沈重的掛毯，他心想，我就可以悶熄那堆火……但他知道找不到掛毯。這是個巴洛克風格的教堂，羅柏，可不是什麼德國城堡！快想！他又勉強把眼光掉轉，回到那個懸吊的老人身上。

教堂上方，煙和火焰成漩渦狀衝向圓頂。薰香纜線從老人的兩個手腕往外延伸，到了天花板上穿過兩個滑輪，又往下連到教堂左右兩方牆壁的金屬栓上。蘭登仔細看著其中一個栓子，位於牆上很高的地方，但他知道如果他能搆著，把其中一條纜線鬆開，緊繃的張力會減輕，上頭懸吊著的人就會被甩開，遠離火堆。

一道火焰發出爆裂聲，猛然竄高，蘭登聽到上方傳來一個尖厲的嘶吼聲。老人雙腳的皮膚開始起水泡了，那位樞機主教正被活活炙烤。蘭登雙眼盯住那個金屬栓，然後跑過去。

教堂後方，薇多利雅抓著一排靠背長椅的椅背，試圖兜攏思緒。上方的那幅景象太可怕了。她逼自己不要去看。想想辦法！她搞不懂歐里維提跑去哪裡了。他見到那個哈撒辛了嗎？抓到他了嗎？他們現在人在哪裡？薇多利雅往前走，想去幫蘭登，但才剛舉步，一個聲音讓她停了下來。

此時火焰的劈啪聲更大了，但又出現了另一個聲音。一個金屬的震動聲。很近。反覆的律動似乎來自她左邊那排靠背長椅的末端。那是一種僵硬的嘎嘎聲，像電話鈴響，只不過聲音沈悶而冰冷。她牢牢抓住手槍，沿著那排靠背長椅往前走。那個聲音愈來愈大，響起又消失。是一種週期性的震動。

她走向走道的尾端時，感覺到聲音來自那排靠背長椅末端角落的地板上。她繼續往前走，右手持槍往前伸，這才發現自己的左手也抓著東西——她的手機。她剛剛一時緊張，都忘了自己曾在教堂外用手機打電話給指揮官……歐里維提爲了警戒，把他手機的響鈴關掉，改爲震動。指揮官始終沒接電話。突然間，薇多利雅害怕起來，覺得她知道那個聲音的來源了。她往前走，顫抖著。

她的雙眼看到地板上那個毫無生氣的形體時，腳下的教堂好像往下沈。他的身上沒有血流出來，皮膚上也沒有暴力的痕跡。只有頭部那個可怕的結構……往後硬扭，反方向翻轉了一百八十度。薇多利雅腦中浮現出她父親被糟蹋的屍體。

指揮官皮帶上的電話躺在地板上，抵著冷冷的大理石一遍遍震動著。薇多利雅按掉自己的電話，鈴聲停止了。一片靜寂中，薇多利雅聽到了一個新的聲音。就在她背後黑暗中傳來的呼吸聲。

她想轉身，舉起槍，但心知已經太遲。那個殺手的手肘朝她後頸猛撞下來，一股雷射光束般的熱辣劇痛從頭殼頂部直透腳掌心。

「現在你是我的了。」一個聲音說。

然後，她眼前一片黑。

在教堂的另一頭，左側的牆邊，蘭登顫危危地站在一排靠背長椅頂端，往上抓著牆面，想搆到那個栓子。那條纜線仍懸在他頭上六呎之處。這類栓子在教堂中很常見，通常都位於高處，以防有人亂動。蘭登知道神父們會用一種叫做piuòli的梯子去調整栓子。殺手顯然是用教堂的梯子吊起他的受害人。所以那把梯子現在跑哪兒去了！蘭登往下看，搜尋著四周的地板。他模糊記得在教堂哪裡看到過一把梯子。可是在哪裡？片刻之後，他的心往下沉，明白自己是在哪裡看到過了。他目光轉向那堆熊熊烈火。的確沒錯，那把梯子就位於烈焰頂端，正被大火吞噬。

現在蘭登滿心絕望了，他掃視整個教堂，想找個可以登高的工具，任何可以幫他搆著那個金屬栓的東西。他的雙眼搜尋著教堂時，忽然發現了一件事。

薇多利雅人呢？她不見了。她出去求援了嗎？蘭登喊著她的名字，但沒有回應。還有歐里維提跑哪兒去了！

上方傳來一陣痛苦的號叫，蘭登知道自己太遲了。他的雙眼再度往上，看到那個正被慢慢炙烤的受害者，此時蘭登只想到一樣東西。水，很多水。把火撲滅，至少讓火小一點。「我需要水，該死！」他大聲喊道。

「那是下一個。」一個聲音從教堂後方喊過來。

蘭登猛地旋身，差點摔下靠背長椅。

大步沿著側邊走道朝他直直走來的，是個暗色皮膚的龐然壯漢。即使在火光中，他熾熱的眼睛仍是黑色的。蘭登認得他手上的那把槍，就是原先放在自己外套口袋裡的……他們進入教堂時，薇多利雅拿在手上的那把。

蘭登胸中湧起了另一股恐慌。他第一個直覺是想到薇多利雅。這個禽獸把她怎麼了？她受傷了嗎？或更糟？正當此時，蘭登才意識到頭上的那個老人嘶吼得更大聲了。樞機主教會死。現在不可能幫他了。然後，當哈撒辛舉起槍，對準蘭登的胸膛時，蘭登的恐慌轉向自己，他的意識已經超過負荷。槍聲響起時，他憑著直覺反應。他從椅背上往下跳，雙臂朝下，撲向那一大片教堂靠背長椅。

他撞上那些靠背長椅，撞得比他想像的要重，隨即翻滾到地板上。身子底下的大理石冰冷如鋼。腳步聲從他右邊靠近，蘭登轉身朝教堂前方，開始在教堂長椅底下拚命往前爬。

在教堂上方高處，基德拉樞機主教忍受著他失去意識前的最後一刻折磨。他往下看著自己赤裸的身體，看到了雙腿的皮膚開始起水泡、剝落。我在地獄，他判定。主啊，你為何拋棄我？他知道這一定是地獄，因爲他上下顚倒看著胸膛上的烙印……然而，就像是惡魔的魔法般，那個字卻完全合理。

92

第三次投票。沒選出教宗。

西斯汀禮拜堂內，莫塔提樞機主教開始祈禱奇蹟出現。給我們候選人吧！已經拖延夠久了。一個候選人失蹤，莫塔提還能理解。但四個都不見了？這讓他別無選擇。在這個情況下，要達成三分之二的多數，那只能靠天主親自採取行動了。

通往外頭那道門的門閂吱嘎作響打開時，莫塔提和整個樞機團一致轉向入口處。莫塔提知道這次開門只可能意味著一件事。依照法律規定，要打開西斯汀禮拜堂的門只有兩種原因——要把重病者送出，或者要讓遲到的樞機主教進來。

四位候選人到了！

莫塔提的心臟狂跳，閉門會議有救了。

但門打開時，迴盪在禮拜堂內的喘息卻不是出於歡喜。莫塔提震驚得不敢置信，等著那個走進來的人。梵蒂岡史上第一次，一個總司庫剛剛跨過了閉門會議封門後的神聖門檻。

他在想什麼！

總司庫大步走向祭壇，轉向目瞪口呆的樞機團，開始講話。「各位先生，」他說：「我已經盡量拖到現在。有些事你們有權知道。」

蘭登不知道要往哪裡去。他唯一的憑藉就是反射動作，帶領他遠離危險。由於在教堂長椅下頭不斷爬行，手肘和膝蓋磨得很痛，但他仍繼續往前爬。有個聲音叫他往左移動。如果你到得了主走道，就可以衝向出口。他知道這是不可能的。有一道火牆擋住了主走道！蘭登盲目往前爬，一邊急切想著其他可能的辦法。右方的腳步聲現在離他更近了。

接下來發生的事情，蘭登毫無準備。他曾猜想自己還要爬過十呎教堂長椅，才能到達教堂前方。他猜錯了。毫無預警地，他上方遮蔽的長椅沒了。一時之間他僵住了，半個身子暴露在教堂前方。聳立在他左方凹室裡的高處，看來格外龐大的，正是帶他來到這裡的原因。他完全忘了。貝尼尼的《聖女大德蘭的狂喜》像幅色情畫聳立著……聖女躺在地上，愉悅地仰著身子，張嘴呻吟，在她上方，有個天使拿著火矛往前指。

一顆子彈在蘭登頭上的教堂靠背長椅上炸開。他感覺自己的身體像個短跑選手衝出起跑線，由腎上腺素驅動，幾乎是不自覺地突然奔跑起來，他弓身低頭，腳步轟然往右衝過教堂前方。幾顆子彈追在蘭登身後爆開來，蘭登又往下撲，不由自主地滑過地板，然後撞上了右側牆上凹室前的欄杆。

就在這時候，他看到她了。靠近教堂右方縮成一堆。薇多利雅！她光裸的雙腿蜷在身子底下，但蘭登不知怎地感覺到她還在呼吸。他沒有時間幫她了。

那個殺手立刻繞過教堂另一頭左邊的長椅，毫不鬆懈地進逼。蘭登心跳加速，知道一切結束了。殺手舉起槍，蘭登做了他唯一能做的事情。他翻過欄杆，進入那個凹室。撞上另一邊的地板時，一波子彈猛然轟擊那些大理石柱欄杆。

蘭登往半圓形凹室的深處爬過去，覺得自己好像一隻被逼得無路可退的動物。立在他面前的是凹室中唯一的物品，此刻似乎諷刺又貼切——一具石棺。或許就是我的，蘭登心想。即使是那個小棺材本身也似乎很適合他。那是個小型棺材——一種小小的、沒有裝飾的大理石盒子，爲了要省錢。棺材由兩塊大理石磚墊高在地板上，蘭登看著石棺下方的空隙，納悶著自己能不能鑽過去。

他身後響起腳步聲。

眼前沒有別的辦法了，蘭登趴到地板上，滑向棺材。他抓住那兩個撐高了棺材的大理石磚，拖著身子擠進墳墓下方的開口。槍開火了。

隨著那記轟隆的槍聲，蘭登體會到一種畢生從沒有過的感覺……一顆子彈擦過他身邊。有一陣嘶嘶響的風，就像鞭子抽動後的反彈般。那顆子彈沒擊中他，而是射中了大理石，爆出一團粉塵。蘭登覺得血流速度加快，趕緊提起身子，整個鑽到棺材底下。他爬過大理石地板，從棺材底下爬出來，到了另一頭。

沒有出路。

蘭登現在面對著凹室的後牆。他毫不懷疑這個墳墓後方的狹小空間會成爲他的葬身之地。而且會很快。他從石棺下方的空隙看到槍管出現，心中了然。那個哈撒辛把槍貼著地板，正對著蘭登的腹部。

不可能躲掉了。

蘭登感覺到一股自我保護的本能攫住他無意識的腦袋。他彎起腹部，和石棺平行。臉朝下，雙手緊貼地板，在檔案室被玻璃割傷的口子被一塊石片扎得好痛。他沒理會那股痛，雙手往下壓。蘭登把自己的身體撐出一個笨拙的伏地挺身姿勢，腹部才堪堪抬離地板，那把槍就開火了。當子彈飛過他身下、擊碎後方的石灰華之時，他可以感覺到子彈的震波。蘭登閉上眼睛，努力抗拒著筋疲力竭的倦意，祈禱著雷鳴般的槍聲停息。

然後果然停息了。

開火的轟鳴聲被空槍膛的冰冷喀答聲取代。

蘭登緩緩睜開眼睛，簡直擔心自己的眼皮會發出聲響。他痛得打顫，卻還硬撐著那個姿勢，弓身如貓，連呼吸都不敢。蘭登的耳膜已經被槍聲震得痲痹，但仍仔細傾聽可有凶手離去的任何跡象。一片寂靜。他想到薇多利雅，渴望能去幫她。

接下來的聲音震耳欲聾，簡直不像人類發出的。那是一聲竭力的沙啞吶喊。

蘭登頭上的石棺突然好像高起一邊。當幾百磅的重量朝向蘭登搖搖欲墜之時，他人也垮在地板上。地心引力擊垮了摩擦力，棺蓋第一個撐不住，滑出了墳墓，砸在他身旁的地板上。接下來是棺盒，滾離了底下撐著的石磚，上下翻轉朝蘭登罩下。

棺盒滾動之時，蘭登知道自己接下來若不是被埋葬在中空的石棺裡，就是會被石棺的邊緣砸中。蘭登收回雙腿和頭部，全身縮緊，雙手猛抽回放在身體兩側。然後閉上眼睛，等待石棺砸下那個令人難受的時刻。

砸下時，他身體底下的整個地板都在震動。石棺上緣離他頭頂只有幾公釐，震得他牙根都嘎嘎作響。蘭登本來很確定自己的右手臂一定會被壓碎，卻發現奇蹟似的完整無缺。他睜開眼睛，看到了一束光。棺盒的右緣沒有完全掉到地面上，一部份還撐在石棺下方的石磚上。不過就在頭頂，蘭登發現自己正瞪著一張不折不扣的死神臉孔。

墳墓內原來的主人懸在他上方，就像一般腐爛的屍體般，黏在棺內底部。那具骷髏懸吊了一會兒，像個躊躇的情人，然後隨著一串悶悶的爆響，終於向地心引力屈服，剝落了下來。那副殘骸猛墜下來擁抱他，腐臭的骨頭和粉塵有如雨點般，落在蘭登的雙眼和嘴上。

蘭登還沒來得及反應，一隻手就滑進棺盒下頭的縫隙，像飢餓的蟒蛇般在殘骸間盲目翻尋。那隻手摸索著，直到發現了蘭登的脖子，然後往下箝緊了。蘭登想抵抗那隻箝住他喉頭的鐵掌，卻發現自己的左袖夾在石棺的邊緣底下。他只有一隻手能活動，而這是一場贏不了的戰役。

蘭登的兩條腿在僅有的空間裡蜷縮著，雙腿搜尋著上方的棺底，然後觸摸到了。他彎著腿，雙腳撐住。然後，正當那隻握住他脖子的手夾得愈來愈緊之際，蘭登閉上眼睛，雙腳像破城錘般猛地往外一伸。

棺盒移動了，雖然只有一點點，但已經足夠。

隨著一個粗啞的碾磨聲，石棺滑下原來支撐的石磚，落到地板上。棺蓋邊緣砸在殺手的手臂上，冒出一聲痛苦的悶喊。蘭登脖子上的那隻手鬆開了，一扭一抽，縮回了黑暗中。當殺手的手臂終於抽出去，棺盒也隨著一聲轟然巨響，落在平坦的大理石地板上。

四周又陷入全然地黑暗。

而且一片死寂。

倒蓋的石棺外頭，沒有令人喪氣的轟擊聲，也沒有東西探進來搜索。什麼都沒有。蘭登躺在黑暗中的骸骨間，努力抗拒著那片鎖緊的黑暗，把思緒轉向她。

薇多利雅，你還活著嗎？

如果蘭登知道眞相——不久後薇多利雅即將醒來面對的那種驚恐——那麼為了薇多利雅好，他會希望她不如死掉算了。

莫塔提樞機主教跟震驚的同僚坐在西斯汀禮拜堂內，努力想搞懂他所聽到的那些話。在他面前，只憑燭光的照耀下，總司庫剛剛說了一則充滿深仇大恨和背叛的故事，令莫塔提不禁顫抖起來。總司庫提到樞機主教被綁架，樞機主教被烙印，樞機主教被謀殺。他談起古代的光明會——這個名字勾起了遺忘已久的恐懼——以及光明會的復甦，還有他們矢志向教會報仇的誓言。總司庫語帶沈痛地提到了剛過世的教宗……成了光明會下毒的被害人。最後，他的話小聲到近乎耳語，談到了一個致命性的新科技，反物質，光明會威脅說，不到兩個小時後，反物質就會摧毀整個梵蒂岡城。

總司庫說完這些後，就好像魔鬼親自將禮拜堂內的空氣全吸光了。大家都無法動彈，總司庫的話語在黑暗中縈繞不去。

現在莫塔提唯一聽到的聲音，就是後方一台電視攝影機傳來的反常嗡嗡聲——閉門會議歷史上從來不允許出現的電子儀器——卻是應總司庫要求而在場的。之前總司庫進入西斯汀禮拜堂時，帶著兩名ＢＢＣ記者，一男一女，宣佈說他們要將他的正式聲明實況轉播到全世界各地，令在場的樞機主教大感震驚。

此時，正朝著攝影機講話的總司庫往前走了一步。「我要告訴光明會，」他說，聲音更低沈了，「還有科學家們。」他停頓了一下。「你們已經打贏這場戰爭了。」

此時一片沈寂穿透了禮拜堂裡每個最幽微的角落。莫塔提聽得到自己的心臟狂跳。

「車輪已經轉動很久了。」總司庫說。「你們的勝利已經勢不可擋了，這一刻更是前所未有地清楚無疑。科學就是新的上帝。」

他在說什麼啊！莫塔提心想。他瘋了嗎？全世界都會聽到這些話呀！

「醫藥、電子通訊、太空旅行、基因複製……我們現在告訴小孩的奇蹟就是這些。我們認爲這些奇蹟證明了科學將會帶給我們種種答案。純淨受孕、荊棘著火卻未焚毀，以及海水分開，這些古老的故事都再也不重要了。科學贏了這場戰役，我們認輸了。」

教堂裡響起一片困惑又不知所措的窸窣聲。

「但是科學的勝利，」總司庫說道，聲音更有力了，「卻讓我們每個人都付出代價。而且是沈重的代價。」

一片沈默。

「科學可能減少了疾病和勞苦所帶來的不幸，提供了大量的小機器讓我們生活更加方便、有娛樂性；但科學也留下了一個沒有奇蹟的世界。我們的日落美景淪落爲一大堆波長和頻率，錯綜複雜的宇宙被解析爲各種數學方程式。就連我們身爲人類的自我價值，也被摧毀了。科學宣稱地球及其居民是大架構底下毫無意義的小微粒，只是一個宇宙的偶發事件。」他停了一下。「就連那些保證要讓我們結合在一起的科技，都只是讓我們更分隔而已。現在我們人人都可以透過電子設備聯繫全球，卻覺得全然孤立。我們不斷面對著暴力、分歧、破裂和背叛。多疑變成了美德，憤世譏嘲和要求提出證據變成了開明思想。人類現在的沮喪感和挫敗感已經超越以往人類歷史上的任何時期，這點還會有人覺得奇怪嗎？有任何事物是科學界奉爲神聖的嗎？科學探測我們未出生的胎兒以尋求答案。科學甚至假設可以重組我們自己的ＤＮＡ。爲了追求意義，科學把上帝的世界打碎成愈來愈小的碎片……卻只發現了更多問題。」

莫塔提敬畏地看著。總司庫現在簡直能把人催眠。在梵蒂岡祭壇上，莫塔提從沒看過誰的動作和聲音能散發出那麼強烈的力量。總司庫的聲音裡融合了強烈的說服力，又帶著沈重的哀傷。

「科學和宗教的古老戰爭結束了。」總司庫說。「你們已經贏了。但你們贏得並不公平。你們不是靠提供答案贏得勝利，而是靠徹底改變整個社會的方向，徹底到我們一度視爲路標的眞理，現在都好像不適用了。宗教跟不上這種劇烈的改變。科學以指數式的速度成長，像病毒般迅速滋長壯大。每個新突破都開啓了通往其他新突破的門。人類花了幾千年才從輪子進步到汽車。但只又花了幾十年就從汽車進步到太空。現在我們衡量科學的進步，是以幾個星期爲單位。我們已經快得無法控制了。我們之間的裂痕愈來愈深，一旦捨棄了宗教，人們就發現自己處於精神上的眞空。我們吶喊著尋找意義。相信我，我們眞的是吶喊。我們看到了幽浮，從事通靈、心靈交會、靈魂出竅體驗、心靈探索——這些反常的概念都披著科學的外衣，卻是不折不扣的非理性。那是現代靈魂的絕望吶喊，寂寞又痛苦，這些靈魂癱瘓了，因爲自己的啓蒙，也因爲無能接受任何科技之外的意義。」

莫塔提感覺到自己在座位上身子前傾。他和其他樞機主教，還有全世界的人，都專心聽著這個神父的每個字句。總司庫的用詞既不華麗也不尖刻，沒有提到聖經或耶穌基督。他用的是現代的語言，樸素而純淨。但不知怎地，那些話彷彿是出自天主自己的口中，說著現代的語言……傳達古老的訊息。那一刻，莫塔提明白剛過世的前教宗如此疼愛這個年輕人的原因之一，在一個冷漠、譏嘲、科學被奉若神明的世界裡，像總司庫這樣的人，可以像他剛剛那樣把句句話都說到我們靈魂深處的務實主義者，是教會唯一的希望。

總司庫現在語氣更加強而有力了。「你們說，科學會拯救我們。我說，科學會摧毀我們。從伽利略的時代起，教會就試圖要減緩科學不斷前進的速度，有時會採取錯誤的手段，但始終是出於善意。即使如此，科學進步的誘惑實在大到讓凡人無法抗拒。我要警告你們，看看你們周遭。科學的承諾並沒有兌現。科學承諾要帶來效率和簡化，結果只製造出污染和混亂。我們成了破裂而狂亂的碎片……走向一條毀滅之路。」

總司庫停了好一會兒，然後望向鏡頭的眼光更銳利了。

「這個科學上帝是誰？是什麼樣的上帝賜予他的子民權力，卻不給予道德準則，告訴你們該如何運用這份權力？什麼樣的上帝會給一個小孩火，卻不警告小孩玩火的危險性？科學的語言中沒有善與惡的路標。科學教科書告訴我們如何製造核子反應爐，卻沒有章節問我們核子反應爐是好或是壞。

「對於科學，我要說。教會累了。我們一直試著要當你們的路標，已經弄得筋疲力竭了。當你們爲了追求愈來愈小的晶片和愈來愈大的利潤而盲目前進時，我們努力疾呼，想成爲平衡的聲音，如今已經資源耗盡了。我們要問的，不是你們爲什麼不管束自己，而是怎麼辦得到？你們的世界變化得太快了，不可能稍停片刻思考自己的行動所造成的影響，因爲其他更有效率的人轉眼間就會追過去，把你遠遠拋在後頭。於是你們只能繼續前進。你們發展出大型的毀滅性武器；但趕赴世界各國懇請領導人採取約束行動的，卻是教宗。你們複製生物；但提醒我們思考這個行動的道德影響的，卻是教會。你們鼓勵人們用電話、視訊螢幕，還有電腦溝通；但打開大門、提醒我們按照初衷而面對面相聚的，卻是教會。你們甚至以拯救生命的研究爲名，謀殺未出生的小孩；而指出這種推理是謬論的，又是教會。

「一直以來，你們總聲稱教會無知。但誰比較無知呢？是無法定義閃電的人，還是不知敬畏閃電威力的人？這個教會正在向你們伸手，向每個人伸手。然而我們愈是努力伸出手，你們就愈是用力推開。你們說，拿出上帝存在的證據。我說，利用你們的望遠鏡看看天空，告訴我怎麼可能沒有上帝！」現在總司庫眼裡含著淚。「你們問，上帝長得什麼樣子。我說，這是哪來的問題？答案始終如一。你在你們的科學裡沒有看到上帝嗎？怎麼可能看漏了！你們聲稱即使萬有引力或一顆原子的重量發生最微小的改變，都可能使我們的宇宙變成一團沒有生命的霧氣，不再是一片壯麗的星海；但你們卻沒有辦法在其中看到上帝的手？去相信我們只是從幾十億張牌中抽到一張正確的牌，眞的會容易得多嗎？我們的心靈難道虛無到這種程度，寧可相信數學的不可能性，而不願意相信有一個大於我們的力量存在？

「不管你是不是相信上帝的存在，」總司庫說，他的口氣變得更深沈也更愼重，「請務必要相信這點。當我們不再相信有一個大於我們的力量，也就拋棄了我們的責任感。信仰……所有的信仰……都是在勸諭我們，有些事情我們無法明白，有些事情我們應該負起責任……只要心懷信仰，我們就對彼此有責任，對我們自己有責任，也對更高的眞理有責任。宗教有瑕疵，但只是因爲人類有瑕疵。如果外界能像我一樣看到這個教會的本質……超越這些儀式構成的圍牆……他們就會看到一個現代神蹟……在一個失控的世界裡，一群不完美的、單純的靈魂，只想發出悲天憫人的聲音。」

總司庫朝著樞機團上方伸出手，ＢＢＣ的女攝影師隨即將鏡頭掃向台下的眾人。

「我們過時了嗎？」總司庫問道。「這些人是恐龍嗎？我是恐龍嗎？這個世界眞需要一個爲窮人、弱者、受壓迫者、爲未出生的小孩發言的聲音嗎？我們眞的需要像這些靈魂，雖然不完美，卻付出一生懇求我們每個人看清道德指標、不要迷失方向嗎？」

現在莫塔提明白，不論有心還是無意，總司庫這一招太高明了。藉著展示樞機團，他把教會人格化了，梵蒂岡城不再只是一棟建築物，而是一群人——像總司庫這樣的人，一生都爲奉行良善而努力。

「今夜我們處於懸崖頂上，」總司庫說：「任何人都不能再冷漠下去了。不論你認爲這個禍害是撒旦、腐化，或敗德……這個黑暗的力量不但存在，而且一天天壯大起來。千萬不要置之不理！」總司庫的聲音壓低成了耳語，攝影機鏡頭移近他。「這股力量儘管強大，卻不是無敵的。良善可以取得優勢的。傾聽你的心，傾聽上帝。我們可以一起攜手，遠離這個深淵。」

現在莫塔提明白了。這就是原因所在。雖然違反了閉門會議的規定，但這是唯一的辦法。這是個戲劇性而孤注一擲、懇求協助的舉動。總司庫現在不但對他的敵人說話，也在對他的朋友說話。他懇求任何人，不管是朋友或仇敵，都能看到這道光，阻止這個瘋狂力量。只要用心傾聽的人，就會明白光明會的陰謀有多麼荒唐，而願意挺身而出。

總司庫跪在祭壇上。「跟我一起禱告吧。」

樞機團紛紛跪下，跟他一起禱告。外頭的聖彼得廣場上，還有全世界各地……大家都目瞪口呆地跟著他跪下。

95

哈撒辛把他失去意識的戰利品放在廂型車後頭，花點時間欣賞她仰臥的身體。她不如他花錢買的那些女人那麼美，然而她有一種動物的力量使他興奮。她的身體散發出光芒，微微沁著汗珠，還透著一股麝香味兒。

哈撒辛站在那兒端詳他贏得的獵物，忘了手臂上的陣陣抽痛。他的手臂被落下的石棺砸出瘀傷，雖然很痛，但沒什麼了不起……躺在他面前的報酬太值得了。想到那個害他被砸到的美國人現在可能已經死了，他就覺得安慰多了。

哈撒辛朝下凝視著昏迷的俘虜，想像著接下來即將出現的畫面。他手掌伸進她襯衫裡迅速探了一陣，她胸罩下的雙峰感覺完美極了。*沒錯*，他微笑。*你太值得了*。他忍下當場佔有她的衝動，關上車門，駛入夜色中。

不必通知媒體有這樁殺人事件……教堂裡的火焰已經替他公告周知了。

在歐洲核子研究中心，絲爾薇坐在那兒，被總司庫的演講震懾住了。她從來沒有這麼以身爲天主教徒爲榮，也從不曾這麼以在歐洲核子研究中心工作爲恥。她離開那排娛樂區的長廊時，每個電視間都充滿一片迷茫而陰鬱的氣氛。她回到寇勒的辦公室，發現七線電話全滿。媒體的電話向來不會接到寇勒的辦公室，所以這些來電只可能意味著一件事。

錢，搶錢電話。

反物質的技術已經吸引一堆人出價了。

梵蒂岡內，甘瑟．葛立克跟著總司庫走出西斯汀禮拜堂，得意得腳下都覺得輕飄飄的。葛立克和梅可瑞完成了十年來最轟動的現場實況轉播，而且這場轉播眞是精彩。總司庫的演說太有說服力了。

現在來到走廊上，總司庫轉向葛立克和梅可瑞。「我已經請瑞士衛兵團幫你們收集照片——被烙印的樞機主教和一張剛過世的宗座照片。我必須警告你們，這些照片並不美觀，裡頭是可怕的灼傷和變黑的舌頭。但我要你們把這些畫面向全世界播出。」

葛立克覺得梵蒂岡城內一定天天都在過聖誕節。他要我獨家播出死去教宗的照片？「你確定嗎？」葛立克問，設法不讓聲音透露出興奮。

總司庫點點頭。「瑞士衛兵團也會提供你一段反物質罐子倒數計時的實況畫面。」

葛立克瞪大眼睛。聖誕節，聖誕節，聖誕節！

「光明會馬上就會發現，」總司庫說：「他們太高估自己的本事了。」

96

就像一首惡魔交響曲中重複出現的主題般，那種令人透不過氣的黑暗又來了。

沒有光線。沒有空氣。沒有出口。

蘭登躺著困在那個倒蓋下來的石棺內，覺得自己的精神也已經搖搖欲墜，瀕臨崩潰的險境了。他努力逼自己想任何事情，就是不要去想他置身的這個狹小空間，他設法讓自己去思考一些邏輯的過程……數學、音樂，任何事都好。但他卻缺乏冷靜思考的空間。我動不了！我不能呼吸！

幸好，蘭登原來被棺邊壓住的外套袖子，在棺盒整個墜落下來時已經脫身，現在他兩手都可以自由活動了。雖然如此，當他在這個小小牢籠裡使勁往上推時，卻發現棺盒一動也不動。說也奇怪，他現在倒希望自己的袖子還被壓著。至少可以留點縫，讓空氣透進來。

蘭登兩手推著棺盒頂部，袖子往下滑，露出老友米老鼠的微弱亮光。那個泛著綠光的卡通臉，現在看起來像是在嘲弄他。

蘭登仔細在黑暗中尋索，想找出任何光線的跡象，但棺盒的邊緣緊緊壓著地板。該死的義大利完美主義者，他詛咒著，他曾教導自己學生崇敬的這份藝術卓越性，現在卻害慘了他……無懈可擊的邊緣，完美無缺的平行線，而且當然，只使用最細緻無瑕又具彈性、產自卡拉拉的純白人理石。

精確完美也可能造成窒息。

「把這該死的玩意兒舉起來。」他大聲說，透過壓在身上那團糾結的骨頭，往上推得更用力了。棺盒稍微動了一點點。他咬緊牙關，再度往上推。棺盒感覺上就像一顆大圓石，但這回抬高了四分之一吋。一線亮光閃了進來，然後石棺砰的一聲又落回地上。蘭登躺在黑暗裡喘著氣。他本來打算像之前那樣用腳去舉，但現在石棺已經整個落下來貼地，他根本連膝蓋都伸不直。

幽閉恐懼症的恐慌逐漸逼近，蘭登腦子裡浮現出種種石棺環繞他逐漸縮小的畫面。在瀕臨精神錯亂的邊緣，他用盡自己的每一分邏輯思考力，跟那個幻覺奮戰。

「石棺。」他開始大聲說，盡可能用一種學者不帶感情的口吻。但今天好像連他的學識也在跟他作對。石棺（sarcophagus）一字源自希臘文的"sarx"和"phagein"，sarx意思是「肉」，而phagein意思是「吃」。我困在一個名副其實的「吃肉」箱子裡了。（譯註：Sarcophagus的希臘文字源，與一種常用於製作石棺的石灰岩有關，「吃肉」之名係因當時認爲這種石灰岩可以分解屍體、使之被「吃掉」。）

吃肉見骨的畫面只提醒蘭登，他自己身上還罩著一堆人類骸骨。想到這個讓他惡心又毛骨悚然，但他也因此想出一個點子。

蘭登盲目地在石棺中四處摸索，發現了一小塊骨頭。或許是肋骨吧？無所謂，他只想找個楔子。如果他能舉高這個棺盒，哪怕只是一點點縫隙，就可以把這片骨頭塞到棺盒側邊的下方，這麼一來，或許就有足夠的空氣可以……

蘭登拿著那根骨頭橫過身體，把比較細的那端放在地板和棺材間的縫隙，然後雙手伸起往上舉。棺盒沒動，連一點點都沒有。他又試了一次。有那麼一刹那，棺盒好像稍稍抖了一下，但也就是這樣了。陣陣的骨骸惡臭加上缺乏氧氣，榨光了蘭登體內的所有氣力，他明白自己只有再試一回的時間了。他也明白自己需要用上兩隻手。

他重新振作，把那根骨頭的尖端靠著縫隙，然後挪動一下身體，用肩膀抵住那根骨頭，固定住位置。他小心翼翼不要動到那根骨頭，同時舉起了雙手。那股令人窒息的幽閉感覺開始扼住他，讓他大爲恐慌。這是他今天第二次被困在缺乏空氣的地方。蘭登大喊一聲，雙手隨著情緒爆發而猛往上推。棺盒被推離地板只有僅僅片刻，但已經足夠了。他肩膀抵著的那根斷骨往外滑進張開的縫隙。然後石棺又落回原位，壓碎了骨頭。但這回蘭登看得見棺盒還是稍稍突起一點，一小道光從邊緣透了進來。

蘭登筋疲力盡地垮在地板上。他等待著，期望喉頭被勒住的感覺會消失。可是過了好一會兒，他只覺得更糟。他似乎感覺不到那道小縫透進來的空氣，不知道那道縫隙是否夠他活下去。就算夠，又能撐得了多久？要是他暈過去了，恐怕根本不會有人知道他在裡頭吧？

蘭登覺得雙手沈重如鉛，再度舉起手來看錶：十點十二分。他顫抖著手指努力摸索手錶，祭出最後一招。他扭動手錶上的一個小轉輪，按下一個鍵。

蘭登的知覺漸漸褪去，牆壁朝他擠得更緊了，他感覺到那股長年的恐懼淹沒了他。他按照以往的老方法，試著想像自己身在一個開放空間。但他召喚來的影像卻毫無幫助。那個他童年時代就纏繞不去的夢魘又猛地湧上心頭……

這裡的花像在畫裡一般，男孩心想，笑著奔過那片草地。他真希望爸媽也一起來。但他們正忙著搭帳篷紮營。

「別跑得太遠啊。」媽媽剛剛交代他。

他假裝沒聽到，一溜煙鑽進樹林。

此時，男孩穿越燦爛的原野，看到了一堆粗石。他猜想那一定是某個昔日農家的地基所在。他不會靠近，因為他知道那是什麼了。此外，他的雙眼已經被其他東西吸引了——一朵艷麗的拖鞋蘭——新罕布夏州最罕見也最美麗的花。他以前只在書上看過。

男孩興奮地走向那朵花，跪了下來。腳下的土地感覺不太結實，像是表面罩著覆蓋物的中空地帶。他明白了，這朵花生長在最肥沃的地點，從一片腐木中開出花朵。

男孩想到要把這個獎品帶回家就興奮極了，他伸出手……指頭移近花莖。

他始終沒能碰到那朵花。

隨著一個惱人的斷裂聲，腳下的土地鬆開了。

在那暈眩又恐懼的三秒鐘裡，男孩知道自己死定了。他筆直墜落，準備好接下來這一摔會撞碎骨頭。結果撞到底部時，卻一點也不痛，只有一片柔軟。

還有寒冷。

他先是撞上一片深水的水面，然後栽進了狹窄的黑暗中。茫無方向地急翻了幾圈後，他觸摸到包圍著他的陡峭壁面。不知怎地，好像出於直覺般，他劈啪划著水衝出了水面。

亮光。

隱隱約約，在他的上方有亮光。離他好遠，像是在十哩之外。

他雙臂划著水，在窪穴內的壁面尋找可以抓住的地方，但只摸到一片光滑的岩石。原來他踩塌了一個廢棄水井的井蓋掉下來。他大喊求助，但喊聲只在狹窄的井內回響。他喊了又喊。上方破爛的洞口愈來愈昏暗了。

夜幕降臨了。

在一片黑暗中，時間彷彿扭曲了。他在那個深井裡踩著水，呼救，大喊，逐漸覺得麻木無感。他腦中浮現出井壁會垮下來將他活埋的畫面，揮之不去。他的雙臂因為疲勞而彎曲。有幾回他覺得聽到了聲音，於是大聲喊叫，但他的聲音聽起來好小……像個夢。

夜色漸濃，這個水井好像愈來愈深。井壁無聲地緩緩朝內縮。男孩硬撐著抵抗那種包圍感，把它推開。筋疲力盡之際，他想放棄了。然而他感覺到水的浮力托著他，冷卻他熾熱的恐懼感，直到他麻木為止。

搜救隊來到時，發現這個男孩幾乎已經失去意識。他已經踩水踩了五個小時。兩天後，《波士頓環球報》登出了一篇頭版報導，標題是「無敵小泳者」。

97

哈撒辛把廂型車駛入那棟俯瞰台伯河的龐大岩石建築物，臉上帶著微笑。然後他帶著他的獎品不斷往上爬……在螺旋形的岩石隧道內愈爬愈高，還好他的獎品很苗條。

他來到門前。

*光明教堂，*他得意的看著那道門。*古代光明會的聚會室。誰想得到會在這裡？*

進門後，他把她放在一座厚絨布長沙發上。然後動作熟練地將她雙手綁在背後，又綁住她的雙腳。他知道自己渴望的那件事必須暫緩，他得先完成最後的任務。*水。*

不過，他心想，他還可以稍微縱容片刻。他跪在她身旁，一隻手沿著她的大腿游移。好光滑。他移向上，黝黑的手指如蛇般探入她短褲的翻邊底下。再往上。

他停了下來。*耐心點，*他告訴自己，感覺自己情慾高漲。*還有工作得完成。*

他走到房間外頭居高臨下的岩石陽台上待一會兒。夜晚的微風緩緩冷卻了他的激情。遠遠的下方，台伯河滔滔奔流。他抬眼望著四分之三哩外的聖彼得大教堂圓頂，在幾百盞的媒體燈光照耀下一覽無遺。

「你們的臨終時刻到了。」他大聲說，腦中想像著十字軍東征期間被屠殺的千萬名穆斯林。「到了午夜十二點，你們就會見到你們的上帝了。」

在他身後，那個女人動了一下。哈撒辛轉身，考慮要讓她醒著。看著女人雙眼中的恐懼，是他的最佳催情春藥。

他決定審慎一點。他不在的時候，讓她保持昏迷會比較好。雖然她被綁著逃不了，但哈撒辛可不希望回來時發現她掙扎得筋疲力竭。*我要你留著力氣……給我。*

他輕輕扶起她的頭，手掌伸進她的脖子下，找到她頭骨正下方的那個凹入處。頭部穴位指壓點是他用過無數次的地方。他的大拇指以足以壓碎骨頭的力量按住那塊軟骨，感覺到那裡陷了下去。女人的頭立刻頹然下垂。二十分鐘，他心想。她會是這完美一天的撩人收場。等到她服侍過他、死掉之後，他會站在陽台，看著午夜的梵蒂岡煙火。

哈撒辛讓那個昏迷過去的獎品留在沙發上，下樓到點著火炬的地牢。就剩最後的任務了。他走到桌前，尊敬地望著桌上留給他的那個神聖的金屬模子。

水，這是最後一塊了。

像前三次一樣，他從牆上拿了火炬，開始給模子的表面加熱。等到燒成白熱狀，就把模子帶進牢房。

牢房裡，只有一個人沈默站著。年老又孤單。

「巴吉亞樞機主教，」殺手從牙縫裡嘶聲道：「你禱告過了嗎？」

那個義大利人的眼中毫無畏懼。「只有為你的靈魂禱告。」

98

六個負責到勝利聖母教堂救火的消防員噴了一堆海龍滅火劑，撲滅了教堂中的火堆。水比較便宜，但冒出來的蒸氣會毀掉教堂裡的溼壁畫，而梵蒂岡付給羅馬市消防隊一筆豐厚的津貼，是要他們替所有梵蒂岡所屬建築物服務時，能夠快速而又審慎。

消防隊員的工作本質，就是幾乎每天都會親眼目睹種種悲劇，但這個教堂裡的處決方式，卻是他們所有人都永遠忘不掉的。部份是十字架上的釘刑，部份是絞刑，還有部份是燒死在柱上，整個場面簡直就是從玄怪小說的夢魘裡挖出來的。

不幸的是，媒體一如往常，總是比消防隊先趕到現場。在消防員撲滅教堂大火前，媒體就已經拍了不少畫面。當消防員終於割斷繩索，把被害人放下來，讓他躺在地板上之時，這個男人的身分已經確定無誤。

「巴塞隆納的基德拉樞機主教。」一個消防員輕聲說著義大利語。

被害人全身赤裸。屍體的下半部是深紅和黑色夾雜，血從大腿上裂開的傷口滲流出來，足脛燒得見骨。一個消防員吐了，還有一個跑到外頭透氣。

但真正恐怖的，是烙印在樞機主教胸膛的那個符號。消防隊的小組長震驚又畏懼地繞著屍體打轉。撒旦親手做的。他暗暗告訴自己。童年時代以來，他第一次給自己畫了個十字。

「又一具屍體！」有個消防隊員用義大利語喊道。

第二個被害人是名男子，小組長一眼就認了出來。這位嚴厲的瑞士衛兵團指揮官在警察圈子裡很不得人緣。小組長打電話給梵蒂岡，但一直佔線。他知道也無所謂了，瑞士衛兵團再過幾分鐘就會從電視上得知這個消息了。

小隊長勘查著損失，想重建現場，看這裡到底可能發生過什麼事，他看到一個凹室佈滿彈孔。裡頭那具石棺顯然在一番混戰後，從撐座上翻下來，倒扣在地上，四周一片狼藉。這些就讓警方和教廷去處理吧，小組長想著，打算轉身離開了。

但就在轉身時，他停下了。他聽到石棺內傳來一個聲音。那可不會是消防員樂意聽到的聲音。

「炸彈！」他用義大利語高喊。「大家趕快出去！」

炸彈拆除小組把石棺掀開來時，發現了那個電子嗶嗶聲的源頭。他們困惑地目瞪口呆。

「醫生！」其中一個人終於叫了起來。「找醫生來！」

99

「歐里維提那邊有消息嗎?」總司庫一臉憔悴,朝護送他從西斯汀禮拜堂走回教宗辦公室的羅榭問道。

「沒有,先生。我擔心會有最壞的結果。」

走向教宗辦公室時,總司庫語氣沈重地說:「上尉,今天晚上我已經沒有其他能做的事了。恐怕我剛剛已經做得太多了。我打算進辦公室去禱告,不希望有人打擾。其他的就交給上帝了。」

「是的,先生。」

「時間很晚了,上尉。趕緊找出那個罐子吧。」

「我們一直在搜索。」羅榭吞吞吐吐。「但結果證明,那個致命武器藏得太隱祕了。」

總司庫皺了皺臉,好像無法再去思考這些。「好吧,到了十一點十五分整,如果還是有危險,我要你帶著樞機主教們撤出。他們的安全就全都交給你了。我只要求你一件事。讓這些人帶著尊嚴走出這個地方。讓他們走到聖彼得廣場上,和全世界其他人站在一起。我不希望梵蒂岡留給世人的最後印象,就是一群受驚的老人偷偷從後門溜走。」

「很好,先生。那您呢?我也是十一點十五分來接您嗎?」

「沒有必要。」

「先生?」

「等到聖靈指引我時,我自然會離開。」

羅榭納悶著,總司庫會不會是打算跟著這艘船一起下沈。

總司庫打開教宗辦公室的門進去。「事實上……」他說,轉過身來,「有一件事。」

「什麼事?」

「今天晚上教宗辦公室好像有點冷,我都凍得發抖了。」

「現在沒有電暖氣。我幫你升個火吧。」

總司庫疲倦地笑笑。「謝謝。眞的很謝謝你。」

羅樹退出辦公室,讓總司庫待在裡面的火爐旁,面對著一尊聖母馬利亞的雕像禱告。那眞是一幅怪異的景象,一個黑影跪在閃爍的火光前。羅樹沿著走廊往下走,一個衛兵出現,朝他走來。即使在燭光下,羅榭也認得那是夏特朗中尉。年輕、生澀,而且滿腔熱忱。

「上尉,」夏特朗喊道,朝他遞出一隻手機,「我想總司庫的演說可能發揮作用了。我們接到了這通電話,他說他有些可以幫助我們的消息。他是打到梵蒂岡一個保密的分機,不曉得他怎麼會有這個號碼。」

羅榭停下腳步。「什麼?」

「他只肯跟最高指揮官說話。」

「有歐里維提的任何消息嗎?」

「沒有,長官。」

羅榭接過電話。「我是羅榭上尉。我是這裡的最高指揮官。」

「羅榭,」對方說:「我稍後會跟你解釋我的身分。然後我會告訴你,你們接下來該怎麼做。」

來電者說完話掛斷時,羅榭愣站在那邊。現在他知道剛剛對自己下令的是誰了。

回到歐洲核子研究中心，絲爾薇・鮑德洛克正手忙腳亂，想記下那些在寇勒的語音信箱中留言要求授權的資料。當院長辦公桌上的專線電話響起時，絲爾薇嚇得驚跳起來。沒有人曉得這個電話號碼的。她接了起來。

「喂？」

「鮑德洛克女士嗎？我是寇勒院長。連絡我的飛行員，五分鐘內準備好起飛。」

100

羅柏・蘭登睜開眼睛時，發現自己正望著圓頂內的巴洛克溼壁畫，不曉得自己身在何處，也不曉得自己昏過去多久。上方飄浮著煙霧。他的嘴上罩了個東西。是氧氣罩，他一把扯掉。室內有個可怕的氣味——像是燒炙肉類。

蘭登覺得頭好痛，忍不住皺起臉。他想坐起身，一個白衣男子正跪在他旁邊。

「放輕鬆！」那個人用義大利語說，要蘭登再躺回去。「我是醫護人員。」

蘭登乖乖聽從，他覺得自己的腦袋就像上方的煙霧一樣在旋轉。到底發生了什麼事？一絲恐慌感漸漸透進他心裡。

「老鼠救人。」那個人用義大利語說，然後又用英語重複一遍。

蘭登覺得更茫然了。「老鼠救人？」

那個人指著蘭登手腕上的米老鼠手錶。蘭登的思緒開始清楚起來，還記得自己設定了鬧鈴。他心不在焉地望著錶面，看到上面顯示的時間。十點二十八分。

他猛然坐直身子。

然後，一切都回想起來了。

蘭登和消防隊小組長以及他幾個手下站在主祭壇附近，他們七嘴八舌猛問他問題，但蘭登沒在聽。他有自己的問題。雖然全身都發痛，但他知道自己得趕緊採取行動。

一名消防員從教堂另一頭朝蘭登走來。「我又檢查過一次了，長官。唯一發現的屍體就是基德拉樞機主教和瑞士衛兵團指揮官的。沒看到有什麼女人的屍體。」

「謝謝。」蘭登用義大利語說道，不曉得自己該覺得害怕還是鬆了口氣。他知道自己之前看到過薇多利雅躺在地上不省人事，現在她不見了。他能想到的唯一解釋可不會讓人安心，那個殺手先前在電話裡講得很露骨。*好帶勁兒的女人，把我弄得好興奮。或許這一夜結束之前，我會找到你。到時候——*

蘭登四下張望。「瑞士衛兵團呢？」

「還沒連絡上。梵蒂岡的電話一直佔線。」

蘭登覺得茫然無措又孤單。歐里維提死了，樞機主教也死了，薇多利雅又失蹤了。而且才一眨眼間，他就莫名其妙失去了半個小時。

外頭，蘭登可以聽到媒體正蜂擁而來。如果第三個樞機主教被殘酷謀殺的新聞畫面還沒播出，他想大概也快了。他希望總司庫早已假設發生了最壞狀況，而且採取行動。*趕緊撤離梵蒂岡！比賽比夠了！我們輸了！*

蘭登忽然發現一直以來驅動他的種種因素——協助挽救梵蒂岡、救出四個樞機主教、親眼面對他長年研究的那個兄弟會——這一切都從心頭消失了。這場戰爭輸掉了。他心中新出現了一件非做不可的事情。那個衝動很簡單，絕對，原始。

找到薇多利雅。

他感覺到一種不期然的空虛。蘭登常聽人說，緊急狀況可能使得兩個人心靈相契，那是相處幾十年都往往達不到的。現在他相信這個說法了。薇多利雅不在，讓他體會到一種多年沒有過的感受，那就是寂寞。那種痛苦給了他力量。

拋開其他思緒，蘭登集中所有注意力。他祈禱那個哈撒辛在享樂之前先辦正事。不然的話，蘭登知道自己現在也已經太遲了。不，他告訴自己，*你還有時間*。擄走薇多利雅的那個人還有工作得完成。他在永遠消失之前，還得再露面一次。

最後一個科學祭壇，蘭登心想，那個殺手還有最後一個任務。土。氣。火。水。

他看看錶。三十分鐘。蘭登穿過那群消防員，朝貝尼尼的《聖女大德蘭的狂喜》走去。這回，當蘭登注視著貝尼尼的指標時，心中很清楚自己在尋找什麼了。

崇高追尋路，天使引向前……

貝尼尼的天使飛翔在空中，就在躺著的聖女上方，背對著貼了金箔的火焰。天使的手抓著一根燃著火焰的尖矛。蘭登的雙眼循著那根矛的方向，彎向教堂的右側，然後視線碰到了牆壁。他掃視著矛所指的那個點，那裡什麼都沒有。當然，蘭登知道，矛所指的地方遠在牆壁之外，就在羅馬城另一處的夜色中。

「那是什麼方向？」蘭登問，他帶著一種新出現的決心，回過頭來望向消防隊小組長。

「方向？」小組長看了蘭登指的位置一眼，語氣困惑。「我不知道……我想是西邊吧。」

「那個方向有哪些教堂？」

那個小組長似乎更不解了。「幾十座吧。怎麼了？」

蘭登皺起眉頭。有幾十座很正常。「我需要一張羅馬市地圖，馬上就要。」

小組長派了個人到消防車上拿張地圖。蘭登轉回那座雕像。土……氣……火……薇多利雅。

最後一個指標是水，他告訴自己。貝尼尼的水，就位於某處的教堂。這好像是在乾草堆裡找一根針。他絞盡腦汁回憶所有他能想得到的貝尼尼作品。我需要一件向水致敬的作品！

蘭登想到了貝尼尼那個希臘人魚海神特里同的雕像，然後又想到這座雕像就位於這個教堂外面的廣場，方向完全不對。他逼著自己再想。貝尼尼曾雕過什麼頌揚水的形象？《尼普頓與阿波羅》？（譯註：尼普頓〔Neptune〕爲古羅馬神話中的海神。）不幸的是，那座雕像位於倫敦的維多利亞暨阿柏特博物館。

「先生？」一個消防員拿著地圖跑進來。

蘭登謝過他，把地圖攤在祭壇上。他立刻明白自己問對了人；這張消防隊的羅馬市地圖是蘭登所見過最詳盡的。「我們現在在哪裡？」

那個人指給他看。「就在巴貝里尼廣場旁邊。」

蘭登又去看看那個天使的矛，好確定方向。剛剛那位小組長的判斷沒錯。根據這張地圖，天使的矛是指向西邊。蘭登在地圖上從他目前的位置循直線往西，滿腹的希望幾乎立刻往下沈。他的手指往前移得愈遠，似乎就經過愈多以小小的黑色十字所標示的建築物：教堂。這個城市到處都是教堂。最後，蘭登的手指來到了羅馬郊區，再也不會碰到教堂了。他吐出一口氣，後退了一步。該死。

現在蘭登搜尋全羅馬，雙眼望著前三個樞機主教被殺害的那三個教堂。基吉小聖堂……聖彼得大教堂……還有這裡……。

望著三座教堂就分佈在面前的地圖上，蘭登注意到三者的位置有種奇特性。不知怎地，他曾想像這些教堂會是隨意散落在羅馬各處，但結果完全不是如此。那三座教堂竟似乎對稱分佈，形成一個跨越全城的巨大三角形，簡直是不太可能。蘭登又檢查了一遍，完全想像不到。「筆。」他忽然說，連頭也沒抬。

有個人遞給他一枝原子筆。

蘭登圈起那三座教堂，脈搏加快了。他又檢查那些標記第三遍。一個兩邊對稱的三角形！

蘭登第一個想到的就是一元美金鈔票上的國璽——裡面有個全知之眼的三角形。但這不合理。他現在只標出了三個點，但教堂總共應該有四座才對。

所以水到底在哪裡？蘭登知道不管他把第四點標在哪裡，都會破壞這個三角形。保持其對稱性的唯一選擇，就是把第四點標在三角形內，位於中央。他看著地圖上的那個點，什麼都沒有，但他無論如何甩不掉這個想法。第四個科學元素被認爲有平等的含義。水並不特別；應該不會位於其他三點的中央。

不過，直覺告訴他，這個對稱的安排不可能是巧合而已。我還沒看到整個圖像。剛剛只是其中一個可能而已。四個點不會是組成一個三角形；應該是其他形狀才對。

蘭登看著那張地圖。或許是個正方形？雖然正方形不符合象徵符號上的意義，但至少是對稱的。蘭登把一根手指放在地圖上的一點，試著讓那個三角形變成正方形，但立刻發現不可能。原來的三角形中，三個角都不是直角，加上第四點就會比較像一個歪的四邊形。

正當他研究著那個三角形，想看看第四個點可以放在哪裡時，一件意想不到的事情發生了。他發現稍早他循著天使之矛所指方向而畫的那條軌跡，剛好完全符合另一個可能性。蘭登驚愕地圈起那個點。他現在看著地圖上四個用筆畫出來的標記，構成了一個笨拙的、像風箏的菱形（diamond，譯註：亦可指鑽石）。

他皺起眉頭。菱形也不是光明會的象徵符號。他頓了一下。*不過話說回來……*

蘭登立刻就想到了著名的光明會鑽石。當然，這個想法很荒謬，他立刻拋開。此外，地圖上這個菱形長長的——像個風箏——實在不像對稱完美、令人肅然起敬的光明會鑽石。

蘭登湊近地圖，研究他剛剛圈起的那個地方，很驚訝地發現第四個點就位於羅馬著名的拿佛納廣場正中央。他知道那個廣場邊有個大型教堂，但他剛剛手指已經畫過那個廣場，考慮過那座教堂。就他所知，教堂裡沒有貝尼尼的作品。那個教堂叫做「競賽場聖雅妮教堂」，是爲了紀念一名迷人的十來歲貞女聖雅妮，她因爲拒絕放棄信仰，被趕入妓院去當終身性奴隸。

*那座教堂裡一定有些什麼！*蘭登絞盡腦汁，想像著教堂內部。他想不出裡面有任何貝尼尼的作品，更別說是跟水有關的了。地圖上的位置分佈也讓他覺得困擾。菱形。這簡直是太巧了，但還沒巧到合理的地步。風箏？蘭登不曉得自己是不是選錯了點。*我到底漏了什麼！*

又過了三十秒鐘，他才猛然想出答案，但想到時，蘭登感覺到他學術生涯中似乎從未體驗過的一種愉快。

看起來，光明會的天才之舉好像永無止境。

他現在正看著的形狀，原來根本就不是要構成菱形。這四個點會變出菱形來，是因爲蘭登把*相鄰的*點連接起來。*光明會相信的是對立之物！*蘭登用筆將彼此相對的點連起來，手指顫抖著。他眼前的地圖上，是個巨大的十字形。是個十字架！科學的四個元素在他眼前展開……綿延穿越羅馬城，形成一個巨大的、跨及全城的十字架。

他驚奇地看著地圖，腦海中浮現出一行詩……就像個老朋友換了張新面孔。

穿越羅馬城，神祕元素展。（'Cross Rome the mystic elements unfold.）

'Cross Rome……

迷霧逐漸散去，一切都清晰起來。蘭登看到了答案一整夜就在他面前！那首光明會的詩一直在告訴他，那些祭壇會如何分佈。原來是個十字形！

十字羅馬城，神祕元素展！

這是個狡猾的文字遊戲。蘭登原先把'Cross這個字當作Across的縮寫，以爲那是爲了保持格律的隨興寫法。但結果遠非如此而已，而是另一個隱藏的機關。

現在蘭登明白，地圖上的十字架就是光明會最極致的對偶性。那是一個由科學元素所構成的宗教符號，伽利略的光明路徑是同時在向科學與上帝致敬！

謎題中剩下的部份，他幾乎立刻就都明白了。

拿佛納廣場。

就在競賽場聖雅妮教堂外頭，拿佛納廣場的正中央，貝尼尼製作了他最著名的雕塑作品之一。每個來到羅馬的人都會去參觀。

四河噴泉！

貝尼尼的《四河噴泉》頌讚古代世界的四條主要河流——尼羅河、恆河、多瑙河，以及拉布拉他河，作爲對水的致敬作品，眞是無懈可擊。

水，蘭登心想。最後一個標記。太完美了。

更完美的是，蘭登發現，就像蛋糕上的櫻桃般，在貝尼尼的噴泉上方，正聳立著一座高高的方尖碑。

蘭登把那幾個困惑的消防員拋在後頭，跑向教堂另一頭歐里維提的屍體。

十點三十一分，他心想。還有很多時間。這是今天第一回，蘭登覺得在比賽中領先了。

他在歐里維提身旁跪下來，幾排教堂長椅替他遮擋了視線，蘭登不動聲色地取走指揮官的半自動手槍和無線電對講機。蘭登知道自己得打電話求援，但眼前不是適合的地方，最後一個科學祭壇目前必須保密。媒體和開著警笛趕來拿佛納廣場的消防隊是一點忙都幫不上。

半句話都沒說，蘭登悄悄溜出了門，避開一群群擠入教堂的媒體。他穿過巴貝里尼廣場，在陰影中打開了對講機。但不是因爲脫離通話範圍，就是因爲需要某種授權碼才能傳輸訊號。蘭登調整了那些複雜的號碼鍵和按鈕，卻毫無幫助。忽然間，他明白自己求助的計畫行不通了。他轉身想找公共電話，沒找到。反正梵蒂岡的電話這會兒也塞爆了。

他完全被孤立了。

蘭登覺得自己原來的滿腔自信漸漸消失了，他站了一會兒，評估自己的可憐狀態——全身撒滿了骨頭粉塵，手上有道割傷，累得快瘋掉，而且好餓。

蘭登回頭看了一眼教堂。小圓頂上煙霧盤旋而去，被媒體和消防車的燈光照亮。他不知道是否該回去求援。但直覺警告他，多餘的幫助，尤其是出自未受訓練的人員，只會礙手礙腳。如果那個哈撒辛看到我們來了……他想到薇多利雅，知道自己若想見到那個綁匪，眼前就是最後的機會了。

拿佛納廣場，他心想，知道自己有很多時間趕到那裡，佔好位置在旁監視。他掃視著廣場想找計程車，但街上幾乎空無一人。看起來好像連計程車司機都丟下一切去看電視了。拿佛納廣場離這裡只有一哩，但蘭登不打算浪費寶貴的體力走路去。他回頭看了一眼教堂，好奇著自己能不能借輛車開過去。

消防車？媒體廂型車？別鬧了。

眼見選擇不多，時間又分秒流逝，於是蘭登下了決定。他從口袋掏出手槍，做了一件太不符合他個性的事情，離譜到他簡直懷疑自己當下一定是被附身了。他衝向一輛暫停在聚光燈下的雪鐵龍轎車，把手槍戳進駕駛座旁開著的窗戶。「出來！」他用義大利語大喊。

那個發著抖的男人出來了。

蘭登跳上駕駛座，踩下油門。

101

甘瑟・葛立克坐在瑞士衛兵團辦公室內一個拘留室裡的凳子上，向自己所能想到的每一個神祈禱。拜託讓這不是一場夢。這是他畢生最大的獨家新聞，也是任何人畢生最大的獨家新聞。現在全世界每個記者都希望自己是葛立克。你現在醒著，他告訴自己。而且你是個大明星。丹・拉瑟現在正在哭。（譯註：丹・拉瑟〔Dan Rather〕，美國哥倫比亞廣播公司的王牌主播。）

梅可瑞坐在他旁邊，表情有點震驚。葛立克不怪她。除了獨家轉播總司庫的演講之外，她和葛立克才剛向全世界提供了幾位樞機主教和教宗那些令人毛骨悚然的照片——教宗的黑色舌頭！——還有反物質罐子倒數計時的實況錄影帶。太不可思議了！

當然，那些報導都是總司庫的指示，所以這不是葛立克和梅可瑞現在被關在瑞士衛兵團拘留室裡的原因。他們被關是因爲葛立克大膽想追加一些衛兵們不欣賞的報導。葛立克知道，他剛剛報導的對話不是要說給他聽的，但這是他天大的好機會。葛立克又搶到了一個獨家！

「第十一時的撒瑪利亞人？」坐在他旁邊的梅可瑞咕噥著，顯然毫無讚許之意。

葛立克微笑道：「太聰明了，對不對？」

「聰明個鬼。」

她不過是嫉妒罷了，葛立克如此認定。總司庫演講過後不久，葛立克再一度交上好運，在正確的時間站在正確的地方，剛好聽到羅樹對手下交代新命令。顯然羅樹接到一個神祕客的電話，並聲稱此人握有關於眼前危機的重要資訊。照羅樹的說法，這個人可以幫助他們，所以要衛兵們準備迎接這個客人的來訪。

雖然這個訊息顯然是私下對話，但葛立克做了任何一個奮不顧身的記者會做的——毫無廉恥心。他找了個黑暗的角落，命令梅可瑞打開她的遙控攝影機，然後他報導了這則新聞。

「上帝之城又有了令人震驚的新發展。」他宣佈，斜著眼睛往旁邊看了一眼，好增加緊張感。然後他繼續報導，有個神祕客即將趕到梵蒂岡拯救當前危機。第十一時的撒瑪利亞人，葛立克如此稱呼這名神祕客——用來形容一個在最後一刻現身建功的匿名人士，這眞是個完美的名字。其他電視網都採用了這個朗朗上口的媒體新詞，葛立克又在歷史上留下一筆了。（譯註：「第十一時」與「撒瑪利亞人」典出《聖經・新約》，在日常英語中分別意指「最後關頭」與「好人」。此處葛立克刻意結合兩詞創出新語。）

我太聰明啦，他沾沾自喜。彼得・詹寧斯剛剛跳河了。（譯註：彼得・詹寧斯〔Peter Jennings, 1938-2005〕，曾爲美國廣播公司的王牌主播。）

當然，葛立克不會說完這些就算了。就在吸引了全世界的注意力之時，他又額外添加了一些自己的陰謀論進去。

聰明，真是聰明絕頂。

「你害死我們了，」梅可瑞說：「全讓你給搞砸了。」

「你什麼意思？我表現得好極了！」

梅可瑞不敢置信地瞪著他。「前總統老布希？是光明會會員？」

葛立克微笑了。這還能更明顯了嗎？有大量文獻可以證明喬治・布希是第三十三級的共濟會員，而且在他擔任中央情報局局長時，曾以缺乏證據爲由，結掉了對光明會的調查案。加上他演講中提到過的「千萬點光」和「新世界秩序」……布希很明顯是光明會員。

「還有關於歐洲核子研究中心的那段？」梅可瑞責備道。「明天會有一長串律師在你門外排隊。」

「歐洲核子研究中心？喔拜託！太明顯了！你認眞想想嘛！光明會在一九五〇年代時消失，歐洲核子研究中心也大約就在那個時候成立。歐洲核子研究中心是全世界最博學開明人士的避風港，吸引了一大堆民間贊助。他們製造了一個可以摧毀天主教會的武器，而且，哎喲糟糕！……不見了！」

「所以你是告訴全世界，歐洲核子研究中心是光明會新的大本營了？」

「這太明顯了嘛！這些兄弟會不可能憑空消失的。光明會一定去了哪裡。歐洲核子研究中心是供他們躲藏的完美所在。我的意思不是說歐洲核子研究中心的每個人都加入了光明會，或許就像一個很大的共濟會分會，裡頭大部分人都是無辜的，但最上層的人——」

「葛立克，你有沒有聽說過誹謗罪，還有法律責任？」

「那你有沒有聽說過眞正的新聞專業精神！」

「新聞專業精神？你根本是在無中生有，憑空瞎掰！我當時應該關掉攝影機的！還有歐洲核子研究中心標誌那些屁話是怎麼回事？魔鬼的象徵符號？你瘋了嗎？」

葛立克微笑起來，梅可瑞的嫉妒可眞明顯。歐洲核子研究中心的標誌是最最聰明的一著棋。自從總司庫演講之後，所有的電視網都在報導歐洲核子研究中心和反物質。有些電視台還把歐洲核子研究中心的標誌拿來當背景。那個標誌似乎很尋常——兩個交叉的圓圈代表兩個粒子加速器，五條切線代表粒子注入管。全世界都瞪著這個標誌，不過卻是葛立克（他本人對符號學有點研究），第一個看出其中隱藏的光明會符號象徵。

「你不是符號學家，」梅可瑞罵道：「你只是個走狗運的記者。你應該把符號學的東西留給那個哈佛佬。」

「那個哈佛佬沒看出來。」葛立克說。

這個標誌中的光明會意義如此明顯！

他內心暗笑。儘管歐洲核子研究中心有很多粒子加速器，但他們的標誌上卻只有兩個。「二」代表光明會的對偶性。儘管大部分加速器只有一個注入管，那個標誌上卻有五個。「五」代表光明會的五角星。接下來是最妙的一著棋——最最高明的一著。葛立克指出那個標誌包含了一個大大的數字「6」——顯然是由一條線和一個圓圈組成的——然後把標誌轉一下，另一個六出現了……再轉，又是一個。這個標誌有三個六！六六六！魔鬼的數字！獸的印記！（譯註：「六六六」與「獸的印記」典出《聖經・新約・啓示錄》。）

葛立克眞是個天才。

梅可瑞一副想給他一拳的樣子。

那股嫉妒會過去的，葛立克知道。他腦袋裡現在琢磨著另外一件事情。如果歐洲核子研究中心是光明會的總部，那麼那顆惡名昭彰的光明會鑽石，就藏在歐洲核子研究中心嗎？葛立克在網際網路上看過這個消息——「一顆完美無瑕的鑽石，從古老的元素孕育而生，其完美程度讓見到的人只能望之驚嘆。」

葛立克很想知道，光明會鑽石的神祕下落，會不會是他今夜能夠揭發的另一個祕密。

102

拿佛納廣場。《四河噴泉》。

羅馬的夜晚就像沙漠地區，即使歷經了一個溫暖的白天，到了夜裡也有可能涼得出奇。蘭登現在就縮在拿佛納廣場邊緣，用外套緊緊裹著自己。整個城市都迴盪著新聞報導的嘈雜聲，好似遙遠的交通噪音般。他看看手錶，還剩十五分鐘。他很慶幸還能休息個幾分鐘。

廣場上空無一人。他眼前那座出自貝尼尼大師手筆的噴泉發出嘶嘶聲，有種詭異的魔力。冒著氣泡的水池朝上噴出魔幻的水霧，被水底的泛光燈照亮了。蘭登感覺到空中有一股涼涼的電流。

這座噴泉最引人注目之處，就是它的高度。光是中軸就超過二十呎高——一座由石灰華大理石所構成的崎嶇小山，充滿了冒著水的洞穴和石窟。整座石墩上佈滿了異教的形象，最頂端則聳立著一座方尖碑，往上還要高出四十呎。蘭登目光逐步往上。在方尖碑頂端，有個模糊的暗影襯著天空，是一隻靜棲的鴿子。

十字架，蘭登心想，仍爲分佈在羅馬各處的指標感到驚奇。貝尼尼的《四河噴泉》是最後一個科學祭壇。才幾個小時前，蘭登站在萬神殿裡，還堅信光明路徑已經被破壞了，絕對想不到自己能追到這裡。那眞是個愚蠢的大錯。事實上，整條路徑完整無缺。土、氣、火、水。蘭登一路遵循……從起點來到了終點。

還不算到終點，他提醒自己。這條路徑有五站，不是四站。此處第四個指標所在的噴泉，是以某種方式指向最終目標——光明會神聖的祕密基地——光明教堂。蘭登很納悶那個祕密基地是否依然存在，很想知道哈撒辛是不是就把薇多利雅帶到那裡去。

蘭登的雙眼不自覺地搜索著噴泉上的那些雕像，想找尋任何指向光明會祕密基地的線索。*崇高追尋路，天使引向前。*但幾乎是立刻，他心中充滿了一種不安之感，因爲他發現這個噴泉裡沒有任何天使。從蘭登的位置，很確定什麼天使都沒有……以前他也沒見到過。《四河噴泉》是一件異教作品，裡面全是世俗的雕像——人類、動物，甚至還有一隻笨拙的犰狳。一個天使若放在這裡，一定會非常刺眼。

這個地方不對嗎？他想著四座方尖碑所佈置成的十字架形狀，然後握緊了拳頭。這個噴泉絕對沒錯。

才十點四十六分，有輛黑色廂型車從廣場另一端的巷子裡冒出來。要不是那輛車沒開車前大燈，蘭登根本不會多看它一眼。那輛車繞著廣場周圍兜圈子，就像鯊魚在月光照耀的海灣巡行覓食。

蘭登伏低身子，蹲在通往「競賽場聖雅妮教堂」那道巨大階梯旁的陰影中。他凝視著廣場，脈搏加快了。

廂型車繞了整整兩圈後，往內朝貝尼尼的噴泉彎去，與水池邊緣平行，然後沿著池邊左右移動，直到車側緊貼著噴泉。然後車子停下來，側邊拉門距離下方翻騰的水面只有幾吋。

水霧滾滾翻騰著。

蘭登有種不安的預感。那個哈撒辛提早到了嗎？他是開著廂型車來嗎？蘭登的印象仍停留在聖彼得廣場上，當時那個殺手是徒步帶著被害人走進廣場的，這樣蘭登就有絕佳的攻擊機會。但如果那個哈撒辛是開著廂型車來，規則就全盤改變了。

突然間，廂型車的側門拉開了。

車裡的地板上，躺著一名赤裸男子，正痛苦地扭曲著。那男子身上纏著數碼長的沈重鐵鍊，他拚命在鐵鍊中掙扎，可是鍊子太重了。其中一個鍊環像馬銜鍊般撐開那人的嘴，使得他無法喊叫求助。此時蘭登才看到第二個人影，在那個俘虜後方移動，好像在做最後的準備。

蘭登知道自己幾秒鐘內就得採取行動。

他拿著槍，脫掉外套扔在地上。他不希望這件粗呢外套徒增累贅，也不打算帶著伽利略的《圖解》靠近水邊。那張文獻留在這裡會比較安全且乾燥。

蘭登爬向右邊，繞著廣場邊緣，來到那輛廂型車的正對面之處。噴泉中央巨大的雕像群剛好擋在那裡替他遮掩。他站在那兒，然後直直朝水池衝去，期望轟然的水聲掩蓋他的腳步聲。來到噴泉旁，他翻過水池邊緣，進入不斷冒著氣泡的池中。

池中水深及腰，冷得像冰。蘭登咬緊牙，涉水前行。池底滑溜溜的，又積了一層許願祈福的硬幣，使得腳下更不牢靠。蘭登覺得自己不能只靠運氣了。揚起的水霧籠罩著他，他已經分不清讓他手上的槍顫抖的原因，是寒冷還是恐懼。

到了噴泉內側，蘭登又回頭往左邊繞。他吃力地涉水，緊緊抓著大理石雕像的表面。然後蘭登躲在一隻巨大雕馬的後方，偷偷望出去。那輛廂型車就在十五呎外。哈撒辛正蹲在車廂內地板上，雙手牢牢抓住樞機主教被鐵鍊捆著的身體，準備要推著滾出那扇打開的門，好讓他掉進噴泉中。

在及腰的水中，羅柏・蘭登舉起槍，走出水霧，覺得自己好像什麼水中牛仔，正在奮力做最後一搏。

「不准動。」他的聲音很穩，槍卻沒那麼穩。

哈撒辛抬頭。一時之間似乎很困惑，好像剛剛見到了鬼。然後他的雙唇一彎，露出邪惡的微笑。他雙手抬起，擺出投降的姿勢。「就照你的吩咐吧。」

「下車。」

「你全身都溼了。」

「你來早了。」

「我急著想回到我的獎品身邊。」

蘭登舉著槍。「我開槍可不會猶豫的。」

「你已經在猶豫了。」

蘭登覺得手指在扳機上扣得更緊了。此時樞機主教躺著一動也不動，看起來筋疲力竭，已經是垂死狀態了。「幫他鬆綁。」

「別理他了。你來是爲了那個女人，別假裝還有別的理由。」

蘭登按捺下開槍結束一切的衝動。「她在哪裡？」

「一個安全的地方，等著我回去。」

她還活著。蘭登感覺到一線希望。「在光明教堂嗎？」

殺手露出微笑。「你永遠找不到那個地方的。」

蘭登簡直不敢相信。那個祕密基地還在。他瞄準了手槍。「在哪裡？」

「這個地點保密了好幾個世紀，連我也是最近才曉得的。就算殺了我，我也不會把祕密告訴你。」

「你不說我也找得到。」

「好狂妄的想法。」

蘭登指指噴泉。「我已經一路找到這裡來了。」

「很多人也是。最後一站是最困難的。」

蘭登走得更近，腳在水底下探著。哈撒辛看來異常冷靜，蹲在廂型車後頭，雙手高舉過頭。蘭登瞄準他的胸部，不知道自己是不是應該乾脆先開槍，接著再來想辦法算了。不。他知道薇多利雅在哪裡。他知道反物質在哪裡。我得問出來才行！

在黑暗的廂型車上，哈撒辛盯著他的攻擊者，心中只覺得可笑又可悲。這個美國人證明了自己很勇敢，但也證明了自己很外行。有勇氣卻沒有專業技術，就等於是自殺。要求生有許多法則，流傳久遠的古老法則。而這個美國人卻違反了所有的法則。

你本來有優勢的——出其不意的有利因素。卻白白浪費掉了。

那個美國人無法下定決心……很可能是要等救兵……或者是想拐他說溜嘴，洩漏重要的訊息。

絕對不能在制伏獵物之前就先審問。被逼到死角的敵人會成為最致命的敵人。

美國人又開口了，刺探，耍手段。

殺手簡直要大笑起來。這可不是你們的好萊塢電影……開槍之前不會還在槍口下討論半天。一切到此為止。就是現在。

殺手始終盯著蘭登，但雙手緩緩移向廂型車的車頂，找到了自己要找的東西。他仍定定看著前方，手抓緊了那個東西。

然後他出招了。

那個動作完全在意料之外。一時之間，蘭登還以為物理學法則失靈了。殺手好像失重般懸在空中，雙腿忽地伸直，靴子朝樞機主教側面猛然一推，捆著鍊子的身體被推出了車門。樞機主教掉下水，揚起一片水花。

蘭登被水濺溼了臉，意識到發生了什麼事情時已經太遲。殺手剛剛抓住了廂型車頂的一根滾動桿當成單槓，身子朝外盪出。現在哈撒辛正朝蘭登飛過來，在水花中腳朝前踢。

蘭登扣下扳機，消音器發出啪地一聲，子彈穿過哈撒辛左靴腳尖處。緊接著蘭登立刻感覺到哈撒辛雙靴的鞋掌轟然撞上他胸膛，撞得他整個人往後翻。

兩個人往下濺起一片血和水。

蘭登整個身子被吸入冰冷的水中，第一個感覺是痛，接著出現了一股求生的本能。他意識到槍不在他手裡，剛剛被撞掉了。他潛得更深，摸索著黏滑的水池底。他的手抓到了金屬，是一把硬幣，他扔掉了。

蘭登睜大眼睛，搜尋著被照亮的水池。翻攪冒泡的水包圍著他，像個寒冷的按摩浴缸。

儘管他很想喘氣，但恐懼卻讓他留在池底，不斷移動。他不知道下一次攻擊會從哪裡來。他得找到那隻槍！他雙手拚命在身前探尋。

你有優勢，他告訴自己。你身在你熟悉的環境中。即使身上穿著溼透的高領衫，蘭登仍是個靈巧的泳者。水是你熟悉的元素。

蘭登的手指再度觸到金屬時，他確定自己時來運轉了。手上的那個物件不是一把硬幣。他抓緊了用力拉，可是卻發現反而是自己往前溜。那個物件靜止不動。

還沒接近樞機主教扭動的身體，蘭登就明白他剛剛抓住的，是一截繞在主教身上增加重量的金屬鍊子。蘭登在樞機主教上方漂了一會兒，被噴泉底部朝上瞪著他的那張駭然面孔嚇呆了。

樞機主教雙眼中的生命跡象讓蘭登振作起來，他往下抓住鐵鍊，想把主教拉出水面。那具身軀移動得好慢……像個錨。蘭登更用力拉，樞機主教的頭終於浮出水面，立刻拚命吸了好幾口氣。然後，他的身體劇烈翻動起來，蘭登再也抓不住那條滑溜溜的鐵鍊。然後巴吉亞就像塊石頭般再度下沈，消失在冒著泡沫的水面下。

蘭登下潛，在黑暗的水中睜大眼睛。他找到了樞機主教。這回，當蘭登伸手抓住他時，巴吉亞胸膛的鐵鍊也隨之移動……露出了比鐵鍊更邪惡的惡行……一個字烙印在他的胸膛上。

片刻之後，兩隻靴子進入蘭登的視線。其中一隻正湧出血來。

103

身爲一名水球選手，羅柏・蘭登經歷過太多水中打鬥。在水球泳池的水面下，裁判看不到的地方，會出現種種好鬥的野蠻小動作，比起最粗暴的摔角比賽毫不遜色。蘭登曾經被踢、被抓傷、被拉住不放，甚至有回因爲蘭登不斷甩開一個防守球員，那人最後氣急敗壞得乾脆咬他一口。

而此刻，在貝尼尼的寒冷噴泉裡不斷踢水，蘭登知道這跟哈佛游泳池差得可遠了。現在他不是爲一場比賽而戰，而是爲自己的生死而戰。這是雙方第二回交手。沒有裁判，也沒有複賽。那兩隻手臂把他的臉往池底猛壓，力量之大無疑是要置他於死地。

蘭登本能地像個魚雷般急轉開。*掙脫這隻手！*可是那隻箝住的手把他硬扭了回來，他的攻擊者享受著其他水球防守選手所不可能有的優勢——兩腳踩在結實的地上。蘭登扭動著，想讓自己雙腳站直。哈撒辛似乎比較喜歡用一隻手……而且他箝得可眞緊。

就在這個時候，蘭登明白自己無法再往上了。於是他做了腦中唯一想到能做的事。他放棄往上。*如果不能往北，就改往東。*鼓起最後一絲力氣，蘭登的雙腿開始蝶腰打水，同時雙臂往下做了個笨拙的蝶式划水動作。然後身體往旁邊一拐。

這個突然的轉向似乎讓哈撒辛猝不及防，蘭登的橫向動作把對方的雙臂拖得歪了一邊，失去了平衡。那兩隻緊箝的手變鬆了，蘭登又踢水。感覺上就好像一條拖曳船的繩索斷了，忽然間，蘭登自由了。他把肺裡積壓已久的氣吐出來，划著水衝上水面。但只吸了一口氣，哈撒辛又帶著壓倒性的力量當頭罩下，雙手按住他的肩膀，全身重量往下壓。蘭登掙扎著想站穩腳，但哈撒辛的腿揮過來，把蘭登雙腿掃開。

他又再度下沈。

蘭登往水下扭轉，全身肌肉灼痛。這回他的計策徒勞無功。在冒著氣泡的水中，蘭登掃視池底，想找那把手槍。一切都好模糊，這裡的氣泡更密了。殺手使勁把他壓得更深時，一道眩目的光照到他臉上，原來他頭底下就是一盞栓在噴泉底部的泛光燈。蘭登伸手抓住那個燈罩，是熱的。蘭登想把自己拉過去好脫身，但燈罩栓在鉸鏈上，從他手裡滑走。他一下子失去了平衡。

哈撒辛又把他按得更深。

此時蘭登看到了那個東西，就從他臉部下方的硬幣底下伸出來。一根窄窄的、黑色的圓管子。*歐里維提那把槍的滅音器！*蘭登伸手，但他手指握住那根管子時，卻發現那不是金屬，而是塑膠。他往回拉，那根有彈性的塑膠管像隻膽小的蛇般，朝他胡亂扭動。管子長約二呎，一端不斷噴出氣泡。蘭登根本沒找到槍，那根管子是噴泉底部眾多毫無殺傷力的打氣管之一。

才幾呎外，巴吉亞樞機主教覺得自己的靈魂正要掙脫身體。雖然他畢生都等著這一刻到來，但從沒想到結局會是如此。他的肉體軀殼充滿痛苦……燒傷、瘀傷，還被無法移動的重物壓在水裡。他提醒自己，這些痛苦比起基督所曾承受的，實在算不上什麼。

他為我的罪而死了……

巴吉亞聽得到附近一場打鬥的踢水聲，卻已經無法去思考。綁走他的人又要奪走一條人命了……那名男子有和善的雙眼，曾想要幫他。

巴吉亞愈來愈痛苦，他躺在那兒，往上透過池水看著黑暗的天空。有那麼一會兒，他覺得自己看到了星星。

時間到了。

一切恐懼和懷疑離他而去，巴吉亞張嘴吐出一口氣，心知這是最後一次了。他看見他的靈魂在一陣透明的氣泡中汩汩朝天空浮去。然後，出自反射動作，他猛吸了口氣。水灌進他體內，像冰涼的匕首刺入他身體兩側。痛苦只持續了幾秒鐘。

然後……一切歸於平靜。

哈撒辛沒理會腳上的劇痛，專注在那個溺水的美國人身上，把他緊緊按在翻騰的水底下。*我要徹底把他收拾掉。*哈撒辛的手箝得更緊，知道這回羅柏・蘭登活不成了。一如哈撒辛的預期，蘭登的掙扎變得愈來愈微弱。

蘭登的身體忽然一僵，開始猛烈打顫。

*沒錯，*哈撒辛心想。*水剛灌進肺裡時，就會引起痙攣。*他知道這個反應大概會持續五秒鐘。

結果是六秒。

然後，一如哈撒辛的預期，他的被害人忽然鬆垮下來。就像一個洩了氣的大氣球般，羅柏・蘭登全身鬆軟無力。結束了。哈撒辛繼續按著他三十秒，好讓池水透進他的肺部組織。他感覺到蘭登的身體緩緩自行下沈，沈入池底。最後，哈撒辛放手了。媒體會在四河噴泉裡發現雙重驚喜。

「該死！」哈撒辛用阿拉伯語詛咒道，爬出了噴泉，看著自己流血的腳趾。他的靴尖破了，大拇趾前半截沒了。他很氣自己這麼不小心，從褲管邊緣撕下一塊布，塞進靴尖的腳趾裡。忽然一股劇痛。「狗娘養的！」他握緊雙拳用阿拉伯語罵道，把那塊布塞得更緊。流血減緩了，到最後只剩一絲細流。

哈撒辛上了廂型車，思緒從痛苦轉爲愉悅。羅馬的任務完成了，他很清楚該用什麼來撫慰自己的不適。薇多利雅・威特拉正被綁在那裡等他回去。儘管又冷又溼，哈撒辛卻覺得自己硬了起來。

我努力掙得我的獎賞了。

在羅馬城的另一端，薇多利雅在痛苦中醒來。她背朝下躺著，覺得全身肌肉像石頭般，又緊又脆，手臂好痛。她想移動，卻覺得雙肩一陣抽搐。她花了好一會兒，才意識到自己兩手綁在背後。她的第一個反應是困惑。我在作夢嗎？可是當她想抬起頭，腦殼基部的那股痛卻提醒她，這一切不是夢。

困惑轉爲害怕，她掃視著周圍環境。這是一個粗糙的石造房間——很大，裝修完善，點著火炬照明，看來是某種古代的會議廳。旁邊一堆老式的凳子排成一圈。

薇多利雅感覺到一陣微風吹過，皮膚好冷。不遠處，有道雙扇門開著，外頭是陽台。透過欄杆間的空隙，薇多利雅可以發誓她看見了梵蒂岡。

羅柏・蘭登躺在《四河噴泉》底部那一大片硬幣上，嘴裡仍含著那根塑膠管子。從打氣管輸出來替噴泉製造氣泡的空氣已經被泵浦污染了，弄得他喉嚨灼痛。不過他沒有抱怨，他還活著。

他不確定自己假裝溺死有多像，但蘭登一生慣於被水包圍，早已聽過太多說法。他盡力模仿，最後甚至還吐出肺裡所有的氣，停止呼吸，好讓身上的肌肉群帶著他沈入水底。

還好，哈撒辛相信了，然後鬆開手。

此時，停歇在噴泉池底，蘭登盡可能等久一點。他快要窒息了，很想知道哈撒辛是不是還在那裡。蘭登從管子裡吸了口辛辣的空氣，鬆開手，游過噴泉底部，找到噴泉中央平滑的隆起部份。然後他悄然沿著那塊隆起處往上，就在巨大的大理石雕像陰影下方，他偷偷浮出了水面。

那輛廂型車不見了。

蘭登唯一要看的就是這個。他吸了一大口新鮮的空氣後，又手腳並用游回巴吉亞樞機主教沈下去那裡。蘭登知道樞機主教現在應該已經失去意識了，醒來的機會很低，但他得試試看。蘭登找到那具身軀，他站穩雙腳，雙手往下抓起纏繞在樞機主教身上的鐵鍊，然後用力拉。樞機主教終於露出水面時，蘭登看到他的雙眼已經上翻，往外暴凸。不是好跡象。他已經沒有呼吸，也探不到脈搏了。

蘭登知道他絕對沒辦法把屍體抬出噴泉池外，於是使勁拉著巴吉亞樞機主教游過水面，來到噴泉中央大理石堆下頭的中空處。這裡的水比較淺，還有個傾斜的岩架。蘭登把赤裸的屍體盡量拖上岩架，但沒拖上去多少。

然後他開始動手。蘭登朝樞機主教被鐵鍊纏繞的胸膛下壓，把水壓出他的肺，然後開始做心肺復甦術。謹愼算著數字，小心翼翼，抗拒著想吹得太用力或壓得太快的衝動。前三分鐘，蘭登還指望能救活這個老人。五分鐘後，他知道一切結束了。

呼聲最高的候選人。這個人本來會成爲教宗的，現在卻躺在他面前死了。

然而，即使是現在，躺在陰影裡半沒入水中的岩架上，巴吉亞樞機主教仍保持著一種沈靜又莊嚴的氣質。水輕輕拍打著他的胸膛，簡直像是在自責……彷彿因成爲淹死這位老人的最終凶手而祈求寬恕……彷彿想洗淨寫著它名字的那個傷口。

蘭登伸出一隻手，輕輕拂過老人的臉，把他往上翻的雙眼闔上。此時筋疲力盡又顫抖著，他忽然感到眼淚冒上來。他愣住了，然後，好多年來第一次，蘭登哭了。

105

蘭登涉水離開死去的樞機主教，回到深水處，一股倦意在體內緩緩擴散。孤單又力竭地站在噴泉裡，蘭登半期望著自己暈倒算了。但相反地，他感覺到體內湧起一種難以抗拒的驅動力，堅定無疑又狂熱。隨著這股忽然生出的勇氣，他感覺到全身肌肉變得強而有力。他的腦子好像無視於心頭的痛，把過去撇到一旁，專注於眼前唯一的、最危急的任務。

找到光明會的祕密基地。救出薇多利雅。

蘭登現在轉向貝尼尼噴泉中央起伏的小山，鼓起希望，開始尋找最後一個光明會指標。他知道在這一大群雕像中隱藏了一個線索，指向那個祕密基地。然而蘭登掃視著噴泉，滿腹希望卻迅速消退了。「指示牌」的詩句似乎化爲周圍的汩汩水聲在嘲弄他。崇高追尋路，天使引向前。蘭登瞪著眼前的眾多雕像。這是個異教噴泉！根本沒有什麼該死的天使！

噴泉中央的搜索徒勞無功之後，蘭登的雙眼出自直覺地沿著那座高聳的石柱往上。四個指標，他心想，成十字形分布在羅馬城各處。

他瀏覽著方尖碑表面上的埃及古象形文，心想說不定有個線索藏在那些埃及的象徵符號中，但又立刻拋開這個想法。那些象形文字比貝尼尼要早幾千年出現，而且在羅塞塔石（Rosetta Stone）被發現前，埃及古象形文字根本尙未破解。不過蘭登大膽假設，也許貝尼尼在上頭另外刻了符號？藏在這些象形文字中就不會被注意到？

蘭登感到一絲希望，又繞著噴泉走了一圈，仔細檢查方尖碑的四個面。他花了兩分鐘，來到最後一面時，希望落空了。那些象形文字中看不出有任何附加的符號，也當然不會有天使。

蘭登看看錶，現在是十一點整。他分不清時間是過得太快還太慢。蘭登攀爬著繞行噴泉時，薇多利雅和哈撒辛的影像開始縈繞不去，他狂亂地又繞完一圈，還是沒結果，心中愈來愈失望。疲倦又挫折之餘，蘭登覺得自己快垮下去了。他頭往後一抬，想對著夜空大吼。

但聲音卡在他喉嚨裡。

蘭登正直直往上瞪著方尖碑。停棲在碑頂的那個目標，他稍早見過但沒留意。但現在，卻忽然引起了他的注意。那不是天使，差得遠了。事實上，他之前根本沒察覺那是貝尼尼所設計的噴泉的一部份。他以爲那是動物，不過是一隻棲息在高聳塔頂的羅馬城垃圾食客。

鴿子。

蘭登瞇起眼睛朝天空看著那個目標，視線在發亮的水霧中模糊了。那是鴿子，對不對？襯著夜空的繁星，他可以看見頭和鳥喙的剪影。但從蘭登進入廣場到現在，那隻鴿子完全沒動過，連底下發生過那場激烈的打鬥都沒影響。那隻鳥仍保持蘭登初見時的那個姿勢，高踞在方尖碑最頂端，冷靜地朝西方凝視。

蘭登瞪著那隻鴿子一會兒，然後手探入噴泉內，抓了一把硬幣，朝天空擲去。硬幣嘩啦啦掠過花崗岩方尖碑的上半部，那隻鳥還是一動也不動。蘭登再試一次，這回有一枚硬幣擊中那個指標，一個模糊的金屬互撞鏗鏘聲迴盪在廣場上。

那隻該死的鴿子是青銅雕像。

你要找的是天使，不是鴿子，一個聲音提醒他。但來不及了，蘭登已經聯想起來了。他明白那隻鳥根本不是普通鴿子。

那是和平鴿。

蘭登幾乎是不自覺地開始行動，他朝噴泉中央衝過去，濺起一堆水花，然後攀爬過一堆巨大的手臂和人頭，奮力往上。快到方尖碑基部時，他從噴灑的水霧中冒出來，可以更清楚看見那隻鳥的頭部了。

毫無疑問，那是隻和平鴿，一身騙人的晦暗顏色是羅馬城污染了原來青銅材質的結果。然後他猛然想到其中含義。今天稍早，他在萬神殿裡看到過一對和平鴿。一對和平鴿沒有任何意義。然而這裡的和平鴿，卻只有單獨一隻。

在異教符號中，單獨一隻鴿子象徵著和平天使。

這個事實幾乎鼓舞蘭登一路攀登到方尖碑。貝尼尼選擇了這個異教的天使符號，才能使之隱藏在異教的噴泉中。崇高追尋路，天使引向前。那隻和平鴿就是天使！要安置光明會的最後一個指標，蘭登再也想不出比方尖碑頂端更崇高的地方了。

那隻鳥望著西方。蘭登想循著牠的目光，但視線被前頭的建築物給擋住了。他爬得更高。完全意想不到的是，他竟然想起了四世紀神學家尼撒的聖國瑞所說過的一段話。靈魂一旦開竅……會變成和平鴿美麗的形體。

蘭登站起身，朝向那隻和平鴿。他現在簡直要飛起來了。他來到方尖碑基部的台座，沒法爬得更高了。不過光是朝周圍看了一圈，他就曉得自己不必再往上爬。整個羅馬城在他面前展開，那片景象令人震懾。

在他左邊，混亂的媒體燈光環繞著聖彼得教堂。在他右邊，勝利聖母教堂的小圓頂正冒著煙。他前面的遠方，則是人民廣場。而他的腳下，則是第四點，也是最後一點。四座方尖碑構成了一個巨大的十字架。

蘭登顫抖著看向頭頂的和平鴿，接著轉身面對著適當的方向，然後他目光往下移，望著天際線。

他立刻就看到了。

這麼明顯。這麼清楚。這麼簡單得不像話。

蘭登瞪著遠方的目標，難以相信光明會的祕密基地居然能保密這麼多年。當他望向前方河流對岸那棟龐大的石造結構，整個城市似乎淡去了。那是羅馬最有名的建築物之一，聳立在台伯河岸上，斜鄰著梵蒂岡。那棟建築是十足的幾何結構——一個圓形的城堡，位於正方形的軍事堡壘中，然後牆外環繞著整座結構的，是一個五邊形的公園。

位於他前方的那道古老岩石護牆，被柔和的泛光燈照得一片明亮。城堡高高的頂端立著那尊巨大的青銅天使雕像。天使揮劍向下，指著城堡的正中央。然後好像這樣還不夠，正對著城堡大門的那條通道，是著名的聖天使橋……這座引人注目的橋樑兩側裝飾著十二座高大的天使雕像，創作者恰恰就是貝尼尼本人。

最後一個令人驚嘆的祕密是，蘭登發現貝尼尼這個跨越全城的方尖碑十字架，是以完美的光明會方式標示出這個城堡；十字架的長軸正好經過聖天使橋的中央，把橋劃爲均等的兩半。

蘭登取了他的粗毛呢外套拿在手裡，小心別沾上他溼答答的身體。然後他跳上那輛劫來的轎車，溼透的鞋掌猛踩油門，急速駛入夜色中。

106

晚間十一點零七分，蘭登的車子疾馳在羅馬的夜色中。一路衝上了台伯河沿岸的托迪諾納街，與台伯河平行。現在蘭登看得見他的目的地就在右邊，像一座山高高聳立著。

聖天使堡。

毫無預警地，通往狹窄的聖天使橋那條岔路突然出現。蘭登猛踩煞車，來了個急轉彎。他及時轉過去了，但橋上設了路障。他滑行了十呎，撞上攔路的一排低矮水泥墩柱。蘭登往前一頓，車子又喘又抖地熄了火。他都忘了，爲了維護古蹟，聖天使橋現在已經劃爲行人徒步區了。

震驚之餘，蘭登搖搖晃晃地從那輛撞凹了的車下來，眞希望自己挑了其他路線。剛從噴泉裡出來，他覺得好冷，全身都在打顫。他把哈里斯粗毛呢外套披在溼溼的高領套頭衫外頭，慶幸哈里斯毛料的註冊商標就是雙層襯裡，那張《圖解》的書頁還是能保持乾燥。在他前方，聖天使橋另一端的岩石堡壘像座山聳立著。儘管全身發疼又體力耗盡，蘭登仍奮力拖著腳步跑了起來。

現在他左右兩邊像夾道列著護衛隊般，每邊都有一長列貝尼尼的天使雕像，從他身邊飛掠而過，引導他通往最後的目的地。崇高追尋路，天使引向前。他愈往前，城堡好像就變得愈高，像一座無法攀登的山峰，他覺得甚至比聖彼得大教堂更令人望而生畏。他朝著那座堡壘衝刺，跑得氣喘吁吁，抬頭盯著護牆內的圓形建築物昂然向天，頂端有個巨大的揮劍天使。

城堡看來似乎空無一人。

蘭登知道，這座建築歷經十幾個世紀，曾被梵蒂岡用來當作陵墓、軍事要塞、教宗的藏身處、監禁教會敵人的監獄，還有博物館。但顯然，這座城堡還有其他居住者——光明會。不知怎地，雖然怪異卻頗爲合理。雖然這座城堡是梵蒂岡的財產，但只是偶爾使用，貝尼尼在世那些年，也陸續做了許多整修更新。現在謠傳這座建築物四處佈滿了祕密入口、通道、密室。蘭登很相信，天使和環繞的五邊形公園，也是貝尼尼的傑作。

來到城堡龐大的雙扇門前，蘭登用力推門。不意外，門沒動。兩個鐵製門環掛在眼睛的高度，蘭登沒費事去叩門。他往後退，雙眼沿著垂直的外牆往上看。這些護牆曾抵擋過野蠻人、異教徒、摩爾人的軍隊。不知怎地，他覺得要闖進去的機會很小。

薇多利雅，蘭登想著。*你在裡面嗎？*

蘭登匆匆繞著外牆走。*一定有別的入口！*

蘭登繞著第二道壁壘往西，上氣不接下氣地來到台伯河沿岸的卡司特洛街旁一個小停車場。在這道牆上，他發現了第二個城堡入口，是個吊橋式入口，吊橋已經拉起關上。蘭登又往上望。

城堡僅有的燈光是從外頭照亮建築外觀的泛光燈，但裡頭的小窗子好像全是黑的。蘭登的雙眼移得更高。在中央塔頂，往上一百呎之處，就在天使之劍的正下方，有個陽台突出來。陽台外的大理石欄杆似乎微微閃著光，好像裡頭那個房間點著火炬。蘭登的目光停在那裡，溼透的身體忽然顫抖起來。那裡有個影子？他等著，竭力睜大雙眼。然後他又看到了，他的脊椎感到微微刺痛。*有人在那裡！*

「薇多利雅！」他忍不住喊道，但聲音被身後滔滔的台伯河吞噬了。他快步繞著牆走，想著瑞士衛兵團到底跑哪兒去了，他們有沒有聽到他傳送的消息？

停車場另一頭停著一輛大型媒體貨車，蘭登朝那輛車跑去。一名肚子大大的男子頂著頭戴式耳機，正坐在駕駛座上調整一堆控制桿。蘭登敲敲貨車的側邊，那名男子驚跳起來，看到蘭登溼答答的衣服，他扯下了耳機。

「你怎麼了，老兄？」聽口音是澳洲人。

「我要跟你借電話。」蘭登激動地說。

那人聳聳肩。「收不到訊號。我整晚都在試。電話線路塞爆了。」

蘭登大聲詛咒著。「你有看到任何人進去嗎？」他指著那條吊橋。

「還眞有呢，沒錯。一輛黑色廂型車，整個晚上進進出出的。」

蘭登覺得胃猛地一沈。

「這混蛋狗運眞好。」那個澳洲人說，抬頭望著高聳的城堡，然後朝擁擠的梵蒂岡皺起眉頭。「我敢說那上面的視野一定很棒。往聖彼得的路上大塞車，我進不去，所以就來這裡拍算了。」

蘭登沒在聽，他正在想辦法。

「你覺得呢？」那個澳洲人說。「這個第十一時的撒瑪利亞人，眞有這麼回事嗎？」

蘭登轉身。「什麼？」

「你沒聽說？瑞士衛兵團的上尉接到一通電話，對方說他手上有關鍵資訊。那傢伙現在正飛過來。我只知道如果他能挽救這個危機……收視率就會衝高！」那男人大笑起來。

蘭登忽然困惑起來。有個好撒瑪利亞人要飛來幫忙？那個人曉得反物質在哪裡？那爲什麼他不乾脆告訴瑞士衛兵團就好了？爲什麼還要親自跑來？有個什麼不對勁，但蘭登沒時間細想到底是什麼了。

「嘿，」那個澳洲人說，更仔細打量蘭登，「你不是電視上那個人嗎？在聖彼得廣場想救樞機主教的那個？」

蘭登沒回答。他的雙眼忽然定定看著貨車頂端的新奇機器——一個碟形衛星天線裝在可拆卸裝置上。蘭登又望了城堡一眼，外層的護牆有五十呎高（十五．二四公尺），內層的壁壘還要更高。這是一座有層層保護的防禦要塞。從這裡看過去，城堡頂端高不可及，但或許他可以爬過第一道牆……

蘭登猛地轉過來對著那個記者，指著衛星天線的支撐架。「那個架子能撐多高？」

「啊？」那人一臉困惑。「十五公尺，要幹嘛？」

「把貨車開到牆邊停下來，我需要你幫忙。」

「你在說什麼啊？」

蘭登跟他解釋。

那個澳洲人瞪大眼睛。「你瘋啦？那是價值二十萬美元的伸縮支架，可不是什麼梯子耶。」

「你要衝高收視率嗎？我有個消息，保證讓你一炮而紅。」蘭登顧不了那麼多了。

「價值二十萬的消息？」

蘭登說出自己打算用什麼消息來換取他的幫忙。

九十秒後，羅柏・蘭登抓住衛星天線支架的頂端，在離地五十呎之處的微風中搖晃。他探出身子抓住第一道護牆的牆頂，攀上那道牆，跳到內層的稜堡上。

「老兄，說話要算話！」那個澳洲人喊道。「他在哪裡？」

想到要揭露這個祕密，蘭登覺得滿心罪惡，但這是事先講好的條件。何況，反正那個哈撒辛說不定已經通知媒體了。「拿佛納廣場。」蘭登喊回去。「他在噴泉裡。」

那個澳洲人把碟形衛星天線收低，開著車去追他新聞生涯的最大獨家了。

俯瞰著羅馬城的一個石室中，哈撒辛脫掉溼透的鞋子，包紮腳趾的傷口。傷口很痛，但還沒痛到讓他無法享樂。

他轉向自己的獎品。

她在房間的一角，躺在一張陳舊的長沙發上，手反綁在背後，嘴巴塞住了。哈撒辛走向她。她現在醒著，這讓他很高興。意外的是，她的眼睛裡看不到害怕，只有憤怒。

她很快就會開始害怕了。

107

羅柏・蘭登繞著城堡的外層壁壘奔跑，很慶幸那些泛光燈亮著。他環牆而行，下方的院子看起來像個古代戰爭博物館——投石機、一堆堆光滑的圓石彈、還有大批令人望而生畏的奇妙軍事機械。白天時聖天使堡會局部開放給遊客參觀，這個院子有些部份還保留著古代的既有狀態。

蘭登的眼睛穿過庭院，看著這個要塞的中心。一百零七呎高的圓形城堡聳立著，頂端是那尊青銅天使。最高的那個陽台還透著光。蘭登想朝那邊喊，但心知最好不要。他得找到進去的路。

他看看手錶。

晚間十一點十二分。

蘭登衝下環繞牆內的岩石斜坡，進入那個院子。重新回到地面後，他朝順時針方向，在這個防禦城堡的陰影間奔跑。他經過了三個門廊，但三個都永久封閉了。那個哈撒辛是怎麼進去的？蘭登繼續往前，經過了兩個現代的入口，但都從裡面鎖上了。入口不在這裡，他再往前跑。

蘭登繞著這棟建築幾乎跑完一整圈，才看到面前有一條穿過庭院的碎石車道。其中一端通往城堡外牆上他剛剛在外面看過的那道吊橋門，另一端則通入堡壘中。那條車道似乎是某種隧道的入口——通往中央建築。是隧道！蘭登看過有關這個城堡裡隧道的資料，那是個巨大的螺旋形斜坡道，在堡內環繞而上，讓騎馬的軍事指揮官可以迅速從堡頂來到底部。哈撒辛是開車上去的！通往隧道的門開著，迎接蘭登進入。他奔向隧道口，覺得簡直全身充滿活力。但一來到門邊，滿腹的興奮卻消失無蹤。

那條隧道是迴旋往下。

這條路不對。隧道顯然是往下通往地牢，而不是通到堡頂。

站在那黑暗的隧道口，望著那條彷彿永無止境不斷迴旋深入地底的路，蘭登猶豫了。他又抬頭看看那個陽台，他敢發誓看到了那裡有動作。趕快決定！眼看著沒有其他選擇，他毅然衝下了隧道。

在高高的上方，哈撒辛站在他的獵物前，一隻手滑過她的手臂。她的皮膚細緻得像鮮奶油。想到即將探索她身上的寶藏，不禁讓他心醉神馳起來。他可以用多少種方式侵犯她？

哈撒辛知道他理當得到這個獎賞。他替傑納斯把事情辦得很好。她是個戰利品，等他享受過後，他會把她拖下長沙發，逼她跪下。再讓她服侍自己一次。最終的投降。然後，就在他達到高潮的那一刻，他會割斷她的喉嚨。

阿拉伯語稱之為Ghayat assa'adah，意思是「最極致的愉悅」。

然後，沈浸在光榮中的他會站在陽台上，欣賞光明會勝利的最高潮……這麼多人渴望了這麼久的復仇。

蘭登往下走，隧道裡愈來愈暗。

轉過整整一圈來到地面，完全沒有燈光了。隧道變得平坦，蘭登慢下來，從自己腳步的回音，他感覺自己進入了一個大房間。前方的一片黑暗中，他覺得看到了閃爍微光……朦朧光線裡模糊的反影。他往前走，伸出一隻手，觸到了光滑的表面。鉻和玻璃。是一輛車。他摸索著車身，找到門，打開來。

車內的圓頂燈亮起。他往後退，立刻認出了這輛黑色廂型車。他胸中湧起一股強烈的憎恨，瞪了一會兒，然後上了車，到處翻尋著，希望能找個武器，代替他掉在噴泉內的那把槍。結果什麼都沒發現，不過卻看到了薇多利雅的手機，已經摔壞不能用了。手機那副樣子讓蘭登很害怕，祈禱自己還不會太遲。

他伸手打開了廂型車的車前大燈。整個房間現出形體，刺目的光照著簡樸的石室，投下一道道反差強烈的影子。蘭登猜想這個房間一度用來當馬廄和彈藥庫，沒有其他的出口。

此路不通。我走錯路了！

無計可施之餘，蘭登跳下車，掃視著周圍的牆面。沒有門，沒有其他通道。他想著隧道入口上方的那個天使，納悶那會不會只是個巧合。不可能！他想著殺手在噴泉那邊說過的話。她在光明教堂……等著我回去。蘭登已經一路追得這麼遠，不能在這個時候認輸。他的心臟跳得好厲害，挫折和憎恨開始淹沒他的感官。

看到地板上的血跡時，蘭登一開始以爲是薇多利雅的。但他一路追蹤著血跡，才明白那是流血的腳印。步伐很大，只有左腳沾著血。是哈撒辛！

蘭登循著那些腳印走到房間的角落，他拉長的影子變淡了。隨著每一步，他覺得愈來愈困惑。那些血腳印看起來好像直直走進房間一角，然後就消失了。

蘭登來到角落，簡直不敢相信自己的眼睛。地板上的那塊花崗岩石磚不像其他地方是正方形的。他正看著另外一塊路標。那塊石磚是正五邊形，尖端朝向角落。兩面石牆一前一後部份重疊，中間精巧地隱藏著一道窄縫，成了一個出口。蘭登溜進去，置身於一條廊道中。他前方是一道殘破不堪的木板門，以前用來擋在隧道前的。

木門的另一頭有光。

蘭登跑了起來，他爬過木門，朝燈光奔去。沒多久來到另一個比較大的石室。牆上只有一把火炬，火光搖曳不定。蘭登位於這個城堡內沒有電力的區域……沒有遊客見過的區域。這個房間若在白天也夠恐怖了，但現在那把火炬卻造成更陰森的效果。

是監獄。

這裡有十來個小囚室，大部分的鐵柵條都銹爛了。不過其中一個比較大的牢房，柵條仍完整無缺，蘭登看到牢房內地板上的東西，差點連心跳都停了。那是幾件黑色長袍和紅色腰繫帶。那些樞機主教就是被他關在這裡！

那個牢房旁邊的牆上有一道鐵門。門半開著，蘭登看得見門外是個廊道。他跑向門，跑到一半停下腳步，地上的血跡並沒有通到廊道去。直到蘭登看到拱門上刻的字，才明白爲什麼。

上頭用義大利文刻著「小廊道」。

蘭登當場愣住了。他聽說過這個隧道很多次了，卻從不曉得入口到底在哪裡。小廊道是一條四分之三哩的狹長隧道，從聖天使堡通到梵蒂岡。好幾位教宗曾在梵蒂岡被圍城時，利用這條隧道安全逃出……還有幾位不怎麼虔誠的教宗用來跟自己的情婦幽會，或是去監督手下拷打敵人。現在隧道的兩端應該都是用鎖封上，鑰匙保存在梵蒂岡的某個保險庫裡。蘭登忽然擔心自己已經知道光明會如何進出梵蒂岡了。他不禁納悶，梵蒂岡內部會是誰背叛了教會，把鑰匙弄了出來。歐里維提嗎？還是哪個瑞士衛兵？但現在已經不重要了。

地板上的血通到監獄的另一端，蘭登一路循血跡走過去。這裡有一道銹跡斑斑的門垂掛著鐵鍊。鎖已經拿掉了，門半掩著。門外是一道陡峭上升的螺旋階梯。這裡的地板上也有一塊五邊形石磚。蘭登望著那塊石磚，顫抖著，很好奇這塊石磚是不是貝尼尼本人拿著鑿子給鑿成的。拱門上方裝飾著一尊小小的智品天使雕像。就是這條路沒錯了。

血跡轉上了樓梯。

爬上階梯之前，蘭登知道自己需要武器，什麼都行。他在一個牢房邊發現了一根四呎長的鐵棒，其中一頭是鋒利的斷裂邊。雖然重得不得了，但卻是他能找到的最佳武器了。他希望利用出其不意的因素，加上那個哈撒辛的腳傷，能足以扭轉大局，讓情勢轉而對自己有利。但最重要的，他希望自己不會來得太晚。

螺旋階梯的梯級很破舊，又彎陡得厲害。蘭登上了樓梯，傾聽著動靜。什麼都沒有。他往上爬，監獄區的燈光逐漸淡去。爬到某個高度後，周圍完全暗下來，他伸手扶著牆，愈爬愈高。在那片黑暗中，蘭登感覺到伽利略的鬼魂也正爬著這道階梯，急著要和其他科學和虔誠之士分享他對天空的觀點。

對於這個祕密基地的地點，蘭登仍處於震驚狀態中。光明會的聚會處就在一棟梵蒂岡所屬的建築裡。無疑地，當年梵蒂岡警衛出外搜索知名科學家的地下室和家宅時，光明會卻在這裡聚會……就在梵蒂岡的鼻子底下。一切忽然都變得完全合理。貝尼尼是聖天使堡整修工程的總建築師，可以自由進出這棟建築物的任何地方……把這裡按照他所要的種種細節重新改建，不會有任何人質疑。貝尼尼增加了多少祕密通道？有多少巧妙的裝飾品指著這條路？

*光明教堂。*蘭登知道他快到了。

樓梯開始變窄，蘭登感覺到通道兩側緊緊包圍著他。歷史的陰影在黑暗中悄悄低語，但他繼續前進。當他看到前方那道水平的光束，知道自己距離頂端的樓梯間只剩幾階了，火炬的光芒從門底下的縫隙透出來，他無聲往上爬。

蘭登不知道自己現在位於城堡的那個部份，但他曉得自己爬得夠遠，一定很接近城堡頂端。他想像著城堡上頭那個巨大的天使，懷疑位置就在他的正上方。

*照看我吧，天使，*他心中默念著，握緊了那根鐵棒。然後，他悄然無聲走向那扇門。

薇多利雅躺在長沙發上，覺得雙臂好痛。她剛醒來發現兩手反綁在背後時，曾想過可能有辦法放鬆自己的身體，設法掙脫兩手的束縛。但時間不夠，那個禽獸回來了。現在他站在旁邊低頭望著她。光裸的胸部肌肉發達，還有以前打鬥留下的傷疤。他往下盯著她的身體，瞇起的雙眼看起來就像兩道黑色裂縫。薇多利雅感覺到他正在想像接下來要做的事。緩緩地，彷彿在嘲弄她似的，哈撒辛解下他溼透的皮帶，扔在地板上。

薇多利雅覺得嫌惡又恐懼，閉上了雙眼。再度睜開眼睛時，哈撒辛手上拿著一把彈簧刀，移到她面前，刀刃啪一聲彈出來。

薇多利雅在鋼製刀刃上看到了自己驚駭的表情。

哈撒辛把刀子轉過來，刀背劃過她腹部。冰涼的金屬讓她打了個寒噤。哈撒辛傲慢地望著她，刀子滑入她短褲的腰際底下，她猛吸了口氣。他前後移動，緩緩地，危險地……愈來愈低。然後他俯向前，在她耳邊吐著熱氣低語：

「這把刀挖出了你父親的眼睛。」

那一刻薇多利雅知道，她下得了手殺人。

哈撒辛又轉動刀子，開始往上鋸開她卡其短褲的布面。忽然間，他停下了動作抬頭望。有人在房裡。

「離她遠一點。」一個低沈的聲音從門口吼過來。

薇多利雅看不見講話的人，卻認得那個聲音。羅柏！他還活著！

哈撒辛的表情像見了鬼似的。「蘭登先生，你一定有個守護天使。」

108

不必再看第二眼，蘭登就看清了他所置身的環境，知道自己來到了一個神聖之地。這個橢圓形房間裡的裝飾雖然陳舊褪色，卻充滿了熟悉的象徵符號。五角星形的瓷磚，有行星的溼壁畫，和平鴿，還有金字塔。

光明教堂。簡單而純粹。他來到光明教堂了。

在他正對面，背朝著通往陽台的門，站著那個哈撒辛。他光著上身而立，薇多利雅躺在他面前，雙手反綁，但還活得好端端的。一看到他，蘭登大大鬆了口氣。那一刻，兩人目光相遇，種種感情奔流而出——有感激，有絕望，還有遺憾。

「這下子又碰面了。」哈撒辛說。他望著蘭登手上的鐵棒，大笑起來。「你這回帶著那個玩意兒要來對付我？」

「替她鬆綁。」

哈撒辛用刀抵住薇多利雅的喉嚨。「我會殺了她。」

蘭登毫不懷疑，哈撒辛有這個本事。他硬撐出冷靜的聲音。「我想她會很樂意被你殺掉……否則想想另一個下場。」

哈撒辛對蘭登的羞辱報以微笑。「你說得沒錯。她還有很多用處，殺掉她太可惜了。」

蘭登往前走了一步，抓著那根生銹的鐵棒，把斷裂的那端對準了哈撒辛。手上的割傷一陣刺痛。「放她走。」

哈撒辛一時之間似乎在考慮。然後吐出一口氣，雙肩下垂。這顯然是個投降的動作，但就在這一刻，哈撒辛突如其來地往前振臂一揮。暗色的肌肉一閃，一把刀猛然劃破空氣，朝蘭登胸口飛過來。

那一刻，蘭登搞不清是直覺使然還是純粹累極，他雙膝一軟跪下去，那把刀從他左耳邊飛掠而過，鏗鏘跌在他身後的地板上。哈撒辛似乎毫不氣餒，望著跪在地上、手持鐵棒的蘭登微笑。他離開薇多利雅身邊，像隻追蹤獵物的獅子般，走向蘭登。

蘭登匆忙爬起身，再度舉起鐵棒，忽然覺得自己溼答答的套頭高領衫和褲子更礙事。哈撒辛上身光著，似乎行動得更快，腳上的傷口顯然絲毫沒有拖慢他的速度。蘭登感覺到眼前是個習於傷痛的人。畢生頭一次，蘭登但願自己手上拿的是一把很大的槍。

哈撒辛緩緩繞著圈子，好像很自得其樂，始終與蘭登保持一段距離。他朝向地板上那把刀移動，蘭登擋住他的路。然後殺手又移向薇多利雅，蘭登再度攔路。

「現在還來得及，」蘭登大膽提出：「告訴我那個罐子在哪裡。梵蒂岡能付得起的錢，遠遠超過光明會。」

「你想得太美了。」

蘭登把鐵棒往前一刺，哈撒辛閃開。蘭登繞過一張長椅，鐵棒握在前方，想把哈撒辛逼到這個橢圓形房間的角落。*這個該死的房間根本沒有角落！*奇怪的是，哈撒辛似乎沒興趣攻擊或逃跑。他只是照著蘭登的遊戲玩，沈著地等待。

*等待什麼？*殺手繼續繞著圈子，維持完美的位置。這好像是個永無止境的棋戲。蘭登覺得手上的武器愈來愈沈重，他猛然醒悟到哈撒辛在等什麼了。*他要把我耗到筋疲力竭。*這招的確有效。蘭登覺得一股濃濃的倦意湧上來，光靠腎上腺素已經無法讓他保持警覺。他知道自己得採取行動了。

哈撒辛似乎看透了蘭登的想法，又開始改變方向，好像故意要將蘭登引向房間中央的一張桌子去。蘭登看得出桌上擺著東西，在火炬的照耀下閃著微光。*是武器嗎？*蘭登眼睛專注看著哈撒辛，同時設法靠近那張桌子。哈撒辛朝那桌子毫不保留地、久久地看了一眼，蘭登努力不要中這個明顯的圈套，但直覺卻違背了他。他偷看一眼，已然鑄成大錯。

那根本不是什麼武器。他一時間無法移開目光。

桌上放著一個老舊的紅銅箱子，外頭蒙著一層古老的銅綠。箱子是五邊形，蓋子開著。裡頭五個有襯墊的格子裡有五個烙印模。那些烙印模是鐵鑄的——很大的壓印工具，連著粗大的木製把手。蘭登毫不懷疑印出來會是什麼字。

光明會、土、氣、火、水。

蘭登趕緊把頭轉回來，擔心哈撒辛會衝過來。結果沒有。那個殺手等待著，這個遊戲簡直像是讓他精神一振。蘭登努力想重新集中注意力，目光再度盯緊眼前的目標，手上的鐵管往前指著。但那個箱子的影像在他腦中繚繞不去，儘管那些烙印模本身就令人入迷——甚至沒幾個研究光明會的學者相信有這些東西的存在——蘭登忽然明白那個箱子還有其他地方激起他心中強烈的不祥預感。當哈撒辛再度開始移動，蘭登又偷偷往下望了一眼。

老天！

在那個箱子裡，五個烙印模放在靠外的格子裡。而在中央，還有一個格子，裡頭是空的，但顯然是設計來放另一個烙印模的……比其他都要大得多，而且是正方形的。

眼前一閃，攻擊來了。

哈撒辛像隻猛禽般朝他撲過來。蘭登已經迅速將注意力轉回來，想要反擊，但那根鐵棒在手裡沈得就像根樹幹似的，他舉起的動作太慢，哈撒辛避開了。蘭登想再抽回那根鐵棒，卻被哈撒辛兩手一伸抓住。那個人力氣好大，受傷的手臂對他似乎毫無影響。兩個人激烈打鬥著。蘭登覺得棒子被硬抽走了，整個手掌一陣劇痛。才一轉眼間，蘭登就只能直瞪著那根武器斷裂的一端。獵人自己變成獵物了。

蘭登覺得自己好像被颶風捲入。現在哈撒辛繞著他旋轉，臉上帶著微笑，逼著蘭登退到牆邊。「你們美國人的諺語是怎麼說來著？」他罵道。「好奇心會害死一隻貓？」

蘭登簡直沒法專心。當哈撒辛往前逼近時，蘭登喃喃詛咒著自己的大意。一切都沒道理。第六個光明會烙印？他困惑地衝口而出：「我從來沒聽說過有第六個光明會烙印。」

「我想你應該聽過才對。」那個殺手低笑著，繞著橢圓形的牆逼近蘭登。

蘭登被搞糊塗了，他很確定自己沒聽說過。應該是有五個光明會烙印才對。他後退，搜尋著房間想尋找武器。

「古代元素的完美結合。」哈撒辛說。「最後一個烙印是最出色的。只不過，你恐怕永遠見不到了。」

蘭登感覺他很快就什麼都見不到了。他不斷後退，搜尋著房間想找出辦法。「那你見過最後一塊烙印模了？」蘭登問道，藉此想拖延時間。

「等我證明我的貢獻，有一天他們或許會表揚我。」他刺向蘭登，就像在享受一場遊戲。

蘭登又往後退。他覺得哈撒辛想引導他繞著牆，走向某個看不見的目的地。會是哪裡？蘭登不敢回頭看。「那個烙印模，」他問道：「現在在哪裡？」

「不在這裡。顯然傑納斯是唯一擁有的人。」

「傑納斯？」蘭登不知道那是誰。

「光明會的領袖。他很快就會到了。」

「光明會的領袖要來這裡？」

「來執行最後一個烙印任務。」

蘭登驚恐地瞥了薇多利雅一眼。她看起來出奇地冷靜，閉著雙眼不理會周遭的一切，緩緩把氣吸入肺部……吸得很深。她會是最後一個受害人嗎？或者是蘭登自己？

「別太看得起自己了。」哈撒辛看到蘭登的眼神，輕蔑冷笑道。「你們兩個根本不算什麼。你會死，那是當然的，這一點可以確定。但我所指的最後犧牲者，才是個真正危險的敵人。」

蘭登想從哈撒辛的話中琢磨出道理來。危險的敵人？最重要的幾個樞機主教都死了，教宗也死了，光明會已經把他們全都解決掉。蘭登從哈撒辛空洞的眼神中找到了答案。

總司庫。

在這一整場苦難中，凡特雷思卡總司庫是全世界寄託希望的燈塔。總司庫今夜對光明會的譴責，勝過幾十年來各方的陰謀論者。顯然他將會付出代價，光明會的最後一個目標就是他。

「你絕對沒辦法接近他。」蘭登質疑。

「不是我。」哈撒辛回答，逼著蘭登沿牆退得更遠。「這份榮譽要保留給傑納斯本人。」

「光明會領袖打算親自給總司庫烙印？」

「領袖的權力讓他享有這個特權。」

「可是這個時候，沒有人進得了梵蒂岡城！」

哈撒辛一臉得意。「除非他已經約好了。」

蘭登搞糊塗了。現在梵蒂岡唯一等待來訪的人，就是那位媒體稱為「第十一時的撒瑪利亞人」——羅榭說此人有資訊可以解救——

蘭登愣了一下了。我的天老爺！

哈撒辛冷笑，顯然看到蘭登恍然大悟的一臉病容覺得很樂。「我本來也很好奇，傑納斯要怎麼進去。後來在車裡聽到了收音機——報導一個『第十一時的撒瑪利亞人』。」他微笑。「梵蒂岡會張開雙臂歡迎傑納斯。」

蘭登幾乎站不穩了。傑納斯就是那個撒瑪利亞人！這眞是個完全意想不到的詭計。光明會領袖會得到皇家禮遇，被直接護送進入總司庫的辦公室。可是傑納斯是怎麼唬過羅榭的？或者羅榭也牽涉其中？蘭登覺得不寒而慄，自從他差點因爲窒息而死在祕密檔案室之後，就一直信不過羅榭。

哈撒辛忽然往前刺，攻擊蘭登的側邊。

蘭登往後一跳，一肚子火冒上來。「傑納斯休想活著脫身！」

哈撒辛聳聳肩。「有些目標值得犧牲性命。」

蘭登感覺到那個殺手不是在開玩笑。傑納斯到梵蒂岡去執行一個自殺任務？一切關乎榮譽？一剎那間，蘭登明白了整件事情可怕的來龍去脈了。光明會的計謀繞了一圈回到原點。光明會殺害了教宗，因而不經意讓一名小小的神父冒出頭來掌握大權，成了個強勁的敵手。在最後的對抗行動中，光明會領袖將親自出馬消滅他。

突然間，蘭登感覺到身後的牆不見了。一陣涼風吹過來，他踉蹌著退入夜色中。是陽台！現在他明白哈撒辛有什麼打算了。

蘭登立刻感覺到身後的懸崖——離下方的庭院有一百呎，他進入城堡的時候看到過。哈撒辛不再浪費時間，猛然往前撲過來。手中的鐵棒朝蘭登的腹部揮去。蘭登往後一閃，棒子差了一點，只掃到他的高領衫。那根鐵棒再度朝他刺過來，蘭登往後退得更遠，感覺到欄杆就貼在他後頭。蘭登知道殺手再刺過來，他就死定了，於是他嘗試了荒謬的一招。他側過身子，伸手去抓鐵棒，一股劇痛透遍整個手掌。蘭登抓住了。

哈撒辛似乎無動於衷，兩個人彼此僵持了一會兒，面對面，蘭登聞得到哈撒辛呼吸中的臭味。那根棒子開始滑出手心，哈撒辛太壯了。絕望之餘，蘭登伸出一腿，冒著失去平衡的危險，想踩哈撒辛那根受傷的腳趾。但哈撒辛是個專業好手，很快就調整姿勢保護自己的弱點。

蘭登剛剛打出自己的最後一張牌，他知道自己已經全盤皆輸。

哈撒辛猛地舉起雙手，把蘭登推向欄杆。蘭登臀部撞上欄杆時，感覺到下頭除了一片空無什麼都沒有。哈撒辛橫抓著鐵棒猛壓蘭登的胸口。蘭登的背朝後彎向底下的深淵。

「再見。」哈撒辛冷笑著用阿拉伯語及英語各說了一遍。

哈撒辛無情地瞪著蘭登，推了他最後一把。蘭登的重心轉移，雙腳朝上晃離了地。往後翻倒過去時，求生意志促使他去抓欄杆。他的左手滑掉，但右手卻抓住了。於是他上下倒懸在那裡，就靠雙腿和一隻手……拚命要撐在欄杆上。

哈撒辛從他上方冒出來，鐵棒高舉過頭，準備要往下砸。鐵棒即將落下時，蘭登看到了一個幻影，也許是死神逼近，或只是盲目的恐懼，但在那一刻，他感覺到忽然一股靈氣環繞著哈撒辛。一道強光彷彿平空從他背後冒出來……像一顆飛過來的火球。

哈撒辛揮到一半，棒子忽然鬆手，同時痛苦至極地大喊。

那根鐵棒飛過蘭登身邊，嘩地一聲沒入夜色中。哈撒辛猛轉回身，蘭登看到殺手的背上被火炬燎出一片水泡。蘭登撐起身子看到了薇多利雅，正眼神炯炯面對著哈撒辛。

薇多利雅拿著火炬在面前揮，火光照著她那一臉復仇的表情。蘭登不懂她是怎麼脫身的，但也不在乎。他開始掙扎著往上爬，翻過了欄杆。

這場打鬥不會耗太久，哈撒辛是個太可怕的對手，他憤怒大吼，朝薇多利雅撲過去。她還來不及躲，就被制住了，殺手抓住火炬，正要逼薇多利雅甩掉。蘭登沒浪費時間，他一跳下欄杆，就握緊拳頭捶向哈撒辛背後那片遍佈水泡的灼傷。

那聲刺耳尖叫彷彿一路傳到了梵蒂岡。

哈撒辛僵住了片刻，痛苦地背朝後拱。他鬆開火炬，薇多利雅拿著往他臉上用力戳。火炬刺入他的左眼時，發出肉類燒炙的嘶嘶聲。他再度大喊，舉起雙手護著臉。

「以眼還眼。」薇多利雅咬牙說。這回她手上的火炬像球棒般揮出，把哈撒辛擊得踉蹌後退到欄杆邊。蘭登和薇多利雅同時往前，把他抬起來推下去。哈撒辛的身體越過欄杆往後飛，消失在夜色中。這回他沒喊，當他以大鷹展翅的姿勢掉到下頭一堆圓石彈上，唯一發出的就是脊椎摔碎的聲音。

蘭登轉過身來，一臉迷惑地望著薇多利雅。她腰部和肩膀還掛著鬆開的繩子，雙眼彷彿燃著地獄之火。

「逃脫大師胡迪尼懂瑜伽術。」

109

正當此時，在聖彼得廣場上，瑞士衛兵團吼著命令，成扇形散開，想把擁擠的人群推到安全距離外。沒有用，人潮太密集了，而且這些人對梵蒂岡即將發生的厄運比對自身安全的考慮要來得有興趣多多。廣場上一個個高聳的媒體螢幕，現在正傳送著反物質罐子的現場倒數計時，那是總司庫下令，由瑞士衛兵團的保全監視器直接連線提供的。不幸的是，那個罐子倒數計時的畫面絲毫不能驅散群眾。廣場上的人看著那一小滴液體懸浮在罐子裡，顯然就此判定它不可能像大家原先想的那麼危險。何況他們現在就看得到倒數計時器——距離爆炸還剩將近四十五分鐘，還有大把時間可以留在這裡看熱鬧。

儘管如此，瑞士衛兵團卻全體一致同意，總司庫大膽決定要向全世界公佈眞相，再把光明會陰謀的實際畫面提供給媒體，這招的確是很高明。光明會無疑是希望梵蒂岡像平常一樣，面對災難時總是謹言愼行、沈默以對。但今晚不同了。卡羅・凡特雷思卡總司庫已經以事實證明，他是個實力強勁的對手。

在西斯汀禮拜堂裡，莫塔提樞機主教開始焦慮起來。已經過了十一點十五分了，很多樞機主教還繼續在禱告，但其他人則圍在門口，顯然是因時間緊迫而心慌。有些樞機主教開始用拳頭用力捶門。

門外的夏特朗中尉聽到了捶門聲，不知道該怎麼辦。他看了看手錶，時間到了。羅榭上尉已經下了嚴格的指令，要等到他交代才能開門。門上的擂擊聲愈來愈強烈，夏特朗很擔心，不曉得上尉是不是純粹忘了。自從接到那通神祕電話之後，上尉就表現得很反常。

夏特朗拿起無線對講機。「上尉？我是夏特朗。時間已經過了。要打開西斯汀禮拜堂嗎？」

「不要開門。我相信我已經給過你命令了。」

「是的，長官，我只是——」

「我們的客人就快到了。帶幾個人上樓，守著教宗辦公室門口。別讓總司庫離開。」

「你說什麼，長官？」

「你是哪裡聽不懂嗎，中尉？」

「都聽懂了，長官。我馬上去。」

樓上的教宗辦公室裡，總司庫默默瞪著爐火省思。主啊，賜給我力量。給我們帶來奇蹟吧。他撥著火裡的煤炭，好奇著自己能不能活過今夜。

110

晚間十一點二十三分。

薇多利雅站在聖天使堡的陽台上，全身發抖，雙眼含淚。她好想擁抱羅柏．蘭登，卻沒辦法。她覺得全身麻木，得重新調整，評估狀況。殺了她父親的凶手已經躺在遠遠的下方，死了，而她自己剛剛也差點成了被害人。

蘭登的手碰觸到她的肩膀時，那股溫暖似乎神奇地將冰粉碎了。她的身體顫慄著又復甦了過來。迷霧消散，她回過神來了。羅柏看起來好慘——溼透又一身是泥——顯然是為了要來救她而吃足了苦頭。

「謝謝……」她輕聲說。

蘭登給了她一個疲倦的笑容，提醒她說，該謝的人是她——她讓肩膀脫臼的本事，剛剛才救了他們兩個人。薇多利雅擦擦眼睛。她願意站在這裡永遠陪著他，但現在他們只能短暫喘口氣而已。

「我們得離開這裡。」蘭登說。

薇多利雅的心思已經移轉到別處了。她正凝視著梵蒂岡，這個全世界最小的國家看起來近得讓人不安，在眾多的媒體燈光照耀下亮得發白。讓她震驚的是，聖彼得廣場的大部份區域還滿滿擠著人！瑞士衛兵團顯然只能讓人群後退約一百五十呎——清出大教堂正前方的一塊區域——還不到廣場的三分之一。團團包圍著廣場的人群現在似乎更緊密了，位於安全距離外的人想擠進去看得更清楚，害裡面的人也困住了出不來。他們靠得太近了！薇多利雅心裡發急。實在太近了！

「我得回去。」蘭登斷然說。

薇多利雅轉身，不敢相信。「回梵蒂岡？」

蘭登告訴她有關那個撒瑪利亞人的事情，以及整件事原來是個計謀。其實是一個名叫傑納斯的光明會領袖打算親自出馬，爲總司庫烙印。這是光明會統領天下的最後一個行動。

「梵蒂岡城還沒有人知道。」蘭登說。「我沒辦法跟他們連絡上，可是這個人隨時就要到了。我得警告瑞士衛兵團別讓他進去。」

「可是人那麼多，你擠不過去的！」

蘭登的聲音充滿自信。「有一個辦法，相信我就是了。」

薇多利雅再度覺得，眼前這位歷史學家知道一些她不曉得的事。「我也去。」

「不。爲什麼要讓兩個人都冒險——」

「我得想辦法讓大家離開那兒！他們這樣太危——」

就在此時，他們發現腳下的陽台開始震動起來。一個震耳欲聾的轟隆聲搖撼著整座城堡。然後從聖彼得那個方向照過來的白光讓他們什麼都看不見。薇多利雅只有一個想法。*喔老天！反物質提早湮滅了！*

可是沒有爆炸，反之，廣場上的人群發出了一聲響亮的歡呼。薇多利雅瞇著眼睛望向那片光，原來是廣場那一大群媒體照過來的，現在好像正對準了自己這個方向！每個人都望向他們，又是叫喊，又是指指點點。那個轟隆聲愈來愈大，廣場上的氣氛似乎一下子變得歡樂起來。

蘭登困惑地看著。「搞什麼鬼——」

上方的天空發出了轟鳴聲。

毫無預警地，從高塔後頭冒出了教宗專用的直升機。在他們上方五十呎處雷鳴般呼嘯而過，朝梵蒂岡城直飛過去。經過他們頭頂時，直升機被媒體的燈光照得發亮，整座城堡也被震得不斷抖動。那些燈光隨著直升機離去，蘭登和薇多利雅忽然又陷入了黑暗。

他們望著那個龐大的機器慢下速度，準備降落在聖彼得廣場，此時薇多利雅有種不安的感覺，擔心他們已經太遲了。直升機揚起一片煙塵，在人群和大教堂中間的廣場空地上著陸，就緊靠著大教堂的階梯。

「好盛大的進場儀式。」薇多利雅說。襯著一片白色大理石背景，她看得見一個小小的人形從梵蒂岡冒出來，朝直升機移動。要不是那人頭上鮮豔的紅色貝雷帽，她怎麼也不可能認出那個人。「這可是歡迎貴客的陣仗。那是羅榭。」

蘭登的拳頭叩叩欄杆。「得有人去警告他們！」然後轉身要走。

薇多利雅抓住他的手臂。「等一下。」她才剛看到別的，簡直不敢相信自己的眼睛。她手指顫抖著，朝直升機一指。即使從這麼遠，也絕對不會看錯。剛從直升機的梯級上下來了另一個人……他移動的姿勢太特別了，不會有第二個人。儘管那個人坐著，但他毫不費力地輕鬆穿過那片空地，開始加速。

輪椅寶座上的國王。

那是麥斯米倫・寇勒。

111

寇勒對觀景走廊的豐富裝飾覺得很倒胃。光是天花板上的那片金葉子，大概就足以提供一項癌症研究計畫的一年經費。羅樹帶著寇勒上了一條殘障人士專用的斜坡道，這條路迂迴盤繞，通往宗座大廈。

「沒有升降電梯嗎？」寇勒問。

「沒電。」羅樹指指這棟黑暗建築物裡燃燒的蠟燭。「是因爲我們的搜索計畫。」

「這個計畫當然是失敗了。」

羅樹點點頭。

寇勒又猛地一陣咳嗽，心知這可能是自己最後幾次發作了。想到再也活不了多久，他心裡倒是不怎麼難受。

他們來到頂樓，沿著走道往教宗辦公室走，四個瑞士衛兵朝他們跑來，露出困擾的表情。「上尉，你來這裡做什麼？我還以爲這個人是有資訊——」

「他只肯跟總司庫談。」

那些衛兵臉一皺，表情狐疑。

「告訴總司庫，」羅樹的口氣強而有力，「說歐洲核子研究中心的院長麥斯米倫·寇勒來這裡見他。馬上去。」

「是，長官！」一個衛兵跑向總司庫的辦公室。其他三個衛兵堅守崗位。他們打量著羅樹，表情很不安。「請稍等一下，上尉。我們會通報您的客人來訪。」

不過寇勒可沒停下。他猛地轉向，操縱著輪椅繞過那些哨兵。

三名衛兵轉身奔到他旁邊。「慢著！先生！請留步！」

寇勒很鄙夷這些人。人人都同情雙腿殘障人士，連全世界最精鋭的保安部隊也不例外。如果寇勒四肢健全，這些衛士早就把他給撲倒在地了。兩腿殘障的人很軟弱，寇勒想著。或者應該說，世人是這麼相信的。

寇勒知道他得在很短的時間達成此行的目的，他也知道自己今夜可能會死在這裡。他很驚訝自己竟然這麼不在乎。他已經準備付出死亡的代價。他這輩子已經忍受過太多痛苦，不能讓一個像凡特雷思卡總司庫這樣的人把他的心血毀於一旦。

「先生！」那三名衛兵喊著，跑到他前面排成一直線，攔住了走廊。「你必須停下來！」其中一名衛兵掏出手槍，瞄準了寇勒。

寇勒停了下來。

羅榭走過來，一臉知錯的表情。「寇勒先生，請你配合。稍等一下就好了。沒有通報是不能進教宗辦公室的。」

從羅榭的眼神中，寇勒看得出他們除了等，也沒有別的辦法了。好吧，寇勒心想。等就等吧。

那些衛兵攔住寇勒的地方，旁邊剛好是一面鍍金的穿衣鏡，感覺上好殘酷。鏡中自己扭曲的身影讓寇勒很不想面對。那股舊日的怒氣又湧了上來，給了他力量。他現在進入敵人的陣營裡了。這些就是奪走他尊嚴和體面的人，就是這些人。因爲他們，讓他從來沒能感覺到女人的觸摸……也從來無法抬頭挺胸站著領獎。這些人擁有什麼真理？他們有什麼證據，該死！一本古老的寓言書？承諾將有奇蹟來臨？科學天天都在創造奇蹟！

寇勒瞪著自己冷漠的雙眼片刻。今天我可能會死在宗教手裡，他心想。但這種事情不是史上第一次。

一時之間，他回到了十一歲，回到童年位於德國法蘭克福的宅邸，躺在自己的床上。他身子底下的床單是全歐洲最精緻的亞麻，卻被汗水溼透了。年幼的麥斯覺得自己好像全身著了火，那種折磨他身體的疼痛簡直難以想像。他的父親和母親跪在他旁邊，已經跪了兩天。他們在禱告。

陰影中，站著三個法蘭克福最好的醫生。

「我強烈建議你們再考慮一下！」其中一個醫生說。「看看這孩子！他的體溫愈來愈高。他現在痛得不得了，而且病情很危急了！」

但母親還沒開口，麥斯就已經知道她的回答了。她用德語說：「上帝會保護他。」

沒錯，麥斯心想。上帝會保護我。母親堅定的聲音給了他力量。上帝會保護我。

一個小時之後，麥斯覺得整個身體好像被一輛車碾碎了。他連喘口氣喊一聲的力氣都沒了。

「你的兒子現在很痛，」另一個醫生說：「至少讓我減輕他的疼痛吧。我的醫務包裡有簡單的注射劑可以——」

「請別再說了！」麥斯的父親請醫生保持安靜，連眼睛都沒睜開。他只是繼續禱告。

「父親，求求你！」麥斯想大喊。「讓他們替我止痛！」但一陣咳嗽發作，阻止了他的話。

又過了一個小時，疼痛更惡化了。

「你的兒子有可能會癱瘓，」一個醫生斥責道：「說不定還會送命！我們有藥可以救他！」

寇勒先生和寇勒太太不准，他們不相信醫藥。他們憑什麼干擾上帝的偉大計畫？他們更努力禱告。畢竟，上帝賜給了他們這個孩子，爲什麼要奪走他？麥斯的母親在他耳邊低聲囑咐他要堅強，解釋說上帝是在考驗他……就像聖經故事中的亞伯拉罕……考驗他的信心。

麥斯努力想保持信心，但身上的痛太難受了。

「我看不下去了！」其中一個醫生終於說，然後跑出了房間。

到了黎明，麥斯幾乎失去意識了。他身體的每根肌肉都極度痛苦地抽搐著。耶穌在哪裡？他想知道，祂不愛我了嗎？麥斯覺得生命正一點點溜出他的身體。

母親在他床邊睡著了，雙手還緊緊抓著他。麥斯的父親站在房間另一頭的窗邊，望著外頭的黎明，好像望得出神了。麥斯可以聽到他不停祈求上帝慈悲的禱告聲。

就在此時，麥斯感覺到一個人形出現在他上方。是天使嗎？麥斯幾乎看不見，他眼睛腫得睜不開了。那個人形在他耳邊低語，但那不是天使的聲音。麥斯認得那是一個醫生的……他坐在角落裡兩天了，始終沒離開，他帶來一些英格蘭的新藥，一直在懇求麥斯的父母讓他展開治療。

「如果我不這麼做的話，」那個醫生低聲說：「我一輩子都不會原諒自己。」然後醫生輕輕抓起麥斯虛弱的手臂，「眞希望我能早些這麼做。」

麥斯覺得一根小針刺入他的手臂——在全身的疼痛之下，幾乎感覺不到。然後那個醫生默默收拾自己的工具。他離開前，一手放在麥斯的前額。「這可以救你一命，我對醫藥的力量很有信心。」

才幾分鐘，麥斯就覺得有種神奇的活力在他的血管內流動。那股暖意擴散到他的全身，麻痺了他的疼痛。好幾天以來，麥斯終於頭一次睡著了。

燒退之後，他母親和父親宣佈這是上帝的奇蹟。但後來發現他們的兒子顯然雙足癱瘓之後，他們就變得很沮喪。他們用輪椅推著兒子到教堂，去跟神父商量。

「都是因爲上帝的恩典，」那個神父告訴他們，「這個孩子才能活下來。」

麥斯只是聽著，一言不發。

「可是他不能走路了！」寇勒太太邊講邊哭。

那個神父哀傷點頭。「沒錯。看來上帝是懲罰他信仰不堅。」

「寇勒先生？」那個跑向他的瑞士衛兵說：「總司庫答應讓你進去見他了。」

寇勒咕噥著，重新加速前進。

「他很驚訝你來找他。」那個衛兵說。

「我相信。」寇勒在輪椅上往前行進。「我想單獨跟他談談。」

「不可能，」那個衛兵說：「沒有人——」

「中尉，」羅榭吼道：「就照寇勒先生的意思。」

衛兵一臉狐疑的表情瞪著他們。

教宗辦公室門外，在寇勒進門前，羅榭讓他的衛兵進行標準的檢查程序。由於寇勒的輪椅上有大量電子設備，使得衛兵們的手持式金屬探測器毫無用武之地。衛兵給他搜身，但顯然因爲他的殘障而難爲情，沒法搜得很徹底。他們沒發現他輪椅下頭的那把左輪槍，也沒拿走他另一件東西……寇勒知道，這件東西會爲今夜一連串事件畫上一個難忘的句點。

寇勒進入教宗辦公室時，裡頭只有凡特雷思卡總司庫一個人，獨自跪在火爐旁禱告。他沒張開眼睛。

「寇勒先生，」總司庫說：「你來讓我成爲殉道者嗎？」

112

蘭登和薇多利雅急忙趕往梵蒂岡，那條叫做「小廊道」的狹窄隧道在他們眼前不斷延伸。蘭登手上的火炬所發出的光只夠照亮前方幾碼路。兩旁的牆壁貼得很緊，天花板也很低，空氣裡一股陰溼味兒。蘭登在黑暗中往前跑，薇多利雅緊緊跟在他後頭。

這條隧道從聖天使堡陡降入地，接著又逐漸往上升，通過一個看似羅馬式水道橋的岩石壁壘內側。從這裡開始，隧道變得平坦，由此展開通往梵蒂岡的祕密路線。

蘭登奔跑著，思緒有如萬花筒般不斷變換著一堆混亂的畫面——寇勒、傑納斯、哈撒辛、羅榭……第六個烙印？我相信你聽過第六個烙印，那個殺手剛剛說過。那是最出色的一個。蘭登很確定自己沒聽說過。就連陰謀論的說法，不管是事實或想像，蘭登也想不出哪裡有提過第六個烙印的。有關金條和完美無瑕的光明會鑽石這類傳聞倒是有，但從來沒有提到過第六個烙印。

「寇勒不會是傑納斯！」他們跑過那條類似水道橋的矮牆內側時，薇多利雅大聲說。「不可能！」

不可能這個字眼，蘭登今晚是不敢再用了。「不曉得。」蘭登邊跑邊喊。「寇勒的積怨很深，而且他也很有權勢。」

「這個危機已經讓歐洲核子研究中心看起來像一群怪物！麥斯絕對不會做出損害歐洲核子研究中心名譽的事情！」

就事情看來，蘭登知道歐洲核子研究中心今天晚上之所以受到大眾抨擊，都是因爲光明會堅持要把局面搞成眾所矚目的大事。然而他還是納悶歐洲核子研究中心實際上會受到多少傷害。對歐洲核子研究中心來說，來自教會方面的指責早已不是新鮮事。事實上，蘭登愈想就愈懷疑，這個危機可能其實對歐洲核子研究中心有利。如果要論宣傳戰的話，反物質是今天晚上最大的贏家，現在全世界都在談論這個新發明了。

「你知道那個表演經紀人巴爾能說過的話，」蘭登回頭喊：『我不在乎你寫我什麼，只要把我的名字拼對就行！』我敢說已經有一堆人偷偷排隊要搶反物質技術的授權。等到今晚十二點，他們見識了反物質眞正的威力……」

「這說不通啊。」薇多利雅說。「如果要宣傳科學突破的話，就絕對不會示範這些新發明的毀滅性威力！相信我，這對反物質來說太不利了！」

蘭登手上的火把現在光芒漸弱。「那或許其實簡單得很。或許寇勒想賭賭看，以爲梵蒂岡會把反物質的事情保密——拒絕證實這個毀滅性武器的存在，免得讓光明會得逞。寇勒期待梵蒂岡會像往常一樣，對這個威脅守口如瓶，沒想到總司庫打破了慣例。」

他們衝進隧道時，薇多利雅沈默著。

忽然間，蘭登覺得這個說法更有道理了。「沒錯！寇勒怎麼都沒算到總司庫會有這種反應。總司庫打破了梵蒂岡保密的慣例，老老實實把這個危機公諸於世。老天在上，他還讓反物質上了電視。這個反應太聰明了，寇勒絕對沒料到。整件事最諷刺的是，光明會的攻擊招來了反效果，他們無意間把總司庫捧成了教會的新領袖。所以現在寇勒要來殺掉他！」

「麥斯是個混蛋沒錯，」薇多利雅說：「但他不會是謀殺人的凶手。他也絕對不可能跟我父親被暗殺有關。」

在蘭登心中，寇勒的聲音回答了這個疑問。歐洲核子研究中心很多科學純粹主義者認為李歐納度很危險。把科學和上帝融合在一起，是對科學最大的不敬。「或許寇勒幾個星期前就發現了反物質的研究計畫，不喜歡其中涉及的宗教含義。」

「所以他就因此殺了我父親？太荒謬了！何況，之前麥斯・寇勒絕對不可能知道有這個計畫。」

「你出差的時候，或許令尊忍不住跑去找寇勒商量，問他的意見。你自己也說過，你父親很擔心製造出這麼一個致命物質所牽涉的道德問題。」

「去找麥斯米倫・寇勒尋求道德指引？」薇多利雅嗤之以鼻。「我可不這麼認爲！」

隧道微微彎向西，他們跑得愈快，蘭登手上的火炬就變得愈黯淡。他開始擔心如果火熄了，這條隧道一片黑暗，那會是什麼樣子。

「還有，」薇多利雅說：「如果寇勒是整件事的幕後主使者，那他今天早上幹嘛還要費事打電話給你呢？」

這點蘭登已經想過了。「寇勒打電話給我，是爲了掩飾得更周全。這樣就可以確保不會有人指控他面對危機卻袖手旁觀。他大概沒想到我們能追查得這麼深入。」

原來寇勒在利用他，這個想法激怒了蘭登。蘭登的參與給了光明會某種可信度。媒體一整夜都在引用他的學術論據和發表過的論文；同樣荒謬的是，一個哈佛教授出現在梵蒂岡，不知怎地就讓人覺得整個危機不單只是偏執狂的錯覺，也說服全世界的懷疑者都相信光明會不光只是一個歷史上的事實，而是一股必須正視的力量。

「那個ＢＢＣ記者，」蘭登說：「認爲歐洲核子研究中心是新的光明會大本營。」

「什麼！」薇多利雅在他身後踉蹌了一下。她站直了繼續往前跑。「他眞這麼說?!」

「在廣播裡，他把歐洲核子研究中心比作共濟會的會所——一個不知情之下庇護光明會的無辜組織。」

「老天，這會毀了歐洲核子研究中心。」

蘭登可不那麼確定。總之，這個理論忽然間不那麼牽強了。歐洲核子研究中心是最理想的科學避風港。對於來自十幾個國家以上的科學家們來說，那裡是他們的家園。這個中心似乎有無窮的民間資金贊助。而且麥斯米倫・寇勒是他們的院長。

寇勒是傑納斯。

「如果寇勒沒有牽涉在內，」蘭登質疑，「那他來這裡幹嘛？」

「大概是想阻止這個瘋狂狀況，表達他的支持。或許他眞的是要來扮演撒瑪利亞人！他可能查出誰知道反物質的計畫，要來通風報信的。」

「那個殺手說過，他是要來給總司庫烙印的。」

「你自己想想看！這會是個自殺任務。麥斯絕對不可能活著脫身。」

蘭登想了想。或許他就是這麼打算的。

前面出現了一道鋼門的輪廓，擋住他們的去路。蘭登的心臟都快停了。但他們接近時，發現上頭那道古老的掛鎖已經打開了，門一推就開。

蘭登放心地舒了口氣，確定了這條古老隧道一如他曾懷疑過的，最近還在使用，而且就在今天還用過。他現在很相信，那四位嚇壞了的樞機主教稍早曾祕密走過這裡。

他們繼續奔跑，蘭登現在聽得到左邊傳來混亂的嗡嗡聲。那是聖彼得廣場。他們快到了。

他們又碰到另一道門，這道門比較沈重，但同樣沒鎖。此時聖彼得廣場的聲音在他們身後逐漸淡去，蘭登感覺到他們經過了梵蒂岡城的外牆。他很好奇這條古老走廊會通到梵蒂岡城內何處。會是在庭園裡？或是聖彼得大教堂？還是教宗宅邸？

然後，毫無預警地，隧道終止了。

擋在他們面前那道笨重的門，是一扇鉚接起來的厚鐵牆。即使在火炬的最後餘光閃動中，蘭登也看得出這道門非常光滑——沒有把手、沒有旋鈕、沒有鑰匙洞、沒有鉸鏈。根本沒法出去。

他忽然大爲恐慌。以建築術語來說，這類少見的門稱爲單向門，是用於防衛的，只能從一端打開——不是他們這一端。蘭登滿懷的希望逐漸黯淡……隨著他手上的火炬一起轉黑。

他看看錶。米老鼠還發著光。

晚間十一點二十九分。

蘭登挫折得大吼，把手上的火炬甩開，然後開始捶那扇門。

113

事情不對勁。

夏特朗中尉站在教宗辦公室外頭，從站在他旁邊其他衛兵的不安姿勢中，他感覺得到他們也同樣焦慮。羅榭已經說過，他們現在所保護的這場私人會面，將可以挽救梵蒂岡免於毀滅。所以夏特朗不明白自己爲什麼會有一股強烈的保護本能。而且爲什麼羅榭表現得那麼奇怪？

一定是有什麼出錯了。

羅榭上尉站在夏特朗右邊，直直瞪著前方，凌厲的眼光異常冷漠，夏特朗簡直都不認得了。過去一小時羅榭完全變了個人，他的那些決定實在是沒道理。

這場會面應該要有人進去陪著才對！夏特朗心想。他聽到麥斯米倫・寇勒進去後門上了門。為什麼羅榭答應這種要求？

但還有其他太多事讓夏特朗擔心。樞機團。那些樞機主教還被鎖在西斯汀禮拜堂內，實在太荒唐了。總司庫指示過，十五分鐘前就該把他們撤出梵蒂岡的！羅榭沒有知會總司庫就推翻了這個決定。夏特朗曾表達他的憂慮，但羅榭差點把他的頭給擰下來。在瑞士衛兵團這個軍事指揮系統中，從來沒有人敢質疑上級的命令，而羅榭現在是最高指揮官。

只剩半個小時了，羅榭心想，在走廊上分枝燭台照出的昏暗光線下，他謹慎地檢查了手上的瑞士精密計時錶。拜託快點吧。

夏特朗眞希望聽得見門裡發生了什麼事。然而，他相信總司庫比誰都更有辦法處理這個危機。總司庫今天晚上經歷了無情的考驗，但他毫不畏縮。他抬頭挺胸面對問題……誠實、坦白，表現得堪爲眾人之表卒。此刻夏特朗以身爲天主教徒爲榮。光明會決定要向凡特雷思卡總司庫挑戰，眞是大錯特錯。

正當此時，夏特朗的思緒忽然被一個意想不到的聲音打斷了。那是砰砰的敲擊聲，從走廊遠處傳來。聽起來好遙遠，而且似乎被悶住了，可是持續不斷。羅榭抬頭望，然後轉向夏特朗，往走廊那頭比了一下。夏特朗明白他的意思，他打開手電筒過去察看。

現在那個砰砰的聲音敲得更急了。夏特朗沿著走廊往前跑三十碼，來到一個交叉口。那個聲音似乎是從角落傳來的，就在克勉廳的另一頭。夏特朗想不透。那邊只有一個房間——教宗的私人圖書室。自從教宗過世後，宗座的私人圖書室就鎖了起來。不可能有人在那裡的！

夏特朗沿著第二道走廊往下，轉到另一個角落，趕往圖書室的門。那道木製門廊很小，但黑暗中看起來像個陰鬱的哨兵。砰砰聲是從裡頭某處傳來的。夏特朗猶豫了。他從沒進過這個私人圖書室，很少人進去過。除非有教宗本人陪同，否則任何人都不准進去的。

夏特朗伸手試了試門鈕，轉不動。不出他所料，門是鎖住的。他把耳朵貼在門上，擂擊聲更大了。然後他聽到了別的。人的聲音！有人在大喊！

他聽不出在喊什麼，但可以聽到吼聲中的恐慌。有人被困在圖書室裡嗎？是不是瑞士衛兵團疏散不當？夏特朗猶豫著，不知道是不是該回去問羅榭一聲。管他去死。夏特朗所受的訓練是要當機立斷，現在他就做出了決定。他掏出佩槍，朝彈簧鎖開了一槍。門上的木頭一爆，門盪開了。

進了門，夏特朗只看到一片黑。他打開手電筒。這個房間是長方形的——東方地毯，高高的橡木書架塞滿了書，一張皮革縫邊的沙發，還有大理石壁爐。夏特朗聽說過這個圖書室的一些故事——三千本古書旁，排著幾百本當期雜誌與期刊，所有宗座要求訂購的全都有。茶几上放著一堆科學和政治期刊。

現在捶門聲更清楚了。夏特朗把手電筒照向房間另一頭，聲音就是從那裡發出的。在遠端的牆面上，小客廳再過去一點，是一扇很大的鐵門，看起來像個保險庫般難以穿透。門上有四個巨大的鎖。門的正中央蝕刻著一排小字，讓夏特朗屏住了氣。

小廊道

夏特朗瞪大眼睛。教宗的祕密逃脫路線！夏特朗當然聽說過小廊道，甚至還聽過傳聞，說以前這個圖書室裡有個入口。但這條隧道已經多年沒有使用過了！怎麼可能有人在另一端敲門呢？

夏特朗用手電筒在門上叩擊。門那頭傳來欣喜萬分的模糊聲響。砰砰的捶門聲停止了，喊叫的聲音更大。隔著那扇鐵門，夏特朗簡直聽不出他們在喊什麼。

「寇勒……撒謊……總司庫……」

「誰在那邊？」夏特朗喊道。

「……勃．蘭登……薇多利雅．威……」

夏特朗聽到的已經足以令他困惑起來。我還以為你們已經死了！

「……門，」那個聲音喊道：「打開……！」

夏特朗看著那道鐵門，知道他得用炸藥才能炸開。「不可能！」他喊著。「太厚了！」

「……會面……停止……司庫……危險……」

儘管夏特朗受過訓練，知道恐慌會遭致危險，但最後那幾個字讓他感覺到一股突如其來的恐懼。他沒會錯意吧？他心臟狂跳，他想轉身衝回教宗辦公室。但轉到一半，他站住了。視線落在門上的某個東西……比門那頭傳來的訊息更令他震驚。門上的每個大鎖裡，都插著一把鑰匙。夏特朗目瞪口呆。鑰匙原來就在這裡？他不敢置信地眨眨眼睛。這扇門的鑰匙應該放在哪個保險庫的！這條走道根本從來沒人使用——幾百年來都是如此！

夏特朗把手電筒扔在地上，抓住第一個鑰匙開始轉。鎖裡面的機械結構已經生銹發澀，但還是可以運作，有人最近開過。夏特朗又去開第二個，然後第三個。最後一個鎖彈開後，夏特朗用力拉，那扇厚厚的鐵門吱呀一聲開了。他抓起手電筒，照進廊道。

羅柏・蘭登和薇多利雅・威特拉看起來像幽靈似的，跌跌撞撞走進圖書室。兩個人都衣衫凌亂又一臉疲倦，但的確都還活著沒錯。

「這怎麼搞的！」夏特朗問道。「發生了什麼事！你們從哪裡來的？」

「麥斯・寇勒在哪裡？」蘭登問。

夏特朗指了指。「在跟總司庫私下會——」

蘭登和薇多利雅推開他，衝向黑暗的門廳。夏特朗轉身，出自本能舉起手槍指著他們的背，但旋即又放下，跟在後頭追過去。羅榭顯然聽到他們來了，因為他們到了教宗辦公室外頭時，羅榭已經叉開兩腳站穩了保護的姿勢，舉起槍指著他們。「不准動！」

「總司庫有危險！」蘭登喊道，他煞住腳步停下來，舉起雙手擺出投降姿勢。「把門打開！麥斯・寇勒會殺了總司庫！」

羅榭一臉憤怒。

「把門打開！」薇多利雅說。「快啊！」

但已經太遲了。

教宗辦公室裡傳來一個令人血液凝結的叫喊聲，是總司庫。

114

這場敵對狀態只持續了幾秒鐘。

夏特朗掠過羅樹身邊，猛撞開教宗辦公室的門時，凡特雷思卡總司庫還在喊叫。衛兵們紛紛衝進去，蘭登和薇多利雅也跟在後面。

眼前的景象太讓他們震驚了。

房間裡的照明只有蠟燭和一堆將熄的爐火。寇勒靠近壁爐，笨拙地站在他的輪椅前。他揮舞著一把手槍，瞄準了總司庫，而總司庫則面朝下倒在地上，痛苦得蜷縮著身子。總司庫的長袍撕開來，赤裸的胸膛上烙得焦黑。蘭登在房間這頭看不清上面的符號，但寇勒旁邊的地板上有個很大的、四方形的烙印鐵模，那塊金屬仍發著紅光。

兩名瑞士衛兵毫不猶豫就展開行動。他們開了槍，子彈擊中寇勒的胸部，把他往後轟倒。寇勒垮在輪椅上，胸膛汩汩冒出血來，他的手槍滑到地板上。

蘭登目瞪口呆站在門口。

薇多利雅似乎全身麻痹了。「麥斯……」她喃喃低語。

仍然蜷縮在地板上的總司庫朝羅樹轉過去，臉上帶著早年獵女巫般恍惚的恐懼，食指直直指著羅樹，只喊了一個詞：「光明會員！」

「你混蛋，」羅樹說，朝他跑去，「你這個假虔誠的混——」

這回憑直覺反應的是夏特朗，他朝羅樹的背部開了三槍。上尉臉朝下倒在瓷磚地板上，死沈沈跌在自己的血泊中。夏特朗和另外一名衛兵立刻衝向總司庫，而總司庫正痛苦抽搐著，緊抓住自己的身體。

兩名衛兵看到總司庫胸膛上烙印的符號，都不禁驚駭得大喊出聲。第二個衛兵上下顛倒看到那個烙印，立刻踉蹌後退，雙眼充滿恐懼。夏特朗同樣被那個符號震驚得不知所措，他把總司庫破掉的長袍拉起來蓋住那個灼傷，免得讓人看到。

蘭登走過房間，覺得自己精神錯亂了。在一片模糊的瘋狂和暴力中，他想搞清楚自己眼前所見。一個雙足癱瘓的科學家，在最後一個象徵性的支配行動中，飛到了梵蒂岡城，爲教會最高官員烙印。*有些事情值得犧牲性命。*那個哈撒辛說過。蘭登想不透一個雙腿殘障的男人怎麼可能制伏總司庫，不過寇勒有槍。*他怎麼做的並不重要！寇勒完成他的任務了。*

蘭登移向那個可怕的場景。瑞士衛兵正在照顧總司庫，蘭登不自覺被寇勒輪椅邊地板上那塊冒著煙的烙印模吸引過去。第六個烙印？蘭登靠得愈近，就覺得愈困惑。那個烙印模似乎是正方形的，很大，而且顯然原來是放在光明會祕密基地那個箱子裡中央的格子。*第六個、也是最後的烙印，那個哈撒辛說過。最出色的一個。*

蘭登跪在寇勒旁邊，伸手去拿那個模子。金屬仍發著熱，蘭登抓住木製把手，拿了起來。他不確定自己期待看到什麼，但絕對不會是眼前這個。

蘭登困惑地瞪了好久。一切都說不通，爲什麼衛兵們看到這個烙印時會驚駭大喊？這不過是個正方形，上頭一堆無意義的彎曲短線。*最出色的一個？*蘭登拿在手裡旋轉，看得出那是個對稱的圖案，但上頭是一堆鬼畫符。

蘭登感覺到一隻手放在他肩膀上，抬起頭來，以爲是薇多利雅。但那隻手上有血，是麥斯米倫・寇勒的血，他正坐在輪椅上伸出手來。

蘭登扔下烙鐵模站起來。*寇勒還活著！*

寇勒垮在輪椅上，這位垂死的院長還在呼吸，雖然很勉強，呼吸困難。寇勒的雙眼和蘭登的相遇，還是他今天早上在歐洲核子研究中心門口迎接蘭登那種石頭般的眼神，在垂死之際看起來更冷酷，浮現出憎惡和敵意。

寇勒的身體顫抖著，蘭登感覺他正想移動。房間裡的其他人都在注意總司庫，蘭登想喊出聲，卻喊不出來。他被寇勒臨終這幾秒所散發的力量給嚇呆了。寇勒顫抖著舉起手臂，從輪椅扶手上拉下一個小儀器，像火柴盒那麼大。他遞出去，手顫動著。一時之間，蘭登很擔心寇勒又拿了什麼武器。但那不是武器。

「把……」寇勒最後的遺言轉爲耳語，「把這個……給媒——媒——媒體。」寇勒垮下去，一動也不動，那個小儀器落在他的膝蓋上。

蘭登震驚地瞪著那個儀器。那是個電子裝置，正面印著新力RUVI的字樣。蘭登認得那是新款超迷你掌上型攝影機。*這傢伙可真有種！*他心想。寇勒顯然錄下了什麼自殺遺言，希望媒體播放。裡面一定是宣傳科學的重要性和宗教的邪惡。蘭登覺得今天晚上他爲這個男人做得已經夠多了。趁夏特朗還沒看到寇勒的攝影機之前，蘭登把那個小儀器塞進自己的外套口袋裡。*寇勒的遺言就留在地獄裡爛掉吧！*

總司庫的聲音打破沈默。他想站起來。「樞機主教們。」他喘著氣跟夏特朗說。

「還在西斯汀禮拜堂！」夏特朗喊道。「羅榭上尉命令——」

「撤出……馬上。全部。」

夏特朗派一個衛兵去放樞機主教們出來。

總司庫痛苦得皺起臉。「直升機……停在門口……送我上直升機。」

115

在聖彼得廣場上，瑞士衛兵團的飛行員坐在停妥的梵蒂岡直升機駕駛艙內，揉著太陽穴。他周圍的廣場上一片混亂，吵得蓋過了他空轉的引擎聲，一點也不像是莊嚴的燭光守夜祈禱。他很驚訝還沒發生暴動。

離午夜十二點還不到二十五分鐘，人群依然很擁擠。有些人在禱告，有些人在爲教會哭泣，還有些人嘶喊著下流的髒話，宣稱教會活該有這種下場；但還有一些人在念著聖經的〈啓示錄〉章節。

飛行員被擋風玻璃外媒體閃動的燈光搞得頭好痛。他瞇著眼睛望著外頭吵嚷的人群，他們頭上揮舞著橫幅標語。

反物質就是反基督！

科學家＝魔鬼崇拜者

現在你們的上帝在哪裡？

飛行員呻吟起來，頭痛更加劇烈了。他有點考慮要拿出那塊擋風玻璃的樹脂遮布，這樣他就看不見外頭，但他知道再過幾分鐘就要起飛了。夏特朗中尉剛剛在無線電對講機裡告訴他可怕的消息。總司庫遭到麥斯米倫·寇勒攻擊，受傷很嚴重。夏特朗、那個美國人，還有那個女人現在正帶著總司庫出來，要送他到醫院。

飛行員覺得自己對這個攻擊事件有責任，責怪自己沒有依照直覺行事。稍早他去機場接寇勒時，就覺得這個科學家死死的眼珠裡有個什麼。是什麼他也說不上來，但他就是覺得不對勁。其實也不重要了，這場戲是羅樹安排的，而且羅樹堅持就是這個人沒錯。顯然羅樹錯了。

人群中又爆出新的一波喧嘩，飛行員望出去，看到一排樞機主教正莊重地走出梵蒂岡，進入聖彼得廣場。樞機主教們離開爆炸中心點的寬慰表情似乎迅即消失，取而代之的是被教堂外的場面所引起的不知所措。

群眾的噪音再度升高。飛行員覺得頭好痛。他需要一顆阿斯匹靈，或許三顆吧。他不喜歡吃了藥開飛機，但幾顆阿斯匹靈對身體所造成的負面影響，絕對不如這股劇烈的頭痛。他伸手要拿急救包，那應該是放在兩個前座中間栓著的雜物箱裡，跟各式各樣的地圖和操作手冊在一起。他想打開箱子，卻發現鎖住了。他四處尋找鑰匙，最後放棄了。今天晚上顯然不是他的幸運之夜，他又再度給太陽穴按摩。

黑暗的大教堂裡，蘭登、薇多利雅和兩個衛兵氣喘吁吁地拚命朝大門口移動。因爲找不到更合適的東西，他們四個人只好把受傷的總司庫放在一張窄桌上，當成擔架，總司庫毫無生氣的身體就夾在他們四個人之間保持平衡。現在聽得到門外傳來模糊的人群嘈雜轟鳴。總司庫正掙扎著快要失去意識了。

時間快到了。

116

蘭登和其他人步出聖彼得大教堂時，已經是晚間十一點三十九分了。照眼的炫目強光刺得他眼睛發痛。媒體的燈照在白色的大理石產生折射，就像陽光照在冰雪覆蓋的凍原上。蘭登瞇著眼睛，想避到教堂正面巨大的石柱後面躲起來，但燈光來自四面八方。在他前面的群眾上頭，矗立著一大片視訊螢幕組成的拼貼。

站在這片宏偉的台階頂端，往下俯視著廣場，蘭登覺得自己像個不情願的表演者站在全世界最大的舞台上。在這片刺眼的燈光外，蘭登聽得到引擎空轉的直升機和上萬人轟然的嘈雜聲。在他們的左邊，一長列樞機主教現在正要撤到廣場上。他們全都停下了腳步，一臉心痛地看著台階上正在上演的這一幕。

「小心點。」夏特朗語氣專注地提醒大家，一群人開始下樓梯，走向直升機。

蘭登覺得自己好像在水底下移動，手臂被桌子和總司庫的重量壓得發痛。他想著眼前這一刻還能更不體面了嗎？然後他看到了答案。那兩個ＢＢＣ的記者之前顯然穿過廣場的開放空間，回到了媒體區。但現在，隨著群眾的吵嚷聲，他們又回來了。葛立克和梅可瑞現在正跑向他們。梅可瑞扛起攝影機正在拍攝。

禿鷹來囉，蘭登心想。

「別擠了！」夏特朗吼道。「往後退！」

但那兩個記者仍繼續往前。蘭登猜想其他電視網大概六秒之後會重播這段ＢＢＣ的現場實況畫面。他猜錯了，只有兩秒。好像有種宇宙共通的心電感應似的，廣場上的每個螢幕都中斷了倒數計時和梵蒂岡專家的講評，開始播出相同的影片──一段在梵蒂岡台階上搶拍到的晃動畫面。此時，蘭登舉目所見，全都是總司庫無力的身軀在電視上的特寫鏡頭。

這樣是不對的！蘭登心想，他想跑下階梯干涉，卻沒辦法，反正他阻止也沒用。接下來不知是群眾的轟然吵嚷聲還是夜晚的涼風所引起，蘭登永遠也不會曉得，但就在這個時候，不可思議的事情發生了。

就像個剛從夢魘中醒來的人，總司庫突然睜開眼睛坐起身來。這個重量轉移完全出乎預料，搞得蘭登和其他人完全措手不及。桌子的前方往下一沈，總司庫開始往前滑。他們想把桌子放下好恢復平衡，但已經太遲了，總司庫滑出了桌面。不可思議的是，他竟然沒摔倒。他的雙腳碰觸到大理石，晃了一下又直起身。他站了一會兒，表情茫然，然後，大家還來不及阻止，他就搖搖晃晃往前走，踉蹌著下了樓梯走向梅可瑞。

「不行！」蘭登大喊。

夏特朗衝過去，想把總司庫往回拖。但總司庫轉身對著他怒目而視，眼神狂熱。「放開我。」

夏特朗往後退。

原來的畫面已經夠糟了，現在變得更糟。總司庫撕破的長袍原來被夏特朗拉起來蓋住他的胸膛，現在開始往下滑。有那麼一會兒，蘭登以爲那件衣服可能會撐住，但那一刻過去了。長袍滑下他的肩膀，落到腰部。

群眾發出的驚喘聲彷彿剎那間繞行地球一圈又回到原地。攝影機轉動著，鎂光燈紛紛爆閃。廣場各處聳立的媒體螢幕上，都播出了總司庫被烙印的胸膛，鉅細靡遺。有些螢幕甚至暫停畫面，還旋轉了一百八十度。

光明會最終極的勝利。

蘭登瞪著螢幕上的那個烙印。儘管那是他稍早曾拿在手上那個鐵印模所烙出來的，但上頭的符號現在看起來有意義了。完全有意義了。那個標記令人敬畏的力量，就像一列火車撞上了蘭登。

先確定方向，蘭登都忘了這條符號學的第一守則。什麼時候正方形不是正方形？他也忘了那個烙印鐵模就像橡皮章一樣，看起來跟印出來的效果完全是兩回事。兩者是反轉的。剛剛蘭登看的是那個烙印的反面！

廣場愈來愈混亂，蘭登忽然想到一句古老的光明會引言，這會兒有了新的意義，「一個完美無瑕的菱形（diamond），從古老的元素孕育而生，其完美程度讓見到的人只能望之驚嘆。」

現在蘭登知道，那個傳說是眞的。

土、氣、火、水。

光明會菱形。

羅柏・蘭登很相信，此刻聖彼得廣場上的混亂與歇斯底里，是梵蒂岡丘有史以來所僅見。這個聖地兩千年的歷史上，從沒有任何戰爭、任何十字架釘刑、任何神祕場面可以比得上這一刻的規模和戲劇性。

這場悲劇上演時，蘭登卻感覺到自己奇怪地脫離了，好像在薇多利雅旁邊，盤旋在階梯頂端俯視。整個活動好像膨脹了，彷彿時間扭曲，所有的瘋狂都匍匐成慢動作……

被烙印的總司庫……在全世界面前胡言亂語……

光明會菱形……在惡魔天才之作裡展現自己……

倒數時鐘標示著梵蒂岡歷史上的最後二十分鐘……

然而，這場戲才剛開始而已。

總司庫忽然變得強壯起來，彷彿處於某種創傷後被惡魔附身的恍惚狀態中。他開始絮絮叨叨，對著看不見的魂靈低語，抬頭望著天空，向上帝舉起雙臂。

「說吧！」總司庫對著天空大喊。「沒錯，我聽到了！」

那一刻，蘭登明白了。他的心像顆石頭直往下沈。

薇多利雅顯然也明白了，她臉色發白。「他處於震驚後的失神狀態，」她說：「產生幻覺了。他以爲他在跟上帝講話！」

得有人出來阻止他，蘭登心想。這眞是個悲慘又難堪的收場。把這個人送到醫院去吧！

他們下方的台階上，雪妮塔・梅可瑞正穩住身子在拍攝，顯然佔到了她心目中的理想位置。她所錄下的影像立刻穿過後方的廣場，出現在各家媒體螢幕上……像是無盡的汽車電影院都在播放同樣的可怕悲劇。

整個場面感覺上有史詩意味。總司庫穿著撕破的長袍，胸前是燒焦的烙印，看起來像個傷痕累累的拳擊冠軍，打贏了艱辛的地獄苦戰，終於面對眞相揭曉。他對著天空怒吼。

「我聽到妳說的話了，天主！」

夏特朗後退，一臉敬畏的神情。

廣場上的群眾登時完全沈默下來。那一刻，彷彿全世界都陷入沈默了……每個坐在電視機前面的人都愣住了，大家都屛住呼吸。

總司庫站在台階上，面對著全世界，舉起雙手。他看起來簡直像基督一樣，在全世界面前裸著受傷的身子。他雙臂舉向天空，抬起頭大喊：「謝謝！謝謝！天主！」

群眾仍是一片沈默。

「謝謝，天主！」總司庫又大喊。像是太陽破雲而出，一抹喜悅洋溢在他臉上。「謝謝！天主！」

謝謝，天主？蘭登驚奇地看著。

總司庫現在容光煥發，完成了奇異的轉變。他望著天空，仍然起勁點著頭。他朝天空大喊：「我要把我的教會建造在這磐石上！」

蘭登知道這段話出自哪裡，但他不明白總司庫爲什麼要大聲喊出來。

總司庫轉向群眾，再度對著夜空大喊。「我要把我的教會建造在這磐石上！」然後他雙手舉向天空，大笑著。「謝謝，天主！謝謝！」

這個人顯然是發瘋了。

全世界看著這一幕，彷彿著了魔。

然而，這齣戲的高潮卻是沒有人料到的。
總司庫欣喜若狂，轉身衝入了聖彼得大教堂。

118

晚間十一點四十二分。

一隊狂亂的隨從衝回大教堂想救出總司庫，蘭登從沒想到過自己會是其中一員……更別說是帶頭的了。但他離教堂的門最近，出自本能就追了進去。

他會死在裡面，蘭登心想，他衝過大門跑進黑暗的空蕩教堂。「總司庫，別進去！」

迎面撞上來一面全黑的大牆。他的瞳孔剛剛因爲外頭的強光而收縮，現在只能看到眼前幾呎之處。他煞住腳步，前方的黑暗中，不知哪裡傳來了總司庫的長袍窸窣聲，那位神父正盲目跑進了一片混沌深淵。

薇多利雅和其他衛兵隨後趕到。他們打開了手電筒，但已經快沒電了，不可能照進前方的大教堂深處。光束前後掃著，只照到了幾根柱子和空蕩的地板，根本看不到總司庫在哪裡。

「總司庫！」夏特朗大喊，聲音裡透出恐懼。「等一下！先生！」

後方的門口傳來一陣騷動，惹得每個人都回過頭去。雪妮塔・梅可瑞的寬大身軀跌跌撞撞進了門。她的攝影機扛在肩上，頂端發亮的紅燈顯示還在傳送視訊。葛立克跟在她後頭跑進來，手上拿著麥克風，大喊著要她等一等。

蘭登不敢相信這兩個人還在搶新聞。這不是時候！

「出去！」夏特朗厲聲說。「你們不該看到這些的！」

但梅可瑞和葛立克繼續前進。

「雪妮塔！」此時葛立克一副害怕的口氣，「這是自殺！我不去了！」

梅可瑞沒理他。她撥了攝影機上的一個鈕，頂端的聚光燈亮起，刺目得讓每個人都睜不開眼睛。

蘭登遮著臉，痛苦地轉身。該死！但當他抬頭望去，發現他們周圍的三十碼都被照亮了。此時總司庫的聲音在遠處迴盪。「我要把我的教會建造在這磐石上！」

梅可瑞把攝影機轉向那個聲音。遠遠地，在聚光燈光芒盡頭的灰影中，黑色的布料翻騰著，現出了一個熟悉的身影，正沿著大教堂的中廊往前奔。

一看到那個怪異的形象，霎時間每個人都猶豫了一下。然後水壩潰然決堤。夏特朗衝過蘭登身邊，朝總司庫追過去，接著是蘭登。然後是其他衛兵和薇多利雅。

梅可瑞殿後，替每個人照路，同時把這場陰森的追逐行動轉播給全世界。葛立克大聲詛咒，不情願地跟上去，結結巴巴爲這個可怕的行動做詳盡的實況報導。

夏特朗中尉曾估計過，聖彼得大教堂的中廊比標準足球場還要長。但今夜，感覺上長度卻好像變成了兩倍。他追在總司庫後面狂奔，很納悶這位神父要去哪裡。總司庫顯然處於震驚後的失神狀態，那些胡言亂語無疑是肇因於教宗辦公室內的身體創傷，還親眼目睹了那場恐怖的殘殺。

在前頭某處，ＢＢＣ的聚光燈照不到的地方，傳來總司庫歡喜的聲音。「我要把我的教會建造在這磐石上！」

夏特朗知道總司庫喊的是聖經經文——如果夏特朗沒記錯的話，是出自〈馬太福音〉十六章十八節。我要把我的教會建造在這磐石上！這個不適當的天啓簡直是殘酷——眼前教會就要被摧毀了。總司庫絕對是發瘋了。

或者其實沒瘋？

那一瞬間，夏特朗心底一顫。對他來說，神視與神的訊息似乎向來就是一廂情願的幻想——只因爲急切過頭的人聽到了他們想聽的——天主不會直接和凡人互動的！

然而，過了一會兒，彷彿聖靈親自降臨，說服夏特朗相信祂的力量，夏特朗有了神視。

前方五十碼處，在教堂中央，有個鬼魂出現了……一個透亮的輪廓。那個蒼白的形體是半裸著身子的總司庫。那幽靈彷彿是透明的，散發著光。夏特朗踉蹌著停了步，感覺到胸口一緊。*總司庫在發光！*那個身軀現在好像更亮了。然後，開始往下沈……愈來愈深，最後消失了，好像是變魔術般鑽進了黑暗的地板。

蘭登也看到了那個幽靈。一時之間，他也以爲自己親身體驗了奇妙的神視。但當他走過驚呆的夏特朗身邊，朝總司庫消失的那個點跑去，他明白剛剛是怎麼回事了。總司庫剛剛走到了「肩披帶凹室」——那個低於地面的小室，由九十九盞油燈照亮。凹室內的油燈從下往上照，使得總司庫像個鬼魂般發亮。然後，總司庫走下階梯進入那片光，就好像鑽進地板消失似的。

蘭登上氣不接下氣地來到小室邊緣，俯瞰著那個凹陷的房間。他望著階梯下面，總司庫在油燈發出的金黃色光芒中，走向一組玻璃門，那組門是通往收藏著知名黃金櫃的房間。

*他在幹嘛？*蘭登納悶著。*他不會以為那個黃金櫃——*

總司庫把門猛往後拉，跑了進去。奇怪的是，他完全沒理會黃金櫃，匆匆從旁邊走了過去。離櫃子五呎遠之處，他跪下來，開始奮力想扳起一道嵌在地板上的鐵柵。

蘭登驚駭地望著，現在他明白總司庫要去哪裡了。*天哪，天哪，不！*他衝下階梯跟過去。「神父！不行！」

蘭登打開那組玻璃門跑向總司庫時，看到總司庫正用力拉起鐵柵。隨著一個震耳欲聾的撞擊聲，那面以鉸鏈拴住的鐵柵隔板打開來摔在旁邊，露出了一個狹窄的井狀通道，裡面有道很陡的樓梯降入一片空無。總司庫移向洞口，蘭登抓住他光裸的雙肩，把他往回拉。總司庫汗溼的肩膀變得滑溜溜的，但蘭登抓住了。

總司庫轉身，顯然嚇了一跳。「你要幹什麼！」

兩人目光相遇，蘭登很驚訝。總司庫那種恍惚的呆滯眼神已經不復存在，他的雙眼此刻很銳利，閃著一種清晰的決心。他胸前的烙印看起來痛苦難當。

「神父，」蘭登催促，盡可能保持冷靜，「你不能下去。我們得趕緊撤離這裡。」

「孩子，」總司庫說，聲音出奇地清醒，「我剛剛得到一個訊息。我知道——」

「總司庫！」夏特朗和其他人也趕到了，他們衝下階梯進入凹室，梅可瑞的攝影機替他們照亮了路。

夏特朗看到地板上那面打開的鐵柵，眼神充滿敬畏。他給自己畫了個十字，向蘭登投以感激的一眼，謝謝他攔住了總司庫。蘭登明白他的意思，他看過夠多有關梵蒂岡建築的資料，知道鐵柵下面是什麼。那是聖地。有些人稱之爲古墳場，有些人稱之爲地下墓窟。根據多年來少數幾位曾下去過的教士記載，古墳場是個由地下墓室所組成的黑暗迷宮，可以輕易吞噬一名迷路的訪客。他們可不會想在這種地方追逐總司庫。

「先生，」夏特朗懇求，「您受了太大的打擊了。我們得離開這個地方，您不能下去，那是自殺。」

總司庫好像突然變得很堅忍淡泊。他伸出平靜的手，放在夏特朗的肩上。「謝謝你的操心和幫忙。我沒辦法告訴你怎麼回事，我自己也不了解。但我得到了一個天啓。我知道反物質在哪裡。」

每個人都目瞪口呆。

總司庫轉身望著那群人。「我要把我的教會建造在這磐石上。我得到的訊息就是這個，意思很清楚了。」

蘭登到現在還無法相信總司庫竟以爲他跟上帝說過話，更別說要解出那份訊息了。我要把我的教會建造在這磐石上？那是耶穌選擇彼得爲他第一個使徒時所說的話。還有什麼其他含義嗎？

梅可瑞移向前，好拍得更清楚。葛立克沒吭聲，像是被炸彈轟出了震嚇癡呆症。

現在總司庫講得很快。「光明會把他們的毀滅武器放在這個教會的基石上。就在地基裡。」他往下指著樓梯。「就在建造起這個教會的那塊磐石上。我知道那塊磐石在哪裡。」

蘭登很確定現在該抓住總司庫硬把他帶走了。儘管看起來神志清明，但這位神父卻是滿口胡言亂語。磐石？地基裡的基石？眼前的樓梯不是通往地基，而是通往古墳場！「那句話是隱喻，神父！其實沒有這麼一塊磐石的！」

總司庫的神情忽然奇異地哀傷。「孩子，有這麼一塊磐石的。」他指著那個洞，用義大利文說。「聖彼得就是磐石。」

蘭登愣住了。一剎那間，一切都變得好清楚。

其中道理簡單至極，讓他不禁打了個寒顫。蘭登和其他人站在那兒，往下看著長長的樓梯，他明白的確有塊磐石，就埋在這個教堂下方的黑暗中。

聖彼得就是那塊磐石。

彼得對天主的信仰堅定不移，因而耶穌稱彼得為「磐石」——耶穌要在這位堅定不移的信徒肩上，建造他的教會。蘭登知道，就在這個地點——梵蒂岡丘——彼得被釘上了十字架，死後埋葬於此。早期的基督徒在他的墳墓上建造了一個小小的聖所。後來隨著基督宗教的傳播，聖所也變大了，層層相疊，最終成為這座龐大的長方形大教堂。整個天主教信仰，名副其實，就是建立在聖彼得這塊磐石上。

「反物質就在聖彼得的墳墓上。」總司庫說，他的聲音清清楚楚。

儘管這個訊息的來源似乎是超自然，但蘭登卻感覺到總司庫的說法完全合理。把反物質放在聖彼得的墳墓上，現在看來似乎明顯得惱人。光明會在一個象徵符號的對抗行動中，將反物質放在基督宗教界的核心，既名副其實，又具有象徵性。這是最極致的滲透。

「如果諸位需要世俗的證據，」總司庫說，現在一副耐心的口吻，「我剛剛才發現這個鐵柵沒鎖。」他指著地板上那塊打開的隔板。「這塊鐵柵向來是鎖上的。有人下去過……就是最近的事。」

每個人都瞪著那個洞。

一轉眼間，總司庫身手出奇靈活地轉身，抓了一盞油燈，走向洞口。

119

那道陡峭的岩石階梯深入地下。

我會死在這裡，薇多利雅心想，她抓著沈重的繩索扶手，準備隨其他人走下那道狹窄的通道。儘管蘭登曾動手阻止總司庫進入那個井狀通道，但夏特朗出面干預，他抓住蘭登不放。顯然，現在這位年輕衛兵相信總司庫神志清醒，知道自己在做什麼。

在短暫的拉扯之後，蘭登終於脫身，跟在總司庫後頭，夏特朗緊隨在後。薇多利雅也出於本能地跟在後頭衝下去。

現在她進入一道陡峭的階梯，隨便一個失足就可能會摔死。在遠遠的下方，她看得見總司庫那盞油燈的金色光芒。在她後面，薇多利雅聽得見BBC的兩個記者匆忙跟過來。攝影機的聚光燈在她前方的通道中投下了扭曲的影子，也照亮了夏特朗和蘭登。薇多利雅簡直不敢相信全世界正在見證這個荒唐的行動。關掉那架該死的攝影機！但再一次，她知道沒了那盞燈的話，他們所有人就都看不見路了。

這場怪異的追逐行動繼續進行，薇多利雅的思緒翻騰有如暴風雨。在這底下總司庫能做什麼？就算他發現了反物質又怎樣？根本沒時間了！

薇多利雅很驚訝地發現，憑她的直覺，總司庫很可能沒錯。把反物質放在地面三層樓底下，好像是個近乎高貴而慈悲的選擇。深埋在地下——很像在Z實驗室——反物質的湮滅就會局部受限。不會有爆炸的熱氣，不會有亂飛的砲彈碎片傷到旁觀者，只有開天闢地時的混沌，還有高聳的大教堂坍塌爲大坑。

這是寇勒的慷慨之舉嗎？不要濫殺無辜？薇多利雅還是想不透院長怎麼會牽涉在內。她可以理解寇勒對宗教的憎恨……但這個可怕的陰謀似乎不是他的作風。寇勒的怨恨眞有這麼深嗎？毀滅梵蒂岡？還去雇刺客？謀殺她父親、教宗，還有四個樞機主教？這好像難以想像。而且寇勒怎麼有辦法讓梵蒂岡內出現這一切背叛行動？*羅樹是寇勒的內線*，薇多利雅告訴自己。*羅樹是光明會員*。羅樹上尉無疑有所有的鑰匙——教宗的書房、小廊道、古墳場，聖彼得的墳墓，全都拿得到。他可以把反物質放在聖彼得的墳墓上——一個高度管制的場所——然後命令衛兵不要浪費時間去搜索梵蒂岡的管制區域。羅樹*知道*沒有人找得到那個罐子。

可是羅樹絕對沒想到，總司庫會得到來自上面的訊息。

那個訊息。這是個薇多利雅還難以接受的信念跳躍。上帝眞的跟總司庫*溝通*了嗎？薇多利雅的直覺是否定的，但她的直覺是出自纏結物理學——研究事物的相互聯繫。她天天都親眼看到各種神奇的溝通方式——同一窩的海龜蛋各自放在相隔數千哩的實驗室，卻在同一時間孵化……廣達數英畝的水母以整齊畫一的節奏同時搏動，彷彿心靈相連。*處處都有看不見的溝通管道*，她心想。

但是上帝與人之間呢？

薇多利雅眞希望她父親在場，給她信心。他有回曾用科學辭彙跟她解釋與神溝通，好讓她相信。她還記得那天看到父親禱告，於是問他：「父親，你爲什麼還要費事禱告？上帝又無法回答你。」

李歐納度．威特拉從默想中抬起頭來，露出了爲人父親的微笑。「我女兒是懷疑論者。所以你不相信上帝向世人說話？那我就用你的語言解釋吧。」他從架上拿下了一個人腦模型，放在她面前。「薇多利雅，想必你知道，人類通常只使用腦力的很小一部份。不過，如果在情緒非常激動的狀況下——比方肢體的外傷，極度的喜悅或害怕，深度默想——忽然間，這些神經元就會開始發瘋似的活躍起來，結果就大幅提高頭腦的清晰度。」

「那又怎樣？」薇多利雅說：「只因爲你思考清晰，並不代表你在跟上帝說話。」

「啊哈！」威特拉喊道：「可是一些看似不可能的問題，往往就是在這類頭腦清明時刻想出了不起的答案。這就是印度教大師所說的高層意識，生物學家稱之爲知覺轉換狀態，心理學家則說是超感覺能力。」他停了一下。「而基督徒則稱之爲禱告蒙應允。」他笑得很開心，接著補充，「有時候，天啓只是意味著調整你的腦子，傾聽你的心已經知道的。」

此時，薇多利雅衝下階梯，深入黑暗，她感覺或許父親說得沒錯。要相信總司庫的創傷造成他的思緒處於某種狀態，就是忽然「明白」了反物質的位置，眞有那麼困難嗎？

人人皆可成佛，佛陀說過。我們都明白一切，我們只需打開自己的心，傾聽自己的智慧。

就在這個心思澄明的時刻，薇多利雅深入地底，感覺到自己打開心房……讓她自己的智慧浮現。她現在完全明白總司庫的打算了，隨著這個頓悟而來的，是一種她從來沒有體會過的害怕。

「總司庫，不行！」她朝下方的通道大喊。「你不明白！」薇多利雅想像環繞梵蒂岡城的大批人群，渾身血液發冷。「如果你把反物質拿上去……每個人都會死！」

現在蘭登一次跨三階，加快速度。這條通道很狹窄，但他卻沒有幽閉恐懼症的感覺。封閉空間以前會使他軟弱，但現在卻被另一個更深得多的懼怕所取代。

「總司庫！」蘭登覺得自己和前頭那盞發亮油燈的距離拉近了。「你得把反物質留在原來的地方！沒有其他更好的辦法了！」

蘭登說著這些話時，自己都難以置信。他不但接受了總司庫得到天啓而獲知反物質位置的說法，現在他還展開遊說要摧毀聖彼得大教堂——全世界最偉大的建築成就之一……以及裡面的眾多藝術作品。

但是外面的人……這是唯一的辦法。

這好像是個殘酷的諷刺，現在拯救那些人唯一的辦法，就是摧毀這座教堂。蘭登覺得光明會一定喜歡這個象徵性。

隧道底部傳來的空氣冰涼而潮溼。下頭某個地方就是神聖的古墳場……聖彼得和無數早期基督徒的埋葬之地。蘭登感覺到一陣寒意，期望這一趟不會是個自殺任務。

忽然間，總司庫的油燈好像停下來，蘭登趕緊追上去。

重重陰影間，突然現出了階梯的盡頭。一道鍛鐵大門擋在階梯底部，上頭浮雕著三個骷髏。總司庫站在那兒，拉開了門。蘭登往前跳，把門一推又關上，攔在總司庫面前。其他人轟隆隆衝下樓梯，在BBC的聚光燈照射下，每個人都臉色慘白……尤其是葛立克，隨著每走一步，他的臉色就愈白。

夏特朗抓住蘭登。「讓總司庫過去！」

「不行！」還在樓梯上的薇多利雅開了口，上氣不接下氣。「我們一定要馬上撤離！我們不能把反物質帶出去！如果拿上去的話，外頭每個人都會死！」

總司庫的聲音出奇地冷靜。「你們所有人……你們一定要有信心。我們只剩一點點時間了。」

「你不明白，」薇多利雅說：「在地面上爆炸的後果，會比在這裡嚴重得多！」

總司庫望著她，亮晶晶的綠色眼珠顯示他神志清楚極了。「誰說要在地面上爆炸的？」

薇多利雅瞪著眼睛。「你要把它留在這裡？」

總司庫的信心有催眠的力量。「今天晚上不會再有任何人送命了。」

「神父，可是——」

「拜託……有點信心吧。」總司庫突然變得非常小聲，令人動容。「我不要求任何人跟我來。你們都可以自由離開。我只要求你們不要干涉天主的指令。讓我去做天主召喚我做的事。」總司庫的眼神更急切了。「我要挽救這個教會，而且我辦得到。我以性命發誓。」

緊接著的沈默壓人，簡直就像巨雷轟頂。

120

晚間十一點五十一分。

古墳場（Necropolis）字面上的意思，就是死人之城。

蘭登以前所閱讀過有關這裡的資料，沒有一個能讓他對眼前的景象有所準備。這個龐大的地下大洞穴充滿了殘破的陵墓，像一座座小房子似的立在洞內地板上。空氣聞起來死氣沈沈。狹窄難行的棋盤式走道在破爛的紀念碑之間彎來繞去，盡是斷磚和大理石殘片。無數未挖掘的土墩彷彿灰撲撲的廊柱，往上撐起了籠罩著晦暗小村的泥濘天空。

死人之城，蘭登心想，覺得自己被困在學術的好奇和本能的恐懼之間。他和其他人衝下了蜿蜒的走道。我的選擇錯了嗎？

所有人裡面，夏特朗是第一個無條件相信總司庫的說法的人，他急急拉開那道柵門，宣佈他相信總司庫。葛立克和梅可瑞也接受總司庫的建議，慷慨同意為這趟旅程提供照明，不過想想他們若能活著離開這裡，將會得到什麼樣的獎勵，他們的動機當然就很可疑了。薇多利雅是所有人裡面最不熱心的，蘭登看到她眼中有種不安的機警，很像是女性的直覺。

現在太晚了，蘭登心想，他和薇多利雅跟在其他人後面跑。我們都捲進去了。

薇多利雅沈默不語，但蘭登知道他們在想同一件事。如果總司庫錯了，九分鐘內絕對來不及逃出梵蒂岡！

他們跑過一座座陵墓，蘭登覺得雙腿好疲倦，然後驚訝地發現他們一行人正跑上一道平緩的斜坡。然後他想通了原因，一陣寒意直透心底。他腳下的地形就是基督那個時代的。他正跑上原始的梵蒂岡丘！蘭登聽過梵蒂岡的學者宣稱聖彼得的墳墓靠近梵蒂岡丘頂，一直很納悶他們怎麼曉得。現在他明白了。*那座山丘原來還在這裡！*

蘭登覺得自己好像正跑過一頁頁的歷史。前方某處就是聖彼得的墳墓——存放著那位聖人的遺骨。很難想像原來的墳墓上只有一座簡樸的聖所而已。隨著彼得的地位愈加顯赫，新的聖所便陸續蓋在舊的上頭。如今，這座向聖彼得致敬的建築物在上方延伸四百四十呎，直抵米開朗基羅所設計的圓頂，頂點的位置與原始墳墓的正上方相差只有幾分之一吋。

他們繼續沿著蜿蜒的通道跑上坡。蘭登看看錶。剩八分鐘了。他開始納悶自己和薇多利雅會不會永遠加入這裡的死者行列。

「小心！」葛立克在他們後方喊。「蛇洞！」

蘭登及時看到，他們面前的通道上有一連串小洞。他跳了起來，剛好閃過。

薇多利雅也跳過去，堪堪躲過了那些狹窄的小洞。他們繼續往前跑時，她一臉不安。「蛇洞（snake holes）？」

「其實，是點心洞（snack holes）。」蘭登糾正她。「相信我，你不會想知道由來的。」他剛剛才想到，這些洞以往是倒祭拜獻酒的管子。早年的基督徒相信肉身會復活，於是利用這些洞把奶和蜜倒入地面下的墓室，名副其實地「餵食死者」。

總司庫覺得好虛弱。

他往前衝，想到自己對天主和世人的責任，雙腿又生出力氣來。*就快到了。*他身上痛得不得了。*思想帶來的苦惱，有可能遠超過肉體之痛。*但他還是覺得很累，他知道眼前時間不多了。

「我會挽救你的教會，天父。我發誓。」

儘管BBC的燈就在他後面照著，他也很感激，但總司庫還是舉高了手裡的油燈。我是黑暗中的明燈，我是光。他奔跑時，油燈晃動著，一時之間他很擔心易燃的燈油會濺出來燙傷他。他今天晚上受的灼傷已經夠多了。

快爬到山丘頂端時，他已經全身是汗，幾乎喘不過氣來。但當他來到山頂，卻覺得宛如重生。他跌跌撞撞踏上了那片平地，以前他曾站在這裡好多次。這兒是小徑的終點。古墳場在一面土牆前嘎然而止。牆上有個小小的標示：**聖人陵墓**。

這裡就是聖彼得之墓。

在他面前的牆上，腰部的高度處，有一個洞口。這裡沒有貼著金箔的牌子，沒有炫耀的裝飾，只有牆上一個洞，裡面是個小小的石室，放著一具殘破的簡陋石棺。總司庫凝視著那個洞，露出疲憊的微笑。他聽得到其他人跟在後頭登上了丘頂。他放下油燈，跪下來禱告。

謝謝，天主。就快結束了。

外頭的廣場上，莫塔提樞機主教身邊環繞著其他震驚的樞機主教，他抬頭盯著媒體螢幕，看著在他們下方的地下墓室所演出的這齣戲。他再也不曉得該相信什麼了。全世界也目睹了他剛剛所見到的這一切嗎？天主眞的向總司庫說話了嗎？反物質眞的會出現在聖彼得的——

「瞧！」人群中爆出一聲驚喊。

「那裡！」忽然間人人指著螢幕。「眞是奇蹟啊！」

莫塔提抬頭看。攝影機的角度不太穩，但夠清楚了。那是個難忘的畫面。

鏡頭從後方拍攝，總司庫正跪在泥土地上禱告。他前面的牆上有個粗鑿而成的洞，洞內的古代粗石堆中，是一具赤陶棺。儘管莫塔提這輩子只見過那具石棺一次，但他很清楚裡面裝的是什麼。

聖彼得。

此刻廣場上歡聲雷動，人人驚奇又開心，莫塔提不會天眞到以爲這是因爲大家目睹了基督教世界最神聖的遺骨之一。人們不由得跪下禱告感恩，並不是因爲聖彼得之墓，而是因爲放在墓上面的那件東西。反物質的罐子，就在那裡……放了一整天……藏在陰暗的古墳場中。那個罐子看來精巧，卻是無情又致命。總司庫獲得的天啓果然正確無誤。

莫塔提驚奇地望著那個透明圓罐，一滴液狀圓珠仍懸在罐子中央。隨著罐上的發光二極體顯示器進入倒數最後五分鐘，洞內也一閃一閃著紅光。

另一件也放在墓上的東西，離罐子只有幾吋，那是瑞士衛兵團的無線監視攝影機，這一整天，鏡頭始終對準罐子，把畫面傳送出去。

莫塔提畫了個十字，很確定這是自己畢生以來看過最可怕的影像。但是過了一會兒，他才想到，接下來馬上就會變得更可怕了。

總司庫忽然站起來，雙手抓住罐子，轉過來面對其他人。他一臉專注，擠開其他人，開始循原路回頭，沿著古墳場的那條下坡路，往山丘下奔跑。

攝影機照到了驚駭僵立的薇多利雅．威特拉。「你要去哪裡！總司庫！你剛剛不是說——」

「要有信心！」他邊跑邊喊。

薇多利雅轉身看著蘭登。「我們該怎麼辦？」

羅柏．蘭登想攔住總司庫，但夏特朗已經緊跟在總司庫後面跑，顯然相信總司庫的信念。

現在從BBC攝影機傳來的影像彷彿是搭上了雲霄飛車，拐來繞去。這個混亂的行列跌跌撞撞地衝過重重陰影，往古墳場的出口奔跑之際，攝影機拍下了一格格騷動又恐怖的畫面。

在外頭的廣場上，莫塔提恐懼地輕喊起來。「他們要把那個帶上來這裡？」

全世界所有的電視螢幕上，比本人更加懾人的總司庫往上衝出了古墳場，反物質拿在身前。「今天晚上不會再有人送命了！」

但總司庫錯了。

121

十一點五十六分整，總司庫衝出了聖彼得大教堂的大門。他踉蹌走進舉世矚目的炫目燈光下，反物質罐子拿在面前，好似那是某種神聖的祭品。他刺痛的雙眼望出去，可以看見自己的形像，半裸著身子，胸前有灼傷，在遍佈廣場的媒體螢幕上聳立有如巨人。聖彼得廣場上的人群所發出的吼聲，完全不像總司庫以前所聽過的——哭喊、嘶吼、誦念、禱告……混合了崇敬與驚駭。

救我們脫離凶惡，他低語著。

從古墳場一路奔跑出來，讓他覺得耗盡了體力。整個過程差點以大災難收場。羅柏・蘭登和薇多利雅・威特拉本來想攔下他，把這個罐子扔回原來在地下室的隱藏處，然後大家跑出來找掩蔽。盲目的愚人！

此時總司庫腦袋清楚極了，他明白換了任何一夜，他絕對跑不贏。但今夜，天主再度與他同在。中間羅柏・蘭登差點追上他，卻被夏特朗抓住了——總司庫要他們有信心，夏特朗始終信賴並服從。那兩位記者當然也乖乖順從，何況他們隨身帶著太多設備，根本無力阻止他。

天主以神祕的方式行事。

現在總司庫聽得見後面其他人的聲音了……也在螢幕上看到他們出現、接近。他撐出身上最後一絲力氣，把反物質高舉過頭。然後，他光裸的雙肩後仰，做出一個藐視光明會在他胸膛烙印的姿態，接著衝下了階梯。

只剩最後一幕了。

一路順風，他心想。一路順風。

只剩四分鐘……

羅柏衝出大教堂時，幾乎什麼都看不見。媒體的燈海刺激著他的視網膜。他只能約略看見總司庫模糊的輪廓，就在他前面，跑下了樓梯。一時之間，眾多媒體燈光把總司庫照得燦爛發光，看起來好神聖，像是某種現代神祇。他的長袍垂到腰際，像是裹屍布。他的身體有敵人留下的傷痕，但他卻忍耐著。總司庫身體挺直，不斷向全世界高喊要有信心，然後帶著這個致命武器，奔向人群。

蘭登跟在他後面衝下階梯。他在做什麼？他會害死我們所有人！

「撒旦的作品，」總司庫嘶吼道：「絕不容許放在上帝的寓所裡！」他跑向眼前大驚失色的群眾。

「神父！」蘭登跟在後面大喊：「我們沒有地方去！」

「看看天空！我們忘了要仰望天空！」

就在那一刻，蘭登看到了總司庫的去向，頓時猛然領悟了清楚鮮明的眞相。儘管媒體的燈光照得蘭登看不見去路，但他知道拯救他們唯一的道路，就在頭頂上。

繁星遍佈的義大利夜空，就是他們的脫逃路線。

總司庫之前召來接他去醫院的那架直升機，現在就停在正前方，駕駛員已經坐在駕駛艙內，螺旋槳正在嗡嗡旋轉中。總司庫跑向飛機，蘭登忽然覺得欣喜若狂。

種種想法宛如一波大浪，在蘭登心頭翻騰……

首先他想到廣闊無邊的地中海。有多遠？五哩？十哩？他知道搭火車到菲摩其諾的海灘只要七分鐘。可是直升機的時速有兩百哩，而且一路直達……如果他們可以載著那個罐子飛到海上，丟下去……他想到了，還有其他的選擇，一時間覺得雙腿健步如飛。羅馬採石場！這個大理石採石場就在羅馬城北邊不到三哩處，那裡有多大？兩平方哩？這個時間一定沒有人！把罐子扔到那裡……

「大家往後退！」總司庫喊道。他邊跑邊覺得胸部好痛。「退開！馬上退開！」

站在直升機周圍的瑞士衛兵們看到總司庫往這邊跑，個個驚訝得下巴一鬆。

「往後退！」神父大叫。

衛兵們往後退開。

在全世界的驚奇注視下，總司庫奔跑繞到直升機的駕駛座門口，猛拉開門。「孩子，出來，快！」

那名衛兵跳出駕駛艙。

總司庫看著高高的駕駛艙座位，心知以自己極度疲憊的體力，勢必得雙手並用，才能把自己給拉上去。他轉向站在他旁邊發著抖的飛行員，把罐子塞到他手裡。「幫我拿著。等我進去再遞給我。」

總司庫往飛機上爬的時候，聽到了蘭登激動大喊著跑向飛機。現在你明白了吧，總司庫心想。現在你有信心了！

總司庫爬進了機艙，調整了幾個熟悉的操作桿，然後轉向窗戶要接那個罐子。

可是剛剛接走那個罐子的衛兵卻兩手空空站在那裡。「他拿走了！」那個衛兵喊道。

總司庫覺得自己心跳停止了。「誰！」

衛兵一指。「他！」

羅柏・蘭登很驚訝反物質罐子這麼重。他跑到直升機的另一側，跳進後方的機艙，幾小時前他和薇多利雅還坐在這裡過。他讓門開著，扣好安全帶，然後在後座朝總司庫大喊。

「神父，起飛吧！」

總司庫伸長脖子回頭望著蘭登，擔心得面無血色。「你在幹什麼！」

「你開飛機！我會幫你扔！」蘭登吼道。「時間不夠了！趕緊起飛就是了！」

總司庫一時之間好像呆住了，媒體的燈光照進機艙，加深了他臉上的皺痕。「我可以單獨完成。」他低聲道。「我應該一個人做這件事的。」

蘭登根本沒聽進去。快起飛！他聽到自己大吼。快點！我是來幫你的！蘭登低頭看罐子，上頭的數字讓他喘不過氣來。「三分鐘，神父！只剩三分鐘！」

這個數字似乎把總司庫嚇醒了。他毫不猶豫轉回去面對操縱裝置。隨著一陣刺耳的轟鳴，直升機升空了。

透過一陣捲起的沙塵，蘭登看到薇多利雅奔向直升機。兩人四目交投，然後她像一顆下墜的石頭般變得愈來愈小。

122

在直升機裡，引擎發出的聲響震耳欲聾，加上從打開的門灌進來的強風，一片令人昏眩的混沌攻擊蘭登的所有感官知覺。總司庫加速讓飛機直直往上升時，蘭登坐穩身子，以抵抗愈來愈強的地心引力。聖彼得廣場的燈光在他們下方逐漸縮小，最後變成一塊邊緣模糊的亮橢圓形，在羅馬城的燈海中發著光。

反物質的罐子在蘭登手裡感覺像個沈重的貨物。他緊緊抓著，手掌現在被沁出的汗與血弄得溼滑。陷阱罐子裡，那一小球反物質冷靜地懸浮著，在兩極發光體倒數計時器的映照下，有節奏地閃著紅光。

「兩分鐘！」蘭登喊道，很納悶總司庫打算要把這個罐子丟在哪裡。

下方的城市燈光往四面八方延伸。在西邊遠處，蘭登看得見地中海沿岸閃爍的輪廓——泛著冷光的鋸齒狀海岸線之外，是一片黑暗無邊的空闊海面。那片海現在看起來比蘭登想像的遠。此外，海岸上密集的燈光也冷酷地提醒他們，即使飛到遠遠的外海去，爆炸也可能會造成毀滅性的後果。蘭登還不敢去想十千噸的巨浪撲上岸的下場。

蘭登轉回頭，望向前方駕駛艙的窗外，覺得比較有希望了。就在他們的正前方，羅馬諸丘起伏的陰影在黑暗中浮現。丘陵上散佈著燈光——豪富人家的別墅——但往北約一哩之外，丘陵逐漸變暗。一點燈光都沒有——只有一大片孤立的黑暗。什麼都沒有。

採石場！蘭登心想。羅馬採石場！

蘭登急切凝視著那片荒蕪的土地，感覺到那個地方夠大，而且也很近，比地中海要近得多。他一下興奮起來。總司庫顯然打算把反物質載到那裡去！直升機就正對著那裡！採石場！但奇怪的是，當引擎運轉得愈來愈大聲，直升機也在空中猛衝過氣流，蘭登卻看得到那個採石場並沒有愈來愈近。他困惑地望了側門外一眼，好確定方向。這一看，他的興奮霎時被一波恐慌的大浪淹沒。就在他們正下方，幾千呎以下，聖彼得廣場上的媒體燈光還在發亮。

我們還在梵蒂岡上空！

「總司庫！」蘭登簡直說不出話來。「往前！我們已經飛得夠高了！我們得開始往前飛！我們不能讓罐子掉回梵蒂岡城！」

總司庫沒回答。看起來在專心駕駛。

「現在剩不到兩分鐘了！」蘭登大吼，拿起了罐子。「我看得到！羅馬採石場！往北兩哩！我們不必——」

「不，」總司庫說：「那太危險了。對不起。」直升機繼續往上攀升，總司庫轉過頭來給了蘭登一個哀戚的微笑。「朋友，眞希望你沒跟來。你將會成爲最後一個犧牲者。」

蘭登望著總司庫疲倦已極的雙眼，忽然明白了。他的血液轉爲冰冷。「可是……我們一定有個地方可以去！」

「上面，」總司庫回答，他一副認命的語氣，「那是唯一安全的地方。」

蘭登幾乎無法思考。他完全誤解了總司庫的計畫。看看天空！

天空，現在蘭登懂了，這指的名副其實就是他們正前往的地方。總司庫從來沒打算把反物質丟下去。他只想把罐子帶走，在人類能力可及的範圍內，盡可能離梵蒂岡愈遠愈好。

這是一趟永不回頭的旅程。

123

在聖彼得廣場上，薇多利雅・威特拉往上凝視。直升機現在成了小小一點，媒體燈光再也照不到了。就連螺旋槳的砰砰擊打聲都減弱爲遙遠的嗡鳴。那一刻，似乎全世界都注視著上頭，滿懷期待地沈默無聲，伸長脖子望向天空……所有民族、所有宗教……所有的心跳都合爲同一節奏。

薇多利雅的種種情緒化成了一陣痛苦打轉的旋風。當直升機消失在遠方，她想著蘭登的臉，在她眼前逐漸升高。*他當時在想什麼？難道他不明白嗎？*

廣場各處的電視攝影機紛紛探索著天上那片黑暗，等待著。人海中的每張臉都凝視著夜空，一致默默倒數。媒體螢幕全都閃現著同樣的寧靜場面……燦爛群星點亮了羅馬的夜空。薇多利雅感覺到淚水湧上來。

她身後的大理石斜面上，一百六十一名樞機主教滿心敬畏地往上凝視。有些人十指交握禱告，但大部分人只是愣愣站在那裡，沈默無語。有的人在流淚。時間一秒秒滴答逝去。

在全世界的家中、酒吧、工作地點、醫院裡，所有人一起見證。男男女女手牽手，或是抱著自己的孩子。時間彷彿飄浮在地獄邊緣，人人的心都懸在半空中。

然後，聖彼得大教堂的鐘開始殘酷地響起。

薇多利雅的眼淚奪眶而出。

然後……在全世界的注目下……時間到。

那片死寂，是整個事件中最恐怖的一刻。

梵蒂岡城上空高處，出現了一點極小的光。轉瞬間，一個新的天體誕生了……那是任何人畢生所見最純最白的小光點。

然後事情發生了。

一道閃光。那個點膨脹開來，好像從自身獲得能量而滋長，在空中展開一團脹大的炫目白光。光團向四面八方炸開，以不可思議的速度增大，吞噬了黑暗。那團光球愈來愈大，也愈來愈亮，像一個迅速膨脹的惡魔準備要吞掉整個夜空。它往下衝，朝向廣場上的人群，愈來愈快。

被照得目盲的一張張慘白的臉同時吸了口氣，遮住眼睛，驚懼難抑得喊出聲。

那團光猛然衝向四面八方時，難以想像的事情發生了。好像是出自上帝的意志般，那團暴脹的光球似乎撞上了一堵牆。彷彿整個爆炸不知怎地被限制在一個巨型的玻璃球中。光向內反彈，加劇，整個球體表面起伏著。那道波浪看來已經達到盡頭，懸在那裡。那一刻，一個渾圓的沈默光球在羅馬上空照耀，把黑夜變成了白晝。

然後往下撞。

那股震盪深沈空蕩——從天上傳來一道轟隆隆的震波。有如地獄之怒降臨人間，搖撼著梵蒂岡城的花崗岩地基，震得有人無法呼吸、有人踉蹌往後倒。迴盪的餘波環繞著柱廊，接下來一股暖流突然襲來。熱風掠過廣場，穿過一根根圓柱撞上牆，發出陰沈的哀鳴。沙塵在頭上打著旋，人們縮著頭緊緊擠在一起……見證了啟示錄上末日的善惡決戰場。

然後，就像出現時一樣快，那顆光球向內猛爆開，自身往內回吸，擠成了原來那一顆小小的光點。

124

聖彼得廣場從沒有出現過這麼多人、卻這麼安靜的場面。

廣場地面上，望著黑暗夜空的人們紛紛避開眼睛，低頭往下看，每個人都在獨自體會那一刻的驚奇。媒體燈光也隨即配合，光線轉回地面，彷彿是出於對降臨眾人那片黑暗的尊敬。一時之間，好像全世界都一起低下了頭。

莫塔提樞機主教跪下禱告，其他樞機主教也隨之跟進。瑞士衛兵們放低手上的長戟，木然站在那裡。沒有人講話，沒有人移動。在各個地方，人們的心不由自主顫抖著。悲痛、害怕、驚奇、信心。還有對他們剛剛所見證那股驚人力量的滿心敬畏。

薇多利雅・威特拉站在大教堂那道廣闊的階梯底下，全身顫抖。她閉上眼睛。情緒的暴風雨此刻在她血液中狂奔，有個字眼就像遠處的鐘聲般在她腦中反覆敲響。原始又殘酷。她把那個字眼驅走，然而回音不斷。她又把它趕走。那股痛苦太強大了。她試著去想其他人正在思索的那些畫面……反物質撼動人心的力量……梵蒂岡獲得解救……總司庫……英勇的壯舉……奇蹟……無私。然而那個字眼回響著……在一片混亂中不斷響起，帶著一種刺心的孤寂……

羅柏。

他爲了她趕去聖天使堡。

他救了她。

現在他被她的發明毀滅了。

莫塔提樞機主教禱告時，想著自己是否也能像總司庫那樣聽到上帝的聲音。相信奇蹟的人，才會親身體驗到奇蹟嗎？莫塔提是個懷有古老信仰的現代人。在他所相信的事情當中，從來不包括奇蹟。當然，他的信仰涉及了種種奇蹟……掌心流血、死後復活、裹屍布上的印記……然而，莫塔提理性的想法中，總認爲這些描述只是神話。只是源於人們最大的弱點——需要證據。奇蹟不過是一些我們緊緊抱著不放的故事，只因爲我們但願這些奇蹟是真的。

然而……

我真的現代化得無法接受雙眼剛剛目睹的一切嗎？那是個奇蹟，不是嗎？沒錯！天主在總司庫耳邊低語，出手拯救了這個教會。我爲什麼這麼難以相信？如果天主什麼都不管，那表示他是個什麼樣的神？全能的神卻什麼都不關心？或者關心卻無力阻止？奇蹟是唯一可能的應答！

莫塔提驚奇地跪下，爲總司庫的靈魂禱告。他感謝這位年輕的總司庫，儘管年紀輕輕，卻開啓了這位老人的雙眼，讓他毫無疑惑地相信了奇蹟。

然而不可思議的是，莫塔提怎麼也想不到，他的信仰接下來正要接受進一步考驗……

聖彼得廣場上的沈默被打破了，一開始是窸窣聲逐漸傳開，接著擴大爲紛紛的輕聲低語。然後，忽然間，化成了一陣呼喊。毫無預警地，人群開始眾口一致喊叫著。

「看哪！看哪！」

莫塔提睜開眼睛，轉向人群。每個人都指著他的身後，朝著聖彼得大教堂的方向。他們臉色發白，有些人跪下去，有些人暈倒了。有的人忍不住啜泣起來。

「看哪！看哪！」

莫塔提困惑地轉身，望向那些手伸出的方向。他們正指著大教堂的最高處，屋頂陽台上，那裡有巨大的基督及其使徒的雕像，往下看著人群。

而站在基督的右邊，向全世界伸出雙臂的……是卡羅·凡特雷斯卡總司庫。

125

羅柏·蘭登不再下墜了。

再也沒有恐懼，再也沒有痛苦，連耳邊呼嘯而過的風聲也沒有了。只有輕輕拍打的溫柔水聲，他好像舒服地睡在沙灘上。

但矛盾的是，蘭登卻又覺得自己死了。他很高興是這樣。他讓那股漂浮的麻木感完全吞噬他，帶著他到任何將去的地方。他的痛苦和恐懼已經麻痹，他願意不計一切讓那些感覺遠離他。他最後的那個記憶，只可能是來自地獄的景象。

帶我去。求求你……

但那拍浪聲雖然讓他陷入一種遙遠的寧靜感，卻也同時把他往回拖，想把他從夢中拖出來。*不！讓我繼續作夢吧！*他不想醒來。他感覺到一群惡魔團團圍住他的極樂小天地，猛捶著要粉碎他的美夢。一堆模糊的影像打著轉，種種聲音狂喊。*不，求求你！*他愈是掙扎，那股狂暴就滲透得愈凶。

然後，殘酷地，他又再度經歷了那一切……

直升機以令人暈眩的速度直直上升，他被困在裡面。透過開著的艙門，隨著每一秒過去，羅馬的燈光愈來愈遙遠。蘭登的求生本能叫他現在就把罐子丟出去，他知道那個罐子二十秒之內就可以下墜半哩，卻是掉向一個人口密集的城市。

再高一點！再高一點！

蘭登很納悶他們現在飛得多高了。他知道小型螺旋槳飛機最高可以飛到四哩，這架直升機到現在應該飛過一半以上了。兩哩多？三哩？還有個機會，如果他們抓準丟出去的時間，罐子落地的途中就會爆炸，離地面還有一段安全的距離，而且也遠離這架直升機。蘭登望向艙門外，廣大的城市在他們下方展開。

「如果你算錯了呢？」總司庫說。

蘭登轉身，嚇了一跳。總司庫根本沒在看他，顯然從映在擋風玻璃上幽靈似的倒影看透了他的心。怪的是，總司庫不再全神貫注於那些操縱裝置，他的雙手現在甚至沒放在速度搖桿上。看起來直升機現在似乎是轉到了某種自動駕駛模式，鎖定往上爬升。總司庫伸手到頭上方的艙門頂，探著一條束線管後方，拿出用膠帶黏在那邊的一根鑰匙。

蘭登困惑地看著總司庫迅速打開栓在兩個座位間的金屬雜物箱。他拿出一個大大的黑色尼龍包，放在隔壁的座位上。蘭登的思緒翻騰，總司庫的動作似乎很沈著，好像心中已經有了解答。

「罐子給我。」總司庫說，聲音沈穩。

蘭登再也不知道該怎麼想了。他把罐子塞給總司庫。「九十秒！」

總司庫處置那個反物質罐子的動作，完全出乎蘭登的意料之外。他小心地雙手拿好，放進了那個雜物箱。然後他關上沈重的蓋子，用鑰匙鎖緊。

「你在做什麼！」蘭登問道。

「不叫我們遇見試探。」總司庫把鑰匙扔出開著的窗子。

鑰匙墜入黑夜，蘭登覺得他的靈魂也跟著掉下去了。

然後總司庫拿起那個尼龍包，手臂穿過背帶，再把一條箍帶繞過腰部扣好，就像背著一個背包。他轉身看著目瞪口呆的羅柏·蘭登。

「很抱歉，」總司庫說：「事情不應該是這樣發生的。」然後他打開艙門，奮力躍入黑夜。

那個影像烙在蘭登無意識的腦子裡，隨之而來的是痛。眞正的痛。肉體的疼痛，持續的，尖銳的。他乞求被帶走，讓疼痛結束，但當耳邊的拍浪聲變大，開始出現了一批新的影像。他看到小點和碎片。極度恐慌的散亂畫面。他浮游在死亡和夢魘之間，乞求解脫，但他腦海中的影像愈來愈明亮。

反物質罐子鎖著拿不到。直升機往上衝時，罐子繼續無情的倒數計時。五十秒。更高，更高。蘭登在機艙內瘋狂打轉，想搞清楚他剛剛看到的。四十五秒。他翻著座位底下，想找另一副降落傘。四十秒。根本沒有！一定有個辦法！三十五秒。他衝到開著的艙門，站在狂風裡，往下望著羅馬城的燈火。三十二秒。

然後他做了選擇。

難以置信的選擇……

身上沒有降落傘，羅柏・蘭登跳出了艙門。黑夜吞噬了他翻滾的身影，直升機彷彿往他上方猛射出去，在他的自由墜落所帶來的震耳風聲中，螺旋槳的聲音消失遠去。

筆直朝地面落下時，羅柏・蘭登感覺到某種力量，那是他以前高台跳水時從沒體驗過的——地心引力在致死墜落過程中那種勢不可擋的拉力。他下墜得愈快，地心引力似乎就愈強，把他猛往下吸。但這回，他不是從五十呎的高台跳入泳池，而是從幾千呎的空中跳入一個城市——一大片無盡綿延的柏油路和水泥。

在奔騰的大風和滿腹絕望中，寇勒的聲音從墳墓中傳來……是他今天上午在歐洲核子研究中心的自由落體管前面說過的。一平方碼的曳引力，可以使物體的下降速度減緩將近百分之二十。現在蘭登明白，對於這樣的墜落來說，百分之二十遠遠不足以讓他活命。雖然如此，他還是兩手緊抓著一件東西，與其說是懷抱希望，倒不如說是麻木了；那是他跳出機艙門前從直升機裡面匆忙抓到的唯一物品。是個紀念品，不過是那電光石火的瞬間，唯一能帶給他希望的。

那塊用來遮擋風玻璃的防水布，當時就放在直升機的後機艙。形狀是四邊內凹的長方形——大約四碼寬、兩呎長——像個巨大的床罩，是他所能想到最粗略近似降落傘的物品。上頭沒有降落傘背帶，只有兩端各一個橡膠繩扣環，用來扣在擋風玻璃上的。蘭登抓住了那塊布，雙手穿過扣環抓緊，然後跳入了一片空無。

這是他最後一次的青春冒險大行動。

此刻之後，再也不必幻想能逃過一死了。

蘭登覺得自己像顆石頭掉下去。腳在下面，雙臂舉高，手抓著扣環。頭上的防水布鼓脹得像個蘑菇。狂風猛烈地往上撲掠而過。

他筆直朝地面墜下時，上方某處有個深沈的爆炸。好像比他預期得要遠。然後震波幾乎立刻撞上他。他覺得肺裡的氣都被榨了出來。空中忽然出現一股暖流緊緊包圍他。他努力握緊手，一道熱氣形成的大牆從天而降，防水布的上端開始悶燒……不過沒破。

蘭登一路往下猛墜，就在一團膨脹的光球邊緣，感覺上好像衝浪者想追上一道千呎巨浪。然後突然間，那股熱氣消退了。

他又在一片黑暗的涼冷中往下掉。

一時之間，蘭登又感覺到希望。可是片刻之後，那股希望就像上方消退的熱氣般又褪去了。儘管他繃緊的雙手確保那塊防水布可以減緩下降的速度，但風仍以震耳欲聾的速度掠過他身體。蘭登很確定他還是下墜得太快，不可能生還。他落地時會摔得粉身碎骨。

一堆數字在他腦海裡翻騰，但他麻木得無法理解……一平方碼的曳引力……減緩百分之二十的速度。蘭登唯一能估計的就是頭頂上這塊防水布夠大，減緩的速度超過百分之二十。但不幸的是，他從掠過身上的狂風也可以判斷，不管這塊防水布帶來了什麼好處，反正都不夠。他還是下墜得太快……等撞到底下等著的那一大片水泥，他就死定了。

在他下方，羅馬城的燈光朝四面八方伸展，蘭登正要落入的那個城市看起來像個被繁星點亮的龐大天空。一大片完美無瑕的星空只有一點瑕疵，就是把城市分爲兩半的那條暗色帶子——沒有燈光的寬闊長帶，像一條胖蛇迂迴穿過了點點燈光。蘭登往下望著那條曲折的黑色條塊。

忽然間，好像一股不期然的大浪漲到最頂點，他心中再度充滿希望。

蘭登發瘋似的用力把右手的篷蓋往下拽，防水布忽然拍擊得更大聲，鼓脹起來，往右一斜好尋找阻力更小的路徑。蘭登覺得自己往旁邊斜飄過去，他又拉，這回更用力，無視於手掌上的疼痛。防水布搖曳了一下，蘭登覺得自己的身體往橫向滑動。不多，可是有一些！他再度望著下方那條彎曲的黑蛇。位於遠遠的右方，不過他的位置還很高。他是不是等得太久了？他使出全身力量，覺得現在一切都得靠上帝了。他專注看著那條黑蛇最寬的部份，然後……這輩子頭一回，他祈求奇蹟出現。

接下來的事情一片模糊。

腳下那片黑暗朝他湧上來……他體內的跳水本能反應又回來了……他自動自發地挺直脊椎、繃直腳尖……肺部鼓脹以保護重要內臟……雙腿屈起像個大錘子……最後……感謝曲折的台伯河正水勢洶湧……使得水中充滿泡沫和空氣……比一般靜水域要柔軟三倍。

然後他撞上了……接下來是一片黑。

那群人本來正緊盯著天上的火球，但防水布篷發出轟響的翻拍聲吸引了他們的視線。今夜羅馬上空充滿了奇觀……火箭般衝天的直升機，巨大的爆炸，現在是這個奇怪的東西筆直掉進了充滿泡沫的台伯河中，剛好就在河中小島台伯島的岸邊。

自從台伯島在西元一六五六年的羅馬鼠疫期間被用來隔離檢疫後，從此這個小島就被視爲擁有神祕的治癒特性。由於這個原因，小島後來就成爲羅馬市台伯醫院的所在。

他們把那個渾身泥水的人體拖上岸時，那名男子還有微弱的脈搏。大家都覺得眞是太神奇了，猜想會不會是台伯島神祕的療傷聲譽，才讓他仍維持心跳。過了幾分鐘，那名男子開始咳嗽，逐漸恢復意識，這群人於是判定這個小島的確很神奇。

126

莫塔提樞機主教知道，這一刻的神奇已經無須增添任何言語。聖彼得廣場上方的這幅沈默景象，比任何天使的合唱都要撼動人心。

抬頭注視著凡特雷思卡總司庫時，莫塔提感覺到自己的心和理智強烈衝撞，一時目瞪口呆。這幅景象似乎是真的，有實體的。可是……怎麼可能？人人都看到總司庫登上直升機，人人都目睹了天上的那顆大光球。但現在，不知道怎麼回事，總司庫卻高高站在他們上方的屋頂陽台上。是天使帶他來的嗎？還是上帝讓他轉世再生了？

這不可能啊……

莫塔提的心只想無條件相信，但他的理智卻大喊著想找出原因。環繞著他的所有樞機主教都往上注視，驚奇得無法動彈，顯然看到了同樣的景象。

那是總司庫沒錯，毫無疑問。但他總之有點不一樣，看起來好神聖，好像被淨化了。是鬼魂？還是人？他的白皮膚在聚光燈下發亮，好像毫無重量的虛幻形影。

廣場上充滿著叫喊、歡呼，還有人不由自主地鼓掌。一群修女跪下，唱起了西班牙民間特有的撒埃塔聖歌。人群中響起一個有節奏的聲音，忽然間，整個廣場都在念著總司庫的名字。樞機主教們也加入了，有的臉上還掛著淚。莫塔提看著四周，試圖理解這一切。這真的發生了嗎？

卡羅・凡特雷思卡總司庫站在聖彼得大教堂的屋頂陽台，望著下面注視著他的人群。他是醒著還是在夢中？他覺得自己轉變了，變得超凡脫俗了。他不知道剛剛從天上飄到那一大片柔軟黑暗的梵蒂岡城庭園中的，是他的身體或只是他的靈魂……他像個沈默的天使降落在空寂無人的草坪上，聖彼得大教堂高聳的交錯陰影掩護了他的黑色降落傘。他也不曉得是他的身體或靈魂生出了那股力量，支撐著他爬上古老的獎章階梯，來到現在所在的屋頂陽台。

他覺得輕得像個鬼。

雖然下面的人群喊著他的名字，但他知道他們不是爲他歡呼。他們的歡呼是發自一股難抑的喜悅，就像他此生每一天想到全能的天主時那種喜悅。他們都體驗到人人長期以來渴望的……永生的保證……造物者力量的證明。

凡特雷思卡總司庫畢生都在祈禱這一刻到來，然而，連他也想不到，上帝眞找到了方法讓這一切發生。他想向人們大喊。你們的上帝是永生的神！瞧瞧你們眼前的奇蹟吧！

他站在那兒一會兒，全身麻木，心中卻有畢生從未有過的感慨萬千。最後，聖靈驅使他低下頭，退步往後。

此時他孤身一人，跪在屋頂上禱告。

127

周遭的那些影像好模糊，飄進又飄出。蘭登的眼睛逐漸看清楚。他兩腿好痛，身體感覺像被卡車輾過。他側躺在地上。有個什麼好臭，像是膽汁。他還能聽見持續不斷的拍浪聲，但感覺到周圍再也不平靜了。還有其他的聲音——緊緊圍著他的談話聲。他看到了一些模糊的白色形體。他們都穿白的嗎？蘭登判定自己若非在精神病院，就是在天堂。從喉嚨的灼痛感判斷，蘭登覺得這不可能是天堂。

「他沒再吐了。」有個男人說著義大利文。「把他翻過來。」那個聲音堅定而專業。

蘭登感覺到幾隻手緩緩把他翻過來仰躺著。他的頭好暈，想坐起身，但那些手溫柔地逼他躺回去。他的身體乖乖順從了。然後蘭登感覺到有個人檢查他的口袋，拿出東西來。

然後他就暈過去不省人事了。

賈柯布斯醫師不是篤信宗教的人；很久以前，醫藥科學就培養出他的信心。然而，今晚梵蒂岡的種種事件卻讓他井井有條的邏輯遭受到考驗。現在天上還會掉下人體？

他們把那個溼答答的男子從台伯河的泥水中拖上來，賈柯布斯醫師探了探他的脈搏，覺得一定是上帝親自護送這個人一路平安。撞上水面的衝擊讓這名傷者失去意識，要不是賈柯布斯和他的醫療組員正好跑出來站在岸邊觀看天上的奇觀，這個落水的靈魂就不會有人發現，最後一定會淹死。

「是美國人。」一名護士說，他們把他拖到乾燥的地面上，她檢查了那個人的皮夾。

美國人？羅馬人常開玩笑說這個城市擠滿了美國人，漢堡都該成爲正式的義大利食物了。可是這會兒美國人還從天上掉下來？賈柯布斯打開小手電筒，照著這名男子的眼珠，檢查瞳孔的擴大狀況。「先生？你聽得到我講話嗎？你知道你人在哪裡嗎？」

那個人又陷入昏迷了。賈柯布斯不意外。剛剛賈柯布斯做過心肺復甦術急救後，這名男子吐出了好多水。

「他名叫羅柏・蘭登。」那個護士看著那名男子的駕照，用義大利文說。

聚集在河岸碼頭上的這群人都愣了一下。

「不可能！」賈柯布斯說。羅柏・蘭登就是電視上那個人——之前協助梵蒂岡的那個美國教授。才幾分鐘前，賈柯布斯還看到蘭登先生爬上聖彼得廣場上的那架直升機，往上飛了幾哩高。賈柯布斯和其他人還衝到碼頭上，親眼看到了反物質爆炸——一個巨大無比的光球，他們這輩子從沒見過這種事情。這怎麼可能是同一個人！

「是他沒錯！」那個護士喊道，把他溼透的頭髮往後撥。「而且我認得他的粗呢毛料外套！」

忽然間有人站在醫院入口處大喊，是個病患。她瘋狂尖叫著，手裡抓著手提收音機朝向天空，讚美上帝。顯然凡特雷思卡總司庫剛剛奇蹟地出現在梵蒂岡的屋頂上。

賈柯布斯決定，等到早上八點交班後，他就要直接上教堂。

現在蘭登頭頂上的燈光更亮了，那是死白的燈光。他正躺在某種檢查檯上。他聞到收斂劑和奇怪的化學藥品味道。有人剛剛給他打了一針，又把他的衣服脫掉了。

絕對不是吉普賽人。在意識模糊的錯亂狀態下，他如此判定。或許是外星人？沒錯，他聽過很多這類事情。幸好這些人不會傷害他。他們只想要他的——

「你們休想！」蘭登坐起身，眼睛猛地睜開。

類。

「小心！」其中一個生物喊著義大利語安撫他，他的名牌上寫著賈柯布斯醫師。看起來完全就像人類。

蘭登結巴道：「我……我以為……」

「放輕鬆，蘭登先生。你現在人在醫院。」

迷霧開始散去。蘭登感覺大大鬆了口氣。他討厭醫院，但總比要割走他睪丸的外星人好。

「我是賈柯布斯醫師。」那名男子說。他解釋剛剛發生的事情。「你能活著眞是幸運。」

蘭登可不覺得幸運。他想不太起來發生了什麼事……直升機……總司庫。他身上到處都在痛。他們給他一點水，他漱了口。他們又給他的手掌包上乾淨的紗布。

「我的衣服在哪裡？」蘭登問。他現在穿著紙袍。

有個護士指著櫃台上一團淌著泥水的破爛卡其布和粗呢毛料。「都溼透了，我們只好從你身上剪開脫掉。」

蘭登瞪著他那堆破爛的哈里斯粗呢毛料，皺起眉頭。

「你口袋裡有面紙。」那個護士說。

此時蘭登才看見他外套襯裡上沾得到處都是的羊皮紙碎片。伽利略《圖解》的那張書頁。世界上最後僅存的一份，剛剛分解了。他已經麻木得不曉得該作何反應，只是瞪著眼睛看。

「其他私人物品我們都收好了。」她拿著一個塑膠箱。「皮夾，攝影機，還有筆。我盡量把攝影機弄乾了。」

「我沒有攝影機。」

護士皺起眉頭，把塑膠箱遞過來。蘭登望著裡面的東西。除了他的皮夾和筆之外，還有一個小小的新力RUVI袖珍攝影機。現在他想起來了，那是之前寇勒遞給他的，要他交給新聞媒體。

「我們在你口袋裡找到的。不過我想你得買個新的了。」那個護士把袖珍攝影機背後的兩吋螢幕打開。「螢幕摔壞了。」然後她臉色亮了一下。「不過聲音還可以播放，勉勉強強。」她把那個儀器舉到耳邊聽。「不斷在重複播放。」她聽了一會兒，然後臉一沈，遞給蘭登。「我覺得，好像是兩個人在吵架。」

蘭登滿腹疑惑，接過那個袖珍攝影機，湊在耳邊。那兩個人的音調又高又刺耳，不過還是聽得出在說什麼。一個人站在近處，另外一個人離很遠。兩個聲音蘭登都認得。

蘭登身穿紙袍坐在那兒，驚訝地聽著那段對話。雖然看不見發生了什麼事，但聽到那個令人震驚的結尾時，他很高興自己沒看到畫面。

老天！

對話又從頭開始重複播放時，蘭登把袖珍攝影機拿下耳邊，驚駭又困惑不解地坐在那兒。反物質……直升機……蘭登的腦子現在開始運轉了。

但那就表示……

他又想吐了。隨著一陣茫然與憤怒湧上心頭，蘭登爬下檢查檯，雙腿發抖站在那兒。

「蘭登先生！」那個醫師說，想阻止他。

「我需要衣服。」蘭登要求，感覺到背後空空的紙袍有一陣微微涼風。

「可是，你需要休息。」

「我要出院，馬上。我需要衣服。」

「可是，先生，你——」

「馬上！」

每個人都不知所措地面面相覷。「我們沒有衣服，」那名醫師說：「或許明天你可以找朋友送來。」

蘭登按捺著緩緩吸了口氣，定定看著那名醫師。「賈柯布斯醫師，我現在就要走出你們醫院大門。我需要衣服。我要去梵蒂岡，進梵蒂岡的人不能光著屁股的。我這樣講得夠清楚了嗎？」

賈柯布斯艱難地呑嚥著。「找點衣服給這位先生穿。」

蘭登一拐一拐走出台伯醫院，覺得自己像個發育過度的童子軍。他穿著一件藍色醫療助理的連身工作服，前面用拉鍊拉上，衣服上頭有好幾個布名條，顯然是在描述他的種種醫療人員資格。

陪著他的那個女人體格魁梧，穿著類似的服裝。院裡那名醫師向蘭登保證，她可以在最短時間內把蘭登送到梵蒂岡。

「塞車很嚴重。」蘭登用義大利語說，提醒她梵蒂岡附近都擠滿了車子和人潮。

那個女人的神色毫不擔心。她驕傲地指著衣服上的一個布名條，用義大利語說：「我是救護駕駛員。」

「救護？」原來如此。蘭登心想自己現在正需要搭救護車。

那個女人帶領他繞過大樓側邊。高出水面的一片水泥碼頭上，她的交通工具等在那裡。蘭登看到那個交通工具，停下了腳步。那是一架破舊的救護直升機，機殼上漆著「空中救護」的字樣。

他垂下了頭。

那個女人露出微笑。「飛到梵蒂岡。非常快。」

128

樞機團湧回西斯汀禮拜堂時，個個興高采烈又滿懷激動。相反地，莫塔提卻覺得心中湧起一股困惑，簡直要將他拖離地板帶走。他相信聖經裡面的種種古代奇蹟，然而他剛剛親眼目睹的，卻讓他無法理解。莫塔提一輩子獻身教會，至今七十九年，他知道這些事件應該會激起他滿腔虔誠之情……一種熱烈而鮮活的信仰。然而他唯一所感覺到的，卻是一股幽靈般逐漸滋長的不安。有個什麼感覺不對勁。

「莫塔提先生，」一名瑞士衛兵喊道，沿著走廊衝過來，「我們照您吩咐去屋頂了。總司庫是……活生生的！他是眞人！不是鬼魂！就是我們認識的那個他沒錯！」

「他跟你說話了嗎？」

「他正跪著默禱！我們不敢碰他！」

莫塔提不知該說些什麼。「告訴他……樞機主教們在等他。」

「先生，因爲他是個人……」那個衛兵猶豫著。

「什麼意思？」

「他的胸膛……有灼傷。我們該替他包紮傷口嗎？他一定很痛。」

莫塔提考慮了一下，他服事教會一輩子，從沒學過該如何處理這種情況。「他是凡人，所以就把他當成凡人對待。讓他洗乾淨，替他包紮，給他換上乾淨的長袍。我們在西斯汀禮拜堂等他。」

那個衛兵跑著離開了。

莫塔提走向禮拜堂。其他樞機主教已經進去了。他沿著門廊往前，看到薇多利雅·威特拉垂頭喪氣獨坐在皇家階梯底下一張凳子上。他看得出她身上那種失去至親的痛苦和孤寂，想過去找她，但他知道現在不行。他還有任務要完成……雖然他不知道那個任務的結果會是什麼樣。

莫塔提進入禮拜堂，裡面一片喧鬧的興奮。他關上門。上帝幫助我吧。

台伯醫院的雙螺旋槳空中救護機繞到梵蒂岡城後方，蘭登咬緊牙向上帝發誓，這是他此生最後一次搭直升機了。

他說服飛行員，梵蒂岡的空中管制規則是此時梵蒂岡最不關心的問題，然後他指引她飛過去，在沒有人察覺的狀況下飛進了後城牆，降落在梵蒂岡停機坪。

「謝謝。」他用義大利語說，渾身發痛地下了飛機。她朝他拋了個飛吻，接著迅速升空，飛過城牆消失在夜空中。

蘭登吐了口氣，努力想理清思緒，希望能想清楚接下來該怎麼做。他手上拿著那個袖珍攝影機，搭上他稍早搭過的那輛高爾夫球車。車子沒充電，電池指示儀顯示快沒電了。蘭登沒打開車前燈好節省電力。同時他也希望沒有人看到他來。

站在西斯汀禮拜堂後方，莫塔提樞機主教望著眼前的一片混亂，覺得頭昏眼花。

「那是奇蹟！」一名樞機主教嚷道。「是天主的善功！」

「沒錯！」其他樞機主教喊道。「天主已經表明他的旨意了！」

「總司庫會成爲我們的教宗！」另一個樞機主教嚷著。「他不是樞機主教，但天主已經發出一個奇蹟的訊息了！」

「是啊！」有個人同意道。「閉門會議的法令是凡人的法令。天主的旨意卻就在我們眼前！我要求立刻進行投票！」

「投票？」莫塔提問道，朝他們走過去。「我相信這是我的任務！」

每個人都轉過頭來。

莫塔提感覺得到樞機主教們在打量他。他們好像無動於衷，困惑不解，而且受不了他的清醒。莫塔提渴望自己的心也能像周圍這些人那般，完全沈浸在奇蹟的喜悅中。但卻沒有。他只感覺到自己的靈魂中有一種說不上來的痛……一種無法解釋的痛心和哀傷。他曾發誓要靈魂純正無垢地監督會議的進行，而他現在心中的猶豫不決，卻是不容否認的。

「朋友們，」莫塔提說著走向祭壇。他的聲音好像不是自己的，「我猜想我餘生都要努力去了解我今夜所目睹的事情。然而，你們所建議有關總司庫……那不可能是天主的旨意。」

整個禮拜堂陷入一片死寂。

「你……你怎麼能這麼說？」一名樞機主教終於提出質問。「總司庫拯救了教會。天主直接跟總司庫說了話！這個人還死裡逃生！我們還需要什麼徵兆！」

「總司庫馬上就會來見我們，」莫塔提說：「我們先等一等，投票前先聽聽他的說法。他可能會給我們一個解釋。」

「解釋？」

「身爲諸位的大選舉官，我曾發誓要維護閉門會議的法令。各位當然也知道，根據教廷法令，總司庫沒有被選爲教宗的資格。他不是樞機主教。他只是神父……一個服事教宗的總管而已。而且他的年齡也不符資格。」莫塔提覺得瞪著他的那些眼光更嚴厲了。「如果我允許進行投票，那就等於是要求各位贊同一個在梵蒂岡法令上沒有候選資格的人。我就必須要求你們違背一個神聖的誓言。」

「但今天晚上這裡所發生的事情，」一個樞機主教結巴著說：「必然是凌駕於我們的法令之上！」

「是嗎？」莫塔提的聲音低沈卻響亮，現在他連自己說的話是從哪兒來的都不明白了。「上帝的旨意是要我們屏除教會的法則嗎？上帝的旨意是要我們拋棄理性、讓一時狂熱所左右嗎？」

「可是難道你沒看到我們所看到的？」另一個人氣憤地指責。「你怎麼敢質疑那樣的力量！」

莫塔提的聲音現在變成大吼了，帶著一種他從不曉得的共鳴感。「我不是在質疑天主的力量！天主賜予我們理性和謹慎！所以我們就應當以審慎來服事天主啊！」

129

西斯汀禮拜堂外面的走廊上，薇多利雅・威特拉麻木地坐在皇家階梯下方的一張凳子上。她看到走進後門的那個人影時，懷疑自己是否又看到另一個鬼魂了。他身上包紮著繃帶，走路一拐一拐，還穿著醫護人員的服裝。

她站起來……簡直不敢相信眼前所見。「羅……柏？」

他沒回答，只是大步走到她面前，雙臂將她擁入懷中。他把唇印在她的雙唇上，那是個激動的、渴望的、充滿感激的吻。

薇多利雅感覺到熱淚湧了上來。「啊，上帝啊……喔，感謝上帝……」

他又吻她，更熱情了，她也回吻，忘情在他的懷抱中。兩人身子緊扣在一起，彷彿已經熟識彼此多年。她忘卻了恐懼和痛苦，閉上雙眼，在那一刻裡渾然忘我。

「這是天主的旨意！」有個人喊道，聲音迴盪在西斯汀禮拜堂內。「除了他揀選的人之外，還有誰能在那種惡魔的爆炸後倖存下來？」

「我。」一個聲音從禮拜堂後方傳來。

莫塔提和其他人都驚奇地望著從中央走道走過來那個渾身濕透的人影。「是……蘭登先生？」

蘭登沒答腔，緩緩走到了禮拜堂前方。薇多利雅・威特拉也來了。然後兩名衛兵匆忙進門，推著推車，上面放了一架大型電視機。蘭登等待著衛兵插上電源，把電視機對著樞機團。然後蘭登示意兩名衛兵離開。他們照辦了，出去後把門關上。

現在禮拜堂內只有蘭登、薇多利雅，以及樞機主教們。蘭登把那台新力RUVI袖珍錄影機的輸出端接在電視機上，然後按了播放鍵。

螢幕亮了起來。

樞機團所看到電視上的場景，是在教宗的辦公室。這段影帶看起來錄得很勉強，好像是個隱藏攝影機拍下的。在螢幕的角落，總司庫站在火堆前的朦朧光影中。雖然看起來他好像是對著鏡頭講話，但很快就顯示他講話的對象另有其人——就是拍攝這段錄影的人。蘭登告訴他們，這段畫面是歐洲核子研究中心的院長麥斯米倫・寇勒錄下的。才一個小時前，寇勒利用暗藏在他輪椅扶手底下的袖珍攝影機，偷偷錄下他和總司庫會面的過程。

莫塔提和樞機團不知所措地看著那段錄影，儘管對話已經進行到一半，但蘭登沒費事倒帶。顯然，蘭登希望樞機團看到的畫面馬上就要播出了……

「李歐納度・威特拉記了日記？」總司庫說道。「我想這對歐洲核子研究中心是好消息。如果日記裡記載了製造反物質的流程——」

「沒有。」寇勒說。「聽到那些製造步驟都隨著李歐納度死去了，你應該會覺得很高興。不過，他日記裡面記了別的事情。你。」

總司庫一臉困惑。「我不懂。」

「裡頭描述了李歐納度上星期的一次會面。跟你。」

總司庫躊躇著，然後望向門口。「羅榭不該沒問過我就讓你進來。你是怎麼闖來的？」

「羅榭知道眞相。我稍早打過電話，把你做過的事情告訴他。」

「我做過的事情？不管你說了什麼故事，羅樹是瑞士衛兵團的人，他們對這個教會太忠誠了，不會去相信一個憤世嫉俗的科學家，而不相信他們的總司庫。」

「事實上，他就是太忠誠，才會不相信。就因爲他太忠誠，所以儘管證據顯示他手下有個忠心的衛兵背叛了教會，但他就是拒絕接受這個說法。他一整天都在尋找另一個解釋。」

「所以你就給了他一個解釋。」

「我告訴他眞相，令人震驚的眞相。」

「如果羅樹相信你，他早就逮捕我了。」

「不，我阻止了他。我告訴他我願意封口，換來了這場會面。」

總司庫發出了怪異的大笑。「你打算用一個沒有人會相信的故事，來勒索梵蒂岡教會嗎？」

「我不打算勒索。我只想從你口中聽到眞相。李歐納度．威特拉是我的朋友。」

總司庫什麼都沒說，只是盯著寇勒。

「你聽聽看這個。」寇勒斷然道。「大概一個月前，李歐納度．威特拉跟你聯繫，要求跟教宗緊急會面——你答應了，因爲教宗很欣賞李歐納度的成就，而且因爲李歐納度說事情很緊急。」

總司庫轉向火堆，仍舊一言不發。

「李歐納度在極度機密的狀況下來到梵蒂岡。他辜負了他女兒的信任，來到這裡，因爲有件事讓他非常困擾，但他覺得沒有其他選擇。他的研究讓他陷入了天人交戰，需要來自教會的精神指引。在一次私人會面中，他告訴你和教宗，他有了一個重大的科學發現，其中具有深遠的宗教意涵。他已經證實〈創世記〉是實際可能的，而這個強烈的能量來源——威特拉稱爲上帝——可以複製出天地創造的那一刻。」

總司庫依然保持沈默。

「教宗非常震驚。」寇勒繼續說。「他希望李歐納度公諸於世，宗座認爲這個發現可能會爲科學和宗教之間巨大的鴻溝搭起橋樑——這是教宗畢生的夢想之一。然後李歐納度跟你們解釋了其中細節——這也是他需要教會指引的原因。看起來好像是，一如你們的聖經所預言的，他的神造論實驗所產生的所有事物都是成雙成對、彼此相反的。例如光與暗。威特拉發現他創造出既有物質的相反物，就是反物質。我還要繼續說下去嗎？」

總司庫依然沈默，彎腰戳著煤炭。

「李歐納度．威特拉來過以後，」寇勒說：「你到歐洲核子研究中心去看他的研究成果。李歐納度的日記上說，你親自去了他的研究室一趟。」

總司庫抬頭看著他。

寇勒接著說：「教宗一出門就勢必會引起媒體的關注，所以他改派你去。李歐納度帶著你祕密參觀他的研究室，向你展示了一場反物質的湮滅——大霹靂——上帝創造天地時的威力。他還讓你看了一份他平常鎖起來的大型反物質樣本，證明他新發明的製造流程，可以大規模製造出反物質。你敬畏極了，回到梵蒂岡後，你向教宗報告你所目睹的一切。」

總司庫嘆了口氣。「那讓你困擾的是什麼？是我為了尊重李歐納度的機密，所以在全世界面前假裝我今夜之前對反物質一無所知嗎？」

「不！困擾我的是，李歐納度．威特拉證實了你們的上帝確實存在，然後你竟謀殺了他！」

此時總司庫轉過身來，臉上毫無表情。

唯一的聲音就是爐火的劈啪爆響。

忽然間，攝影機抖動起來，寇勒一隻手臂出現在畫面裡。他往前傾身，好像正設法要拿出一件固定在輪椅下方的東西。他再度坐回身子，手上拿著一把槍。攝影機的角度令人膽寒……從下往上拍……就在那隻往外指的手槍下方……正對著總司庫。

寇勒說：「招認你的罪行吧，神父。馬上說出來。」

總司庫一臉驚奇。「你不可能活著走出這裡。」

「你的信仰讓我從小就歷經太多痛苦，死亡對我來說，會是個愉快的解脫。」寇勒現在雙手握著槍。「我給你一個選擇。坦白招認你的罪行……不然馬上就得死。」

總司庫望了門一眼。

「羅樹在外頭，」寇勒想打消他的念頭，「他也等著要殺你。」

「羅樹曾發誓要保護——」

「羅樹讓我進來這裡了，還讓我帶著槍。他再也受不了你的謊言了。你只有一個選擇。向我招供吧，我必須聽你親口說出來。」

總司庫猶豫著。

寇勒把槍口抬高。「你眞不相信我會殺了你？」

「不管我說什麼，」總司庫說：「像你這種人永遠不會明白的。」

「你試試看哪。」

總司庫呆站了一會兒，在火爐旁的黯淡光芒中勾勒出一道高高的剪影。他開口時，言辭中洋溢著一種高貴之感，比較像是在敘述一件光榮的無私行爲，而非招認罪行。

「自古以來，」總司庫說：「這個教會就在跟天主的種種敵人奮戰。有時是用言語，有時是用刀劍。但我們總是能存活下來。」

總司庫一臉堅定。

「但過去的惡魔，」他繼續說：「是烈火和惡行的惡魔……那是我們可以對抗的敵人——可以激發恐懼的敵人。可是撒旦太狡猾了。隨著時代演進，他卸下了惡魔的容貌，換上了一張新的臉——純粹理性的臉。看似正大光明、讓人不會防備，但跟以前一樣沒有靈魂。」總司庫的聲音忽然冒出了怒火——簡直變得發狂了。「寇勒先生，告訴我！教會怎麼能譴責我們視爲合乎邏輯的事物！我們怎麼能責難已經成爲我們社會基礎的事物！每回教會大聲警告，你們就大吼著回應，說我們無知、偏執、控制欲太強！所以你們的邪惡逐漸滋長，披著自以為理性的外衣，像癌細胞似的擴散，科學技術因自創奇蹟而變得神聖起來，讓自己成為神！直到我們不再對你們懷有疑慮，相信你們是純粹的良善。科學把我們從病痛、飢餓、痛苦中拯救出來！看看科學——無盡奇蹟的新上帝，全能又仁慈！無視於種種武器和混亂，忘卻了人際的破裂孤寂和無窮的危險。一切有科學！」總司庫走向槍口。「但我看到了撒旦的臉暗中潛伏……我看到了危險……」

「你在胡說什麼！威特拉的科學證實了你們的上帝確實存在！他是你們的同盟啊！」

「同盟？科學和宗教在這一點是水火不容的！你和我，我們尋求的不是同一個上帝！誰是你的上帝？某個質子、質量，或是粒子所帶的電荷？你的上帝要如何啓發人們？你的上帝要如何觸及人們的心，提醒他們應該對一個更大的力量負起責任！提醒他們應該對全人類負起責任！威特拉誤入歧途了。他的成就不是對宗教虔誠，而是褻瀆！人類不能把上帝創造天地的神聖過程放在試管裡，拿去叫全世界看！這不是頌讚天主，而是貶低天主！」總司庫現在抓緊身子，聲音變得狂躁起來。

「所以你就殺了威特拉！」

「我是為了教會！為了全人類！那種事情太瘋狂了！人類還沒有能力把創造天地的權力握在手裡。試管裡的上帝？一滴液體就能毀掉整座城市？一定得有人去阻止他！」總司庫忽然安靜下來。他回頭望著爐火，似乎在考慮自己還有什麼選擇。

寇勒的雙手舉著槍。「你已經坦承罪行。你逃不掉了。」

總司庫哀傷大笑。「你根本不明白。坦承罪行就是逃避的方式。」他望向門口。「當上帝站在你這邊，你就擁有很多選擇，像你這種人永遠無法理解的。」話語還迴盪在空中，總司庫就抓住長袍的頸部狠狠撕開，露出赤裸的胸膛。

寇勒晃了一下，顯然愣住了。「你這是做什麼！」

總司庫沒回答。他往後退，朝向壁爐，從發亮的餘燼中拿起一件東西。

「不准動！」寇勒喊著，他的槍仍舉在前方。「你在做什麼！」

總司庫轉身，手裡拿著一個燒得發紅的烙印模。光明會菱形。他的雙眼忽然露出凶光。「我本來是打算獨自做這件事的，」他的聲音很激動，凶狠又激烈，「可是現在……我明白天主是刻意要你在場。你就是我的救贖。」

寇勒還沒來得及反應，總司庫就閉上雙眼，背朝後拱，把那個燒得發紅的烙印模往胸膛正中央猛壓。他的肉發出燒灼的嘶聲。「聖母馬利亞！真福聖母……瞧瞧你的兒子！」他痛苦大叫。

此時寇勒晃出畫面……笨拙地站起身來，手槍在身前猛然搖晃不止。

總司庫喊得更大聲，痛得站不穩身子，把烙印模丟到寇勒腳邊。然後神父倒在地板上，痛苦地扭動著。

接下來一片混亂。

瑞士衛兵衝進房間時，螢幕一陣模糊。然後爆出槍響聲。寇勒抓住胸膛，被轟得往後倒，流著血，跌進他的輪椅。

「不！」羅榭喊道，想阻止他的衛兵向寇勒開火。

仍在地板上扭動的總司庫翻過身來，瘋狂指著羅榭。「光明會員！」

「你混蛋，」羅榭大喊著跑向他，「你這個假虔誠的混——」

夏特朗用三顆子彈撂倒他。羅榭滑到地板上死了。

然後衛兵們衝向受傷的總司庫，團團圍住他。他們低頭望著總司庫時，攝影機拍到了一臉迷茫的羅柏・蘭登，他跪在輪椅旁，望著那個烙印模。然後，整個畫面開始猛烈搖晃。寇勒又回復意識，把袖珍攝影機從輪椅扶手下頭拆下來。然後他想把袖珍攝影機遞給蘭登。

「把……」寇勒喘著氣說：「把這個……給媒——媒——媒體。」

然後螢幕轉為空白。

總司庫開始覺得驚奇和激動的迷霧逐漸褪去。那名瑞士衛兵協助他下了皇家階梯，走向西斯汀禮拜堂，此時總司庫聽到了聖彼得廣場上傳來的歌聲，知道大山已經移動了。

感謝天主。

他曾祈求力量，於是天主賜給了他。在他幾度懷疑的時刻中，天主向他說話。你身懷神聖的任務，天主說過。我會賜給你力量。即使有了天主的力量，總司庫仍曾感到害怕，疑心他走的這條路是否正確。

如果不是你，天主曾質疑，那麼是誰？

如果不是現在，那要等到何時？

如果不這麼做，那該如何做？

天主提醒他，耶穌曾拯救他們所有人……把他們從自私冷漠中解救出來。耶穌以兩件行爲，打開了他們的眼睛。恐怖與希望。釘十字架與復活。他改變了全世界。

但那是兩千年前了，時光磨損了奇蹟。人們早已忘記了。他們轉向假偶像——科技神祇和理性的奇蹟。那心的奇蹟呢！

以前總司庫總是向天主禱告，希望能告訴他如何讓世人再度相信。但天主總是沈默。直到總司庫陷入最黑暗的谷底，那一刻天主來到他面前。啊，那一夜的恐怖！

總司庫還記得自己穿著破爛的睡衣躺在地板上，抓著自己的皮膚，他剛剛得知了一件醜惡的事實，他想洗淨自己靈魂被激起的痛苦。不可能！他嘶喊著。然而他知道事情就是如此。那件欺瞞之事有如地獄之火撕扯著他。曾經收容他的那位主教，一直就像他的父親，當年總司庫就站在旁邊看著他當上教宗的那位聖職人員……竟然是個騙子，一個平凡的罪人。他對全世界隱瞞了一件背叛至極的行爲，總司庫覺得連上帝都不會原諒他。「你的誓願！」總司庫朝著教宗喊道。「你違背了對天主的誓願！你，偏偏是你！」

教宗想解釋，但總司庫聽不到了。他已經跑走了，盲目地踉蹌跑過一道道走廊，一路嘔吐，撕扯著自己的皮膚，直到最後他發現自己渾身是血，獨自躺在聖彼得墳墓前的泥土地上。聖母馬利亞，我該怎麼辦？就在那一刻的痛苦與背叛中，總司庫心力交瘁躺在古墳場，祈禱上帝帶他離開這個不信神的世界，此時上帝出現了。

他腦中回響的聲音像隆隆的雷鳴。「你發過誓要服事你的神嗎？」

「是的。」總司庫大喊。

「你願意為你的神而死嗎？」

「願意！現在就帶我走吧！」

「你願意為你的教會而死嗎？」

「願意！派我去吧！」

「但你願意為……人類而死嗎？」

就在隨之而來的靜默中，總司庫感覺自己墜入了深淵。他往下跌得更深、更快，無法控制。然而他知道答案，一直都曉得。

「願意！」他瘋狂大喊。「我願意爲人類而死！就像祢的兒子，我會爲他們而死！」

幾個小時後，總司庫仍全身顫抖躺在地板上。他看到他母親的臉。天主對你有遠大的計畫，她說著。總司庫陷入更深的瘋狂中。此時天主又說話了。這回沒發出聲音，但總司庫明白。恢復他們的信仰。

如果不是我……那麼是誰？

如果不是現在，那麼要等到何時？

衛兵拔開西斯汀禮拜堂的門閂，卡羅・凡特雷思卡總司庫覺得他全身充滿力量……就跟他小時候一模一樣。很久以前，天主就揀選了他。

祂的旨意達成了。

總司庫覺得自己重生了。瑞士衛兵們替他包紮胸部的傷口，洗淨他的身子，讓他換上了一件乾淨的白色亞麻長袍。因爲嚴重的灼傷，他們也給他打了一針嗎啡。總司庫眞希望他們沒給他止痛劑。耶穌升天之前，忍受了三天的痛苦！他已經可以感覺藥物驅走了他的感官意識……一種令人暈眩的回頭浪。

他走進禮拜堂時，毫不意外地看到樞機主教們驚奇地注視著他。他們敬畏的是天主，他提醒自己。不是我，但天主透過我完成了何等事功。他沿著中央走道往前，看到了每張臉上露出的困惑。然而，隨著他經過的一張張臉，他感覺到他們眼中還有別的。那是什麼？總司庫曾想像過他們今晚會如何迎接他，歡喜？恭敬？他努力想辨認他們眼中的感情，卻看不到歡喜和恭敬。

就在這個時候，總司庫望向祭壇，看到了羅柏・蘭登。

131

卡羅・凡特雷思卡總司庫站在西斯汀禮拜堂的走道上。樞機主教們都在靠近教堂前方處，他們轉過來，盯著他。羅柏・蘭登在祭壇上，旁邊放著一架電視，畫面不斷重複播放著一個場景，總司庫認得那個場景，但無法想像怎麼會被拍下來。薇多利雅・威特拉站在蘭登旁邊，臉色凝重。

總司庫閉上雙眼一會兒，期望是嗎啡讓他產生幻覺，期望睜開眼睛時景象或會不同。但結果沒有。

他們知道了。

很奇怪，他卻不覺得害怕。指引我方向，天父。告訴我該怎麼讓他們明白祢的意思。

但總司庫卻沒有聽到回答。

天父，我們已經一起走了這麼遠，不能在最後關頭失敗。

沈默無言。

他們不明白我們完成了什麼事功。

總司庫不曉得他腦中現在聽到的是誰的聲音，但那個訊息清楚極了。

真相必叫你們得以自由……

於是卡羅・凡特雷思卡總司庫高高抬起頭，走向西斯汀禮拜堂前方。他走向那群樞機主教時，連漫射的燭光也不能軟化刺向他的一道道嚴厲眼神。解釋你的行為，那些臉孔說著。把這一切瘋狂說清楚。告訴我們，我們的擔心是錯的！

真相，總司庫告訴自己。只有真相。這些牆內有太多祕密了……其中一個祕密如此陰暗不堪，逼得他發瘋。但在一片瘋狂中，卻出現了光。

「如果犧牲你的生命，可以拯救千萬人，」總司庫說，在走道上往前走，「你願意嗎？」

禮拜堂裡的一張張臉只是盯著他。沒有人移動，沒有人開口。牆外廣場上的歡樂歌聲仍依稀可聞。

總司庫走向他們。「哪一個罪比較重？是殺死自己的敵人？還是呆站在旁邊眼看著你的至愛被勒死？」他們正在聖彼得廣場上唱歌！總司庫暫停下腳步，抬頭凝視著西斯汀禮拜堂的天花板。米開朗基羅所畫的上帝正從黑暗的拱頂往下看著他……祂似乎很高興。

「我再也不能袖手旁觀了。」總司庫說。然而，當他走近祭壇，卻沒有看到任何人的眼睛中閃出理解的光芒。他們難道不明白他的動機有多麼簡單明顯嗎？他們難道看不出那是絕對必要的嗎！

一切原來都好單純。

光明會。科學和魔鬼合一。

喚醒古老的恐懼。然後將之摧毀。

恐怖與希望。讓他們再度相信。

今夜，光明會再度發威……得到了輝煌的結果。人們的冷漠消失了。恐懼像閃電般射遍全世界，讓人們團結起來。然後上帝的威嚴擊敗黑暗。

我不能袖手旁觀！

天主親自啓發他——在總司庫的痛苦之夜像一盞明燈出現。啊，這個不信神的世界！一定要差遣一個人給他們。你。如果不是你，還能是誰？你當年獲救是有理由的。讓他們看看古老的惡魔。喚起他們心中的恐懼。讓冷漠無情消失。沒有黑暗，就沒有明亮。沒有邪惡，就沒有良善。讓他們選擇，黑暗或明亮。恐懼在哪裡？英雄在哪裡？如果不是現在，那要等到何時？

總司庫在中央走道上昂然而立，正對著一大群站在眼前的樞機主教。他覺得自己好像摩西，紅色腰繫帶和帽子構成的海洋在他面前分開，讓他通過。在祭壇上，羅柏・蘭登關掉了電視機，牽起薇多利雅的手，離開了祭壇。總司庫知道，羅柏・蘭登逃過一死，只可能是出自天主的旨意。天主救了羅柏・蘭登。

總司庫很納悶是爲什麼。

打破沈默的聲音來自西斯汀禮拜堂裡唯一的女人。「你殺了我父親？」她說，往前跨步。

總司庫轉向薇多利雅・威特拉，不太明白她臉上的表情——痛苦，他可以理解；可是憤怒？她當然明白，她父親的天才之作卻會帶來致命後果。爲了全人類的福祉，他必須停止。

「他是在做上帝的作品。」薇多利雅說。

「上帝的作品不是在實驗室裡做的，而是在心裡！」

「我父親的心是純潔的！他的研究證明——」

「他的研究再一次證明人類的理性發展得比心靈要快！」總司庫的聲音不自覺尖銳起來。他壓低聲音。「如果一個像你父親那麼重視性靈的人，都可以製造出像我們今晚所看到的武器，那想想一個普通人會利用這種技術去做什麼。」

「就像你這樣的人嗎？」

總司庫深深吸了口氣。她難道不明白嗎？人類的道德觀並不像人類的科學發展得那麼快。人類的精神面還沒演進到足以掌握手中的權力。我們從來不會創造出武器卻不加以使用的！然而他知道反物質不算什麼——只不過是人類已經迅速發展的兵工廠內另一件新武器罷了。人類本來就很會破壞。人類很早就學會殺人。他母親的血雨從天而降。李歐納度・威特拉的天才之所以危險，是因爲另一個原因。

「幾世紀以來，」總司庫說：「當科學一點接一點挑剔宗教時，教會總是袖手旁觀。揭穿奇蹟的眞相，訓練人們的理智戰勝心靈，譴責宗教是人民的鴉片。科學指控上帝是一種幻覺——是一種虛幻的支柱，提供給那些脆弱得不肯承認生命毫無意義的人。當科學擅自使用上帝的權力時，我不能袖手旁觀！你們想要證據嗎？沒錯，科學愚昧的證據！承認有些事物是我們無法理解的，這有什麼不對？科學在實驗室裡證實上帝存在的那一天，就是人們不再需要宗教的那一天！」

「你指的是他們不再需要教會的那一天吧。」薇多利雅指責道，她走向總司庫。「你最後的控制工具，就是懷疑。懷疑帶領人們的靈魂走向你。我們必須確定生命是有意義的。人類的不安全感以及靈魂啓蒙的需要，讓他們確信一切都是在偉大計畫之下。但教會不是地球上唯一受啓蒙的靈魂！我們都以不同的方式在尋找上帝。你怕的是什麼？怕上帝顯示自己，卻不在梵蒂岡的圍牆內？怕人們會在自己的生活裡找到上帝，而拋棄你們陳舊的儀式？宗教一直在演進！理性會找出解答，心靈會努力了解新的眞相。我父親追求的東西跟你們一樣！朝向同一個方向！你爲什麼不明白這點？上帝不是什麼無所不能的權威，高高在上往下看著，威脅如果我們不聽話，就要把我們丟進火坑裡。上帝是一股能量，流經我們神經系統的每個突觸，以及心臟的每個心室。上帝就在世間萬物中！」

「科學除外。」總司庫反擊，眼中只有憐憫。「在定義上，科學就是沒有靈魂，跟心靈是完全兩回事。像反物質這類知性的奇蹟來到這個世界，沒有附加任何道德指南。這本身就太危險了！可是當科學把追求無神當作啓蒙的道路呢？甚至保證要回答那些根本沒有答案的問題呢？」他搖搖頭。「不行。」

有那麼一刻，全場安靜下來。總司庫回瞪著薇多利雅不妥協的目光時，忽然覺得好累。事情不該是這樣發展的。這是天主的最後一個考驗嗎？

打破沈默的是莫塔提。「那四位候選人，」他驚駭地低聲說：「巴吉亞和其他三位。拜託告訴我不是你……」

總司庫轉向他，很驚訝他聲音中的痛苦。莫塔提一定明白他的用意。報紙標題天天都有科學的奇蹟。但宗教奇蹟多久沒出現了？幾世紀了？宗教需要一個奇蹟！喚醒沈睡的世界。把他們帶回正確的道路，恢復他們的信仰。四位候選人無論如何不是領袖，他們是改革者——擁抱新世界、棄絕古老方式的自由派！這是唯一的方法。教會需要新領袖，年輕、強勢、充滿生氣、能創造奇蹟。那四位候選人死掉，對教會的實際幫助會比活著更多。恐怖與希望。犧牲四條人命，卻能拯救幾百萬人。世人會永遠記得這四位殉道者。教會將稱頌他們的名字。*有幾千、幾萬人曾為神的榮耀而死？這回才四個人而已。*

「那四位候選人。」莫塔提重複說。

「我遭受了跟他們同樣的痛苦。」總司庫辯護道，指著自己的胸膛。「我也願意爲天主而死，但我的工作才剛開始而已。現在大家正在聖彼得廣場上唱歌！」

總司庫看到莫塔提眼中的恐怖，再度覺得困惑。是因爲嗎啡的關係嗎？莫塔提看著他的眼光，好像總司庫親手殺了那四個人似的。*為了天主，我甚至可以親手做的*，總司庫心想。不過他沒有。這個任務的執行者，是那個哈撒辛——一個異教的靈魂被戲弄了，以爲他是在替光明會工作。*我是傑納斯*，總司庫告訴過他。*我會證明我的力量。*結果的確。那個哈撒辛心中所懷的恨意，致使他成了天主的工具。

「聽聽那個歌聲。」總司庫說，微笑著，自己也滿心喜悅。「沒有什麼要比邪惡出現更能團結人心的了。燒掉一座教堂，整個社區就會站起來手牽手，在重建教堂時唱著挑戰的讚美詩。看看今夜他們都聚集在這裡，恐懼把他們帶到心靈的家園來。我們要爲現代人打造現代的惡魔。冷漠無情已經消失了。讓他們看看邪惡的臉孔——潛伏在我們之間的魔鬼崇拜者——統治著我們的政府、我們的銀行、我們的學校，威脅要以他們受到誤導的科學，毀掉這座上帝的寓所。邪惡力量潛伏得很深，人類必須小心警惕。尋找良善，*成為善人！*」

在靜默中，總司庫期望他們現在明白了。光明會沒有重出江湖，他們早就滅亡了。只有他們的神話還依然不死。總司庫讓光明會復活，當作對世人的提醒。知道光明會歷史的人再度體驗了他們的邪惡。而不知道光明會歷史的，現在終於明白了，而且很驚訝自己竟然這麼無知。古老的惡魔復活了，喚醒了一個冷漠的世界。

「可是……那些烙印呢？」莫塔提的聲音充滿憤慨。

總司庫沒回答。莫塔提無從得知，但那些烙印模是超過一個世紀前被梵蒂岡沒收的。一直被封鎖、遺忘、罩滿灰塵，就放在教宗保險庫——教宗的私人聖物箱，位於波吉亞大樓的深處。教宗保險庫裡放了一些被教會認爲太危險、除教宗外不宜讓其他人看到的東西。

為什麼要把激起恐懼的東西藏起來？恐懼會帶領人們走向天主！

保險庫的鑰匙由歷任教宗代代相傳。卡羅・凡特雷思卡總司庫偷了鑰匙冒險進去過；保險庫內所藏之物的傳說太吸引人了——十四部未出版聖經書的原始抄本，就是所謂的「外經」；還有法蒂瑪第三部預言書，前兩部預言都已成眞，但第三部實在太可怕了，教會從來沒公佈過。除此之外，總司庫還發現了「光明會藏品」——在羅馬查禁了這個團體後，教會所發現的所有祕密……那條無恥的「光明路徑」……梵蒂岡首席藝術家貝尼尼的狡猾騙局……歐洲頂尖科學家們祕密在梵蒂岡所擁有的聖天使堡聚會，嘲弄宗教。這批藏品包括了一個五邊形的箱子，裡面放著烙印鐵模，其中一個就是傳說中的「光明會鑽石」。這段梵蒂岡的歷史是古人認爲最好被遺忘掉的。但總司庫可不同意。

「可是那份反物質……」薇多利雅質疑道。「你冒著摧毀梵蒂岡的風險！」

「天主跟你站在同一邊的時候，就沒有風險了。」總司庫說。「這是天主的意思。」

「你瘋了！」薇多利雅激動地說。

「幾百萬人被拯救了。」

「很多人被殺害了。」

「但他們的靈魂會得救。」

「去告訴我父親和麥斯・寇勒吧！」

「必須有人揭穿歐洲核子研究中心的傲慢。一滴液體就能把方圓半哩全部摧毀？你還敢說我瘋了？」

總司庫覺得一股火冒上來。他們以爲他的責任很簡單嗎？「那些相信的人都爲上帝歷經過重大考驗！天主曾要求亞伯拉罕犧牲他的孩子！天主曾命令耶穌忍受十字架釘刑！於是我們把十字架符號掛在眼前——血腥、痛苦、極度折磨——好提醒我們別忘了邪惡的力量！耶穌身上的疤痕是黑暗力量活生生的提醒！我的疤痕是活生生的提醒！邪惡沒有消失，但天主的力量將會得勝！」

他呼喊的回音從西斯汀禮拜堂的後牆彈回來，然後是一片全然的靜默。時間彷彿靜止了。米開朗基羅的《最後的審判》不祥地在他身後高處俯視……耶穌將罪人擲入地獄。莫塔提的雙眼裡盈滿淚水。

「你做了什麼啊，卡羅？」莫塔提低聲問道。他閉上雙眼，一滴淚滾落下來。「宗座呢？」

禮拜堂中冒出了一片痛苦的嘆息聲，彷彿在場每個人都到這一刻才想起。教宗，被毒死了。

「卑鄙的騙子。」總司庫說。

莫塔提表情驚駭。「你指的是什麼？他很誠實！他……愛你啊。」

「我也愛他。」啊，我多麼愛他！但那個謊言！他違背了對天主的誓言！

總司庫知道他們現在不明白，但他們很快就會了解的。等到他把眞相告訴他們，他們就懂了！宗座是教會有史以來最可惡的騙子。總司庫還記得那個可怕的夜晚，他從歐洲核子研究中心回來，帶著有關威特拉的《創世記》和反物質驚人威力的消息。總司庫相信教宗會明白其中危險，但聖父在威特拉的突破中卻只看到了希望。他甚至建議梵蒂岡資助威特拉的案子，以表示教會樂見以心靈爲基礎的科學研究。

太瘋狂了！教會投資去贊助那些威脅要讓教會被淘汰的研究？去大量生產大型毀滅性武器？害死他母親的那顆炸彈……

「可是……你不能這麼做！」總司庫大喊。

「我深受科學的恩惠。」教宗當時回答。「有件事情我隱瞞了一輩子。我年輕時，科學給了我一個禮物。永生難忘的禮物。」

「我不懂。科學能給一個事奉上帝的人什麼呢？」

「事情很複雜，」教宗說：「我得花些時間才能讓你明白。但首先，有一個關於我的簡單事實你必須知道。這些年我一直瞞著。我相信是告訴你的時候了。」

然後教宗告訴他那個驚人的眞相。

132

總司庫在聖彼得之墓前方的泥土地上蜷縮成一團。古墳場好冷，但這有助於讓他自己抓破的傷口凝結，不再流血。宗座不會曉得他在這裡，沒有人曉得他在這裡……

「事情很複雜，」教宗的聲音迴盪在他心中，「我得花些時間才能讓你明白……」

但總司庫知道，再多時間也不能讓他明白。

騙子！我曾信任你！天主也曾信任你！

只用了一句話，教宗就讓總司庫的整個世界轟然倒塌。總司庫曾相信有關這位良師的種種，都在他面前粉碎。那個眞相狠狠刺進總司庫的心，刺得他踉蹌後退，奔出教宗辦公室，在走廊上嘔吐。

「等一下！」教宗當時喊著，追在他後面。「請讓我解釋！」

但總司庫跑走了。宗座怎麼能期待他忍受著繼續聽下去？啊，不幸的墮落！如果其他人發現了怎麼辦？想像這對教會是何等的褻瀆！難道教宗的聖約不算什麼嗎？

那股瘋狂來得好快，在他耳邊嘶吼，直到他在聖彼得墳前醒來。此時天主帶著令人敬畏的狂怒出現了。

你們的神必來報仇！

他們一起擬下了種種計畫。他們將一起保護教會。他們將一起讓這個不信神的世界再度恢復信仰。邪惡四處遍佈，然而這個世界已經變得免疫了！他們將一起揭露黑暗，讓全世界看到……而且天主將會得勝！恐怖與希望。然後這個世界必會相信！

天主的第一個考驗不像總司庫原來想像的那麼恐怖。偷偷跑進教宗的寢室……裝滿他的注射器……在那個騙子的身體痙攣著將死時，掩住他的嘴。在月光照耀下，總司庫從教宗狂亂的雙眼中看得出他有話想說。

但是太遲了。

教宗已經說得夠多了。

133

「教宗有孩子。」

在西斯汀禮拜堂內，挺然直立的總司庫開了口。短短五個字，卻揭發了令人震驚的事情。所有在場的人似乎同時瑟縮了一下。樞機主教們指控的姿態瞬間化爲驚駭的注視，好像禮拜堂裡的每個人都在祈禱總司庫是錯的。

教宗有孩子。

蘭登也受到那股震波的衝擊。薇多利雅被他握著的手晃了一下，同時蘭登的理智雖然已經被一堆尚未回答的問題弄得麻木發愣，卻仍奮力想尋找重心。

總司庫的那句話彷彿將永遠懸在他們上方的空中。即使在總司庫狂亂的雙眼中，蘭登仍看得出他的堅信。蘭登想擺脫這一切，告訴自己說他是陷在哪個怪誕的夢魘裡了，很快就會醒來，發現這個世界一切都清楚合理。

「這一定是撒謊！」一個樞機主教喊道。

「我才不相信！」另一個駁斥。「宗座是有史以來最虔誠的人！」

接下來開口的是莫塔提。他的聲音很輕，聽起來心力交瘁。「朋友們，總司庫說的是事實。」禮拜堂內每個人都轉過來瞪著莫塔提，好像他剛剛大聲說了句髒話似的。「教宗的確有個孩子。」

樞機主教們擔心得臉色發白。

總司庫一臉愕然。「你早就知道了？可是……你怎麼可能知道這件事？」

莫塔提嘆了口氣。「當年教宗選舉時……我是宗座的『魔鬼辯護人』。」

全場同時倒抽了一口氣。

蘭登懂了，這表示教宗有孩子的說法大概是眞的了。惡名昭彰的「魔鬼辯護人」是負責調查梵蒂岡內部醜聞資訊的最高權威。教宗若有見不得人的醜事，那可就危險了，因此選舉之前，就會有一名樞機主教擔任「魔鬼辯護人」，負責祕密詢問候選人的種種背景——這個人要負責查出候選的樞機主教爲什麼不該成爲教宗的種種原因。「魔鬼辯護人」是由前一任教宗在位時預先指定，以備在他死後對新教宗人選進行調查。魔鬼辯護人是不該透露自己這個身分的，絕對不行。

「當初我就是魔鬼辯護人。」莫塔提又說了一次。「我就是因此發現的。」

人人張大了嘴巴。顯然今夜所有的規則都要失靈了。

總司庫感覺到自己心中充滿了怒氣。「而你……沒告訴過任何人？」

「當時我面對宗座，」莫塔提說：「他向我告解。他解釋整件事，只要求我讓自己的心引導我，去決定是否透露這個祕密。」

「那當時你的心告訴你，把這個資訊掩蓋起來嗎？」

「他是最受支持的教宗候選人，遙遙領先。大家都愛他。那個醜聞會對教會造成重傷。」

「可是他有個孩子！他違背了獨身守貞的聖約！」現在總司庫轉爲嘶吼了。他可以聽到他母親的聲音。*一切承諾中，對天主的承諾是最重要的。絕對不能打破對天主的承諾。*「教宗違背了他的誓約！」

莫塔提一副擔心得快發瘋的表情。「卡羅，他的愛……是貞潔的。他沒有違背任何誓約。難道他沒跟你解釋過嗎？」

「解釋什麼？」總司庫還記得自己跑出教宗辦公室，當時教宗在後面喊著他。*讓我解釋！*

莫塔提憂傷地緩緩道出那個故事。很多年前，教宗當時還只是個神父，愛上了一位年輕修女。兩個人都曾發誓要獨身守貞，從沒想過要違背他們和天主訂下的聖約。然而，他們相愛愈來愈深，雖然可以抗拒肉體的誘惑，但兩人發現自己都渴望著從沒想到過的——參與上帝最極致的創造奇蹟——生小孩。他們的小孩。兩人渴望得幾乎受不了，尤其是她。然而，天主必須放在第一位。一年後，當挫折感達到幾乎難以承受的地步時，她興奮地跑來找她。她剛剛看到一篇文章，裡頭報導一個新的科學奇蹟——藉著這個過程，兩個人不必有任何性關係，就可以生出小孩。她感覺到這是來自天主的徵兆。神父看到她雙眼中的快樂，於是答應了。一年後，她經由人工授精的奇蹟，生下了一個孩子。

「這不可能……是真的。」總司庫驚恐地說，期望是嗎啡嚴重影響了他的意識。但他顯然聽到了這一切。

莫塔提現在雙眼含淚。「卡羅，這就是爲什麼宗座對科學始終有分感情。他覺得他受了科學的一份恩情。科學讓他體驗到爲人父親的快樂，卻不必違背獨身守貞的誓約。宗座當時告訴我，他一點也不後悔，除了一件事——他在教會中的職位愈來愈高，使得他無法和他所愛的女人在一起，也無法看著他們的嬰兒成長。」

卡羅・凡特雷思卡總司庫又覺得那股瘋狂再度來襲。他想抓自己的皮膚。這些事我之前怎麼可能知道呢

「教宗沒有犯任何罪，卡羅。他是貞潔的。」

「可是……」總司庫極度痛苦的腦袋裡搜尋著任何基本理由。「想想他的行爲……造成的風險。」他的聲音感覺好虛弱。「如果他這個妓女出現了怎麼辦？或者萬一他的孩子來找他呢？想想教會將會如何蒙羞。」

莫塔提聲音顫抖。「那個孩子已經來找他了。」

每個人都愣住了。

「卡羅……」莫塔提語不成聲，「宗座的孩子……就是你。」

那一刻，總司庫感覺到信仰之火在他心中逐漸黯淡。他站在祭壇上顫抖，米開朗基羅高聳的《最後的審判》框住他。他知道剛剛眞正的地獄在他眼前一閃而過。他張嘴想講話，但嘴唇哆嗦著，發不出聲音。

「你難道不明白嗎？」莫塔提哽著嗓子。「這就是爲什麼你小時候，宗座會到帕勒摩的醫院找你。這就是爲什麼他收容你，把你帶大。他當年愛上的修女就是瑪麗亞……你的母親。她離開修女院撫養你，但她從未拋棄對天主的堅定奉獻。教宗聽說她死於一場爆炸，而且他的兒子奇蹟生還時……他向天主發誓，他再也不會拋下你了。卡羅，你的父母都是處子。他們都堅守對天主的誓約。但他們還是找到了一個辦法，把你帶到這個世界上。你是他們的奇蹟之子。」

總司庫摀住耳朵，想把那些話擋在外頭。他呆站在祭壇上，然後，隨著他腳下的世界被忽然抽走，他猛然雙膝落地，發出椎心的痛哭。

一分分、一秒秒、一個個小時，時間流逝。

在這個禮拜堂的四面牆內，時間似乎失去了所有意義。薇多利雅感覺到自己逐漸脫離了那股攫住所有人的驚呆狀態。她放開蘭登的手，穿過那群樞機主教。禮拜堂的門好像有幾哩遠，她覺得自己好像在水下行走……慢動作。

她設法行經那些身著長袍的男子時，她的動作似乎把其他人從恍惚中喚醒。有的樞機主教開始禱告，有的在哭泣。還有人轉過來望著她離開，一張張茫然的臉開始轉變，成爲意識到不祥預感的表情，目送她走向門口。她快走到人群後方時，有人抓住了她的手臂。那隻手感覺虛弱卻堅定。她轉身，面對面，看著一名形容枯槁的樞機主教。他滿臉籠罩著恐懼。

「不，」那名男子低聲道：「不可以。」

薇多利雅盯著他，不敢置信。

另一個樞機主教此時也來到她身旁。「我們行動前得先好好思考。」

接著是另一個。「這個痛苦可能會引起……」

薇多利雅被包圍了。她看著他們，目瞪口呆。「但今天所發生的這些事情，還有今晚……世人當然應該知道眞相。」

「我的心同意，」那名面容枯槁的樞機主教說，仍然抓著她的手臂不放，「但這條路是一去就不能回頭了。我們必須考慮這麼一來會粉碎人們的希望，會招來譏諷。這樣世人怎麼可能再信任呢？」

突然間，似乎有更多樞機主教擋住她的去路。她眼前出現了一道黑袍形成的人牆。「聽聽廣場上的人，」一個人說：「這個眞相會給他們的心帶來多大的打擊？我們一定要審愼行事。」

「我們需要時間思索和禱告。」另一個人說。「我們行動必須要有遠見。這件事的影響……」

「他殺了我父親！」薇多利雅說。「也殺了自己的父親！」

「我相信他會爲自己的罪行付出代價。」抓住她手臂的樞機主教哀傷地說。

薇多利雅也相信，而且她打算確保讓他付出代價。她想再度朝門口推擠，但樞機主教們把她圍得更緊了，那一張張臉充滿驚懼。

「你們想怎麼樣？」她大喊。「殺了我嗎？」

那些老人們臉色發白，薇多利雅立刻就後悔自己所說的話。她看得出這些老人都是和善之輩，今晚已經看過太多暴力了。他們無意威脅，只是一時陷入困境嚇壞了，正試圖要尋找出路而已。

「我想……」那個面容枯槁的樞機主教說：「……做正確的事情。」

「那你們就該讓她走。」一個低沈的聲音在她身後響起，那些話冷靜卻不容置疑。羅柏·蘭登來到她身旁，她感覺到他牽住她的手。「威特拉小姐和我要離開這個禮拜堂。馬上就走。」

樞機主教們顫抖著、猶豫著，紛紛開始讓出路來。

「慢著！」那是莫塔提。他來到中廊，正朝他們走過來，留下總司庫獨自癱在祭壇上。莫塔提看起來突然老了好幾歲，而且疲憊不堪。他一副滿懷羞愧的舉止，來到了他們面前，一隻手放在蘭登肩上，另一隻手放在薇多利雅肩上，薇多利雅從他的手感覺到一股眞誠，現在這位老人眼中的淚水更多了。

「你們當然可以走，」莫塔提說：「當然。」老人頓了一下，他的悲傷簡直可以觸摸得到。「我只要求一點……」他低頭盯著自己的腳好一會兒，然後再度抬頭看著薇多利雅和蘭登。「讓我來公佈。我馬上到廣場去，找個方式把事情告訴他們。我不知道該怎麼說……但我會想出辦法。這個認罪的告解應該出自教會內部。我們的失敗應該由我們自己揭露。」

莫塔提哀傷地轉向祭壇。「卡羅，你把這個教會帶到了災難性的危急關頭。」他停住了，看看四周。祭壇上是空的。

側廊傳來了布料的窸窣聲，然後門卡噠一聲。

總司庫走了。

凡特雷思卡總司庫離開西斯汀禮拜堂，沿著走廊往前，身上的白袍鼓脹。他出來時交代門口的瑞士衛兵說他要獨自靜一下，那些衛兵似乎不知所措，但還是聽話讓他獨自離開了。

此時總司庫繞過轉角，走出了衛兵們的視線，他感覺到心中的紛亂情緒攪成一個大漩渦，迥異於他所想像得到的各種人類經驗。他毒死了他喊「聖父」的那個人，而那人喊他「我的孩子」。總司庫一直相信「父」與「子」這兩個字眼只是宗教上的傳統，但現在他知道了殘忍的事實——那些字眼原來名副其實。就像幾個星期前那個決定命運的夜晚，總司庫現在感覺到自己在黑暗中瘋狂打轉。

那個下著雨的早晨，梵蒂岡職員跑來猛敲總司庫的房門，把他從斷斷續續的睡夢中喚醒。他們說，教宗沒應門，也沒接電話。那些教士嚇壞了。總司庫是唯一可以未經通報進入教宗寢室的人。

總司庫單獨進去，教宗跟昨夜一樣，身子扭曲死在床上，那張臉看起來像撒旦的臉，舌頭死黑。魔鬼早就睡在教宗的床上了。

總司庫絲毫不覺後悔。天主已經跟他說過話了。

沒有人會發現這個背叛……還不到時候。稍後就會有了。

總司庫宣佈了這個可怕的消息……宗座中風過世。然後著手準備閉門會議。

母親瑪麗亞的聲音在他耳邊低語。「絕對不能打破對天主的承諾。」

「我聽到了，母親。」他回答。「這是個不信神的世界。必須引領他們回到正確的道路。恐怖與希望。這是唯一的辦法。」

「沒錯，」她說：「如果不是你……那麼是誰？誰來領導教會走出黑暗？」

當然不會是那四位候選人之一。他們老了……正要步向死亡……他們都是自由派，將會追隨教宗的腳步去贊同科學，屏棄古老傳統以尋找現代的信徒。老人們太脫離時代了，還假裝不是如此，眞是可悲。他們會失敗，那是當然的。教會的力量就在於其傳統，而非變幻無常。世界瞬息萬變，但教會不需要改變，只需要提醒世人，教會與他們息息相關！邪惡沒有消失！但天主將會得勝！

教會需要一個領袖。老人無法啓發世人！耶穌可以啓發人們！年輕、充滿生氣、強而有力……能創造奇蹟！

「請用茶。」總司庫告訴那四位候選人，在閉門會議前，他把他們留在教宗的私人圖書室。「你們的導覽員馬上就到了。」

四位候選人跟他道謝，全都因爲有機會進入那條著名的「小廊道」而騷動著。太不尋常了！總司庫離去之前，打開了通往小廊道那扇門的鎖，就在約定的時間，那扇門打開了，一個外國人模樣的神父拿著火炬出現，引導興奮的四位候選人進去。

那四個人再也沒有出來過。

他們將會是「恐怖」，而我將會是「希望」。

不……我成了「恐怖」。

此時總司庫跌跌撞撞地走進聖彼得大教堂的黑暗中。不知怎地，在瘋狂和內疚中，在他父親的種種影像中，在痛苦和天啓中，甚至在嗎啡的藥效中……他卻心思澄澈，感覺到了天命。我知道我的目標，他心感敬畏，一切竟是如此清晰。

從一開始，今夜就沒有一件事是完全照著他的計畫發展的。預期之外的障礙一再出現，但總司庫見招拆招、大膽調整。然而，他怎麼也無法想像今夜會是如此結束；不過現在，他對於早就註定的悲壯結局，已經了然於心了。

不可能有有別種收場了。

啊，他在西斯汀禮拜堂感受到何等的恐怖，不明白上帝是否已經拋棄了他！啊，祂命我去行了什麼事！他跪下雙膝，滿心懷疑，耳朵竭力想傾聽上帝的聲音，卻只聽到一片靜默。他乞求給他一個徵兆、一個指引、一個囑咐。這是天主的旨意嗎？讓教會毀於醜聞和厭惡？不！就是天主指示總司庫去行動的！不是嗎？

然後他明白了。坐在祭壇上。一個徵兆出現了。與神溝通——在一種不尋常的光芒中，看到了一件尋常之物。十字架。簡樸的，木製的。耶穌被釘在那個十字形上頭。那一刻，一切都清楚了……總司庫並不孤單。他永遠不會孤單。

這是祂的旨意……祂的意思。

天主向來是要求祂最愛的人付出大犧牲。總司庫爲什麼到現在才明白？他是太害怕了嗎？還是太謙卑？沒有差別了。上帝已經找到了一條路。總司庫現在甚至明白，爲什麼羅柏・蘭登獲救。那是爲了要帶來眞相，才能導向這個結局。

這是拯救教會的唯一道路。

總司庫走下肩披帶凹室時，覺得自己好像在飄。嗎啡的藥效現在好像發威了，但他知道天主在指引他。

在遠方，他聽得見樞機主教們慌亂湧出西斯汀禮拜堂，朝瑞士衛兵團大喊命令的喧鬧聲。

但他們永遠找不到他，來不及了。

總司庫覺得自己被拖著……愈來愈快……走下階梯進入那個下沈的區域，那裡有九十九盞油燈光輝照耀。天主派他回到聖地。總司庫朝著通往古墳場那個以鐵柵蓋住的洞口走去。在下頭那片可怕的黑暗中，古墳場就是今夜結束的終點。他拿了一盞油燈，準備下去。

但總司庫走過凹室時，忽然停下了腳步。這樣的結局有點不對勁。這麼做如何能服事天主？一個孤寂而沈默的收場？耶穌曾在全世界眼前受苦。眼前這個方法絕對不會是天主的旨意！總司庫想傾聽他的神說話，卻只聽到藥物造成的模糊嗡聲。

「卡羅，」是他母親，「天主對你有遠大的計畫。」

不知所措之餘，總司庫繼續往前走。

然後，毫無預警地，天主來到了。

總司庫停下腳步，瞪著眼睛。九十九盞油燈把總司庫的影子投在旁邊的大理石牆上。巨大而令人生畏，金色光芒下的朦朧淡影。在環繞著他的搖曳火焰中，總司庫看起來像個要升上天的使者。他站了一會兒，雙手往兩旁平舉，看著自己的形影。然後他轉身，回頭望著階梯。

天主的意思已經很明白了。

西斯汀禮拜堂外那幾條走廊一片混亂，已經過了三分鐘了，還是沒有人知道總司庫在哪裡，彷彿這個人是被黑夜一口吞噬掉了。莫塔提正想下令對梵蒂岡城進行全面搜索時，外頭的聖彼得廣場忽然爆出一陣歡聲雷動。群眾不由自主發出的歡慶聲一片喧鬧。樞機主教們全都驚訝地面面相覷。

莫塔提閉上雙眼。「天主幫助我們吧。」

這是今夜第二度，樞機團湧進了聖彼得廣場。蘭登和薇多利雅被樞機主教們一路推擠著，也進入了廣場的夜涼空氣中。媒體的聚光燈和閃光燈全都朝向了聖彼得大教堂。位於大教堂正面中央的教宗陽台上，卡羅・凡特雷思卡總司庫站在那兒，雙手舉向天空。儘管隔得老遠，他看起來仍好似純潔的化身，像個小雕像，一身的白，周身浴滿光芒。

廣場上的熱烈氣氛好像漲到最頂點的波浪，忽然間瑞士衛兵團形成的人牆鬆開了。人群像一道幸福的狂流，尖叫著擠向大教堂。這道洪流往前衝——人們哭喊著、歌唱著，媒體相機不斷閃著燈光。地獄之都。人們往前湧，緊緊包圍著大教堂正面，場面愈來愈混亂，彷彿沒有什麼能阻擋了。

然後出現了一個阻擋。

高高的上方，總司庫做了個很小的動作。他雙手在身前十指交扣，然後低頭靜禱。人群中一個接一個，一打接一打，然後是成百成千，大家都隨著他低下頭。

廣場陷入一片沈寂……彷彿被施了魔咒。

此刻，在總司庫眩暈又遙遠的心緒中，湧現了一連串充滿希望與哀傷的禱詞……饒恕我，父親……母親……充滿聖寵……你們就是教會……願你們明白你們唯一親生兒子的犧牲。

啊，天主耶穌……拯救我們脫離地獄之火……帶領所有的靈魂到天堂，尤其是最需要您慈愛者……

總司庫沒睜開眼睛，就知道下方的人群、電視攝影機、全世界都在看著他。他的靈魂可以感覺到。即使他身處極度痛苦中，這一刻的團結和諧仍使他陶醉。就好像一張相連的巨網射向全世界各個角落。在電視機前、在家中、在酒吧裡，全世界都同聲禱告。彷彿一個巨大心臟的神經突觸全都紛紛激發，在上百個國家，以幾十種語言，人們都朝向上帝伸手。他們低語的話雖是新詞，卻熟悉有如自己的語句……古老的眞理……銘刻在靈魂裡。

那種諧和共鳴，感覺上永恆無盡。

靜默逐漸被打破，歡樂的歌聲再度揚起。

他明白時候到了。

至聖的聖父、聖子、聖靈啊，我把最寶貴的身體、鮮血、靈魂獻給你……彌補種種惡行、褻瀆，以及冷漠……

總司庫已經感覺到肉體的痛苦漸漸浮現，像鼠疫般傳遍他周身，他好想扒開自己的皮膚，就像幾個星期前天主第一次來找他那回一般。別忘了耶穌遭受過何等痛苦。他現在嚐得到喉嚨裡的灼燒感，連嗎啡也無法減輕那種疼痛。

我在這裡的工作已經完成了。

「恐怖」是他的。「希望」是他們的。

之前在肩披帶凹室裡，總司庫遵從了天主的旨意，爲全身敷抹聖油。他的頭髮，他的臉，他的亞麻長袍、他的皮膚，現在他全身都被取自油燈那些神聖的、透明的聖油浸透。那聖油聞起來就像他母親般有著甜香，但卻會燃燒。他的燃燒將會是一場慈悲的升天。迅速且有如奇蹟。他不會留下醜聞……只會留下一股新的力量和驚奇。

他一隻手滑入長袍的口袋，拿出小小的金色打火機，是那個從肩披帶凹室帶來的。

他低語了一段〈士師記〉中的經文。火焰從壇上往上升，耶和華的使者在壇上的火焰中也升上去了。

他按下大拇指。

他們正在聖彼得廣場上唱著歌……

世人所目睹的那幅景象，將是每個人畢生永遠難忘的。

在高高的中央陽台上，就像一個靈魂脫離了肉身的束縛，總司庫胸中爆出一團發光的火焰。火往上直衝，瞬間吞噬全身。他沒喊叫，只是雙手高舉過頭，望向天空。大火轟然圍住他，緊緊將他的身體裹成一根光柱。烈焰狂燒彷彿化作永恆，全世界都見證了。那道光燒得愈來愈亮。然後火焰逐漸消失。總司庫走了。看不出來他是倒在欄杆後或是消散在空氣中。只留下一縷煙霧盤旋著，升入梵蒂岡城上空。

135

遲來的黎明降臨羅馬。

一場清晨的暴風雨驅走了聖彼得廣場上的人群。但媒體留了下來，縮在雨傘下或廂型車中，針對前一夜的種種事件進行評論。在全世界各地，教堂擠滿了人。這是省思和討論的時刻……所有宗教皆然。人們有太多疑問，但解答似乎只帶來了更多的疑問。到目前爲止，梵蒂岡仍保持沈默，沒有發表任何聲明。

梵蒂岡地下墓室深處，莫塔提樞機主教獨自跪在那座打開的石棺前。他伸手闔上了那位老人變黑的嘴。現在宗座看起來很安詳，在一片平靜中永遠長眠。

莫塔提腳邊放了一個沈重的金色甕，裡面裝了骨灰。莫塔提親自收集了骨灰，帶來這裡。「饒恕的機會。」他對宗座說，把那個骨灰甕放進石棺內，擺在教宗身旁。「世間沒有任何愛，能比父親對兒子的愛要偉大。」莫塔提把骨灰甕塞到教宗的長袍下遮好。他知道這個神聖的石室是專供埋葬教宗遺骨所用，但不知怎地，莫塔提覺得自己這麼做很恰當。

「先生？」有個人走進墓室說。是夏特朗中尉和其他三名瑞士衛兵。「他們等著你去參加閉門會議呢。」

莫塔提點點頭。「馬上就來。」他朝眼前石棺的內部看了最後一眼，然後站起身。他轉向衛兵們。「該讓宗座得到他應有的平靜了。」

那些衛兵走上前，使勁將教宗石棺的棺蓋推回原位。隨著一聲巨響，一切蓋棺論定。

莫塔提獨自穿過波吉亞中庭，走向西斯汀禮拜堂。一陣潮溼的微風吹動他的長袍。一名樞機主教從宗座大廈走出來，大步走到他身旁。

「先生，我有榮幸陪同你去參加閉門會議嗎？」

「那是我的榮幸。」

「先生，」那個樞機主教說，一臉煩惱的神色，「樞機團應該爲昨天晚上的事跟你道歉。我們都被蒙蔽——」

「快別這麼說了，」莫塔提說：「我們的理智有時只看見心裡期望成眞的事情。」

那個樞機主教沈默許久，最後開口了。「有人告訴過你了嗎？你不再是我們的大選舉官了。」

莫塔提露出微笑。「是的。感謝天主的種種賜福。」

「樞機團堅持你應該有候選資格。」

「教會中的慈善之心似乎並未死滅。」

「你是個智者，你會好好領導我們的。」

「我是個老人，我會短暫領導你們的。」

兩人大笑起來。

他們來到波吉亞中庭的盡頭，那個樞機主教猶豫著，轉向莫塔提，一臉困惑不解，彷彿前一夜的憂心敬畏又回到他心中。

「有件事你曉得了嗎？」那個樞機主教低聲說：「我們在陽台上沒找到任何遺骸。」

莫塔提露出微笑。「或許被雨沖走了。」

那個人望著陰雲密佈的天空。「是啊，或許吧。」

136

上午過了一半，天空仍籠罩著沈重的烏雲，西斯汀禮拜堂的煙囪冒出了第一波微弱的白煙。那一縷珍珠灰的細煙旋轉著升上天空，緩緩消散。

在遠遠的下方，聖彼得廣場上，記者甘瑟・葛立克沈思靜望著。最後一章了……

雪妮塔・梅可瑞從他後方走過來，把攝影機扛上肩。「時候到了。」她說。

葛立克滿臉發愁地點點頭。他轉向她，順了順頭髮，深深吸了口氣。我的最後一次現場連線了，他心想。旁邊一小群人圍著他們看熱鬧。

「六十秒後連線。」梅可瑞宣佈。

葛立克回頭望著西斯汀禮拜堂的屋頂。「能拍到白煙嗎？」

梅可瑞耐著性子點點頭。「甘瑟，該拍什麼我懂。」

葛立克啞口無言。沒錯，她當然懂。梅可瑞昨夜在攝影機後面的表現，大概可以為她贏得一座普立茲獎。至於葛立克自己的表現……他不願意去想了。他很確定BBC會開除他；不用說，他們會有一大堆來自有力人士或單位的法律糾紛要解決……其中包括歐洲核子研究中心和老布希總統。

「你氣色不錯。」雪妮塔給他打氣，她從攝影機後探出頭來，表情有點擔心。「不曉得能不能給你……」她猶豫著，說到一半停下來。

「一些建議嗎？」

梅可瑞嘆氣。「我只是想說，結尾沒必要搞得轟轟烈烈。」

「我知道。」他說。「你希望平實報導。」

「有史以來最平實的。我相信你。」

葛立克露出微笑。平實報導？她瘋了嗎？像昨天晚上那種新聞事件，值得用更誇張的方式報導。應該來個轉折，來個最後的驚奇，來個意想不到的震撼性眞相揭露。

還好，葛立克找來的適當人選，已經準備要登上舞台了……

「現場倒數計時……五……四……三……」

雪妮塔透過攝影機望出去，感覺到葛立克眼裡有一絲閃光。我真是瘋了才讓他上現場。她心想，我在搞什麼啊？

但後悔已經來不及，他們開始連線了。

「來自梵蒂岡城現場，」葛立克對著鏡頭講開場白，「記者葛立克爲您報導。」他滿臉鄭重望著鏡頭，身後的西斯汀禮拜堂冒出白煙。「各位觀眾，新任教宗已經正式選出……薩維里歐·莫塔提樞機主教，七十九歲的革新派，剛剛當選下一任梵蒂岡教宗。儘管這個人選出乎各界預料，但樞機團史無前例地全體一致投票通過，讓莫塔提當選教宗。」

梅可瑞看著他，開始覺得呼吸比較順暢了。今天葛立克似乎出奇地專業，甚至是嚴謹。這是葛立克這輩子頭一回，看起來、聽起來都眞正有了新聞記者的模樣。

「我們稍早曾報導過，」葛立克繼續說，適度加強語調，「針對昨天晚上的種種奇蹟事件，梵蒂岡到目前爲止，還是沒有發表任何聲明。」

很好，雪妮塔的焦慮又減少一些了。到目前為止，還算不錯。

葛立克的表情現在逐漸變得悲傷。「雖然昨夜是個奇蹟之夜，但也是個悲劇之夜。四位樞機主教在昨天的衝突中喪生，另外瑞士衛兵團的歐里維提指揮官和羅榭上尉都在值勤時不幸遇害。其他受害者還有歐洲核子研究中心的物理學家兼反物質科技的先驅李歐納度・威特拉，以及歐洲核子研究中心院長麥斯米倫・寇勒，他顯然是來梵蒂岡企圖協助處理危機，但據了解已經在協助過程中去世。梵蒂岡當局還沒有正式發佈寇勒先生的死訊，但據推測他是死於慢性病所引起的併發症。」

梅可瑞點點頭。這段報導很完美，完全按照他們之前商量過的進行。

「另外，在昨天夜裡梵蒂岡上空的爆炸之後，歐洲核子研究中心的反物質科技立刻成爲科學界最熱門的話題，引起了科學界的興奮和爭議。根據寇勒先生在日內瓦的助理絲爾薇・鮑德洛克所念的一份聲明，今天上午歐洲核子研究中心的董事會宣佈，雖然對於反物質的潛力十分感興趣，但該中心將暫停所有的研究和專利授權，等到可以進一步檢驗反物質的安全性之後，再作考慮。」

好極了，梅可瑞心想。就剩結尾了。

「今天晚上我們的畫面上顯然缺了一個人，」葛立克報導說：「那就是昨天趕來梵蒂岡提供專業知識，協助處理光明會危機的哈佛大學教授羅柏・蘭登。原先大家以爲他已經在反物質爆炸中身亡，但現在根據了解，在爆炸之後曾有人看到他出現在聖彼得廣場上。他爲什麼能死裡逃生還是個謎，但台伯醫院的發言人已經宣稱，蘭登先生在昨天半夜十二點過後不久，就從天上掉進台伯河，並在接受治療過後離開台伯醫院。」葛立克朝攝影機倒豎著眉毛。「如果這個說法確有其事……那麼昨夜的確是個充滿奇蹟之夜。」

完美的結尾！梅可瑞忍不住露出大大的笑容。這段報導毫無瑕疵！現在結束連線！

可是葛立克沒有到此爲止。反之，他停了一下，走向攝影機，臉上帶著神祕的笑容。「不過在我們結束連線之前……」

不！

「……我想邀請一位來賓加入我們。」

雪妮塔放在攝影機上的雙手僵住了。來賓？他到底在搞什麼鬼？什麼來賓！趕快結束！但她知道太遲了。葛立克話已經說出口了。

「我即將要介紹的這位，」葛立克說：「是一位美國人……知名的學者。」

雪妮塔猶豫了。她憋住呼吸，眼看著葛立克轉向圍著他們的那一小群人，示意他的訪客往前走。梅可瑞心中默念著禱詞。拜託，告訴我他設法找到了羅柏·蘭登……而不是什麼光明會陰謀論神經病。

但葛立克的來賓走出來，梅可瑞的心往下一沈。根本不是羅柏·蘭登，而是一名身穿藍色牛仔褲和法蘭絨襯衫的禿頭男子。他拿著一根手杖，戴著厚厚的眼鏡。梅可瑞覺得好恐怖。是個神經病！

「各位觀眾，」葛立克宣佈，「這是芝加哥迪保羅大學專門研究梵蒂岡的著名學者，喬瑟夫·凡內克博士。」

那名男子進入畫面，站在葛立克身邊，梅可瑞猶豫起來。這人不是什麼陰謀論發燒友；梅可瑞還眞聽過他的大名。

「凡內克博士，」葛立克說：「有關於昨天夜裡的閉門會議，你好像有一些相當驚人的消息要告訴我們。」

「沒錯，」凡內克說：「經過了昨天夜裡的驚奇事件後，很難想像還有什麼令人驚奇的事……不過……」他停了下來。

葛立克露出微笑。「不過，其中有個奇妙的轉折。」

凡內克點點頭。「沒錯。聽起來可能會很讓人困惑，但我相信樞機團這星期無意間選出了兩位教宗。」

梅可瑞手上的攝影機差點掉下去。

葛立克狡獪一笑。「你剛剛是說，兩位教宗嗎？」

那名學者點點頭。「是的。我應該先解釋一下，我一生都在研究教宗選舉的法令。閉門會議的法令極爲複雜，其中大部分都因爲過時而被遺忘或忽視了。即使是大選舉官，大概也不知道我即將揭曉的事情。

不過……根據《羅馬教廷選舉》憲章的第六十三條……投票並不是選舉教宗的唯一方式。還有另一個更神聖的方法，稱爲『崇敬歡呼』。」他頓了一下。「昨天夜裡就發生了這種狀況。」

葛立克專注地看著他的來賓。「請繼續。」

「各位可能還記得，」那個學者接著說：「昨天夜裡，卡羅・凡特雷思卡總司庫站在聖彼得大教堂的屋頂，所有下方的樞機主教都開始一致喊他的名字。」

「是，我記得。」

「請各位想想那個畫面，我再逐字念出古代選舉法令的翻譯文。」那名男子從口袋掏出幾張紙，清清嗓子。「以崇敬歡呼當選是出現在……所有樞機主教彷佛受到聖靈啓示，自動自發、一致大聲喊出同一個人的名字。」

葛立克微笑道：「所以你的意思是，昨天夜裡那些樞機主教一起重複喊著卡羅・凡特雷思卡的名字時，他們其實就已經選舉他當教宗了？」

「確實如此。再者，這條法律規定，出於崇敬的當選不受樞機主教的資格限制，任何聖職人員——被授以聖職的神父、主教，或樞機主教——都有資格當選。所以，這樣大家就看得出來，總司庫完全符合這個被選爲教宗的過程。」現在凡內克博士望著鏡頭。「事實是，卡羅・凡特雷思卡總司庫昨天夜裡被選爲教宗。他在位只有不到十七分鐘。要不是他奇蹟地在火柱中升天，現在他就會跟其他教宗一樣，被埋葬在梵蒂岡地下墓室。」

「謝謝你，博士。」葛立克轉向梅可瑞，調皮地朝她眨眨眼。「最有啓示性……」

羅馬圓形競技場高聳的階梯頂端，薇多利雅笑著朝下頭喊。「羅柏，快點！我就知道我該嫁個年輕點的老公！」她的笑容好神奇。

他掙扎著往上，卻覺得兩腿沈得像石頭似的。「等一下，」他哀求著。「拜託……」

他腦袋裡有個重擊聲。

羅柏・蘭登驚跳醒來。

一片黑暗。

他靜靜躺在那個陌生的柔軟床上好一會兒，搞不清自己身在何處。超大鵝絨枕舒服極了，空氣中有乾燥花香包的氣味。房間的另一頭有兩扇打開的玻璃門，通往一個華麗的陽台，一縷微風在烏雲散去的明月清輝下追逐嬉戲。蘭登努力回想他是怎麼來到這裡的……還有這裡是哪裡。

一縷縷超現實的記憶緩緩滲回他的意識中……

一堆神祕的火……人群中出現一個天使……她柔軟的手牽住他，帶著他走入黑夜……引領他筋疲力盡、憔悴不堪的軀體，穿過一條條街道……帶著他來到這裡……來到這個套房……撐著他半睡半醒地洗了個熱水澡……帶著他來到這張床……然後照顧他進入夢鄉，睡死過去。

在此時微暗的光線中，蘭登可以看到另一張床。床罩凌亂，但床上是空的。鄰接的一個房間傳來了模糊的淋浴流水聲。

他凝視著薇多利雅的床，看到了枕頭套上的粗體繡花標誌：貝尼尼飯店。蘭登不禁微笑起來，薇多利雅選得眞好。這個舊式的奢華套房俯瞰著貝尼尼的特里同噴泉……全羅馬再沒有更適合的飯店了。

蘭登躺在那裡，忽然聽到了一陣重擊聲，明白吵醒他的是什麼了。有個人正在敲門，聲音愈來愈大。

蘭登困惑地爬起來。沒有人知道我們在這裡啊，他心想，感覺到一絲不安。他穿上貝尼尼飯店豪華的浴袍，走出臥室，來到套房裡的門廳。他站在那扇沈重的橡木門前一會兒，然後拉開門。

一名強壯的男子身穿華麗的紫黃兩色禮服，站在那裡往下看著他。「我是夏特朗中尉，」那名男子說：「梵蒂岡的瑞士衛兵。」

蘭登很清楚他是誰。「你……你怎麼找到我們的？」

「昨天夜裡我看到你們離開廣場，一路跟著你們。知道你們還在這裡，我就放心了。」

蘭登忽然焦慮起來，擔心會不會是樞機主教們派了夏特朗來，要帶蘭登和薇多利雅回梵蒂岡城。畢竟，除了樞機團之外，只有他們兩個知道真相。他們是梵蒂岡的負擔。

「宗座要我把這個給你。」夏特朗說，遞過來一個以梵蒂岡印記封緘的信封。蘭登打開來，閱讀著上面手寫的字句。

蘭登先生與威特拉女士：

關於過去二十四小時的種種事件，儘管我至盼兩位能審慎處之，但你們已經付出太多，我不可能再多作要求。我只能恭請你們依從自己的心處理此事。今天這個世界似乎變得更美好……或許疑問比答案更有力量。

我的大門永遠敞開。

宗座，薩維里歐・莫塔提

蘭登把那封短箋看了兩遍。樞機團顯然選出了一個高尚又寬厚的領袖。

蘭登還沒來得及開口，夏特朗就拿出一個小包裹。「宗座表達謝意的禮物。」

蘭登接過那個包裹。很重，用褐色紙包著。

「根據他的命令，」夏特朗說：「這件文物由教宗保險庫無限期出借給你。宗座只要求您最後的遺言和法定遺囑上，要確保將這件東西歸還原處。」

蘭登打開那個包裹，震驚得說不出話來，裡面是那個烙印模。光明會菱形。

夏特朗露出微笑。「祝你們平安。」他轉身要走。

「謝……謝謝。」蘭登設法擠出幾個字，拿著那個珍貴禮物的雙手顫抖。

那名衛兵站在走廊猶豫著。「蘭登先生，我可以問你一件事嗎？」

「當然可以。」

「我的同事們和我都很好奇。最後那幾分鐘……直升機上出了什麼事？」

蘭登一陣緊張。他知道這個時刻終於到來——揭發眞相的時刻。他和薇多利雅昨天夜裡悄悄從聖彼得廣場上溜走時，就討論過這件事了。當時他們就已經做了決定，在教宗的這份短箋送來之前。

薇多利雅的父親曾夢想他的反物質發現能喚起人們的心靈。昨天夜裡的事件自然不是他的初衷，但仍是無可否認的事實……此時此刻，在全世界各地，人們看待上帝的方式再也不一樣了。這股神奇的力量能持續多久，蘭登和薇多利雅不知道，但他們知道自己絕對不能用醜聞和疑慮粉碎這份驚奇。天主以奇異的方式行事，蘭登這麼告訴自己，諷刺地想著或許……只是或許……昨天的一切，畢竟是出自上帝的旨意。

「蘭登先生？」夏特朗重複道。「我剛剛問你有關直升機上的事。」

蘭登露出哀傷的微笑。「是啊，我知道……」他覺得嘴裡的話不是出自他的理智，而是出自他的心。

「或許是因爲墜落的衝擊……可是我的記憶……好像……一片模糊。」

夏特朗垂頭喪氣。「你什麼都不記得嗎？」

蘭登嘆了口氣。「恐怕那永遠是個謎了。」

蘭登回到臥室，眼前的景象讓他停下了腳步。薇多利雅站在陽台上，背倚著欄杆，雙眼深深望著他。她看起來像個天上的幻影……背後的月光為她照出了一圈發亮的輪廓。她像個羅馬女神，裹在白色厚棉絨浴袍中，腰帶束緊了，更強調了她修長的曲線。在她身後，一片泛白的薄霧像個大光環，籠罩著貝尼尼的特里同噴泉。

蘭登覺得被她強烈吸引……超過他這一生遇見過的任何女人。他無聲地將光明會菱形和教宗的信放在他床頭桌上，稍後有的是時間解釋這一切。他走向陽台找她。

薇多利雅看到他一臉開心。「你醒了。」她羞怯低語。「總算醒了。」

蘭登微笑。「好長的一天。」

她一隻手撫過濃密的頭髮，頸部的浴袍微微滑開。「現在……你應該想要你的獎品了。」

這句話讓蘭登猝不及防。「我……你說什麼？」

「我們是成人了，羅柏，你就承認吧。你感覺到一股渴望，我從你眼裡看得出來。深深的、肉體的飢渴。」她微笑了。「我也感覺到了。這股渴望即將獲得滿足了。」

「是嗎？」他膽子大了起來，朝她又走了一步。

「完全沒錯。」她舉起一份客房服務的菜單。「我點了上頭所有的菜。」

那頓大餐眞是奢侈。他們一起在月光下用餐……坐在陽台上……品嚐著菊苣、松露、義大利燴飯，啜飲著多切托品種的義大利紅葡萄酒，聊到深夜。

不必是符號學家，蘭登也能解讀薇多利雅傳遞過來的訊息。甜點是波森莓加鮮奶油、義大利手指餅乾，再配上冒著熱氣的羅馬咖啡，薇多利雅光裸的雙腿在桌子底下抵著他的腿，撩人的眼神鎖定他。她好像希望他放下叉子，將她攬入懷中。

但蘭登什麼都沒做，他保持完美的紳士風度。這個遊戲一個人玩不起來，他心想，忍著沒露出促狹的笑容。

食物吃光光之後，蘭登回到床邊獨坐，拿著那個光明會菱形反覆把玩，一再讚嘆其中對稱性的奇蹟。薇多利雅盯著他，困惑逐漸轉爲明顯的挫折。

「你發現那個雙向圖太有趣了，對不對？」她問道。

蘭登點點頭。「迷死人了。」

「依你看，它是這個房間裡最有趣的東西囉？」

蘭登搔搔頭，一副考慮的模樣。「這個嘛，還有另一個更讓我感興趣。」

薇多利雅微笑朝他走了一步。「那是什麼？」

「你是怎麼用鮪魚證明愛因斯坦的理論不正確的？」

薇多利雅舉起雙手。「我的老天！別提鮪魚了！我警告你，不准耍我！」

蘭登咧嘴笑了。「或許你下一個實驗可以研究比目魚，最後會證明地球是平的。」

這下子薇多利雅可發火了，但一絲惱怒的微笑出現在她的雙唇。「大教授，有個資料供你參考，我的下一個實驗將會在科學史上留名。我打算證明微中子有質量。」

「微中子舉行彌撒？」蘭登震驚地望著她。「我竟然不曉得微中子信天主教！」（譯註：「微中子有質量」〔Neutrinos have mass〕，其中mass在物理學上意爲「質量」，但字面上亦可解爲天主教的「彌撒」。）

她動作靈活地撲向他，把他壓住。「我希望你相信死後有來生，羅柏·蘭登。」薇多利雅大笑跨坐在他身上，兩手按著他，雙眼閃著調皮的光芒。

「事實上，」他笑得更厲害了，簡直講不出話來，「我一直很難想像這輩子以外的事情。」

「眞的嗎？所以你從沒有過宗教的體驗？極度狂喜的完美時刻？」

蘭登搖搖頭。「不，而且我不太相信我是那種會有宗教體驗的人。」

薇多利雅的浴袍滑落。「你從來沒跟瑜伽大師上過床，對吧？」

謝辭

感謝我的編輯、也是我的摯友Jason Kaufman，他很早就看出了符號學家羅柏・蘭登的潛力……而且一路帶領這個角色追尋種種夢想，這份恩情難以報答。

謝謝舉世無雙的Heide Lange——天使與魔鬼引領我找到她——在家鄉給了這本小說新的生命，而且將之傳播到全世界。

謝謝Atria Books公司的Emily Bestler，以及Pocket Books公司的Ben Kaplan與全體人員對本書始終不斷的支持與熱情。

還要感激著名的George Wieser說服我寫小說，也謝謝我的第一任經紀人Jake Elwell早期對我多所協助，讓Pocket Books接受這本小說。

感謝摯友Irv Sittler安排我晉見教宗，還偷偷帶我進入梵蒂岡城少有人能見到的地方，讓我永難忘懷在羅馬的時光。

謝謝當今最聰明也最有才氣的藝術家之一John Langdon，他激發我面對不可能的挑戰，並爲這本小說設計出各幅雙向圖。

謝謝俄亥俄大學奇立卡西分校（Ohio University-Chillicothe）的圖書館主任Stan Planton，他是我無數話題的頭號資料來源。

謝謝Sylvia Cavazzini殷勤帶領我參觀祕密的「小廊道」。

還有世上最理想的父母——家父迪克・布朗與家母康妮・布朗（Dick and Connie Brown），感激他們所做的一切。

同時感謝歐洲核子研究中心、Henry Beckett、Brett Trotter、宗座科學院（Pontifical Academy of Science）、Brookhaven Institute、費米實驗室圖書館（FermiLab Library）、Olga Wieser，國家安全中心的Don Ulsch、威爾斯大學的Caroline H. Thompson，以及Kathryn Gerhard和Omar Al Kindi，還有John Pike與美國科學家聯盟（Federation of American Scientists）、Heimlich Viserholder、Corinna and Davis Hammond、Aizaz Ali、萊斯大學（Rice University）的伽利略計畫（Galileo Project）、Mockingbird Pictures公司的Julie Lynn和Charlie Ryan、Gary Goldstein、Dave (Vilas) Arnold、Andra Crawford、Global Fraternal Network、菲利普．埃克塞特學院圖書館、Jim Barrington、John Maier, Margie Wachtel的慧眼、alt.masonic.members、Alan Wooley, 國會圖書館的梵蒂岡手抄本展品、Lisa Callamaro與Callamaro Agency、Jon A. Stowell、梵蒂岡博物館、Aldo Baggia、Noah Alireza、Harriet Walker、Charles Terry、Micron Electronics、Mindy Renselaer、Nancy and Dick Curtin、Thomas D. Nadeau、NuvoMedia and Rocket E-books、Frank and Sylvia Kennedy、羅馬觀光局、Maestro Gregory Brown、Val Brown、Werner Brandes、Paul Krupin at Direct Contact、Paul Stark,、Tom King at Computalk Network、Sandy and Jerry Nolan、網路大師Linda George、羅馬國家藝術學院、物理學家兼作家Steve Howe、Robert Weston、新罕布夏州埃克塞特的水街書店（Water Street Bookstore），以及梵蒂岡天文台。

藍小說92

天使與魔鬼

作　者—丹・布朗
譯　者—尤傳莉
副總編輯—葉美瑤
編　輯—邱淑鈴
美　編—聶永真（封面）、林麗華（內頁版型）
企　劃—黃千芳
校　對—余淑宜、邱淑鈴

董事長—趙政岷
出版者—時報文化出版企業股份有限公司
108019台北市和平西路三段二四〇號一至七樓
發行專線—（〇二）二三〇六—六八四二
讀者服務專線—〇八〇〇—二三一—七〇五・（〇二）二三〇四—七一〇三
讀者服務傳真—（〇二）二三〇四—六八五八
郵撥—一九三四四七二四時報文化出版公司
信箱—10899台北華江橋郵局第九十九信箱
時報悅讀網—http://www.readingtimes.com.tw
電子郵件信箱—liter@readingtimes.com.tw
法律顧問—理律法律事務所　陳長文律師、李念祖律師
印　刷—勁達印刷有限公司
初版一刷—二〇〇六年四月三日
初版五十六刷—二〇二四年八月二十六日
定　價—新台幣三六〇元

時報文化出版公司成立於一九七五年，
並於一九九九年股票上櫃公開發行，於二〇〇八年脫離中時集團非屬旺中，
以「尊重智慧與創意的文化事業」為信念。

作者照片攝影—Philip Scalia

ISBN 978-957-13-4458-4
Printed in Taiwan

天使與魔鬼 ／丹・布朗著；尤傳莉譯. --初版
--臺北市：時報文化, 2006[民95]
面； 公分. --（藍小說；92）
譯自：Angels & demons
ISBN 957-13-4458-3（平裝）

874.57 95004164